U1018027

民国

武侠小说

典藏文库

平江不肖生卷

民国
武侠小说
典藏文库

平江不肖生卷

江湖异闻录

平江不肖生
著

中国文史出版社

平江不肖生论（代序）[①]

张赣生

在民国通俗小说史上，若论起划时代的人物，便不能不提及平江不肖生，他不仅是推动中国通俗社会小说由晚清过渡到民国的一位重要作家，更是拉开中国武侠小说大繁荣序幕的开路先锋。

平江不肖生（1890—1957），原名向恺然，湖南平江人。他出生于一个富裕家庭，其祖父以经营伞店发家，其父向碧泉是个秀才，在乡里间颇有文名。向恺然五岁随父攻读，十一岁习八股，恰逢清政府废八股，改以策论取士，遂改习策论，十四岁时清政府又废科举，改办学校，于是向氏考入长沙的高等实业学堂。其时正值同盟会在日本东京成立并创办《民报》鼓吹革命，日本文部省在清政府的要求下，于1905年11月颁布“取缔清韩留日学生规则”，镇压中国留日学生的革命活动，引起留日学生界的强烈反对，同盟会发起人之一陈天华于12月8日在日本愤而投海自杀，以死激励士气。转年，陈天华灵柩运回湖南，长沙各界公葬陈天华，掀起了政治风潮，刚刚入学一年的向恺然就因积极参与这次风潮而被开除学籍，随后他自费赴日留学。

民国二年（1913），袁世凯派人刺杀了宋教仁，群情激愤。向恺然回国参加了“倒袁运动”，任湖南讨袁第一军军法官，讨袁失败后，他再赴日本，结交武术名家，精研武术，这使他成为民国武侠小说作家中真正精通武术的人；同时，他因愤慨一般亡命于日本的中国人之道德堕落，执笔写作《留东外史》。民国四年（1915），向恺然重又归国，参加了中华革命党江西支部，继续从事反袁活动。袁世凯去世后，他移居

---

① 本文节选自张赣生著《民国通俗小说论稿》。

上海以撰写小说谋生，直至 1927 年返回湖南，他的主要通俗小说作品均在这十年间先后问世。1930 年至 1932 年，向恺然曾再度在上海从事撰著，但这一时期所作均为讲述拳术的短篇文章。1932 年“一·二八”日寇进犯上海，向恺然应何键之请返回湖南创办国术训练所。1937 年，抗日战争全面展开，他随二十一集团军转战安徽大别山区，任总办公厅主任，兼安徽学院文学系教授。1947 年返湖南，1957 年反右斗争后患脑溢血去世。

关于“平江不肖生”这一笔名的来历，向恺然在 1951 年写的简短“自传”中说：“民国三年因愤慨一般亡命客的革命道德堕落，一般公费留学生不努力、不自爱，就开始著《留东外史》，专对以上两种人发动攻击。……因为被我唾骂的人太多，用笔名‘平江不肖生’，不敢写出我的真名实姓。”此后他发表武侠小说时也一直沿用这一笔名。

至于“平江不肖生”的含义，向氏哲嗣在回忆文章中说：“当时有人问为何用这‘不肖生’？父亲说：‘天下皆谓道大，夫惟其大，故似不肖。’此语出自老子《道德经》。原来其‘不肖’为此，并非自谦之词。”其实这是向氏本人后来提出的一种解释，不一定真是采用这笔名的初意。《老子·六十七章》曰：“天下皆谓我道大似不肖。夫惟大，故似不肖；若肖，久矣其细也夫。”这里的“不肖”是“不像”“不类”的意思。道是抽象的，道涵盖万物之理，而不像某一具体物，从不像、不类、不具体，引申为“玄虚”“荒诞”。这用以反驳某些人后来对《江湖奇侠传》的批评，颇能说明作者的立场；但在创作《留东外史》时采用这一笔名的初意却非如此，《留东外史》第一回《述源流不肖生饶舌，勾荡妇无赖子销魂》中说：“不肖生自明治四十年，即来此地，……既非亡命，又不经商，用着祖先遗物，说不读书，也曾进学堂，也曾毕过业；说是实心求学，一月倒有二十五日在花天酒地中。近年来，祖遗将罄，游兴亦阑。”这段话把“不肖”二字的含义说得很清楚，应无疑义。

向恺然从写社会小说改为写武侠小说，是应出版商之请。包天笑在《钏影楼回忆录》中说：“《留东外史》……出版后，销数大佳，于是海上同文，知有平江不肖生其人。……我要他在《星期》上写文字，他就答应写了一个《留东外史补》，还有一个《猎人偶记》。这个《猎人偶记》很特别，因力他居住湘西，深山多虎，常与猎者相接近，这不是洋场才子的小说家所能道其万一的。后来为世界书局的老板沈子方所知道了，他问我道：‘你从何处掘出了这个宝藏者?’于是他极力去挖取向恺然给世界书局写小说，稿资特别丰厚。但是他不要像《留东外史》那种材料，而要他写剑仙侠士之类的一流传奇小说，这不能不说是一种生意眼。那个时候，上海的所谓言情小说、恋爱小说，人家已经看得腻了，势必要换换口味，……以向君的多才多艺，于是《江湖奇侠传》一集、二集……层出不穷，开上海武侠小说的先河。”这段话有助于我们了解向恺然的武侠小说。

向恺然是由晚清的通俗小说模式向新风格过渡的作家之一。因此，在他的小说中就必然存在着新与旧的两方面因素。从他最初的成名作《留东外史》来看，晚清小说模式的痕迹十分明显。

鲁迅在《中国小说史略》中谈到《官场现形记》《二十年目睹之怪现状》等晚清“谴责小说”时，曾指出：“揭发伏藏，显其弊恶，而于时政，严加纠弹，或更扩充，并及风俗。虽命意在于匡世，似与讽刺小说同伦，而辞气浮露，笔无藏锋，甚且过甚其辞，以合时人嗜好”，是此类小说的共同特征。《留东外史》不仅在内容取材和创作思想上明显地带有晚清“嫖界小说”和谴责小说的痕迹，而且在故事的组织形式上也体现着晚清小说结构松散的时风，缺乏严谨的通盘考虑。我这样说，并非要否定《留东外史》的艺术成就，而是要表明客观存在的事实，《留东外史》是具有过渡性质的民初作品，它不可能完全摆脱晚清小说模式的影响。这是很自然的，《官场现形记》发表于1902—1907年，《二十年目睹之怪现状》发表于1902—1910年，《海上花列传》发表于1892—1894年，《海上繁华梦》发表于1903—1906年，《九尾龟》刊行于1906—1910年；当向恺然在民国三年（1914）撰著《留东外史》时，正值上述诸书风行之际，相距最近者不过三四年，《留东外史》与之实属于同时代产物，假若两者之间毫无共同之处，那反倒是怪事。

从另一个方面来看，《留东外史》之所以能称为过渡性质的作品，还在于它确实提供了新的东西，甚至在某种程度上有令人耳目一新之感。首先是他如实地描绘了异国风情，中国通俗小说中的外国，向来是

《山海经》式的，《西游记》《三宝太监西洋记》《镜花缘》等不必说了；林琴南的小说原是翻译，但他笔下的外国也被写得面目全非；再看看晚清的其他作品，如《孽海花》中对欧洲的描写，大都未免流于妄诞。不肖生在《留东外史》中却能把日本的风土民俗写得生动、鲜明，这正是此书出版后大受读者欢迎的重要原因。但是，这还仅是浅层的新奇；更深一层来看，不论作者是否自觉地意识到要运用西方的创作方法，实际上他已经表现出这种倾向，如上所说之照实描绘异国风情，就是西方文学的“写实主义”方法，特别是在《留东外史》的某些段落中还显示了进行“心理分析”的倾向，这些都是从旧模式向新风格过渡的重要迹象。

总之，就《留东外史》总体而论，旧模式的深刻痕迹还是主要的，但不能因此而忽略它所显示的新倾向之重要意义。两方面的因素杂糅在一起，是过渡时期的必然现象。处于洪宪复古浪潮中的向恺然，能做到这一步已经难能可贵，不应对他提出不切实际的过高要求。看一看《玉梨魂》《孽冤镜》等在复古浪潮中极享盛名的扭捏之作，或许更有助于认识《留东外史》的可贵之处。

《留东外史》使向恺然崭露头角，但他之得享盛名却是因为写了武侠小说《江湖奇侠传》。

《江湖奇侠传》当年所引起的轰动，今天的读者或许难以想象得到。这部作品首刊于《红》杂志第二十二期，《红》杂志为世界书局所办周刊，1922 年 8 月创刊，至年底发行二十一期，转年始连载《江湖奇侠传》。1924 年 7 月，《红》杂志出满一百期，改名为《红玫瑰》，仍为周刊，继续连载，至 1927 年向氏返湘，遂由《红玫瑰》编者赵苕狂续写，现今通行的《江湖奇侠传》一百六十回本，自一百零七回起为赵氏所续。

《江湖奇侠传》掀起的热潮一直持续了十年。据郑逸梅《武侠小说的通病》一文说：“那个付诸劫灰的东方图书馆中，备有不肖生的《江湖奇侠传》，阅的人多，不久便书页破烂，字迹模糊，不能再阅了，由馆中再备一部，但是不久又破烂模糊了。所以直到‘一·二八’之役，这部书已购到十有四次，武侠小说的吸引力，多么可惊咧。”在《江湖奇侠传》小说一版再版的同时，由它改编成的连台本戏也久演不衰，更加轰动的是明星影片公司改编拍摄的《火烧红莲寺》，由当时最著名的影星胡蝶主演。沈雁冰在《封建的小市民文艺》（作于1933年）一文中说："1930年，中国的'武侠小说'盛极一时。自《江湖奇侠传》以下，模仿因袭的武侠小说，少说也有百来种吧。同时国产影片方面，也是'武侠片'的全盛时代；《火烧红莲寺》出足了风头……《火烧红莲寺》对于小市民层的魔力之大，只要你一到那开映这影片的影戏院内就可以看到。叫好、拍掌，在那些影戏院里是不禁的，从头到尾，你是在狂热的包围中，而每逢影片中剑侠放飞剑互相斗争的时候，看客们的狂呼就同作战一般，他们对红姑的飞降而喝采，并不尽因为那红姑是女明星胡蝶所扮演，而是因为那红姑是一个女剑侠，是《火烧红莲寺》的中心人物；他们对于影片的批评从来不会是某某明星扮演某某角色的表情哪样好哪样坏，他们是批评昆仑派如何、崆峒派如何的！在他们，影戏不复是'戏'，而是真实！如果说国产影片而有对于广大的群众感情起作用的，那就得首推《火烧红莲寺》了。从银幕上的《火烧红莲寺》又成为'连环图画小说'的《火烧红莲寺》，实在是简陋得多了，可是那疯魔人心的效力依然不灭。"这是一位极力反对《江湖奇侠传》者写下的实录，我认为他所描绘的这幅轰动景象是可信的。

如此轰动一时的《江湖奇侠传》，它的魅力在哪里？要说简单也简单，不过是把奇闻异事讲得生动有趣而已。

向氏初撰《江湖奇侠传》时，并无完整构思，只是随手摭拾湖南民间传说，加以铺张夸饰，以动观听，用类似《儒林外史》的那种集短为长的结构，信笔写来，可行可止。作者在此书第八回中说："说出来，在现在一般人的眼中看了，说不定要骂在下所说的，全是面壁虚造，鬼话连篇。以为于今的湖南，并不曾搬到外国去，何尝听人说过这些奇奇怪怪的事迹，又何尝见过这些奇奇怪怪的人物，不都是些凭空捏造的鬼话吗？其实不然。于今的湖南，实在不是四五十年前的湖南。只要是年在六十以上的湖南人，听了在下这些话，大概都得含笑点头，不骂在下捣鬼。至于平、浏人争赵家坪的事，直到民国纪元前三四年，才革除了这种争水陆码头的恶习惯。洞庭湖的大侠大盗，素以南荆桥、北荆桥、鱼矶、罗山几处为渊薮。逊清光绪年间，还猖獗得了不得。"就说出了此书前一部分的性质。

总之，《江湖奇侠传》有其不容忽视的长处，确实把奇闻逸事讲得生动有趣；但也有其不容忽视的短处，近乎于“大杂烩”，它之得享盛名，除了它自身确有长处之外，还与当时的环境条件有关，在晚清至民初的十多年间，中国通俗小说几经变化，公案小说和谴责小说的浪潮逐渐消退，“淫啼浪哭”的哀情小说维持不久已令人厌烦，此时向氏将新奇有趣的风土民俗引入武侠说部，道洋场才子之万不能道，自然使人耳目一新，其引起轰动也就是情理中应有之事了。

向恺然还写过一部比较现实的武术技击小说，即以大刀王五和霍元甲为素材的《侠义英雄传》，这部作品的发表与《江湖奇侠传》同时，于1923年至1924年间在世界书局出版的《侦探世界》杂志连载，全书八十回，后出单行本。或许是由于向氏想使此书的风格与《江湖奇侠传》有鲜明的区别，也或许是向氏集中精力撰写《江湖奇侠传》而难以兼顾，这部《侠义英雄传》写得不够神采飞扬，远不如《江湖奇侠传》驰名。此外，向氏还著有《玉玦金环录》《江湖大侠传》《江湖小侠传》《江湖异人传》等十余部武侠小说，成为二十年代最引人注目的武侠小说名家。

通观向氏的武侠小说创作，无论是《江湖奇侠传》或《侠义英雄传》，都还未能形成完善形态的神怪武侠小说或技击武侠小说风格。当然，对于这一点，我们不能苛求，向氏是一位过渡阶段的作家，他在民国通俗小说史上属于开基立业的先行者，他的功绩主要是开一代风气，施影响于后人。正是他的《江湖奇侠传》引起的巨大轰动，吸引了更多读者对武侠小说的关注，也推动报刊经营者和出版商竞相搜求武侠小说。后起的还珠楼主、白羽、郑证因、王度庐、朱贞木等都是在这种风气下，受报刊之约才从事武侠小说创作的，就这个意义上说，若没有向恺然开风气之先，或许也就不会有北派四大家的武侠名作。另一方面，向氏也的确给予后起的还珠、白羽、郑证因很大影响，只要看看还珠、白羽、郑证因早期的作品，就能发现其受向氏影响的痕迹。所以，向氏在民国通俗小说史上是一位重要的人物，他的功绩不容贬低，不能只从作品本身来衡量他应占的地位。

目　录

无来禅师

无来禅师主持迎江寺时，山门清寂，不染纤尘。人但知其戒律精严，不谓其平生实未尝近女色。圆寂后，慧海禅师方为余言其始末。去年八月，慧海又证菩提矣！余既悲无来，又念慧海，为书其事。

无来姓王，本无锡故家子，生而颖悟，十九领乡荐，文名噪一时。父石田翁为订婚同邑张氏女，且结缡，无来忽以失父欢被逐。石田翁平昔虽严峻，然于诸儿中，爱无来特甚，人莫得其放逐之故。

无来既被放，居舅氏家，日唯涕泣，虽坚询之，未尝道一字。舅氏及诸亲友，均于石田翁前缓颊，翁恒唾其面，且以书抵张氏令悔婚。张氏亦巨族，必不可，翁益怒，以药赐无来死，舅氏格之得免，遂出亡，以书报张氏，为凄婉决绝之词。张氏忧之，阴求无来，久不得兆。

张女素性荏弱，至是病不胜，女父诣石田翁言其情，求复无来，至泣下不为动。女父怒，石田翁亦怒，立逐客。女父归，终日嗟叹不言，女察其无可为，遂失血，寻毙。女毙之夕，石田翁之爱妾怜娘暴殂，王家厮仆辈，均不与见含殓，葬具亦甚草草，人或谓张女夺其魄云。

无来出舅氏家，怅怅无所之。逡巡至新安，居月余，颓废无生意。囊金垂尽，乃假天王寺僧寮居之。一夕寝不成寐，起步庭庑，月色溶溶，如银泻影，忽见廊间悬物若垂囊，抚之而软。启视，则青丝缭乱，碧血模糊之女首也。骇极，奔告主持僧，相将就视，乃一无所有。但见树影摇空，瑟瑟作响。主持僧诮其妄，无来愕眙久之，无以左证于主持僧，惘然归寝。思适所见，必大不祥，非他适者，或且罗织及己。

翌日遂行，任意东西，乃至吴塔。馆舍方定，忽有操北音者揖无来曰："前二月在舍亲张俊德家，得窥王先生丰采，私心向慕，闻将北上，缘何至是间?"无来视其人，神气英发，衣饰焕丽，年约三十以来，因忆无锡富绅张俊德二月前曾招饮，至者数十人，多未谋面，乃逊谢叩以姓氏。史其姓，卜存其名，广平人也。

无来曰："久欲入都，顾不得闲，今勾当一二事，且行矣！"卜存喜曰："仆入都正虑寂寞，偕行若何？"无来未及答，复曰："久慕先生清誉，私恨不得为役。仆家都门，豚儿已十龄，教导无素，先生若于仆，不惜齿牙余慧，亦德之大矣。"

无来初无北意，既念入都徐俟应试亦良得，乃与卜存之京。途中卜存勤恳备至。卜存为人，豪迈喜挥霍。十余日唯论晴较雨，谈山川风物，未尝评陟当道，及升迁调降之事。无来甚敬其人，抵都语无来曰："先生且入逆旅，仆归摒挡讫，便辱降临。"

须臾至一旅舍，卜存安置之而去。无来静候逾旬，尚不至，偶检行箧，得一纸书曰："先生高行，神人俱钦，何以报之，橐中千金。"无来太息知不复至，乃发金供旅舍。

翌年文战不胜，颇念卜存，去广平访其人，久之无知者，自是流落不偶。凡十余年，足迹几遍全国，无知卜存者。入陕遇大悲禅师，遂求剃度。越八载乃主持迎江寺。驻锡才数月，有挂单僧至，名慧海，年五十余，无来视其人若相识，慧海亦凝视无来，已而相视大笑。慧海者，史卜存也。问无来别后事甚悉，叹曰："人海茫茫，焉自物色吾哉！子以吾为何如人也？吾少读书绝明慧，十二失恃怙，遂交游侠儿，赌博无赖。十四遇吾师惠真师，受技击术。二十有成，渐喜渔色，有姿首者，利诱之不得，率夜入其室奸之而去。七八年如一日，虽名捕无如吾何。一日至无锡，于衢头见有妇甚美，尾之入巨室，度无能利诱，以夜入其家，伏于西屋檐间，意俟其酣寝而乘之。有顷，闻内室有读书声，循声往视，则有少年，秉烛危坐而读。吾听其抑扬有节，知善读者，伏听不倦，欲心顿息。忽见日间妇来少年旁，吾意其夫妇，窃叹为佳偶，而少年见妇，容止甚肃，妇笑语少年：'夜深胡不息也。汝父数日不归，吾体虚怯夜，恒彻夜不瞑，吾后房甚洁，汝盍伴吾宿？'少年变色兴起曰：'侍婢数人，更迭伺候，宁复畏鬼？'妇腼然曰：'若辈纳枕鼾声即作。'语已，眼波微动，荡态横生。少年赧然不语，妇若不自禁，趋捉少年臂，少年蓦然夺门而出。妇不胜其愤怒，攫书撕之。无来师，尔谓少年谁也？"

无来咨嗟久之曰："吾自遇大悲师，二十年，少时事俱已忘怀，独此事未能去心。"慧海曰："相在尔室，脱师当时不能无动者。吾杀人有如刈薙草莱耳！吾以不义之心往，本利人不贞，然斯须之间，易吾生平，觉人品唯美妇最下，自是遇此辈未尝平视。后微闻石田翁逐其子，张女以忧卒，度必为妇激羞进谮所致，遂乘夜取其首，思持报师以泄愤。踪迹至新安，将以置师室，见师已起，乃悬之廊下，不意师骇然奔告主持，故又挈之而出，今尚瘗天王寺之墙后。翌日师出，吾偕至吴塔，因念以师清才，入都必有所遇，顾直白其情，又虑致唐突，辗转忆及张俊德招饮之日，曾见师入其门，吾不识张，但利其多金，足供吾出入。曾数入其家，故得托词以见师。首途之前夕，尚取其三千金。别师后，纵横南七省，以艺结兄弟十人，益无所忌，虽藩库亦劫之。后于太原遇一客，挟珠宝逾十万，吾兄弟尾之数日，莫测其为何如人。一日已暮，无逆旅，客入一村舍，宿其楼，三更灯犹未灭，疑其懦。兄弟中二人破窗入，火摇摇即息；又二人入，微闻格格声；复四人进，闻叱声如鸮，后登者坠地。吾知是人有绝技，急窜，而追声已近。前当小河，幸习水，没身，刃已及顶，去发且半，伏匿不敢动。后潜行达彼岸，觅兄弟无一生者，悲愤恨不同死。顾无力以复之，奔天台谒惠真师，师曰：'汝等自不慎，吾遇之，亦唯有谨避，独挟重宝，投宿村舍，岂常辈所能任？汝恃技横行南北，不死已幸，尚思更造孽耶？'吾闻言即日求剃度，今十年矣！诚不意吾二人得为方外之会。"

无来瞑目无一言，慧海诘无来于张女云何，无来曰："误矣！"

《小说海》第2卷8号　民国五年（1916）8月

朱三公子

月白风清，万籁俱寂，辰州清捷河畔，有孤舟系缆，一少年立鹢首语舟子曰：“吾小出即归，任何如人，当不令入吾舟，能过此河者，明日即平安抵家矣！”舟子未及诺，少年已跃登岸，捷若飞隼。

少年去，舟子方徘徊，忽一丐近舟次乞食，舟子视之，年可十五六，蓬首垢面，褴褛鹑结，舟子畀之食，丐掩泣曰：“吾家白马隘，去此一日之遥耳。然非舟莫达，盍假盈尺之地，免吾久羁是间。吾祖犹有薄遗，终当报汝。”

舟子沉吟曰：“吾奚不可者，第吾公子有命，毋令他人入舟，公子法度严，不敢违也。”丐益泣曰：“公子谁何？渡一沦落儿，惠而不费，宁用怒耶？即有谴责，吾自有词解之。”舟子尚犹豫，丐复曰：“吾潜匿舟中，勿与公子知若何？”舟子许之，引丐蜷伏舟尾。

须臾，公子至，呼舟子问曰：“入吾舟者谁也？”舟子惊愕，公子注视舷缘曰：“足痕都内向，尚未出也。”舟子语之故，公子亦不怒，趋视舟尾，丐蜷伏未动，公子责舟子曰：“奈何不遵吾法度，而擅引人入舟？客即至，又不接之以礼，忤客玩主，莫此为甚！”语已捽舟子而踣之，入舟尾掖丐起笑曰：“村奴无状，忤吾嘉宾，适已扑责之矣，幸乞原恕！”

丐视公子久之，微颔其首曰：“人言朱三公子贤，果然。”言已为公子扑衣上尘。公子逊谢不遑，携丐手入己室。丐踞高座，请其名不答。公子出酒食甚恭，既而曰：“区区十万金，自西安将至此，诚不敢告劳，亦不敢贵此傥来物，特家君十余年宦囊所积，将归以供祖母甘旨，惧有差池，以贻堂上忧。必不获已，则许有其半，亦感大德。”

丐举杯大笑曰：“公子误矣！孰贵此戋戋者，实告君，有欲视公子技者，遣某刺公子虚实，某感公子高谊，望公子无忽，致玷盛名。”公子曰："吾何能？辱贤者措意，便欲相见，胡不明示周旋？"丏曰："是非某所知也。公子犹忆'仙人溪却盗'之事乎？"公子曰："事不逾月，何遽忘之。今欲相见者，即其人乎？"丏曰："时自知之，公子珍重。"语罢，立为别。公子挽之曰："烦介吾见彼若何？"

丏笑曰："吾来时有约，三更不归者，必被害。彼即以报仇之师至，公子固能，然焉可撄其愤怒？"公子亦笑曰："愤怒奈何！吾学道以来，唯畏心气和平者，颠倒二人，亦殊落寞。君为壁上观，亦可助兴。"丏喜曰："名下无虚士。"遂复坐。

公子招舟子语之曰："若见舟震簸甚厉，亟为吾击鼓发声。"复顾丏曰："君得无袒来者否？"丏笑曰："奚用其袒？"公子乃出一铜箧，宽尺，长倍之，扃锁甚固，启之出铜剑二，古痕斑驳，若甚椎鲁；软甲一袭，刃痕纵横若蛛网，挈之锵然有声。公子着已，提剑笑谓丏曰："不幸而弱，容为缓颊。"丏亦笑诺之。

公子出，跃登桅巅，但见微风助波，银波射月。须臾黑影一瞥，直趋公子，公子挥剑叱之，遂共拥桅而斗。舟撼荡触水汩汩，舟子闻声，援鼓而号。丏踧踖不宁，桅上公子叱咤声益剧，舟几颠覆。

久之声息，公子狼狈而入，丏起迎，公子弃其剑，已断其一，右足为敌所中，血出如沈。于铜箧中出药涂之立已。复饮药数丸，语丏曰："甚矣！惫，容吾略息，再共君话。"言已僵卧逾时始起。

丏贺曰："公子克大敌，荣誉益彰矣！"公子曰："是何俊品，几致苦我？"丏曰："其人若何？"公子曰："须鬖鬖如刺猬，躯纤小不称其首，殆面具耶？何手法之大类仙人溪盗也？然强弱又至不伦。"丏笑曰："即其人也。士别三日，宁可一例？某宜即归，不尔，又起风波矣！"公子送之，一跃即不复见。公子嗟叹久之。

翌日抵白马隘。公子之家，于白马隘为巨第，公子少侍父官西安，家唯祖母及仆婢辈，公子置金讫，即舟返西安。复次清捷河，公子登岸思物色丏及斗者，久之无所得，怏怏而行。

未匝月，至仙人溪，公子命泊遇盗处，复物色之，亦无所见。且解缆，忽视河干有茅舍一椽，一叟当门编履，年若七八十，须眉俱皓，发脱落如无，风神潇洒，目炯炯如电。公子知其异人，乃异装为舟子，跣足科头，趋叟以钱易履。就而着之，将以伺叟。叟忽凝视公子笑曰：

"三公子落魄，乃亦如老夫耶?"公子惊曰："丈人何由识我?"叟笑曰："老夫何能识公子？日间闻儿辈言公子能，适见尊足创，故知之也。"公子喜曰："幸遇丈人，我以穷于物色，且行矣！二度窥望者，令郎耶?亦过不相饶矣。"叟笑曰："不打不成相识，公子得毋欲见之?"公子沉思。叟曰："老夫耑候公子久矣！公子抱绝世之技，宁有畏途?"公子遂慨然诺之。叟乃起曰："公子行。"公子请更衣，叟曰："此装亦良不恶，行亦。"公子虑叟谓其懦，即不顾而行。

数十里犹未达，公子曰："丈人家何许?"叟曰："但行，不远矣。公子若饥，老夫有干糇。"遂出饼授公子。公子正苦饥，食之良饱。日已暮，叟行不倦，公子复曰："去丈人家几何也?"叟不悦曰："不谓公子较老夫乃畏跋涉，走尽湖南，亦不过三千里，公子畏远，庸有缩地术耶?"公子大惭，不敢复问。

四日始入一山，幽邃且无樵径，叟言："即金童山也，属永定。"扪萝拊葛又半日，岩下有石室，已扃其门，叟微叩之，门启一少年出，公子视之丐也。容光焕发，衣饰丽都，趋出与公子为礼，异香馥郁，如薰兰麝，叟微叱曰："奇衣妇饰，亦不言羞。"少年赪然，侧身导公子入。

叟笑曰："劳公子远涉，心实不安。然如此奇逢，亦不易得。"顾少年曰："公子非他人，促遁儿及若妻出拜公子。"少年入别室，有顷偕一丽人出，年十四五，修眉妙目，明媚无伦。公子惊为之礼，少年笑曰："此拙荆也。"复面叟曰："遁哥羞见公子，望爷亲命之。"叟大笑曰："终当见之。"公子问故，叟曰："以曾弱于公子，难为地也。"公子笑曰："是何伤，吾不亦大受创乎?"叟及少年夫妇均大笑。

公子不审，乃曰："我自取负荆。"叟曰："公子为捉来亦佳。"少年遂导公子入别室，一人拥被卧床上，视之，仙人溪所遇者也。年可二十许，尫羸特甚，见公子至，跃起曰："胡太相逼!"公子骇然，不知所慰。少年曰："遁哥无误会公子美意。"遁儿愤然曰："吾不受人揶揄也。"公子谢过不遑，遁儿益怒，逾窗而逸。公子忸怩出兴辞，叟谢曰："童龀无礼，羞及老夫，幸公子假借之。渠久慕公子名，然公子将南归，候于仙人溪者半月，公子宽假之得仅免。归谋其妹，复伺公子，清捷河中所遇者是也。妹复不得逞，遂废丧几不起，故羞见公子，非有他也。渠久有行意，度此去已不返矣。老夫今年七十有六，公子师海空，老夫弟子也。老夫儿媳俱死于粤寇，遗儿女一男，以累老夫。”随指少年曰：“是儿为吾儿入室弟子，吾儿弟子十余人，老夫闻其死，令其弟子曰：‘有能收其骨殖者，以女妻之。’是儿独犯难为之，故赘其幼女。其姊尚待字也。”

公子闻言惊诧，稽首曰：“师祖得非杨讳广隆者乎？”叟颔之曰：“公子于今年几何？”公子曰：“二十有四。”叟曰：“知公子未娶，女孙年十八，颇不陋劣，其技公子已见之。欲以奉托，了老夫心事，公子将谓何？”公子拜谢曰：“但得请于父母，敢不唯命。”叟凄然曰：“尊父母知发寇必犯长安，故先遣公子赍金归，前月得海空书，尊父母已殉难西安矣！”

公子立号泣昏绝，及醒詈叟曰：“老悖胡不早言？使我成万世罪人。”叟潸然抚之曰：“公子无兄弟（叔伯行为三），宁不白尊父母遣行之意？海空方外人，已嘱其载骨南归，老夫诚恐公子贸然而往，致蹈绝地，故坚候公子，引入深山。已遣女孙迎公子祖母入山偕隐，以避乱世。”

越数日，公子哀少杀，女已迎祖母至，公子相与痛哭。又数月，海空载双榇亦至，即葬金童山。

公子家山中凡十年，娶女生子，叟及祖母，俱殁于山中。乱静始返白马隘故居，为人言其事如此。湘中故老旧人，无不知有朱三公子者，女三十余，犹视若十七八云。

《小说海》第2卷10号　民国五年（1916）10月

丹墀血[1]

一千八百五十五年八月十日，悉司利亚王薨，太子威丹幼，首相弗林齐尔摄政，阴有篡志，虑执政未久，多不附己者，未决行。威丹年十六，伟岸有仪范，以公爵领军为师团长，孔武善剑术，剑士夹门而客。

老剑师巴顿者，以技雄悉司利亚，威丹师事之甚谨，日恒三数趋候，然巴顿未尝一过威丹，人皆怪之。剑士日薄之于威丹，威丹亦窃疑。顷之，有告巴顿入摄王邸，侍食甚欢者，威丹患之，欲绝巴顿。翌日威丹出，见巴顿与摄王同载，威丹骤骑谒摄王，巴顿起为礼，威丹他顾阳不知，意以辱巴顿，巴顿神气甚舒。

威丹益不愉，过其所欢克尔来。克尔来者，伯爵贝尔泰之女，贝尔泰十年前曾入相，今已休致，克尔来年十五，美慧冠悉司利亚，威丹眷之殊甚，阴有婚约。克尔来见威丹色不豫，以为请，威丹曰："弗林齐尔久未归政，人皆谓将不利于吾，吾自顾力薄，不足以覆之。剑士百余人，无能释吾忧者。师事巴顿有年，谓可以托心腹，乃每欲启陈，辄乱以他语，今且与弗林齐尔同载。"言已废然长叹。克尔来曰："吾习知巴顿贤，必不为君患。君曷避人而询之?"威丹曰："巴顿素犷，于弗林齐尔前辱之，询且遭白眼。"克尔来无语，威丹郁郁归。

弗林齐尔有女名菲司儿塞，年与克尔来埒，貌远逊，然妖冶善饰，折腰齵齿，迈绝时人。喜出游，举悉司利亚繁华盛处，芳踪殆遍。久慕威丹，然碍于弗林齐尔之训诫，又苦于威丹崖岸过峻，心实悒悒。

一日，弗林齐尔忽示意使昵威丹，菲司儿塞喜，造威丹第，威丹怪之，不知所以为礼。菲司儿塞约游哈克它。哈克它者，勃郎山麓之村墟也。古木蓊郁，苍翠欲滴，有水贯勃郎山而出，为溪绕村焉。溪水奔注

---

[1] 本文发表时署名"恺然、半农"。

甚激，澎湃有声，五步之外，不闻人语。有密谋者，多于是间决议，以防侦刺。威丹不白菲司儿塞之旨，已怪其来之突兀，闻约更疑有故，立即却以他事。菲司儿塞请以次日，威丹沉吟久之曰：“君与游彼之意，可得闻乎？”菲司儿塞赧然移时曰：“亦兴之偶然耳。”言已眼波微动，斜睨威丹。威丹益疑，乃曰：“明日之事，且俟明日决之可也。今实不审明日有闲否。”语时意若不属菲司儿塞。

菲司儿塞大惭，归以状告弗林齐尔。弗林齐尔怒曰：“孺子谓吾不足死之耶？非巴顿屡为言者，且醢矣。彼既自绝其生路，吾何惜焉！”遂遣使召威丹。威丹入，弗林齐尔盛怒以向，威丹色挠。

弗林齐尔曰：“老夫已耄，自晨至昃，总摄万机。储君所更既寡，而又日事嬉戏，老夫受先王付托之重，其能以国授童穉？今且游各大国以益见闻，毋日昵便辟，以失民意。巴黎首善之都，政教风物，足备攻研，菲雷、泰伯登，均习于法俗，挈之以行，必有裨益。”即召菲雷、泰伯登曰：“汝二人侍太子游巴黎，勿荒勿怠，即以明日行。”威丹大愕，不欲行，弗林齐尔已竟入，威丹出告克尔来曰：“弗林齐尔命我之巴黎，而以菲雷、泰伯登侍，二人尝于巴黎为优人，弗林齐尔擢而为心腹，吾久羞与共语。”

克尔来曰：“君勿往，弗林齐尔喜怒不可测，君去无以系人望。”威丹犹疑不能决。归值菲雷、泰伯登于途，威丹欲避之，泰伯登已趋与威丹为礼，欲握威丹手。威丹不与之。菲雷至，望威丹笑曰：“摄王命侍殿下明日首途，适造邸就摒当，而殿下未归。今愿得偕往。”威丹曰：“汝等以明日来可也。”语已遂行。菲雷、泰伯登自后以手作势揶揄之。

威丹抵家，诸剑士已候于门，威丹入内室，以摄王命告剑士，剑士皆愕眙。威丹太息挥剑士出，独负手踌躇，计无所出。半夜犹辗转不能成寐。忽侍者密报巴顿至，威丹虑其为弗林齐尔谋己，命入，戒备以待。巴顿入，目左右顾，意甚仓皇。见威丹倚剑而立，乃笑曰：“殿下疑吾耶？吾固谓殿下不知人，事急至此，尚欲自恃其勇。殿下之力，能死我一人耳，其如弗林齐尔之数万禁卫军何？且殿下倚剑待我，必以我为弗林齐尔来刺殿下，殿下曾见有徒手行刺者耶？”

威丹闻言惭阻，立弃其剑，趋与巴顿握手。巴顿曰：“弗林齐尔今日之言，殿下且奈何？”威丹曰：“仆正为此踌躇，先生宵至，必有以教我。”

巴顿曰：“久为殿下谋之，非然者，此命之发，不俟今日矣！弗林齐尔摄政以来，于兹三载，何尝一日忘殿下？乃殿下不闭门谢客，而多接技击之士，以益其忌，而促其决心。若谓技击之士，能有裨于殿下之事，则弗林齐尔为不足惧矣！殿下遇我独厚，以我技出彼辈上也。我诚以技事殿下，日试剑于殿下之门，为殿下笑乐之具，亦与彼辈等耳！以技事殿下者百余人，今且相将引去，我宁能独留为殿下谋耶！二年来，殿下出，必有侦者，举与殿下过从者，弗林齐尔必书之于册，吾久知其谋，惧祸及不为殿下福，故不敢来谒。弗林齐尔嘉吾不附殿下，时赉金帛，每使至，吾必随使入谢。弗林齐尔渐与吾谋殿下，吾未尝忤其意，但以民意为可，不宜猝行致反对者，弗林齐尔以为然。弗林齐尔无子，虑得大宝无承继者，谋于吾，吾因乘间言不如以其女菲司儿塞进殿下，育子即其甥也。及其长而委政焉，何异委政于孙哉！弗林齐尔意为动，使菲司儿塞昵就殿下，不谓殿下不以国事为意，而面辱菲司儿塞，因有今日之事。吾不知殿下之意不欲行，然不行且益困，吾适面弗林齐尔，谓殿下明日不行者，废立之事，决之俄顷。殿下谓留庸有幸乎？”

威丹慨然垂涕曰：“先生爱我甚矣！我固不敢以剑士遇先生，然先生目击弗林齐尔之专横，在他人不得近之，先生曾与同载，盍不一怒以奠国本？今乃代彼而劝我行，我行后，更无与之为难者矣！我现秉戎节，有数千之众，尚不能抗之，而谓只身他出，有返国时耶？”

巴顿曰：“不然！弗林齐尔罪状未显，国人方尊仰之若神明。即今日召殿下之言，亦得理之正。彼亦将暴之，以市好于国人，殿下违之，彼又有辞矣！肆吾之力，何弗林齐尔不足以死之？第死之不以其道，其党且大扰，殿下所昵者剑士，在朝者谁实附殿下？吾尝为殿下延誉，莫不蹙额，群谓弗林齐尔能纳殿下于轨物，为不负先王托孤之意。殿下以弗林齐尔不归政，时与人致怨怼之词，朝臣皆非殿下，吾逞一朝之愤，国人皆知殿下所为，适以实殿下之罪，于事何补焉。为殿下计，唯有慨然而行，弗林齐尔无所忌，凶焰必张，国人晓然弗林齐尔之罪，殿下归，一举而覆之，事无快于此者。”

威丹叹曰：“当谨如先生言，然此行若不返，先生将谓之何？”巴顿涕泗交颐曰：“殿下但善自保，勿纵饮狭邪，菲雷、泰伯登阴柔寡断，不能为殿下害，弗林齐尔遣之，为失明矣。吾今敢矢于殿下之前，若弗林齐尔及殿下未复，而有他变者，吾以死报殿下。”

威丹起立，紧握巴顿之手，呜咽不能成声。巴顿为拭涕亦自拭其涕曰：“别矣，珍重！”忽指威丹腕曰：“此缕缕者非剑瘢耶？”威丹颔之。巴顿抚弄良久，太息为别，威丹遂决心行。

次晨，菲雷、泰伯登至，威丹念此二人虽恶，然自此当与共起居，不能不假以辞色，乃与以手令握之。二人如被殊恩，战栗捧威丹手。威丹霁颜问二人已否整备，二人言：“特为殿下摒挡，余事已就绪。”威丹即饬人备行装，已驰别克尔来。克尔来凄恋婉转，若不胜情。威丹温慰再四，互易其小照为纪念。贝尔泰知威丹有巴黎之行，心颇忧惧，然亦无尼之之策，相对咨嗟而已。

威丹与菲雷、泰伯登抵巴黎，寓逆旅中，二人事威丹甚恭，善解威丹意。威丹新别克尔来。意殊不适，二人谋所以消遣之者，至为殷渥。威丹稍稍亲二人，更月余，形神益相依矣！歌场、妓院，非二人不欢。巴黎有名优罗茵爱娜者，年十七，色艺冠群优。菲雷、泰伯登为威丹先容，观面时罗茵爱娜惊却，审顾乃已，遂两相爱悦，往来甚数。罗茵爱娜第以威丹仪表惊人，不知为悉司利亚太子也。

一日威丹过罗茵爱娜居，见几间有新拍小照数张，疑罗茵爱娜者，喜而启视，则俨然己之容也，唯服饰不类。审视神情，复微有差异，大异之。罗茵爱娜睨威丹而笑，威丹问何人类我之酷。罗茵爱娜笑曰：“我亦谓似君也！此我兄名佳复克，徒貌似君耳，行为都无人理，嗜博纵饮，日与无赖伍，强居我家，挥之不去，一无意气之恶男子也。”

威丹曰：“今其人安在？”罗茵爱娜曰：“适君友泰伯登来，伊蹶起捉臂俱出，度此时博正酣也。”威丹曰：“菲雷未至耶？”罗茵爱娜曰：“菲雷可笑人也。彼昨日至此，谓恐妨我二人密话，并语泰伯登回避，言已憨笑不止。”威丹亦笑曰：“彼诚解事，奈何谓为可笑，我二人欲话之密，顾不多耶！”罗茵爱娜腼然不语，此后情好益笃。

威丹固未能忘情于克尔来，不能求婚。罗茵爱娜欲嫁威丹，而不见威丹露求婚之意，忐忑不宁。意威丹未成年，与人必无婚约，屡询威丹阀阅，威丹均含糊其词。罗茵爱娜疑之，方思伺便以己意示威丹。一日佳复克薄醉归，出一小照与罗茵爱娜曰：“妹视此儿佳否？”罗茵爱娜接视，一女郎年十五六，拈花转盼，媚秀天成。

罗茵爱娜问曰："此谁也？姿致绝佳。"佳复克眯其双目笑曰："汝欲知是人耶？我亦不知其为谁，但知为汝所欢者之钟情人也。汝盍视其背？"罗茵爱娜反观之，有文曰："威丹灵魂之克尔来。"罗茵爱娜不禁手颤，佳复克复出克尔来情书示之，罗茵爱娜噤不能声，泪出如绠。佳复克见罗茵爱娜哭，亦无语，掉臂竟去。

罗茵爱娜敛悲出觅威丹，抵威丹寓，适威丹出，菲雷、泰伯登亦出。罗茵爱娜请于逆旅主人，直入威丹室迟之，久待而威丹不至，见案头书卷狼藉，略一翻阅，书中杂信笺甚伙。笺制极巧，笺端有火印为王冠。罗茵爱娜审为宫内之物，不知威丹何由致之。更拽其屉，有未缄之书二，均威丹手书。罗茵爱娜急观之，一为致巴顿者，略言得手书，知弗林齐尔于我来巴黎后，诛锄异己，我旧日剑士，芟夷略尽，闻之痛心。然闻朝臣离异者多，思我返国，又觉可喜。贝尔泰能为我收纳亡命，为我异日返国地，情实可感。昨接克尔来书，谓弗林齐尔有来巴黎之说，嘱我留意。我思此说必不确，然我防之自不容懈也。菲雷、泰伯登二人，均能幡然改悔，诋弗林齐尔不置，力为我谋返国后如何诛此老魅，我甚嘉许之。二人侍吾甚欢，巴黎且较故国乐，毋念我也，云云。罗茵爱娜见之惊愕。

一书为致克尔来者，言屡接来书，皆及时作复。君昨书谓弗林齐尔有来是间之说，恐传闻失实也。彼总揽万几，安能来此？若为谋我而来，亦过愚矣！彼之心腹菲雷、泰伯登，已倒戈相向，彼之举动，吾纤悉毕见。彼虽自来，亦胡能谋我哉！

罗茵爱娜阅竟，更欲寻觅来书，不之见，始知威丹为悉司利亚之储君出奔者，自庆眼力不讹。既念菲雷、泰伯登幡然改悔之语，二人必为弗林齐尔所遣以谋威丹者。吾今后当侦二人所为，二人必不致疑于我。归欲觅佳复克询克尔来小照及情书所自来，而佳复克未归。顷之威丹至，罗茵爱娜迎之曰："适迟君于逆旅，胡再不归也。"

威丹笑曰："小出无定向，亦不自计时之久暂。"罗茵爱娜笑曰："适有美名克尔来者，亦候君于逆旅，与吾适相值，询君起居甚悉。"威丹跃而起曰："今其人尚在逆旅耶？汝曾询彼胡自而至者？"罗茵爱娜曰："彼迟君不得，已四出觅君矣。吾曾询以访君之故，彼言自悉司利亚奔波至此。”

威丹失色，汗出如珠，立起欲奔。罗茵爱娜尼之曰：“彼言初至巴黎，舍馆未定，君求之必不得。然吾曾以此间地址语之，彼诺以今夜七时过访，君于此静俟之可也。”威丹沉思久之，始复坐，神气殊萧索，出其表数之曰：“已过五时，行且至矣！”罗茵爱娜曰：“彼曾言悉司利亚政局大变，弗林齐尔将亲至巴黎，与君将有莫大之关系，究何事也？”

威丹更踌躇不宁，久之叹曰：“悔不听克尔来之言，而轻离故土，果有巨变，渠之此来，必出于无奈。”言已泪涔涔下。罗茵爱娜曰：“君无戚，但能悉语吾，当力为谋，或且有济。”威丹曰：“无不可语汝者，但无补于事耳！”威丹遂悉语罗茵爱娜。罗茵爱娜颦蹙曰：“君谓菲雷、泰伯登悔悟，于何知之？”威丹曰：“于告弗林齐尔之密知之，二人言本为弗林齐尔谋我而来，因见我宽厚，不类其平昔所闻，始知弗林齐尔实有篡志，乃尽暴弗林齐尔之私。即我见汝，亦彼先容之力。”

罗茵爱娜曰：“他事吾不知之，至于为我先容，在君未可视为好意。真为君者，当此蜚语横兴之日，劝君恐惧修省，犹恐不及，乃导君入我门耶？吾观其人与佳复克一见如故，必为不善。”威丹复出其表视曰：“七时半矣，不至何也？”罗茵爱娜笑曰：“吾往迎之若何？”威丹曰：“汝不知其处，奈何迎之？”罗茵爱娜起曰：“君少须，吾必迎彼来也。”言已果出。

威丹疑之，坐有顷，闻罗茵爱娜呼曰：“至矣，至矣！”威丹蓦然而起，罗茵爱娜入持小照笑掷威丹曰：“非克尔来耶？”威丹始悟其诳己，视之惊曰：“此照为别时克尔来所贻，常置屉中，昨忽不之见，方遍觅不得，奈何乃在此间。”

罗茵爱娜曰：“岂特此耶？”语已，复出情书示威丹。威丹曰：“君得自吾室中耶？”罗茵爱娜曰：“吾正怪二物无因而至，然出自佳复克之手，其端倪可拟议得之。第不审其命意云何也？”威丹曰：“佳复克畀汝时作何语？”罗茵爱娜曰：“一无所语，唯有姗笑，然其意不难询得之也。”威丹曰：“汝何由知弗林齐尔将至巴黎之事？”罗茵爱娜曰：“幸恕我。我于迟君不至时，擅发君书视之，故知之耳。”威丹曰：“知之亦无害。”罗茵爱娜曰：“观君意旨，巴黎较故国乐，岂有终焉之志？吾意国方多故，此非君久淹之地，宜亟谋归，及弗林齐尔根本未固，纠合忠智之士以倾覆之。”威丹曰：“容吾图之。”言已，纳克尔来小照、情书于怀而别。

罗茵爱娜念小照、情书，必菲雷二人遣佳复克将来，以间我与威丹之好也。然二人始唯恐撮之不合，今乃故间之何哉？佳复克必与其谋，且俟其归而询之。十一时佳复克始归，罗茵爱娜佯怒曰：“菲雷、泰伯登安在？威丹既有钟情之人，胡劳介之于我？脱非汝者，吾且入狡童彀中矣！汝速言菲雷、泰伯登以此畀汝作何说？吾将有以惩之。”

佳复克曰：“妹乌从知畀我者为菲雷、泰伯登？”罗茵爱娜曰：“此甚易知。此紧要物，非其近侍何能得之？”佳复克摇其首笑曰：“非也！克尔来之父贝尔泰也。贝尔泰恐威丹眷妹而弃其女，特从悉司利亚来，以八十佛郎倩吾达之于妹。且云，携吾至悉司利亚，约明日即行，吾慕其豪富已诺之。”

罗茵爱娜颔之曰：“贝尔泰居何所？”佳复克曰：“亦居逆旅中，于威丹不远也。”罗茵爱娜曰：“未遇菲雷、泰伯登耶？”佳复克曰：“未也。”罗茵爱娜询已，挥之出，意必弗林齐尔已至，假名贝尔泰以欺佳复克。既念弗林齐尔之来，必为威丹，威丹尚不知之，非急告之者殆矣。

时已逾十二钟，罗茵爱娜趋威丹逆旅。威丹犹未寝，罗茵爱娜告以故，威丹曰：“吾适已知之，菲雷、泰伯登云，昨曾遇弗林齐尔于途，幸彼不之见。”罗茵爱娜惊曰：“菲雷二人今何在？”威丹曰：“已酣寝矣。”罗茵爱娜挈威丹手曰：“君且送我归，将有以语君。”威丹即与罗茵爱娜同出。

罗茵爱娜谓威丹曰：“君尚以菲雷二人为可信耶？小照、情书胡为而入弗林齐尔之手？君不速绝之，祸至无日矣。君知弗林齐尔欲携佳复克至悉司利亚耶？君思此无赖之赌博儿，弗林齐尔将安用之？特以其貌似君，欲携归拥之为傀儡也。近顷悉司利亚之舆论，于弗林齐尔必致反对之声。国人思君返国之意，必至殷渥，观君致巴顿书，即可知之。弗林齐尔忌君能，不欲归政，因是欲致君于死，而阴求类君者以立之。君尚不省悟耶？”

威丹曰：“彼乌知佳复克之类我也。彼之来巴黎，亦容有他故，未必为谋我而来也。明日我当往谒。汝无恐，若在悉司利亚，吾早有戒心，彼今已失所凭依，安能祸我乎？”罗茵爱娜曰：“君胆勇过人，思虑殊不密致，有菲雷、泰伯登在君许，弗林齐尔惧不知佳复克之类君耶？吾意君明日必无往，盍及其在巴黎也，潜返悉司利亚，不纳其归乎！”威丹曰：“吾适已筹之，菲雷、泰伯登实主其谋，吾尚能致疑于二人哉！”

罗茵爱娜曰：“然则君以明日归矣。”威丹点首曰：“若能乘便图弗林齐尔，则诛之以行绝后虑。不克则以宵遁。”罗茵爱娜曰：“君计亦良得，吾唯有祝君胜利。或君行时匆促，不及相见，望归后无相忘也。”威丹抱罗茵爱娜而吻之遂别。

次日停午，罗茵爱娜方坐而凝思，佳复克奔而至曰：“贝尔泰之逆旅不戒于火，已成焦土。”罗茵爱娜急询曰：“见威丹否？”佳复克曰：“不曾见。”罗茵爱娜趋出，至威丹逆旅，威丹、菲雷、泰伯登俱出。徘徊移时，不知为计，至弗林齐尔之逆旅，则颓墙败栋间，烟火犹在未息。观者相塞于途，有太息而言者曰：“胡白日竟遭焚毙，岂八时二人尚酣卧未醒耶？”罗茵爱娜闻之，心怦怦然，急觅视。果见焦尸二具，略具人形，孰为谁氏，绝无标别。

罗茵爱娜归，欲遣佳复克访死者及威丹耗，佳复克不知所往，度其已入博场，乃仍造威丹寓，寓主言威丹已他徙矣。罗茵爱娜愈疑，彷徨道周，忽一人趋而前，视之威丹也。神色匆遽，语罗茵爱娜曰：“几不及与汝相见。”罗茵爱娜握威丹手询所以。威丹曰：“且去汝家言之。”

威丹至罗茵爱娜家曰：“吾今晨七时偕菲雷、泰伯登诣弗林齐尔，不意彼已伏数人于内室，菲雷、泰伯登夹立吾左右。谒见时，二人卒搤吾吭，伏者皆出，缚吾于柱，复以絮入吾口，令不能声。彼等出，火已卒发，吾力断其索，而门窗都反扃，不得出。幸消防者破扉入，吾始得脱。弗林齐尔必以吾为死矣！吾宜亟返悉司利亚，不尔，汝之言行且为验。”罗茵爱娜合掌祝天不已。

威丹忽问曰：“佳复克焉往？”罗茵爱娜曰：“以事度之，弗林齐尔已携之去悉司利亚矣！”威丹曰：“宜然，吾不能更羁此矣！”起与罗茵爱娜别曰：“吾归得正大位，必不忘汝。”罗茵爱娜抱威丹颈而泣，威丹亦泣下。

威丹归悉司利亚，虑有识之者，衣褴褛涂面伪为丐，入贝尔泰家，贝尔泰不能识。威丹告之，乃惊喜，引入内室更衣。克尔来卧床憔悴，威丹入，蹶然而起。贝尔泰曰："昨日弗林齐尔召朝臣，谓殿下已归自巴黎，明日即归政。朝臣迭谒殿下邸者，皆摈不见，且亦不通款洽。巴顿入谒，握手而惊，谓殿下腕有剑瘢，此人非是，遂大怒，举剑欲劫弗林齐尔。弗林齐尔命缚之，巴顿怒如狂，拔剑击杀卫士十余人，终以不敌而死，朝臣皆詈其老悖。克尔来闻殿下归，谓必降临，久之不至，往谒亦摈不见，羞愤不可支。及闻巴顿之变，疑殿下必有不讳。今晨集殿下旧日领军之将佐密议于此，均慷慨激越，愿与弗林齐尔致命。今殿下果归，事益易为力矣！"

威丹曰："弗林齐尔授政当以何时?"贝尔泰曰："明日。"威丹曰："可速以我命令谕将佐，明日临朝，吾当手刃二贼，毋自相惊扰。其党有起抗者，即为我诛之。"贝尔泰诺而去。

须臾，将佐来者十余人，威丹慰谕之，咸喜诺。次日弗林齐尔携佳复克临朝，朝臣皆顶礼膜拜。弗林齐尔曰："老夫受先王付托之重，理国数年，精神疲倦于政务。储君英武，老夫屡乞归政，以颐养余年。昨驾还自巴黎，已允老夫休致……"弗林齐尔言未已，座下哗声已起。惊顾，则威丹携贝尔泰之手，已昂然直入。弗林齐尔面色如死，欲内避，威丹之剑已飘然而下，颈血缕缕溅丹墀逾方丈。佳复克为贝尔泰所戮。

弗林齐尔狡诈终其身，只赢得染丹墀之颈血于悉司利亚，作伪奚为哉！故名其篇曰：《丹墀血》。

《小说海》第 2 卷 11 号　民国五年（1916）11 月

皖　　罗

常德朱云岩孝廉，囊巨金将北上，有所营干。时当咸同之交，盗贼充斥，孝廉虑无将护者，或不免，顾南省无镖局之设，乡间一二拳师精技击者，恒震慑于绿林之威，不之应，孝廉因循未得上道，然所以物色之者至备。

孝廉有孀姨，饶于财，其夫在时好结客，趋之者户限叠迹，及病乃稍稍引去。殁后唯一客独留，自白无所长，但乞为佣，报主人德。孀姨不欲违其意，衣食之如夫在日，亦无所遣饬。客自道其姓名为罗七，安徽人，常自称“皖罗”。短小骨立，若不能趋步，年且五十，然音吐犹若童稚，小饮辄醉卧终日。他奴翫其无能，乘醉推堕马矢中，亦竟酣卧。

一夜盗至，群奴惊噪，盗且逸，皖罗忽挟一人破承尘堕地。群惊趋顾，奇人下体尽赤，已失其阴，盖孀姨有女实娟好，盗强就淫，为皖罗所袭也。堕地血出如沈，皖罗出药涂之。自孀姨纵使行，于是家人共服皖罗能。群盗则衔皖罗刺骨，谋所以创之，择盗中善走者，故入孀姨家，设伏持矛于濠内以待，俄而皖罗果追盗至，伏者避盗，以矛出皖罗胯下。皖罗力握矛颠，盗多力，掣皖罗空中，掷腾数丈。甫及地，盗不暇瞬，皖罗已捉其臂。盗骇极，崩角哀免，皖罗数而纵之。自是盗畏皖罗，相戒勿犯。

孝廉家距孀姨远，不甚相过从，初不知有皖罗也，至是闻其能，特候之，折节乞共就道。皖罗笑曰：“及吾壮年，或能为役，今枯朽如许，复奚能者?”孝廉固请，孀姨亦继之以词，皖罗曰：“吾非畏死，惧不得干净耳！且勉为先生一行，幸他日毋以不卒所事为嫌也。”孝廉不解所谓，未有以应。皖罗复笑曰：“道途修阻，此行诚恐不免，然无与先生事，可勿虑也。第一事得请于先生，方可行。途中行止，先生不能自为主张，当一遵吾言。”孝廉诺之，逐首途。

皖罗徒手无所御，但磨康熙制钱数十，令缘如锋刃，纳腋下革囊中。每至一驿，安置讫，皖罗必外出，逾时始返，或竟达旦归。一日，归谓孝廉曰：“行抵河南矣！适见渠魁某，几诟谇，其意颇不欲好相识。”孝廉曰：“其技视子若何，得无下之否?”皖罗曰：“渠有刀，宝物也，他非所长，所部亦碌碌。明日当以五更行。吾方制器，先生且息。”孝廉卧视皖罗出青帛丈许，以絮包圭石系其端。

黎明皖罗促孝廉就道，孝廉危坐车中，车震撼，孝廉欲偃息，忽闻叱咤声，车亦止，孝廉惊愕，探首窗次，盗四五辈丛斗皖罗，无有窥车者。

须臾盗四散，皖罗登车，叱车疾行。出一刀示孝廉曰：“孱奴折本矣!”孝廉视刀，莹光四发，五内震骇，问：“胡由遽得?”皖罗出青帛曰：“以此绕刀数匝，卒不得脱，因而乘之。”孝廉视帛上刃痕宛然，皖罗叹曰：“吾见者屡矣！非其人而御利器者，适足资敌。”孝廉因就车中作《宝刀行》赠之。其结句云：“吕虔之刀王览佩，佩得其人物益贵。”皖罗不甚知书，然喜极，出车中酒，痛饮沉醉。皖罗数十日未尝近酒，至是盖不能自已。

又十余日，抵潞州，皖罗曰：“此间健者颇众，其渠新出未归，众纷议不决奈何?”孝廉曰：“盍俟之。”皖罗良久曰：“度不为害足矣！俟之未可必免，徒示怯耳。”

明日驱车上道，可数里，孝廉觉有异，顾行箧，已失所在，皖罗亦不知所之。车夫潜匿草间，震颤不敢出，孝廉惶惑，出车四顾，蹴车夫问何所见。车夫徐起言曰：“吾方执御与皖罗君共话，皖罗君忽惊起，出刃如雪，倏有风掠马首，皖罗君即亦不见。吾业此且十年，所遇非一，然未尝见此，是以惧耳。”孝廉亦惧。

有顷皖罗飙然出车后，左手提行箧，右手握刀，血流被面。孝廉趋与慰问，皖罗置行箧及刀，出药傅面，已失一耳，更从怀中出辫发一束，笑谓孝廉曰：“此役为吾受折阅矣！然较彼犹佳。退而失发，宁进而伤耳。”孝廉意不自安，唯唯而谢。

皖罗已登车，促行。车中语孝廉曰：“脱非有此刀者，几不能复以面目示人。来者为张燕儿，身手绝神速，此来特探吾技耳！使吾在壮年，直抚儿稺。今久疏角触，几至孩儿倒绷。”言已顾盼，若亡其苦。孝廉出酒，皖罗曰：“未也。险境方赊，至卢沟桥痛饮未晚。”

行未及暮，抵一荒落，数椽茅店，一竿杏帘，车将趋过，忽数人出攘臂曰：“是矣，是矣！”皖罗已跃身车外，抑马不令前。顾数人曰：“吾非巽懦者，且吾在，且勿惊吾主人，吾即止兹店。”因近车掖孝廉出。孝廉顾行箧，皖罗阴捘之，令示不顾。室坐十余人，俱瞋目视皖罗，皖罗转甚怡悦，从容为孝廉理卧具，一若仆从然。既已，属孝廉但安卧，复顾语诸人曰：“胡为苦相寻？吾所以礼诸公者至矣，必不能舍。胜吾一人，安足为武，所获终鲜。况未必遽获。张燕儿安在，胡不见我？”

诸人大怒曰：“看家狗敢尔！誓不从若。”言已均趋出。皖罗呼曰：“但谨守尔垣，不劳惠顾以骇吾主人。”诸人嘷诺而去。孝廉咎皖罗不逊言免祸，而故撄其怒。皖罗笑曰：“先生谓彼辈喜逊言乎，几曾见有以言动盗者？”孝廉曰：“且为奈何？”皖罗曰：“期彼而往，不胜且为后图。”孝廉危惧，欲尼皖罗行，皖罗不可，饬店主治肴馔。孝廉滴粒不能下。皖罗饱餐讫，就灯下出刀，抚循良久，又出囊所磨康熙制钱数之，曰：“久不习汝，幸而克寇，先生之福也；不幸则此身已报先生，亦不必惶悚。若天明犹未归者，先生但行，恐不复卒为役矣！”孝廉悲哽不能仰，皖罗遂行。

孝廉拥被僵卧，冀其即返，顾鸡鸣犹未至，彷徨不知所出。忽门启有声，意必皖罗，急视则二人舁一人入室置之榻。二人即出，孝廉惊起，卧者谁？皖罗也。酒气浓郁，盖已烂醉如泥矣。孝廉俟其醒，皖罗曰：“快哉！饮乎。”孝廉询所以，皖罗曰：“吾初达彼等之窟，诸人皆严阵以待。张燕儿复出，与吾斗。吾虑彼众，投钱创其腕，诸人皆出，复投数人。方欲奋击，其渠倏至，斗数合，即叩吾名。遽投械于地曰：‘七兄胡不早言？几令我亦遭毒手。’其渠盖吾同门友朱燕堂也。吾宿知其在此，故曩不欲偕先生就道，诚虑为纠缠。幸其新出未归，谓可偷度，不意其卒返也。吾与渠本约为兄弟，誓励斯业，吾寻萌悔过之志，劝偕休隐。不可，吾遂逃遁之湘，迄今十余年矣。其所部更迭不一，无识吾者。吾既自道吾名字，遂共叙饮。吾复申前请，谋偕休隐。渠叹曰：‘人生图适意耳，善恶奚论哉！兄洗手十余年，谓已置身通显，乃为人理卧具，尚复有昔时意气耶？’吾当时感其言，思十余年之所遇，诚不如为盗，犹得快意一时也。吾已诺渠复为兄弟，重理旧业，从此先生是路人矣！”

孝廉诧曰：“子诚迷惘，胡以片言丧十余年之守？”皖罗叹曰：“十余年丧之，朱燕堂安能动我哉！先生而毋以不卒所事为嫌之语乎？吾以一物赠先生，此去皆坦途，所以报先生赠诗之意也。”言已，出小旗一方，小箭贯其上，授孝廉曰：“此朱燕堂绿林箭也。以此横行北道无患，至都自有人来取。”孝廉惘然受之。皖罗已点首为别，挽之不及。

《小说海》第 2 卷 12 号　民国五年（1916）12 月

变色谈

争虎

民国二年，余居东京，有为余言凤凰厅人吴南台者，善技击，因访之。恂恂然若不称其言，谈竟日，亦无所异，颇疑告者之妄。逮交渐稔，始得其生平，余深服其能折节也。

吴二十时，偕同里之壮者二人猎虎，二人者，各执矛，吴怀短刀才尺许。深入山，岩石若削成，了无蹊径，方扪萝蛇行以上，飕然虎至，大倍寻常。二人惊且堕，吴力持其矛，拟虎腹，不暇他顾，二人已蹿下山麓矣。吴以矛抵虎腹，洞贯岩上，虎不得辗转，因循就毙。吴招二人上，二人喜甚，一人取吴刀解虎头，一人共吴舁虎躯归。持头者径归其家，旧例得虎，以头归首功者，余则分其肉。首功者更得肉焉。吴见持头者径归其家，哗诘所以，持头者笑曰："例，刺虎者得头，吾实刺虎，何得相争？"其一人亦实言："持头者所刺，君持刀，虎腹为矛所中，君尚有词耶？"

时里中少长群集，咸不直吴，吴愤极，白其故，曰："刺虎者宜有勇，今且以矛决胜负，负者宜不能死虎。"少长称善，持头者不得已，诺之，舍头执矛，吴夺其一人之矛以斗，一合，吴以矛刺其腹，遂踣，矛洞入地，吴从容顾语观者曰："吾正以此法毙虎也。"观者皆眙愕，吴夺死者矛，掷向实言者曰："君尚有词耶？"其人骇伏，言实为死者之谋，群遂奉虎头于吴，而致贺焉，死者之家亦无言。吴以此为少年使气之举，粗野无理，恒讳言之。

恺然曰："不然，此而不争，何以为人；此而不杀，何以警恶？"

闭　　虎

平江林某，兄弟二人，居山中，猎鸟兽自给。山深不易得硝药，非虎豹恒追逐手获之。

二人皆健捷无伦也，夜眠不以榻，初斜植木板于壁，身就板仰卧，终夜不屈，数年，去其板，以头抵壁，挺然鼾睡，略无苦也。居恒夜不闭户，置薯芋杂芬芳物于房中以饵，兽至则潜闭门掩执之。

一夜，有声响甚巨，弟方闭户，倏一物扑近身，弟力击之，庞然堕地，知为巨兽，即呼兄随手得一椅，物扑至，如前更猛，挥椅击之，椅应手碎，物亦似已受创，兄闻声将火出，物即扑兄，兄睹之，虎也，大乃如牛，急挥拳当之。火已灭，不中，爪伤臂。弟奋前直击，已迷所在，兄弟遂复举火，握刀竟觅，不得。偶举首，则坐楼上，以刀惊之，亦不惧，闭其楼门，猎枪自瓦缝中击之，凡数发，始毙。二人年皆三十许，不立室家，亦不知世故。

余于庚戌辛亥二年间，屡访其人，体魁梧而块索殊甚，不类矫健者，语憨朴，不多说道理，叩其所习技，无师承，但有恒不期程进步耳。兄弟友好甚笃，客至，意恒若不相属也。

驱　　虎

新宁刘蜕公为余言其乡有蓝某者，有异能，时持六十斤钢叉入山杀虎，毙即以叉刺其颔，负而归。其遇虎时，必以左手持叉向虎，呼虎威张三，来比武。虎闻声，必至前，加二足叉颠上，张口唾蓝面，蓝徐引巾拭涎沫，讫举叉刺虎喉，一不中，再如前，为之三，举无不毙之者。

新宁多产竹，大者合抱。乡人常择其大者，植地陷数尺，复引其颠至地，设机置系蹄焉，虎触之，机发，即掣身悬空际，啮竹不得入，叫号踉踯数日，即毙。乡人始解其悬，如此以为常。一日，有虎白额，触机，逾时即无声息，往视系蹄，唯一足在焉，盖已自决其足，遁矣。自是虎患忽剧，伤人畜无数，见之者云皆三足虎所为也。猎户遇之，莫不悚惧，乃共求蓝，蓝供神甚灵，请于神，不得诺，而虎已嗥于山，蓝愤持叉，纳斧于腰而往，斧亦三十斤也。及见果三足虎。蓝持叉呼张三如前，虎应声至，以其一足加叉上而唾焉，蓝举叉，虎已跃避，三举，虎衔其叉掷数丈外，斧进亦然，遂披发，禹步禁咒，虎犬伏。蓝折枝驱至家，属徒剥其皮，且半，蓝就视，虎忽腾扑，蓝急让，臂已为所伤，不复能持叉向虎矣，其人今尚存，噫，亦异矣！

狎　虎

阳明先生谪居龙场时，常有诗曰："东邻老翁防虎患，虎夜入室衔其头。西邻小儿不识虎，持竿驱虎如驱牛。"岂列子所谓得全于天者耶。

新宁一农家，曝纱十余竿，方食，天忽欲雨，家人尽出收纱，三岁小儿独留，比返，一虎立小儿旁，俯首食小儿所遗饭，家人不敢入，亦不敢声，虎忽仰首欲食小儿碗中饭，小儿以箸击其头有声，则仍俯其首，小儿食如故，家人骇极，有黠者，故击猪令叫，虎即奔去，问小儿，谓为狗也。

死　虎

长沙刘三元，老拳师也，子金万亦有声，一日，父子行山中，突有虎至，不及避，三元遂抱项，虎爪入肉不懈，金万因举石击之。顷刻毙虎，舁以归。自是刘父子勇名更噪。三元谓金万曰："虎徒有其名，亦甚易与耳。"其子以为然。无何，去其居二十里有山，患虎甚剧，募猎者伺之月余，谓击十余枪皆不中，殆神虎也。相率罢不猎。刘夫子闻之，荷械入山，气甚盛。移时，入益深，气稍馁；再入，则鸟飞叶落，亦必动色相顾。金万欲还，三元已有所见，指曰："彼处是矣！幸背我坐，又枝翳其首，汝急往击之，我伏此截其逃路。"金万不可，愿伏此，三元不悦，曰："伤汝，我能医之，我伤则不可也。"金万不得已，持钢枪潜出虎后，幸不之觉，猛刺之，即反奔。三元伏地见虎应枪而倒，不少动，呼止金万，严备就视，乃死虎也，身饮十余丸，盖死已数日矣。三元侄行刘心泉拳师为余言之。

《民权素》第十六集　民国五年（1916）3月15日

寇　婚

常德魏伯言幼业儒四十不得青一衿，遂鬻祖遗，设肆于常德，将以商人老。顾不善营运，未经年，折阅其产之半。魏少时同学有杜建章者，江西金溪人，亦以困于场屋而经商，弋获至富。魏邀共经理，杜遂挈妻子至常德，张大附益其肆焉。

先是魏妻数生子不育，至是生一女，而魏妻以难产卒。时杜子初夺乳，杜妻遂以乳哺女，提携保抱，一如己出。魏中年丧偶，憔悴特甚，杜慰藉之殊殷，计算益精窍，不苟取与。积数年，羡余甚巨。魏感其义，且以女非杜妻不生，遂欲婿其子。会发军入湘，常德首当其变，杜仓促携妻子返金溪，束装待发，女号泣不可舍，魏因言愿附姻娅。杜叹曰："千里跋涉，复值荒乱，且惧不得归奉先人邱墓，何敢以一言稽令爱终身之事。"魏固请，始曰："吾子长若女一岁，今才七龄耳。请以十年为约，过此无耗，则勿劳盼望。"魏诺之，请质。杜曰："数十年交谊，质何为哉！"遂别。

杜去后，魏移家邑之西乡，有同宗女嫁无赖子丁某。丁居于魏密迩，涎其所有，日存其家，魏以女稚，复自苦寂寞，横有嗟叹。丁窥魏有胶续之意，适其乡有白氏新寡，聒魏娶之。丁得往复于白氏之门，阴与白通。及婚，丁来益数，白时为盗物事，魏不及察也。

数年，女渐长，敏慧绝伦。丁及白氏皆以其稚，不甚避忌。女得以其私状白父，魏遂绝丁。然白氏阴与丁通好如故，但略敛迹耳。

又数年，女十五矣，风姿绰约，娟秀天然。白氏思塞其口，以情诱之，女赧然不知所答。白谓其心动，令丁夜乘女于房，女泣奔归魏所。魏怒索丁，已不知所往，而门户洞辟，复失器用服具二三事，白乃言贼之貌丁者也，昏暮不辨，故稽及之，幸不为所污垢，勿扬以自玷。女无以证其为丁，魏遂不穷诘。

白自兹日夜以女字人聒魏。魏曰："杜家十年之约，明年及期，当姑待之。"白笑曰："别九年矣，而杳无音耗，谓有姻娅之谊者如是耶？即不毁家于乱，而一言之微，于仓皇待发之际，亦已忘之矣。守株待兔，宁不迂乎？张仲扬者，此乡之巨室，其子绍基，年二十，乡党多称之，见正欲娶媒妁日集其门，闻尚未有当，何不一致蹇修？饶资财，美声誉者，莫不欲得以为婿，非捷足，愆期必矣。"

魏亦虑杜言不足恃，而张于乡多财行义，有侠士之风，遂以为然。媒使数往，张慕女慧美，婚约竟就，纳采问名毕，亲迎有日矣。日之薄暮，魏方徘徊门次，忽有少年，芒鞋负袱，往复道周，若踪迹谁何者，见魏折恭致词曰："此乡有魏先生讳伯言者，丈人知之乎？"魏不疑其杜郎也，应曰："某即是也，足下奚自而至者？"杜弃袱而拜，白所从来，魏愕然，让入室，杜流涕曰："先君以前年弃养，道途梗塞，致讣无由，遗命禫服后以书奉大人。山川阻深，二月始得达此。"言已，解囊出书畀魏，魏审为建章之笔迹，墨痕撩乱，斜整错杂，知为弥留时所作，不觉泪零。

书曰："伯言老友足下，曩遭世变，仓促分袂，眷眷此心，已虑遂与我数十年老友永诀，携家就道，所遇皆逆人意境，垂朽之年，那复堪此。转徙数月，始达故居。而数年所积，颠越无余，犹幸不至冻馁，私冀得留将尽之年，与我老友重见。乃天不厌祸，乱事频仍不息，一念之间，金溪凡二度被陷，常德冲要之地，所受可知矣。每念老友鳏居，抚数龄弱息，丁兹忧患，不禁恻然心酸，内人亦念女至笃，时相与泫然，临别殷勤之言，无一日而忘怀抱。豚儿不善读，而喜言武。因念乱世，唯武足自保，复欲遂其性以成其业。故任其择师，所就何等不可知，要有名宿之称誉，或不为无能者。平生一点骨血，与老友各有其半，唯望其强健多寿，不必其发皇也，哀哉！此心老友当不病其沉痛，数月来，病至剧杂，日昏卧如醉，今忽得须臾之醒，乃强起为此。天其或者特假此须臾之醒，以别我老友乎？死生异路，永以为决，临纸呜悒，书不悉心。"

魏读竟，泪滴纸湿，哽咽不能胜。杜郎亦泣不可抑，相对良久，忽白氏自内探首唤魏，魏入，白曰："杜家儿来耶，胡不速令他往，若将一女嫁二夫乎？"魏拭泪沉吟曰："彼远道跋涉至此，夙有盟言，又故人之子，安忍遣令他往？且日已沉暮，崎岖山谷，令彼奚适而可。”

白闻言，微叱曰：“老悖，若能以词绝张氏，则唯若；不尔，及人不及知而为之地，为不可缓。去此数里，有逆旅，且止之，以为良图。”

魏素惮白氏之悍，至是益无以自主，乃出语杜郎曰：“本合馆君于此，唯蜗居过隘，朝夕兴居不便，曷暂止逆旅乎？”杜虽怪其简，然不疑有他，乃出袱中金数铤与魏曰：“先君命以此为聘，乞惠存大人许。”魏不可，曰：“婚姻所需无几，立足自备，安忍货女于故人之子。”杜不敢固进，负袱复出，冥行数里，果得逆旅，茅屋数椽，足避风雨而已。

逆旅主人，年若六十许，眼朦胧不辨尺外物，犹就如豆之灯，摩挲织履，闻客至，蘧然而起，款接殷渥，杜外无他客戾止。杜略得果腹，即洗足登床，坦然高卧。入梦方酣，忽闻叩门声甚急，惊问谁何。有喘息微促之声答曰：“但启扉，有事须白。”

杜察其声，不类男子，惊疑不知所云，虑祛箧者，乃以袱缠腰际，启关，一女郎瞥然而入。杜惊退，询觅谁氏，得无误耶？女郎目杜，倚壁而喘，须臾，颤而言曰：“春哥不识妹耶？”杜乳名春哥，外人不之知也。

杜知为魏女，益骇然，问见投之故。女曰：“春哥速逸，图兄者立至矣。”杜曰：“何谓也？”女曰：“事急如星火，何能为兄详道所以，适奔波数里，精力俱惫，望兄见怜，拯我于厄，感当没齿。”杜叹曰：“异哉！我今日初临此间，与此间素无怨隙，安便欲图我？且人欲图我，妹又乌从知之。然既承妹见告，自当戒备以俟，妹但坐无恐，我自有力却贼。”杜言时，以椅授女坐，女泣曰：“诚如兄有胆勇，然欲图兄者，别有故，兄不逸，于事终无幸。”

杜茫然不省何指，念女既强欲逸，亦当无害，乃笑曰：“我因妹而来，亦因妹而去，徒事跋涉，何以为偿？”女曰：“与兄偕逸耳。”杜喜，遂与女潜出。出门不数武，山行险巇，不辨途径，任意奔窜，仅可十里。女倚树言踵痛欲折，杜择巨石令坐憩，己亦坐其侧，令女言故，女以背盟之言告，既而曰：“兄出自我家时，聘金为丁所见，丁固曾做贼，即谋于白，将以今夜攘兄金。白言‘能因便杀之，更佳。’丁言‘无难，但我一人恐不足以死彼，须益助手，助手非钱不可得。’白即窃吾父金与之。吾窃听甚悉，故不避艰险，图脱兄于难。”

杜闻言顿足曰：“早知如此，必不逸矣！”言未已，忽闻步骤声。杜起立四顾，有巨石自林间飞坠，且及杜颅，不及逊。格以臂，臂伤，方欲呼号，二人突出，手双刃左右刺杜，杜腾足踣一人。一人急进，杜以袖展刃，其人即弃刃抱持杜，山石倾侧，相与共跌。前一人起，举刃拟杜，杜大吼，跃而起，于地得长石，旋舞以进，呼声应山谷。杜惧女为他贼所伤，以石投贼，贼知不胜，入林而没。杜返视女，伏匿石后而泣。杜慰藉之，复藉石休憩，步骤之声又发。杜叹曰：“吾甚悔逸之失计也，今临绝地，而寇至不已，吾又伤臂，将不免乎。”

女失声而号，杜急止之，步声渐近，杜思不若先发，出其不意，乃耸身猛击其人，未及中，其人已退而叱曰：“何物小丑敢尔，不速束手，死汝不异蝼蚁。”杜见其人魁梧有非常之表，且能卒然不惊，其技必有过人者。急敛手而前曰：“小子无状，误丈人为贼，幸宥唐突。”其人睆而言曰：“适大声呼贼者若耶？胡又若有女子号泣声也。”

杜曰：“然，小子兄妹二人，自江西至此，寻亲不遇，复迷途径，是以在此。丈人能赐周全，俾免露宿，亦德之大者。”其人倾首曰：“令妹在何许？”杜指示之。其人问女曰：“若二人，兄妹耶？若今年岁几何矣？”女俯首告之。其人笑语杜曰：“何兄妹乡音之不一也？”后微颠其首曰：“姑暂止我家亦可。”杜心忐忑，欲不行，其人握杜腕曰：“行矣无虑，我天下之好事人也。”

杜腕被握，思脱不得，乃扶女偕行，下山数十步，便见楼宇。及门，其人推而入，广厅巨额，陈设华焕，然琉璃之灯四，光照须发毕见。健仆三数辈，挺然矗立。其人奋步登堂，据上座，握杜及女，示左右坐。卒然问曰：“汝二人将潜逃至何所，速白无隐，我非受人欺者。”

杜闻言大怒，瞋目视良久，咤曰：“丈人何太轻人，宁视我为掠人口者，即谓不类。丈人无官守，亦不得以威胁人。我二人穷途无告，托丈人一夕之庇，于丈人无所损，何辱过事盘诘？如不蒙相容，或有他虑，则白官与逐客，一任尊处，必以讯盗贼之威临危，则宁死不受辱。”其人改容而起曰：“某过甚矣！幸足下不为此乘间，顷言寻亲不遇，令亲何如人，曷以见告？”杜以魏伯言对，其人曰：“魏伯言，吾习闻其人，与足下何亲？”杜曰：“吾岳耳。”其人曰：“业成礼未？”杜未及答，女已饮泣不禁。

杜思不能终隐，其人亦非恶，不如告以实，乃具言其始末。其人甚惊诧，俯首思有顷曰："今夕已无及，明晨吾当往谒魏先生，调处其事。若二人既未成礼，当分室而处。"言已，呼女仆引女入西室，己携杜手东室道安置。杜请询姓字，其人笑曰："我即张仲扬也，明日必有以处子。"杜惊悸拜服。张曰："我尚有经营，请便安寝。"

张出，召其子，告以事曰："汝谓将安出，魏女美而贤，必欲得而为妇，则犹汝之妇也，谓当奈何？"绍基曰："儿何患无妇，而必夺人之妇，且二人偕逸，暧昧诚不可知，儿纵不以为嫌，如人言何？愿儿父成其两好，无以儿为怀也。"张大喜曰："贤哉吾儿！能自立，何患无偶。"张父子言顷，一仆进白，魏家走伻报丧，今尚在外。张大惊亟出，魏仆曰："小姐中恶不及治，业就殓矣！"张闻言，知魏将以暴死掩迹，亦佯为悲叹之状，言明日当亲临吊唁。

魏仆去，张语其子绍基曰："愚哉魏叟，乃欲以暴死掩迹，盍速备殓器数事，明日往吊，当言女既为张氏妇，当受张氏殓，请改殓以葬，魏必无辞。"绍基曰："棺虚无物，安得无辞。"张曰："辞则强启其棺，我等以舆夫六人往，纳斧凿于衷衣，棺新封不固，启之易耳。"

次日，如言而往，魏果辞曰："家门不幸，丧及稚孺，实怆于怀，若复揭而出之，颠倒衣履，诚所不忍。既辱承厚爱，则赐抔土以掩遗骼，生知所感，死知所归矣！"张曰："固所愿也。"魏款张于别室，数僧礼佛于堂，钟声梵语，清响如云。张仆佯为观礼，近棺，斧斤卒下，棺划然而裂。张闻哗声急出，魏随其后，僧及张仆十余人，聚嚣于棺侧。张排众入视，则赫然而卧棺中者，僧也。礼佛之僧，争抚尸号曰："昨夕吾师不归，方共疑讶，乃死此耶，是必有死吾师者，吾等安可不为吾师理屈。"号已，皆奋臂大嚷。

张盱愕不知所为，回顾魏，已昏卧地上。张令舁至榻，灌救逾时，始苏，僧呼偿命益剧。张谓诸僧曰："若等少安，吾将有以召若，僧而死于俗家，死因不言可知矣。不速秘之，白于官，若等有何利焉？吾当权言于主人，以千金为若师恤，若等无露其情于人，而以主人之女葬。"诸僧习知。张又许千金之利，遂不复嚣，张令仆盖棺封固，以千金之言告魏，魏不敢否。

张归，将以女及杜返魏，及抵家，二人已不知所之。以询阍人，皆言无见，张顿足叹曰："事益棼于乱丝矣！"亟令其子绍基曰："二人逃自我家，我责无可贷，汝速备装往踪迹之。杜自云金溪人，脱不能得之于途中，抵其地必有知者，不得兆，无归也。"绍基有难色，张怒曰："鼠子年二十，不能急人，尚敢梗乃翁命耶？"责已，将批其颊，绍基惶悚请行。

绍基去，张徘徊厅事，庖人上食，张举箸，忽投其碗于庭外，大呼备舆，舆具，唯令急趋，而不言所向。张于舆中自言曰："作老娘三十年，今日孩儿倒绷。"舆行数里，始悟异趋，急命改途诣魏。比至，日已昏暮，庭中洞黑，寂无人声。张跃下舆，入庭，尺外不辨物，张呼仆举火，则钟铙磬钹之属，散置一室，诸僧皆杳，烛灭香销，亦不知诸僧以何时去此。举烛入帏，棺封如故，张立良久，无人出迎，乃率仆入房。房中陈设囊箧，皆颠倒错乱，张顾其仆叹曰："吾固料其有变，然不意其逃也。但其事亦至可异矣！魏叟此间土著，逃将安所之，且白昼挈室而行，逃亦何能免，至愚之人不出此，得非狂乎？"更以烛入他室，举目即见魏自经于户后，张目吐舌，手足下垂如带，抚之已冰。

张错愕移时，始与仆解置榻上，挥涕泣曰："吾生五十年，所更非一，然所遇奇离，不可咎诘者，莫此为甚，直堕五里雾中矣！"言未已，忽闻庭中步履声甚杂，张趋出，则役吏数辈，拥一冠带者至棺次，诸僧随之，一僧瞥见张，即指谓冠带者曰："张某是矣。"冠带者怒目张，役吏出索将施缚，张呼曰："小民无罪，即有罪，亦不苟免，何辱加缚？"因谒冠带者，将有所白。役吏呵斥之，不得近，冠带者顾役吏曰："不缚之，将何为？"役吏遂缚张，张就缚，不敢违。冠带者命启棺，出死僧于地，翻验良久，略无伤迹，乃就坐鞫张，张具白其所遇，至魏叟自缢，冠带者跃而起曰："乌得又有自经者？"立起入室，问张曰："是谁解其索者？"张以情告，冠带者视张狞笑曰："僧死秘不报，魏死擅解其索，汝何图者？"因顾诸僧曰："若辈言主人悉逃，是以来告，是挺然而僵者，逃而复归死于此者耶？"

诸僧言张行逾时，内忽哗然，旋即声寂，久之无人出，呼之亦无应者，故以悉逃报。冠带者颔其首，询张以僧死法，张言不知。冠带者怒曰："汝曾为调人，乌得不知，不速言者，当立死汝于杖下。"

张曰："小民实不知僧死法，正怪杜及魏女窃走于深宵，达旦须臾耳，安所得死僧而殓之，且僧死无伤，尤幻不可测，小民居此近二十年，乡党都能道小民平生，果曾为不法者，小民甘任罪责。小民之意，首罪当在丁及白氏，得二人就缚，事且立白。"

冠带者即以二人年貌，重悬通缉，以薄棺殓魏叟，复纳死僧于棺，携张及诸僧返县署，俱置之狱。弥月而丁及白氏不获，县宰因去官，续宰是邑者，怠于治狱，事不白，张遂羁禁狱中，不得出。

杜及女之宿于张也，老妪引女入内室，女询妪此何氏，炫赫乃尔。妪为言氏族，女思之，大惊，彻夜不成寐，私询妪，得杜所在，潜诣杜，言其故，杜骇曰："张为人不可测，不速逸，恐复生意外。"女亦谓不可留，遂伺阍者不觉，相将俱遁。

行数里，女艰于步，村野无所得舆，辄憩息道周，逾午始得逆旅。女过饥不能食，杜慰藉之，略进乃已。食后复行，杜意归金溪，不审途径，畏侦者，复不敢询人。行行辄息，日已就暮，杜与女谋曰："适行半日，未遇一人，亦不见村落，今且入暮，将何所戾止。"女无言泣下，委坐道旁，杜立于侧，彷徨不知所出。

须臾黧云四瞑，秋老风号，万山助响，杜属目四野，忽睹火，明灭于远山中，将与女趋而投止，倏觉火渐近，知为行人，竟俟其近而浼焉。及近，则数男子言笑行甚欢，顾杜及女，即停步问谁何。杜以告张之言对，数人以火烛女，争窥女面，杜怒，将拳之，数人相视各大笑，复为隐语，啁啾不可辨，语已，谓杜曰："好儿孙，此娟娟者，合孝敬老辈……"杜不俟其言毕，拔路旁小树，奋击数人，皆左右披靡。狡黠者乘杜追击，负女而趋，杜急追逐，奔者已噪乘于后。杜不顾，奔者追益疾，不容不转身而斗。奔者知不敌，复回窜，杜回视负女者已不见，唯闻女哀号声，渐远渐微细不可闻。杜五内如摧，弃树逐号声所往而驰，奔波良久，了无迹兆，坐俟天晓，侦查一日，亦无所见，知已不可复见，怏怏而行。

杜连夜侵雾霜，精力疲倦已甚，复以女被劫，中心惨痛，行时尤殆于举步，乃附舟顺流而下。至洞庭，沂风不得进，泊湖干数日，乃病不能胜，终日蒙被而卧。

一日将解缆，复有附舟者，挈一女至，杜从被中窥之，魏女也。男子年四十许，肥硕无伦，短髭绕颊如刺猬，携女手入舟，女俯首若不胜怨抑，杜思诇女，是否能贞，匿首被中，虑为女知。

男与女居别舱，中以木为栏，高尺许，杜不敢起，舟行过湖，风浪甚急，舟震撼几覆，夜半，忽闻女号曰："若再见逼一步之外，即为死所。"即闻男子温慰之声。女号泣如故，一夕数作，达晓始已。杜闻之，哀痛欲绝，顾虑力不能出女于茫茫巨浸中，不敢造次，强自忍耐。十余日，达九江，舟泊，男跃登岸。杜微窥女，仍蜷伏舱底，须臾，男以二篮舆至，强掖女登舆，而自乘其一，逦迤以去。杜疾起，以值畀舟子，尾篮舆而行，趋亦趋，止亦止，数日达一村落，有巨第连云，广袤数十亩，阍者健奴七八辈。篮舆径入，杜不欲其窥见己，识其处而退，询于人，知为黎氏之宅。黎凶险不轨，曾隶籍于发军，缘屡败而蛰伏此间者。

杜归谋于戚族，以情白官，且告其逆迹，捕治之，一鞫而伏。黎盖得女于其徒者也，女以死自守，卒未为所乱，女归杜之日，张筵宴客。张子绍基，已踪迹而至，杜感其义，相约为兄弟，绍基留杜许半月，归复命，抵家始悉祸变。

张下狱业三月矣，丁及白氏未获，案犹悬不决。绍基入狱省父，张闻杜及女耗甚喜，笑曰："吾本天下之好事人也，但能成人之美，虽堕囹圄，甘之若饴。吾儿既归，事易耳矣！丁及白氏无远识，必尚伏匿百里之内，以侦消息，逻者不力，故犹夷至今，可速往物色之。"

绍基受命而出，果不是日而皆获，盖已同时而居矣。缚之官，不俟考掠，尽言其实，丁涎杜聘金，谋于白，白欲因以杀杜，不虞事为女知，偕杜先遁。丁结二三无赖，潜入逆旅，不得杜，乃返命于白，白索女不见，知为所泄，沉吟曰："妮子不常出，十里之外，即无方识，半夜，外乡男子，将何所遁逃。"因问丁以何时出自汝家，丁言已二日不归，白颔首曰："我意妮子无他相识，夜深去亦不远，或与杜家儿径至汝家，图托庇于其姊，亦未可卜。"丁以为然，白曰："吾且就汝家图之。"

时魏已就寝，白遂私起，与丁行抵其家，丁以刀挝门，久之未应，将破扉，其妻始出，白察其神色有异，入门如饥鹰索兔，床尻屋角，莫不注目，乃一无可异。白就坐问丁妻奈何匿若妹，丁妻错愕言无，白忽注视床下曰："此累累瓦缶，原以纳橱中者，何乃在床下，橱中又何实者?"丁妻色顿变，未及答，白已趋橱所，橱扃不得启，索钥，丁妻支吾，白忽筹思曰："橱中必为二人所共匿，橱启将并诛之乎，抑独诛杜家儿也？且杀之于丁家，亦有未安，计不如将橱归，而幽闭之，谁复知之者。"以所计语丁，丁呼数力人，舁至魏居，启橱则一僧屈死其中，丁怒，将归杀妻，魏已醒，忧愤中结，至于昏仆，白止丁曰："事已至此，秘之为善，当务之急，宜谋何以处此僧者。"丁垂头而叹，魏苏泣曰："祸水灭吾家矣！"言已痛哭，白不顾，倾首搓腹良久，谓丁曰："吾有以处此矣，速购棺殓僧，而以女中恶报张，两人之事也。"魏无奈，从其言，不虞张之强启其棺也。事既败露，虽有张调处，魏终羞于见人，遂自经于户后。

丁及白知祸且及己，乃挟资潜逃，至桃源，僦室共居，至是被缚，知不免，悉以尽告，县宰出张于狱。

《寸心》第三期　民国六年（1917）3 月 10 日

岳麓书院之狐异

故友长沙易枚丞，少时很负些文名。诗词古文，本也都还过得去。品行更有古君子的风度。

他与湖南军人程潜，有些交情。去年赵恒惕霸占湖南，用诡计逼走了谭延闿，又怕程潜的党羽与自己为难，也不管天理、国法、人情三件事说得过去说不过去，竟下了一纸命令，将住在省城里的程潜的部下和朋友，一律用乱刀戳死。于是少负文名的易枚丞，也冤冤枉枉的跟着李仲麟一班军人，同死于赵恒惕乱刀之下。当时国内各处的新闻纸，对于这回的惨事，多有抱不平的。但这不平的只管不平，赵恒惕霸占湖南的势力，却从此更加稳固了，这也不在话下。

且说易枚丞，癸丑年在日本亡命的时候，和在下往来得甚是亲密，因彼此的性情都是欢喜谈论神鬼妖怪，以此更加说得来。他所谈的很有几桩有记录的价值。

他说他十六七岁的时候，在岳麓书院读书，亲目所见的一桩怪事，至今还猜不透是一种甚妖物来。那时长沙三个大书院，一个叫南城书院，一个叫求成书院，一个叫岳麓书院。三个之中，就只岳麓最大。因为院址在岳麓山底下。一则是野外，地基宽大，所以多建房屋；一则山林僻静，与省城隔离了一条湘河，住在里面读书的人，不至因闹市繁华，车马喧杂的声音，分了向学的心志。所以岳麓书院终年总是有人满之患。书院中有房屋，照例是鳞次栉比，和蜂窝一样。每一排房屋都取名叫某某斋，就中只有名叫进德斋的房子，和这许多斋相离得很远。房外便是旷野。读书的人十之九胆小，从来少有人敢住在这进德斋里读书。哪怕许多书斋都住满了，来迟了的情愿和朋友拼房间，不肯去进德斋住。

有一个姓黄名律的后生，原籍是湖北孝感人。他父亲在湖南做了多年的官。黄律在湖南生长，到了二十岁也到岳麓书院来读书。他的胆量极大，一些儿也不知道什么畏惧。见院中没有空斋，只有这进德斋空虚了十多年没人住过，丹墀里的青草荆棘，长得比人还高；火砖砌就的阶基上，都长满了青苔。人踏在上面，稍不留神就得滑倒。满屋阴森之气，便在光天化日之下，人到里面去也觉得毛发悚然。窗门上堆积的灰尘，足有寸来厚。灰尘上面，时常踏有猫爪的迹印。那些伺候住书院读书的斋夫们，便大家惊奇道怪，说是狐狸的脚印，因此更无人敢去里面。

这位黄律，仗着自己年轻气盛，竟教人将进德斋打扫干净，墙壁都重新粉饰了一遍，买了许多上等木器，陈设起来。进德斋的气象，已是完全变化了。黄律的容貌，本来生得漂亮，气宇又很是飘逸，更喜用功读书。每次应课，总不出前五名。满书院的人无一个不钦敬他，无一个不想和他交结。只是他的性格却十分冷淡，最是不喜酬酢。同书院的人去看他，他不但不回看，并且不大招待。每有看他的人还不曾作辞出来，他就把头低下自去看书。人起身作辞，他也不送，有时略抬一抬身，有时连身都不抬。同书院的人受了他的冷淡，自然有些不高兴。谁还肯再去，受他的白眼呢？唯有易枚丞，那时因自己也是年纪很轻，而同书院的，除了黄律没有年龄相上下的人，想和黄律交结的心思，比一般人都切。

书院中旧例，每逢年节，须大家凑份子，办酒菜吃喝。哪怕平日不认识不往来的人，一到了年节都得聚处一堂，大家快谈畅饮。谈得投机的，彼此便往来，成了朋友。这回正是五月初五，办了几十席酒席。易枚丞既有心要和黄律交结，坐席的时候便同黄律坐一桌。席间攀谈起来倒也十分合适，黄律本极渊博，易枚丞又有才子之称。才人与才人相遇，自能心心相印。席散后，黄律邀易枚丞去进德斋坐谈。易枚丞欣然同到进德斋。见书架上的经、史、子、集分门别类的，陈满了四大书架。从经、史、子、集中摘录下来的手写本，堆满了一大书案，有二尺来高。易枚丞羡慕到了极点，心想这么肯用苦功的人，在青年中已是不容易见着，况他生长富贵之家，居然能如此努力，如此刻苦，将来的成就还可限量吗？谈了大半日，才兴辞出来。

后来几次想再去进德斋坐坐，只因黄律不曾来回看，知他是个用功读书的人，其所以不来回看的理由，必是怕和人往来亲密了，有妨碍他自己的功课，犯不着再去扰他，使他不高兴。有这般一转念，便不好再往进德斋去了。

光阴迅速，转瞬又是中秋，同书院的不待说是率由旧章，大家又同堂吃喝。易枚丞看黄律的容颜，清减了许多，神采也不似初见时那般发皇了。心想他必是用功太过，又欠了调养，方成了这么个模样。心里不由得十分代他可惜，若因此得了肺病，一个这般英发的青年，岂不白白地糟蹋了。易枚丞心里这么一想，便打点了几句话，想劝他不必过于用功。只因席间人多喧闹，不好说话。散过席，仍跟着到了进德斋。一看房中的陈设，丝毫没有更动，而四只大书架上的经、史、子、集，却一部都不见了；就是书案的那些手写本，也皆不知去向。房中仅有几部装饰极不美观的小书，床头案上横七竖八地拥摆着。随手拈了一本，见书签上题着"聊斋志异"四字；再拈一本，便是《子不语》。心里已是很诧异，料想摊在床头的，大约也不过是这类谈狐说鬼的书，便懒得再去拈起来看。

黄律这回的招待倒比前回殷勤了许多，知道请坐、让茶了。易枚丞坐下，开口就问道："书架上和书案上的书，都放在哪里去了呢？"黄律笑答道："哪里有什么书，我的书尽在这里。"说时用手指着床头案上。易枚丞更觉得诧异，又问道："我端节在这里坐，不是见这四只大书架和这张大书桌都堆满了书籍吗？怎么说没有呢？"黄律听了即仰天打了一个哈哈笑道："那些东西么，如何算得是书，只能算是驱人上当的玩意儿。这些书才能算得是书，才说得上是布帛菽粟之言。我早已将那些骗人上当的东西，送到化字炉，付之祖龙一炬了。秦始皇真是豪杰，见得到，做得到。只可惜这些布帛菽粟之言，出世太迟，不曾给他看见。所以免不了沙丘之难，不然早已成仙了。"易枚丞听了这类闻所未闻的话，少年好事的性情，不由得追问道："说那些经、史、子、集是骗人上当的玩意儿，这也是仁者见仁，智者见智，本没什么不可以的。但是这些谈狐说鬼的小说，你何以见得竟是布帛菽粟之言咧？怎么秦始皇见了，就可以成仙咧？你能说得出一个凭据来么？”黄律正色说道：“这些书都是圣经贤传，你后生小子怎敢信口雌黄道他是谈狐说鬼的小说？你这话未免说得太无状了。”易枚丞被黄律恶声斥责，心里本已气愤不过，只是转念一想，他若不是失心疯，必不会这么颠倒错乱；且他平日是个做古文功夫的人，对于制艺试帖，都不屑研求。端阳日和我谈了那么久，我已知道不是个狂妄无知毁谤圣贤的，此刻忽然变成了这般的态度。其中自应有个道理，何不暂将自己的火性压下，细细地盘问他一番，或者能问出他的病源来，请好医生给他治治，也是一件好事。免得白白地断送了一个有望的青年。

当下便按捺住性子，仍打着笑脸说道：“这只怪我荒唐，说话没有检点，老兄不要见罪。不过老兄何以见得《聊斋志异》《子不语》这一类书，是圣经贤传呢？我不曾拜读过这些书，实在不知道，望老兄指教。我也好去买几部来读读。”黄律这才欢喜了，拍着自己的大腿笑道：“好呀，这方是有根气的人所说的话。我的年纪忝长了你几岁，又是斯民之先觉者，应得指引你一条明路。你以后循着这条路走去，自有成仙的一日。你静听我说出一个凭据来吧！”易枚丞极力忍住笑说道：“我在这里洗耳恭听。”黄律点点头，提高了嗓音说道：

我从六岁起读书，到于今整整读了一十四年。除经、史、子、集四类骗人的东西而外，不曾读过一本旁的书。今年端阳节那日，你不是在这里和我谈了大半天的古文吗？你走过以后，我因磨研经史，从未出门一步。直到七月七日，我渡河到省城，看一个亲眷，回来已是傍晚。因在亲眷家多喝了几杯酒，天气又热，就搬了一张凉床，在后面一个小院子里乘凉。天色已渐渐向晚，树林里的凉风吹来，觉得四体舒泰，就在凉床上睡着了。一觉醒来只见半钩明月，水银也似的照在粉墙上。此时万籁无声，但有微风振木。仰看天上疏星几点，摇摇欲落，也不知是什么时候了。正打算回房安歇，偶一转眼，即见两个妙龄女子，立在我面前。每人手中提着一盏玻璃灯笼，那灯笼的光，异常明朗，几乎把星月的光都夺了。我虽是从来胆壮，然这么突如其来，一时也不免有些惊诧。方待开口问二人从哪里来的，到此何事，立在左边的一个女子已向我福了福，笑盈盈地说道：“我家夫人教我二人来迎接黄公子，请公子不要错过良时。”我当时听了这话，随口问道：“你家夫人是谁，住在哪里，迎接我有何事故?”那女子答道：“夫人只教我二人来此迎接，并不曾教我们说旁的话。夫人大约是知道公子不会推却，所以不教我说旁的。”我又随口说道：“这时书院的大门已经落了锁，如何能去?”立在右边的一个女子笑道：“夫人只说黄公子聪明绝世，如此看来，真是一个骇汉。不能去，我们怎么来的呢?”左边的女子叱道：“夫人正怪你多话，吩咐了不教你开口，你再敢这般胡说，看我不回夫人敲断你的蹄子。”右边的女子便抿着嘴笑，不言语了。我这时心里忽然有些恍惚起来，立起身说道：“要去就走吧，看你们引我上哪里去。”

两个女子用灯笼照着我向西方走去。我低头认路，不知如何走出了书院，所走的都是黄沙铺的道路，一坦平阳的，没一处高低。此时全不见一些儿星月之光了。两女子步履轻捷。我平日本不大会走路，这时却像有人推着，如御风一般地飘飘然行了一会儿。只见前面有无数灯火，高高低低地排列着如一条长蛇。仍是左边的那女子笑道：“好了，夫人派车来迎接了。”我抬头一看，果见一辆极华丽的车，停在路旁。两边站班似的立着四五十个女子。每人手执一个灯笼，有长柄的，双手举着；有短柄的，一手提着。一个彩衣女子揭起车帘说道：“请公子登舆。”我也不知道推让，提脚便跨上了车。那车恰好乘坐一人，我坐在上面，甚是安适。车行如舟浮水上，但闻得耳边风浪之声。又一会儿，车停了，车帘又有人揭起来，说已到了，请公子下车。我即跳了下来，便见一座巍峨的宫殿，大门上面悬着一方匾额，上写着“明月清虚之府”六个大字，笔致劲秀，酷似王大令的书法。

两行提灯女子，列队将我引进了大门。即见华堂上银烛高烧，金碧耀目。我漫步上了台阶，迎我的那两个女子，挥手教列队执灯的退去。彩衣女过来向我说道：“请公子稍候。”说着折身进里面去了。随听得里面有细碎的脚步声音，缓缓地向外走来。我恐失仪，不敢抬头仰视。那脚声才住，只听得有很苍老的声音说道：“远劳黄公子跋涉，老身心甚不安。长途劳顿，岂可再是这么拱立，请坐下来，略事休息。老身还有事奉商。”我这时忍不住偷瞧了一眼，见夫人虽是如霜鬓发，而精神完足，绝无龙钟老态。一种雍容华贵之气，盎见于外，确不是人间老妪所能比拟。左右侍立着四个女童，都是明眸皓齿，绝世姿容，越显得夫人的庄严尊贵。我不知不觉地上前屈膝禀道："黄某村俗之夫，荷承夫人宠召，夫人有何见谕，跪听尚恐失仪，岂敢越分高坐。"夫人忙教女童将我扶起，女童双手握住我的臂膊，我只觉得那两只手掌柔滑如脂，异香透脑，顿时心旌摇动，几于不能自持。勉强定住心神，立起来谢了夫人，再向扶我的女童道谢。女童嫣然一笑，掉过脸去。夫人先就正面座位坐下，伸手指着东边一张白玉床笑道："公子请这面坐。"我鞠躬回道："夫人直呼贱名，犹恐承当不起，公子的称呼直是折磨死小子了。"夫人笑道："天人异界，两不相属。公子不必过于㧑谦，老身因小孙女盈盈，合与公子有一段俗缘，故迎接公子来此。此缘须得几生方能修到，今日是双星渡河之夕，日吉时良，佳期不可错过。一切都已预备妥协，就请公子改装，趁吉时成礼。"我听了夫人的话，不知应怎生回答才好，也由不得我不肯，夫人已教两个女童过来，引我到更衣室沐浴熏香，更换了绣红礼服。回到华堂上已八音齐奏，响彻云霄，和人间一般的两个喜娘，搀扶着盈盈，立在锦毡上。引我更衣的两个女童，夹扶着我，与盈盈交拜。拜后同拜夫人。夫人笑道："也算得是佳儿、佳妇，老身的心愿已了。"回头向喜娘道："等新郎成礼后，趁早派原车，送伊回去。此地只能常来，不能久住。"喜娘同声应是。夫人即起身，仍由四个女童簇拥着进去了。

喜娘扶着盈盈，引我同入新房。那新房陈设的富丽，也非言语可以说出，总之没一样物件是人间富贵家能梦想得着的。进新房后，喜娘揭去盈盈头上的红巾，露出赛过芙蓉的面来。我一着眼登时觉得那扶我的女童，竟是奇丑不堪了。心里因欢喜得过度，倒疑惑是在梦中，自己不相信自己真有这般的艳福，迷迷糊糊的听凭喜娘搬弄，替我脱衣解带，上床与盈盈成了合欢礼。突然听得鸡鸣。喜娘匆忙进房说道："暂请新郎回府，今夜再来迎接。"我方犹疑，盈盈已推衣而起说道："来日方长，公子不可自误。"我还想问几句话，喜娘已迭连催促道："路远不易到，请新郎速行。"我至此有话也不好再问了，只得起身下床，仍穿了去时的衣服。看盈盈脸上并无依依不舍的容色。喜娘又待催促了，没奈何只好出了新房。那迎接我的花车，已停在门口等待，我慌忙上车，并忘了与夫人作辞，也不及与盈盈握别。

车行如掣电，刹那之间，也不辨行了些什么地方，行了多少里路，只觉得那车忽然经过一处极狭隘的地方，车身摇簸得很厉害，摇簸才住，车就停了。有人揭起车帘说道："请新郎下车，此地已是新郎的府第了。"我心想哪得这么迅速，跳下车来一看，满眼黑洞洞的，伸手看不见五指。便问道："这是哪里，教我怎生认得路回去呢？"我问了两声，却不见有人回答。禁不住焦急起来，大声喊道："你们怎么将我拦在这里，就都声也不作地跑了呢？"口里是这么喊，心里明白才从车上跳下来，并不曾举步，也没听得车行的响声。且伸手摸摸那车，看已推走了没有。遂伸手去摸，触手冰凉的，仔细摸去哪里是什么花车呢？原来就是我搬在后面院子里乘凉的凉床。我的身子竟已直坦坦地睡在凉床上，也不知是如何睡倒的。

易枚丞听到这里笑道："老兄不是因喝多了酒，天气太热，特意把凉床搬到后面院子里乘凉，就在凉床上睡着了的吗？"黄律连连摇手道："不是，不是！我乘凉睡着了是不错，但是已经醒来了，并已立起身来，将待回房安歇，方见着来迎接我的两个女子。"易枚丞知他是着了迷的人，用不着更和他争辩，便点头问道："后来又怎样的呢？"黄律继续着说道："我这夜回来，身上熏的香气，还很浓郁。只因一夜不曾安睡，吃过午饭，就上床睡了。也只睡得一觉，心里就回想昨夜的奇遇，辗转不能合眼。见天色又要黑了，想起来吃了晚饭，索性收拾安歇。"

也是才起来跨下了床，就见昨夜来迎接我的两个使女，笑嘻嘻地走了进来，向我说道："小姐好不思念你，你就一些儿也不思念小姐吗？"我连忙辩道："你怎知道我不思念小姐，可怜我的心，唯天可表。和你们说也是枉然。我又不知道小姐毕竟住在哪里，我就思念得死了，也没寻觅处。你们是来接我的么？快些儿引我去吧。"使女笑道："我们终日为你奔忙，可得着你什么好处？却教我引你去见小姐图快乐。"偏还不走。我只得向她两个作揖说道："两位姐姐的功劳，实是不小，我没齿也不会忘记。"昨夜笑我是骇汉的那个笑道："你既是没齿不会忘记，怎么这时就只是思念小姐，倒不思念我们两个呢？哦，是了！你是要等到没了牙齿的时候，才思念我们。此刻年轻有牙齿，是只思念小姐的。

你心里是不是这样?”我听了这话虽好笑，但是没话回答。这个又斥她道:“你昨夜敢无礼，犹可说名分未定，怎的此时还敢如此无礼呢?新郎不要理这烂蹄子，车已在外面伺候，请新郎就去。迟了时刻，夫人要骂我们不中用的。”那个使女一边向外走着，一边说道:“夫人骂倒没要紧，只怕小姐等急了，还要打呢!”我到了这时，一心想去见盈盈，也不理会她们的胡说，跟着二人毫无阻隔的，几步就到了旷野。见昨夜的花车，停在面前。只没有列队执灯的那些人了。

这夜我和盈盈睡时，便不肯像昨夜那般拘谨不敢说话了。细说了无数的思慕之话，因问“明月清虚之府”是什么宫阙，夫人是天上什么班职。盈盈坚不肯说，后来被我问急了，遂向我说道:“公子不曾读过蒲松龄著的《圣经》吗?那《圣经》里面有一大半是寒族的家乘。寒族的人现在都供奉蒲松龄的神像。”我问蒲松龄是哪朝代的人物。我的学问虽不算渊博，怎的《圣经》这书名字我都没听人说过呢?盈盈悄然不乐，将头偏过枕头旁边，不则一声。我吓慌了，不知要如何慰藉她才好。盈盈忽然长叹一声说道:“只怪寒族衰微，像公子这般渊博的人，都不知道蒲松龄是本朝的人物，《圣经》就是《聊斋志异》，尚有什么话可说咧?”我这时见了盈盈这种憔悴可怜的样子，心里着实难过，勉强安慰了一会儿。盈盈这夜终是不快。

我回家后就买了这部《圣经》，每日捧诵，实在都是些布帛菽粟之言。我心恨那些骗人上当的玩意儿，就尽数烧了。你想我若不是因那些什么经、史、子、集误事，怎么会连《圣经》都不曾读过，蒲松龄都不知道?盈盈怎得终宵不乐。我自从读过《圣经》，盈盈对我便格外恩爱了。于今一月有余，我没一夜不和盈盈同睡。据盈盈对我说，我去成仙已不远了。这不是一个老大的凭据吗?

易枚丞心里虽觉得诧异得很，但见他两眼无神，说话不似寻常人的神气，既已听得这些怪异的话，不敢再和他多说，便兴辞出来，也没将这些话向朋友说，也没再去进德斋看他。

直到重阳日，枚丞在水麓洲闲行，远远地见一个穿夏布长衫的人，径向书院里走去。看那背影极像是黄律。暗想重阳天气，如何还穿夏布长衫?黄律是失心疯的人，必然是他无疑。我何不跟上去看他作何举动？随即放紧了脚步，赶进了书院。因相离得太远，已不见了，便追到进德斋。斋门紧紧地关着，是从里面锁的。易枚丞也是少年好事，握着拳头敲门，擂鼓一般地敲得响。只不见里面有人答应。斋夫跑来问什么事，易枚丞说了缘因。斋夫也敲喊了一会儿，仍没有声息。斋夫道："这两扇门上下的门斗都朽了，可以撬得开来。既是没人答应，门又是从里面锁的，不妨撬开门进去看看。"易枚丞自然赞成这话。当下便将门撬开了。斋夫走前，易枚丞走后。到了黄律读书的房里，只见黄律直挺挺地躺在床上，身上正是穿着一件夏布长衫，再看面色不对。斋夫用手去他身上一摸，已是冰冷铁硬，还不知从什么时候死去的。易枚丞和斋夫不待说都吃了一吓，立时报明了山长，呈报了老师。

同书院的人听了这消息都跑到进德斋来看，那时住书院的人死了，死人家属在近处的，即刻派人去通报，由家属来领尸安埋。同书院的人送一份公奠。家属在远处，或竟没人知道死者家属的，就由同书院的先凑钱买了棺木，装殓起来。再设法通知家属来领。公奠便不再送了。

这时黄律的家属早已搬回孝感去了。同书院的只得大家凑钱，着人去省城买了衣巾棺木来，本打算就在这重阳夜装殓入棺。只因买办的时候，凑少了钱，不曾买得靴帽。天色已不早了，恐怕关了城门，不得进城。重新凑足了钱，只等明日天亮，再派人过河去买。将应买的物事开了一单，和凑足的钱放在黄律的书案上。湖南的习俗恐怕走尸，须得有人坐守一夜。但是这进德斋，平日已是没人敢住，这时更是有死人躺在房中，还有谁肯当这守尸的差使呢？大家你推我让的，终没一人肯担任。大家便议出一个拈阄的办法来，议定二十个人轮守。许多的纸团里面，只有二十个纸团有"守"字。谁拈着"守"字的，再不能推诿。

易枚丞念两度谈话的情，本愿意跟着守一夜，凑巧一伸手就拈着有"守"字的了。二十个人在一间房里，哪怕就是妖精鬼怪的窟窿也绝没有再胆怯的。只是静坐也不容易挨过一夜，就大家围着一张桌子赌钱，径赌到天光大亮才收了场。易枚丞拿了一手巾包散钱，想就书案上穿贯起来，走到书案跟前一看，笑呼着同伴说道："怎么说忘记买靴帽，这里不是靴帽是什么呢？"同伴的都过来，看了惊讶道："这是怎么说，岂但有靴帽在这里，昨夜开的那一单要买的物事，不都有在这里吗？哎呀！这里还有一轴挽联呢！打开来看是谁挽的。”易枚丞帮着将挽联打开来一看，见字体异常韶秀，联语也天然韵逸，不是俗手所能办。在下还记得易枚丞向我念的是：

独坐无聊仗酒拂清愁花销英气
几生修到有银灯碍月飞盖妨春

下款写着“明月清虚之府”几个字。装殓后也就没有什么怪异了。

从此进德斋更无人敢住。直到光绪末年，改办了高等学堂，将房屋完全翻造，于今不仅没有进德斋的名目，连岳麓书院的名目也没有了。

《红杂志》第1卷34期　民国十二年（1923）

三个猴儿的故事

在下闲居无俚的时候，每欢喜将平昔耳闻目见稀奇古怪的事情，在脑筋里如电影一般地轮回演映。事情越是奇怪，演映的次数便越多。时常遇着演映好笑的事，不知不觉地就独自纵声大笑起来。家人不知就里，突然闻得大笑之声，每每疑心有客来了，或走来问和谁说笑。

在我脑筋里轮回的次数最多，觉得最奇怪、最有趣的，唯有三件猢狲的故事。一件是亲眼看见的，二件是听得人说的。但虽是听得人说的，却不是出于虚造。随手写将出来，自觉比较普通像由心造的小说兴趣还来得浓厚些儿。

一

我十二岁的时候，在长沙乡村中蒙童馆里读书。同学的共有十六个，以我的年纪为最小。这一十六个同学都因离家太远，就在馆里寄宿。唯我离家不远，本可以不寄宿，不过小孩儿心性欢喜人多热闹，也借着自修便利，和许多同学鬼混作一块。夜间还有谁肯拿着书本，认真用功呢？只等先生一关了房门，上床我们便各自干各的顽皮事业了。或是白天在外面偷了人家的蔬菜鸡鸭等，到夜间煮了吃；或是趁夜间悄悄地出外钓人家池塘里养的鱼，摘人家棚架上的瓜菜；最高尚的顽皮事业就是下象棋。我那时因年纪比一般同学的小，夜间出外做小偷的勾当不敢同去，恐怕被人家发觉了，追赶起来，逃跑不快。同学的也怕因我误事，不教我同去。除我之外，还有几个或因身体孱弱，或因胆量太小，不能同去的，便在馆中坐地。只是他们偷了东西回来，我们坐在馆中的，煮吃的时候仍能享同等的利益。我们不能陪同出去的，连我共有五人。一个个都眼睁睁地盼望出外做小偷的同学得胜回来，好大家享些口福，谁也不肯先上床安睡。我们五人既都不肯先睡，而面面相觑地坐着又苦无聊，于是就围坐在一盏油灯底下，分班下象棋。我的象棋程度最低，只能坐在旁边观阵。他们四人钩心斗角地下，有时为一颗子相争起来，闹得先生听见了，就得受一顿臭骂，棋子烧毁，棋盘撕破。因此相约动子不悔，无论如何不许开口说话。谁知就在这不许说话的当中，生出极有兴趣的事来了。

这夜是九月下旬月出，在半夜以后，当小偷的同学不曾回来，我们照例寂静无声地下棋。在那沉沉夜气的当中，忽听得窗外院落里，有两个翅膀扑拨的声音，越扑越急。我那边乡里，本来时常有猴子偷人鸡鸭的事。我们一听那翅膀扑拨的声，同时五人一般地猜度，各人都低声说："猴子，猴子。"我靠窗坐着，一掉头就从纸缝向院落里张望。是时，弯月初升，微风弄影，院落中一草一木，皆如浸在清明秋水之中，纤微毕见。只是并不曾见有猴子在那里，翅膀扑拨的声也停息了。然我心里总不相信真个没有，仔细定睛向树荫里搜索。猛然树枝一响，却被我见着了，原来果是一只猴子，正用左手支着一个小小的红色布袋，右手抓住一只淮鸭的颈项，拼命地往袋口中塞。只是鸭大袋小，哪里塞得进去呢？塞一下，鸭翅膀便扑拨几下，唯颈项被抓得太紧，叫不出声来。猴子见塞了一会儿塞不进袋去，忽又停住不塞，望着鸭子发怔，像是在那里想主意似的。是这么停止一会儿，又跳过一边，仍是如前一般地塞，翅膀也如前一般地扑拨。我最初张望的时候，不曾看见也不曾听出声音，想必已是在那里望着鸭子发怔。我们看了，都不作声，各人都把口掩了，恐怕笑出声来，打算看那猴子怎生摆布。只见那猴子一连换了几个地方，但不肯换手，好容易塞进大半截到袋口里面去了。只因不敢将那抓颈项的手放松，而左手支着袋口，也是不能松的。右手一抽出来，鸭头便也跟着出来了。看那猴子的情形，确是着急得厉害。末后用一脚抓住鸭颈项，一脚仿佛抓住一边翅膀，屁股坐在地下，双手支开袋口，忽上忽下、忽左忽右的，往鸭身上蒙罩。奈鸭的翅膀始终是亮开的，照起首时的塞法，倒可塞进去半截，及改用这个方法，更一片鸭毛都装不进去。

我们躲在房中偷看的人见了这情形，实在是忍笑不住。有一个同学平常最喜打石子，手法也还不错，相隔十多丈远近的狗，他用石子打去，十九能打中狗头。蒙馆附近咬人的恶狗，没有不曾挨他打过的，都是见了他就跑。这时，他看得手痒起来，却苦房中找不着石子，一看桌上有个圆形的墨水缸，随手拿起来。上半截的窗门是开着的，轻轻踏在椅上，探出半段身体，对准了，一水缸打去。猴子正在一心想装鸭子，没分神照顾房里有人暗算。水缸正打在它脊梁上，这一惊非同小可，“吱吱”地叫了两声，撇下鸭子布袋便跑。我们都从窗门里翻出去，想追赶一番，只是等我们翻到院落里看时，猴子早已逃得无影无踪了，遗下两个布袋，都只尺来长。一个空的，一个里面装了一只熏腊了的鸡子，不知从哪里偷得来的，我们倒落了一顿饱吃。

过不了几日，接连下了几天秋雨，同学的夜间不能出外做小偷，安睡得比平时早。这日，一个姓周的同学对我们用质问的声口说道：“你们是哪一个使促狭，把我的笔尖都剪秃了？害得我大字卷子都不能写。”我们一听这话，都很觉得诧异，齐声答道：“谁无端剪你的笔尖做什么?”姓周的道：“你们且来看看。”姓周的房间，就是那夜我们五个人在他座位下棋发现猴子的。当下我们同到座位跟前。他从磁笔筒里抽出一把笔来，一枝枝脱去笔套给大家看道：“不都成了秃头秃脑的东西么?”我们接过来仔细一看，哪里是剪断的呢，竟是用火烧成那秃头秃脑的模样。有两枝写大字的笔，毛上还沾着茶油。我们才断定是在油灯上烧秃的，然也猜不出是谁使的促狭。姓周的气愤得向空乱骂了一顿也就罢了。

这夜姓周的睡得迷迷糊糊的时候，忽听得桌上一响，忙睁眼隔着帐门朝外一看，只见一只猴子端坐在桌上，将油灯剔亮了些，从笔筒里抽出笔来，脱了笔套，凑近眼前反复玩弄，然后拿向灯上去烧。姓周的忍耐不住，就床缘上猛力一拳，接着一声大吼，跳下床来。猴子吓得往窗外一跳，霎眼便不知去向了。我们大家惊醒起来，烧笔的疑案至此才得明白。然而疑案虽明，猴子仍是每夜必来骚扰。或撕破各同学的书本，或将油灯弄翻，到处油污狼藉，简直闹得不可收拾。亏得左右的农人说，因为两个布袋不曾退还它，所以每夜来扰。我们似信不信的，姑将两个布袋悬挂屋檐上。次早看时，已不知何时取去了。从此那猴子不曾来过。

二

离我蒙馆二三里远近有家姓何的，富有田产，住宅极其壮丽。因时常有窃贼到他家偷东西，他便请了一个会把式的壮士，终年住在家中防守。这壮士姓胡名应葵，年纪三十来岁，本领虽不甚高大，手脚却很便捷。胡应葵白天没有事，总是在沙滩上练习跑步和使拳刺棒，准备有贼来时好实施自己的职务。周近数十里的窃贼，闻他的名都不敢来尝试。胡应葵夜间不大睡觉，坐守到天光大亮了才上床，睡到一二点钟起来，差不多成了他的习惯。他的性情极爱清洁，衣服被褥都比和他一般身份的人精致。在何家做长工的和一切的匠人，谁也不能在胡应葵床上靠一下子，他老实不客气地说，怕坐脏了他的被褥。

这日天光亮了，胡应葵铺床睡觉，一看被褥上糊了好几处泥沙，当下气愤得什么似的，指定说是长工因他爱洁净，不教人在他床上坐，挟了这点儿嫌，有意将泥沙弄到他床上的。长工指天誓日地说没有的事，彼此争论了好一会儿，东家出来调解了才罢。胡应葵没奈何，将被褥完全洗涤过，重新铺叠起来，一出房便将房门反锁了，并时时留心照顾。次早开门进房去睡，新洗的被褥不知何时又糊了许多泥沙在上面，不由得暗暗吃惊道："这才奇了呢，我亲手锁的房门，钥匙在我身上，有谁能进房来作弄我咧？"仔细在被褥上面查看，只见雪白的垫单上，有无数的小脚迹印，一望就知道是猴子的脚迹。胡应葵看了放在心里，绝不向人说出来。这夜悄悄地躲在黑暗地方偷看。

夜深人静的时候，果见一只尺多高的玄色猴子从窗门缝里跳进房，向两边望了望，直往床上一跳。先在叠起的被窝上来回走了几遍，又四处翻看了一会儿，就在垫单上左一个筋斗，右一个筋斗，又竖一会儿蜻蜓，末后撒了一泡尿在被窝上，方跳下床越窗跑了。胡应葵因躲在隔壁房里，一时不能进房。看了这情形，又是好笑又是好气，几番打算蹑足出房，堵住窗门捉拿。只因知道猴子这东西最机灵，这里一动得脚响，它就在那边逃跑了，逆料不惊动它，明晚必然再来。自己思量了一条计策，仍不向人说明。等到夜间大家都睡了，胡应葵仰面朝天地睡在床上，将被窝抖开来，蒙头盖了自己的身子，两边虚空低下的所在，拿许多衣服垫起，外面看不出有人睡着的形像来。手脚向四角张开只等猴子一跳到被窝上来，就出其不意地手脚齐起，把猴子包在被窝里。布置既定，即在被里屏声息虑地等候，可怜连嗽都不敢咳一声，动也不敢动一动。

静等了一个多时辰，已禁不住将要蒙眬睡着了。陡听得窗门一声响，跟着一个很重的东西往自己肚皮上一跳。胡应葵何等快捷，哪有给它逃跑的份儿？刚一落到肚皮，早已四边齐上，紧紧地包在被窝里面了。扎缚的麻索，都已安排好在手边，随手拿来，将被窝撮拢来，扎了一个结实。起初还仿佛在被里动弹，扎缚停当后，一些儿动静也没有了。胡应葵提在手中，跳下床来，喜笑道："好孽畜，你也不看清人。我的床上，你也敢来胡闹，我这番不要你的命，怎得出我这几日胸中的恶气？"一面说，一面提出房来。唤起了长工并东家，先说明了前昨两夜的情形和如何捉拿的方法，才指着被窝给大家看。众人听了，无不喜笑。姓何的东家说道："猴子这东西最会装死，万不可轻易把被窝打开，一打开就跑了。"胡应葵道："不错，它初进被的时候，还动了两下，后来见我扎牢了，知道逃不脱，就装死不动了。我不怕它装死，我得由假死打成它一个真死。它难道会妖术，不怕打么？"随伸手给长工道："你只替我紧紧地捏着这里，就这火砖地下，等我来给它一顿饱打。"长工照着胡应葵握手方式，双手牢牢地握了，搁在火砖地上，胡应葵提了一个木狼槌，两手举齐头顶，使尽平生的气力，一连几槌下去，好像已打成肉饼了。想解开来看，东家还说只怕不曾打死。胡应葵道："我横竖拼着被窝不要了，索性再赏它几槌妥当些。"于是又使劲打了几槌，大家听了槌下去的响声，齐声证明已打成肉酱了，这才把槌放下。

胡应葵要长工动手解索，自己放下狼槌，张开两手，准备万一不曾打死，好下手捉拿。就是立在周围看的人，也都张着双手等候。长工解开了绳索，尚抬头问胡应葵道："就这么抖开来么？跑了却不能怪我呢。"胡应葵很觉得有把握地答道："只管就这么抖开来，跑了不怪你。"长工真个提住一边被角往上一抖，吓得两旁的人都退了几步。只是一下并不曾抖出猴子来，大家的胆就壮了。长工失声叫着"啊呀"道："果然打成肉饼了，沾在被窝上不得下来。"胡应葵接着笑道："是吗？我这几槌便是铜头铁背、火眼金睛的孙猴子，也得打成肉饼。"旋说旋伸手捧了肉饼来看，又不由得吃惊道：“怎么这猴子没有毛呢?”这时天色已亮了，大家认真看时，哪里是什么猴子，原来是一块腊肉，已被槌得稀烂，非仔细认不出是腊肉了。大家都笑得弯着腰，伸不起来，唯有胡应葵十分懊丧，猴子不曾拿得，倒把一床八成新的精致被窝断送得不能用了。一说是那猴子看出胡应葵假睡的用意，故意偷一块腊肉下来，作弄胡应葵。一说是猴子偷了腊肉，带到床上来玩弄，一上床知道有人，撇下腊肉就跑。二说都是揣测之词，不知谁是，总之是实有其事便了。

三

福建长乐县姓王的，是一个巨室，有百十万财产。主人养了一只猴子，极灵巧，主人对它说话，它能懂得意思，客来了，叫它拿烟送茶，一点儿不错乱，一点儿不苟且，并能打发它出外买不重要的东西，只须将钱，并要买什么东西的样品，交给猴子手中，它自然能照样买回来。长乐县城的商店，无不知道这猴子是王绅士家的，谁也不敢伤害它。有时店家见猴子拿着样品来买东西，故意拿出和样品不同的东西给它，它抵死也不肯要，钱也握在手中不肯递给店家，必待与样品对了不错，才肯给钱。王家富有，原用不着要猴子供差使，不过觉得有趣，每日总得寻几桩事，给猴子出外做做。长乐城的人也都日日想见这猴子的面，寻寻开心。

王家主人吃鸦片烟，长乐城只一家烟膏店的烟最好，主人非这家的烟不能杀瘾，又不肯一次多买些放在家中，说多买多吃，必须每日打发猴子去一手拿钱，一手拿盒去挑。烟膏店习以为常，每日猴子一来，即照着钱的多少挑膏给猴子拿去。从王家到烟膏店，必走一家水果店门前经过，猴子见了水果十分思吃，却又不敢上前去取，每次经过的时候总得徘徊一会儿，现出馋涎欲滴的样子。水果店就想骗猴子手中的钱，看看猴子的情形，即向猴子招手，先拿点儿香蕉给它吃了。猴子吃得嘴甜，还想要吃，店伙便说你得给我的钱，我也不完全要你的，你仍旧可以去挑烟。猴子能有多大知识？就分了点钱给店伙，换得几件水果吃了。及至挑得烟膏回来，主人觉得烟少了些，以为是烟膏店欺猴子不懂得，不曾照钱数给烟，打发当差的去烟膏店质问。烟膏店里的人说猴子只拿多少钱来，主人一听这话就疑心是猴子不小心在路上把钱掉了，抓着猴子打了一顿。次日仍要猴子去挑，猴子虽然为吃水果挨了打，见了水果却仍不舍得不吃，店伙又招手引诱它，它又分些钱吃了。它是一只有灵性的猴子，知道少了烟回家又要挨打。猴子的手脚何等快？便挑了烟膏之后，乘烟膏店里的人不在意，居然偷了些烟膏回来。主人见这回烟膏特别的多，也不知道是偷来的，欢喜得奖励了猴子几句。猴子一得了主人的奖励，也喜得搔耳扒腮，自以为这偷的方法很好，于是每日吃水果分了钱，就偷烟膏弥补。

不过猴子的手脚虽快，但是做得不干净，弄得烟缸外面四处糊满了烟膏。烟膏店里的人，几番见了，觉好奇怪，思量若是人偷烟，绝没有这么鲁莽的，必是王家的猴子了。烟膏店的人既已发觉了，只等猴子来挑膏之后，店主就躲着窥探，果然被他探着了。他手中拿了一根很长大的旱烟管，乘猴子正在偷膏的时候，劈头就是一下。猴子遍身都不怕打，只头顶万分经受不了一下，便是用竹竿敲一下，也得送命，何况用很长大的旱烟管呢？在店主的意思，原没打算一下打死的，也是这店主合该倒霉，当下见猴子挨了一下，就倒在桌上，只“吱吱”地叫了两声，手脚一颤动便死了，也就大吓一跳，知道这猴子是王家的宝贝，王家是有钱有势的人，得了信决不肯善罢甘休的。当下吓慌了手脚，只得将猴尸用绳缚起来，挂在门背后，想等夜深街上没人行走了，方提去掩埋，挑了许多盒烟膏，送给众烟客吸，要求众烟客大家隐瞒。众烟客只得答应。

再说王家的主人这日打发猴子去挑烟，半日不见回来，等得不耐烦了，又打发当差的去接。当差的直走到烟膏店里，问我家的猴子曾来挑烟没有？店主说今日不曾来，我们还正在这里议论呢。当差的回家照样地报告，主人诧异道：“奇怪呀！我的猴子养了十来年，打发去外面做事，一次也不曾荒唐过。今日不曾去挑烟吗？我不相信。我得亲去查查。”随即带了两个当差的，走到烟膏店一问，店主人如前一般地回答，并请烟客证明。烟客都吸了店家的白烟，自然异口同音地说不见猴子来。王家主人见都如此说，也想不到有伤害的事，已打算退出烟膏店，到别处寻找。说也奇怪，猴尸在门背后悬挂得好好的，就在这时候会忽然掉下地来。这猴尸一下地，就被王家当差的看见了，抢上前提了出来。店主还想来夺，只是哪里来得及。王家主人见了，即时放声大哭，一面指挥当差的把店主拿了，一面提了猴尸亲去长乐县衙告状。

王家既有钱有势，听凭赔多少钱是不要的，定要店东论抵。好容易才求得王家答应，由店东给猴子做孝子，送猴子大出丧，一切衣衾棺椁和安葬费都由店东拿出来。这场官司结束，这爿烟膏店也就跟着结束了。这事是福建吴应培说给我听的，一些儿没有虚假，不能不说是很有趣味的事了。

《红杂志》第1卷50期　民国十二年（1923）7月27日

蓝法师记——蓝法师捉鬼

辛亥年十一月，我住在长沙大汉报馆里，我并没有担任这报馆里何项职务，只因这报馆的经理和我有些儿交情，就留我住在里面。当时和我一般住在里面的人，还有一个新宁的刘蜕公。这位刘蜕公的年龄虽是很轻，学问道德却都不错，他有一种最不可及的本领，就是善于清谈种种的奇闻怪事，也不知他脑海里怎么记忆的那么多。那时天气严寒，我和他既没担任什么职务，每到夜间同馆的人都各人忙着各人的事，唯我和他两人总是靠近一个火炉，坐着东扯西拉地瞎说。他所说的神鬼怪异的事居多，其中尤以蓝法师的事为最奇妙，而最有趣味。

蓝法师是新宁苗洞里的苗子，很读了些汉书，欢喜和汉人来往，新宁人因他会魔术，都呼他为蓝法师。当刘蜕公未出世，尚在他母亲怀里只有三四个月的时候，他父亲刘守礼有事往宝庆去了。他母亲每夜独自睡着，偶然做了一个梦，梦中见邻居一个姓王的妇人来了，牵着他母亲的手说道："我和你是最要好的，你于今肚中有了孕，我特来这里给你做伴。"他母亲醒来一想，就吃了吓道："这姓王的妇人不是去年因生产死了的吗？人家都说生产死了的鬼，最喜纠缠怀胎妇人，有怀胎妇人的人家，只要是生产，鬼上了门，这妇人必定难产，甚至也一般地生产死。大家起说是生产鬼寻替身。我此刻有了三四月的身孕，偏梦见这生产鬼来了，将来临月的时候，倒要留点神才好。"他母亲心里是这么想，因丈夫不在家口里，也不便向旁人说出来。

过了两夜，又做了一梦，见一个大肚子的妇人来了，也是牵着他母亲的手说了许多殷勤话。他母亲在梦中就认得那大肚子妇人，也是因难产丧生的，醒来更是害怕不过。但是年轻的媳妇家中有翁姑叔伯，自己丈夫又不在跟前，这些鬼话一来不敢说，二来也不好意思说，只得忍耐着等候丈夫回家时再作计较。

想不到一连几夜共梦见六个因生产死了的妇人，此来彼去地和他母亲纠缠，直把他母亲吓得夜里不敢合眼，一合眼就见鬼了。还好他母亲正在怕得不可开交的时分，他父亲回来了。他母亲自然将连夜所梦见的情形，一五一十地告诉他父亲。他父亲也不免有些胆怯，知道苗洞里的蓝法师法术甚好，素来治鬼有名，便着人把蓝法师请到家里来，教他将这一干生产鬼驱除干净。

蓝法师来的时候，手中提了一把九环刀，肩上背了一个褡裢袋，凡是做巫师的人到人家行法，都免不了要带这两件东西。蓝法师进刘家的门，直走到大厅上，先把手中的刀往壁上一抛。壁上并没有钉子，却是作怪，那刀一到壁上就贴着壁，和有钉子挂住的一般；又把肩上的褡裢袋取下来，也照样抛向壁上，也照样挂住了。随在厅上坐下来，叫人打水来洗脚。刘家当差的提了桶水给他，他教拿一个筛米的筛子来。当差的不知有什么用处，只得拿一个筛子给他。他把那桶水向米筛里一倒，点滴都不泄漏出来，他就在米筛里洗了脚。

湖南人家里厅堂中都有一个神龛，或是供奉祖先的牌位，或供奉旁的神像，这种神龛刘家自是一般地安设了一个。蓝法师洗过了脚，即闭目坐在神龛前面不言不笑，和老僧入定一般。约莫经过十来分钟才立起身与刘守礼打招呼，刘守礼便将做梦的情形说出来，并问应该怎生处置。

蓝法师道："在这里转念头的生产鬼共有六个，我方才都见了面，六个之中最厉害的只有一个，不容易收拾他，以外都不难对付。"

刘守礼半信半疑地说道："不容易收拾的，也得烦法师收拾，看需用些什么东西，请法师说出来我好照办。"

蓝法师道："需用的东西府上都是有的，且等说妥了，我就一样一样地写出来。"

刘守礼问道："什么事得说妥呢?"

蓝法师道："用我的法术保产，有两种办法。单保目前这胎产时大小平安，不受些儿惊吓，这很便宜，只要三千三百文，一斗米，米先拿去，钱等产后来领。若要保你一家六十年内没有难产的事，那么得谢我六十串钱、十石米。钱米都得当时给我。"

刘守礼问道："六十年你我都死了，钱米都当时给了你，你有什么凭证给我，使我相信六十年内家里没有难产的事呢?”

蓝法师道：“我自有使你相信的凭据，我的身体不待六十年必死，然我的法术六百年尚能有效。”刘守礼听了虽不大相信，然刘家很有财产，六十串钱、十石米算不了什么，便靠不住真能保那么久，也没甚要紧，当下就一口答应，要蓝法师作保六十年的办法。蓝法师立时写了一张需用物事的单子。刘守礼看那单子上除了寻常敬神所需用香烛、锡箔、黄表之外，还要瓦罐六只，犁铁一副，炭火一盆，铁链一条，刘守礼也猜不出有甚用处，只得教人照着去办。

一会儿都办好了，陈设了一个香案，只见蓝法师左手端着一碗清水，右手拿着一根竹筷子，立在香案前头默念了一会儿咒词，筷子在水中画符似的画了几转，口中忽然敕了一声，将筷子直竖在水中不偏不倒，这碗水就供在香炉的下面。烧了些锡箔，提起九环刀，一面念咒，一面手舞足蹈地跳跃，猛然将刀向瓦罐中一指，即时提笔画了道符，封了罐口，托在手中，对刘守礼道：“请听这里面有什么声响没有?”刘守礼虽不相信，却不敢伸手去接，只用耳朵就近瓦罐一听，真是作怪，里面居然有妇人哭泣的声音，听得十分清晰。

蓝法师问道：“有什么声响呢?”刘守礼说是哭泣。蓝法师笑道：“是一个最老实的，所以最容易降伏。”说罢又念咒跳跃画符封罐。罐又托给刘守礼听，这只里面就听得旋哭旋诉，诉的都是埋怨姓王的妇人不该勾引他来纠缠的话。

如此听到第三只，便是长叹的声音、骂的声音，没有哭声了。第四只里面更呼着法师的名字，骂个不休。收到第五个的时候，念咒跳跃了好大一会儿，只是收不进罐。

蓝法师将头发散开来披在背上，口中仍念着咒词，却不跳跃了，倒竖在香案前面又好一会儿，还是不曾将鬼收进瓦罐。已急得蓝法师满头是汗了，一翻身跳了起来，自行脱了上身的衣服。他早已教人把犁铁和铁链放在炭火里烧得通红了，这时喝了一口竖筷子的清水，喷在手上，在前胸后面两膀摸了一遍，教人用火钳先将铁链夹了出来，他两手接着好像全不觉得烫人，缠麻绳似的缠在赤膊上，烧得皮肤喳喳地响，黑烟跟着响声往上冒。刘守礼和立在旁边看的人，都肉麻得难过。

蓝法师缠好了铁链，复提了九环刀念咒，依然降伏不下。这一来就更可怕了，从火炉里拿了那烧红的犁铁，双手举着朝他自己头额猛力劈下，劈得鲜血直喷出来，劈了六七下，陡然把犁铁往地下一掼，急急用符封了罐口，解了身上铁链，手蘸了清水洒在头额上，洗去了脸上血迹，登时回复了原状，然后托了瓦罐教刘守礼听，把刘守礼吓了一跳，明明白白地呼着刘守礼的名字骂道：好，要你有这么狠毒，这么害我，六十年后自有使你全家俱灭的日子；骂过刘守礼，又呼着蓝法师的名字泼口大骂。刘守礼听了，不由得惊出了一身冷汗。

蓝法师将五只瓦罐做了一串穿了，说须送出新宁界。刘守礼问道："法师不是曾说有六个鬼，需用六只瓦罐的吗？怎么这里只收到五个呢？"蓝法师道："那一个很乖觉，知道风色不顺，早已逃走了，但是不要紧，我有法能使他在六十年内不敢到这房子里来，你放心就是了。"刘守礼听了第五个鬼所骂六十年后全家俱灭的话，便相信蓝法师不是法螺了。

蓝法师提了五只瓦罐，尽夜向宝庆道上走，过了新宁界，在一处十字交叉的地方挖了一个坑，埋在里面。来回有一百二十多里路，直到次日下午才回，又在刘家施了些法术，前后门窗都贴了符录。吃过夜饭，蓝法师辞了刘守礼，独自归家。这夜月色甚佳，蓝法师带着些醉意，提了九环刀，背了褡裢袋，踉踉跄跄地乘着月色往前走，走近一座石桥上，在那万籁俱寂的时候，忽然听得有隐隐的哭声，他醉眼模糊也看不出是什么人，在什么地方哭，一步一步地走上桥，觉得哭声更近了，并听出是女子的哭声，便停步揉了揉眼睛，跟着哭声看去，果是一个女子，坐在桥柱上掩面而哭。

蓝法师乘着酒兴走近前一看，虽没见着面貌，不知是美是恶，然就那身材丰度看来，可断定是一个很年轻的女子，只管掩住面哭，并不知道有人来了的样子。蓝法师禁不住问道："大娘子，为什么三更半夜的一个人坐在这里哭呢？你家住在哪里？什么事委屈了，可以说给我听么？"

那女子半晌才抬起头来，望了蓝法师一眼，仍带悲哀的声音说道："我的婆嫌我不会做活，时常教我丈夫打我，今日打得我太苦了，我不愿意在他家，背着他们逃了出来，想回娘家去，因路远了，走不动，又不认识路径，所以坐在这里歇息，越想越难过，忍不住就哭起来。"说时连连拭泪不止。

蓝法师借月光看那女子的面貌，很有几分动人的神采，加以娇啼宛转，更容易使人发生怜悯的心思，遂接着问道：“你娘家在哪里？姓什么？”

那女子道：“姓张，就住在张家集，我已走迷了路，不知张家集在哪方。”

蓝法师道：“张家集么，是从这里去，还不上五里路。我归家正得走那里经过，我送娘子回去吧。”

那女子低头踌躇了一会儿道：“好可是好，只是我两脚已走得肿痛起来了，寸步都不能移动，这便如何是好哩。”

蓝法师道：“终不成就在此坐一夜吗？走不动也得挣扎着走呢。”那女子渐渐地转了笑容，用那极柔媚的眼波瞟了蓝法师一下，立时涨红了脸，低下头去不作声。蓝法师问道：“娘子，有什么话要说，何妨直说出来。”那女子又忍了几忍，才低声说道：“请你搀扶着我走好么？”蓝法师道：“我是苗子，娘子是汉人，并且我是男子，怎么好挽着娘子在路上行走呢？”

那女子似觉很羞愧一会儿，说道：“夜深没人瞧见，救人救彻，望行了这方便。”蓝法师点了点头道：“我就搀扶着你走吧。”

那女子欣然伸手给蓝法师，挽着走了半里路。蓝法师见她走得很吃力似的，自己搀扶她的那条臂膊也觉有些胀痛，便放手教她且坐下，换一只手搀扶。那女子坐下，即抚摩两脚呼痛，说实在不能着地了。

蓝法师这时的酒意完全没有了，一面捻着胀痛的臂膊，一面思量道：“我每条手膀至少也有五百斤实力，怎么搀扶一个这般大小的女子，走了半里路，就会胀痛到这一步咧。即算喝多了一口儿酒，也不应如此乏力。”蓝法师心里正在猜疑，只见那女子笑盈盈地说道：“你救人救到底啊，请驮着我走到家，自然重重地谢你，好么？”

蓝法师觉得人世不应有这么不顾耻的女子，心里已断定是个妖物，但是也不畏惧，也笑嘻嘻地应道：“只要你肯给我驮着走，有什么不可。”说着随将身子蹲下，那女子真个不客气，两手抱定了蓝法师的颈项，两脚拦腰夹住。蓝法师怕她逃走，左手捻了一个诀，右手提着九环刀走了几步。

那女子似已觉得被蓝法师识破了，即时想挣脱逃走，奈为诀所禁，已逃不了，只得在背上乱动。蓝法师一反手，抓了过来一看，哪里是人呢，分明是一只大母鸡，便用九环刀洞穿鸡腹，插在一株大树底下，口里咒道：“六十年后我徒弟自来赦你。”

据蓝法师说道，这只母鸡便是从刘家逃出来的生产鬼。

《星期》第 34 号　民国十一年（1922）10 月 22 日

蓝法师记——蓝法师打虎

蓝法师的魔术既有那么好，膂力更是绝伦，时常一个人到深山穷谷中打虎。他打虎的法子完全不与那些猎户相同，他照例带一把六十斤重的钢叉，一条大布手巾。遇了虎的时候，他左手执定钢叉，向虎立着，口中喊道："张三来此比武。"

却是奇怪，那虎一听蓝法师的呼唤，立时收敛了威猛之气，从容走到钢叉面前，将两只利爪朝叉尖上一扑，呼的一口喷蓝法师一脸唾沫。蓝法师的右手已握着大帛手巾准备，唾沫一着脸，忙用手巾揩去，随将手巾往腰里一纳，腾出手来倒握着叉柄，左手一下，右手一上，猛力翻将过去，虎的两只前爪既扑在叉的两边小枝上，又是这么一翻，虎的身躯必也跟着仰翻在地。正枝的叉尖乘势点到了虎的咽喉，只略略刺下，虎即就毙，不能动弹了。

有时遇着很凶狡的虎，一下刺不着，仍照着这次的样，从新喊张三来比武，同样不改变地又来一回，第二次就没有刺不着的了。据说蓝法师在十年之中陆续所杀的虎，已差不多一百只了，都是用这个法子杀死的，从来不曾杀过第三叉。

苗峒里也有许多苗子当猎户，他们苗子猎户没有像蓝法师这个样子的，十成之中有五成是用毒药的小弩箭，那种毒药极猛烈无比，真是见血封喉。各人用的都是各人自制的，没有得购买，制法各人不同。

最厉害的毒药是用几种极毒的草和从卢蜂尾针上螫出来的毒水。卢蜂比黄蜂大三四倍，螫在不关紧要的地方，都能使人立刻昏倒，肿痛到十天半月还不能全好。若是这人接连被三只卢蜂螫了，纵有药解救，不至送了性命，然这人从此以后皮肤病是到死不能医好的。这就可见得那尾针上出来的毒水毒得很厉害了。

但是既有这么毒，又有谁肯拼着性命去捉住卢蜂，取出那水来应用呢？并且一只卢蜂能有多少水，更如何能取得下来呢？这不是理想之谈吗。不然不然，凡有这理想，便许有这事实。

苗子取这种毒水的方法，说出来甚是平常，卢蜂和黄蜂的性质有些区别，黄蜂的窠巢不是在树枝上，便是在人家房檐下，若要取黄蜂尾针上的毒水，倒不容易。卢蜂窠都是在山上的土窟窿内，每窠比蜜蜂还多几倍。苗子要取这毒水，终日在山里寻觅蜂窠，寻着了的时候，却不去惊动它，做一个记号在窠旁边，等到没有月光的黑夜，身上穿着很厚的棉衣，头脸手脚都遮护好了，仅留一对眼睛戴上眼镜，在眼镜未来中国以前，听说是用两片琉璃皮。早就预备好了数十个猪尿泡吹得圆鼓鼓的，前胸后背腰间足上全系满了猪尿泡，手中拿一个竹缆子火把，走到卢蜂窠跟前，将火把几扬。

卢蜂拥护蜂王比蜜蜂、黄蜂还要忠勇，一见火把，只道是来侵害蜂王的，全体飞出窠来，围绕着这人乱螫，火把不熄，螫也不住，这人立着不动，直待身上的猪尿泡被螫的次数太多，渐渐地泄了气鼓不起来了，才丢下火把，悄悄跑回家中，将尿泡中的毒水一滴一点地积了起来，是这般弄了十次八次，即够这人一生的使用了。这种毒药弩射在猛兽身上，行不到一百步就死，所以用得最多。

有二成用拦路网，网是拿丝绳织成的，制的方法和样子都极简单，然不论什么猛兽，一到了网底下便莫想脱逃网的。大小不过见方两丈，网眼有酒杯粗细，网的两边缚在两根茶碗粗的杉木上，把杉木斜斜地竖着网中间，缚一只小猪或小羊小狗，都使得离地尺多高，猛兽来到切近，眼里只看见猪，哪里知道这猪是不能动的呢。一口将猪吃了，自然拖着就走，这中间一拖两边斜竖着的杉木便扑地倒了下来，那网就跟着覆在猛兽身上了。

猛兽到这时候无有不惊得乱窜的，这网却是软的两边又有木条压住了，越是乱窜越缠绊了四脚，有时奋力往上一跃，就更被包围得不能出来了。因两根杉木原在两边，网才能平覆在地下，猛兽从网中间往上一跃，两根杉木不跟着这一跃合并作一块儿吗。只要是这么连跃带蹿三五回，猛兽的四条腿必被缠得缩作一团，听凭人来处置，没丝毫反抗的余地了。

还有三成使用一种叫铁锚的。苗峒里出产南竹，最大的有水桶般粗细，长到六七丈，苗子拣选最长大的砍下来，去了枝叶，在深山虎豹多的地方掘一个四五尺深的窟窿，把南竹插在窟窿里，周围用石块筑紧，使攀摇不动，然后拿绳缚住竹梢用力拉扯下来，弯得和弓一样，地下再钉一个尺来高的木桩，竹梢上的绳索扣住在木桩上，尾便是一大束牛筋线（即弹木棉的弦线，最坚牢耐用），一根牛筋线上拴一副铁锚。

铁锚的制法是用两块瓢形的钢铁合拢来，相交的所在安着弹簧似的铁丝，缘边都是很锋利的，锯齿张开和狮子口一般，安设在草地上，猛兽的蹄爪一踏在上面，即时合拢起来将蹄爪牢牢地啮住，再也脱不出来。兽一踏中了铁锚，也是拼命乱窜，一牵发了木桩上的绳索，那弯弓般的南竹久屈思伸，其所有的弹力向半空中弹去，不论有多重的兽，也得弹起来，如鱼上钩悬在半空中，四面不着边际，除狂吼大叫而外，什么本领也施展不出。猎户见虎豹上了钩，并不去睬它，由它在半空中吼叫，等过三四日，只剩得奄奄一息了，才放了下来。这种铁锚，苗峒里的猎户每家必安设三五处。

一日，有一处铁锚钓着一只极大的白额虎，猎户照例不去睬它，那白额虎吼了半日，忽然没有声息了，猎户觉得诧异，思量这么大的虎，至少也要吼几日才没气力，吼不出了，怎么只半日就不作声了呢？跑到铁锚前一看，哪里还有什么白额虎，仅有五六寸长的一段前脚还被啮在铁锚的锯齿里面，连忙取下来细看，原来那白额虎自己咬断了被啮的脚，掉下地来跑了。

从此以后，那附近十来里时常有人被虎咬死了或咬伤了，据咬伤了的人说是一只三条腿的白额虎。许多猎户得了这种消息，大家都带了猎具上山，想打死这虎，打了一个多月，虎不曾打着，打虎的倒被虎伤了几个，死了几个。如是异口同声地说是一只神虎，不敢再打了。

只是猎户虽不打虎了，虎咬人却更加厉害，被咬死了人的家里实在痛恨不过，几十家联合起来，计议对付的法子，其中便有人说蓝法师如何会一人打虎，唯有去请他出来，才能收服这神虎，计议停当就备了些礼物，一同来到蓝法师家里，备述了三脚虎厉害情形，并说了来意。

蓝法师道：“我平日出外打虎，皆须在祖师前请示，准我去才去，你们的话我已明白了，且等我请过示再说。”蓝法师从来请示不准的次数很少，而这回请示打卦竟是不准，只得回绝众人不去，众人怎么肯依呢，再四地哀求，差不多都要下跪了。

蓝法师又求了一会儿，祖师仍是不准，蓝法师指着卦，给众人看道：“不是我推诿不去，我若不听祖师的话，就有性命之忧，这打虎不是当要的事。”众人都着急，不知要如何方得祖师准卦。

大家正在为难的时候，忽然听得对面山尖上有虎啸的声音，不由得皆相顾失色。蓝法师也听得那啸声，正待起身，只见自己的徒弟从外面跑进来说道：“一只三条腿的白额虎坐在对面山上朝着这里叫。”蓝法师拔地跳了起来，一手从神龛内把祖师像拖下，解开前胸衣扣，纳入怀中，左手执叉，右手握了手巾往外便走，走到门外回头向徒弟道：“拿板斧随我来。”徒弟忙拖了板斧，跟在后面。

蓝法师跑到山上，照例喊张三来比武，那虎从容将一只前脚扑上叉尖，也照例喷一口唾沫。抽退了叉，翻了一个空，蓝法师又把叉竖起，一连翻了三次，都没把虎翻下，倒被虎一口衔住钢叉，丢出几丈以外。徒弟见师父没了叉，急递上板斧，蓝法师接着和虎斗了几转，又被虎衔丢了。蓝法师披散头发倒竖在地下，那虎立在旁边睁眼望着，身上的斑毛渐渐地湿了，和掉在水里一般，一会儿就伏着不动了。

蓝法师立起身，折了一根树枝，赶羊似的将虎赶回家中，交给徒弟道：“把皮剥下来。”众人看蓝法师的衣也通身汗透了。蓝法师进房安放了祖师像，换了衣服出来，看徒弟剥虎皮已剥到一半了，蓝法师才走近跟前，那虎忽然蹦了起来，一爪抓在蓝法师左臂上，蓝法师没提防竟抓破了一大块皮肉，从此不能执叉打虎了。虎抓过一爪，仍倒在剥凳上，并不曾活转来。

蓝法师计算生平打的虎，刚刚打了一百只。

《星期》第 36 号　民国十一年（1922）11 月 5 日

聪明误用的青年

陈静夫，长沙人，是和我小时候同在蒙童馆里读《三字经》的朋友。这位朋友，在民国四年，他活到三十二岁，有些活得不耐烦起来，就在长春服毒死了，但是好好的一个人，怎么会活得不耐烦起来呢？又不是活了一百八十岁，三十二岁的人，正在壮健有为的时候，要看的，看得见；要吃的，吃得下，一个男子汉，怎么这般没有意志，竟把自己的生命看得一文不值半文，轻轻地一服毒药下去，便将三十二年的成绩，葬送个干净咧？这期间的远因近果，确有可以说得上口的一回故事，我和他既有同读《三字经》的交情，又详知他一生的事迹，正不妨替他做一篇纪实的行状，使一般类似他的青年看了，或者因此可得一个前车覆辙之鉴！

陈静夫的父亲是一个很精明强干的人，十六岁上入了学，在长沙就负有才名，因为屡次观场，没有中得举人，他家中富有财产，便拿出钱来捐了一个知县，在云南候补。他父亲去云南的时候，他已有了八岁，随着他母亲住在长沙乡下。他家距离我家不上两里路，这时我也有六岁了，便同在近处一家蒙童馆里读书。那位教蒙童的先生姓黄，叫什么名字，我至今还弄不清楚，我见人家当着面就叫他黄先生，背后都一律同声地呼他的绰号，叫什么“倒脚板”，这个绰号，当时我耳里听得极熟，却不知道是何意义。后来才打听出来，原来这位先生最喜走八字路，两只脚尖向两边分开，一摇一摆的，自以为是很斯文的走法，走来走去，两脚尖越分越开，已走成一个“一”字了。到了老年，两脚尖下地，便有些向后的意思，脚踵反到了前面，所以就得了这“倒脚板”的绰号。“倒脚板”先生在我那乡下，教了三十多年的蒙童馆。我和陈静夫从他读《三字经》的时候，他已有了六十岁，但是我们也不觉得他是一个六十岁的老人，因为他的行止举动，和壮年人一般矫捷，每顿吃三大碗老米饭。有时打起蒙童来，手力固是不小，就是脚力也不推班，何以见得呢？有几个顽皮的蒙童，背书不出，或是犯了读书以外的事，知道有些不妙，一双眼睛，圆鼓鼓地望着“倒脚板”先生的手，只要见着一伸手往桌下，必是拿那片无情的毛竹板，立时提起脚，双手抱头就跑，顽皮蒙童的脚步，并不算慢，而“倒脚板”先生，一遇这等时候，总是拔地立起身来，一跃出了座位，右手举着那片无情板，左手叉开五指，只两三步，就得追上，一把揪着顽皮蒙童的耳根，和拖小鸡子一般，拖回原位，毛竹板就雨点也似的扑下来。“倒脚板”平日行路，提步的远近，赛过刻了板的，总是从从容容的，一步是一步，唯有追捉顽童的时候，那步法便完全改变了。还有一种时候，可以看出这位“倒脚板”先生的脚力来，我们在读《三字经》的时间内，所最希望的，除了午后放学而外，就是有客来看“倒脚板”先生，照例有客来了，“倒脚板”先生恐妨碍谈话，禁止我们高声读书，这项禁令，自是我们所极欢迎的，来客谈完了话，作辞出去，“倒脚板”先生必送到门外，有时还要在门外和来客立谈数十分钟，这更是我们无法无天、任意妄为的绝好机会。只是这位“倒脚板”先生教了三十多年蒙馆，经验异常宏富，蒙童的心理，他研究到十二分透彻。他知道在这送客的时期中，蒙童的秩序必然大乱，因此每次送客回头，即蹑脚潜踪地走到门口偷听，乘我们闹得顶凶的时候，猛不防地一跃蹿进门来，抓着离了座位的没头没脑就打，若不是脚力很好的人，决不能这般矫捷。

在这个时期中，挨打次数最多的，第一就是这个陈静夫，同馆有二十来个蒙童，年龄也有十四五岁的，除了我，算陈静夫最小，也算陈静夫最顽皮。他因先生送客时候，挨的打最多，心里实在恨不过，便想出一个作弄先生的毒计来。他家有打棉纱的竹筒，他每天进学堂的时候，偷一两个，放在书包里带来，搁在他自己桌子抽屉里，积了十多日，有二十来个了。这日“倒脚板”先生又送客出外，陈静夫便急急忙忙抱了那些竹筒，一个一个，横摆在那门阆底下，摆好了，故意大笑大闹起来。“倒脚板”先生仍是用那偷听的故智，哪里想到有人暗算哩，听得笑闹之声十分厉害，耸身一跃，过了门阆，两脚正踏在竹筒上，竹筒向前一滚，“倒脚板”先生的身躯，便向后一仰，四脚朝天，跌倒在门阆上，把腰骨跌伤了，好半晌爬不起来。我们看了这狼狈样子，大家都笑得喘不过气来，陈静夫真是乖觉，只有他一些儿不笑，见“倒脚板”先生爬不起，连忙跑过去搀扶，虽是年轻气力小，搀扶不动，却也亏了他，“倒脚板”先生才能立起身，一手揉着伤处，一手扶着陈静夫的肩头，一偏一跛地回到位上坐了，将头伏在案上，一声不作。我们那时的心里以为先生被此一跤，跌得不敢打我们了，一个个坐在位上，摇头晃脑的好不高兴，陈静夫就不然，扶着先生到了位上，随即握着一对小拳头，替先生捶腰捶背，过了一会儿，先生喘匀了气，拿起毛竹板，打了个满堂红，全不由我们分说。有一个年龄大的不服气，指着陈静夫向先生说道：“是他摆的，怎么打我们呢?”先生因为陈静夫搀扶了他，又替他捶了腰背，竟不好意思再打陈静夫，倒是陈静夫的母亲，很是贤淑，得知了这回的事，结结实实地打了陈静夫一顿，蒸了一只肥鸡送给先生吃。六十岁的人，跌了这么一跤，若不是很健朗的人，怕不断送了一条老命吗?

陈静夫这次没有挨打，胆子更加大了。一日他将要写字了，从铜笔套里抽出水来，因笔毛上含的墨水太多，即提起来，向地下一刷，却刷得过重了些，喷了许多墨水在先生的衣上。那时正在夏天，先生身上穿的是白衣，喷上些墨水，分外着眼，教蒙童馆的先生，能有多大的气魄，一身雪白的衣裳，眼睁睁地被一个顽皮学生弄坏了，怎么能不生气，也是拔地跳了起来，绝不商量，拖了那片毛竹板，对准陈静夫劈头就是几下，打得陈静夫头破血流。陈静夫记了这回的恨，又想法子，要作弄这位“倒脚板”先生。

“倒脚板”先生有一件雪青色的纺绸长衫，看得比珍珠、宝石还要贵重，非遇着人家有宴会，或去拜谒乡绅，绝对不肯等闲穿着一回。这日不知去什么人家吃喜酒，穿了这件宝贝长衫在身上，临走的时候，吩咐我们用心写字，不许离位。他的脚一出门，我们哪里再忍得住规规矩矩地坐着写字呢，自然是你撩我搭的，大家纷扰起来。在这纷扰当中，我们也没注意到陈静夫身上，不知他在什么时候撒了一泡尿，还倾了许多墨水在“倒脚板”先生的座椅上，先生一回来，陈静夫就拿了一叠写好了的字，恭恭敬敬地双手呈给先生看，不等先生有回房换衣的时候。先生真个上了他的当，一面伸手接陈静夫的字，一面就座位坐下来，撒下的尿已是将要干了，坐在上面，并不觉得，看过陈静夫的字，我们也接二连三地送字上去，好大一会儿，才把二十来个蒙童的字圈改完了，方得回房，脱下那件宝贝长衫来。在床上折叠，近屁股的处所，竟染了一大块墨水，但是他以为是在吃喜酒的时候，坐椅子不曾小心，把衣弄坏了，并不知道是受了自己学生的报复，立时教儿媳去洗濯。作怪，墨水交尿染坏了的衣服，再也洗不干净，他这件宝贝长衫，要算是这回被陈静夫断送了。先生很纳闷了几日，不知怎的，被他察觉出来，知道是陈静夫使的促狭，这一气，就非同小可，打了陈静夫一顿，气还未醒，拿了这件染污了的长衫，带着陈静夫到陈家，找着陈静夫的母亲说话，不肯再教陈静夫的书了。

陈静夫的母亲赔了多少不是，并情愿买一件新纺绸长衫赔偿，先生听说有新的赔偿，才转怒为喜，不再说退学的话了。陈静夫复进蒙馆，略略安静了几日，他一想偷懒，就向先生领出恭牌，那蒙馆管理蒙童的规则，订了每日许可小解四次，大解二次，特制了一种出恭牌，和上海老虎灶上的十文水筹一般大小，一般模样，上面书名了大、小解的字样。一个蒙童派定了六枝，本来一日不见得有这么多的屎尿，其所以订这些次数，原是充量的办法，若是不订出一个限制，顽皮的蒙童，差不多一日只有撒尿撒屎的工夫，不肯在位上安坐一小时了。

陈静夫每次领了出恭牌，在厕所里盘桓消遣：或是捉住些苍蝇，去掉它们两个翅膀，放在地下，看它们蹦跳；或是从粪坑里挑出蛆虫来，寻出一个蚂蚁，把蛆虫放在蚂蚁跟前。蚂蚁见了蛆虫，连忙回洞里报信，一会儿，便带了一大队的蚂蚁出来，陈静夫却又把蛆虫搬开，蚂蚁找不着蛆虫，急得四处乱窜。陈静夫看了高兴，把蛆虫在这个蚂蚁面前放一回，这个蚂蚁以为找着了，独自拖衔一阵，拖衔不动，回头向同来的队伍中送信，陈静夫不待蚂蚁队来齐，又把蛆虫放在那个蚂蚁面前，是这般哄骗得那些蚂蚁奔忙一个不了。他蹲在旁边看了，以为是无上的快乐，他既是要在厕所里图这种无上的快乐，自然得费些宝贵的光阴去交换。

“倒脚板”先生起初见陈静夫每天只领得四枝或五枝出恭牌，还不大注意。有一次陈静夫正在厕所里拿蛆虫哄骗蚂蚁，玩得不亦乐乎的时候，恰好先生也去厕所里小解，陈静夫以为是同学的，只管低头玩耍，不作理谓。先生见了这情形，忍不住心头火起，将陈静夫拖出来，赏了一顿毛竹板。这次又打得陈静夫记恨在心，时刻不忘地图谋报复。亏他几岁的孩儿，居然又想出一条毒计来，先生家里的厕所，是一个三尺来宽，五尺多长的深坑，坑上架了几块木板，出恭的脚就踏在那木板上。先生出恭的时间，照例是清早起来，并照例蹲在靠墙的两块木板上，那两块木板，差不多成了个“倒脚板”先生独有板权，我们当学生时，没一个敢去上面蹲着。陈静夫不知在什么时候，跑到先生的厨房里，偷了一把锯柴的小锯，一个人躲在厕所内，将靠墙的一块木板翻了转来，锯了一条很深的缺口，仍覆转来，照原样安放了，从上面看去一些儿看不出痕迹来。“倒脚板”先生已是六十岁了，老年人的眼光，无论如何精明，总不及少年人，况且是有心的作弄无心的，教他怎能不上这大当？

第二日清早起来，就去登坑，果然踏得木板一断，扑通一声，全身掉下粪坑去了。可怜他老年人，如何能受得了这种不堪的蹉跌，还亏得那坑里的粪不多，不至于淹死在内。然因为一只脚踏空，身体倾跌下去，和双脚跳下去的不同，直弄得满颈满脸臭水淋漓，并跌伤了一只右腿，心里一急二气，就这回病倒下来，没半年工夫，便呜呼哀哉了。先生的儿子是一个种田的忠厚老实人，虽明知自己的父亲是被陈静夫作弄死了，只是一则畏惧陈家有钱有势；一则毕竟不曾得着陈静夫锯板的确实证据，只索忍痛吞声，不敢发生什么问题。

陈静夫既害死了业师，顽劣的声名便很大了，近三五十里内的蒙馆先生，没有一个敢收他做学生。他母亲只好托人在省城聘了一位姓张的秀才，来家专教陈静夫的书。这位张秀才，年纪四十多岁，学问两字自是说不上，但是一个极有机智的人，词状做得最好，不问要打什么官司，他都可以包办，无理包可打成有理。那时长（长沙）、善（善化）两县的知事，没一任不是又恨他又怕他，他倚赖着是张伯熙的本家侄儿，简直是上不怕天，下不怕地。其实张伯熙心目中，何曾认得他是本家呢？他在省城，当这种没有证书的辩护士，当得腻烦了，又知道陈家是上好的东家，陈静夫是可作育的子弟，所以欣然就聘。

陈静夫却也奇怪，在“倒脚板”先生跟前，顽皮的勾当，层见迭出，直待把先生作弄死了才罢。这回从张秀才读书，安分守法的，不但不作弄先生，并且读书异常发愤，顺顺遂遂的，读了三年书，把五经都读完了，八股文章已成了篇。我那乡下的人，都称他为才子，人人恭维他，并夹着恭维张秀才会教书，居然把陈静夫的气质完全变化了。张秀才也确是得以不过，很自信有驯狮调象的手腕，便有许多乡绅想挖聘张秀才，去家里教育子弟。陈静夫家里如何肯放张秀才走呢，束脩一年增高一年。那时的生活低廉，教书先生所得的脩金，一百两银子一年，就算是上等馆俸了，普通都是八十串、一百串。张秀才在陈家，第一年订的是一百两，次年增高了二十两，三年又增高了二十两，第四年因要挖聘得太多，竟陡增到二百两。还有几个乡绅的子弟见挖聘不得，就和陈静夫的母亲商量，将子弟寄在陈家读书。陈静夫的母亲原很贤淑，深知有子弟得不着良师的苦处，便答应了那些乡绅的要求，于是陈静夫又有好几个同学的朋友了。

大凡顽皮的小孩子，一个人单丝不成线的，玩不出什么花头来，一有了顽皮的同伴，就彼此相得益彰了。这时陈静夫已有十二岁了，他身体发育得迅速，虽是十二岁，看去却像是十五六岁的人。有两个顽皮的同伴，年龄还比陈静夫大几岁，顽皮的程度也在陈静夫之上。他们每日下午四五点钟的时候，放了学，便无拘无束了，一同出外，在山里或是田里，做种种顽皮的生活。赛跑、捉迷藏是很斯文的生活，他们不大愿意干；他们最欢喜干的是在人家塘里洗冷水澡和上树探鸟巢，取了鸟蛋下来，玩弄一会儿，用脚踏破。人家塘里养了鱼，他们就把那极稀疏的夏布蚊帐，几个人牵开来当作围网，网了鱼带回家，夜间偷偷地煮了吃。人家失了鱼，都明知是陈家的学生偷去了，但都不敢说什么，因为这些学生全是富贵乡绅家的公子少爷，养鱼的十九是农人。那时的阶级制度非常严峻，官绅家做的事，哪有平民说话的余地。陈静夫这班学生的胆子，就此越弄越大。

陈家养了六七条恶狗，原是为家里有钱，怕窃贼来偷盗，养了防家的。那几条狗都是洞狗种（湘俗呼猎狗为洞狗），最信主人嗾使，又喜跟随主人出外。陈静夫每日放了学，结队出外顽皮，几条狗总得跟在后面，他们不是嗾使着咬人，便是嗾使咬人家的狗。狗的性质，俗语说得好，是欺善怕恶的，普通人家所养的，不过一两条狗，这里狗多势大，每每把人家的狗咬得半死。

一日他们带着狗在山里玩，忽然从荆棘里面跑出一只猫来，他们登时嗾使那些狗去咬，猫被追得没有路走，就爬上了一棵树，在树上呜呜地叫，几条狗不能上树，围守着那树，不肯走开。陈静夫向几个同学说道：“你们在下面把守，等我上树去赶它下来。”说完，跑到树下，双手抱定那树，一阵猱爬，就到了上面。那猫本是人家养了捕鼠的，不是野猫，自然不大怕人，加之这时见逼于狗，更以为人是来保护它的，见陈静夫上来，它就伏在树枝上不动，只望着陈静夫发出很悲哀的叫声，并做出很亲昵的样子。陈静夫哪里肯理会呢？趁它伏着不动的时候，一手抓住它的颈皮，绝无商量地往地下一掼。可怜的猫，何尝想到世间竟有这种恶人，这般恶毒的举动，一些儿没有防备，所以如此容易地被陈静夫掼下地来。地下若没有那几条恶狗，猫儿的骨头是软的，不但不至于死，连伤也不至于伤，无奈几条恶狗之外，还守着几个恶人，都是存心要拿这猫儿的性命来玩耍，人狗都各睁着两眼，只等猫儿的身躯一着地，就大家争着来处分它。洞狗的眼和口何等敏捷，陈静夫掼这猫时，本是朝着狗身上掼的，竟没等到着地，在半空中，便一口咬住了，一条狗咬住，这些狗都是要争功献媚主人的，岂肯让一条狗独咬，于是六七条狗一齐跃过来。

可惜猫的身躯太小，容不下这么多的狗口，距离稍远的，到迟了一步，咬不着猫，气愤得就咬那些咬猫的狗。陈静夫和一班同伴的看了，还只道这条咬狗的狗，比那些狗仁慈，怪那些狗不该咬了猫，特地出头，替猫儿抱不平的。几条狗一相打，就把猫丢在地下，陈静夫等一看哪里还认得出是一只猫呢，已是四分五裂，连头尾都分辨不出了。并没一个人看了略略动点儿恻隐之心，还各人折了一根树枝，将那四分五裂的猫尸挑起来看。

大家都说这猫不中用，怎的便被咬到这个样子了。你一言我一语，正评判地高兴，猛听得有人咳嗽的声音，大家抬头一看，却都吓了一跳。原来是张秀才来了，张秀才因听得后山上人呼犬吠之声，无意地闲行出来看看，却看了这一出极残酷的喜剧，倒把张秀才那个从十八层地狱里转生出来的半边良心激发了。立时放下铁青的脸，诘问那几个年纪大的学生道：“这事是谁起意干的？快说出来，不然每人得打一千戒尺。”几个学生都不肯说，却都拿眼睛看着陈静夫。张秀才就问陈静夫道：“是你出主意做出来的么？好好的一只家猫，妨碍了你们什么事，和你们有什么仇？要使狗咬死它，你们这种孩子，也太不成话了，还不给我滚回去！”

众学生都默然无言，仍带着几条咬猫的狗，跟着张秀才回到书房里。张秀才在陈家教了四年书，不曾打过陈静夫一次，就是责骂，也责骂得很委婉。这回的事，张秀才竟动了真气，跨进书房，便教陈静夫伸右手来，陈静夫不敢反抗，却也不肯伸手。张秀才拿戒尺在书案上拍了一下，连声催促快伸手来。陈静夫苦着脸说道：“右手挨了打，不好写白折，先生饶了这次吧。”张秀才更生气道：“你怕打坏了右手不能写白折，就伸左手来。”陈静夫又苦着脸说道：“男子以左手为贵，先生饶了这次吧。”几个年纪比陈静夫大的学生，都代替向张秀才求饶，张秀才只得训斥了一顿，禁止以后带狗出外。

从这回起，附近的人和狗，虽安全了许多，而张秀才在陈家，从这回起，却不得安全了。因为陈静夫记恨张秀才要打他的戒尺，把他那作弄业师的旧毛病触发了，一心一意地想作弄张秀才的法子，毕竟被他想出一个来了。他拿铜盆盛了一大盆冷水，搁在张秀才睡房门上，将门半开半掩。夜间张秀才进房去睡，伸手把门一推，哗啦一盆冷水劈头淋了下来，铜盆还在肩上结实碰了一下，直把张秀才吓得哎哟一声，连忙倒退几步，不由得大怒，断定是陈静夫干的事，也不责骂，将身上湿衣换了，请出陈静夫的母亲来，怒冲冲地辞馆。陈静夫的母亲也气得说不出话，只得极力向张秀才赔礼，张秀才仍然不肯教下去。陈静夫的母亲逼着陈静夫磕了无数的头，后来连自己也下跪哀求，张秀才却情不过，勉强答应教完这一年。然而责打终不能免，剥去陈静夫的裤子，打了一百竹板，打得破皮流血。陈静夫的娇惯脾气，戒尺没有打成，尚且记恨要图报复，况受了这般生平不曾受过的毒打，就能死心塌地地不转念头了吗？他的心计真灵活，一时又被他想出一个作弄的法子来了。

那时正在夏季，他家给张秀才新做了一床珠罗蚊帐，在未曾悬挂之前，他就预备了许多和糖一般的鸡屎，放在阳光里晒干，弄成极细的粉末。乘下人悬挂的时候，他暗地将那鸡屎粉末撒满在冷布帐顶上，真是人不知，鬼不晓。张秀才夜里上床去睡，初时还不觉着，及至睡了一觉醒来，身上微微地出了些汗。他是赤膊着睡，才觉得身上有些腻腻的，摸在手中，好像黏糊了什么黏液，往鼻端一嗅，竟是奇臭不堪，吓得慌忙爬起来。剔亮了油灯，照席上却没有什么似的，看身上，也看不出何等行迹来。但是嗅着仍臭得厉害，心里猜度是下人的脚不干不净，挂帐子的时候，脚底踏在席上，因此把席弄脏了。只得用水先将身上洗了，再用湿手巾揩抹席子，闹了好一会儿，方自以为干净了。只是乡下的蚊虫极多，张秀才揩抹席子的时候，撩开了帐门，自然钻进去了许多蚊子，不能不用扇子将蚊子赶出来。他这里拿扇赶蚊子，那帐顶上的鸡屎粉末，就和筛糠一般的，纷纷筛到了席子上。他一睡下去，身上因才洗了水，又劳动了，有些潮湿，一遇鸡屎粉，又觉得腻腻的起来，再用手摸着去嗅，仍是臭不可闻。暗想什么臭东西，这般揩抹不干净呢？他心里虽觉得奇怪，但还没想到是陈静夫作弄他，无可犹疑，仍得起来洗抹。如此爬起睡到，直闹到第四次，已是天光大亮了，才看出是从帐顶上筛下来的臭粉，既看了出来，便可断定是陈静夫干的玩意儿了。

这回张秀才恨入了骨髓，即时辞馆，无论陈家如何挽留，只当没有闻见，就从这日出了陈家的门，那些乡绅听得张秀才实行辞了馆，都争着延请，张秀才概行谢绝不就。有人问他为什么理由，张秀才道："这陈静夫是生成有作恶之才，天性又十二分凉薄，想得到的，便做得到。他已经害死了一个业师，我教他四年，其不死在他手里，算是天幸，我辞了他家，再不和他见面，他不至再转我的念头，若是仍在他家附近教书，他心里必一时一刻也放我不下，非把我害死决不甘休。我自从见他嗾使洞狗咬死了人家的猫，我责备他，他丝毫没有愧悔，我就断定他是一个绝无天良的孩子。他年纪这么小，而胆有这么大，心有这么毒，还有什么事他干不出来呢？我躲避他，尚愁躲避不了，岂肯和他住在一块，你们瞧着吧，他将来年纪大了，不弄出灭族的祸事来，就是他陈家的万幸了，然他的自身，是绝不会有善终的。"

张秀才走后，陈静夫便找不着教他书的先生了。他不读书，就跟着一个姓何的老拳师练习拳棍。他天分极高，身体又与练习拳棍相近，何老拳师是湖南有名的好手，只因不大肯传徒弟，又不大和人往来，终年在家督率着儿子种田，连自己的儿子要学拳棍，他都不肯教给。他儿子问他为何不教，他说拳棍虽算不了一种什么难学的东西，然非赋有天才的，纵然用功练习，也没有大成的希望。我的本领，不拘男女老少，哪怕就是外国人，只要我承认他够得上传我本领，我宁肯一文钱不要，尽我所有的本领传给他；无奈我留心看了二三十年，没看见一个够得上的，虽也曾教过几个人，然都不成材，所以情愿将本领带到土里去，免得教出许多不成材的徒弟，在世上替我丢人。他儿见他这么说，只得不学了。

陈静夫久闻何老拳师的名，只不曾见过面，此时既没人教他的书，即独自跑到何老拳师家里，说出要学拳棍的意思来，何老拳师一见陈静夫的面，非常高兴道："我的本领，可有传人了。"如是陈静夫就专心练习拳棍。仅练了一年多，寻常十多个汉子，非但不能近他的身，并一个一个的，都得躺下。他又欢喜招人打架，乡下的人，当面称他陈二少爷，背后都叫他陈二打手。他十四岁，就三瓦两舍地胡跑，寻着小户人家的姑娘嫂子开心，他年轻生得漂亮，家里又有钱，这类的事，只愁他不愿干，要干还怕不容易成功吗？他在外面，嫖得一塌糊涂，不知怎的，这风声传到他母亲耳里去了。

他母亲只有这一个儿子，如何不爱惜呢，便禁止他，不许他出外，夜间亲手封锁大门，必等陈静夫上床睡了，自己才睡。如此过了几夜，陈静夫哪里打熬得住，夜里假装睡着，等他母亲睡了，即悄悄地起来，大门没钥匙，是不能开的，后门外还有数尺高的围墙，墙上钉了无穷的倒挂刺，非有飞得起的本领跳不过去。又不敢把倒挂刺拔去，恐怕自己母亲知道。他家有个竹园，靠围墙生了几根南竹，他爬上了竹梢，两手握得牢牢的，将身躯往墙外一堕，竹子是软的，就堕过了墙外。他预备回来时要用，解下腰间的裤带，把竹梢牢缚在墙外的树上，他嫖到天将明的时候，归到缚竹梢的地方，解下来仍用双手握住竹梢，双足一蹬，身已悬空吊进竹园了。他母亲在睡里梦里哪能知道呢？

离陈家五六里路，有一个缸窑，为主的叫刘时青，是一个有名的痞棍，前三年在华容烧窑，姘识了那地方一个少女，拐逃回来，俨然成了夫妇，仍以烧窑为生活。陈静夫看上了那女子，不费什么气力就一弄成合，两边恋奸的热度都高到十分。刘时青好赌，常不在家歇宿，所以两人得遂心愿。然奸情事从来瞒不住人，况两人恋奸情热，刘时青又是痞棍出身，更加隐瞒不了。在刘时青这种人，对于一个没来历的老婆，原没有什么紧要，不过因见陈静夫是个有钱的少爷，想借此敲一注大竹杠，竹杠敲过之后，老婆就揭明让给陈静夫，也是可行的。刘时青既是这么一个主意，便拿了一把刀，趁陈静夫正和他老婆行奸的时候，破门进去捉奸，以为陈静夫绝不敢反抗。谁知陈静夫生性凶毒，听得破门的声音，已急忙披了衣服，打算从窗眼里逃出去，窗户关紧了，不曾打开，刘时青已举刀杀进房来了。

陈静夫料想逃不了，一回头，刘时青的刀已劈面砍来，陈静夫闪开身，一腿对准刘时青小腹踢去，登时跌倒在地。陈静夫不敢留恋，拔脚就跑，跑到外面一想，我刚才那一脚踢中了他的要害，不死还好，若是死了，我不要遭官司吗？好像他来捉奸没带外人，我何不回头去偷看一番，如果死了，我好打算，不要坐在家中，等到祸事临头才好。想罢，轻轻回到那窗户底下，即听得那女子，带着哭声呼唤刘时青，唤了好几声，不见刘时青答应，那女子已放声哭起来。陈静夫料是凶多吉少，不要命地跑回家，将母亲叫醒来，诉说了这回事。不待说，把他母亲吓得目定口呆，继之以痛哭，他倒劝慰道："母亲，不用着急，这事没要紧，我即刻动身到云南去，如有什么事来，只说我已动身好几日了，他们又没有我打死人的证据，怕什么。不过我在家和他老婆对了面，就有些麻烦。"

他母亲无法，只得哭哭啼啼地点头依了他。陈静夫遂从这夜动身到云南去了。刘时青果是被踢死了，好在没有亲属，平日又是个无恶不作的人，没人替他出头告状。一桩这么大的案子，就由地保同几个常在地方给人和事的人，向陈家软取了五百银子，名为超拔费，实际朋分了完事。

陈静夫十五岁就亡命到云南，那时他父亲陈岱云在云南的官运甚是亨通，因和云贵总督有些渊源，得兼几处很阔的差事。陈静夫的仪表本来生得堂皇，文学虽不算好，然在十五六岁的少年里头，能赶得上他的，也不多见。陈岱云离家七八年，见自己儿子出落得这般人物，才得一十五岁，便能独自一个人从湖南跑到云南来。一班同僚的，都争着恭维陈岱云有子，说陈静夫将来必成大器。陈岱云心里的高兴，自不消说得。陈静夫住了几个月，终日闲着无事，纳闷不过，忽然想进教堂里去，学外国语言。那时正缺乏翻译人才，陈岱云当然许可。大凡天分高的人，无论学习什么都很容易。陈静夫跟着一个意国的教师，只学了两年英语，居然在云南成了第一等翻译，兼的差事比陈岱云还多。他生性是欢喜渔色的，十三四岁的时候，就已在长沙乡下嫖得一塌糊涂；于今有了十七八岁，在他已是色情狂热的时代了。手边又有的是钱，陈岱云因钟爱着他，不拘大小的事，都不肯拂逆他的意思。他在家乡有他的母亲拘管，尚且因奸闹出命案来；这时既是无拘无束，而嫖场里面应具的资格，又无不备具，比较十三四岁时，更充分了几倍，正好尽情嫖过十足，哪里有一些儿顾忌呢？

腾越有个中外驰名的女学生，姓周名素鹃，那时的芳龄才得一十八岁，真所谓玉精神、花模样。许多女同学，都说她是天仙化人，一个个都欢喜和她交谈，却一个个都不愿意和她同走，是何缘故呢？只因她生得太美，便是寻常也负着美名的学生，独自一个人在街上行走，能惹得一班人注意，表示欢迎；只一跟着这周素鹃同走，就相形见绌，一班人的眼里只看得见周素鹃，看不见这些负美名的同伴了。妙龄女子的虚荣心，并不因容貌美恶而有增减，哪怕这女子，本来生得很丑，而爱修饰的心，并不比生得美的女子减轻。有人当面恭维她生得美，她心里总是高兴的，何况平日本有人恭维，一和周素鹃同走，恭维的就变成讥嘲的了，那还有谁肯这么自讨没趣呢！

周素鹃不但容貌美到极处，在学校里的功课，也做得极好，英国话更说得娇柔清脆，如小鸟鸣春，所以她的声名在腾越的中、西人士，没一个不钦仰。人家背地里，替她取个绰号，叫作“喜神”，这绰号是怎么一个来由呢？因为不问是那一种人，虽在愁苦的时候，只要见着周素鹃的面，满腹的忧愁，自然会消灭得无影无踪；若是能听得周素鹃唱一曲歌，或谈几句话，或开一回笑口，过了三四日，回想起来，还觉得异常愉快，因此大家便恭上这“喜神”两字的尊号。

周素鹃也自觉不负这个美名，她有玻璃翠的小印方，上面就镌了一个“喜”字，即平日和至好的女友通信，信尾也是签一个“喜”字。周素鹃的学校里，有个教英文的教员，姓苏名中理，十二岁就跟着自己父亲到美国经商，在美国十几年。回国后，就在周素鹃读书的那个学校里教英文，也是一个飘逸后生，见了周素鹃这种绝世姿容，绝顶天分，如何能禁止自己，不发生爱恋的念头呢？但是苏中理虽极爱周素鹃，周素鹃却不爱苏中理，不过周素鹃的性质温柔，从来不曾见过她有疾言厉色的时候，哪怕她十分不欢喜这人，然见了这人的面，仍是和颜悦色地跟这人谈话，人家就对她有轻薄无礼的举动，她也只低头避开，从不与人以不堪的声色。苏中理是教她英文的老师，自不能不稍存些儿身份，过于轻薄的表情，有些施展不出。就是周素鹃，于不爱恋的当中，也不能不表示相当的敬意，所以虽是由苏中理片面地发生爱恋，相处两年多，仍能维持师弟的情感，不至于决裂。

周素鹃的家和陈静夫的家是比邻而居的，两家的花园更只隔一堵砖墙。周家有一座楼，紧接着花园，楼上一带走廊，朝着陈家的花园。陈静夫来腾越不久，就闻得周素鹃的芳名，并知道相离咫尺，只因听得人说周素鹃的性情学问，料知不能作寻常荡妇勾引，必得入一回活地狱，下一番死功夫，才有遂心的希望。怎奈周素鹃在学校里的时候居多，便是礼拜日归家，也不容易会面，即有时偶然遇着，却又苦于没有谈话的机缘。也不知费了多少心力，才买通周家一个老妈，探得了周素鹃的卧室，是在靠花园的那座楼上。只是想要这老妈去通殷勤，任凭给老妈多少钱，老妈都推辞说做不到。陈静夫想不出勾引的门路，只得托人直向自己父亲说，求遣人去周家作合。陈岱云凡事都顺从儿子，这种婚姻大事，周素鹃又是腾越首屈一指的好女子，自然一口就承认儿子的要求，当下托了腾越一个富绅，去周家说媒。

周素鹃的父亲周仁爵，是一个吏部主事，大太太过了四十岁，还没有生育，讨了三个姨太太，周素鹃是二姨太生的，大姨太生了一个儿子，到法国留学去了。二姨太最得周仁爵的宠爱，家里的财政权，全在二姨太手里。这时周仁爵的年纪，已有了六十五岁，二姨太才有三十四岁，十四岁的时候嫁给周仁爵做妾，十六岁就生了周素鹃。二姨太的性质，最是贪婪无厌，经理家务数年，已私下积储了不少的银钱。但她的贪心仍是不足，有许多人来她家替周素鹃作合的，都是为聘礼谈不妥协，不能成功。周仁爵老昧糊涂，生性又非常柔懦，一些儿不能做主，苏中理也曾托人来说过，二姨太因听说是个当英文教员的，逆料纵阔也有限，所以竟不作理会。这回陈岱云托来做媒的，既是腾越的富绅，而陈家父子又都现干着很阔的差事。富绅一向周仁爵提说，周仁爵就料知二姨太这番决不会拒绝，欣然拿着富绅的话，入内和二姨太说。二姨太听了陈静夫的年龄职务及陈岱云的身份，果然答应有商量的余地。富绅来回说了几次，已说妥了五千两的聘礼，八金八玉下定。只因陈静夫知道周素鹃爱翠玉，要极力讨好，八件玉器，都想选办透水绿的，一时不容易办齐，把订婚的时期，拖延下来了。周素鹃见已许了人家，便不去学校里上课，恐怕在路上撞见未婚丈夫，面上难为情。

苏中理听得这消息，和掉在冷水里面一般，积了二年多的单边恋爱，一旦断绝了希望，心里如何能甘呢？虽说曾托人向周家说合碰了钉子，但苏中理心想男女的恋爱，只要双方本人愿意，父母是禁止不了的。周素鹃对他并没有表示过拒绝的意思，以为精诚贯金石，迟早总有成功的希望，这么一来，简直把二年多至诚的成绩，抛向东洋大海了。越想越伤心，越气愤不过，把担任学校里的英文课也辞了职，一心一意地想方法去破坏。苏中理虽不及陈家豪富，却并不贫寒，运动人去破坏的费用，也还拿得出。打听得陈家尚不曾下定，苏中理趁这时候，辗转运动了一个与周家有关系的女人，到周家见着二姨太贺喜道：“听说二小姐许定了姑爷，特来贺喜，但不知许的是哪一家？姑爷的人物，想必是人间无两的，方能配得上小姐呢。”二姨太因这头亲事定得很得意，便将陈家的门第对这女人说了，这女人笑道：“好可是真好，只可惜陈府的原籍太远了些儿，太太就只这一位小姐，平日宝贝也似的抱在怀里，这一出了阁，将来陈府回原籍去了，太太想见小姐一面，只怕要将两眼望穿还不见得能来呢。”

二姨太一听这话，心里顿时翻悔起来，连忙对周仁爵说道：“陈家的亲事，幸得不曾下定，我只这一个女儿，不能嫁到天涯海角里去，我将来临死要见我女儿一面，都不能够。你就去和媒人说，陈家就送我一万两银子聘礼，我也不愿意把女儿卖掉！”周仁爵吃了一惊道：“这事木已成舟，怎么能翻悔咧！陈家是湖南人，你又不是才知道，如何不早说，人家不骂我们寻开心吗？”二姨太生气道：“谁寻开心？我的女儿，不嫁只由得我，你要巴结陈家，你去养一个女儿给他家吧。”周仁爵见姨太太生气，不敢再往下说了，只得老着面孔，亲到媒人家退信，媒人也只得照话回复陈家。这么一来，却又把陈静夫掉在冷水里面了，伤心气愤的程度，比苏中理还来得厉害。陈岱云知道既经回绝了，无可补救，一面劝自己儿子不要焦急，一面托人物色好女子，给儿子成亲。

事情已经过了好几月，不知怎的被陈静夫打听着苏中理破坏的情形了，一时恨苏中理入骨，探明了苏中理的住处，带了一把七寸长的匕首，匕首上面涂满了白蜡。这时正是八月，天气还很炎热，陈静夫日夜守着苏中理住所附近，等候苏中理。这日黄昏时候，苏中理穿着白洋服，从家中出来。陈静夫走上前，出其不意地一匕首刺入胸膛，并不将匕首拔出来，撒手就走。说也奇怪，匕首上面涂有白蜡，刺到人身上，不拔出来，不会倒，不会死，不会说话，不会出血，只要一拔出来，便立时倒地死了，然血仍是出得不多。陈静夫用这法子，是预备在白天里，路上遇着苏中理，一匕首刺中要害，拉着苏中理的手，急走到无人之处，方将匕首拔出来，免得苏中理受刺后，能对人说出凶手的模样。等了几日没遇着，这日又凑巧在黄昏时候，所以刺了就跑。

苏中理没留意，不曾看出陈静夫，前胸受了刀伤，知道不好，便回身向家里跑，旋用手拔刀，哪里拔得动呢。原来刀陷肉中，若是刀上没有血槽，就很不容易拔出。匕首上原有血槽的，只因被白蜡涂满了，刺进去的时候，白蜡被肉挤出外面，封了血口，里面没有空气，苏中理又是受了重伤的人，哪有这么大的气力，拔得出来咧。直跑回家中，张口待叫喊，不能发声，他家里的人，不知他为什么才出外，又转来了。见他用手指着前胸，大家看见刀把，才吓得什么似的，连忙用力拔出。这刀一离肉，苏中理随着大叫了一声哎哟，仰后便倒，大家再看，已是断气了。他家里人都不知道苏中理破坏陈静夫婚姻的事，无从推测是陈静夫刺的，虽然报官相验，悬赏缉拿凶手，谁也不疑心陈静夫有这么狠毒，有这般身手。便是知子莫若父的陈岱云，都直到死了，还不曾察觉。若不是陈静夫回湖南之后，亲口向我和几个小时的朋友说出来，苏中理死在谁人手里，恐怕到底没第二个人知道。

陈静夫既报了这破坏婚姻的仇恨，不久就娶了媳妇。他生性好动，忽然想练习骑马，就买了一匹很会跑的，每日早起骑着在外面，驰骋一两点钟。腾越有一处大草坪，是法国人的跑马场，从来禁止中国人进里面去跑马。陈静夫一来素性骄慢，虽在腾越当翻译，却不大瞧得起外国人；二来仗着自己能说英国话，不怕西洋人来干涉，自信有能力对付，竟骑着那匹善跑的马，到那草坪里去兜圈子。草坪既是私人的产业，不得主人许可，这理怎说得过去，怎能免得了受人干涉。陈静夫才跑了两个圈子，即有一个西崽跑来，扬手教陈静夫出去。陈静夫因有一次曾受过一回西崽的气，从那次以后，心里就痛恨西崽，凡是当西崽的见了他，他总没有好脸嘴对待。他正跑圈子跑得高兴，西崽对他扬手，他只当没有看见。西崽也不知陈静夫是谁，又见穿的是中国衣服，凡是当西崽的两只眼睛，都只认得西洋衣服，见穿西服的来了，便不是主人，他也一般地恭顺，骂他不敢开口，打他不敢回手，比对他父母孝顺百倍。一见中国衣服的，那种瞧不起人的神情，比他的主人对待中国人，还要厉害百倍。所以西洋人最喜用中国人做仆役，即是利用这一点劣根性，说起来真教人伤心。

陈静夫既穿了这不讨好的中国衣服，复不听西崽的命令，开口就骂将起来。陈静夫也随口回骂了几句，西崽只服西洋人打骂，何尝听过中国人的骂声呢？登时气得暴跳，料想中国人便有天大的胆，也不敢和他抵抗，立刻跑回他主人家里，这时他主人出去了，他想打中国人，算不了一回事，用不着请主人的示。当下拖了一根他主人的长马鞭，翻身跑到草坪来，一看该打的中国人还只管骑着马来回的跑。他举着长鞭，带骂带赶，两条腿的人，追赶四条腿的马，本来追赶不上，奈陈静夫有意寻这西崽开心，故意勒缓缰，不疾不徐的，总使西崽相离不远，跑得西崽满头是汗，口里无话不骂出来，骂得陈静夫性起，一把勒住了马，回头问道："你骂的是谁呢？"西崽哪有好气，拿鞭子指着陈静夫骂道："骂的就是你这狗鸡巴造的忘八蛋。"

西崽口里骂着，手中的鞭子已劈头扑了下来。陈静夫岂能忍受这般无礼，一手撩开马鞭，带转马头，伸手捞着西崽的西式头发，两腿将马一夹，提小鸡似的，提着西崽一鞭冲到野外无人之处。先将西崽掼在地下，自己才跳下马来，用脚踏住西崽，解下笼头绳来，拣了一棵大树，把西崽捆在树上。寻西崽的长鞭，已不知在什么地方丢了，举起自己的短鞭，浑身抽了个无数。西崽先还哭着求饶，后来发声不出，已奄奄待毙了。陈静夫觉得非常痛快，指着西崽的脸，尽情责骂了一顿，才从容上马回家。

这西崽仗着西洋人的势，半生欺负中国人，这回算遇着对手了。从上午九点钟时候被捆，直到下午三点多钟，方有过路的行人替他解了绳索，送他回到西洋人家里。西洋人正着急不知这西崽到哪里去了，见这般狼狈的情形回来，问明了缘由，这还了得，一面送西崽去医院里治伤，一面侦察行凶的人。很容易，不到几日，就查出是陈岱云的儿子陈静夫干的事。也是合该陈岱云倒霉，马鞭本来不会打死人的，只因西崽追赶陈静夫的时候，带跑带骂，累出一身大汗，内部已受了伤损；又被陈静夫提着头发，拖死鸡一般地拖了好几里路，再加上一顿饱打和整日的捆缚，几方面夹攻，如何能不死？这西崽一死，事就糟到没有办法了。西洋人亲自见着云贵总督，指名要陈静夫偿命。陈岱云一得着这信息，即时急得呕血，也只得几日，就跟着西崽一路去了，还亏了许多同僚的帮忙，料理后事。

陈静夫独自逃到四川，辛亥年托庇在国民党旗帜的底下，才敢回湖南。但是他狠毒的声名，越弄越大，既没人肯推戴他做长官，也没人敢收容他做属员，他在云南、四川的时候，又吸上了鸦片烟。

壬子年，谭延闿做湖南的督军，禁烟极是认真，拿着了烟犯，实行枪毙。他不敢明吸，又不能不吸，偷着吸的若被搜出烟具，也一般地要枪毙。他拿他那一副天赋的绝顶聪明，竟想出一个绝妙的吸烟方法来。他的烟枪，是一根大拇指粗六寸长的竹筒，下端留一个节，靠前半寸远，钻一个小窟窿，不吸的时候，用铁丝做两个圈，钉在壁上，将竹筒套在圈里，有窟窿的这面，朝着壁上，插一枝鸡毛帚在筒口内，随便谁人看去，必以为是插鸡毛帚的筒。他的烟灯，就是一只酒杯，用蛋壳做灯罩，吸完便不要了。他放烟膏的所在，更是神妙。他家养了一条哈巴狗，狗颈上系了一个铜铃，他教铜匠造一个烟膏盒，形式和铜铃一般无二，盖上是螺旋纹，不至把烟膏倾出来，和真铜铃一块儿系在哈巴狗颈上。那条哈巴狗，他教得很灵，他要吸烟的时候，哈巴狗就跳到床上，伏着不动。他并不取下来，就从狗颈上，一口一口地烧着吸。一有外人进来，哈巴狗自知道跑开。因他有这么巧的吸法，湖南拿烟犯的，始终拿不着他的凭据。然越是拿不着，越是要拿他，后来竟要拿他去抽验。他有大瘾的人，如何敢去抽验呢，没法只得脱离湖南。但是那时的烟禁，各省都差不多，打听得长春是一个大烟子窝，就一溜烟到了长春。他父子在云南的宦囊所积，因西崽的案子，他父亲死了，他只身逃了出来，财产都充作赔偿西崽款子，一文不曾带到家乡。他母亲虽尚守着一部分财产，然当时发生了一种国民捐，专敲做过清朝官吏的竹杠。陈家产业，被敲去了十之七八，剩下来的，他母亲要留着养老，没有给他用。他在长春，鸦片虽能明目张胆地吸，只是哪有钱去交换呢？吸少了不抵瘾，就找着外国人打吗啡针，后来打得两膀的皮肉都腐坏了，实在活着不耐烦了，弄了一杯硝酸水，一口吞下去，算是抵偿了“倒脚板”先生和苏中理一干人的命。

《快活》第 24、26、27 期

好奇欤好色欤

邹季梦是我同乡兼同学当中第一个有侠肠、有勇力的青年。他学问的渊博和意志的坚定，都是我所钦佩的，而他的好奇心 尤为我朋辈中所仅有。此篇所记的事实，便是他从好奇之一念，所演出来的两出武剧。我因着两出武剧，夹带着些微侦探性质在内，所以记录出来，以充侦探世界的篇幅。

甲寅年十月，我到上海来，在卡德路庆安里，租了一所房子住下。那时邹季梦和一个姓萧的朋友从日本回来，住在法租界大安街一家客栈里面，他二人因在上海有事，须耽搁到过了甲寅年关，方能回家乡去。法租界的客栈最是使人不耐久住，而他们两个人又都懒得搬场，只得每日用过早点，就一同跑到我家里来，整日地闲谈。邹季梦固是一个健谈的人，就是那位姓萧的朋友，也是博闻强记，谈锋最利的人，有时三人谈得高兴，不到夜深十二点钟，不舍得告别归栈。

我记得那夜是腊月二十三，他二人在我家东扯西拉的，谈到十二点钟敲过了好一会儿才走，外面的电车已经停了班，二人走出庆安里，打算叫辆黄包车回客栈里去。黄包车夫见二人都穿着洋服，提着手杖，口里说的是外省的口音，满心以为是一笔大好的生意来了，来不及地一面用手拍着坐垫，一面口里喊坐呢，坐呢。

邹、萧二人虽来上海不久，然因言语不通，情形不熟，上黄包车夫的当，已不止一次两次了，每次上当总是因上车时不会说妥价钱，被黄包车夫大施其竹杠手腕。论邹、萧二人的胆力和腕力，绝对不是上海一班黄包车夫所能威胁出钱的，不过二人要顾全自己的体面与人格，只怪当初坐的时候，不应不将车价议妥，使黄包车夫有敲竹杠的题目。因此，上过几次当之后，二人相戒不冒昧上车，无论黄包车夫如何乖巧，说得好像车价全不成问题的样子，二人总得教他说出一个数目来，免他又有所借口。

这夜二人在庆安里口，也是定要黄包车夫说，不说便不肯坐上去。黄包车夫无奈，只得思量一个数目，但是唯恐说少了，错过了赚钱的机会，说这时已夜深了，此去永安街不少的路，又是年关来了，一只洋一把，就已是很强的价钱了。二人一听，只吓得吐出舌头，半晌缩不进口。黄包车夫既是这么讨价，当然没有还价的余地，只得掉转身躯就走。黄包车夫见生意弄僵了，明知是因自己开口太大，客人不好还价，然既经张开了这般大口，自己一时也苦于小不下来，也只得瞪着两眼，看二人掉臂摇头地走了。二人步行了一会儿，不见路旁有车停放，也不见有拉着空车的经过，邹季梦便提议说道："这时既不容易叫车，我们又不是走不动，何妨一路谈笑着，步行回去呢?"姓萧的连忙鼓着勇气说好。于是二人旋说旋走，向英大马路进发。

这条马路上，行人稀少，车马更是罕见，免去步行人多少让路防险的麻烦。不知不觉地，已走近泥城桥了，从卡德路到泥城桥，所经过的路在半夜以后，都是在半明半暗的电光下行走，只一到泥城桥，进英大马路的界，电光就彻旦地通明了。这时邹季梦在前，姓萧的在后，沿着跑马厅这边，履声橐橐地走来。

走到汪裕泰茶号门口，邹季梦听得前面有很细碎又很急促的皮靴声音，抬头一看，就一家店门口的灯光，只见一个态度极妖娇，装束极时式的女子，急匆匆地迎面走来。只因中间隔着一条电车道，彼此相离太远，虽有灯光，究看不出那女子容貌的妍媸和年龄的老少。不过就专从态度装束和步行健捷上看去，也可断定那女子，纵不是绝色的佳人，也决不至奇丑不堪，年龄至大也不过二十多岁。

那女子的右手提着一件很觉得沉重的东西，远望去，仿佛是一个黑色的提包，至提包中何所有，除那女子自己知道外，恐怕没多人知道。离那女子三五丈远的背后，跟着三个男子，两个穿着青色的长袍，是皮是棉，也没看出。一个穿的短衣，现出很缩瑟的样子，所可一望而知的，就是这三个男子，各有正当职业，为正当经营。

夜深三更，还在马路上奔走，邹季梦既发现了这四个怪男女，不由得触动了他的好奇心，很觉得这四个男女有研究的价值，遂停了步，等姓萧的拢来。这时姓萧的虽也看见，却毫不在意，见邹季梦忽然立住不走，就问站着干什么？邹季梦向怪男女的方面努了努嘴说道：“你看见么，你说是怎么一回事？”姓萧的道：“管他是怎么一回事，上海是著名的万恶渊薮，男女之间，千奇百怪的事，何所不有，管他怎的。”

邹季梦道：“不然，这不是男女的关系。你不看那女子，走得这么急骤，不住地回头望后面，好像是私逃怕人追赶的样子。这钉在后面的三个男子，不像是有和这种女子吊膀子资格的人，不急不慢地跟着走，又不像是追逃的。女子手中提了很沉重的东西，听说上海这地方常有流氓拆梢的事，不定这就是那话儿来了。”

姓萧的笑道：“三更半夜的，少年女子单独在外面行走，其为不正当，不言可知。便被流氓拆了梢去，也是自取其咎，我们犯不着拿心思去研究。走吧，时候不早了。”

邹季梦不悦道：“话不能是这么说，无论这女子正当不正当，总不应受流氓的凌辱。世界没有不许女子在三更半夜单独行走的法律，这事不落在我们眼里，我们自然不管，于今既然眼见了这种情形，若丢了不管，问心如何能安？并且我生成是这般好奇的性质，遇了这类的事，不用心思气力，去侦探一个实在来，心里便有好几日难过。”

姓萧的笑问道：“你就要管，也将怎生管法呢？你又不和这女子认识，明珠暗投，若好意反弄成恶意，不要失悔孟浪么？上海的情形，你我都不熟悉，你便生性欢喜做侦探，据我想侦探也不是这般容易做的。”二人说话的时候，怪男女已走过去多远了。邹季梦虽在和姓萧的说话，然两眼仍注定在四个怪男女身上，望着他们走过绵贯医院的弄堂，一转眼再看走后面的男子，又增加了两个。邹季梦用很决断的声音说道：“你看又加上两个流氓了，这事我非管不可，你算是帮我的忙吧，你不肯我一个人也是要管的。”

姓萧的这才点头道：“要管也使得，但是你打算怎么管法？”

邹季梦道：“且追上去，见机行事。如果那后面的流氓动手拆梢，我们就先救护了那女子再说。”说罢，拉了姓萧的手，回头就走。

姓萧的道：“用不着跑这么快，我们的脚步，没有追赶那女子不上的。跑得太急了，一则使那女子增加惊恐；二则我们先自白费了气力，临时甚至反上流氓的当，只远远地跟着便了。”

邹季梦觉得这话不错，就照着寻常行路的速度，和那女子相离约在百步内外，尾随在后。只一霎眼，见流氓又增加了三四个，邹季梦道："你看这不要拆梢，是做什么?"

姓萧的道："这个女子，也很奇怪，就算她是人家的姨太太，或堂子里姑娘，趁夜深卷款潜逃，又何妨叫一辆车子坐着，偏要是这么单独步行，这不是有意想上流氓的当么?"

邹季梦道："这话也难说，像我们不是也叫不着车子吗？总之这时无暇研究女子的性质，依我的主意，要先解决这拆梢的问题，就得紧靠着女子走。若等到众流氓已经下手，我们方赶去救护，须知女子没有多少抵抗的能力可待救援，那时我们便会飞也来不及。快点儿，赶上去吧。"

姓萧的看了流氓一个一个增加的情形，也觉相离太远，施救不及，便和邹季梦挽着手膀，大踏步追上去。追到白克路转角的所在，方始追上。流氓的人数，高高矮矮，老老少少，总共竟有了一十二个，各自交头接耳的说话，好像都是相识的，都是约会了的。走在前面的，距离那女子，仍不出三五丈远近，邹季梦在姓萧的手腕上捏了一下，示意教他快走。

二人从流氓队中，几步冲向了前。邹季梦为人机警，恐怕谈话被流氓听出是外省口音，存心轻视，二人都会说日本话，就用日本话对姓萧的说道："你的身材高大，又留着恺撒式的胡须，在这夜深时候，可以混称西洋人。我是五短身材，装作日本人，他们也看不出。流氓最怕的是外国人，我们今夜只两个人，没有帮手，不能不冒外国人的牌，你须注意，万不可说出半句中国话，露了马脚。"

姓萧的也用日本话应是。二人既冲到了流氓之前，离女子不过丈来远，那女子向爱文义路方面行走得更急了，二人却装作行所无事的样子，旋谈旋走。邹季梦偶然回头一看，流氓竟加至二十多个了，遂挽住姓萧的手膀，故意放松了脚步，让女子越离越远。可是作怪，那些流氓原是攒三聚五，做一群走的。自从二人冲向前面之后，流氓登时变成散兵线了，东一个，西一个，也都装作行所无事的样子。走不多远，前面一座石桥，女子匆匆走过桥去了。邹季梦看那桥的形势很好，桥宽不过一丈，两边都有很坚牢的石栏杆，桥身是个半边月的凸形，中间高，两头低，桥下一条小河，只有二三尺宽的污泥黑水，泥水里面，无条理地堆着许多木料。

没有上桥的时候，邹季梦就对姓萧的说道："我们不可再走了，越走便跟得越多，不是当要的。我们且扼守了这个要道，打发这些东西回头去了，再作计较。你守一边，我守一边，敢上前来，尽管给他们一顿痛打，一个也不能放过去，哪怕打死人也顾不得，容情便难免不上当了。"

姓萧的武艺虽赶不上邹季梦，然也曾练习过几年，因他的体魄比寻常人高大，气力也就比寻常人大得多了。听了邹季梦的话，高兴说好，撒开邹季梦的手，几步跨上了桥心，蓦地回转身来，抢左边靠石栏杆站住，两手据着手杖，往桥上一顿，横眉怒目地朝一班流氓瞪着，俨然是一个护法韦驮的模样。那邹季梦便抢右边，也一般地圆睁二目，眈眈地望着桥下，就像是一只出山猛虎待择人而噬的神气。

二十几个流氓抬头一看，都不由得胆战心寒，面面相觑，谁也不敢当先上桥。其中有几个狡猾些儿的，仗着自己人多，欺邹季梦的体量小，以为不难用武力打过去，约齐了三个，一班三十来岁年纪，一班体格强壮的，昂头不顾向邹季梦这边走来。邹季梦扬着头，只当没看见，等走前面的一个，来到切近，才吼一声下去，已拦腰将那流氓提起来，从石栏杆上往河里一掼，那流氓哎呀都不曾叫出，已倒栽到泥水中去了。掼下了第一个，正待伸手抢第二个，姓萧的已舞动降魔杵，没头没脑地扑下去。第二、第三两个的头上，都着了两下，只打得抱头鼠窜，聚在桥底下的流氓，料知占不了便宜，都四散往黑暗处逃跑了。

二人下桥略追了几步，邹季梦即停了步说道："用不着追了，恐怕那班东西分班绕道去害那女子，我们快过桥去。刚才的工夫不大，女子必走得不远，追上去侦探一个究竟，也不枉我们出死力救护她一番。"

姓萧的跑到桥顶上，向女子奔逃的那方面望了一望，不见一些踪迹，也没听得脚音，料已走得远了，摇头说道："不见得还能追着，我们来的目的，第一是为救护她，于今救护目的已经达了。你我又不是在租界上负了侦探责任的人，你不想想，此刻已是什么时候了，还不回客栈休息去么?"

邹季梦见姓萧的如此说，一个人便鼓不起勇气，只得一同回客栈里去歇了。

次日便是小年夜，我原约了他二人来我家吃年饭的。平常二人每次来得很早，总在上午八九点钟的时候，这日直到下午一点多钟才来。我问他们迟来的缘故，二人就把昨夜因这事耽搁了睡眠的话说了。我当时很吃了一惊说道："季梦，你的胆子也就太大了些，上海的流氓，岂是你们两个外省不熟悉上海情形的人所能惹得起的。"

邹季梦笑道："有什么惹不起，我宣统二年在上海，还单独打过一次流氓呢。也是因为好奇心所驱使，想侦探两个女子的身份，几乎弄出大乱子来。我那年正月到上海，原是第二次去日本留学，因在上海等那奥连多劳的船须等一个礼拜，就有几个老住上海的朋友，夜间带着我，拣大马路一带热闹的地方游逛。游逛了几天，只游得我意马心猿，收煞不住，身边带了预备在日本留学两个年头的学膳费，共一千二百块洋钱，当时既游花了心，又有爱嫖的朋友拉扯，遂实行嫖起堂子来，做上了住在清和坊的一个蹩脚长三，对我的恩情似海，我容容易易地着了迷，便舍不得离开她独往日本去了。奥连多劳号的船，横滨、上海往来了两三次，我总不肯上船。起初嫖的时候，身上还是穿着原来的洋服，后来知道堂子里人的眼光，对于穿洋服的客人，不甚重视，即改了极时式的华服。堂子里其所以不重视洋服，据说有两种理由，第一种是穿洋服的客人，嫖了账跑的不少，因此见了穿洋服的就害怕；第二种是洋服的材料，眼里见识得少的姑娘们分不出贵贱，又仿佛春夏秋冬的衣服，都差不多，花不了多少钱，就可以一年四季，混称阔老，所以堂子里说西装是大少蹩脚的表示。我那时手中有钱，既知道洋服在堂子里不讨好，自然不肯再穿了。当时好像被糊涂油蒙住了心肝似的，无昼无夜在堂子里鬼混，看看混到了三月。这日有个在东京同学的，有事回国，走上海经过，和我住在一个旅馆里。我邀他吃花酒，他不肯去，就请他看戏，他想看髦儿班，晚饭后陪他到丹桂茶园，看恩晓峰的空城计。这夜我还有两台酒，要做花头，去丹桂的时候，我便向同学的告罪道：'对不起你，我只能陪你看到九点钟，九点钟以后，有两处应酬，万不能不去。'同学的自然没得话说。登场的戏，都是些不中看的，我又素来不会看戏，懒得拿眼睛瞧台上，不住地向两边背后巡视，看看有生得漂亮些的女子来看戏没有。巡了几次，忽然发现了一个使我眼花缭乱、神魂不定的尤物。那尤物的芳龄，至多不过十七八岁，真是生得眉画远山之黛，眼萦秋水之波，若不是明明在戏园子里遇见，简直要疑她是天上神仙，决不相信世间有这般尤物。”

姓萧的和我听邹季梦这么说，不约而同地笑起来。姓萧的道：“你看这色鬼，于今说起来，还是垂涎欲滴的样子，可见得当时发起色情狂来，必是丑态百出了。”

邹季梦也笑道：“你又来打岔了，听我说吧，有趣的在后头呢，且说那尤物我怎生发现的咧。我那时耳里听得有个案目在我背后说这里有座位，我回过头来，只见一个三十六七岁的妇人，遍身绫锦，满头珠翠，装饰既甚华丽，容貌也甚整齐，望去俨然是个富贵人家的太太。尤物就紧跟在妇人背后，有些像是母女，又有些像是一妻一妾，跟在尤物背后的，是一个江北老婆子，右手提着一把光明耀眼的银茶壶，左手提着一根一般耀眼的银水烟袋。江北老婆子背后还跟着一个四十多岁的跟班，胁下夹着一个大衣包，照这情形看起来，谁也要说是富贵人家的太太和小姐或姨太太。

“案目引他们在我背后的一排椅子坐下，那时丹桂茶园的正厅，是每一张小方桌，三方设四把靠椅，妇人坐正面，尤物坐右手的侧面，江北老婆子斜签着坐在左边椅上，跟班将衣包放在妇人旁边一把空椅上，自到包厢底下坐去了。江北老婆子见茶房送了茶杯来，即起身用泡来的茶洗了又洗，擦了又擦。洗擦四五遍后，从衣包角里取出一条雪白的手巾来，将两个茶杯揩抹干净，才斟了两杯银壶里面的茶，送到妇人和尤物面前。然后擦上火柴，点燃了纸捻，装上了烟，凑近身喂给妇人吸。妇人且不张嘴，指着台上，和尤物含笑说话，好像不曾看见。老婆子诚惶诚恐地立在旁边装烟似的，纸捻燃了半截，才慢条斯理地于有意无意之间吸了一口。老婆子吹去了残灰，不敢用口就衔嘴的所在吹回烟，远远地离着烟斗，作几次把回烟吹尽，又装第二口。妇人坐着，那种怡然自得的样子，在座看戏的女子们见了，大约没有一个不羡慕她好福气的。

“我当时虽不羡慕那妇人的福气，却一百二十分地羡慕享受这尤物的福气。我哪里肯拿眼光向台上望一望呢，总是侧起身子坐着，两眼霎都不舍得多霎的，下死劲盯住在尤物身上。不过我虽是这么盯住她，却仍不敢有非分之想，以为她是天仙化人，目无下士，怎得有正眼来光顾我这种恶俗男子一下。只求许我偷偷地饱看一会儿，不加斥责，就于愿已足了。但是事真出人意外，我两眼下死劲盯住她不到五分钟光景，她竟肯用那不寻常的鹘伶渌老，赏光回顾了我一下，我起初还疑是我自己的眼睛不济，盯久了发花。后来居然接连光顾了我几眼，我这时心里的狂喜，恨不得周身十万八千个毛孔，孔孔露出笑容，以表示我受宠若惊，感恩没齿的诚意来。只是周身毛孔，哪里会有表示，就有表示，被衣服遮掩了，尤物又怎能瞧见。没奈何，只得把十万八千个毛孔所应表示的，集中于我自己的两只眼睛上，等她来光顾的时候，尽我所能表示的，极力表示出来。这一表示，就更得着好处了，她已现出嫣然欲笑的样子，却又似有些羞怯，连忙调转粉颈，望着别处。我又恨不得立时化身为微尘，跟着她的眼波周转。

“在这个当儿，已有一件极扫兴的事，就是那位同学的，因看戏不明白戏中情节，拍着我的肩头问我，这夜既是我请他看戏，不能不敷衍着他。但我的眼睛，失错都不曾望到台上去，教我怎知道台上演的是什么戏呢？只得勉强按捺住性子，查一查戏目，择戏情简单地胡乱向他说明几句。他却认为不满意，等我掉转身躯，正待继续拍发无线电报的时候，他又在我肩上拍了一下，说：‘满园的人，都望着你笑，你也不难为情吗？’我听了这话，随望了望我左右和前后的人，果有好几个，似乎很注意在我身上，不由得也有些难为情起来。”

邹季梦说到这里，姓萧的和我又都大笑起来说道：“连你都觉得有些难为情，可见当时在园里的看客对于你的情景了，更可见你吊膀子的丑态了。”

邹季梦笑道：“闲言少说，我面子上既有些难为情，只好装作没事地把眼光移到戏台上。你们凭良心说，在那时候，有什么戏能看得上眼？当然是看不到几分钟，两只眼睛，就不由我做主，又望到尤物身上去了。最奇的是，尤物在这时分，低垂粉颈，伏在桌缘打盹儿，我见她既是睡着，我拍发的无线电报也接不着，只管向她望着有什么用处，没得又要受我那同学的干涉。刚待仍回头看戏，却也作怪，那尤物好像头顶上也长着眼睛，竟会知道我在这儿望她，慢慢地抬起头来，也斜着一双俊眼，向我一瞟。那种睡态惺忪又娇又怯的模样，直是下毒手将我的魂灵儿一把抓了去，立时使我如醉如痴的，不知怎生是好。但是我这时心里虽然糊涂，却是疑惑，她怎会知道我在这儿望她呢？若说她是偶然抬头，就不应乜斜着一双俊眼，绝不旁视地直接射到我眼上。照她那瞟我的情形，明明是知道我在这儿望她，她在不曾抬头以前，就准备了那种惺忪意态，使我一见销魂的。是这么糊里糊涂地思量了一会儿，倒被我思量出一个道理来了。

“原来我望她的时候，那妇人望了我一眼，面上微露不安的样子，尤物随即抬起头来了。尤物原靠近妇人坐着，桌底下的脚，是相连接的，一定是妇人在桌底下通了消息。这一层，我当时已断定是这么的了，然而又想不透，何以妇人会帮着她和人吊膀子，我一时就有三种推测。一种是妇人和尤物，是阔人家的一大一小，富贵人家的太太常有伙通姨太太行淫的；一种是用美人计，引人上当，谋人钱财的，我曾听说上海这类的事很多，上海人称之为‘仙人跳’，何以叫这么一个古怪名字，却没人接说给我听；一种是住家野鸡，在我们湖南，叫作私门子。我心想看她们的排场，多半像是第一种，总之我不管她是哪一种，既触动了我好奇与好色两念，我总得跟踪出一个究竟来。如果是住家野鸡，有这么阔的排场，也就必有些来历；若竟是什么仙人跳，那就是一个陷人坑，我单凭着我这一点点武艺，也说不定能惩处她们一番，或者能顺便替社会上除去一害。心里如此思量，两眼仍继续着，向她表示爱慕。

“她自伏案抬头以后，眼波眉意，大不似起初时表示于有意无意之间了，几次三番向我露出盈盈欲语的样子来。若不是隔离了座位，我决不至屡次失了这交谈的机会，不过虽不曾交谈，然照她那眼波眉意的情形来看，若我只是想和她吊膀子就只要没有以外的障碍，很相信要和她生关系是不成问题的事了。不过我当时的心理，觉得她那么阔的排场，必是个有身份的人，我的相貌不在美少年之列，我自己知道，她不应该有这么容易就范，不由我不发生疑虑，就因这一点疑虑，生出要侦探她究竟是何等身份来。

“于是我就装作要小解，起身的时候，故意望了望那个江北老婆子，又咳了一声嗽，可恶那同学的真是一个笨蛋，见我起身踢脚，以为我就这么走了，来不及地站起来，拉住我问道：‘你就走么？’我不提防他有这一拉，倒叫我吃了一惊，只得摇头答道：‘不是，走去小解呢。’谁知他听说小解，便说：‘好极了，我多久就要小解，只因不知道在什么地方，一同去。’你们说这东西有多少讨厌。”

姓萧的笑道：“他不是有意开你的玩笑么！”

季梦道：“那倒不是，他本是一个书呆子，若是有意和我开玩笑，倒没甚要紧了，就为的他是一个规行矩步的人，我不能不回避他。但他要同去小解，我不能教他不同去，只得将他引到小解的所在，等他小解过了，指点他复进了正厅。我一看那江北老婆子已立在戏园门口，我大着胆走过去问道：‘你们家住在哪里，我好同去玩玩么？’老婆子点点头道：‘少爷就去吗，还是看完了戏才去呢？’我本来不大欢喜看戏，这时又想做一次情场中的侦探，哪里能忍耐着将戏看完呢？随口应道：‘就去就去，戏不用看了。’老婆子好像思索什么似的，迟疑了一下，问道：‘少爷还有一个朋友同去么？’我连忙答应没有，只我一个人去。老婆子才喜滋滋地说道：‘那么少爷就在这里等着，我去请太太出来。’说着，待转身往里走，我止住她道：‘且慢，我还得进里面，向我那朋友打声招呼，一会儿便出来，你们若是先出来，就等我一等。’老婆子答应：‘晓得。’

“同走进正厅，我向那同学拱手道：‘我已告罪在先了，此刻将近九点钟，我不能不去。’同学的见我早经说过了，九点钟有应酬，因此毫不疑心，我进来和同学说话的时候，顺便看那老婆子，并没向那妇人和尤物谈话，仿佛早已约了什么暗号的一般，妇人先立起身来，朝两边包厢底下望了几眼，似乎是寻觅那个夹衣包的跟班。老婆子将水烟袋、茶壶做一只手提了，右手夹了那衣包，尤物临起身，还瞟了我一眼，好像示意教我快去。我哪肯怠慢，忽忽追到门口，老婆子已叫好了黄包车，只教我坐上去，她们也纷纷上车。

“车行的次序，妇人在前，尤物第二，我在第三，老婆子殿后，跟班的不知到哪里去了。四把车子，跑得如风驰电掣。上海的道路，我原不熟悉，但觉得经过了黄浦滩，过了一座极高大的铁桥，转弯抹角，越走街道越冷静，不一会儿，到了一处漆黑的地方。若不是各人的车上都点着油灯，简直伸手不见五指。前面的车停了，我的车也停住，我即跳下车来，拿出零钱，打算开发车夫。老婆子已在后面高声说：‘车钱都在这里了，你们自己去分吧。’

“我就车上的灯光，见停车的所在，便是一座黑色的大门，妇人和尤物都立在门口，也没见他敲门，我凑近身去问道：‘到了么?’妇人答道：‘到了，这里连电灯都没一盏，黑洞洞的，少爷仔细蹴了脚。’我听了正要用客气的话回答两句，里面门闩响，已呀的一声开了，有人在我背后挨了一下，我知道是老婆子要推我进门，而两手都拿了东西，不得闲，所以挨我这一下。妇人也带着笑声说道：‘少爷请进去坐呢。’我到了这时候，就觉得把她们看作有身份的人的眼光错了，她三个人的行为举动，都显而易见的是个高等的住家野鸡，哪里用得着侦探?然既已跟踪来了，也只好把好奇的念头收起，实行起好色的举动来，就顺手捞住那尤物的手握着，跨进大门。

“屋里有点儿灯光露出来，看见大门以内，便是砖石铺成的天井。走过天井，有三级的阶石，阶石安着格门，格门的上半截是用纸糊的，格门关得很紧，尤物牵了我手，从阶檐左边转进了客堂。客堂中间，悬着一盏旧式的白盖玻璃灯，点着极不明亮，仅能照着人走路，不至于碰翻桌椅，撞伤头额。客堂里所陈设的，是些什么东西，一则没有闲眼光、闲心思去看；二则灯光既不明亮，唯恐脚底下蹭着什么，只顾低头仔细，跟着尤物走到客堂后面。她用很娇小的声音说道：‘当心些，上扶梯。’我说：‘你自己当心吧，我男子汉是不怕的。’

“二人仍拉着手，上了扶梯，她摔开我的手，先进房把灯光捏大了，照得那间房如雪洞一般。在黑暗地方混了好一会儿，这时重睹光明，精神都觉得陡然焕发起来。房中的陈设，半中半西，无一件物事不精洁，四壁里糊得雪白，房中安放一张西餐长方桌，雪白的桌布上，摆着两个夕阳花瓶，都插满了鲜花。餐桌四围安放六把靠椅，前面临窗安着两张躺椅，一张大方茶儿，左边一张红木玻璃衣橱，玻璃擦得透亮。上首的铁床，被褥帐帷，都像很有考究的。我思量这样天仙般的美人，无论陈设如何精美的房屋，她都居之无愧。于今她住的这房间，只精洁而不富丽，她若遇着一个真能怜香惜玉的人，必然要替她抱屈。

“我进房就脱去了马褂，跟上来的老婆子接着往衣架上一搭，我坐在右边一张藤塌上，尤物送纸烟、洋火过来，我便拉她同坐。我这时心里既已决定她是个住家野鸡，遂问她姓什么，叫什么名字。她低头只是笑，我连问了几句，老婆子端了一杯茶来，咬着她的耳根，唧哝了几句，她不答我的问，反问我道：‘要用甚点心么?请趁早说出来，这地

方一过了十点钟，便什么也买不着了。’

“我初到上海的时候，曾和人同打过野鸡，野鸡接着了客，照例是要敲客人的东西吃，我想她这问我要用甚点心，就是教我买东西给她吃的意思。我一高兴，自然不计较用钱多少，随问老婆子道：‘这时候叫菜来得及么？’老婆子连声应道：‘来得及，来得及，少爷要叫什么菜？请写出来，好去叫。’我打算叫妇人在一块儿吃，也懒得写菜，对老婆子说：‘请你去叫一席四块头的和菜来。’老婆子欢天喜地地去了，妇人坐在餐桌旁边的靠椅上，笑容满面地问我的姓名、年龄、籍贯，以及何事来上海，干什么事，住在什么地方。东拉西扯地说个不了，真是口若悬河，并说得一口很流熟的普通官话，不像平常的堂子里人只听得满口的什么呀呀乎拆烂污，使我们外省人听了纳闷。

“那妇人一口气和我谈了约莫一小时，只有她问我，丝毫没有给我问她的余暇，忽下面门响，说是送菜的来了，不一会儿，老婆子领着一个酒菜馆里堂官模样的人，提了两大篮菜进来，大家七手八脚地搬开了花瓶，撤去桌布，大盘小碗摆满了一桌。妇人问我：‘用什么酒？’我说：‘听便。’妇人打开红木橱，取了一瓶玫瑰酒，拿玻璃杯斟了，送给我面前笑道：‘这块儿的菜馆，很是见笑，可说是没一样吃得上口的，少爷马马虎虎用点儿吧。’我看桌上的菜，是不甚好，用不着吃，只看了那不清爽的样子，就知道不是出自上等厨司的手。不过我的目的既不在贪吃，不问是些什么，也胡乱点缀一番，酒倒不错，很喝了几杯，幸亏这夜的酒喝得不多，不然也就免不了胆怯误事了。

“我们刚吃喝玩乐，即听得下面铃铛响，接连有人敲大门，敲的声音却不甚急，下面老婆子的口音，问了一句什么人，门外答应的是男子，妇人一听，脸上登时露出惊慌的神色，尤物的脸色也变了，妇人手足无所措的样子，颤声望着尤物说道：‘怎么今夜就回来了呢？你快把少爷藏起来，我下去支吾他，叫他慢些上来。’旋说旋急忽忽地走下楼去了。尤物急得走投无路似的，苦脸皱眉向我说道：‘快些躲起来吧，我老爷回来了，我老爷回来了。’说时用眼四处寻觅藏躲的地方。

“我初见她们惊慌的情景，心里也不免有些怦怦地跳，问她躲在什么地方好。她指着床底下道：‘暂且躲到这里面去，好慢慢地设法放你走。’这时大门被敲得一片如雷的响，我猛然觉悟，原来是遇着仙人跳了，若真个往床底下躲藏起来，就钻进她们的圈套了。我于今既不成奸，又不是盗，怕他什么老爷？我且把马褂穿上大大方方地坐在这里等他，看他们怎生摆布我。我当初打算跟从她的时候，原已打定了主意，若是仙人跳，就得惩治她们一番，这时既经明白是‘仙人跳’了，便不由得气往上冲，一伸手从衣架上取马褂穿好。

“外面打门的声更急，尤物也催躲得更急，我鼻孔里‘哼’了一声，更不说什么，尤物在旁边急得跺脚哭起来，我从容从马褂口袋里，摸出一支雪茄烟来，自擦洋火吸着，像是没有这回事。尤物竟用手来拖我，我把她向藤塌上一推，冷笑道：‘你坐着吧，不要白劳神了，我正要会会你的老爷，你瞎怕些什么呢？’她顺着我推的势力，往楼板上一跪，哭道：‘少爷怎么忍心害我呢？我实在是因爱少爷的人物，以为老爷昨日才到苏州去了，今夜不会转来，没想到回得这么急，等歇他上来，少爷见了他不要紧，我和太太的性命，就都送在少爷手里了。我和太太爱少爷，少爷忍心害我们的性命吗？少爷若嫌床底下不好躲，就请躲到隔壁太太房里去也使得。’

“她边哭边哀求这些话的时候，那种可怜的样子，不问什么铁石心肠的人听了、见了，也不能不动心，不能不相信。我一时竟把她当实在话了，问到太太房间，走哪里去。她才爬起身，指着红木橱当头道：‘门在那里。’我已要向那门跟前走了，忽然扶梯上有几个人一阵跑上楼的脚声，来势凶猛得很，我陡然转念，藏躲已来不及了，没得被他们搜寻出来，反馁了我自己的气，急转身拖出靠椅面朝房门坐下，跷起腿，扬起头，吸雪茄烟。

“尤物见哀求无效，下面的人已上来了，突然改变了态度，凑拢来要坐在我腿上，我已明白，这又是一种栽诬的办法，一手推去，早推开了几尺远。在这个当儿，房门口跑进三个男人，已都一片声问怎么。我看走前面的年纪四十多岁，长条身材，衣服甚是齐整，神情气派，倒像一个候补小老爷。后面跟着两个，都是跟班模样，一个就是在丹桂茶园看见夹衣包的。

“那装老爷的跑进房，望了我一眼，厉声向尤物问道：‘这是什么人？’尤物掩面哭起来，那老爷对准尤物的脸上，举手就是一个耳巴，口里骂道：‘混账忘八蛋，好大的狗胆。’遂指挥两个跟班对我喝道：

‘快给我把这杂种捆起送到行里去，哼哼，这还了得！’两个跟班一听命令，如狼似虎地要动手来拿我。我见三人的举动，都不是有武功的人，便不把他们放在心上，拔地立起来，大吼一声道：‘敢动，就要你们的狗命，你们瞎了眼，这回吃错人了。’两个跟班不知进退，仍一拥上前，伸手来抓我。

“我巴不得他们来得凶猛，只踏进半步，一个‘猛虎擒羊’的手法，抢住一个，往楼板上一掼，正待再打这个，倒是那个装老爷的，好像略会几手功夫，更有些机智，见二人不是我的对手，便一下把灯灭熄了，房中登时漆黑，幸喜我眼快，不等到他们混乱，已蹿到那假老爷面前，用‘铁笼关象’的蛮手法，拦腰将他抱住。他还抵抗了几下，那东西多半是酒色过度的人，几下抵抗不了，就有些气喘，我把他按在地下说道：‘你不快叫人将灯点燃，我且打死了你这忘八蛋再说。’随用拳头在他胸脯上擂了两下。

“那跟班听得我说话，知道我站立的地位了，提起一把靠椅，向我打下，我不能闪躲，正着在我的背上，但是没有功夫的人，哪里打得入木。我就对假老爷说，打得好，只要你不怕死，尽管不止住你的跟班打我。接着又擂了他几拳，大约擂得他实在受不住了，才一迭连声地叫道：‘打不得，打不得，不要动手了，快把灯点燃吧。’那跟班还不肯听，想把我按住，将身体往我背上一扑，尽力地往下压。我这时腾不出手来，只得由他压我，我压假老爷，只压得假老爷哀声求饶。

“我说：‘你存心讨死，我也没有法子，你既求饶，为什么还要你的跟班压在我背上呢?’假老爷已提气不上了，断断续续地喊道：‘你们……不听……我的话吗?’压在我背上的跟班，这才跳起去，有人点燃了灯。我一个人怎敢恋战，只等灯光一亮，就把那假老爷提了起来，拖着往房外便走。我不把他拖在手里，黑暗地方，我恐怕他们向我拼命。

“一路拖了下楼，好笑老婆子和那妇人，都不知躲到哪里去了。我直到出了大门，才松手对那假老爷说道：‘你平日用这方法害人，大概也害得不少了，今日遇着我，总算是你的报应，我本待立时取了你的狗命，只是教你死得太痛快，仍是好了你。不如送你一个药罐，等你慢受些磨难再死，今夜真是打扰了你，少陪了。’”

我听那邹季梦说到这里，便问他道：“你点打了那假老爷什么地方呢?”邹季梦道：“他仰面倒在楼板上，左边的乳窝穴正当着我的右手，顺便点了他一下，怕他不受几年磨难么?”我听了笑道：“你两次都为着好奇的心，几乎遭险，若为这两回的事吃了眼前亏，才不值得呢。”

邹季梦还不曾回答，姓萧的朋友已哈哈大笑道：“什么好奇心，明明是好色罢了。如果昨夜所遇的是一个老婆子，或是一个奇丑不堪的女子，哪怕背后有百十个流氓跟着，看他会触动好奇心么?肯劳神费力地去侦查究竟么?”这句话说得我和邹季梦都笑了。

《侦探世界》第3、4期　民国十二年（1923）7月

半副牙牌

要写这篇《半副牙牌》的事实，须先将内地开典当店的资格交代一番，这篇事实才有根据，看官才得明白。

这篇的事实，出在四川重庆，而各省开典当店的情形，也大都如此。典当店向分四等：第一等为典商，须有部照，正式营业，利息轻，期限久，若是典了窃盗赃物，破了案被官厅追提，失主须本利如数算还。这种典商，十九是有雄厚资本，绅商界有名誉的人，方有开设的资格。第二等为当商，资格比典商低些，利息比较的重些，期限比较的短些，譬如典商普通以三年为期，一二起息，当商则两年或年半，一六一八起息，然而也须正当商人才能开设，若当了窃盗赃物，被官厅追提，无论当了多久，失主只算还一本一利。第三等为质商，利息更重，期限更短，不必有大资本，不必有好资格，只要是做生意的人，都能开设。遇官厅追提赃物，只还本，不算利息。最下等是押店，正当商人和有雄厚资本的，决不肯做这押店生意，也决不能做这生意。开小押店的，不是本地的无赖之尤，便是外省流配来的罪犯，表面的利息，只有三分或二五，其实是大加一。因为一月分作三期，一期就是一月，一月作三个月计算，还有什么票费、存箱费，总算起来，简直是大加一。期限只有半年，甚至四个月，像这般强盗也似的生意，稍有人格的商人自然不屑去做，官厅从这种小押店里追提赃物，是连本钱都不给还的。

以上典当质押四种生意，开设在各省会及府州县的，因是官厅的驻在地人烟稠密，有城防范，有兵巡守，不至有抢劫的事情发生，用不着有武艺的人保镖。至于开在各乡镇的，除了小押店一因资本不大，二因店主或与盗匪通气，或自己武艺好，不用人保镖外，典、当、质三种，都免不了要请镖师。常川店里住着保护的，四川一省的会匪，比较各省都多，因此四川的典当店，也比各省难开。哪怕开设在省会及府州县里，质、押两种，资本不多的不要紧，典、当两种，也得和各省开设在乡镇一般地请镖师。

典当店里的镖师不在多，只要是有真实本领的，或名头高大的，一个人就够了。镖师住在店里，责任不仅在保护店中财物不被盗匪劫去，平日须认真教练店里的伙计和徒弟。典当店的规则，无论伙计、徒弟，武艺练得好的，薪水可望增高。在练武艺的时候，所穿的衣服鞋袜都归店主供给，撕打破了，从新更换。所以典当店开设的年代越久，店里会武艺的人越多，信用也就跟着越好，盗匪越不敢转念头。

于今且说四川重庆有家极大的当店，叫作“义丰当”，足有十万两银子的资本，店主姓刘名辅成，是四川的豪商。这义丰当开张的时候，外面就有谣言，说某某有名的盗魁和某某有名的会首，正在招集有飞檐走壁大本领的强盗，合伙来抢劫，无论有多少保镖的，也不畏惧。刘辅成得了这种谣言，便花重价，聘请两个有名的镖师，夜间在房上轮流防守。

义丰当店内部的组织，系分四部，管理账项的为第一部；管理银钱的为第二部；管理衣服的为第三部；管理金银珠宝、首饰的为第四部。第一、二、三部的管理人，都是多年在四川各大典当店里办事的。唯有管理第四部的，是一个读书的少年，姓史名克家，生得容仪俊伟，举止温文，他父亲是个有名的孝廉，生性倜傥不群，因三十岁上断了弦，在家抑郁无聊，遂带了盘缠，出外游历。在南京续娶了个姓齐的女子回来，就生了这史克家，克家出世不到十年，这倜傥不群的孝廉便死了，克家依着母亲度日。只因家计贫寒，不能继父志读书，他母亲要他学生意，局面太小了的，他又不愿，恰好义丰当店开张，从前和他父亲要好的几个有资格的朋友，极力保荐给刘辅成，刘辅成也素知道史克家是个世家子弟，又聪明又靠得住，且有好几个确实的保荐人。遂派史克家经管第四部的金珠首饰。

开张不久，刘辅成既听了盗魁会首要来抢劫的谣言，就召集店内一班管事的人，告以外间谣言说道：“我店里有了现聘的两位师傅保护，这类谣言，本可不放在心上。不过因系新开之店，店里除了两位师傅外，诸位都是不曾练过武艺，没有经验的人，诚恐夜间师傅和强盗动起手来，有什么声响，诸位不用害怕，也不必藏躲，更不要逃跑，只各人守着各人的地位不动就得哪。万不可从门缝里或窗眼里，伸头出外张看，那时枉送了性命，只能怪自己不小心。”

刘辅成说时，转脸望着史克家道：“你是一个净料的读书人，年纪又轻，一旦遇了意外的事，惊慌是不能免的，你母亲苦节，守着你这个人，是要靠你养老送终的，你若是害怕，不妨夜间归家去睡，天明再来店中做事。等谣言平息了，仍在店中歇宿。”

史克家道：“我一般地受东家薪俸，若临难便图苟免，如何对得起东家和诸位同事的呢？并且家母也绝不会容许我在这紧要的时候，弃了自己的职守，回家安歇。我虽是读书人，年纪小，但从小受了家母的教训，胆气还不甚小，请东家放心。”

刘辅成自是巴不得史克家不回家歇宿，免得传说出去笑话。其所以是这么说，为的是怕史克家胆小，这时脸软不肯说出来，事到临头，反为慌张误事。及听得史克家这么说，也就不说什么了。有几个管事的，曾在别家当店，练过武艺，这时都纷纷向刘辅成陈说自己能为，愿与保镖的共同担任防守。

刘辅成自然欣喜，问各人善用什么兵器，刀、叉、杆、棍都依照各人所喜的配发了。便是几个新收的徒弟，用不起兵器也每人给了一把解腕尖刀，以为万一之备。只有史克家没向刘辅成要，刘辅成也没给他。义丰所请的两个镖师，一个姓杨名寿廷，会打连珠弹子，二百步以内，能接连不断地发出十弹，从一个弹孔里穿出去。为人更机警绝伦，他一生保镖，不曾失事过一次；一个姓鲁名连城，各种暗器，都会使用，十八般武艺，件件都是魁尖的本领。杨寿廷是川东的镖头，鲁连城是川西的镖头，盗匪见他二人的旗帜，没有不退避的。川东、川西的盗匪，怕他二人，到了极处，恨他二人，也到了极处，只是没法能摆布二人。二人这回同时就了义丰当店的聘，也知道招盗党之忌，逆料免不了迟早必有一场恶斗。白日是无须防范的，一到了夜间，二人便分班轮流在房上逡巡，一连好几日不见动静。

这日忽来一个高大汉子，赎取一把锡酒壶，大汉接过锡酒壶一看，厉声说道：“我前日当的不是这把酒壶，你们为什么更换我的？赶紧将我当的原物还我便罢，若有半字支吾，我立刻使你这店开不成。”店里的人一听这出人意外的话，不由得不心中冒火，只是刘辅成是个老商人，店里用的人也都是生意场中老手，心中虽然因无理的话冒火，表面却不肯立时发作，仍按捺住火性，赔着笑脸说道："当票上编定了号码，照着号码，取东西从来没有换错了的，请你看清楚。"

大汉哪由分说，迎面就是一口唾沫，吐了这赔话的朝奉一脸，更大怒如雷地骂道："我自己的东西认不清楚，难道你倒认得清楚？"这朝奉也曾练了一身本领，见大汉分明有意来讹诈人，自己脸上又被他吐了这口凝唾沫，直起三丈高的无名业火，哪里扑压得下，顺手从柜上拖了一个檀木算盘，劈头朝大汉打去，正打在大汉的头上，只听得喳啦一声响算，盘打得四分五裂，盘珠散得满地乱滚。大汉原靠着一根合抱不交的磉柱站着，此时头上挨了这一算盘，即装作避让不及的样子，将头向磉柱上一偏，全屋被碰得摇摇震动。屋檐上的瓦，哗喳喳一阵响，纷纷掉了下来，磉柱登时脱离了节榫。这一来，只吓得满店的人，都双手抱头，向里面奔跑。

杨寿廷此时正和鲁连城坐在里面闲谈，忽觉得房屋震动了一下，接着听得一阵响，一阵脚步声，不由得也有些着惊，托地跳起身来，迎着向里奔跑的人，问怎么。管事的如此长短对杨、鲁二人说了，杨寿廷听罢，望着鲁连城说道："且等我去瞧瞧，看是怎么一回事。"一边说一边走到外面来，只见那个大汉正在一手提着把锡酒壶，一手指着柜房里怒骂。杨寿廷听大汉说话不是四川口音，料是外路来的。不敢怠慢，连忙上前拱手笑道："请老兄息怒，伙计们有开罪之处，向兄弟说来，兄弟自处置他们。"

大汉看了看杨寿廷，即停了怒骂，也抱拳问道："想必你就是大老板了，贵店仗谁的势，动手便打人。"杨寿廷赔笑说道："我不是老板，谁敢对老兄无礼，我可以教老板责罚他们，此地不是谈话之所，请老兄到里面坐坐。"说时故意望着磉柱，做出惊讶的样子，说道："好不牢实的磉柱，怎么新造的房屋，磉柱就离了墩呢？且等我搬正了磉柱，再奉陪老兄谈话。"随走近磉柱，双手抱着，往上一提，已移回了原处。口不喘气，面不改色，从容向大汉笑道："老兄好硬头。"（硬头即不容易说话的意思）

大汉打量了杨寿廷一眼答道："你也是一个好手。"杨寿廷哈哈大笑，让大汉进里面就座，大汉道："不用客气，我还有事去，只请将我原当的酒壶还我。我当的酒壶，是点锡打成的，这是铅的，比我的差远了。”

杨寿廷接过酒壶，指着壶底的印，给大汉看道：“这里不是分明印着点锡两个字吗，如何说是铅的呢，哪里有这般坚硬的铅？”大汉听了，似乎不相信，接过去，向壶底仔细看了笑道：“这原来也是点锡吗？我倒不信我的眼睛连点锡都不认得了。我的眼靠不住，我的手是很靠得住的，只一试便知道了。”随用两手将酒壶一搓，只搓得那锡如在炉里熔化了的一般，点点滴滴从指缝里流出来。大汉也望着杨寿廷哈哈笑道：“你说这是点锡，原来是这么一点一点的，就谓之点锡。你说没有这般坚硬的铅，我看只怕没有这般不坚硬的锡呢！”

杨寿廷看了大汉的功夫，不禁暗暗纳罕，思量这厮的内外功夫倒都不错。我少时曾听说前辈甘凤池有这种掌心熔锡的功夫，须得内功到家，才能显出这般本领。我是个专做外功的人，便是老鲁，也和我一样，硬对是赶这厮不上的，只有软求他，看是怎样。慌忙赔着笑脸，殷勤说道：“领教了，敬服敬服，兄弟在江湖四十年，像老兄这般能耐的人，见得很少，请问贵姓大名，尊乡何处？”大汉冷冷地笑道：“我素来是个无名小卒，何足挂齿，再见吧！”说着掉头不顾走了。

杨寿廷没想到这么不给人面子，一时又是惭愧，又是恼恨，恰好鲁连城因在里面不放心，走出来探看。杨寿廷忙向鲁连城说道：“这厮已认识我的颜面了，你快跟上他去，看他到什么地方停留，探明了好作计较。”

鲁连城哪敢懈怠，急匆匆地跟踪大汉去了。跟到河边，大汉上了一只破烂不堪的船，船舱里面隐约有几个男子坐着，大汉跳上那船，那船就立时撑离了岸，开向下流去了。鲁连城无法追踪，只得回店与杨寿廷商议，二人都猜不出那大汉是什么路数的人。

这夜鲁连城守上半夜，杨寿廷守下半夜，杨寿廷接班的时候，照例须在满店的房屋上仔细逡巡一番。这时已将近三更了，杨寿廷巡到史克家的房上，见窗眼里露出灯光来，细听房里仿佛有算盘的响声，知道是史克家不曾安睡。心想这孩子倒肯认真做事，这时分大家都深入睡乡了，他还独自一个在房中算账。正想转进房去和史克家谈谈，消磨长夜，刚待举步，房里的灯光忽然灭了，不觉心里好笑，怎这么凑巧，我要找他闲谈，他就吹灯睡了。

杨寿廷即蹿上史克家的屋脊，猛听得背后掉下一片瓦响，暗想自己的本领不至将瓦踏下。急回头看时，瞥眼见一条黑影才飞上了墙头，忙扣上弹丸，对准了一弹打去。那黑影只微微地晃了一晃，仍在墙头上立着，好像弹子已被他让开了。随接连发去三弹，计算第一弹打头，第二弹打胸，第三弹打腿，三弹同到，贼人无论如何厉害，总得着一两下。谁知三弹打去，就像不曾打到似的，连微微地晃都不晃了。急从弹囊里掏了一把弹丸，一面往弦上扣，一面目不转睛地看那墙头上的黑影，陡然一个倒栽葱，闪了下去，正自觉得诧异，又冲上一条黑影来。

杨寿廷刚对准了弓，还不曾发弹，那条黑影又栽下去了。杨寿廷暗自寻思道："这不是活见鬼吗？我的弹子素不空发，为何连发四弹，一弹也不中？我的弹不曾发出去，倒又像是中弹倒了呢？难道是贼人有意拿着皮人儿和我捣鬼。就算是调虎离山的计吗？不是不是，皮人儿见弹便倒，并且得哧的一声响，我四弹打去，毫无声息，哪有这样的皮人儿。即算第一次是皮人儿，被我弹倒了；第二次冲上来，我尚不曾发弹，却为何也倒了咧？倒下去的情形，两次一样，都是两手一张，身体往后倒栽下去，不是被人打正头眼，没有这种倒法。我不发弹，老鲁早已下班安歇了，又有谁在暗中帮我打贼呢，这不是稀奇吗？我何不赶过墙头去，瞧个实在。夜间在房上发弹，多是蹲下身子的，因身子蹲下来，目标小些，敌人不容易发现。弹丸不过蚕豆大小，在夜间打出来，百步以外听不到弦的响声，若不看见发弹的人，躲避极不容易。

杨寿廷这夜是在房上逡巡，猛可地发现了贼人，自然要蹲下身体发弹。此时要赶过墙头去看，即立起身来，向墙头蹿去，才待翻过史克家的屋脊，一眼看见那墙头上屏风也似的并排飞上四个人来，似乎脚还不曾立住，就接二连三地倒栽下去了。杨寿廷见了这情形，心里已明白必有能人在暗中帮助自己，并且知道这人的本领在自己之上，索性蹲下瓦栊，扣上弹丸等待。墙头上又冲出六人，又挨排倒下去了，末后又有四人，不似前几次之并肩而上了，各人相隔二三丈远近，同时一跃都飞过墙来，不在墙头停步。

杨寿廷不禁着急起来，因墙脚下黑暗无光，寻不着目标发弹，只得收了弹弓，从背上拔出刀来，蹿下房，一声喊嚷："大胆的强徒，哪里走?”已有两个强盗过来，双刀齐下，夹攻杨寿廷，交手三五下，杨寿廷即自知敌不过，想抽身上房，用弹打翻一个，就容易抵敌了。叵耐这两个强盗都一刀紧似一刀，半点不肯放松，哪有抽身上房的工夫，杀得杨寿廷满头是汗。看看刀法散乱不能招架了，忽两个强盗，同时叫声哎呀，折身就跑，转跟即飞出墙外去了。

此时鲁连城在里面听得杨寿廷在后院喊嚷并动手相杀的声音，即时召集店里会把式的管事，各操兵器，杀奔后院来。杨寿廷见有救兵到了，忙大声招呼道：“快，大家寻找，还有两个强盗隐藏在里面，不曾出去。”鲁连城一干人听得，真个如见神见鬼的，各人分头在弯里、角里寻觅，纷乱了半夜，直到天光大亮，哪里寻得着一些儿踪迹呢?

杨寿廷心里明知有能人在暗中帮助自己，只是已将贼人打退了，尚不见有人露面自承杀贼的功劳，思量本店中，除了自己和鲁连城外，实在没有高过自己能为的人。这回在暗中帮助自己的，必然是外路的朋友，往后自有知道的时候。这时乐得不说出来，好顾全自己的名誉，主意已定，遂向店中人说贼人如何上墙头，自己如何发弹，共来十六个贼人，已打伤了十四个。那两个见机得早，悄悄地逃了。

刘辅成听了杀贼的情形，很是高兴，办了几桌酒菜，给杨、鲁二镖师酬劳，并与各店伙压惊。这夜各店伙一闻有贼，都操了兵器到后院助威，唯有史克家自关着门睡觉，直待天明事定了才起床，店伙在酒席上有笑他胆量小的，有笑他瞌睡大的，他只是含笑点头，一句话也不争辩。

酒菜才吃喝一半，外面忽走进一个蓬头赤足、衣服褴褛，年约十来岁的小孩儿，双手捧着一个纸包，往柜台上一递，口里高声嚷道：“当东西呀。”在席上饮压惊酒的店伙，听得有人来做生意，连忙起身走近柜台，打开纸包一看，原来是一副不完全的牙牌，牌上都沾有血迹，数数十六张，恰是半副。店伙看了好笑，问小孩儿拿这东西来做什么。小孩儿扬着头答道：“你问我做什么?我倒要问你在这里做什么，难道这半副牌，不能当钱吗?”店伙故意问道：“你要当多少钱?”小孩儿道：“论这半副牌的价钱，当十万也值得，我于今只要一千六百两银子使用，就当一千六百两吧!”店伙笑道：“值得，值得，但是这里不当这些东西，请你拿到别家去当，或许更当得多些。”

小孩儿瞪起两眼，望着店伙道："我特地到这里来的，你教我到哪家去？不要啰唣，快拿一千六百两银子来，少一厘也不行。"

刘辅成在里面陪酒，听得外面争论的声音，以为又是昨日那大汉来了，也忙走出来探问。众店伙见东家起身，也都跟在后面，史克家杂在店伙中，一眼看见那半副牙牌，遂上前抢在手中，向小孩儿说道："一千六百两银子，早已安排在这里了，只是不能给你拿去，你教他们本人来取吧。"小孩儿打量了史克家几眼问道："就是你么？愿闻大名。"史克家道："金陵齐四是我母舅，你回去向他们说，他们就知道了，有我在这里，请他们另眼相看，免得伤了和气。"小孩儿应声知道，向史克家拱了拱手，回身走了。

刘辅成和一干店伙见了，都摸不着头脑，问史克家是怎么一回事。史克家指着杨寿廷笑道："杨师傅是知道的，请问他昨夜在后院的情形。"杨寿廷这时才明白昨夜在暗中帮助自己的，便是这个众人轻视的史克家，来不及地对史克家作揖道："非是我有意贪功，只因一时糊涂，没想到帮我的便是足下，怪道房中灯火灭熄得那么凑巧。"遂将昨夜的情形向众人述了一遍。

众人听了，都望着史克家发怔，刘辅成立时改变了态度，推史克家上坐道："我有眼无珠，不识豪杰，今日的酬劳席，理应先生首座。"史克家谦让不肯，二人正在争执的时候，杨寿廷、鲁连城两个有名的镖师，已趁着纷乱悄悄地溜跑了。刘辅成也不追挽，只问史克家如何杀贼的情形，并何以有这种本领。史克家这时也不隐瞒了，将自己的身世尽向刘辅成说了出来。

原来史克家的母亲叫齐秋霞，是金陵有名的女侠，是甘凤池的得意徒弟。自从二十岁嫁到史家，因丈夫是个文人，不喜武事，齐秋霞便将武艺完全收藏起来。仅在做新娘的时候，闹新房的人有知道她会武艺的，逼着要她显本领。推辞不脱，才教伴妈取了两个鸡蛋，放在新房当中地下，她双手托了一盘茶，两脚尖踏在鸡蛋上面，敬满房的客每人一杯茶，自后二十余年，没向人显过第二次本领。

史克家因父亲死得早，才能从母亲练武艺，然也是秘密研练，外面没人知道的。义丰当被盗的这夜，史克家正在房中玩牙牌，忽听得房上瓦响，即将灯光熄灭，从窗眼中偷看外面。看出是杨寿廷，正待打招呼，陡发现对面墙头冲上一条黑影。史克家不愿意自己露脸，知道杨寿廷背朝着墙，不曾看见，故意抽了片瓦打在地下，即听得弹弦响，黑影一晃，就让过去了。随又听得连发三弹，强盗的本领很高，弹子打不入木，便料知杨寿廷不是强盗的对手，只得随手拈了张牙牌，向强盗的眼睛打去。第一个打倒，第二个上来，接连打了十二个，后四个不在墙头停步，就先打退了两个，还有两个与杨寿廷动手。杨寿廷看看敌不住，只得又发两牌，十六张牙牌都打进了强盗的左眼。当锡酒壶的大汉本是有意来调查镖师能耐的，想不到有史克家在内，所以送还半副牙牌，要问史克家的名字。

《侦探世界》第 5 期　民国十二年（1923）8 月

天宁寺的和尚

凡是会几手拳脚的人，没有不知道少林寺的，并有一班会拳脚的人，自称“少林嫡派”，以夸耀于人的。其实此刻少林寺里，何尝有多少会拳脚棍棒的和尚，而且自夸是“少林嫡派”的武术家，又何尝知道少林寺在哪里，少林拳棍比别家拳棍有什么区别？但是何以一班会拳脚的人，偏要拿这莫名其妙的“少林嫡派”四个字做头衔呢？这其间就有两种性质，一种是由于武术家的门户积习太深，觉得不依附一个著名的家数派别，面子上没有光彩。少林派历史上的荣誉，在一班武术名家之上，全国人的脑筋里，几乎无不认少林僧为拳棍的发源地，因此会拳棍的人，要夸耀自己武艺的来头大，除了自诩为少林嫡派，便没有再显赫的头衔了；一种是由于盲从的，练把式的见一班享盛名的武术家，多自称少林嫡派，于是也不问来由、不顾事理，随口附和。

拳是少林拳，棍是少林棍，刀枪是少林刀枪，剑术是少林剑术，凡属武术，没有不可以加上少林两字的。日积月累，由以上两种性质而成的少林派，几占全国武术家的半数。倒是历代以武术传衣钵的常州天宁寺，国人知道的反而绝少，而一班会拳脚的人，更没有冒称是天宁嫡派的，如此也可见得中国武术家徒重虚声，是一种普通的毛病。

天宁寺是一个极大的丛林，寺里常住有三五百名和尚，除了各处游方僧人来天宁寺挂单的而外，本寺和尚没有不会武艺的。天宁寺和尚游方，有一种特别记认，别处和尚不能仿效的。别处和尚挑包袱的扁担两头是平的，是向下垂的；唯有天宁寺的扁担两头是尖的，是朝天竖起的。这种扁担，在江湖上很有些威风、有些势力，凡是江湖上的老前辈遇了挑这种翘扁担的和尚无不肃然起敬，且多有邀到家中，殷勤供奉的。但是天宁寺的戒律极严，仗着武艺高强，在外面横行霸道的，固是绝对地没有；便是动辄和人比赛，以及在人前夸示本领的事，也是他们戒律上所绝对不许的。

在下久已知道天宁寺的和尚武功都很好，只是一苦没有去常州天宁寺瞻仰的机会，二苦没有与天宁寺高僧会面的缘法。究竟在下所知道的，是否实在，无从征信。近来得结识了一位常州朋友，闲谈中说到天宁寺上面去了。承这位朋友，说了许多关于天宁寺的故事给我，才知道天宁寺的武艺，确非纯盗虚声的少林寺所能比拟其万一。于今且就这位朋友所说的许多故事当中，拣几件成片段，而饶有趣味的，转述出来，将来若有良缘，或者能再成一篇有统系、更翔实的记载。

却说光绪初年，安徽皖北全椒县里，忽来了两个飞贼。这两个飞贼，到了全椒县一月之久，犯的人命、抢劫大案有二十五件之多，而飞贼的姓名、籍贯，通全椒县没一人知道，飞贼的身材、相貌，也没一人认识。还亏了这飞贼，每犯一件抢案或命案，必在出事的这夜，印两只左手的血手掌在县官的帐门上或被褥上。因两只都系左手，而又一大一小，才知道是两个飞贼，若不亏他自留痕迹，就连有几个凶手都教这县官无从侦查。

前清时候的县官，能经得起几件命盗大案？这全椒县的县官，本是山东一个姓章的富商的儿子，单名一个霖字，花了好几万两银子才买了全椒县这个缺。没想到上任不久，就遇了这么两个生死对头，照这飞贼每次自留手印的情形看来，好像是有意来和章霖为难的一样。章霖竟为着辖境之内，一月之间，出了这么多命、盗大案，一件也不曾办完，把前程坏了。但是章霖的县官虽革了职，然缉拿这两个飞贼的心思和做官热衷的念头，终不能减少。好在章家有的是钱，而清室中兴后，捐例大开，有钱的人，什么官职都可以办到。章霖运动开复原官之后，花重金聘请了好几个有名的捕快，随处明察暗访，无奈那两个飞贼见章霖革职离任，也就离开了全椒县。既不知道姓名、籍贯，又不知道年龄、相貌，从何处查访着手呢？许久得不着一些儿踪影，只得且将这事搁起。

章霖仍运动补了县官的缺，七八年后，升了常州府。章霖知道天宁寺所有和尚都会武艺，住持和尚道明，本领更是了不得，遂有心结纳道明，每到天宁寺进出，总得和道明盘桓许久。章霖的心里，以为天宁寺有这么多本领高强的和尚在，全椒县与自己作对的两个飞贼，本领也很不小，众和尚中，或者有知道两飞贼姓名的，也未可知。后来与道明结交既久，才知道天宁寺的和尚虽重武艺，然从来不许和绿林中人通声气。

这日章霖刚从天宁寺回衙，行到半路，忽有两个衣裳褴褛的人，拦住轿子喊冤。章霖看两人的容貌态度，不像穷人，而科头赤脚，都穿一身破旧不堪的衣服，随命停轿问有什么冤枉。两人报了姓名说道："小人兄弟两个，在扬州做生意，这回带了千多两银子同坐船去南京办货。某日行到某处河面，听得岸上有人大喊停船。小人出船头一看，只见两个和尚，一个身材高大，面目凶狠；一个骨瘦如柴，像是害了痨病的样子。前胸都悬了一个黄布香袋，并立在河岸上，朝小人招手叫拢岸。那船是由小人兄弟包了去南京的，既不认识这两个和尚，自然不肯无故地拢岸。船正走着顺风，小人兄弟都不作理会，谁知这两个和尚竟是飞得起的大盗，见小人的船不拢岸，只听得大吼一声，相离十来丈远的河面，只一跳都到了船上，从衣底掣出雪亮的刀来，迎着小人兄弟一晃。小人不敢喊救，只得哀求饶命，自愿将所有的银子奉献，那个骨瘦如柴的和尚，已手起刀落，把驾船的伙计杀了。小人兄弟苦求了多时，并将银子全数交了出来，和尚才把兄弟身上的衣服剥了，赤条条地踢落水中。亏得少时略识得些水性，逃得了性命，在乡村人家讨了几件破衣遮身，小人兄弟记得在两个和尚上船的时候，确实看见那黄布香袋上面，有'天宁寺'三个字，思量那两个和尚，必就是天宁寺里的，因此才到这里来喊冤。"

章霖听了诧异道："休得胡说，天宁寺的戒律素严，寺里的和尚绝不会有这种行为，并且世上哪有带着幌子行劫的。"两人道："小人兄弟所见的，实在是'天宁寺'三个字，没有差错。"章霖问道："你们若见了那两个和尚的面，能指认得出来么?"两人连忙答："指认得出。"

章霖即刻带了两人回衙，打发衙役拿名片去请道明来，将两人的供词向道明说了。道明道："两人既能指认得出，不妨同去寺里，传齐敝寺的僧众给他认。若真是敝寺里和尚做的，一经指认出来，决逃不了，但是同去不宜声张，免得闻风先遁。"

章霖遂一同步行到了天宁寺，道明在大雄宝殿上，撞钟擂鼓，齐集了三五百僧众，分两排立好了，才同章霖带两人出来指认。两人一个一个地看下去，还不曾看到一半，猛听得和尚队中，有人喝了一声走，随即见有两个和尚，凭空往大雄宝殿的檐边蹿上去，比飞燕还快。

道明看了，不慌不忙地向队中指出四人道：“快追上去，务必拿来见我。”四人齐应了声是，也都凭空蹿了上去。章霖问两人道：“刚才逃去的，你们认识就是劫取你们银子的么?”两人摇头道：“不知是与不是，小人没看出面貌。”道明笑道：“必是这两个孽障无疑，这两个孽障，原不是本寺的和尚，前日才来这里，要拜我做徒弟。我看他们的容貌举动，就知道必是带了重大的案件，想投入空门免罪的。凡是肯回头忏悔的人，佛门本可容纳，只是他们已经落了发，披上了僧衣，还敢做这种伤天害理的事，国法便能容许，我佛法也不能容许。”说到这里，追上去的四个和尚已将那两个逃的和尚，拿解从大门进来。章霖一看，果是一个身材高大，一个骨瘦如柴，都垂头丧气的，像是受了重伤。

章霖教事主出认，两个和尚已抬头大声呼着章霖的小名说道：“你教他们认，你自己就不要认认吗?”章霖听了大吃一惊，细看两和尚的面貌，好像是曾在哪里见过的，却苦记不起来。两和尚道：“我家和你家是邻居，那年我父亲被强盗诬扳了，关在成都牢里。我们兄弟到你家，想借点银子救父亲，你一两银子也不给，以致将我父亲做强盗杀了。我和你这样深的血海冤仇，你倒忘了吗?”

章霖陡然想起全椒县的命、盗大案来，才知道就是这两个和尚，因少时借银不遂，记恨在心，有意找到县任上来为难。章霖因此革职，两个的仇怨算是报了，又做了几年强盗，自觉平生犯的案子太多，以为落发到天宁寺出家可以避去做公的耳目。谁知胸前悬着天宁寺进香的香袋，却做了自己犯罪的幌子。然若不是天宁寺和尚的武艺好，不又给他漏网了吗?

相传天宁寺有一座几代传下来的铜塔，塔中装了几颗舍利子。塔是六方形的，每层每方角上，嵌了一粒明珠，塔尖的一粒，更是又圆又大。这塔重有八百斤，当天宁寺住持和尚的资格，第一要能一只手随意将这塔托起，若没有这种力量，别项资格任凭怎生合适，是不能传衣钵的。这塔安放在一间楼上，日夜有人看守，每日住持和尚须亲扫一次。

有一日，住持和尚忽接了一封信，信中说：“三日之内，必来将这塔盗去，若怕被盗，便须赶紧移开，好生收藏起来。”这时住持和尚的年纪，已有八十多岁了，得了这信，心想这事关系重大，只得召集全寺僧众，挑选防守的人。共挑了八个，分班轮流监视，住持吩咐八人道："盗塔的若来，你们不可争先动手，只伏着看他如何盗法，如他用两手去搬，你们尽管打他；若是一只手托起来，你们就得等他走动了，再合力追上去动手。倘有意外惊人的本领，赶紧回来报我，万不可冒昧，坏我天宁寺的声名。"

八人受了吩咐，在塔下分班守候起来，守了两夜，没有动静。第三夜又守过半夜了，看守的和尚都不由好笑，以为是无聊的人，知道这塔贵重，有意写这信来开玩笑的。看天色也快要亮了，逆料决没人敢来，大家的精神也都有些疲倦，便合上眼打盹儿。正在迷迷糊糊的当中，仿佛房上的瓦有踏碎了一片的响声，大家同时惊觉，睁眼看时，哪里还见铜塔呢？只吓得这几个当值的和尚，跳起身往屋上就追。借着星月之光，看见一个很壮健的汉子，用左手三个指头，提住塔尖，飞也似的向前面梭过去。

大家一见这情形，就知道不是对手。正要分一人回方丈送信，余人紧紧地追上去，接着便见一条蟒蛇似的东西，足有十来丈长短，从大雄宝殿的屋脊上，横飞过来，朝那提塔的汉子卷去。那汉子哎呀了一声，将塔往屋上一搁，跃起丈多高，避开那白东西跑了。当值的和尚抢上前看时，原来是住持和尚，盘膝坐在大雄宝殿屋脊上，右手握着白绢一大束，左手已将铜塔托在掌中。住持还说那盗塔的本领不错，要是手眼略慢一些儿的，就连塔带人卷过来了。后来这住持圆寂了，继起的不及这般本领，那塔毕竟被有能耐的盗去了。

民国二年，有军士想占驻天宁寺，住持和尚也是齐集全寺僧人，要凭武艺和军士决斗，亏得统兵官知道天宁寺和尚不好惹，自愿让步。

民国十二年以来，常州各寺观，没有不曾驻兵的，唯有天宁寺没兵敢驻，即此一端，已可见天宁寺和尚的武艺了。

《侦探世界》第 17 期　民国十三年（1924）2 月

三十年前巴陵之大盗窟

曹容海住在巴陵，拥了十多万的财产，在巴陵县中，虽称不了首富，然已是赫赫有名的富家翁了。巴陵没人知道他经营什么，能成这大的家业，他的年纪已将近六十岁了，从来不与地方人通庆吊。地方人有举办慈善事业的，因他家富有，去求他捐助些银两，他总是一毛不拔，也没有什么情面可讲，但是一班慈善家不曾想到、不曾办到的善举，他却又肯拿出钱来，独力地施舍。他一生为人没有旁的嗜好，专喜延纳会武艺的人，在家里住着，供奉得十二分周到。

他五个儿子，最大的三十多岁，最小的也有十五六岁。他延纳会武艺的在家，并不是为教自己儿子的功夫，也不是为要人帮他看管财产。五个儿子固然是一个也不懂得武艺，就是曹容海自己，谈到武艺，也像是个外行。

曹家的房屋极大，四方会武艺的人，来来去去的，川常总有四五十人在他家住着。三十年前湖南所有负些名望的技击家，不曾到曹家做过客的很少，因此曹容海好武的声名，在当时简直无人不知道。有许多外省的技击家，名声不甚大的，曹容海未曾延纳，因慕曹容海的名，自动地来拜访的，曹容海更是欢迎。每一个技击家到来，必整备极丰美的酒席，邀请无数陪宾，替技击家接风，殷勤留住三月五月。临走时饯行，也和接风时一般举动，程仪看路途的远近，多则三五百两，少也五六十两，从没有不奉送的。

他终日陪着一班技击家谈话，无论谈到什么事，他都是口若悬河，滔滔不绝，只一谈到武艺，他就坐着静听，一声儿不言语。即有时对答两句，也似乎不甚中肯，技击家表演武艺给他看，他除了喝彩，没一句评判。

有些无赖子略略地懂得几手拳脚，知道曹容海的性情举动，以为他横竖不懂得武艺，只要安排一派内行牛皮话和一串高帽子，装出风尘仆仆的样子来，到曹家就可以骗得多少顿酒食和多少两程仪。却是作怪，是这般存心去曹家骗酒食、银两的，不但没一个得着了便宜，并且十有九弄得狼狈不堪地跑出来。什么缘故呢？因为住在曹家的宾客，多是会武艺的，曹容海欢喜看人较量技击，有些儿能耐的人，到曹家受了那么隆厚的供养，见东家既欢喜看人较量，自不好意思不捉对儿厮打一顿，给东家看了开心。曹容海时常指定某人和某人放对，也有在曹家住上几个月，曹容海一次也不教他出手的；也有才到曹家不久，一日两三次轮流更换着对手较量的。

有些能耐的人，经曹容海指定和某人放对，不知怎的总是不分胜负，彼此受伤的事绝少；唯有存心骗酒食的无赖子，机警些儿的不待动手悄悄地走了，便没事。若是利令智昏，一经曹容海指定，就万无安然脱身的，纵不重伤也得大受窘辱。如此闹过几次，没一些儿真实本领的，谁也不敢存心欺骗曹容海了。

和陈雅田同学的杨先绩，论气劲不如陈雅田，论功夫则远在陈雅田之上，并且胸襟旷达，机智绝伦。整整的三十岁才从罗大鹤练习拳脚，只五年苦练，便能直手直脚地仰睡在地下，一声大喝就凭空弹上了屋顶；用麻绳将他周身捆缚得结实，掼在地下，他能运气把身体缩小，蛇蜕壳似的将麻绳脱下来；又能伸开手脚，以背贴壁，和壁虎爬壁一般随意上下。罗大鹤常对人说：“我平生只两个得意的徒弟，皆青出于蓝，劲功我不如雅田，气功不如先绩。”以上所说三种能耐都是气功，做到了绝顶才能如此。

曹容海先闻得陈雅田的名，派自己的大儿子曹杰到陈家，馈送了许多礼物，专诚把陈雅田接去住了两个月一不教表演武艺，二不教和人放对，只每日用上好酒食款待，父子轮流恭恭敬敬地陪着闲谈。

陈雅田因无故地久住不安，一提到告别的话，曹容海父子总是竭尽其力地挽留，直留住到两个月，才肯放陈雅田回来。陈雅田因久闻曹容海素来是如此举动，以为是好客出于天性，也不在意。

陈雅田走没多久，曹容海又派曹杰馈送礼物给杨先绩，迎接杨先绩去巴陵。杨先绩也早已闻曹容海之名，对于曹容海的举动，心里很有些疑惑。原有意想去曹家一趟，看曹容海毕竟是个什么人物，这些举动是何用意。只因自己所知道的几个有本领的人，都是曹容海卑词厚币，迎接去的，自己为顾全身份起见，不好自动地去曹家拜访。这回见曹杰来迎接，正如心愿，即日与曹杰动身。

从杨先绩家到巴陵，有三日路程，在路上落店打尖，曹杰伺候得极是周到。杨先绩看曹杰的行止举动，很像是一个极精明强干的样子，不过两耳重听，说话也有些口吃，二人在路上闲谈，每每一句话杨先绩向他说三五遍，他还所答非所问。

杨先绩心里更加疑惑起来，暗想曹容海绝不是个糊涂人，什么人不好派，怎么单派这个又聋又吃的儿子来呢？这其中必有个道理。杨先绩明知从曹杰口里探不出什么消息来，遂不大和曹杰麻烦。

一日到了巴陵，曹容海亲自迎接到十里之外。杨先绩见曹容海生得身材魁伟，态度安详，颔下一部花白胡须，足有尺来长，远望去和戏台上的加官一样，不由得心中纳罕，自己平生实不曾见过容仪这般俊伟的人。二人见面，都照例说了一会儿仰慕的话，曹容海早准备了小轿等候，请杨先绩坐了，一同到曹家来。

这时住在曹家做客的，共有四十多人，曹容海都一一给杨先绩绍介了，其中只三四个是湖南有名望的技击家，经曹容海派人接来的。此外都是外省不知姓名的人，一般的彪形大汉，精壮非常，据曹容海介绍的话，说一半是派人迎接来的，一半是自己来访友的。

杨先绩细心察看曹容海对一切宾客，全不及对自己恭敬。酒席上，虽一般地由曹容海亲手每人斟一杯酒，然神气之间，对杨先绩最敬谨从事，对三四个湖南的技击家次之，对外省的那些大汉觉得有些意不相属；而那些大汉倒一个个地双手捧着酒杯，于无形无意中，微露实不敢当的表示。

杨先绩看在眼里，明知事属可疑，但一时猜不透有何作用，每日饮酒食肉地住了半个月。几个湖南的技击家都作辞走了，又迎接了几个新的来。外省的大汉也来往不定，由曹容海指定某人和某人放对的事，杨先绩住半个月不曾见过一次。

杨先绩到曹家的时候，正在五月，天气很是热燥。这日杨先绩因伤了暑，又饮酒过多了些，忽然害起肚泻的病来。睡到半夜，一阵肚痛，忙起来向厕屋里跑，进厕屋见已有一个人蹲在里面，杨先绩知道曹家里人多，也不在意。这夜的月色极佳，一会儿见那人起身，一面系小衣，一面往外走。杨先绩看得明白，那人打着赤膊，头上却缠了一条包巾，心想这人必是个蜡利头，怕人看见他的丑相，所以这样热的天气，尽管打着赤膊，不肯露出头顶来。

当时杨先绩也没注意，第二日午饭过后，杨先绩因想看看洞庭湖风景，曹容海便亲自陪伴他到湖边散步。那时正有十多个小孩儿在湖边沙滩上，跳踉玩耍。杨先绩和曹容海看了这些天机活泼的小孩儿做种种灵敏的玩要，心中都很高兴，不知不觉地同时立住观看。

不一会儿，只见一个粗汉，肩挑一担空水桶，将要下湖挑水。杨先绩见那汉子头上缠着包巾，认识是昨夜在厕屋里看见的，随问曹容海道："那位挑水的，是尊纪么？怎么多远地到湖里挑水呢？"曹容海点头道："巴陵城里的井水，苦咸涩口，不能喝，只好挑湖里的水。"

二人正谈着话，只见那十多个小孩儿指着挑水的，大家哄笑道："这是一个怪人，这般热的天气，他头上还缠着包巾。"其中有个年纪略大些儿的就说道："什么怪人，不是癞头，就是蜡利。我们大家上前去，把他的包巾址下来，教他露出丑相来，给我们看看。"这小孩儿的话一出口，那些小孩儿都齐声附和，于是一窝蜂似的向挑水的奔来。挑水的好像不知道众小孩儿的用意，头也不回地往湖里走。走到水边，众小孩儿赶上了，趁挑水的弯着腰，打倒水桶盛水的时候，两个大些儿的小孩儿，就乘他不备，从背后伸手去扯包巾。

杨先绩看了好笑，以为包巾必然被两小孩儿扯下来。只是作怪，并不见挑水的避让，两小孩儿的手都捉了个空。动手去扯第二下时，挑水的已伸直腰子，挑满了两桶水在肩上望着众小孩儿笑笑，也不说什么。

众小孩儿见他不发怒而反笑，都更觉得有趣了，一个个伸起手，跟在背后，你拉我扯。挑水的照常一步一步地走，只将头顶略略地向两边晃动，小孩儿的手，便个个扑了空。一路追赶着拉扯，走了半里远近的沙滩，始终没一个小孩儿的手挨着了包巾，两桶满满的水，一点一滴都不会泼出。

众小孩儿只追得气喘吁吁，没一个有再闹玩笑的勇气了。挑水的就和没这回事一般。杨先绩不觉大惊，暗想曹容海不是不懂武艺，没有眼力的人，怎么这样一个有本领的人，会要他挑水呢，难道曹容海竟不知道吗？望着挑水的走过去了，便问曹容海道："那位挑水的师傅，尊姓大名，何时到尊府来的？"曹容海笑道："这人姓罗，是一个耍子，什么事也不懂得，只会推车挑担，做一类笨重的事，在舍间多年了。我因知道他的性情举动，不差他做他不愿干的事体，所以他很高兴在舍间。几年来工资多少，他也不争论。他父母早去了世，没有妻子，单身一个人，便给他多钱，他也用不着。"

杨先绩问道："他原籍是哪里人？他自己找到府上来做工的吗？"曹容海道："他原籍是山东蓬莱人。前几年有一大帮逃荒的人，打巴陵经过，就有他在里面。我那次捐了五千串钱、五百担米赈济那些荒民，因见他身强力壮，又像个诚实人的样子，便留他下来，在舍间做粗笨的事。久而久之，才知道他是个一点儿没心眼的人。"

杨先绩心想曹容海这派言语，绝不是实在情形。这人跟着逃荒的到这里来，却有些儿像我记得前几年，是由湖北来了一大帮逃荒的，其中杂着绿林中人物，到处明抢暗劫。后来因劫了湘乡一家巨富，湖南抚台赫然大怒，才派兵押送出境，递解各回原籍。大约这姓罗的也是当中的一个好手，被曹容海看出来，收作自己心腹。若不然，我今才第二次见姓罗的面，就已看出他的本领来，岂有曹容海和他相处数年，本来一点儿不耍的人，竟认他作耍子之理？据我看来，这曹家很不妥当。

杨先绩心里虽这么思量，面子上却一些儿没露出犹疑的神色来，也不再谈姓罗的话了，随口谈了一会儿山川风物，仍和曹容海回到曹家。

这夜二更过后，曹容海向杨先绩道了安置，自回里面安歇去了。杨先绩睡在床上，将数日来所见曹家的情形，作种种推测，思潮起伏，再也睡不着，只得起来挑灯独坐。正在揣想，何以委屈姓罗的做推车挑担的贱役。忽见窗外黑影一晃，飞燕似的，从窗眼里飞进一个人来，落地毫无声息。

杨先绩何等机警、何等灵捷的人，他心里正觉得这地方不妥，这时忽见有人从窗眼飞进来，他有不防备的么？来人的脚还不曾着地，杨先绩早已腾身飞出了窗外，喝问是谁，夤夜来此何干？只见那人在房里低声答道："杨大哥不要猜疑，我是这里挑水的罗秃子，请进来，有要紧的话和大哥商量。"

杨先绩因不知来的是什么人，恐怕是前来行刺的，虑及房中仄狭了，不好动手。既听是那个姓罗的，又隔窗看见姓罗的赤着双手，也就把这颗心放下了。遂翻身进房问道："足下有何事见教?"

罗秃子请杨先绩坐了，回身在房外看了一周，才进来向杨先绩说道："我在这里好几年，眼里看见的人，也不算少了，不曾见过一个有杨大哥这般能耐的，我心里实在佩服极了。不过像杨大哥这般本领的人，在这里作食客，太无趣味了。曹容海这人，徒有虚名，借着好客的招牌，图在江湖上立些声名，其实待人毫无真心。讲到本领一层，他固然够不上，就是眼力，也一点儿没有。他看人全赖两只耳朵，这人的声名大，资格老，他就恭而且敬地迎接到家里来，比供奉祖宗还要加倍，临走送盘川起码三五百两。若这人肯向他开口，整千的都愿送给人，他所望的就是想这人得了他的银钱，高兴替他在江湖上吹嘘吹嘘，他冤枉得来的钱，是这般冤枉花掉的。

"几年来，我亲眼所看见的，至少也在五万两以上了。若这人没多大的名头，听凭你武艺登天，说给他不听，做给他不看，休说想他帮助三五十两银子，便想吃他一顿酒饭，他都不愿意。

"可怜我罗秃子，只因不曾在江湖上干过几件惊天动地的事业，又生长在小户人家，虽忍苦练得些本领，然饥不能拿来当饭吃，寒不能拿来当衣穿，只得跟着大家逃荒逃到这巴陵来。我还没到巴陵的时候，就闻得曹容海欢喜延纳江湖上豪杰的大名，家中川常住着五六十名好汉，都是有大能耐的人。我得了这消息又高兴、又着急，高兴是因巴陵有这般一个人物，我到了巴陵，不愁没有吃饭的地方；着急是恐怕自己的本领不够，他家里住的好汉太多，食客的份儿轮不到我身上。

"心里有了这个念头后，来到巴陵一打听，果然人人都说曹家是有名的把式窝，住在曹家的，没一个不是本领齐天。我于是就有些害怕，不敢到这里来丢人。却又凑巧，那时我们逃荒的人数太多，巴陵人连一顿粥都不肯施舍，亏得曹容海疏财仗义，施了五千串钱、五百担米给我们，他并亲自来点人数。我们上千的人，他都不问话，独问我姓什么，哪里人，素来干什么事的？我只道他已看出我是个有些儿能耐的人了，将身家照实说了，只没提练过武艺的话。

"那时承他的情，单留我到他家住着，我见他不问我武艺的话，我便也不向他提起，终日装作糊涂虫的样子。他差我做粗事，我就做粗事。住了几个月，我留神看他所迎接来家供养的好手，并没一个有什么真实本领，我就有些不耐烦起来，有意想显点儿能为给他们瞧瞧。

“这日趁曹容海陪着几个有名的大把式在湖边闲逛，我拿了一根指头粗细、七尺多长的竹竿，挑一担水桶，往湖里盛了一满担水，竹竿弯都不弯一下，将两桶水挑回家。以为曹容海和那些大把式见了，必然诧异，会问我用什么方法，能拿这么小、这么长的竹竿，挑两桶那么重水。

“谁知他们看了，反大家打趣我，说罗秃子真是一个耍子，有好好的扁担不用，会拿一根竹竿来挑水。杨大哥你想想，是不是又好气人、又好笑人。去年我也是气愤不过，想再显点儿能为给他们看看。这后面园里，有几棵大橘子树，橘子结得很多，他家的五少爷，教我上树摘给他吃。我见曹容海正在园里，便不上树去摘，拿了一条丈多长的麻绳，在手中一抖，就硬得和棍子一样，扑下许多个橘子来，给他家五少爷吃了。

“曹容海在旁看了，也只当没这回事。就是今日，也是我有意教那些小孩儿和我闹着给曹容海与杨大哥看的。我知道杨大哥已看出我那一点点能为来了，他不仍是不作理会吗？我的气量仄，委实有些忍耐不住了，我自愿去外面，讨一口，吃一口，这里是不能再住了。可怜我半生不曾遇着知己，今日得见杨大哥，就要算是我的知己了，有几句话，不忍不向杨大哥说说。

“这曹容海我已看出他是一个极无能耐的大盗头目，因为在于今的清平世界，不能寻一个有险可守的山寨落草，就住在这洞庭湖旁边，水陆两便。住在他家的外省人，哪里是延纳来的把式，尽是他手下的强盗。只因无缘无故的，家中川常住着这么多彪形大汉，恐怕人家知道，所以顶着一块好客的招牌在头上，好掩饰这些可疑的形迹，就是打发他大儿子到处迎接好手，也无非是掩饰的意思。江湖上人人都知道巴陵曹容海，好客赛过孟尝君，他家有奇形怪状的出入，便谁也不在意了。”

杨先绩听到这里，伸手握了罗秃子的手道：“我心里早已是这么猜疑了，不过我却错疑了足下，以为足下是他的心腹。如此说来，曹容海真是虚有其表了。足下从此将往哪里去？我明日也得告别了。”

罗秃子长叹一声道：“海阔天空，哪有定所，有缘当再后会！”说罢，耸身一跃，已上了屋檐，一转眼就不见了。

杨先绩想到罗秃子不遇知己之苦，独自叹息了一会儿，收拾安歇了。次日托故向曹容海作辞，曹容海仍再四挽留，杨先绩如何肯住。

杨先绩归家不到半年，就听得人说曹容海的部下在武昌破了案，供出巴陵的巢穴来，行文岳州府捉拿，曹容海已闻风先走了。

《小说世界》第2卷6期　民国十二年（1923）5月11日

窑师傅

吾友汪禹丞，安徽人，豪迈喜言武事。壮时亦颇致力拳技，有兼人之勇，近虽怠于研练，然好技出自天性，愤时人提倡武术者，徒惊虚伪，不足言技，慨然创设中华拳术研究会于西门，亦国技界中之有心人也。

近数十年来，江南、北拳术家故实，每能言之历历，如数家珍，忆曾为余言其乡，有所谓窑师傅者，以烧窑为业，而适姓饶，人遂称之为“窑师傅”，孔武有力，随某名拳师，习技数载，技虽未能精到，然已足雄于一乡。

曾有凤阳女鬻技于其地，登场奏技竟，索其地之能者出角。知技者数人，以次败北，走告饶，饶不肯行，败者多方设词相激，饶终不为动。败者乃转讽凤阳女子，踵门就饶角，饶无可避免，一角而凤阳女子伤腕，再角跌寻丈外。凤阳女子拱手乞姓名，诸人争告以“窑师傅”，女子去。

窑师傅之名，遂震遐迩。越三载，复一凤阳女子至，求见窑师傅，饶适他往，饶家饲鸡十余首，凤阳女子悉维絷之，语饶家人曰：“吾以鸡至关帝庙，坐候三日，窑师傅归，可令渠来取，逾三日不复候也。”言已，将鸡去。

饶归闻语失色，去惧不胜，不去则辱名且失鸡。无已，变装为力人，至关帝庙，则见有女子年二十许，姿致颇妍，盘膝坐殿上，连絷十余鸡于其左右。饶直前言曰：“窑师傅远出，数日不得归，吾为其家力人，此十余鸡，乃吾所畜，汝安得擅取之。”言已，径趋攫取，方伛偻，即腾跌数步外，再进再跌，而女子实未尝动，终莫测致跌之由，度不能胜，懊丧而归，环走室中，太息嘘唏，计无所出。

家有老窑工戴某者，年且七十，佣于饶有年矣，至是谓饶曰：“君未得将鸡归，而懊丧若此，得毋此女之能，已远迈三年前耶?”饶蹙额对曰：“吾初亦谓是三年前之女，复吾图报者，至则知其非是，彼趺坐不动，而屡颠吾于地，卒不知其用何手法，其技盖超吾十倍矣！呜呼，吾师已弃世，谁复有能为吾湔此大耻者?”

戴笑曰：“吾年虽迈，然感君存活有年，合为君图之。君至彼时，曾以姓氏示彼未?”饶告以见女时语，戴喜曰：“如此则更佳，君但从我后，吾当为君得令名也。”

饶不信戴果有能，姑从之往，至则女犹趺坐如故。戴不言，值前取鸡，瞥见女自裙底飞一足出，其捷几不可目。戴一手提其足而投之，一手攫鸡出，行数武，回顾女笑曰：“我乃窑师傅也。”女起对曰：“名下果无虚士，容当再见。”

饶归长跽戴前曰：“与神人相处数年，乃竟不识，合当愧死，唯师幸恕疏慢，请属弟子。”戴欣然授饶以绝艺。

又三年，前鬻技之女至，饶与角十数合，女飞一足，饶以手持之，女立地之足亦腾起，饶复持之。女身凌空，而姿势未改，双腿平直，若有凭依，饶固未审此势之精奥也，从容笑曰：“充吾力，裂汝体为二，一反手之劳耳。第吾于汝非有宿怨，汝曾挫于吾，谋复亦固其所，吾不汝尤也，速去，毋再来扰。”言已，因势投之数步外，女及地了无声息，匆匆竟去。

饶归见戴，正将夸述角时情状，戴忽惊指饶面曰：“适曾与谁角?受此重创，噫，肺苗肝经俱伤，法当三日死。”饶亦惊曰：“适与六年前鬻技之女子角，幸未蹉跌，胡来重创?”因述角时手法。

戴闻而跌足曰：“诚能裂其体而二之，则无所患矣！投掷之间，汝胁已为其足尖所创，法且不治，将奈何!”饶闻惶惑，戴曰：“曷袒衷衣相示。”饶解衣，则见两胁皆有黑点，如钱大，始大惧伏地，泣求治法。戴曰：“伤及膈臆，非草木之力所能及也，唯朝夕尝粪三日，庶几得免于死。”饶有难色，戴为制粪菁，食三日，呕凝血升许，其创始愈。

七日，复遇鬻技女于途，见饶至，却走唯恐见攫，饶从其后语曰：“寄语凤阳人，有不服窑师傅者，请再来!”然终饶之世，无敢以技显于饶者。

当饶之持女足而投之也，因欲其远，乃屈肘作势，肘屈则女足及于胁矣！女子之善技者，鞋头皆着铁，锋锐无伦，缘彼时女皆缠足，瘦小力弱，非着刃其上，无以创人。凡有技者相角，苟已执其一部，而其人之姿势不变，凌虚如生铁铸成者，则放手不易。

湖南湘潭有邬家拳，邬把式之弟子最佳者，为邓十六。湘乡朱八相公，亦以技雄，往访邓于湘潭。邓出其邬家拳中之所谓抢手者，朱握其四指而翘之，邓身随手上，身手步与立地时，不差累黍，朱惊不敢放，邓亦不敢动，相持久之，言和后，始罢斗。

《国技大观·拳师言行录》　民国十二年（1923）9月3日

解星科

解星科字奎元，山东之曹人，生有神力，十六岁时，偶行田间，见二牛斗于途，行人延伫，莫敢径过。星科攘臂牵其角，令辍斗，二牛不能支吾，乡人大骇，争叩姓氏，曹人因共知星科多力。

蒙阴有僧曰慈航，年且七十矣，住锡蒙阴二十年，蒙阴人无知其善武技者，至是闻星科名，徒步二百里，如曹往见。解于曹为巨室，慈航至之日，星科适授，贺者殊盛。慈航衣百衲，托钵当门而踞，言欲募万金，慈航腰大十围，门为之塞。阍者畀斗米不受；益千钱，亦不受，谓非万金不动。阍者怒其无状，举手批其颊，若加铁石，曳之，若撼巨岩焉。始惊其异，招力人五六辈，或推之，或挽之，而慈航踞如故也。

星科闻声出视，知其将觇己也，提而投之寻丈外，视所踞地，陷寸许。慈航拱谓星科曰："檀越力真神授，不审亦欲知技否?"星科率尔对曰："奈何不欲，第未尝与能者遇，愿无由达耳。"慈航笑曰："檀越欲之，老衲愿得为识途老马。"

星科见慈航须眉如雪，而双眸若电，虽败衲着体，然神采焕发，不类侪俗，知为非常人，急趋与为礼，逊入厅事。贺客中有邵铁膀者，曹人治技中之佼佼，曾以技败星科，得为解家座上客，星科实不啻师事之也。铁膀睹慈航入，不为礼，星科亦思因铁膀以觇慈航，遂于慈航前，盛张铁膀之勇。慈航曰："老衲居蒙阴二十年，始闻檀越生有神力，老衲以行将物化，不欲葬技泉壤，故徒步至此，实欲广其传于人世。若名与利，老衲托迹空门有年矣，殊不欲与人挈长较短。"白忤忤人。

星科曰："长老方外人，所治得无所谓少林派者乎?"慈航笑曰："世安得有所谓少林派者，特江湖卖艺之流，故作欺人语，以夸炫其门户耳！老衲主持少林寺且十年，曾不闻寺中有善技者，有之则为隋大业年中，兵乱四扰，所过为墟，当是时，少林寺有僧五百人，虑乱且及，逃将无所之，惶惶然不知计之所出，有爨下僧某者，出语五百人曰：'我等众至五百，宁复畏人？彼乱兵都无纪律，溃之易耳！我为前驱，君等但鼓噪乘其后，败之必矣。'无何兵果大至，爨下僧削竹为兵，只身入乱兵中，当者披靡。五百僧从之，敌出不意，卒败溃。他贼闻之，相戒不经其途，少林寺终隋之世，未尝被兵，爨下僧之力也。寺僧感其惠，奉为住持，所谓少林派之拳棍，当自此始。近年有名海空者，曾主少林寺，善技击，后自宫为阉人，清室贵人从之治技者，遂目为少林派。即如老衲，主该寺十年，必强名所治为少林派，亦何不？"

星科闻言目铁膀，盖铁膀尝以少林嫡派自诩，慈航之言，适逢其怒，推案而起曰："穷秃毋妄言，我即为少林派，孰能非之？碎其颅，犹唾手之劳耳！"慈航但仰天而笑，不为答。

贺客皆欲观斗，竞设词激铁膀，铁膀不胜愤，趋抟慈航，慈航戟两指抵其腕，铁膀若不胜痛楚，变色而退。须臾铁膀所抵腕，红肿倍寻常，痛彻心腑，遂长跽谢过，求慈航医治，星科亦为缓颊。慈航乃执其手而振之，骨中瑟瑟有声，不移时，已复旧观矣，贺客莫不骇然。星科自是遂从慈航学，三年未得尽具技，而慈航圆寂矣，然星科以力胜，技虽不精，鲁人已无与伦比者。

慈航圆寂后，星科至安徽，为某营哨长（今之排长），时满人裕禄巡抚安徽，所幸有名小安子者，声势煊赫，司道以下见之，无敢不屈膝加礼焉。得小安子一顾，荣如华衮，而致贺者踵至；反是则戚焉若祸至之无日者。小安子每出，夹道而驰者，恒数十人，行人辟途，皖人谓之曰"小巡抚"。会西门火神殿演剧，观者甚盛，小安子亦至，殿中分曹置长座，观者鳞比而坐焉，小安子不屑杂平民坐，巍然立两座中，前后荷戈而卫者十余人。小安子立一足、跷一足于座端，以肘置膝上，支颐而观，骄佚之气，辟易千人。观剧者，以两座中为出入之途，小安子尸立其间，致坐者不敢出，而欲入座者，不敢经由。

于时星科适至，睹状愤不能忍，排卫者径入，拍其膝曰："借光，借光。"夫小安子之膝，舍裕禄外，谁得而拍之者，立举手批星科颊，曰："戮囚殆癫痫，并我亦不之识耶？"星科怒擢其发，颠之于地。

时为正月，小安子着貂裘，星科詈曰："律非三品以上不衣貂，汝何物而僭易若此？"裂其裘为二，复举而投之。

观剧者肩摩踵接，堕人头上，得不伤，卫者以刃拟星科，星科夺而折之，若摧拉枯朽。小安子急令卫者拘殿中董事至，指星科而告之曰："善监视强徒，毋令兔脱，有敢纵逃者，一唯若辈是问。"言毕，匆匆率卫者去。

董事虑星科逸，环而哀焉。星科笑曰："脱吾为畏祸者，亦不多此一举矣！伊此去当大率其丑类，来谋复我，君等或虑波及，曷早为地。"观剧者知将有械斗，老弱趋避不惶，即少壮者，亦速匿壁窥，剧遂中止，星科从容移座于一隅。

无几何，骑者、步者、操弧矢者、挟戈矛者，果蜂拥至，塞门而入，小安子居中，呼从者扃门下键。星科念关门而斗，虽无可畏，然必多所杀伤，终不免陷于罪戾，计不如迎击之，进退在我矣，乃趋前提一人作兵，以迎戈矛。执矛戈者，惧伤同类，刃不敢下。星科数跃已达门外，置人于地。殿侧有磨坊，饲驴门首，星科一手断其索，一手握驴后蹄，提高于顶，回旋而舞。众兵皆大骇，星科绕驴如流星以进击，兵哗然溃走。

小安子不善骑，至是堕马，血流被面，知不能敌，狼狈遁去。磨坊主追星科索驴，视之已死矣，星科出钱十千偿主人，主人慕其勇，不受。皖商民苦小安子横暴已久，闻其为星科创，莫不额手称快，遇星科于途者，皆拱立致敬焉。

一夜，抚署不戒于火，势甚盛，署中消防者，不足以灭之；而署外水龙，以门键不得入。正苦无可为计，会星科至，立命诸人远避，比于数步外作势，奋身触墙，墙立圮数武。消防者遂得驱水龙，从圮处入焉。

星科既惩小安子，复救抚署火，勇名震于安庆，提督某公赏其勇，罗致帐下，募健儿五百，使星科授之技。星科授以拳，且及枪、棒，第苦皖中无白蜡箪，以椆木代之，而殊病其脆不胜震，提督公询白蜡箪实产何所，星科曰："他所非所知，若故乡曹、单二邑者，即不可胜用矣！公但赐文一纸，赐假二月，谨当有以报命。"提督公许之，为备文治装。

星科如曹，盖已去故乡十一年矣，曹邑距其居，尚数十里，拟投文后归家，至曹之日，投止逆旅，适逆旅主为曹之快班，见星科魁硕，眉目间有杀气，上下审睇不已，星科觉，怒责之曰："老夫不为盗，若亦非捕，目灼灼奚为者？”言毕复以手自指其鼻曰：“若识老夫否？”

星科之意，自诩其于曹，曾以勇名震一时，曹人识之者众也，逆旅主人闻语色变，逡巡而退。然馆役所以待星科者甚殷，星科殊未措意，解装毕，正据案独食，忽见逆旅主人，率差役二三十人，或利刃，或铁尺，塞门而入，争呼无令强徒得逸。

星科谓其意别有在，坐食如故，乃见逆旅主人，偕数壮役，直抵案前曰：“某等夙知君是好汉子，一人做事一人当，决无意贻累他人，然某等为君，已频受比责矣。今日得君自投，足见君之英勇，亦某等之福也。度君既自投，必不令某等动手，曷即行乎？至彼自当奉君以饱餐也。”星科心知其误识，姑不即白，从容笑曰：“老夫腹馁已久，即天大事，亦当食后方可置议。”遂低首食不顾。

逆旅主人顾谓诸人曰：“强徒不宜好相向，若辈不动，殆欲彼自缚耶。”言甫毕，即有举铁索系星科颈者，星科若不察，仍自食。二役各举铁尺，自后猛击星科臂，若中絮焉，食犹不辍，掣肘者、曳颈者、抚背者、扼喉者、呼者、叱者、不得近而攘臂叫呶者，已嚣然一室矣，然卒不能已星科之食。

逆旅主人知不可以力致，乃辟易从役，独屈膝请曰：“某等以君之故，数十人室家，将及百口，悉系囹圄中，而某等之身，尤责比无完肤，君不见怜，某等死无地矣。君何吝此一行，不为某等计哉！”

星科大笑曰：“汝等欲我何往？”逆旅主人对曰：“曹之邑署耳，邑令最爱英雄，如君者，能自白，必无所苦。”星科推案而作曰：“行矣，我正须往晤邑令也。”逆旅主人复请曰：“情知君不逸，逸亦非某等所能羁縻，然国法不可废，君英雄，当能以国法为重，非某等敢以缧绁加君也。”星科亦笑颔之。差役遂縶之而行，中途犹虑其逸，近者以刃拟星科前后；远者扣轮引满，曹人莫不惊走相告，谓获巨寇矣。

须臾抵邑署，逆旅主人疾走入告，邑令遽登坐鞫囚，役辈拥星科上，叱跪对。星科直立大言曰：“治下见父母官，例宜拜，但此非治下拜父母官之所也。解星科不犯法，且奉使而来，邑尊胡以堂见，辱我使命。我离桑梓十余年，今日始得因公归省，不审邑尊何相遇之虐也？”

邑察其语不类，然犹疑其有诈，问逆旅主人曰：“汝识彼果为曹四老虎乎？”逆旅主人曰：“三年前曾谋一面，实酷类彼，而彼复屡自称老虎，确是曹四口吻，即其孔武强力，尤非曹四不可臻，严鞫之，当无可支吾。”

邑令遂拍案向星科历叱，星科笑曰：“是不难取征也，敝上有文致邑尊，现在馆中，宜足实吾言矣。”逆旅主人曰：“彼装已随至。”邑令命星科自取之。星科发袱，以文呈邑令，读未竟，已汗出如沈，趋下座为解索，执星科手，鞠躬谢曰：“吏役辈冒渎，兄弟复失察，咎无可辞。”言已复鞠躬，吏役皆骇愕，环跪角崩求宥。邑令延星科入内室，反复致不安之意，以四人肩舆，送星科返逆旅，而自策马从其后，复为代办白蜡竿千株，发役赍至安庆，所需皆出自邑令。由是曹之人，无长幼男妇，益詟服星科之勇矣。

向恺然曰：“余初闻解星科事，颇疑其近于滑稽，未敢深信。壬子年遇曹邑周君子谟于日本，复为言之，与兹篇所述，历历不一爽，盖犹有未能尽星科者也。周君为余言时，星科尚未死，年且九十，健步壮者不能及，二铁弹丸，常不去手，击飞乌有不中，食犹兼人，唯平生不善骑，上马辄堕，职是之故，官至守备而止。”

《国技大观·拳师言行录》　民国十二年（1923）9月3日

吴六剃头

长沙小吴门正街有一家剃头店，年代开得最久，因是姓吴的所开，那条街上的人都顺口叫他“吴家剃头店”，店主行六，大家都叫他“吴六剃头”，这吴六虽是个开剃头店的人，却练得一身绝好的武艺。

民国壬子年，吴六的年纪已经七十六岁，还能用一只手端起一个二三百觔重的石臼，面不红、气不喘，一点儿看不出他吃力的样子。只是吴六虽怀抱这么一身绝技，在小吴门正街住了五十多年，知道他会武艺的人极少。仅有几个会武艺的内行，知道吴六的内、外功都做到了绝顶，暗暗地佩服他、推崇他，然谁也不肯拿着吴六会武艺的话，对外行乱说，因此普通一般人绝少知道的。

武艺并不是一件犯禁的东西，吴六为什么要这么讳莫如深呢？这其中有两个原因，这两种原因，也只长沙几个内行朋友当中，年事较长的才知道得详细。在下在长沙办国技学会的时候，隐隐约约地闻得吴六剃头的名，满打算将他请到会里来，先托长沙的老教师刘心泉去请。

刘心泉是刘三元的徒弟，那时的年纪也有七十二三岁了。少时和吴六很有点儿交情，直到四十岁以后，刘心泉因住在长沙乡下教拳，就在乡下买了些田产，不常到长沙省里来，与吴六的交情渐渐疏远了，所以不曾请动吴六。

在下打听得浏阳的邓升平和吴六是生死至交，特地托人将邓升平接到会里，一看也是七十多岁的老人了。生得又矮又胖，挺着罗汉肚子，头顶光溜溜的没一根头发，两道花白眉毛，却仍是十分浓厚，长的足有一寸七八分，朝两边眼角垂下来，和画像上的长眉祖师一样。原生得一部好胡须，只因邓升平的性情古怪，嫌胡须太长了不方便，只在五十多岁的时候，留了几年须，不知因着什么事情，赌气在吴六店里剃了，自后便不曾留过。邓升平的武艺，完全是硬门功夫，两条又短又粗的臂膊随意伸出来，端一满碗清水，五六个汉子用绳索拴住他的脉腕，极力拉扯，碗里的水不会有一点儿滴出来。他生平只佩服吴六，每年至少得来长沙一次，来时总是住在吴六店里。

这回在下托人将他接到会里，他一个字不认识，看不懂宣言书和章程，只得由在下当面把倡办国技学会的宗旨与办法，详细说明给他听。他倒是诚意地赞成，并答应尽力帮忙。在下便把托刘心泉去请吴六不曾请动的话说了，要求他且替国技学会帮了这回忙，去将吴六请来。

邓升平一听这话，即时现出难为的神气，连连地摇着头说道："这个忙只怕没人能帮得了，旁人都容易说话，唯有吴六爹跟前，这种话委实有些难说。托别人去说还好，好一点，不过请他不来罢了，若是我去，一开口就得受他的申斥，犯不着去碰这无谓的钉子。"在下问是什么道理，邓升平只是摇头道："道理是没什么道理，他生成是这么古怪的脾气，谁也拿着他没有法子。"在下当时听了，知道是邓升平不肯把原因说出来，绝不是因吴六的脾气真个古怪。但是那时和邓升平初次见面，彼此都不是相知的人，不便追问下去，只得暂时将这事搁起，殷勤地把邓升平留在会里，每日陪着他谈论拳脚。

盘桓到一个礼拜之后，渐渐与在下说得投机了。很承他老人家的情分，不把在下当外行看待，他生平最得意的手法，都尽情解释给我听，一点儿不隐匿。在下拳脚生疏的地方，他也一点儿不客气，一面纠正，一面讲演，苦口婆心，比正式拜的师傅还来得恳切些。

这夜已是三更时分了，因是七月间天气，夜里仍是很热，邓升平先睡了一会儿，睡不着，独自起来，走到在下房门口，见在下不曾睡，便进房向在下问道："于今我们起厂子教徒弟，官府也不过问么？"在下道："这与官府有什么相干，要他来过问做什么？"邓升平很露出诧异的样子说道："设厂授徒是干犯禁令的事，怎么不与官府相干？在八九年前，我很有几个同门的兄弟，曾为这事吃过亏的。于今见这里彰明较著的挂起招牌来，所以问先生这话。"在下笑道："那是清朝专制皇帝的禁令，于今已改变了国体，从前的一切禁令，都不发生效力了。"

邓升平好像思索什么的样子，一会儿忽然问道："从前不曾办了的案子，难道他一切都不办了么？"在下道："这却看是什么案子，有人继续向法院里控告，当然还是办。"邓升平道："若是多年的悬案，并没人从新控告，法院里还办不办呢？”在下说：“没人从新控告，无论什么悬案，是不会办的，你老人家何以忽然问这话呢？”邓升平摇头道：“随意问着玩的，并没有什么意思。”在下心里犯疑，口里却不好再问。

邓升平抬头向窗外望一望说道：“这里面的人都睡尽了么？”在下说：“早已睡尽了。”邓升平随将座位移近些，说道：“此次承先生的情，接我到这里来，霎霎眼就已打扰十来日了。此时会还不曾开，也没有用得着我的所在，我在这里无功受禄，心里甚是不安。先生教我去请吴六爹，我又不能将他请来，更觉得对不住先生。不过我不能请吴六爹到这里来，也有个原因在内。不是我欺瞒先生，不肯早将原因说出，实因恐怕说出来，这里人多口杂，传出去不是当要的事。先生刚才既说从前的悬案，此刻已一概不办了，而且这十来日和先生朝夕在一块谈论，知道先生是个君子人，不妨把请不来的原因说给先生听。说到吴六爹本人，他一生不曾做过半点非分的事，远近的人，没有不知道他是个好人的。他所怕的，一则是怕他师傅的案子连累到他身上；二则因在二十多年以前，得罪了一个小痞子，那小痞子怀恨出门寻师，想学好了武艺，回来报仇。只是至今没有回来，我们都说必是死在外面了，吴六爹终不放心，至今尚是时刻提防，唯恐被人暗算。”

在下问道：“他老人家的师傅是谁，犯的是什么案子？他老人家本人既不犯法，为什么怕受连累？”邓升平叹道：“若是本人犯了法，又怎么可以谓之连累呢？连累原是没有道理可讲的，常有一面不相识的人犯了案都受了拖连的，何况师徒呢？吴六爹的师傅，真姓名叫什么，连吴六爹自己都不知道，也不知道究竟是哪一省的人。吴六爹亲口对我说，他遇他师傅的时候，年纪才十五岁。那时他家住在长沙东乡青山铺附近，他家里略有些儿田产，父亲哥子都是安分种田的人。只因他小时生得聪明，体质不大强实，他父亲不想教他种田，打算送他到乡村蒙馆里，读几年书开开眼，再送到省里学生意。那时离他家二三里路远近，有一处蒙馆，蒙师姓匡，名叫午亭，教了十多个本地方的蒙童。地方上人都说匡先生会教书，学费又收得轻，若是赤贫人家的子弟，一个钱学费不要，还贴学生的纸墨笔砚。吴六爹的父亲就把吴六爹送到这位匡先生馆里读书，每日早去晚归，读了半年。

“匡先生非常欢喜吴六爹，说他是绝顶的聪明，禀赋极厚，将来可望造成一个人物，就只生像不好，恐怕没有多大的福泽。他那时的年纪很轻，听了匡先生这番奖励的话，读书越加发奋了。平日是在家跟着家里人吃了早饭，才走向蒙馆里去读书的；自受了匡先生奖励之后，早起不待饭好，只胡乱吃点儿昨夜余下来的饭，就急匆匆地进学堂。每早到学堂里读了好一会儿书，同学的才来。

“这日是三月间天气，吴六爹一早进学堂，刚要走到学堂的时候，天色本是清明的，陡然乌黑起来，快要下雨的样子。他恐怕落湿身上的衣服，忙忙地向学堂里跑。跑近学堂，只见匡先生正在门外草坪里，一手将陷了半截在土里的破石臼提了起来，很慌急地端进屋里去了。那破石臼陷在土里，也不知已有多少时日了。吴六爹曾见匡先生亲手将臼窝里的泥沙扫除干净，趁有太阳的时候，把干菜放在臼窝里烘晒，这时忽见匡先生把石臼端到屋里去，不由得有些觉得奇怪，也慌忙赶进去，看有什么用处。

“赶到跟前一看，原来臼窝里承满了米，正要开口问原因，匡先生已笑着说道：‘落了几天的梅雨，米都上了霉，估料今日的天是会晴的，一早就把米倒在这臼里，想晒去些霉气，想不到天色陡然变了，来不及慢慢地搬，只得连臼端进来。幸喜是这么端的快，你瞧不是倾盆大雨么？’吴六爹心想：‘这石臼不是很笨重的东西吗？承了一臼米，又陷了半截在土里，怎么先生一只手能端进屋里来呢？’当下遂向匡先生问道：‘去年我家买了一个新石臼，还没有这个石臼大，我大哥、二哥两个人用车子推了回来，两人都累出一身大汗，到家的时候，四个人才抬下车。他们都是气力很大的人，尚且是那么吃力，先生是个斯文人，何以这么毫不费力地连米只一只手就端进了屋呢？’

“匡先生听了，望着吴六爹笑道：‘你真是个聪明孩子，知道想到去年你哥子推石臼的事上面去，你于今也想有我这么大的气力么？’吴六爹连忙答道：‘怎么不想，只是我就因没有一点儿气力，我父亲才不教我跟着哥哥种田，想把我读两年书，好去学生意，先生有什么法子，能教我学得这么大的气力呢？’匡先生笑问道：‘学了这么大的气力去种田吗？’吴六爹道：‘不种田，有这大的气力也没用处，我母亲说我没气力，是体质不强实，和我父亲都很着急，我若学得有气力了，体质自然会强实起来，就不种田，能使我父母不着急我体弱，也是好的。’

“匡先生听了点头道：‘你这孩子的天性很厚，没有不安分想做官发达的恶念，合该做我的徒弟。你能不把刚才看见的情形，对人去说么？能不说给人听，我便教你。’吴六爹问道：‘无论什么人跟前，都不能说么？’匡先生道：‘你已经学好了之后，向人说便不妨了。’吴六爹当然答应能，匡先生就吩咐吴六爹，每日更须早来迟回去，学时不要给同窗的看见。吴六爹依了匡先生的吩咐，每日天明便去，独自从匡先生学武艺，同窗的来了便读书，下午同窗的都散学归家去了，他又独自练一会儿才归家，归到家中，也躲在无人之处操练。名师传授的法子，果是不凡，只从匡先生学了三年，内、外家的功夫都练得有七成了。

“这日早去学堂里，匡先生见面就笑着问道：‘你从我学了三年的武艺，兼读了三年半的书，我只得了你读书的学费，没得你学武艺的师傅钱，你此刻就快脱师了，打算拿什么东西谢师傅呢？’吴六爹想了一想说道：‘我家里没有值钱的东西，银钱谷米，都不能由我拿着送先生，问父亲去要，就得将缘由说给父亲听。将来报答先生的日子在后面，此刻除了这颗心感激先生的恩典而外，实在没有可以谢先生的东西。’匡先生大笑道：‘知道你没有东西谢我，我这里有两串钱，你拿着去替我买两匹白大布来，这就算是谢了我了。’说着提了两串大钱给吴六爹。

“吴六爹接着到外面，尽两串钱都买了白大布，交给匡先生。匡先生仍教了一日的书，散了学，把吴六爹留住道：‘你今夜就在这里陪我一夜，不要回家去歇。’吴六爹不知是什么意思，只得答应。匡先生这夜又传了些本领给吴六爹，到半夜过后，才对吴六爹说道：‘我已不能再住在这里了，只等天光一亮，我就得离开此地，你坐在我卧房门外等候到我走了之后，就回家去。’

“吴六爹听说自己师傅就要走了，他是受了师傅成全的人，心里一时如何分舍得，忙问道：‘先生为什么不能在此地住了，打算到哪里去？’匡先生道：‘我用不着说给你听，你也无须问我，有缘法将来再见，自然知道。’吴六爹不敢再问，匡先生走进他自己卧房，顺手将房门关了。吴六爹坐在门外，以为先生是进房拾掇行李，拾掇好了，就要开门出来的。谁知坐等到四邻的鸡都叫了，仍不见匡先生开门出来，只听得房里的床架，摇得喳啦喳啦地响。忍不住从门缝向房里张望，只见匡先生仰面睡在床上，周身四肢都用白大布缠捆了，好像殓了棉丝的死尸一般，只露出头脸不曾缠捆。并不见他身体摇动，床架仿佛被震撼得支撑不住的样子。吴六爹看了这情形，不由得十分惊讶，想推门进去问个缘由，伸手推门时，已由里面闩了，推不开来。

“吴六爹素来谨慎，便不敢用力去推，只是目不转睛地从门缝里张着，看有什么举动。一会儿东方发白了，猛听得匡先生一声大叫，身体随着和射箭一般地往上冲去，屋瓦同时一声响亮，穿了一个大窟窿，透进天光来。房中已不见匡先生的踪影了，吴六爹连忙赶到门外草坪中，朝天四望，只见一条白影，在晓色暝蒙中，腾空飞向北方去了。吴六爹看了这种神妙莫测的举动惊得呆了，瞪着两眼望了天空出神。不多一会儿，耳里紧听得树林里有好几个人的音声说道：‘不好了，又被他早一刻逃跑了。’吴六爹顺着说话的方向看时，只见一行八个衣衫褴褛的汉子，各人手中都操着兵器，一同拥进学堂，并没一个注意到吴六爹身上。

“吴六爹当时也不知道害怕，跟在八人后面，见八人将卧房门打开，都进房中，四处搜索。其中有一个提着匡先生平日穿的一件布棉袍，用手摸了一会儿，摸到领口旁边，好像摸着了什么，喜滋滋地向七人笑道：‘在这里了。’七人听得一齐凑过来看，这人撕开领口，取出一抓圆而有光的东西来笑道：‘这珠子每颗值不了一千，也得值八百。哎呀！这东西真厉害，他已算定我们是八个人，给我们每人一颗，免得争多论少。’当下便见每人拈了一颗，都放在掌心里玩弄了一会儿，才各自揣入怀中，一路说笑着去了，始终没人望吴六爹一眼。

“吴六爹不知道轻重，因匡先生曾说学成了之后，便不妨对人说的话，遂将这种奇怪的事，归家说给自己父母听，他父亲是个知道一些世情的人，听了就警告他道：‘这匡先生必是曾犯过大案子的人，躲在这地方，借着教蒙馆掩饰外人的耳目。这八个汉子是奉了皇命办这案的，匡先生的本领大，所以能预先逃掉，办案的不知道你是匡先生的徒弟，以为只是蒙馆学生，故不曾留意到你身上。你若将这事四处传说，准得受些连累。’吴六爹本是个小心谨慎的人，因此终身不敢向人露一露本领，两手都故意蓄着两三寸长的指甲，免得轻易动手打人。他自己并不做剃头，因带了些本钱到省里来做生意，恰好遇着那剃头店招人盘顶，有人怂恿他顶过来做，他就顶了过来，虽是外行生意，却很有些利息。他生性没有想发大财的心思，也没有给他改业的机会，因此开了多年不肯改业。我和他结交得最早，他深知道我的性格，才肯将这回事述给我听。刘心泉都不能知道详细，其他和吴六爹熟识的教师们，都不过知道他的本领高强罢了。他只是要求和他熟识的朋友，不要将他会武艺的话传说出去，朋友问他是什么道理，不肯给人知道。他说有一次因自己不谨慎，在做功夫的时候，给一个小痞子看见了。小痞子也略知些拳脚，定要吴六爹从新做点儿功夫给他看，吴六爹起初推诿不知道，后来被逼不过，只得说：‘指甲太长了，做起功夫不方便。’小痞子说：‘指甲剪去就是，有什么要紧？’吴六爹不高兴道：‘我的指甲除非我死了，旁人替我剪去，我有这口气在，是无论如何不能剪的。’小痞子碰了这个钉子，怀恨在心，时刻不忘报复。

“这夜吴六爹在人家喝了很多的酒，回家在光明月色之下，见自己大门口石板上，放了一把剪刀。吴六爹看了，以为是自家人遗落在门外的，弯腰伸手想拾起来，不提防指甲触在石板上，登时折断了两个，剪刀还不曾拾得起来。揉揉醉眼仔细看时，哪里有什么剪刀呢？原来石板上的剪刀，是用墨画成的。正在生气，那小痞子忽从黑影里跳出来，哈哈笑道：‘我送把剪刀给你剪指甲，已剪了么？’吴六爹这时是喝醉了的人，触断了指甲，已在生气，哪里还受得了这样的奚落呢？顺手就是一个嘴巴，把小痞子的牙齿打落了好几个，小痞子想回手，又跌了一跤，自知不是对手，便说了一句我们再会的话去了。

“次日，吴六爹酒醒过来，想起昨夜的事，甚是懊悔，特地到小痞子住的地方，打算向小痞子赔两句不是了事。谁知小痞子已在天光才亮的时候，就驮着一个包袱走了。临走时对同住的人说，出门遇不着明师，学不成报仇的本领，宁死在外面不回来。吴六爹一听这话，追悔也来不及了，因此更不敢使人知道他有本领。”

在下当夜听完邓升平述的这一段故事，心里更禁不住想瞻仰吴六爹的丰采。次日，要求邓升平绍介同去吴家剃头，拜望他。邓升平推辞不掉，带我同去见了吴六爹，就和乡下种田的老头儿一样，不但看不出是怀抱绝艺的人，并看不出是在省会之地住了四五十年的。费了无穷的唇舌，把他老人家迎接到馆里，住了四日，抵死也不肯做功夫给人看。

后来听说在甲寅年十月间死了，平生没有一个徒弟，连儿子都不曾得他一点儿传授，我国的武艺是这么失了传的，也不知有多少，何尝只吴六剃头一个，说起来真可惜啊！

《侦探世界》第 21 期　民国十三年（1924）4 月

江阴包师傅逸事

有个江阴的朋友对我说，若在三十年前，有人到江阴提起包师傅三个字，去问本地方人，不论妇人孺子，都能知道是个会擒拿手的把式。于今包师傅虽死了几十年，故老旧人知道他历史的，还是不少，不过不能知道得详尽罢了。包师傅的武艺，不知从什么人学的，平生独到的本领，就是擒拿手，擒拿手之外都很平常。然有了他那么高强的擒拿手，在江阴除强梁、惩横暴，享二三十年义侠的盛名，至死不曾有一次失败过。他为人光明正大，又机警绝伦，每有极危险的事，在旁人都逆料他必然失败的，他却能得着意外的帮助，以维持他的盛名。

有一次他在剃头店里剃头，听得同在那店里剃头的人说："今日不知从哪里来了一个恶化的和尚，一手托着一个石臼也似的大钵盂，约莫有二三百觔轻重，一手握着一个八面威风的流星，沿街在各店家恶化。进门就将那钵盂往柜台上一搁，拣柜里面陈设的瓷坛、瓦罐一流星打去，恰好打得当的一声响亮，便将流星收了回来，瓷坛、瓦罐一些儿不破损。走到同寿堂药店里，将架上的药瓷坛一个个都打遍了，只打得一片声响，一个也不曾打破，场面小的店家给他二三百文钱，他倒不计较，端起钵盂又走；若到了场面阔绰些儿的店里，他开口要化一串，便给他九百九十九文也不依。如柜房里面没有瓷坛、瓦罐和以外可以敲打得响的东西，他就将流星向店伙或店主鼻尖上打去，只刚刚在鼻尖上挨擦一下，一点儿不觉着痛，便已收回去了。已化了十多家店子，化来的银钱全数放在钵盂里，已有半钵盂了。跟在他背后看热闹把戏的人，至少也有百多个，一到这家店里，就把店门口拥塞得水泄不通，无论什么生意，都得耽搁。因此不敢得罪他，情愿多化些银钱给他，免得他立住不走，妨碍着一切生意。像他这般恶化，江阴城里怕不整千整万地被他化了去吗？"这人说完，当下就有认识包师傅的说道："包师傅，这事只怕又非你老人家出面，江阴城里不得安宁呢。”

包师傅从容笑道：“像这样的化缘，虽是过于强梁一点，然他一不伤人，二不伤器皿，更不曾行强要人化几十、几百，不去理他也罢了。”又有个人说道：“定要几十、几百才算是行强吗？像他这样的化缘，哪怕就只每家化一文钱，也是行强恶化。有许多店家门口贴了僧道无缘的条子，在平日化缘的和尚看了，都是向门上望望，就走到别家有缘的去了。他这和尚独不然，门上没贴这种条子的，他倒容易说话，越是贴有这条子的店家，他越是开口得大，这还不算是行强恶化吗？”

包师傅道：“门上贴僧道无缘条子的，都是极吝啬的人家，不但僧道上门文钱合米不肯施舍，就是拖儿带女的叫化去向他们善讨，他们也是不肯打发的，这本是不平的事，由这和尚去多化他们几文，也不损德，我不高兴去管这闲事。”说话的那人接着道：“那和尚敢是这么恶化，就是欺江阴没有人能奈何他，包师傅这回若不出面，就真个显得我们江阴一个能人也没有了。”

正在谈论，只见四五个彪形大汉拥进剃头店来，同声望着包师傅就道：“原来你老人家坐在这里剃头，我们哪里不寻到了，只是寻不见你老人家。于今有个秃驴，到江阴各店家强募恶化，此刻正在我们那条街上，向胡同泰肉店里，要恶化一百五十觔猪肉，胡老板只说了一句，和尚化了猪肉有什么用处？那秃驴就是一流星，将胡老板的两颗门牙打落了，我们都怕敌他不过，不敢上前。胡老板求我们来请你老人家，我们寻了好几条街，到这里才寻着你老人家，快去吧！”

原来胡同泰的老板，虽是个开屠坊的人，为人却甚正直，和包师傅是拜把兄弟。包师傅听了把兄弟受伤的话，又有几个街邻在旁催促，实在再忍不住不管了，只得立起身来，由四五个大汉簇拥着，向胡同泰这条街上走。一路之上，早惊动了许多爱看热闹的人，料知包师傅此去，与和尚必有一番较量，一僧一俗两筹好汉放对，在一班好事的人，得了这消息，当然当作千载难逢的好把戏看。

包师傅走到胡同泰门口，后面跟着的闲人，已有二三百个了，这时拥在胡同泰门外的，原有一二百人，见包师傅走来，大家不约而同地齐喝了一声彩，波浪也似的，往左右让出一条人坑。包师傅昂然直入，只见一个年约三十多岁的和尚，生得粗眉恶眼、满脸横肉，朝外面立着，将流星向看的人脸上乱打，却并不打着人，只把这些人打得不敢拥挤到他身边去。

包师傅才跨进店门，那和尚的流星早已迎面打到。包师傅并不避让，趁流星往里收回的时候，急忙一箭步蹿到了和尚跟前，只在和尚腿弯里用两个指头一点，和尚登时软瘫在地，挣扎不起来。

外面看热闹的人，又惊天动地地齐喝了一声彩，包师傅用手指着和尚的脸，数责道："你是个出家人，应知道慈悲为本，方便为门的意思。像你这种行为，直比强盗还来得厉害。我本待不与你出家人为难，无奈我是住在这街上的人，这里老板是我的把兄弟，你欺负人太甚了，不由我不出头，你能答应此后安分，不再是这么欺负人了，我便放你起来，不然，只好由众街坊将你捆送到江阴县去。"

那和尚怕人捆送，便向包师傅点头道："此后决不再是这么了，请你放我起来。"包师傅即用只手捉住和尚两只胳膊，颠摆几下，一放手，和尚就能与先前一般地立起身了。和尚收了流星，将钵盂托在手中，看了包师傅两眼问道："愿闻好汉的姓名，并尊居在何处?"包师傅也不隐瞒，一一说了。和尚临走时，望着包师傅说道："我认识你了，后会有期。"包师傅也不在意，随口应道："要你认识我才好，我无论什么时候，在家等你便了。"

和尚去后，包师傅在江阴的威名益发大了，隔不了十多日，包师傅忽接着一封信，信中的语意说：

> 小徒无碍不识高低，因在江阴化缘得罪了足下，蒙足下当众指教，贫僧非常感激。谨于某月某日，在黄山之北观音堂内，洁治斋筵，恭迎大驾，借伸谢意，务请勿却。

下面署"五云和尚"四个字，包师傅看了这信，不觉惊得呆了。暗想五云和尚的武艺，在大江南北久负盛名，曾在常州天宁寺当过知客。

那时天宁寺三四百名和尚当中，只有八名武艺最高超的，五云在八名之中，为第三个好手。后来不知因什么事，犯了清规，被方丈和尚把他驱逐了。他出了天宁寺之后，横行大江南北，更是毫无忌惮，只不曾到江阴来过。

谁知这回来恶化的贼秃，名叫无碍，就是他的徒弟，怪不得有这么凶横。我的武艺除擒拿手外，绝不是五云和尚的对手。擒拿手只能乘人不备才能用得着，两下交起手来，他的功夫在我之上，我的擒拿手便再高明些，也奈何他不了。我的看家本领既不能施用，怕不跌在他手里吗？就是他那无碍，论武艺已不在我之下，我那日若不是乘机将他点倒，两下对打起来，还不见得定能打倒他。

这番五云请我去观音堂，不消说无碍必在五云跟前，我即算能抵得过五云，有无碍在旁相助，我也终归要跌倒在他师徒手里。欲待不去吧，一则有损我自己大半世的英名；二则五云师徒决不肯因我不去，便善罢甘休，不来江阴寻仇报复。与其在江阴被他师徒打倒，受尽羞辱，还得担一个怕见他师徒的怯名，就不如硬着头皮到观音堂去。倘能死里求活，自是万幸；便敌不过他师徒，被打死在观音堂内，也落得一个硬汉子的好声名。他有师徒两个，我只单独一个人，死了也不至被人骂无能之辈。包师傅主意既定，便算定日期，雇了一艘民船，由水路往黄山去。

从江阴到黄山（不是安徽的黄山），水路须行三日，已行了两日，就在次日可以达到目的地了。这夜船到一处小码头，停泊在一只大号官船旁边，这码头虽小，这夜停泊的船只，却是不少。

包师傅乘着黄昏天色，立在船头上看了一会儿江景，见旁边官船上对坐着两个少年男女，在船舱里下棋。男子年约二十来岁，容仪峻整，衣服鲜丽，使人一望便能断定是个王孙公子；女子年约十七八岁，修眉妙目，秀骨天成，翠绕珠围，更使人见了，疑是神仙眷属。两个十来岁的小丫鬟，分立在两人背后，船上的男女仆从，约有二三十人，都静悄悄的，没一人敢高声说句话，行走都是蹑脚蹑手，好像怕踏死了蚂蚁的样子。

包师傅看了这种庄严富丽的情形，低头看了看自己的衣服和船只，相形之下，不觉叹了一声。再想到明日去观音堂赴宴的事，心中更是不快，暗想我怎的便这般无福，平生实不曾有过分的享受，从学武艺至今，也不曾因武艺造过孽，一条性命，何以要断送在武艺上头呢？想到这里，心里就纷乱如麻，懒得再看了，回到舱里没精打采地睡觉。但是心中有事的人，哪里能睡得着呢？翻来覆去地勉强睡到二更时分，实在觉得睡着难过，翻身坐了起来，对着一盏被板缝里灌进来的河风吹得一摇一摆、半明不灭的油灯，也没有事情可做，只得拿起一支尺多长的镔铁旱烟管来，盘膝坐在油灯底下吸烟。

吸完一筒，就推开一条板缝，对河水里敲去烟灰。在那死气沉沉的深夜，铁烟管敲着船板的响声，异常洪亮。包师傅自己是心中有事的人，声响便再大些，也不觉得，而四邻船上的人，多半被这响声震得从梦中惊醒。

包师傅一筒不了又一筒地只顾敲着、吸着，一面吸，并一面长吁短叹。很有几只船上的人都推开舱门，高声问是谁人敲得这么响亮，吵得人不能安睡。包师傅只顾悬想明日赴宴的情形，虽有人问也没听得。一会儿，官船上的人忍耐不住了，一个当差的伏在船舷上，等包师傅的烟管伸出板缝来，就一把夺了，想抢到手里再开骂。哪知道包师傅的武艺有大半就在这旱烟管上，寻常人如何能抢得去？才用力握住，就被包师傅顺手一带，当差的不提防有此一着，船舷又是晃动的，一个倒栽葱，便扑通一声栽到河里去了。口里只喊了声：“哎呀，救人啊！”就没得声息了。

包师傅伸出烟管的时候，两眼并没朝外望着，也不知道是人抢住了烟管，毫无容心地随手一拖，谁知拖出了这大的乱子。只惊得连忙起身，推开了板门，踱到船头来，抢了一根船篙，伸到水里去捞人。官船上的仆从，也都惊得跑到船头上来了，幸亏这当差的能略识得些水性，不至落水便沉，遇着包师傅的船篙，就一把捞住。包师傅提了起来，连向这人赔不是，这人见就是敲烟管的人救了自己的性命，又听了连赔不是的话，倒不好意思再向包师傅发作了。反是其余的仆从不依，同声说道：“还了得，半夜三更的，闹得人不能安睡，还要将人打下河去，这东西眼睛里还有王法吗？拿了见少爷去，看他是哪里来的。”

包师傅听得拿了见少爷去的话，不由得冒起火来，心想：“你们这些王八羔子，打算拿官势来欺压我，真是转差了念头。我横竖是快要死的人，便撞点儿祸，也不算一回事。”随向那船上呸了一声道：“放屁！谁敢拿我？”官船上的人哪里把包师傅瞧在眼里，一拥跳过来，六个人都伸手，要将包师傅拿住。包师傅只略略地闪开一下，一个一个都被点倒在船头上，口里能哼，四肢不能动。还有三个在官船上不曾过来的，看了这情形，忙回舱里去报告他少爷。

包师傅料知必有一番动作，也不畏惧，屹立在船头上，朝官船舱口望着，动也不动。没一刻工夫，只见两人提着两个大灯笼，照耀得邻近几只船上都透亮，那个下棋的少年男子，缓步走到船头上。提灯笼的人，指点那六个倒在船板上的人给少年看，少年理也不理，只打量了包师傅两眼，随即拱了拱手笑问道："请问足下尊姓大名，贵处哪里?"

包师傅以为这少年出来，必有一番官腔官调发作，因也盛气相待，及见了这种谦和有礼的举动，也连忙赔着笑脸答应，并拱手谢罪。少年让过一边说道："这船头上不好谈话，不知可肯屈尊到舱里座谈一番?"包师傅不好推辞，只得略谦逊了两句，先将那在船板上的六人救醒，就一同走过官船来。

少年让进舱里，分宾主坐下说道："我听足下在那边船上，不住地长声短叹，想必是有什么大不了的心事。何妨说出来，我或者能助足下一臂之力也说不定。"包师傅摇头道："心事确是有一桩不了的心事，只是不容易得着帮助的人，若是银钱能了的事，既承少爷下问，自然不妨奉求，无奈我的心事，不是银钱能了的。虽承少爷的好意，无如我命中注定了，没有方法可设。"少年笑道："话虽如此，说出来我就不能帮助，也于足下的事没有妨碍，万一能帮助的了，岂不甚妙?"

包师傅见少年这么说，只得将无碍在江阴如何恶化银钱，自己如何打他，五云和尚如何写信来请的话，从头至尾说了一遍。少年听了，跳起来问道："是不是曾在天宁寺当过知客的五云和尚呢?"包师傅道："怎么不是，就是那个贼秃。"少年仰天打着哈哈道："你这贼秃，也有遇着我的日子么?"说完随对包师傅道："你不用着急，不但我得帮你，你也得帮助我，我在江湖上游荡两三年，为的就是要寻那贼秃。我和你今日之会，实非偶然，可说是皇天不负苦心人，特地由你把那贼秃的踪迹报给我。"包师傅很诧异地问道："少爷和那贼秃有什么仇隙，是这么要寻找他?"

少年吩咐左右的人开出一些酒菜来，二人对坐着饮咽。少年才从容说道："我和那贼秃，有不共戴天的仇恨。我姓黄名汉烈，原籍陕西人，我父亲讳鲁泉，在十年前做常州总兵。我有个胞姊名汉英，十六岁的时候，曾跟着我母亲到天宁寺上过一回香。那时五云贼秃正在天宁寺当知客，谁知他一见胞姊，就起了禽兽之心，只因总兵衙门里守卫森严，他不敢前来无礼。第二年我父亲因年老辞官，带了家眷回陕西原籍，那贼秃知道了，就沿途跟上来。一日行到一个荒僻的市镇上落了店，贼秃竟敢在三更半夜，偷到胞姊睡的所在，欲行无礼。胞姊惊醒转来，大声喊救，贼秃顿起凶心，一刀便将胞姊杀死在床上。我父亲随从的人，闻声往救，贼秃更敢拒捕，杀伤了两人逃走。我父母都因痛胞姊惨死，一路啼哭哀伤过度，没回到原籍，就双双弃养了。我要报这大仇，特地寻访明师，苦练武艺。前年到常州打听，知道那贼秃为犯了这身血案，不敢回寺，不知到什么地方去了。我想那淫贼虽然不敢回寺，行为是不会改变的，只要投他所好，设成圈套，不遇着他则已，遇着他是不愁他不落套的。因此做成于今这种局面，装作官家眷属的模样，在江湖上游荡，若落到贼秃的眼里，半夜必然来行无礼，这也是他的厄运未终，是这么游荡了两三年，偏不曾遇着他，难得今夜于无意中遇着你，这是先父母和先姊在天之灵，特烦你来指引，真是巧极了。”

包师傅听了，不觉出神，至此才问道：“那贼秃认识少爷么?”黄汉烈摇头道：“我能认识他，他决不能认识我，我只虑他有个无碍徒弟在旁边，我和他动起手来，你须照顾着。”包师傅道：“那是自然，何消少爷吩咐。”黄汉烈又道：“我们明日就是这么去不妥，我须假装是你的徒弟，他请你去，原是要和你较量武艺，你用不着动手，只对他说，小徒见大师傅的高足本领了得，他也想和大师傅走一趟，求大师傅指教指教。我料贼秃自恃艺高，又见我是你的徒弟，决不至推诿，等我将贼秃做翻了，再做无碍。我若一个人做不翻，就得请你下场帮助。”包师傅连说这法子不错，使贼秃不生疑心，才好下手。

当夜，二人计议停当，次早黄汉烈改换了装束，就和包师傅同船，往黄山进发。到黄山二人上岸，走到观音堂，包师傅在前，只见无碍和尚已对面走来迎接，见了包师傅，合掌笑道：“真是好汉，果然如约到来，我师傅已在庙里恭候。”包师傅指着黄汉烈，给无碍绍介道：“这是小徒张得福。”

无碍哪里看在眼里，只有意无意地睄了一眼，便一同走进观音堂。只见一个魁伟绝伦的和尚巍然立在殿上，望着包师傅大声问道：“来的那个是江阴县的包某?”包师傅拱手笑道:“小可便是，这是小徒张得福，他年轻人好胜，因见无碍师傅的本领了得，也不揣冒昧，定要同来，求老师傅指教一番。”五云鼻孔里哼了声说道:“我只道你今日不敢来，正打算亲去江阴县找你说话。你既来了很好，明人不做暗事，你将我的徒弟当众羞辱，就是羞辱于我一般，我不能不出这口怨气。请你吃饭的话，酒席并不设在这里，设在五殿阎罗殿上，你徒弟要来送死，我也顾不得损德，就来吧。”

黄汉烈一见五云，真是仇人见面，分外眼红，听得五云说出一个“来”字，早蹿到了殿上。一僧一俗、一小一大，就在殿上来回搏击起来。五云的武艺虽高，只因身体太胖，哪及得黄汉烈快捷，走到十几个回合，就累得浑身是汗，一个不留神，被黄汉烈用两个指头剜出两个眼珠，喝道:“淫贼!你认识我黄汉烈么?”随即腾起一腿，将五云踢倒在地。

无碍一听黄汉烈三字，一抹头就跑，黄汉烈待追出去，包师傅道:“一人做事一人当，淫贼既已伏诛，他徒弟可以饶了。”黄汉烈即回身把五云的心肝剜出来，回船祭奠他的父母和胞姊。包师傅一场危险，竟是这么化解了。

《侦探世界》第23期　民国十三年（1924）5月

变色谈

古人说，谈虎变色，这句话，不是确实知道猛虎如何厉害的人说不出。不是确实知道猛虎如何厉害的人，便整日整夜地谈虎，也就和谈猫狗及寻常兽类一样，绝对不至于变色。猛虎是一种最厉害的野兽，说起来，三岁小孩儿也能知道，在动物园或其他娱乐的场所曾见猛虎的人，更是知道得详细。然而知道尽管知道，谈起来决不会变色，何以呢？只因为猛虎的厉害，不在深山丛错之中，一点儿不能表现；而真在深山丛错之中发现过虎的厉害的人，绝少绝少。所以，猛虎究竟如何厉害，确实知道的，也是绝少绝少。

在下生长山泽之中，从十岁到十六岁，六年之间，见过四次，虽一次也曾被他伤着哪里，然而危险也就危险到极处了。至今偶一回想起当时情形，岂但要变色，遍身的皮肤，都得登时起栗，和鸡皮一样。倒是十七岁的时候，因为到日本去，打上海经过，在愚园看见那只斑斓猛虎，不仅一些儿不觉得可怕，当时并疑心不是我所曾见的那一类猛虎。只因关在笼里的猛虎，精神上固是完全失去了它固有的威严，便是形式上，也好像和我在深山丛错之中所见的大有区别。同一样的斑毛，在笼里的，黯淡无光；在山中的，灿然夺目。斑毛同一般的长短疏密，在笼里的，紧贴在皮肤上，没一根竖起的；在山中的，时竖时倒，全身斑毛竖起来的时候，仿佛粗壮了一半的样子。同一般的一条长尾，在笼里的，如拖着一条绳索，丝毫没有气力，没有动作，就像和它身体不相连属的，又像早已与它身体脱离了关系，由人力使之缀上去的；在山中的，便不然了，全身的精神和威力，完全在那一条细而且长的尾巴上表现。无时无刻没有动作，即无时无刻没有气力。施耐庵著水浒，说大虫尾巴的作用，只有一剪，这是想当然也的话。其实大虫尾巴的作用极多，得力差不多与他的爪牙相等。它在山中觅食，用那条尾巴的时候，就很多很多。它在深草里面睡觉，身体被深草掩藏了，偶然一眼望去，能使人不觉，而它那条尾巴，总是横拖在深草外面。据经验富足的老猎户说，它的用意，是特地横拖在外，一般不知死活的野兽和在山里砍柴或行路的人，走它跟前经过，一脚踏在那条尾巴上，它便好一惊而醒，择肥而噬。所以古人说："履虎尾，咥人凶。"天生它那么长一条尾巴，倘若没有这些用处，不成了一条张勋脑后的废物吗？

闲话少说，且说在下四次遇虎，情形虽各有不同，然没一次不是十分骇人的。详细实写出来，一则可使看官们知道虎的性质与一切野兽的性质不同；二则也可使看官们知道虎的厉害，不是寻常凭理想推测的所能仿佛其万一。

第一次，在下的年龄才十岁，清明时候，跟随家君到平江西乡祭墓，住存一个亲戚家中。这家亲戚的住宅，三面都是高山，只有前面有许多田亩。靠住宅左边的高山，更是陡削，真是壁立千仞，并没有供人上下的道路。暮春三月，草木正长得茂盛，远望这边高山，就和一扇点翠的屏风相似。山底下辟了一个小小的菜园，舍亲是种山地的人，平日没有多的工夫种植园里的蔬菜，因此本来是一块菜土，却长满了青草，轻易不能看见草中的蔬菜。舍亲家养了不少的山羊，初生不久的乳羊，最是使人可爱。在下那时年轻，平日又不曾见过乳羊，一见就如获至宝。拿一条麻绳，系了四只乳羊，绝早乘舍亲不曾起来的时候，独自牵到那菜园里吃草。菜土里的草，因土性比一切地方松，肥料比一切地方厚，长出草来，也比一切地方的草柔嫩好吃。乳羊得着了这种好草料，都喜不自胜地只顾低着头吃。在下初次看羊，就得着了这种可爱的乳羊，更是乐不可支地瞧瞧这只，又望望那只。正在这个时候，忽听得半山中的小树枝喳啦一声响，四只乳羊的八只耳朵，都同时竖起来，向左右张听，草也不吃了，很像有些惊慌不知所措的样子。我不由得抬起头，向山上一看，只见那青翠的小树，往左右的披，一路下来，与从山顶上滚下一个大圆石相似，其快如箭，一瞬眼就到了离菜地一两丈远近的所在。这时才看出是一只虎来。然而没有仔细定睛的工夫，它已翻身仍往山上蹿去。下来的时候，它的身体，一点儿没给我看见，唯翻身蹿上去的时候，一起一落，约有十来次，每次足蹿了一丈五六尺高下，身体全部显露出来。蹿到半山之上，忽然在一块绝大的青石上面，停步回头，朝着菜园里哼了一声。这一声哼出来，远近各山都震动了。我手中牵的绳索，突然脱手而去，原来四只乳羊，被这哼声惊得一同没命地向家里逃跑，我这时也不在意，还呆呆地抬头望着，只见那虎哼过一声之后，将那条垂拖在后面的长尾，往左右扫了一个半圆，然后竖将起来，尾颠摆动了几下，再朝后一倒，与它的身体成一条直线，前爪略略地蹲下，后臀耸起来，后爪在青石上抓了几把，好像是伸了一个懒腰的样子，趁着那伸懒腰的势，更一蹿，就掩入深草之中，一些儿动静没有了。

我远望着那块大青石发怔，家君和舍亲已起来，因听得山中虎啸，呼我又不见答应，都慌了，跑出来寻我。我手指脚画地说了刚才所见情形，舍亲吐舌摇头道："好险！好险！幸亏你是一个未成年的小孩儿，不然已膏虎吻了。"我因问道："虎不吃小孩儿吗？"舍亲点头道："从来虎吃小孩儿的事很少。每有三五成群的小孩儿到深山穷谷中寻栗子吃，无意中踏在虎身上，虎跪起来张口待咬，及一见是小孩儿，便翻走了，不过有时有被虎爪抓伤了的。若遇上了豹子就不然，越是小孩儿，它越是喜欢抓了吃，见面少有得脱的。"这是我第一次遇虎之情形。

第二次就更有趣了，这年我正是一十三岁，在长沙乡中蒙童馆里读书。那位蒙师姓宁，最是迷信风水，每月总有三五日，带着罗盘，到各处深山之中，寻找墓地。他这种寻找墓地的事业，一不是人家死了人，托他寻找；二不是寻找着，留待后日自己应用，实是不过借此实习实习罢了。他每次出外实习，总得带着一个学生同走，免得在山中寂寞。我生性喜动，很当过几次这种随员。一次蒙师和一个也是迷信风水的朋友谈论左近数十里的发冢。所谓发冢者，就是葬过之后，子孙发达，功归于祖墓，因谓之发冢。那朋友说某山某向有一座草冢，不出十年，他家必然大发，沙水如何好，朝案如何好，来龙如何好，落穴如何好，说得蒙师心痒难挠。第二日，就带了些盘缠，教我替他提了罗盘，天光一亮，便动身去看那不出十年必能大发的坟墓。那坟在湘阴县境内，离蒙馆有三十多里的路程，因我年轻，不大能跑路，直到下午三四点钟才走到，已走得疲倦不堪了。只得到一家小饭店里，准备歇宿一宵，次日再上山去看墓。这夜蒙师和饭店里伙计闲谈，伙计就说："在一个月以前，这地方出了猛虎，上山砍柴的人，被咬伤了好几个，死了一个。近来不见伤人，想必已离开这里，往别处去了。”蒙师说：“若不曾往别处去，绝没有这么多日子不伤人的，纵不伤人，也得伤不少的家畜，这近处的猪狗，没听说有被咬去的么?”那店伙说：“不曾听人说过，想必是没有。”蒙师听了，更是毫不措意。这夜胡乱睡了一觉，次日早起，天才黎明，便吃了些充饥的早点，蒙师教我提了罗盘，一同入山寻觅那未来的发冢。

那山并不甚高大，上山的道路，也不甚陡削。山腰以下的树木，极苍翠秾密；山腰以上，大概是因土宜的关系，一棵茶杯大小的树也没有，一望尽是芦苇、荆棘。记得那时正是暮春天气，无论一草一木，都欣欣然尽其生生之理。这山上红色杜鹃花极多，我师徒入山，正当朝暾初上，映着鲜红如血的杜鹃。花揣叶末，更顶着一颗一颗的露珠，各自对着朝阳，放出些微末的光芒来，是这般点缀在鲜红的花枝上，古人所谓“杜鹃泣血”，四个字安在这上面，倒很恰切。只是那时这山上的景致，虽有这般艳丽，却苦于我的年龄太轻，一点儿不知道领略，就只把那一幅图画，深深地印入了脑中。自后至今二十年间，不曾第二次遇过那般的景致，如此也可见良辰美景，确是人生不易多得的。蒙师胸中，充满了无数死人住宅的图样，像这般景致，与他的襟怀，是格格不相入的，只是一路走着，一路托着罗盘，探看山势。不一会儿，走到了一处极深邃的山坡里，这山坡也是没一株树木，一片茸茸青草，就和铺了一张很厚的地毯相似。

我跟着蒙师，才转入山坡，就发现朝南的一个山旯里，有一大堆连枝带叶的枯松树，堆得足有七八尺高下。我当时看了心想这一大堆松树，堆得颠倒错乱，不像是砍倒准备做柴烧的，并且枝叶都留在上面，而树蔸又没有了，近蔸的所在，有像是折断的，有像是齿牙咬断的，却没一根像砍的，也没一根像锯的，不免觉着奇怪。随即指给蒙师看，并问是不是砍了做柴烧的。蒙师略望了一眼，绝不在意地答道：“不是砍了做柴烧，这种茶杯粗细的松树，能做什么用?”蒙师说着，仍向上走。

约莫离那堆松树有二三百步远近，山势越走越高。再低头看那堆松树时，形式仿佛一个绝大的鸟巢，周围用松树堆砌得又像一只大碗，中间铺着绒也似的枯草，我不禁失声呼道：“先生，那不是叫化子做的房子么?”我这句话才呼出口，蒙师还不曾回答，猛听得惊天动地的一声大嗥，一只牯牛般大的斑毛老虎，随着那嗥声，从树堆里一蹿，到了树外青草地上，正抬头四望。视线还没射到我师徒身上，蒙师已拖了我胳膊，向这边山下便跑。幸亏我小时在乡下爬山越岭惯了，心里又没存着恐惧的念头，能跑得很快。倒是蒙师，因为知道这东西不是好玩意儿，拖着我跑过十来步之后，就渐渐地跑不动了，口里只顾一迭连声地催我快跑，自己却爬爬跌跌地踉跄逃到山下。

手中罗盘也没有了，脚上鞋子也不知在什么时候跑掉了一只，身上穿的一件蓝竹布长衫，终年所赖以做彰身之具的，前后都被荆棘钩破了好几条裂口，一副惯受雨打风吹，紫酱色的脸膛，就仿佛新从灰色染缸里改染了颜色的。但是蒙师虽吓成了这个样子，而平日尊严的态度，仍竭力地保持，不肯改变，喘息略平了些，便正色说道："老虎睡在它窠里，若不是你这东西高喉咙、大嗓子地叫唤，怎么会把它惊醒起来？以后务须记着，在山里见着这种虎窠，万不可高声大叫，只赶紧往下山逃跑便了。"

我听了这种教训，口里不敢说什么，心想："你刚才还说这茶杯粗细的松树，不是砍了做柴烧，不能做什么用。于个便怪我不该高喉咙、大嗓子地叫唤。"遂故意问道："先生的罗盘呢？此刻不看地了，还是给我提着吧。"蒙师也不知道我是故意这么问的，不觉长叹了一声道："可惜，可惜，那罗盘在我手里，用了二十年，想不到今日丢在这山里。这一只单边鞋子，穿在脚上，比赤脚还不好行走，这都是吃了你那一声喊的亏。"我回头看山上，一些儿动静没有，便说道："鞋子、罗盘一定掉在不远的地方，我们何不回头去寻找一番呢？"蒙师立时又变了颜色，向我叱道："你这不是去寻鞋子，竟是要去寻死了。"

我不敢再说，又一同回到昨夜歇宿的饭店里，蒙师对店伙说了所见的情形，店伙也惊得吐舌摇头道："险呀！险呀！怪道这孽畜近来没出来伤人，原来在这山里生了小虎。"蒙师问道："我们并不曾看见有小虎，你何以知道在这山里生了小虎？"店伙道："雄虎不能做窠，只是野宿。雌虎在将要生小虎的前一月，就衔着山里的小树，堆一个鸟窠也似的东西，周围都有七八尺高，更衔些枯草在里面，临产的时候，就将小虎产在窠里，以免自己出外觅食去了，有旁的野兽来侵害小虎。小虎不到满月，脚力不足，不能蹿出窠外，也免得无知无识的小虎乘雌虎不在跟前，四处乱走，自卫的力量不足，见伤于人或旁的兽类。”蒙师问道：“何以在生小虎的时候，不出来伤人呢？”店伙道：“老虎这东西，真不愧为兽中之王，当没有产下来以前，看它打算在哪一座山里做窠，必先在那山附近伤害不少的人畜，使一般人都害怕，不敢到那里山去。它已经生产了小虎，便不在附近伤害人畜了，因为恐怕伤害的人一多，就难免地方人不请猎户入山驱除它，到了那时，它自己即算能逃得了，窠里的小虎，必万无生理。”蒙师点头笑道：“原来兽类也有这般智计，只是你怎生知道的呢？”店伙笑道：“我家三代当猎户，我也当了半世，近来因地方不安靖，团防局禁止我们在里开枪，我才致业，在这里当伙计。”

蒙师道：“那虎窠里面并不十分宽大，上面又没东西遮盖，若里面有小虎，我们怎么看不见呢？”店伙笑道：“里面决不会没有小虎，只因垫在窠里的枯草，很软很厚，又是黄色，小虎躲在草里，休说远望难得分明，就是走到跟前去看，也不容易一眼就看得出来。雌虎衔这种黄色的枯草垫窠，就是要使人不能随便看出。”蒙师问道：“生了小虎之后，它既不肯伤人，然则我们刚才不逃跑，也不要紧么？”

店伙连连摇头道：“怎么不要紧，它不伤人，是不在附近寻人畜伤害。你们到了它窠跟前，它若不伤你们，不怕你们去捉它的小虎吗？亏得你们逃得快，不然岂但受伤，连性命也得送掉。好在于今已不禁开枪了，且等我去邀合几家猎户，把这孽畜赶走，捉得一两只小老虎，也就够本了。”

蒙师喜道：“好极了，你们到山里去打老虎，我拜未你留留神，我一只罗盘、一只鞋子，都掉在那山里，你看见就请替我拾起来，我重重地谢你二百文钱。”店伙笑着说道：“你以为上山打虎，是一桩随便的事吗？正是性命相扑的勾当，就是有一百两黄金在地下，有谁敢分心去拾起。”

蒙师听了，也自觉是不达时务的话，便没精打采地带了我回家。后来听得有人说，那店伙就在这日下午，邀了几个有名的猎户，到那山里寻虎时，只剩了一个空洞无物的虎窠，雌虎已将小虎衔往别处喂养去了。

第三次所遇，就更是险而又险了。我住在长沙东乡，附近十里以内没有高山，本来不会有老虎，只是离我处二十多里，有一座藏虎最多的高山，名叫隐居山。隐居山因为多虎，时常出来伤害行人和砍柴的人。住在隐居山底下的农人，又没力量上山将虎尽数歼除，只得于每年九十月之间，在天气接连晴朗了好几日之后，满山的荆丛草莽都已干枯了，就大家约好，趁这日刮着大风的时候，大家乘风纵火。同时用许多人，拿许多火把将四周的荆丛草莽点起来，延烧得满山通红，烈焰冲天，几昼夜不熄。是这么一烧，以为山中所有的老虎，没地方藏躲，也没地方逃避，必然都葬身火窟了。其实大谬不然，被这种野火烧死的，只有一小部分不甚凶悍的小野兽，如獐子、麂子等等不能伤人的东西。休说烧不着头等凶恶的虎豹，就是豺狼、野猪之类二三等凶恶的野兽，充其量也只能伤损它几根毫毛，于生命是绝无妨碍的。不过因有这么一烧，在荆丛草莽不曾发芽再长起来以前，虎豹存身不住，是不能仍在山中涵淹卵育的。

当纵火烧山的时候，虎豹自然是不顾性命地冲出火线。这一冲出来，正是慌不择路，凡在隐居山周围数十里的地方，这烧山时期以后，随处皆可以发现老虎伤人害畜的事故。也有三四只老虎成群结队，向一处地方奔逃，也就在一处地方停留的；也有两只同到一处地方，一只停留不去，一只不停就跑的。这种被烧得逃出来的老虎，比寻常老虎的性质不同，寻常老虎喜藏匿在丛茅之中，最不肯在树木多的所在坐卧。据老猎户说，虎性爱洁，很把自己身上的斑毛看得重，稍为污秽的地方，决不肯躺下去睡。树枝为鸟雀栖息之所，老虎怕鸟雀的屎掉在自己的斑毛上，因此不肯在树木的地方坐卧。老虎身上一着鸟粪，不到十日工夫，所着的地方，就得发烂。唯有被火烧出来的，性质完全改变了，遇了有二三尺深的荆棘茅草，寻常老虎所喜的，不但不在茅草停留，连经过都不敢了，宁肯绕道走有水的田里，也不肯踏脚到茅草里去；而寻常所最忌的树林之下，倒不觉得鸟粪可怕了。有一句古话说“虎落平阳被犬欺”，可见得老虎是不肯多在平阳之处行走的。只被火烧出来的老虎，在刚逃出来的几日，独喜在平阳之处行走，有时竟遵着平阳大道，就遇了行人，也不向山上避让。这都缘于受了一次性命攸关的大惊吓。凡是受惊吓当中所有的情景，一一印入了脑筋之中，于是只知道力图避免有与当时相似的情景，从前所忌的倒不觉得可怕了。

我第三次所遇的，就是这种从隐居山上被火烧出来的老虎，这时我已有十五岁了。这年夏天，有几个很厉害的小偷，半夜到我家偷去了不少的银钱服物。我为事后之防，买了一杆子路极好的猎枪，每夜装好了硝弹，只等狗一咬就起来，朝着狗咬时头所指的方向，连响几枪，枪子打在树叶上，喳喳地响，使贼听了，知道我家已有了防备，不敢再来。这柄防家的猎枪，稍有点儿财产的乡绅人家，每家都有一两杆。乡下小偷所最怕，就是这东西。

这日记得是十月中旬，在下午三四点钟的时候，我正坐在客房里看《东周列国志》，忽听得后山上有野鸡叫。我那时并不曾学习过打猎的勾当，只因不久才买了一杆猎枪，难得有机会，野鸡就在后山上叫，叫得我心里跃跃欲试，再也按捺不住，即时挂了硝弹袋，荷枪从后门上山。才走上半山，就看见一只文采烂然的野鸡，飞过一个山头，在一块石碑项上立着，和我相隔不过一百步远近。我一则生性欢喜干这类玩意儿；二则左右闲着无事，心想若能一枪打着一只野鸡，不但可以大嚼一顿，并且可在乡里人跟前，夸张我自己的枪法高妙。一有了这两种心思，莫说野鸡只相隔百步远近，便再远一两倍，也得追赶上去打它。

当下一往直前的勇气，就赶过那山头去，但是等我赶到那山头看时，野鸡早已又叫了一声，飞得不知去向了。我四处探望没有，勇气并不因之减退。因为曾听常打猎的人说道："野鸡飞不甚远，只要听了叫声，在附近山里细细地寻找，没有寻找不着的。"我脑筋里有了这种理由，就这山翻过那山的寻找野鸡。寻到这山里，听得野鸡在那山里，再寻到那山里，叫声又离得远了，接连是这么奔波了几次，兴致不由得渐渐地退败下来了。然既荷枪出来了，总觉得空手回去，对于家里的用人及佃户，面子上太没有光彩，就打不着野鸡，不得已而思其次，能打一只斑鸠也是好的。猎户常说的话头'飞鸠走兔'，鸟兽当中最好吃的，鸟推斑鸠，兽推兔子。于是改变了目的，专一在树林里寻觅斑鸠。

斑鸠原不是什么稀罕东西，本来各处山里都有，用不着费事地寻找。无奈我那时没有打斑鸠的知识，斑鸠是一种很乖觉的鸟类，且十九都是曾被猎枪惊吓过的。一见有人肩上荷了猎枪，或类似猎枪的东西，即时插翅飞得远远地去了，留着影子给我看见的时候都很少。莫说没有给我从容瞄准开枪的余地，此时连斑鸠都打不着一只，荷着这杆猎枪在肩上，就觉得很无聊了。心想打不着东西，何妨对天开一枪，泄泄我胸中的闷气呢？归家若是种田的问我打了什么东西，我就说谎，打了一只喜鹊，因为没有用处，不曾提回来，如此或可以遮掩不会打猎的痕迹。

心里正在作这种无聊之想，猛然间见一只麻色的豺狗，没命地从我面前箭也似的窜过去了。我不禁吃了一吓，却又欢喜是我开枪的机会到了。刚待顺过枪头来，追上去不问中与不中，只对着它开一枪，比对天开的，总似乎有个目标，硝弹耗费得有价值些。万一真个一枪被我撞中了，这打死了豺狗的牛皮，不更大些吗？

谁知我这时的危险，差不多和阎王只隔一层纸了，还安心作这种妄想。幸亏那时立在一块石头上面，只已顺过枪头来，尚不曾举步追赶，忽觉背后有很急骤、很凶猛的，兽爪蹴得沙石的声音。一落耳就能辨别，不是狗和其他小野兽的脚步。没有我回头反顾的余暇，已瞥眼见一只三尺多长的斑毛老虎，就在所立的石头旁边，挨身蹿了过去。身上的斑毛看得分明，有几处被火烧枯了，仿佛冬天喜睡灶眼的猫儿，一直窜过去追那豺狗，不曾回头。这东西的威风，我已领教过两次了，这回遇见，比前两次更近些，不由得浑身都抖起来，几乎将手中的枪抖落了。

次日就听得人说，离我家不到两里路，一个行路的老婆子，被老虎咬死了；接连又听得某家的狗，被老虎咬去了；某家有老虎进猪栏，咬了猪，有几个人遇着的，都说身上的毛，烧枯了好几处。

我记得王阳明有四句诗道：东邻老人常患虎，虎夜入室衔其头。西邻小儿不知虎，持竿驱虎如驱牛。有了这四句诗，便可以证明老虎不咬小孩子了。老虎咬人，十九出于自卫，咬人当粮食的时候，极少极少。小儿没有机心，老虎不怕他侵害自己的举动，用不着自己的爪牙来防卫，所以不把小儿看在眼里，不拿出平日的威猛样子来。

我四次遇虎，一次也不曾伤损哪里，就是这个原因。我不曾谈到第四次所遇的情形以前，却要先述一桩另一小儿遇虎的事。有了这一回事，又足证明王阳明这四句诗不是书生理想之谈了。

新宁刘蜕公对我说，他家乡有个种田的人家，在八月间新谷登场的时候，晒谷坪里晒了一满坪的谷子。一家男女六七口人，正举着一个三四岁的小孩儿，在屋里吃午饭。七八月间的雨，照例是来得极陡的，当时忽能一阵暴雨下来，只急得六七口男女，都放下碗筷，来不及地跑到晒谷坪里去收谷，单留下一个三四岁的小孩儿，因太小了不能做事，仍坐在屋里吃饭。

这小孩儿的母亲帮着大家收了一会儿谷，忽想起自己小孩儿独自在屋里吃饭，恐怕没人照顾将碗打碎了。此时的雨已将要收煞了，遂撇下收谷的器具，先跑回家照顾小孩儿。才走到那屋子门口，朝里面吃饭的小孩儿一看，不由得吓了一大跳。原来一只斑斓猛虎正立在小孩儿所坐的凳子旁边，抬起头来，望着小孩儿手中的饭碗。小孩儿举起手中筷子，在虎头上乱敲，筷子上粘着饭粒，敲时散落在地下，那虎便低下头拾饭吃。

小孩儿的母亲看了这种情形，安得不心胆俱碎。待跑进屋去，卫护自己的小孩儿吧，又恐怕触怒了猛虎，反把自己的命都送掉，小孩儿仍是不能保全；待不进去吧，也恐怕小孩儿不知道厉害，用筷子敲虎头，敲得太重了些，虎只须顺口反抗一下，小孩儿便没了性命。急得站在门外发抖，不知要如何才好，只好仍跑回晒谷坪，如此这般地对众人一说。众人听得，也都惊得呆了，一时把左邻右舍的人，都惊动得在一块儿计议。幸亏有一个教蒙馆的先生有些儿见识，连忙捉了一只小猪，在这家对门山上，捏得哇哇地叫。

那虎在屋里，忽听得猪叫，一折身就蹿了出来。当时地方上人，早已纠集了许多健壮汉子，各揣武器，躲在大门外两旁等，只等那虎一蹿出来，就大家齐上，刀叉并举，将虎吓得不敢回头，蹿入深山之中去了。一场大险，就赖有此一声猪叫化险为夷了。

小孩儿的母亲进屋将小孩儿搂在怀里，问他刚才拿筷子敲什么东西，他说一只花狗想抢我的饭吃，我把他打跑了。小孩儿拿虎当狗，虎毕竟比狗还来得驯顺，即此更可证明王阳明的诗，与前篇虎不咬小儿的话。在下谈了这回故事，只索落到本题，谈第四次所遇的情形了。

离我家十五六里地方，有个庙叫桃花庙，庙里的香火极盛，相传庙里的菩萨，是八月十五日的寿诞。每年到八月十五日这天，远近三四十里路烧香的老少男女，照例将一座很大的庙，拥挤得没有插针的隙地，众烧香的当中，我家每年也有一份子在内。

这年烧香的差事，轮到了我头上，我因桃花庙每年寿期中，有戏可看，乡下轻容易看不着戏，遂欣然就道，为的八月间天气太热，早去晚归，图个凉爽。这日我到那庙里烧香之后，看了一天戏，直到黄昏雨后，才跟着同去的长工，取道回家。

八月十五的月光，照例本应该十二分的明亮，可是这年八月十五不同，入夜微微地下起雨来，把个年年此日大出风头的月亮儿，深藏在墨也似的黑云之中，一点儿光辉也吐不出。却苦了我这个想借着她的光明，行走十五六里崎岖山路的，至此一步也行走不得，只得临时买了一个灯笼、一支蜡烛，照着道路，高一步、低一步地行走。约莫走了四五里路远近，才爬上一座小山，我因两脚有些疲乏了，立在山顶上，对长工说道："且在这里歇一歇吧，我已爬出了一身汗，脚也走不动了。"长工只呆呆地朝左侧一座山顶上望着，不回我的话。我觉得他好像发现了什么，随着他望的方向望去，初望不曾看见什么，刚待问一句，忽见有两点带绿色的光，闪烁了几下。秋天新雨之后，山里时常发现磷火，乡下人说是鬼火，这本来不足为奇的，这时所发现的那两点绿光，也与平日所见的磷火仿佛，我便说道："磷火，呆呆地看它怎的，就是鬼火，我们也不怕。"长工仍不回答，做出仔细定睛的样子，猛然叫了声"哎呀"，道："有老虎来了。"我一听这话，一颗心不由得震得乱跳。

此时便有点儿星光，使我看得见约在离我二丈以外，一只虎有三尺来长的身体，使出猫儿捕鼠时的身段，向长工所立之处蹿将过来，长工一声哎呀没叫出，两手一开，手中的灯笼，已抛得不知去向。灯笼里面的烛，是早已抛熄了，我离长工不到一丈远，只因灯笼熄了，心里又异常慌乱，一时竟软瘫在山顶上，那虎蹿将过来以后的举动，一点儿没看见。软瘫在地下，也不敢睁眼去看，只知道浑身乱抖，心中什么念头都没有。事后有人说那时只好瞑目待死，其实我那时连瞑目待死的念头都不曾有，只可说是吓昏了半晌，耳里听得长工的声音叫我，我才明白，反是长工过来扶我下山。我问他咬伤了哪里，他说："若被这东西咬着了，还有命吗？这东西蹿到我身边的时候，我已仰面倒在地下，眼见他从我身上蹿过去，头也不回地走了。"

归家后，许多人听了这情形，都说这长工将来必有些发迹，老虎临身不敢伤他。这长工也自觉得意，以为将来有些后福，谁知不待将来，就在这年重阳日，因喝醉了酒，倒在塘里淹死了。若佛家轮回之说，信而有征，就得看他来生的发迹何如。

《社会之花》第1期 民国十三年（1924）1月5日

熊与虎

易枚丞对我说，他在吉林的时候，有一次雇了一辆骡车坐到什么地方去。在路上无意中看见那骡夫的右耳缺了大半截，仅剩了下半截的耳根儿，不像是生成的，也不像是被刀割了的，忍不住就问那骡夫道："你这右耳的上半截怎么没有了呢?"骡夫见枚丞问他的耳朵，似乎很得意的样子说道："说到我这耳朵，登时身上就得打一个寒噤。我这耳朵是被一只极大的黑熊抓去的。"枚丞是个生性好奇的人，听说是被极大的黑熊抓去半截耳朵，便喜得连忙问道："怎么被熊抓去了耳朵，却不曾把命送掉呢?"

骡夫笑道："这就要算是我的造化了。我从前不是赶骡车的，当二十几岁的时候，最欢喜肩着鸟枪，到各处山野中猎鸟兽。这年秋天，阴雨了半月，一日天气初晴，我就肩着鸟枪出外。走到一座山里，正在拿眼向四处张望，看有可以下手的鸟兽没有，陡然发现对面一个山坡里有一只极大的黑熊，和人一般地两脚着地，慢慢地走动。我这时所立的地方与那熊相隔约有百步远近，中间横隔着一条山涧，山涧两岸的芦苇有五六尺高，很是浓密，涧中有二三尺深的水。我心里明知道这东西厉害，只因仗着中间有这么一条山涧阻隔，以为它不能飞过来，因此便不惧怯，并想一枪打中它的要害。我们出外找猎，身边本带了两种子弹，一种是群子，打鸟雀的；一种是独子，打野兽的。平常枪里装的多是群子，因为遇野兽的时候少，遇鸟雀的时候多。此时既发现了那熊，立时把独子装在枪里，蹑足潜踪地走到涧边，在两岸没有芦苇的地方站着。熊的眼睫毛最长，不自己用手撩起来，两三丈远以外便不能看见。我走到涧边的时候，熊并不曾知道，正掉转身躯来朝我立着，两手向两边抓着小树枝玩耍，胸口里纯是白毛。我估量相隔不过十多丈远，我枪的力量还能多打数丈，已在正好下手的距离以内，再不下手更待何时？遂对准它胸口白毛一枪轰去，不偏不斜打个正着。我只道它也是血肉之躯，要害处中了这么一枪，必然仰后便倒。我单独一个人能打死这么大的一只黑熊，拖回家去岂不可以惊动许多人？心里欢喜得什么似的，眼睁睁地望着它，只等它仰天躺下，我就过山涧那边去。谁知这东西真厉害，一颗枪子打在它身上，它哪里当一回事，一些儿不改变它平时从容的态度，弯腰抓了一把泥沙草屑，再抬起身来。我看中弹的所在，淌出许多鲜血来，将胸口的白毛染红了一大块。它把手中的泥沙草屑向伤处揉擦了几下，仿佛敷上了一些伤药的样子，这才用两手撩起两眼的睫毛来，抬头向我这边一望。我立的地方没有芦苇，一眼就望着我了。我当时觉得它这一眼有很大的威力，不敢停留，立起来拖着鸟枪回身就跑，没回头看，也不知它怎生跳过山涧的。仅跑了四五十步远，忽觉右耳一冷，好像有什么冷东西挨擦了一下的样子，从右耳擦过就到了右肩上，身体便不由自主向后仰面倒下来，鸟枪脱手掼了几尺远。

“我倒在地下看那熊，已在我身边立着，我待翻身起来逃走，它只用手在我胸口按一下我就仍旧躺下，翻不起身来了。我到了这时，唯有紧闭两眼等死，但是两眼闭了好一会儿，并不觉身上有什么痛楚，只觉肚皮上有很重的东西压着，不甚好吐气。慢慢地张眼看时，原来那熊坐在我肚皮上，抬起头望着天笑。我腰里带了一把小尖刀，我打算抽出来，乘它不备拣要害处再戳它一下。却苦刀把坐在它屁股底下，抽不出来，只得轻轻地替它搔痒。畜生尽管厉害，知识毕竟赶不上人，我替它在屁股上和腿弯里搔痒，它很觉快活，渐渐地把屁股悬空，让我好搔。我巴不得它有此一着，越发替它搔个不住。它搔得快活，把屁股更悬高些。是这么三五次后，屁股已离我的肚皮有四五寸高了，我左手仍不住地搔着，右手缓缓地将尖刀抽出来，顺过刀尖对准它谷道只一下戳去，连刀把都戳进去半寸。它受了这一伤，跳起身带着尖刀就跑，也是头也不回地去了。我这时爬起来，才觉得右耳痛彻心肝，地下淌了一大块鲜血，上半截耳根不知被抓到哪里去了。”

易枚丞笑道：“倘若熊没有这么笨，有它那么大的力量，又有那么顽固的皮肉，如再加以机灵还了得吗？山中一切的野兽都要被它征服了呢。”骡夫点头道：“熊尽管有这么笨，无论什么野兽没有不怕它的，能勉强和熊抵抗的只有老虎，然老虎也还是不敢随便与熊相斗。平常老虎遇了熊，多是老虎先自避开，不与熊对面。熊是从来不避虎的，不但不肯避，反得追赶着虎要吃。不过虎的脚步快，一纵一两丈远，熊追赶不上罢了。只是熊最有耐性，决不因它自己笨钝就灰心不追赶老虎，尽管老虎已逃得无影无踪，它仍是不舍，照着老虎逃去的方向，逢山过山逢水过水地追赶。老虎逃了一会儿，回头不看见熊追来，就坐下来休息。熊追赶老虎是不停留的，十九在老虎坐下来休息的时候追上。老虎见熊追来又跑，熊又不停步地追，如此追上了好几次，追得老虎无路可逃了，只得把心一横，转身与熊相斗。”

易枚丞问道：“老虎的爪牙都厉害无比，举动又比熊迅捷些，认真和熊相斗起来，只怕熊也不见得斗得过老虎。”骡夫摇头道：“其名虽说老虎和熊相斗，其实老虎哪里敢认真与熊斗一下两下？斗的时候，老虎只朝熊坐着不动，熊伸着两手来抓老虎，老虎等它来到切近，耸身一跃，从熊头上跳到熊背后，随即掉过身又坐着不动。熊抓了个空，知道虎跳到了背后，也回转身来，又伸着两手去捉，老虎又跳了过去。是这么跳了无数次，老虎自觉跳得又饥饿又疲乏了，只管把熊撇下来，自去寻觅可吃的东西充饥。熊此时并不追赶了，也不去寻东西吃，就在这相斗的地下，弯着腰从容不迫地扯草拔树，用意在等歇与老虎相斗的时候，免得草树碍了手脚。老虎去寻着东西吃饱了，知道逃跑不掉，仍回身到原处依着初次的斗法，斗到饥疲不能支持了，又撇了熊自去休息，自去寻东西吃，吃饱了再来。是这么得经过六七日，熊始终不肯离开相斗的地方去觅些食物，也不肯略略地休息片刻。斗到四五日，必有两亩地大小的所在，没有一寸青草，没有一株小树，都被熊在老虎去休息和觅食的时候拔除干净了。斗到四五日以后，熊的两只眼睛都气红了，举动倒渐渐地快了，老虎在这时候就得特别地留神，万一稍有不慎，一下被熊抓着了，便休想挣脱，十九被熊撕裂着吃一顿饱。若这虎能与熊支持到七八日，熊已饥疲不堪，就奈虎不得了。虎见熊饥疲得立脚不住了，才聚精会神地猛扑过去，一口就咬住熊的喉嗓，半晌还不敢放口，必待熊已死去不能动弹了，才放下口来。”

易枚丞问道：“熊为什么七八日不去寻东西吃呢？”骡夫笑道：“熊的性情最骄傲，最托大，它并不把老虎看在眼里，以为一下就吃着了，有现成的粮食在眼前，用不着另去别处寻东西吃。越斗得日子多，越赌气非拿这老虎充饥不可了。它吃不着老虎，就怪地下的草木妨碍了手脚，所以老虎一去，它便趁着空闲的时候扯草拔树。然而饶你老虎机巧，仍是被熊抓着吃了的时候居多，老虎吃着熊的时候不过十之二三罢了。”

甲寅年在日本，易枚丞同我到上野动物园，看了两只绝大的白熊，我说：“这东西笨到了这个样子，纵然有力如虎，也不足畏惧。何以西人小说或笔记上都说熊厉害无比，是什么道理?”易枚丞听了笑道：“我初次看见这东西的时候，也和你一般的心理，以为不足畏惧。后来在吉林听了一个骡夫说出一番故事，才知道这东西可怕之处，就在凡事从容不迫。换言之，就在笨到了这个样子。”我问骡夫说出一番什么故事，易枚丞便在归途中将以上记的情形述给我听，并说老虎虽是可怕，遇着老虎的人只要就近有树，爬上树去就可以避去危险了。唯有熊这东西，身体虽笨到了这个样子，然它能上树，遇了它的人，除了会跑的才有几成可望逃开以外，便别无免死之法了。”

《红杂志》第2卷30期　民国十三年（1924）2月29日

蛤蟆妖

新宁刘蜕公最欢喜谈怪异的事。他年纪虽轻，脑筋里面所藏的稀奇古怪之事，却是极多极多。

他说新宁苗峒里，有个姓蓝的，汉文做得很好。在三十岁上，进了个学，天生成他一身惊人的气力，一只手能舞得动一百二十斤重的大刀。并曾遇异人，学会了许多法术。他平生用一把六十斤重的钢叉，共杀死过一百只虎。杀到第一百只的时候，遇的是一只三脚白额虎。这三脚白额虎的来历，是因为苗峒里的猎户，装设钓虎的钓。这白额虎是曾上过钓，自己咬断了自己的前脚逃出来的。（苗峒里钓虎的钓，系用绝粗的南竹，一端深插入地下，竹梢朝天，用数人之力，将竹梢牵下来，使竹弯成圆形，用牛筋打许多活结，铺在南竹的前后左右。总结系在竹梢上。虎爪误踏在活结上，便缚住了不得脱。虎不知道是钓，也没有解结的能力，自然用力拉扯。一扯发了竹梢的栓纽，就连虎弹上了半天。虎上了钓，唯有乱动乱叫，丝毫没有解脱的方法。只有这只白额虎，被钓的是前脚，便自将前脚咬断，跌下地逃了。）比寻常的虎精明些。

姓蓝的费了许多周折，才将这三脚虎收服。已教人剥皮剥下一半了，姓蓝的走近虎跟前来看，想不到这虎忽然跳起来，将姓蓝的左膀抓伤了。姓蓝的平日杀虎，全仗左手拿叉。左膀既被虎抓伤，便不能再杀虎了。从伤了左膀以后，就专拿法术替人治病，安宅驱邪。新宁的人，因此都叫他蓝法师。

蓝法师喜吃蛤蟆，每到秋季蛤蟆正肥的时候，他每夜必拿一个火把，一个布袋，到山涧旁边石岩里照蛤蟆。照了用布袋装着回来，自剥自吃，有多少能吃多少。照来照去，山涧里的蛤蟆已被他照得一干二净了。他只得去离家略远些的山涧里寻觅。因为离家略远，恐怕在山中遇有野兽，随身带了一把单刀。但是他这单刀和寻常的单刀不同，寻常单刀重量不过数斤；他这把单刀，足重三十二斤，一寸厚的刀背，三分厚的刀口。形式像一把单刀，实际一些儿不锋利，也没有刀鞘。终年也不磨洗，锈得和一片死铁一样。据蓝法师自己对人说，这单刀是他师傅传授给他的，已有千数百年的历史了。这刀所悬挂的地方，妖魔野怪，绝不敢近。三千年道行的老狐，已有三只死在这单刀之下。山魈野魅被斩除的，更是不计其数。于此可见这单刀的威力了。

蓝法师将这刀带在身边，到离他家六七里以外的山涧里，照取蛤蟆。第一夜照了半布袋，归家甚是高兴。第二夜再去，用火把照了几处石岩，却是一只蛤蟆也没有了。蓝法师暗自寻思道："怪呀！怎么才照取了一夜，就一只也没有了呢？难道这涧里的蛤蟆通灵。昨夜被我照去了半袋，预知我今夜会来，早早地躲开了吗？"心里是这么想，只是仍不舍得空手归家。打算照完这一条山涧，若到尽头处还是一只没有，就只索空手归家了。又照了几十步远近，见有一个很大的石岩，将火把伸进石岩一照，可不把个蓝法师喜死了。原来石岩里挤得满满的，尽是又肥又大的蛤蟆，一只只蹲在里面发抖。蓝法师望着蛤蟆笑道："你们尽管吓得藏在这里面发抖，合该是我口里的食，是无论如何躲避不了的。"边说边捉了往布袋里塞，岩石里的蛤蟆还不曾捉完，布袋已经装满了。蓝法师提了这一满袋蛤蟆，归家饱吃了一顿。他既是一个生性喜欢吃蛤蟆的人，发现了这种蛤蟆荟萃的山涧，哪有个不再去照取的道理呢？

这夜换了个更大些的布袋，免得有多余的装不下。真是天从人愿，这夜果又和昨夜一样，涧内所有的蛤蟆，全体躲在一个大石岩里，毫不费事地伸手捉满了一大布袋。蓝法师心里也觉这事太离奇，恐怕再有什么意外的祸患发生出来。

第三夜欲待不去，只是一则因蛤蟆是他自己喜吃的东西；二则仗着他自己的法术武艺，这种奇特的事不得着一个究竟，总觉有些放心不下似的。有这两个原因，只得又跑到那山涧里去。却是这番的情形，就不和前两夜相同了。每一个石岩里蹲着一只蛤蟆。石岩大的蛤蟆也大，石岩小的蛤蟆也小，一只只都把头朝着外面，睁起圆鼓鼓的两眼，望着蓝法师。蓝法师明知这番的情形更来得奇怪，但心里绝不畏惧，捉到手便往布袋里塞。一路捉去，也没计数，不知道共捉了多少。约莫这条山涧将要到尽头的地方了，暗想已捉了这么多只，怎么这布袋还不曾装满呢？遂用手中火把将布袋一照，不禁大吃一惊，布袋里哪有多少蛤蟆呢，仅有一只极大无比的，蹲在袋里，占了大半布袋的地位。这大蛤蟆浑身金光灿烂，一见蓝法师用火把去照，便张开簸箕大口，喷出热气来，就和蒸了一甑饭才将甑盖揭开相似。蓝法师连忙将袋口捏住，放下火把，抽出那把师傅的单刀来，将袋里蛤蟆放在一块大石岩上，举刀砍去。只听得哇的一声，逆料已劈作两边了。索性再劈几刀，免得再活转来。只是一连几刀劈下去，觉得有些不妥。好像布袋里已劈得没有什么东西了的样子。重新将火把扬着照那布袋时，哪有什么蛤蟆被劈在布袋里呢？仅将一个好好的布袋劈得稀烂。休说装蛤蟆，连做揩抹桌凳的布，都嫌太烂的拈不上手。蓝法师十分诧异，思量这东西的本领不小，在我这把刀底下，竟能逃走得无影无踪，可见得这东西有些能耐。我倒得留它的神，不要在阴沟里翻了船才好。

正是这般思量着，偶抬头见一个绝色的女子，亭亭玉立在另一块大石岩上，笑盈盈地望着自己。蓝法师叱了一声问道："你是哪来的妖物，敢在我跟前卖弄风骚?"那女子笑答道："你蓝法师也太不识好人了，你前、昨两夜，捉了那么多蛤蟆，吃得那么痛快，你可知道是谁送给你吃的么?"蓝法师道："我自己捉回去吃的，有谁送蛤蟆给我?"女子指着蓝法师的脸浪笑道："你这人真会说便宜话，你既是自己会捉，为什么不在离你家不远的山涧里捉，却要跑到这山涧里来呢?"蓝法师也打着哈哈笑道："这条山涧不是你的，我高兴在哪山涧里捉，便在哪山涧里捉。我高兴在这山涧里捉，便在这山涧里捉，和你有什么相干？我每夜在我那山涧里捉，已被我捉得一干二净了，所以到这山涧里来。哪一只蛤蟆不是由我亲手捉进布袋的，有谁曾送过一只给我?"女子听了随即收了笑容，叹了一口气道："怪道世人不肯做好人，原来好人是白做了的。你自己也不思量思量，山涧里的蛤蟆是你捉得尽的么？你自己若真会捉蛤蟆，为什么平日只能捉半袋，还得东寻一只，西找一只呢？前、昨两夜，只在一个大石岩里就装了一满袋，没有人送给你，你有这好的造化吗?"蓝法师心里明知道前、昨两夜的蛤蟆聚在一个石岩里，不是无因。此时听了女子的话，正合了自己想得着一个究竟的本意。便和颜悦色地向女子赔罪说道：“对不起，原来承你的情，送给我吃的，若不是你自己来说给我听，便再过些日子，我也无从知道。请问你与我有什么因缘，要送这些蛤蟆给我吃?”女子含笑了一会儿，才说道：“这山涧里不是谈话的所在，请法师去寒舍座谈一会儿何如?”

蓝法师心想，这女子分明是个妖精，她有什么房屋可以容我去座谈呢？但是我若回说不去，她必然要笑我胆怯，不是好汉。去尽管同去，不过时时仔细提防着她罢了。遂慨然应道：“很好，我正想到你家去瞧瞧，你家住在哪里？你把地名方向说给我听，你只管先走，我随后就来。”女子道：“寒舍就在离此不远，不过深夜之中，法师独自不容易找寻，何妨就请同去呢?”蓝法师原已料定女子必然要求同去，只是心想女子肯在前走，自己跟随在后，容易防范些。因此故意说要女子先回去，见女子果然这么要求，便随口答道：“既是这么，就同去也使得。你在前引路吧。”女子笑了一笑，如花枝招展地向山上走去。蓝法师一手提着单刀，一手握着火把，缓缓地跟在女子背后。大约跟踪了半里来路，已入万山丛错之中，并没有路径可以遵循。此时夜气沉沉，万籁俱寂，朦胧月光，照得那些奇松怪石的影子，都像是山鬼伸着臂膊要攫人的样子。蓝法师虽则仗着自己的法术高强，然到了这种境地，心里总不免有些虚怯怯的。因为不知道这女子毕竟是个什么妖物，引自己深入丛山到底是什么用意。恐怕自己的法术万一敌不过这女子，入山越深，脱身越不容易。蓝法师一起这个念头，即时以口问心地说道：“既明知这东西是个妖怪，跟着她走不待说是凶多吉少。我何苦只管跟随着她做什么？俗话说得好，先下手为强，后下手遭殃。我此时在她背后，正好乘她不备，赏她一刀，免得落她的圈套。”蓝法师自觉主意不差，不动声色地举起那把师傅的单刀来，对准女子的后脑，用尽浑身气力一刀劈去。只听得咯喳一声，火星四射，把虎口震得生痛，连这条臂膊都登时震得麻了，遂拿不起那单刀，锵然一声掉在地下。蓝法师不由得大惊失色，知道不妙，哪敢弯腰拾刀。一面口中念着护身咒语，一面折转身便跑，头也不敢回，一口气跑到刚才劈大蛤蟆的山涧里，觉得脚脚踏在蛤蟆身上，心里更是惊慌。

逃回家时，已累得一身大汗，就此病了半月。病中见无数的蛤蟆将身体围绕。病后趁白天去那丛山中寻单刀时，只见一块五六尺高的大石碑被劈碎了一半。拾起单刀来看，两三公分厚的刀口，都砍了一条大缺口，可见蓝法师当时用力的猛烈了。蓝法师自受了这番惊吓之后，已发誓终身不再吃蛤蟆。

《红杂志》第2卷31期　民国十三年（1924）3月7日

皋兰城楼上的白猿

甘肃皋兰县城楼上，有一只三尺多高的白猿，藏匿在城楼的天花板里面，时常黑夜出来扰人的家宅。初时还不过黑夜侵入人家，抛砖掷瓦，弄坏人家的什物器具。久而久之，竟奸淫人家妇女，有时更将年轻妇女掳到深山之中。这白猿的身体虽只三尺多高，然力大无穷，能用一只手搂住一个十八九岁的女子，在屋檐上飞也似的跑，什么人也追赶不上。

那时甘肃的巡抚，在下忘记了他的姓名。他见自己巡抚的地方出了这种妖物，于自己的前程颜面，都有莫大的关系。只得悬一千两银子的重赏，捉拿这白猿。不问死活，只要有人能将白猿送到巡抚部院，即时由这巡抚掏腰包，赏一千两银子。只是这赏悬了大半年，谁也不能将这白猿拿住。有许多猎户想得这项重赏，以为这白猿的巢穴在山里。有几次，人家在半夜三更里失去了妇女，当时明知被白猿搂去了，却寻不着踪迹。后来隔了三五日，在深山之中发现了所失妇女的尸身。因此猎户只道它的巢穴，必在离尸身不远的地方。

各猎户都将平日猎野兽的器具，如窝弓、弩箭、陷户、铺地锦、滚网之类的东西，一处一处装设起来。这些猎具，虽是中国猎户历代相传下来的陈腐东西，或者不及西洋用科学知识制造出来的厉害，然即就这些陈腐不堪的东西，研究起来，也实在有使人不能不佩服古人心思巧妙的所在。中国的窝弓、弩箭，原是古人从在战场上用的武器仿造出来的。不过战场上用的箭头上面没有毒药，猎家用的都有毒药，并且那药还非常厉害，真有见血封喉的力量。在下曾听猎人说过，猎家弩箭上的毒药，制法异常秘密，从来不肯传给非同业的人。药中有一样最难取办的，就是卢蜂尾上的毒水。卢蜂比黄蜂大两三倍，人若被它蜇着了，立时就痛得昏死过去。须一个时辰以后，才得回复原状。所以能使人痛得这么厉害，就是因它尾上的毒水螫进了人的皮肉之内，可见得这种水的毒很厉害了。不过这种水既然毒得厉害，却如何能弄得到手，可供人制造毒药呢？即此一端，就使人不能不佩服古人心思的巧妙。要取卢蜂尾上的毒水，须预备数十个猪尿泡，都吹得鼓起来。等到干了的时候，乘没一些儿星月之光的黑夜，取毒水的人身上须穿定做的厚棉衣服，头脸手脚都得完全蒙着，只露两眼在外。古时没有玻璃，便用琉璃片遮护。将猪尿泡浑身系着。右手握一个火光很明亮的火把，左手也抓住几个尿泡，到白日寻着的卢蜂窝跟前去。卢蜂的性质和黄蜂一样，也是拼死命地拥护蜂王。黑夜一见了火光，以为是侵犯它蜂王的来了。一齐飞出窝来，围绕着拿火把的人乱螫。针针螫在尿泡上，约莫尿泡里螫的毒水已够用了。尿泡已不似初时鼓起了，就掼下火把回来。每个尿泡里能得着一滴毒水，更加上几味药，配合起来，敷在箭头上。无论如何凶狠的异兽，一中上这毒箭，不能逃三五步就得躺下。陷户也是从古代战争时所用的陷坑化出来的，但是战争时所用的陷坑大，猎家所用的陷户小。陷坑上面是铺些泥土，陷户是木板做成，形式和平常的门框差不多。木板中间安有机钮，野兽踏在上面，木板一翻，就掉了下去，木板仍旧翻过来。若有野兽接着走来，又可以继续翻下去。不像陷坑只能使用一次。然这都没有什么了不得的巧妙。最巧最合用的是铺地锦、滚网两种。铺地锦是丝制的网，每一个网眼里装了一口极锋利的铁钩，用时平铺在扼要的地方，野兽误走进了网，只要挂动了一个铁钩，全网的铁钩都牵动了，只须一刻儿工夫，野兽一身都被网住了，如苍蝇落在蜘蛛网里一般。不过制一副铺地锦得费不少的钱，没多大财力的猎户，不能置备这种猎具。极容易是滚网，制造的方法也极简单，就是用麻绳或棉绳织成，一片见方一丈五六尺的网，两边系在两根杉木条上，拣扼要的地方，将两根木条分左右带点儿俯势竖起。网中间挂一块香饵，离地约尺来高。野兽没有辨别的知识，一见香饵必衔着一拖。杉木条竖在地上当然不竖得坚牢，被这一拖，网原是带着俯势的，拖得倒下来正正地罩在野兽身上。野兽到了这时候，没有个不东西乱窜的，越蹿越将杉木条牵了拢来。野兽的脚，也就被网绊住了。此时唯有倒地乱滚，越滚越紧，到不能动弹了才住，因此谓之滚网。

这种种猎具，不论什么野兽，不遇着则已，遇着是绝没有逃脱的。

但是各猎户装设着想捉这白猿，却是一点儿效验也没有。猴子本来比一切野兽都机灵得多，这白猿也不知经过了多少岁月，机灵更是在一般猴子之上。这一类猎户如何能捉得着它？装的窝弓、弩箭，不仅射不着它，反被它将机钮弄坏了。通皋兰县仅有两副铺地锦，也都被白猿撕破了。众猎户得不着赏银，倒蚀了血本，都气得无可奈何。

起初，是众猎户各想独得赏银，各装各的机关，各守各的当口。（猎户名兽所必经之地为当口，又简称为当。有第一当，第二、三、四当之称。每当须派人扼守。）后来见白猿灵巧，大家都吃了亏。只得各自把自私自利的心思收起，联合侦查白猿的巢穴。

这日天当正午，有一个人在城墙上行走，偶然发现一只极大的白猿，跪在城楼顶上的瓦沟中，对着太阳嘘气。城楼很高，不仅在地下的人瞧不见它，就是在城墙上，也只站在这人所站的地方，才能瞧见。因为这城楼已有多年不曾修理了，楼檐崩缺了一块，必须从这块崩缺的所在，朝上望去，才可以望见白猿跪的地方。不然，就得站在比城楼还高的所在，皋兰城里没有比城楼再高的楼，所以直到此时才被这人于无意中发现了。这人既看见了满城痛恨、大家要捉拿的白猿，自然不肯缄默。即时就招了几个人同看。这些人虽都看见了，然想不出捉拿的方法。正午一过，就见它钻进天花板内去了。就此一传十，十传百，满城人都知道白猿的巢穴在城楼上了。

第二日将近正午，便有许多人立在城墙上等候，果然天色一交正午，即见白猿又从天花板里出来，跪在原处，对太阳嘘气。有年轻的人看了耐不住，对着楼上大声吆喝，以为白猿听了必逃走。谁知它连睬也不睬，专心致志地嘘气。于是就有人拾着小石子，对准白猿打去。有打上去没打着的，有打到楼檐边就碰回来了的。尽管打得一片声响，白猿跪在瓦沟里，只是不作理会。日影刚过正午，仍是钻进了天花板。当下便有浮躁少年主张搬梯子来，挑身手快便的人上城楼去捉。老成些儿的人阻止道："快不要打草惊蛇，让它跑了更不容易找着它停留的地方。由它藏在里面，我们去通知猎户，明日用毒箭射死它。"看的人都附和这办法。

次日果来了几个猎户，都带了鸟枪，将硝弹装好了，只等白猿出来。须臾日丽中天，白猿如期而出，自跪拜，自嘘气，好像全不知道下面有人暗算的。猎人好不高兴，举起鸟枪从缺口里对准白猿一攀火机，说也奇怪，打猎人用的鸟枪、硝弹、铜帽，以及枪管、火门，没一件不是十二分注意的，因为猎野兽不是当要的事。遇着虎豹豺狼的时候，真是生死关头，所以猎人的枪，不扒火则已，扒火没有不应手而响的。只是这番攀过火机，半晌不听得枪响，知道是被封住了。刚待放下鸟枪，只见安铜帽的火门里喷出火来，松手都来不及，已轰然一声，将枪管炸得粉碎。托枪的左手炸断了四个手指，惊得众人都不知为着什么，齐声问是什么道理？猎人吐舌摇头道："这东西有封枪的道法，还怕它倒子，不能再用枪打它。"众人问道："怎么谓之倒子呢？"猎人道："像刚才这样名叫封枪，将我们用的枪封住了，弹子打不出枪管。有时不响，有时将枪管像这么炸开。倒子是将枪里装的硝药弹子倒转来，弹子在下，硝药在上，一攀火机正打着自己。有些儿道行的狐狸，都有这种手段。我们不曾见过这种猢狲，因此不知道它也有这般手段。没提防着它倒被它伤了。"众人听了再看白猿时，已钻进天花板里面去了。

次日几多家猎户集合起来，挑选了一个射法最高强的，准备了强弓硬弩，等得白猿出来，嗖的一箭射去。只见白猿不慌不忙地伸手将箭接过去，一折两段，往楼下一掷，行所无事的样子。一连射去几箭，都被白猿接着折断了。猎人只得放起一只鹰来，想分白猿的神，使它接不着箭。鹰飞到天空，一眼看见了白猿，便疾飞而下，张开两只钢钩也似的鹰爪，想将白猿的顶皮抓住。谁知白猿的身手真快，鹰一飞到切近，就被白猿用两手捞住鹰爪，将鹰撕作了两半。跟着射上箭去仍被它从容接了。猎人又损失了一只鹰，懊丧得什么似的，一个个都恨不得抓住白猿碎尸万段。但是怎么能抓得住它呢？

狄道州有一个姓梁名如晦的，家里富有数十万财产。梁如晦虽是生小读书，然性喜武事，尤会打猎。他家养的鹰、狗极多，有值百数十两银子一只的鹰。他有一只最得意的鹰，亮开两翅足有八尺来宽。金睛银爪，雄俊绝伦。三四十斤重的狼，这鹰能用一爪抓住狼的脊毛，等狼反过头来再用一爪抓住狼的咽喉，将狼提起。展翅飞到半天，往岩石上一掷，跌得骨断筋折，然后再飞下去抓起来送到梁如晦跟前。如晦把这只鹰看比什么珍宝都贵重，每次打猎必带了出去。远近的人没有不知道梁公子的鹰厉害的。甘肃巡抚也就闻了这鹰的名，见皋兰一县的猎户都奈何这白猿不得，不由得想到梁家的鹰身上。特地派遣一员差官，带了巡抚的亲笔信，到狄道州来请梁公子。梁如晦不便推却，即日带了这鹰和平日他自己打猎用的弹弓，跟着差官到皋兰。见过巡抚之后，便到城墙上等候。

白猿按时应候地出来，不差分秒。梁如晦的弹子能黑夜打息香头，百不失一，并能连发三颗。自以为无论白猿的身手如何快，接了第一弹，决接不了第二弹，接了第二弹，决接不了第三弹。因听说猎户放出去的鹰反被白猿抓住鹰爪，撕作了两半。又见白猿果是大得非常。他是十二分爱惜这鹰的人，恐怕也被白猿撕坏了，不敢放出去。使出他自己平生连珠弹的绝技来，朝着白猿的咽喉不断地发去三弹。只见白猿的两手略略地动了一动，三颗弹子都被它接住抛下楼来了，这才把梁如晦惊得望着白猿出神。

除了放鹰上去，没有旁的方法，只得孤注一掷，把鹰放到半空。这鹰也奇怪，平日跟着梁如晦出猎，遇着狐狸狼兔之类的野兽，总是绝不踌躇，一落到眼里就比流星还快地飞下来抓捉，从来没有让野兽逃走了的时候。这番放在半空，却不似平常那般猛勇了。只管在空际盘旋，两眼仿佛在那里打量白猿的身体。白猿也似乎改变了前几日的态度，现出提防这鹰的样子。正午只一刹那间就过去了，白猿钻进天花板。这鹰也就没精打采地飞下来。梁如晦更是没有兴致，觉得这鹰抓不着白猿，自己面上没有光彩。次日只好又把鹰放上去，仍是和昨日一样，盘旋不下。梁如晦道："明日若再不能将白猿抓住，便是这鹰自料敌不过白猿，不敢飞下。就多放十天、半月，也是如此，没有用处。"梁如晦这两日在城头放鹰，惊动了皋兰满城的人，都来瞧这千载难逢的奇事。一干看的人，听了梁如晦这话，都着急这白猿没人能除掉，皋兰县里不得安宁。

第三日哄动得看的人更多了。梁如晦才将鹰放出，谁知头也不回地径向西方飞去了。梁如晦只急得跺脚道："这鹰必是自量敌不过白猿，赌气飞向别处去了。可惜了我一只好鹰，便拿一万银子，走遍天下也找不出第二只这么好的鹰来。"一干看的人看了这情形，也都不禁替梁如晦叹息。

众人中有一个小孩子的眼睛最快，忽指着西方天空中喊道："咦，咦，咦！你们看，那里慢慢儿向这里飞来的，不是鹰吗?”梁如晦随着所指的方向望去，不由得欣然应道：“是了，是了，正是我那心爱的鹰。”鹰的飞程真速，这里话才说了，它已飞到了城楼顶上，两个翅膀亮开着，挺直地不扑动一下。前、昨两日只在离白猿头顶两三丈高下打盘旋，不肯再下来。这番就渐盘渐低，看看离白猿头顶不到一丈了。白猿也好像有些注意起来，仰面朝天睡在瓦沟里，两手两脚都张五指，做出等待鹰临切近就一把抓住的架势。梁如晦扣上弹丸，打算趁白猿一意招架鹰的时候，将连珠弹发出。无奈白猿好像早已料到有此一着，将身体仰睡在瓦沟里。立在城头上的人，仅能瞧见它手脚的指尖儿，不住地在那里晃动。没了目标，如何好瞄准发弹呢？只得扣住弹丸，看这鹰盘旋到离白猿仅有三四尺高下了，猛然将两个翅膀连扑几扑，只扑得泥沙灰屑和急雨一般地落下来。白猿正圆睁两眼，朝上不转睛地望着。不提防撒下这么多泥沙来，登时把两眼迷住了。不知不觉地用手去揉眼睛。鹰得了这般好机会，哪敢怠慢，闪电也似的两翅一收，两爪一张，挫下来就把白猿的咽喉抓住。两翅一扑，竟将白猿提离了瓦沟。梁如晦早就扣好了弹丸，至此忙将三弹发去。白猿的手脚正和鹰拼命扭住，哪能腾出手来接弹子呢？三弹都中了要害，任凭白猿厉害，连中了三颗弹子，如何还能扭得过鹰呢？手脚一松，便滚下城楼了。

皋兰县从此便除了一个大害。原来这鹰飞向西方去的时候，就是特地飞到沙滩上，将两翅在沙内摩擦，使翎毛里含满了泥沙灰屑，带回来迷白猿的眼。

《红杂志》第2卷34期　民国十三年（1924）3月28日

喜鹊曹三

喜鹊曹三是三十年前湘潭县最有名的捕快。因他喜用藤牌，会跳喜鹊步，一张嘴又欢喜说话，所以一班人送他一个喜鹊的绰号。

曹三为人极机巧变诈。他当二十多岁的时候，原是湘潭著名的积贼，也不知犯了多少案子。湘潭县的捕快受尽了严酷的追比，只是拿他不着。

这回新任湘潭县知事姓赵，是翰林散馆出身，最喜吟咏。初次做官，完全是书生本色，没染着一点儿官场习气。赵知事是十一月间到湘潭县任，到任才三日，便带了一名跟随，微服出外游行。到城外河边闲步了一会儿，见临河有一个酒楼，四周的风景还好，忽然高兴起来，走上酒楼要了一壶酒几样菜，独自一面观玩景物，一面饮酒。喜吟咏的人遇了这种场合，总是免不了要触发诗兴的。那跟随知道自己主人的性格，在摇头摆脑，口里做苍蝇哼的时候，绝对不许当差的立在跟前扰乱他的诗思；并知道在作诗的时候绝不会呼唤当差的前去供什么差遣，落得趁主人在饮酒赋诗的当儿，到楼下玩玩。赵知事果不理会，只管端着酒杯，蹙着眉毛，冥思苦索。

这种茶楼酒馆照例是衙门里做公的人办案的所在。当下就有两个县衙里的捕快，因侦查一件大窃案，到了这楼上。这两个捕快因赵知事才上任三天，并不认识。当时见赵知事两脚蹲在凳上，端着酒杯愁眉不展的样子，随即躲在旁边细细地打量了几眼。登时觉得赵知事的形迹可疑起来。原来赵知事身上穿了一件很珍贵的白狐皮袍，玄狐马褂，而蹲下来，却露出里面的毛青布破棉裤，鞋袜也都破旧了。捕快悄悄地摸出失主报案的失单看时，果有白狐袍一件、玄狐马褂一件。心想穿这么阔衣服的人，绝没有穿毛青布破棉裤的道理，不是偷来的是哪里来的？只是仍不敢鲁莽，拣旁边一个座头坐下，留神细看赵知事的举动。只见赵知事时而书空咄咄，时而掉头向左右看看，时而微笑点头，好像很得意的样子。两个捕快越看越觉可疑，末后已断定九成是贼了，便轻轻走上前去，伸手在赵知事肩上拍了一下道："哇！朋友！你倒好安闲自在地坐在这里快活。"

赵知事正在想入非非的时候，见有人拍他呼他朋友，哪里料到有这么一回事，以为真个是相识的朋友来了，连忙放下两脚，立起身来。回身待拱手让座，一看背后立着的两人，青衣小帽，不像自己的朋友，不由得怔了一怔。两个捕快也不待赵知事让座，即分左右一边坐了一个，对赵知事晃了晃脑袋说道："朋友，你也拖累得我们够了，这回的官司，只怕要请你自己去打吧。你今日不去到案，新官已上任了三天，明天我们又得挨比了。"赵知事是北方人，湘潭话听不十分明白。听了这类话，也摸不着头脑，只料定是两人认错了人，也懒得说什么，只挥手教两人走开。两捕快既断定赵知事是贼，如何肯走呢？反冷笑了笑说道："朋友，识相点儿，不要给脸不要脸才好。"赵知事见两人不肯走，倒做出这种轻侮的样子，想喊跟随将两人撵走。因回头向两边张望，两个捕快却误会了，只道这贼想逃走。捕快遇了贼，苍蝇见了血，当然是不肯放松半点的。两人同时起身动手，一个拿住一条胳膊。这一来，确把一个新上任的知事气急了，跳起脚大骂混账。

还好，那跟随不先不后，正在捕快动手拿知事的时候，走上楼来。看了这情形，也不问为的什么事，跑过来三拳两脚将两个捕快都打倒了。捕快倒在楼板上还大呼："反了，胆敢拒捕吗？"同在这楼上喝酒的客人和几个堂倌看了扭打的情形，听了捕快胆敢拒捕的话，也都是些不认识赵知事的人，以为真个是拒捕的恶贼，登时大家包围起来。幸亏那跟随穿了件湘潭县正堂亲兵的号衣在里面，这时忙将外面罩的衣服脱掉，现出号衣，对大众说出是新上任的赵大老爷来，才将这些人吓得一个个把头往颈里缩，纷纷地散了。

两个捕快却不敢跑，跪在地下只管磕头。赵知事毕竟不明白这两人何以动手捕拿自己。两捕快说出猜疑的缘故来，赵知事才忍不住笑道："你们这种草包，哪里能充捕快。我这棉裤是我老太太十年前亲手缝给我的，于今老太太去世了，我穿在身上以志我不忘慈恩的意思。”两个捕快这才明白。赵知事自从经过这番事故之后，便不微服私行了，而对于窃案因办得十二分认真。闻喜鹊曹三的名，是个大积贼，多年不曾办到案的，遂悬赏缉拿，从一百串赏钱悬起，慢慢增加数目，直到增至一千串。古人说，重赏之下，必有勇夫。这话确是不错，就是曹三自己手下的人，贪图这一千串钱的赏格，勾通捕快，竟将曹三捉到了案。

赵知事一看曹三年纪才得二十七八岁，生得精干非常。问供的时候，侃侃而谈，绝无畏葸遁饰的神气。不由得触发了爱才的念头，心想现在充役的这些捕快，都是些脓包货，连自己的官长都认作贼来拿办。每遇稍为疑难些儿的案子，便慌了手脚；就追比死了也不中用。若得曹三这般精干的人充一名捕快，料必能得他不少的用处。依曹三所犯的罪，本应监禁几年的，因赵知事有了这点爱才之心，便立刻提拔他，补了一名捕快的额，连一天监牢也没坐。曹三感激知事，无论如何难办的案子，他总是奋不顾身地去办。他因为是一个积贼出身，对于窃贼出没的地点，以及内幕种种情形，都异常明白。境内不发生窃案则已，若有人报了失窃，曹三只须亲到失主家查勘一遍，便知道是哪一方面的贼来做的案，是老贼或是新贼，都能一望而知。不问失去了什么贵重物品，哪怕是极容易散失的银钱，失主果有点来头，向县里追得厉害，曹三没有不能在三日之内将原赃吊回的。不过只能吊赃，若要曹三将作案的贼拿来，曹三是绝不肯的。

赵知事在提拔曹三充捕快的时候，曹三当即要求赵知事许可：以后遇有窃案，只要不曾伤害失主，是万万办不到人赃并获的。窃案以外的事，就只要曹三力量所能及的，要怎么办便怎么办。赵知事曾许可了这要求，曹三才担任捕快的职务。

湘潭县衙里自从得了曹三当捕快，不上半年，一境之内已差不多有夜不闭户的气象了。赵知事益发赏识他，升他做了捕头。那时西洋侦探家所用的化装术，不仅不曾传到中国来，中国人知道这名词的都少。曹三在湘潭由积贼充捕快，当然没有西洋侦探家的知识，而他能自出心裁，研究出许多化装的方法来，或男或女，或老或少，无不如意。他化装出来，每每和他的至亲密友对谈许久，竟认不出是曹三化装的。多年不决的疑难案件，由曹三一手办了的，也不知道办过多少。

那时哥老会初由四川传到湖南来，一班没知识的人，争着入会。湘潭的哥老会头目罗忠亮，绰号叫作玉石猴子。原是一个有名的痞棍，然为人机智绝伦，文笔清通。二十几岁的时候，就专替一班有钱的童生赴考杀枪，自己并不认真投考。每年的考期一到，便是罗忠亮发财的时期到了。包取一个前十名是多少银子，包挑一场是多少银子，包进一个学是多少银子。有上中下三等的价钱。每年小考一场，他至少也有上千两银子的收入。被拿出了掌手心，罚跪带架种种惩戒，在罗忠亮都不当一回事，并且越是受了这种种惩戒，越好向他枪替的童生需索。是这么闹了几年学，老师将他驱逐了。他就改业专替人打官司做状纸。也不知道他从什么人练了一身武艺，寻常三五十人休想能将他围困。历任湘潭县知事，没一个不厌恶他，然都没有对付他的方法，唯有一个姓沈的知事，虽是个捐班出身，然极有才干，心性又非常辣毒。打人的小板上面，有无数的小钉，只须打三五下，就打得血肉飞舞。一到任就专办土豪恶霸，讼棍地痞，没有轻轻放过的。湘潭人替沈知事取了个绰号，叫作沈剥皮。沈剥皮的来头很大，因此敢作敢为，不怕有人上告。罗忠亮知道自己绝不是沈剥皮的对手，不敢尝试，就有人出钱请他做状纸，他也不敢做了。只是沈剥皮久闻罗忠亮的名，存心要办他的罪。罗忠亮吓得不敢在湘潭居住了，独自出门到四川谋差事。

在万县境内，遇了一群哥老会的会匪，要打劫他的行李。他仗着一身武艺，将二三十个会匪打倒了一大半。会匪虽被他打输了，然四川全省，无地不是哥老会的势力范围，任凭罗忠亮有登天的本领，一个人单丝不成线的，无论如何也逃不出会匪的掌握。罗忠亮打倒十几名会匪之后，行不到几十里，便被无数的会匪包围了。若在旁人，遇了这种时候，十九没了性命。亏得罗忠亮口若悬河，竟凭三寸不烂之舌，说得那哥老会头目反五体投地地佩服他起来。当下就邀他入会。他在四川去谋事，原没有一定的目的，他这种没品行的人，只要有穿有吃，有钱挥霍，什么事干不出？在四川会匪里面，当了几年军师。小之打家劫舍，大之掠县攻城。他一个人所积不义之财，已有好几万了。他一听得沈剥皮不在湘潭县做知事了，立刻就带领了一群会匪回湘潭来。由他带来的会匪，都是在四川哥老会中资格最老，经验最富的。回到湘潭的目的，就是想在湖南伸张他们哥老会的势力。罗忠亮嫌湘潭县城里耳目太多，不便发展，在十四都乡下，买了许多田产，亲自监工建筑了一所房屋。那房屋就造得十分巧妙，有暗室，有地道，建了一座七层的魁星楼在中间。表面是魁星楼，实际是为楼高便于瞭望，楼上安设了许多防守的武器。地道就在魁星楼底下。造这房屋的工匠，一半是在本地方雇的，一半是在四川会匪中招来的。表面上没有关系的工作，都由本地方匠人担任；凡是应当秘密的，都在本地方匠人完工之后，由招来的匪匠夜间工作。事后有人传说，罗忠亮的猜忌心最重，招来的匪匠没一个能留着性命回四川去的，一个个都被罗忠亮用巧妙的方法害死了。

这房屋布置成功，罗忠亮从四川带来的会匪，分派各县，开山立堂，招收会众。各县的无业游民以及土豪恶霸，无不争着入会。他这会里的组织，也和此际的武官一样，分出个三等九级。会里有一种黑话，及不相识党徒会面时诸般暗示的方法，都记录在一个小本子内。这小本子名叫海底。每一个会首有这么一本海底。入会的人最要紧的，须将这本海底读熟。看自己是第几等，第几级，出门的时候，就把几等几级的暗示做出来。譬如一等一级的头领，无论在什么时候，左手的大指头是伸直的，余四指握着拳头。与人相见的时候，大指头贴胸竖着。一等二级的头目左手的大指头跪着，余四指伸直，见人时四指贴胸之类。在同会知道这种暗示的人，一望就很显明。引诱一班人入会的方法就说入了这会的，出门不问去什么地方，可以不带路费，到处都是同会的势力范围。各地的饭店、客栈，更有大半是会中人开的。没有路费的时候，只须把自己的暗示做出来，便有人过来招呼。再将海底中要求资助的例话说一番，便没有不殷勤招待，临行赠送路费的。居家不出门的人，入了这会可以不怕盗贼。盗贼也多是会里的人，同会的不偷不劫。这种宣传，在会匪世界的四川，确是一点儿不虚假。入了这会的，实有这种种利益。反之不入会的，居的不能一日安居；行的不能出门一步。罗忠亮想把湖南也和四川一样，造成一个会匪世界。前清的官府，惯喜粉饰太平。社会上的情形，素来是不肯关心的。罗忠亮的党徒在湖南各县开山立堂，招收徒众，竟闹了两三年，已经蔓延得连各县衙门中当差的人都相率入会。只差把县知事赶走，由会匪占据衙门，发号施令了。才有几个正经绅士，看了不过意，跑到湖南巡抚衙门里报密。偏遇着那时的巡抚也怕事，因见会众蔓延了这么宽广，不敢操之过激，恐怕激出暴动，只责成各县知事，将为首的人重办一两个，其余的概与以自新之路。

那时做湘潭县的，正是赵知事。湘潭因是会匪发祥之地，入会的比较各县特别加多。要办为首的人，自非重办玉石猴子罗忠亮不能正本清源。只是罗忠亮在那时何等的势力，谈何容易不动声色地将他拿来办罪。赵知事得了上峰的公文，只得很机密地将喜鹊曹三传到跟前，说了要拿办罗忠亮的话，问曹三应如何才不至打草惊蛇，被他走脱。曹三吃了一惊道："不敢欺瞒老爷，下役也是这会里的人，罗忠亮亲自来邀下役入会的。不但下役一个人，全衙门中三班六房，已有十分之八入了这会。老爷要拿办罗忠亮，确不是一件容易的事。"

赵知事一听曹三的话，不由得慌了手脚道："这却怎么办？这情形传出去，不仅你们都有性命之忧，连本县也得受处分。本县当日提拔你，实不承望你这么胡闹。你从速回头，设法将罗忠亮拿来正法，尚有将功赎罪的地步，不然就辜负本县一番提拔你的恩了。"曹三沉吟了一会儿，毅然说道："好，下役受了老爷的大恩，情愿舍身报答。非下役亲去，谁也拿罗忠亮不着。不过将罗忠亮正法之后，下役的性命也就保不住了。"赵知事问道："办罗忠亮是国法，不容徇私，难道罗忠亮的党羽能在你身上寻仇吗？"曹三摇头道："但愿能托老爷的福，不至有这种目无国法的人才好。罗忠亮手上能开发三五十人，他家里又有种种防守的武器，若彰明较著地发兵去捉拿他，便有一营人也捉拿他不着。并且他的耳目极多，这里还不曾动身，他那里早已得着信，有了准备了。幸亏老爷此刻只将下役一个人传到这里来吩咐，不然也就费事了。罗忠亮很欢喜下役能做事，多久就劝下役辞了捕头，帮他去宝庆开山堂。下役因感念老爷的恩典，不忍离开老爷，几番没答应他。他前日还赌气对下役说：'你若再执意不肯辞捕头，我就得叫手下人做几桩案子，使你一辈子办不了。'下役不敢赌他，求他再宽限些日子，并答应迟早总得帮他到宝庆去一趟。这两日下役就很怕他真个叫手下人来和下役作对。为今之计，老爷不可露出一些儿形迹来。明日下役来辞差，老爷不要许可。无论下役如何恳求，老爷只是不答应。等下役说话无状的时候，老爷就拍案大怒。不妨明说出来，有人在老爷跟前告密，说下役辞差是想投入哥老会去。随将下役毒打一顿，喝教押起来。一面出票点某某等十六名干差去捉拿罗忠亮，却吩咐须等夜间出发，悄悄前去，免得漏了风声给罗忠亮知道。老爷是这么办，下役自有方法，不等到黄昏便能将罗忠亮捉来。只是罗忠亮捉到了，一刻也不能停留，务必就到就杀。平日处决要犯，照例是在十六总仓门前的，这回要杀罗忠亮，连仓门前都嫌太远了，恐怕在半路上出乱子。”赵知事听了曹三的计划喜道：“那容易，不去仓门前也使得，就在观湘门码头上吧。”曹三应好，随对赵知事说了，某某是入了会的，某某是没入会的，暗中布置的人，只能差没入会的。曹三就在这日，先将在观湘门码头杀人的手续暗中布置停当了，因他是在哥老会里面好资格的人，种种布置都没人疑虑。

次日如法炮制，赵知事果把曹三打了一顿板子，收押起来，所派监守的人就是入了会的。自然听曹三的命令，擅自把曹三放了。曹三跑到罗忠亮家里时，罗忠亮早已得了县里来人的报告。也是罗忠亮的恶贯满盈，一点儿不疑心曹三的做作，反向曹三笑道：“好笑赵知事，自作精明，以为派人夜间来拿，便不至走漏风声。谁知我这里早已知道了。”曹三也笑道：“这种风声，就不知道也没要紧。县衙里哪有可派的人呢？并且十几个人哪怕都有登天的本领，能到这里面来拿大哥吗？这些事都不用去理他，倒是我此刻有些为难了。在此地不大好露面，大哥要差我到宝庆去，我想就在今日动身前去。大哥说怎样？”罗忠亮喜道：“很好，我就替你饯行吧。”曹三笑道：“饯行是不敢当，只是我很欢喜到玉莲那里玩耍，同去那里坐坐，或随便吃点儿东西倒使得。”玉莲是个土娼，罗忠亮最赏识的，住在离湘潭城五里的乡下。罗忠亮曾邀曹三去过的。曹三知道罗忠亮和会党商议什么机密事，多在玉莲家里。一月有十多日在玉莲家歇宿。逆料邀罗忠亮到玉莲家，是没有不答应的。果然只一开口，罗忠亮便欣然说好。曹三既是积贼出身，熏香迷药都有现成的。昨日早已安排了许多心腹人，埋伏在玉莲家左右。这日并不费事的用药把罗忠亮迷翻，连罗忠亮跟随的人都迷翻捆绑了，即时押解到湘潭县。赵知事带领兵丁，亲自到观湘门码头监斩。等到会党得信，想临时召集人劫法场，已来不及了。罗忠亮直到码头上才清醒转来，一睁眼见曹三立在前面，两眼角都气得裂开了，恨了一声骂道：“我有什么事对你曹三不起！”曹三不待他说下去，抢着答道：“我奉官所差，身不由己。”赵知事喝声行刑，罗忠亮圆睁两眼，对曹三望着。刽子手一刀下去，罗忠亮的头直向曹三滚来，足滚了两丈来远。曹三不禁吃了一吓，回衙便发寒热，不住地用两手打自己的嘴巴，只一日夜就死了。

玉石猴子在观湘门码头上就刑的时候，在下那时年正八岁，还跟着大众在观湘门城楼上看热闹呢，眨眨眼就差不多三十年了。

《红杂志》第2卷41期　民国十三年（1924）5月16日

两矿工

湖南平江县境内所产的黄金最多，简直可以说是遍地黄金。这一县境内作山种地的人，每到了冬季，一年农事结束的时候，全家的男妇老少，便都以淘金为职业。

他们淘金的方法甚是简单，就是随意在什么地方，掘一个洞下去，或数尺深或丈多深，掘到多沙石的这一层，取出含沙最多的泥来，倾入一个淘金的木盘里面。这木盘都是安放在有水的地方，用水对沙泥内冲洗，旋冲旋用手将木盘摇动。木盘底下安设了一个漏斗，沙泥被水冲得从漏斗中流出来，沙泥中所含的黄金屑末，因分量比沙泥重，便粘着在木盘底上，无论如何拿水冲洗，是冲洗不下去的。

沙泥都冲洗得干净了，然后用毛刷将金屑刷下来。每次冲洗所得的虽不多，然冲洗的次数，既无限制，而这种淘金人的又极低①，积少成多，接连不断地淘过一冬，到次年农业开始的时候，合算起来，也就能得一个相当的代价了。不过全县的农人，每年都是这么掘洞淘沙，而淘过之后，又不将所掘的洞填塞，以致四乡山林之中，无处不有这种废洞，深的有泉水浸出，俨然是一个吊井；就是浅的，也都畜着半洞山水。不知道那地方情形的人，夜间打山林中行走，误堕入金洞之中，送了性命的，算是一件极寻常的事。因此在前清末年，平江县知事就禁止一班农人淘金。

当地有些富绅，觉得黄金委地，不从事采掘，太可惜了，于是集聚资本，采用新法，大规模地开起金矿来。那开矿的地方，地名就叫作黄金洞。于今黄金洞的金矿，在湖南要算是数一数二的了。

却说这黄金洞里的矿工，十成之中只有二三成是本地方的人，其余

① 原文如此。

都是数十百里以外招来的。俗语说得好："人上一百，百艺俱全。"洞里既有几百名矿工，虽都是下力的粗人，然其中也不少有能为的，不过为知识与环境所限，不能有出头露脸的日子罢了。以在下所闻的，便有两个人，一个叫朱一湖，一个叫胡礼清，这两个都是黄金洞的矿工而身怀绝技的。

朱、胡两人原来并不认识，同在洞里做了一年的工，彼此不会通过姓氏。这日约有四五十个矿工，同在一个山坡内休息玩耍，其中有几个曾练过武艺的壮健汉子，每逢有多人在一块儿休息的时候，照例总得各自显出些能为来，向大家夸示夸示；也有拣一块二三百斤重的石头，双手擎起来，绕着山坡行走的；也有伸出两条臂膊，听凭人拿木棒敲打的；也有拿一条竹杠，一人用手抵住一头，看谁人力大的。是这么种种做作，务必闹到规定的时间满了才罢。

这日四五十个矿工，同在一个山坡中休息玩耍的时候，有一个平日最欢喜逞能的汉子，打着赤膊，显出两条筋肉坟起的臂膀，照例舞弄了一会儿拳脚，即对常在一块儿逞能为的同伙说道："来，来，我们再使点儿功夫，给他们看看。"当下便有三五个身壮力强的汉子，跳出来捉对儿胡闹，唯有一个，在平日也是极欢喜争强斗胜的，这时却只坐着看热闹。这几个见了不依，定要拉这人加入团体，这人推托了一会儿不许，只得指着坐在旁边的一个同伙笑道："我们这点儿毛架子拳脚，不献丑也罢了，这里坐着一个本领比我们高强几十倍的，尚且不肯动手呢。"

众人听了，眼光不由得都集在这个所指的人身上，只是看了，都禁不住大笑起来。原来是一个年近五十的驼子，身体瘦小，坐在地下，仿佛和一只猴子相似，面貌更丑陋不堪，也不和众人兜搭说话。众人中有个嘴快的笑道："这位的本领，只怕是使得一趟好猴拳。"那同伙的汉子正色说道："你们不要以为我是开玩笑的话，我虽不认识，不知道他究竟有多大的本领，然我敢和你们赌东道，他的本领必在我们十倍以上。我们同在一块儿做了好几个月的工，我直到今日才看出他来。"

众人这才半信半疑地问道："你如何看出来的呢？"同伙的汉子道："我今日和他同在一处做工，他本来是个驼背，又正弯着腰掘土，不提防上面一大块的石头，因两边的土掘松了，直掉了下来，不偏不倚地正正掉在他驼背上。那块石头，少说点儿，也有七八百斤重，又不是端方四正地落到他驼背上，这方还是一个尖角。我那时立在他旁边，眼见那石头掉下来，只把我吓得连话都说不出了，以为这一下打在他驼背上，怕不将他压成肉饼。嘎，嘎，就在这地方看出他的本领来了。只见那石头打在他背上，就和落在鼓皮上一样，嘣的一下，石头直跳了起来，滚落在一边，那么坚硬的泥土都陷下去二三寸深。他慢条斯理地抽起腰来，抬头看了看上面，又看了看我笑道：‘原来是上面土松了，吸不住掉下来的，我还只道是有人和我开玩笑呢。’你们说他这本领有多大，我亲眼看了这情形，才连忙请教他的姓名。他是浏阳人，叫朱一湖，今年已四十八岁了，你们若不相信，尽管搬石头去打他，看能将他打伤么?”

朱一湖这才仰面望着众人笑道：“你们不要听他乱说，拿石头打我，打死了我这驼背，是要好人偿命的。”众人听朱一湖说话，完全浏阳土音，不约而同地又哄笑起来，那同伙的汉子说道：“我本来不打算向你们说出来，好独自拜他为师，学习些武艺的。无奈他执意不肯收徒弟，我说了多少，他只是不答应，他或者因为我是独自一个人，出不起多少师傅钱，所以懒得费事。你们若都肯从他学，大家多凑些钱送他，他看在钱的分儿上，我料想不会不答应。”

众人议论了一会儿说道：“只要朱一湖真有本领，能做我们的师傅，我们现在已有八个人，每人情愿出十块师傅钱，凑成八十块，若再邀几个进来，能凑成百多块钱，这样阔的厂子，到哪里去寻找。”朱一湖仰起那副没一巴掌宽的脸，问众人道：“你们果能凑足一百块钱送我，我倒情愿停了工不做，专教你们的武艺，不到一百块钱，我就犯不着劳神费事了。”

众人听了，仍有些似信不信地向朱一湖道：“我们都是在这里做工的人，你知道我们的钱是血汗换得来的，每人十块钱差不多要两个月才能赚得到手，一个拿出这么多钱学武艺，那武艺就要值得那么多钱才好。我们不说客气话，一百块钱凑足在这里，不过得打一打入场，打过了便拜师；打不过时，你还是做你的矿工，我们仍把我们的钱收起来。”朱一湖笑道：“打不得入场，收什么徒弟？你们且去邀人，邀齐了再说，没一百块钱是休想学我的武艺。”

这日如此说定了，这八个人都极力地拉人同学，只是数百名矿工当中，除了这八个人而外，竟找不出第九个愿花这么多钱学武艺的人。八人没法，只得商量每人多出两块多钱，凑足一百块。刚凑满了一百块钱，正待弄点儿酒菜，请朱一湖来开厂，忽有一个同做矿工的人走来，说愿意出师傅钱同学。众人看这人的体魄虽极雄壮，然年纪已像有了四十多岁。这八人的年龄，都只二十多岁，觉得这人的年纪和师傅差不多，哪里还能学武艺？随问这人姓什么，叫什么名字，曾练过武艺没有。这人道："我姓胡名礼清，没有学过武艺。"众人道："我们都是学过好几厂武艺的人，于今是做参师徒弟，就多出些钱，能把师傅的看家本领学到手也还值得。你既是一个从来没学过的人，又有了这么大的年纪，依我们的意思，你犯不着白花钱。"

胡礼清正色道："你们不要轻视我，以为我拿不出这么多的师傅钱来，你们看这不是师傅钱么？"说着从怀中掏出一大叠洋钱来，约莫有二三十块，往桌上一搁，接着说道："看应派我出多少，我便出多少，不见得四十多岁的人，便不能学武艺。"众人看了笑道："我们何尝是怕你拿不出师傅钱来，你既执意要学，我们是巴不得多一个人，好少出些钱，你师傅钱用不了这么多，只要十一块多钱就够了。"

胡礼清欣然数出十二块钱来，将余下的揣入怀中，九个人遂一同去请朱一湖。朱一湖一见胡礼清的面，便不住地拿眼来打量，面上很露出怀疑的样子，问胡礼清是哪里人，在洞里做了多少日子矿工。胡礼清道："我是平江人，来这里当矿工已有一年多了。"朱一湖听了沉吟道："我也在这里一年多了，彼此却都不曾见过面，这也奇了。"胡礼清笑道："见面是见过的，不过师傅生成这般的身体，两眼行坐都是望着地上，无缘无故的，如何能看得见我呢？"说得朱一湖和八人都笑起来了。

朱一湖当下跟着九人到安排酒菜的地方，八人当中一个本领最高的，开口问朱一湖道："我们还是打过入场再喝酒呢，还是喝过酒再打呢？"朱一湖道："喝过酒再打，若是我打不过，不是白喝了你们的酒吗？看你们要怎么打，打过了吃喝得安逸些。"

八人齐说有理，议定将不曾学过的胡礼清除外，八个人论年龄、次序，从大至小，挨班一个一个地和朱一湖较量。只有那个曾和朱一湖在一块儿做工的汉子知道朱一湖的本领，自己够不上较量，其余七个人，都仗着自己的气力，想一拳便将朱一湖打翻，只是哪里做得到。

朱一湖伛腰驼背地立着，上去一个跌倒一个，休说立在旁边的人，看不出朱一湖如何动手的路数，就是被打跌的人，也始终不明白怎生跌下去的。翻身再上去，再跌下来，越是去得猛，越是跌得重。几个自恃强硬的，都跌得头昏眼花，但没一个跌伤了的，这七人才不由得不心悦诚服的执弟子礼了。朱一湖从容问胡礼清道："你呢，也想玩玩么？"胡礼清笑道："怎生玩呢？我是完全不曾学过的。"朱一湖点头道："且胡乱来几下，试试你的气力怎样。"胡礼清遂走近朱一湖跟前，朱一湖解衣亮出胸膛来，用手指点着说道："你用力在我这里打几下，就看得出你的气力了。"

胡礼清看朱一湖的胸膛，瘦得和鸡胸一样，只得笑了一笑，握拳打过去。作怪，胡礼清的拳头还不曾打到，朱一湖已急忙闪过一旁，口里惊嘎了一声道："你是练童子功到了家的人，怎么也来和我开玩笑？幸亏我早看出你的眼神不对，若不然说不定还要上你的当呢？好，好，这八个徒弟让给你去教吧。"胡礼清连连作揖笑道："师傅说哪里的话，我如何能收徒弟？"朱一湖也连连回揖说道："彼此都用不着客气，各人有各人的路数，不同他们八个人，做的都是外功，做我的徒弟，本不相宜，我一则被他们纠缠不过，只好答应；二则一百块钱够我下半世衣食，免我终年在这洞里受苦。其实我的内功，他们怎生能学得去？他们从你学才是正经路数。"

胡礼清哪里肯依，便是这八个人，因不曾见胡礼清的本领，也不肯说要拜胡礼清为师的话。只是见了朱、胡二人的情形，知道胡礼清是不会真个拜朱一湖为师的了，随即将胡礼清的十二块钱退还，仍照原数凑成一百块钱，送给朱一湖。八人同拜了师，胡礼清也就不再说拜师的话了，十个人一同入座吃喝。酒至半酣，朱一湖向八人说道："你们知道胡师傅还是童男子，不曾近过妇人么？"八人听了这话，都拿眼来打量胡礼清，把个胡礼清打量得不好意思起来，其中有一个摇头说道："这如何能看得出？只怕未必有这么规矩的人。"

朱一湖大笑道："只怪你们不曾生着眼睛，哪有看不出的？若是看不出，也就不稀罕了。"这人问道："不近妇人有什么好处呢？"朱一湖道："亏你们混充会武艺的人，连童子功的好处都不知道，我也没有这么多精神和你们细说。你们都是欢喜抵竹杠的人，拿一条竹杠和胡师傅试试便可知道童子功的好处了。”

八人听了都异常高兴，有一个自信抵竹杠不曾逢过敌手的人，抢着起身拖了一条竹杠跑来，向胡礼清道：“如何抵呢，也和我们平日一样抵吗？”胡礼清仍坐着不动笑道：“我从来没闹过这玩意儿，哪里抵得过你们年轻的人？今日是陪师傅的日子，大家坐着谈谈，下次再玩这把戏吧！”

朱一湖对胡礼清拱了拱手道：“他们都是些没见过世面的后生，给他们见识见识，使他们从此知道天外有天，不敢目空一切，也是好的。”胡礼清这才也拱了拱手，起身问这拿竹杠的人道：“你们平日是不是每人握住竹杠的一头，各使各的气力向前抵吗？”这人一面应是，一面将竹杠一头递给胡礼清，胡礼清随意站着，并不落马，伸出臂膀将竹杠抵住，教这人使出力来。这人的脸都挣得红了，就和抵在石板上一般，动也不动。胡礼清笑道：“罢了，这不能算数，你且将竹杠这头削尖，抵在我掌心里试试看。”这人已觉得胡礼清的气力，比自己大，然还不相信能削尖竹杠对抵，真个拿刀把竹杠削得和矛头一般锋锐。胡礼清张开五指，将竹尖抵住掌心，这人又使尽平生气力，抵了好一会儿，竟是如前一般地不动丝毫。胡礼清又笑道：“这还是不能算数，掌心的皮厚，没有什么了不得，你不妨拿竹尖抵进我的肚脐，照这样抵着试试看。”说着撩开衣，露出肚脐来，挺起罗汉也似的肚子。

这人心里自是惊讶，和胡礼清争胜负的念头虽已不敢有了，但是接着便发生了好奇的念头，觉得这种骇人的本领，倒不可不亲自试验一番。见胡礼清挺着肚子，露出肚脐来，即拿竹尖向脐眼戳去，却不似抵在掌心中那般铁硬，就仿佛戳在一大包棉花上。这人暗想：“以我两膀的气力，就是一条水牛，经这一尖毛竹戳去，也不愁不把牛皮戳穿，这个肚脐眼真有些古怪。”这人边想边用力往前抵，只抵得两膀都酸了，休想将胡礼清抵退半步。这人只得松了手说道：“确是了不得的能为，不由人不五体投地地佩服，不过胡师傅怎的不向我这边抵过来呢？”

胡礼清摇头笑道：“我说句老哥不要见怪的话，老哥削尖竹杠都抵不动，我还用得着抵过老哥那边去吗？老哥的气力有限，是这么还是算不了什么，且拿刀把这一头也削尖，待我做点玩意儿，给你们八位看看。”八人听得再有好玩意儿看，争着拿刀把竹杠这头也削尖了。

胡礼清接过来一头，抵住脐眼，一头抵在一扇土墙上，口里喝一声，肚皮只一鼓，即见竹杠短了二三寸，再一声喝，紧跟着踏进一步，原来竹杠已将那土墙戳穿了一个窟窿，透过去好几寸了。朱一湖脱口叫一声好，八人也同时喝声彩，胡礼清随手将竹杠抽了出来，对朱一湖拱手笑道：“献丑献丑。”八人看胡礼清的肚脐，只见皮屑上略有些儿白印，和寻常人的脐眼一般无二，看不出一点儿特别之处来。

朱、胡二人自经过这回拜师显能为之后，有八个徒弟代为宣传，不到二三月工夫，不仅满洞的矿工都知道二人有绝大的本领，就是这矿公司的经理，也闻两人的名了。这经理是个大富绅，久有意延聘两个好武艺的人住在公司里，一则保护公司里的财产；二则保护他自己的生命，只是不容易找着能胜任愉快的人物。一闻朱、胡二人的声名，很高兴地亲自到洞里来延请，每人送三十块钱一个月的薪俸。二人正在做苦工的时候，忽然有人出这么多的薪俸，聘请他们去闲坐吃饭，一点儿事不做，当然是喜出望外，都即刻跟随那经理到公司里，担负保镖的职务。经理于闲谈的时候，问起二人学武艺的历史，二人都一般地含糊其词，不肯详细说出来历。便是各人的师傅姓名，也不肯说，就二人说话的神气推测，好像一说出来便有祸事临头似的。

朱一湖只在那公司里住了两年，积蓄了七八百块钱，就极力地辞职去了，是不是回浏阳原籍，无人得知。只有胡礼清一人，他家离公司仅有八十里路，家中有哥嫂、侄儿侄女。胡礼清每年回家两趟，家里原是很穷苦的，自从他得了这保镖的职务而后，家中的生活就渐渐舒展起来，不到三四年，俨然成了个小康之家了。

古人说得好，“饱暖思淫欲，饥寒起盗心”。胡礼清当极穷困的时候，能忍辱负重地做矿工，一些儿不作非分之想，任是谁也不能不承认，他是个有操守的人物。然丰衣足食地才过了几年，倒不免把持不住了。他在洞里当矿工的时候，和他朝夕在一块儿的，都是些同等阶级的工人，终年胼手胝足，仅得敷衍自己一身一口，当然都一般地没有闲钱和闲心到“嫖”字上去做功夫。此时既在公司里当镖师，终日在一块儿的，都是公司里的职员。矿公司里的职员，多是薪俸极丰，事务极简的，平日吃饭支薪，没有事干，又是三个成群、四个结党的，大家钻谋消遣的方法，自然免不掉要走到“嫖”的这条路上去。

那黄金洞在未开成金矿以前，本是一个荒村，既成立了这么大的一个公司和集聚了这么多职工在那里，便渐渐成了个热闹市镇了。上、中、下三等的土娼，足有二十多处，每处至少也有两三个油头粉面的女人，公司中职员，无不一人嫖了一个。

明知道胡礼清是个做童子功的人，在公司中同事三四年，不曾见他和女人沾染过一次。然一班职员们的心理，觉得越是胡礼清这种平生不近女色的人，若能将他拖下水，越是有趣。

大家包围着胡礼清劝诱，要胡礼清同去土娼家玩玩，胡礼清并不知道这些职员的用意，以为不过邀请同去，凑凑热闹。几番却不过众人情面，只得陪众人偶然去土娼家坐坐。对于那些士娼，无论面貌生得怎样，胡礼清只是连正眼都不望一望。那些职员们看了胡礼清这种情形，更商议非把胡礼清拖下水不可。

有一个最滥污的土娼献计道：“这有什么为难？你们只要能邀他到我这里喝酒，我包管他自己要在这里嫖，并不要你们劝他半句。”职员们连忙问是什么方法，能有这般灵验。土娼初不肯说，后来被问得急了，只得说道：“我有一种药末，只须搁一点儿在酒里，不问给什么人喝下去，没有能支持得住的。搁在有色的酒里，一些儿药味没有，谁也看不出来。”

那些职员们，只顾是这么闹着寻开心，哪里顾胡礼清的死活。听了土娼的话，一个个鼓掌赞成，次日就邀胡礼清去那土娼家喝酒。

胡礼清曾同到土娼家玩过几次，哪里想到有人暗算呢？谁知那药酒一喝到肚里，不到一时半刻，药性便发作了，加以那个滥污土娼，紧靠胡礼清坐着，使出种种勾引的手段来。果不出土娼所料，胡礼清三十多年把持熬练的功夫，竟在顷刻之间，断送在那土娼手里了，事后追悔，哪里来得及呢？

然而胡礼清假使经过这次失足之后，仍能继续如前把持下去，童子功虽既是已经断送了，但于生命并没有妨碍，便是身上武艺，也不过较前略减色些儿，向不失为一条好汉。无奈这个“色”字，一次不会犯过的，倒容易把持，越是在晚年犯戒，一犯就不可收拾。胡礼清是个脑筋很简单的人，并不猜疑是被同事的暗算了，以为自己忽然把持不住，是数由前定，应该和土娼有缘分，次日公然在土娼家摆酒，请同事的吃喝。

从这日起，每夜必到土娼家歇宿，和土娼搅得如火一般热。从来不敢纵饮伤身的，在土娼家则无夜不饮，每饮必醉。是这么过了半年，更与土娼寸步不能相离了。白天也不肯回公司，无昼无夜地和土娼厮混了十多日。

这日忽然跑回公司来，急匆匆地找着经理说道："我快要死了，立刻得辞职回家去，请你快教账房结账，我须带点儿钱回家料理后事。"经理笑道："你又不害神经病，怎么这般瞎说，好生生的人……"胡礼清不待经理说下去，连连跺脚催促道："我自己的事，自己知道，迟了就来不及到家，必死在半路上，我有许多话要和家兄说，快教账房结账吧！"

经理看胡礼清的脸色神气，实与平日大异，说话也不像是害神经病的，只得吩咐账房结账，一面向胡礼清说道："你既是得了急症，逆料不能治，此去你家有八十里路，如何能走得动呢？我雇一乘轿子，送你回去吧！"

胡礼清只急得如热锅上蚂蚁一般地在房中走来走去，听经理说要雇轿子送，即说道："承你的情，我也不好推辞，但得雇两班轿夫，在路上好递换着跑，不能歇憩。"经理答应了。

不一会儿，账房结好了账，将应找的钱，交给胡礼清，轿夫也雇了两班来了。胡礼清连同事的都来不及告别，急急地对轿夫说道："我在前面走，你们扛着空轿，紧紧地跟上来，切不可离我太远，等我跑不动的时候再坐。"轿夫也莫名其妙。

胡礼清只向经理道了声扰，拔腿便跑，轿夫扛着空轿在后面追，胡礼清的脚步好快，四个轿夫轮流扛着空轿，都追得满身是汗，不上一个时辰，已跑了四十多里。前面有一条小河，须坐船渡过去，这时凑巧都开到那边去了，只好在河岸上等候，轿夫看胡礼清，等得极焦躁不堪的样子，两脚不停地在河岸上跑过来，跑过去，口里咬得牙齿吱吱地响。渡船一到，即抢先跳了上去，不肯坐下，两脚分开来，踏着两边船舷，那渡船很宽，两脚仅能踏住一点尖儿，两手握着拳头，横眉瞋目的，好像要和人厮打的样子。

驾渡船的见船舷被踏得喳喳响亮，就像要破裂似的，也不知道胡礼清是什么缘故，走过来想劝胡礼清坐下。胡礼清不睬，驾船的待动手将胡礼清拉下，不提防胡礼清迎面呸了一声，只呸得驾船的叫了句“哎呀”，立脚不住往后便跌了一跤，脸上如被极重的东西打了一下，登时红肿起来，痛如刀割，这才知道胡礼清的厉害，哪敢再说半个不字，忍痛爬起来，驾渡过去。

胡礼清掼了一两银子在船上，蹿上岸又跑，直跑到家不曾坐轿。胡礼清一跑进家门，即大呼哥哥，不见答应，他嫂子迎出来说：“你哥哥昨日到平江县去了，要明日上午回来。”胡礼清恨了一声说道：“怎的这么不凑巧，我若不是拿功夫极力地挣扎，早已死在路上了，就为要当着哥哥说几句话，谁知竟没有这缘法。无论如何，也不能再挣扎到明日，只好不说了吧。唉，我如何追悔得及啊！”说完这几句话，倒地就死了。

黄金洞矿公司素有西医，听了轿夫转述的这番情形，定要剖验胡礼清的尸，看是什么病症，何以自知必死，更何以能拿功夫挣扎八十里路。胡礼清的哥嫂，虽不愿意将自己兄弟的尸给西医剖验，然胡家都是些乡愚，一则畏惧洋人；二则畏惧公司的威势，不敢不肯。及至剖验结果，只知道胡礼清的五脏六腑都已腐烂了，而筋肉就铁也似的坚硬，至何以能自知必死，何以能拿功夫挣扎八十里路，仍不曾剖验出什么证据来。

在下写到这里，不觉搁笔叹道：“酒色害人，竟到了这一步。像胡礼清这般钢筋铁骨的汉子，向且不过半年，便弄成这般结果。精力远不及胡礼清的人，犯上了酒、色两个字，看如何能不死？”

《红杂志》第2卷42期　民国十三年（1924）5月23日

一个三十年前的死强盗

在下有一个十多年的同乡老友张君，为人甚是精明干练，思想也甚新颖，对于神鬼怪异的事，从来是力辟荒谬，绝对不相信世间所谓神鬼狐祟等等乃实有其事。最近四五年来，在下和他都为着衣食的问题，各干各的生活，彼此不能会面。直至昨日，张君忽因其职务上的关系，到了上海，承他念旧之雅，顺便来探望在下一遭。

他来时，在下正展开一张稿纸，提起笔来打算做个短篇小说，却因踌躇着篇中情节还不曾落笔写下。张君一来自不由在下不搁笔，另换一种脑筋和他谈论别来情事。彼此东扯西拉地谈了一会儿之后，张君忽然笑着说道："我昨日在轮船码头上买了一份新闻报，看那《快活林》里面《点将会》所记的神怪故事，就想起我亲身经历的一桩怪事来，可惜我不是《点将会》里的健将，不能拿这桩怪事去应卯。"在下听了张君这话，顿时想起他几年前是个绝端不相信神怪的人，此时说出这话来，不待说他之所谓怪事必然怪得有个样子了，遂连忙说道："你虽不是点将会里的健将，我却是一个贩卖稀奇古怪的人，你把怪事趸给我，包管你有最好的销路。"张君点头笑道："你知道我在五年前是个极不相信真有什么神鬼的人，常说世间如真有神有鬼，总得使我亲眼见见我才相信。嘎嘎，谁知这次真使我亲眼看见了。不但我亲眼看见鬼的形象，并亲耳听得鬼的声音。哪怕比我再倔强十倍的人，教他是我这么经历一次也不怕他不相信世间确有鬼。

"我经历这事在去年九月十四日，我这时正在长沙县当第二科的科长。九月十四这日下午五点多钟的时候，和我家乡打邻居一个姓杜名梓如的，忽到县公署来看我。这杜梓如也是个读书人，因为身体弱，吸上了鸦片烟，干不了什么差事，就仗着笔底下来得，闲常替人家做词呈、包打官司，不论官司输赢，总得叨光些银钱酒食，原是个没多大出息的人，只因和我家多年邻居，我有时不能不敷衍他。

“这日杜梓如跑来说道：‘我特邀你同去福源巷会一个客，你务必给我个脸同去走走。’我心想福源巷是长沙堂班聚居之所，和上海的清和坊一样，因笑问道：‘你邀我去会的是堂客么（湖南呼女人为堂客）？’杜梓如正色道：‘不是，不是，是个正经绅士。陈八太爷你知道么？’我点头道：‘不错，福源巷里面那一所很大的公馆，陈八太爷在前年花了两三万银子买了做住宅，你就是邀我去会他吗？他前月为退佃的事还在这里告了状呢。’杜梓如笑道：‘我邀你去正是为那退佃的事，不过你不要误会了，以为我是因他告状的事求你帮忙。他仰慕你，托我介绍，想结交你是真的。’我说：‘退佃的事本也用不着我帮忙，我有何德何能，他平白无故的仰慕我什么？你不要瞎扯淡。’杜梓如指天誓日地证明了好一会儿，我却不过情面，只得和他同去到了陈公馆。

“陈八太爷出来款接得十分殷勤，我疑心杜梓如是有意要借我在县公署充第二科科长的职衔，替他自己撑场面，思量这种举动也就太可怜了。在陈公馆吃过了夜饭，陈八太爷亲手搬出烟灯枪来，就在花厅前面一间陈设很精雅的房里，宾主三人轮流吞云吐雾起来。陈八太爷等到烟至半酣，才向我表示想结纳的意思来。原来县公署附设了一个禁烟局，平日对于禁烟，本是不过奉行故事而已。省长总司令以及各师旅长都是贩烟贩土的大股东、大老板，教一个在县知事手下的人如何敢认真说出‘禁烟’两个字？但是认真禁烟虽属不敢，然借着这招牌敲一班没抵抗能力的百姓的竹杠倒是雷厉风行的。陈八太爷的财产谁也知道是长沙头等富绅之内的，他的鸦片烟老瘾也是有耳共闻的，禁烟局垂涎了多日，只因他那公馆太大，不容易检查。他正在刻刻防范的时候，恐怕冒昧去检查，没检查出证据倒弄得不好下台，并且也找不着一个肯负报告责任的人，所以还在酝酿之中，不曾成为事实。陈八太爷自然早得风声，知道这种事多是由下面发动的，巴结局长以上的人不中用，要用釜底抽薪之法，唯有利用有相当资格的人，自己拿出点儿钱来托这人去买上嘱下，暗里将这事情消灭，免得成了事实，花钱费事还得丢失面子。承杜梓如的情，拿我做有相当资格的人，在陈八太爷跟前保荐了，却又怕事先向我说穿了不肯去，所以含糊其词来邀我。陈八太爷当面托我帮忙，我自不能不应允。这类事情认真说出来，当然不是有品行有身份人干的。只是我既在政界中混饭吃，混了这么好几年，思想眼光都混得改变了。在当日你我同读书的时候以为龌龊不干净的事，现在都认作当然的事了。”

在下听到这里，禁不住笑问道：“你既认作当然的事，却为什么拿来当怪事说给我听呢？”张君也笑道：“怪事就来了，我若不把这当然的事说给你听，觉得以下的怪事太没有来由。于今闲话少说，书归正传。我当时和陈八太爷杜梓如谈论到夜间十点多钟，因雨下得很大，我便不回公署里去了。陈八太爷道了安置，自回里面去安歇，我也有睡意了，正打算解衣上床，猛觉一阵冷风吹来，壁间悬挂的字画条屏都被吹得乱翻乱舞。我以为是陈八太爷刚才出去不曾把房门带上，强烈的秋风因此刮了进来。才待回头向房门望去，陡听得杜梓如在烟炕上一蹶劣爬起来喊道：‘哎呀，又来了。’这喊的声音非常激越，非常尖锐，一听就知道是受了极大惊吓的人逞口喊出来的。我连忙掉转身看杜梓如时，只见一个身躯高大的汉子，青衣青裤青布包头，面朝杜梓如立着，看不出是何等容貌。杜梓如浑身如筛糠一般地抖战，目瞪口呆地望着大汉，脸上已没一些儿人色，那种害怕的样子谁也形容不出。那大汉发出外省的声音，很严厉地说道：‘你这东西，全无心肝。我上次托你的话，你既当面答应了我，为何不对主人说？’说到这里，朝着杜梓如脸上一口吹去。杜梓如跟着这一吹往后便倒，倒在烟炕上一动也不动了。

“我立的地方离大汉不过五六尺远近，想走上前问什么事，只眼睛一霎，那大汉便不知去向了。我这才不由得大吃一惊，紧走到杜梓如跟前，打算拉他起来问个明白。谁知杜梓如已昏迷不省人事了，只口里吐出白沫来。我只得高声呼唤，把陈家的几个下人惊醒了，跑来探看。我将方才所见的情形对他们说，他们也都觉诧异，不知是怎么一回事。大家忙着用姜汤解救杜梓如，陈八太爷也出来了，直闹到天光将亮，才把杜梓如救转来。杜梓如说道：‘几乎把我吓死了，我两月前不是在这里住了一夜吗？那夜因天气很热，八太爷在这房里吸烟，同吃到十二点钟才进去。我一个人烧烟烧得发起迷瘾来了，就横躺在炕上，昏昏沉沉地睡去。约莫睡了一小时，因手撩在烟灯上，痛得我惊醒了，张眼一看只见一个身穿青衣青裤青布包头的汉子，坐在前面椅上一言不发。我以为是八太爷当差的，我正有些觉着一个人寂寞，便招手叫那汉子到烟炕上坐，好陪我谈谈。那汉子真个起身到炕上坐了，我烧好了一口烟让他吃，他只摇摇头，不说什么。我问了几句八太爷的家事，他也不答白。我正疑惑难道这人是哑子吗？忽见他立起身来，就烟炕前面向我跪下。我慌忙坐起问有什么话说，不用这么客气。汉子才开口说道：‘先生，不用害怕，我是不会害人的。我是鬼，并不是人。’当下我听他说出是鬼的话，心里确实有些害怕，但是已到了这一步，只好强自镇定。看这鬼的脚上仿佛着的是草鞋，大着胆问道：‘你既是鬼，和我幽明异路、人鬼殊途，到这里来找我做什么呢?’

“这鬼像是很悲哀地说道：‘我是贵州人，生前练得一身好武艺，两三丈高下的墙，只脚尖一点就上去了，穿房越栋毫无声息。只因结交了一班不正当的朋友，专一打家劫舍，在贵州一省境内也不知犯了多少案子。仗着有这一身本领，寻常捕快无奈我何，尽管犯的案子堆积如山，总不肯出贵州一步。去今日三十年以前，因为我结拜兄弟八个人同去劫一个单身珠宝客商，谁知那客人的本领比我们兄弟高强多少倍，我们八人中已有六个被他杀死了，只有我和一个姓金的脚底下比六人来得快，逃得了性命。不过性命虽逃出来了，两兄弟的力量究竟有限，全省的捕快都合力同心地与我们为难，有八个人便不怕敌不过，只剩了两个人，毕竟不敢尝试，于是和姓金的商量就逃到湖南来。到长沙的这日，探听得这公馆非常富足，家藏珠宝极多，就在这夜我兄弟二人同来劫抢。我们打房檐上下来，公馆里的人都睡熟了，如入无人之境，一口装珠宝最多的小皮箱被我先拿到手。我们从来是做了买卖事后大家均分的，谁人动手谁人把风都没有分别。我那时既得了那口小皮箱，便招呼姓金的，得的彩已够了，不用留恋。姓金的知道我那箱里的东西不少，谁知他就起了毒心，同从屋上逃走的时候，冷不防一刀将我劈死，把尸身掼在两墙的夹缝里面，独自得了那箱珠宝出家做和尚去了。可怜我的尸身在这公馆的夹墙缝里，腐烂到于今没人发觉。我这冤是没有申雪的时候，就只因我的骨殖在这夹墙缝里不曾掩埋，每当秋雨淋漓起来实在不安得很。这公馆的主人虽更换了几次，然都是正走红运的贵人，我不敢出来求情。难得换了此刻这个主人，所以我特来求先生，请先生向这里主人代达一句。’

“这鬼说完，我已吓得不知怎么才好，或者曾随口答应了他。这鬼只一晃便不见了。我事后仔细一想，这话对八太爷说不得，一则八太爷才买这公馆不到两年，我若把这话说出来，八太爷必不敢再住在这里了，并且万一这话传流出去，想找个接买的人都很难，八太爷待我很好，我不可使他吃这大亏；二则这鬼说三十年来，这公馆的主人都是走红运的贵人，因不敢出来求情，然则八太爷便不是走红运的贵人么？我想若把这话说出来，八太爷听了必不高兴，甚至还要说我存心捏造这些话来挖苦他。有这两种原因，我所以决计不说，以为鬼真有灵，不妨当面向八太爷去求。哪里想到他昨夜是这么对付我，他那面相之难看，真是教人说不出画不出。”

“杜梓如述了这一段鬼话，直把我和陈八太爷一干人都惊得面面相觑。陈八太爷说：‘这公馆并没有夹墙，只有东边是紧靠隔壁房屋建筑的，两墙相连，或者就在那里面。’随即叫了两个砖瓦匠来，拆卸了些檐瓦，用绳索吊了个大胆的工人，下到墙缝里寻觅。果然寻出一副枯骨来，皮肉衣服早已腐烂得没有形迹了。陈八太爷花了五十两银子买了一具棺木，将枯骨装殓了，请了几个和尚念了三昼夜经，送到南门外义冢山里掩埋了，算是完结了这一桩怪事。你说这事怪不怪，我若不是亲身经历的，谁说给我听我也不会相信。”

在下不觉呆了半晌说道：“你是个不相信鬼怪的人，又说得这么确切，我也用不着下什么断语，好在我正要做一个短篇小说，且将你所说的情形一字不遗地写出来，给研究神怪的人们去研究便了。”

《红杂志》第2卷44期　民国十三年（1924）6月6日

无锡老二

有个无锡的朋友对我说，在几十年前，无锡有个著名的积贼，叫作“无锡老二”。这无锡老二生成一副做贼的头脑。

他父亲死得早，五六岁的时候就只跟着母亲度日。他家虽没有多大的财产，然母子俩人能勉强敷衍过活，只是他母亲不知道教育儿子的道理，只一味地溺爱。老二当六岁的时候，打着一双赤脚，在门外玩耍。那门口停着一副皮匠担儿，皮匠正坐在担儿旁边，替人补破鞋。老二乘皮匠不在意，用脚指夹着一个锥子，故意用一只脚来回跳着玩耍。普通小孩儿多喜用一只脚跳着走，皮匠自然不把他当一回事。老二跳了几步，便一路跳着回家，离开了皮匠的视线，才从脚趾缝里，将锥子取出来，交给他母亲。他母亲问是怎生取得来的，老二把偷锥子时的情形述了一遍，他母亲欢喜得什么似的，连忙抚摩着老二的头夸奖道：“好孩子，真聪明，能用这么巧妙的方法，当着皮匠的面将皮匠的锥子偷来，居然能使皮匠不察觉。你这孩子将来一定有出息。”

老二听了这番夸奖，自是得意非常。从此就一心一意地在这一类事情上做功夫，如用背黏贴人家晒的咸鱼，用屁股缝夹人家的鸡蛋之类，都是从老二小时候发明出来的小窃法。后来，老二年纪渐渐地长大，偷窃的本领也渐渐地增高，竟以做窃贼为生涯了。

有一夜，老二在人家墙壁上凿了一个窟窿，遂从窟窿里进了人家的卧室。两手在床上摸索，将要揭取这人被上所盖的衣服。不提防这人惊醒转来，知道有贼，伸手往被外一捞，恰好碰在老二的手上，一把就将老二的手拿住了，死死地握着，一面用脚踢醒同睡的老婆道：“快起来把灯点燃，我已拿住一个贼了。”这人的老婆从梦中听得自己丈夫说拿住了贼，惊得连忙翻身坐起来，用手去撩帐门，谁知也恰好碰在老二手上。老二情急智生，也顺手一把将这人老婆的手拿住，紧紧地牢握不放。这人的老婆想不到窃贼拿住自己的手，只道是自己的丈夫拿错了，便摆动着手说道："你拿住我的手，教我怎生点灯呢?"老二在这时候，也将自己被拿的手摆动了几下。这人一时糊涂起来，以为是自己不曾醒得清楚，误将老婆的手当贼手拿了，忍不住松了手，笑道："原来我拿住的是你的手么?"老二同时也将握这人老婆的手松了，这人老婆带气答道："你发昏啊？不是我的手是谁的手？捏得我生痛。"老二已溜到了窟窿口，便带笑说道："你两口子都发昏啊？不是我的手是谁的手？捏痛了不能怪我。"这人知道上了当，起来追时，老二已逃得远了。

老二因为机警、善于应变，在无锡犯案如山，竟没人能拿得着他。于是无锡老二的声名震惊遐迩，他手下的徒弟党羽也就不少了。

有一次老二跑到苏州去行窃，偷到一个巨绅人家。这家有一个十七八岁的小姐，生得异常娇艳，老二偷进了这小姐的闺房，在灯光下见这小姐睡着如海棠带醉，陡起淫心，遂据强奸。这小姐从梦中惊醒，正待狂喊有贼，老二知道这家里人多，恐怕喊得大家起来，自己逃不出去，急用手捏住这小姐的咽喉，可怜一个如花似玉的小姑娘哪有抵抗老二的能力，呼吸窒塞，没一会儿工夫便魂归离恨天了。老二原没有杀这小姐的心思，只是事已弄成了这一步，也有些儿觉得害怕，忽然眉头一皱，计上心来。连忙把这小姐的下衣剥掉，从箱上取下一把锁来，锁在这小姐不可示人之处，见案上有纸笔，提起笔来写了一张纸条粘在锁旁边。纸条上写着："若要此锁开，须请老二来。"

老二自觉做得得意，出了巨绅家。这夜适下大雪，老二出来的时候，地下已有寸多深的雪了，半夜没人行走，一片白茫茫的雪上没一点儿痕迹。老二忽然心中一动，暗想不妙，不要被追的人照着脚迹跟上来，连忙将脚上的草鞋脱下来，鞋跟朝前倒扎在脚上，尽夜走回无锡。

巨绅家到次早才发觉，报了官。前来勘验看了那纸条儿，果然怀疑不是无锡老二作的案，以为必是和老二有仇恨的人故意是这么陷害无锡老二的，及照雪上脚迹追寻，又见只有来的脚印没有去的脚印，更以为真犯尚在苏州，满苏州城搜捕遍了，哪里搜捕得着呢?

然老二既犯了这样重大的案件，虽凭一点儿诡计得免于一时，然他这种人绝没有安分的时候，不久又犯了杀伤事主的案，究竟没有由他幸逃法网的道理，不过多费了些手脚毕竟将他拿着了。

这种重大罪犯在前清时候拿着了当然是砍头之罪。这日无锡老二行刑的时候，惊动了远近数十里以内的男女都来看热闹。此时老二的母亲已有七十多岁了，身体还很强健，见自己儿子要在苏州受死刑了，准备了些纸钱，哭哭啼啼地提到法场上来焚化。老二跪在法场上等刑，一眼看见他自己的亲娘来了，连忙呼道："娘啊，你养育我一场，此后可得不着我的力了。我于今犯了法，死是应该的，我也没有什么不了的心事，只求娘解开衣把奶头给我衔一衔，我死了就瞑目了。"

他娘见他这么要求自然不忍拂他的意，解开胸前的纽扣，露出乳头来给老二衔。老二衔住奶头，下死劲一口咬下来，只痛得他娘"哎呀"一声，指着老二哭骂道："你这孽畜，临死还这么狠毒，将你娘咬得这样。"围着法场看的人也都骂老二太不是东西。

老二高声说道："诸位不要骂我，我在五六岁的时候，用脚指缝偷皮匠的锥子，那时我娘若不夸赞我偷得好，说我有出息，我何至弄到今日这般下场。诸位今日看了我的榜样，可知道无理地溺爱儿子，便是害了儿子。"

《红杂志》第2卷45期　民国十三年（1924）6月13日

名人之子

有朋友从汉口回，向我述上月去汉口时，在船上所见名字之后的一段故事。在下头脑腐旧，听了很有感触，觉得现在的家庭社会，对于“礼”“教”两个字，都不太把他当一回事了。中国自有历史以来，家庭和社会间的秩序安宁，就全赖这礼教两字维持不敝，法律只能纠之于事后，并只能施之于无势无力的小民。像此刻的军阀官僚，心目中哪有什么法律，礼教法律都不当一回事，时局又安得不糟到这个样子呢?

看官们看了以下的事实，或者有怪在下小题大做，有意糟蹋名人的。在下生成这种腐旧头脑，才有这种思想，有这种思想，才有这篇记述，见仁见智，只好听凭看官们了。

我那朋友姓刘，是个极诚实不说诳话的人，他说:“我四月初八日，搭鄱阳轮船到汉口去，开船之后，因没有同行的伴侣，无可谈话之人，很觉得寂寞，百无聊赖地躺在床上，有时从窗眼里看看江岸上的景物。同船的人，在窗外走来走去的很多，走到窗跟前，也有回头朝我看看的，也有径走过去不回头的，这是长江轮船上最寻常的现象。回头看我的，固不是想和我要好；不回头径走过去的，也不是和我有仇。因此我对于窗外来去的人，原没有注意的必要，只是许多走来走去的人当中，竟有一个人的神情举动，特别的异乎人之所不同，使我不由得不注意他。

“这日是离上海的第二日，刚吃过了午饭不久，倾盆也似的下着大雨。我觉得江岸上的雨景，必有可观，遂照例从窗眼里朝岸上望着。这时因船边上有雨打来，窗外没人走动，看了一会儿，忽见一个衣服华美的少年，反操两手，低着头，从容不迫地一步一步踱了过去，转眼又踱了过来，华美的衣服上面，已着了不少的雨点。来去踱了十多遍，便在窗跟前立住了脚，抬头望着天上，深深地叹了一口气，接着把头摇了几摇，仍旧低下来，缓缓地踱过去了。

“这现象一落到我眼里，登时觉得这少年必有十二分难解决的心事，才有这般的神情举动。这种神情举动在旁人看了，或者也不注意，而在我就非注意不可，是什么道理呢？因为光绪三十年七月间，我也是从上海到汉口去，那次我坐的是统舱，紧靠着我的床位，是一个四十多岁的湖北商人。也是开船的第二日，我看那个湖北商人，只是低头坐在床上叹气，有时也把头摇着，同船的谁也不理会他。

“一到夜间，我正打算睡觉，那湖北商人忽将身体移到我床边说道：‘我实在害怕极了，求先生多坐一会儿再睡好么？先生若肯陪着我坐，我真感激先生，至死也不忘记。’我说：‘这统舱里坐满了的人，灯烛辉煌的，有什么可怕呢？’湖北商人又摇了摇头叹道：‘怕得很，怕得厉害，简直不敢睡。我这包袱里面的钱，是我一家人靠着养命的，我姓李，家住在黄冈县西乡某某地方，家中有个婶母，一个妻子，两个女儿，一个儿子，还有什么什么人……’

“我听了有些不耐烦起来，以为是有点儿神经病的人，即对他说道：‘你原来是害怕有人来偷你的钱么，这怕什么呢？有银钱和重要公文的，照例可以交给船上账房替你保管。账房给你一张收条，船到码头的时候，你凭收条向账房取出来，包你万无一失。’

“湖北商人见我这般说，似乎很欢喜地说道：‘既是如此，就请先生同我去交给账房好么？’我说：‘这是照例的事，并用不着办交涉，何必要我同去呢？’湖北商人好像一个人不敢去的样子，我只得带他到账房里，点交了一百八十六块钱，并包袱里几件不值钱的衣服，擎了收条，这夜没再说害怕的话，就大家安歇了。

“次日又回复了原状，也是低着头在船边上走来走去，时而摇摇头，时而点点头，也不断地抽声叹气。到下午三点多钟的时候，我分明看见他从二层楼的楼梯下来，下一步，停一停，两眼望着江里，那船边因禁止挑夫和接客的缘上船来，用铁丝网钉了，只留上边尺多高不曾钉满。那湖北商人下了四五步，猛然将身体一侧，从那铁丝网上面往江里一窜，只听得扑通一声，我失口叫了句：‘哎呀！’外面已有许多人，大呼快停轮呀，掉了人到江里去了呀。

“我跑到船边看时，船虽开着慢车，只是已离开落水的地方很远了，还看得见什么人呢？连水泡也没看见一个。我有了那一次的影像，深印脑海，此番见这少年的神情举动，虽没有那湖北商人那种失魂丧魄的样子，然已不由我看了不注意。

“等他踱回来的时候，我留神看他面貌，见生得甚是漂亮，像个富家公子的模样，不过长着一身俗骨，没一点儿文雅书卷之气，也没有忧愁抑郁的面容。正在这时候，忽见一个兵士装束的人，一手拈着一支雪茄烟，一手拿着一盒火柴，走到少年面前，将烟递给少年，随将火柴擦着，少年立时现出骄矜得意的样子，就兵士手中，吸燃了雪茄烟，仰面呼了一口烟，对兵士说道：‘这雨真下得讨厌极了，我很着虑到汉口的时候，还是这么下个不了，就糟透了。’兵士赔着笑脸说道：‘这雨已下了好几日，大概也快要晴了，大人的福气好，到汉口的时候，天气一定要晴的。’少年点了点头道：‘我的福气，就是赵省长的福气，也就是刘老太爷的福气，我这回当代表的差使，总算还办得得意，就只要到汉口的时候不下雨，便是十全其美了。’

“我当时听二人谈话的声音，都是湖南人，听了所谈的话，觉得很奇特。我心里虽已能断定这少年正在志得意满的时候，决不至有湖北商人那种意外的惨剧演出来，然对于他那‘我的福气就是赵省长的福气，也就是刘老太爷的福气……’，这几句话，实在索解不得。不过他是这么说，自有这么说的理由，我和他既素昧平生，当然不得知道，也就没拿来当一回事，搁在心里研究。但是我因为无可谈话的人，正苦寂寞，见这少年是同乡，便有心想和他攀谈，却是几次会了面，都没有攀谈的机会，什么道理呢？就为的他那种志得意满的神气，颐指气使的举动，使我这个草茅下士，望了害怕，唯恐我一开口，他就老实不客气地给我一个不理会。我既存了这个怕碰钉子的心思，见没有攀谈的机会，也就罢了。

“其实我这个怕碰钉子的心思，存得错了。这少年不但没有给钉子我碰的心，并承他的盛意，很想和我谈话，几次在我窗外徘徊，且运用他那只富贵眼，朝窗里探望。船已过了南京，他忽然走进我的房来，向我点头打招呼，我连忙也起身让座，请教他的姓名，他且不回答，反向我问道：‘你是到汉口呢，还是回湖南呢？’我说只到汉口，他问道：‘在汉口有差事么？’我说：‘没差事，办点儿货物，仍回上海。’他又问道：'你是在上海做生意么?'我点了点头，他问我到上海几年了，我说有七八年了，他立时现出很高兴的样子道：'你既在上海住了七八年，说起我的名字，你或者还不知道，若说起我家父的名字，你一定是知道的，也许和家父见过面，我家父就是在上海卖字的宗士元。哦，说宗士元，你只怕还不知道，因为他替人写字，落款不是写宗士元，是写他的单名，就叫宗义。近来宗义两个字也写得少了，普通都是写宗能远，你这下子知道了么?'我来不及点头说：'久仰之至，只是没见过面，原来你就是宗大少爷。'宗大少爷听了，更加起劲似的说道：'此刻在上海，清道人死过之后，就只宗能远的字最行时。我这回替赵省长当代表，特地从湖南到上海，就是为找他写寿屏，你猜他于今替人写寿屏，连做带写，要多少钱一堂?'我说：'没请他写过，不知道。'宗大少爷晃着脑袋说道：'货也是货，价也是价，本月十六日，是刘旅长的老太爷寿诞，湖南军政界的要人，多亲自到衡阳去拜寿，大家凑份子送三堂寿屏，连写带做搭买三堂寿屏，总共是三千五百两银子，三堂寿屏的价钱，就打算五百两，写、做也还有一千两银子一堂，这银子真容易赚。不过于今清道人死了，除了宗能远，也没人配卖这样大的价钱。'

"我那时见这宗大少爷开口宗能远，仿佛忘记了宗能远是他独一无二的父亲似的，便笑着问他道：'赵省长派你当代表到上海，专为找宗能远写三堂寿屏吗?'宗大少爷道：'专代表这一件事，可见得这是很重要的差使了。'我道：'你既是专代表赵省长找宗能远写寿屏，那么你在代表责任未曾完了的时期当中，你是应该以赵省长自居的了，在上海见着宗能远的时候，是称呼宗先生呢，还是称呼什么呢?'宗大少爷笑道：'话虽如此，父子之间，究竟不能公事公办。这回代表，我当得还好，回去销差，赵省长看了这三堂寿屏，一定很高兴。就只望天从人愿，到汉口的时候，不要像这么不断地下雨，万一把寿屏透湿了，不是一件当耍的事；次之，就望这船，明日早些到汉口，让我好过江，趁火车回长沙。一到长沙就好了，我可以要求赵省长专派一艘汽油划子，送我到衡阳去。无论如何，迟到十五日夜半，也得赶到衡阳，方不误事。'

"宗大少爷的希望，虽是如此，但是天却不从他的愿，鄱阳轮船的速率本来不高，这日到夜间十点多钟才拢码头，雨又大下不止，老天竟好像有意要与这位赵省长的寿屏代表宗大少爷为难一般，把个宗大少爷急得搔耳抓腮，抽声叹气。船拢了码头之后，江汉关检查行李的人堵住跳板，所以上岸的姓李，一件一件都得打开来看。宗大少爷的行李虽简单，然三个装寿屏的木箱，捆作一块儿，外面用很厚的纸包裹了，形式上极像一件货物。检查员一落眼就特别地注意，指点着教宗大少爷打开来看。宗大少爷倒有点儿担当的样子，挺胸竖脊地率领那个兵士装束的人上前说道：‘我是湖南赵省长派往上海办公事的代表。’随说随回头指指那兵士道：‘这是我的护兵，我身上还有护照，可以不要检查么?’说着，从身上掏出一张四五寸宽，七八长的字纸来，打算递给检查员看。

“叵耐那个检查员竟胆敢藐视赵省长的代表，连眼角也不瞧一瞧，只不住地把手摇着说道：‘不中用，不中用，谁也得检查，快打开来吧。’那种声色俱厉的样子，早把赵省长代表的勇气吓退了，现出慌张的样子来，还待向检查员说情。检查员看了他慌张的神情，益发不肯通融，反增加了几个人，将宗大少爷并行李包围了，一迭连声地催促打开来，以为必是违禁品，或偷税的货物无疑。

“宗大少爷没奈何，只得打开来，给检查员细细翻看了一会儿，幸亏这时的雨下得小了。我帮着他看包裹，没将那价值三千五百两的寿屏透湿。宗大少爷在码头上问我道：‘你落什么旅馆。’我说：‘福寿楼。’他说：‘我也得落一落旅馆，把寿屏重新包裹了，才能过江去趁火车，就和你一同到福寿楼去吧。’我听了自然说好。谁知他一到福寿楼，就向账房说道：‘我是湖南赵省长的代表，有紧要的公事，得赶回湖南去，快替我打个电话去问，这时还有小火轮过江么?’账房笑道：‘此刻已是十二点钟了，哪里还有小火轮过江呢?这用不着打电话去问，我这行吃的是轮船火车的饭，没有不知道的。’

“宗大少爷误会了账房的用意，以为是贪图他的宿食费，不肯进门就放他走，便说道：‘房钱、火食钱，要多少我还是给你多少，你只替我设法，我今夜无论如何得过江去，哪怕是多花些钱都不算事，我的公事要紧，不能耽误时刻。’这几句话，说得账房里坐的人都笑起来，连我都被笑得面上很难为情，只好向宗大少爷说道：‘你这时即算能过江，这时有火车给你坐吗?这里是湖北地界，搬出湖南赵省长的头衔来，吓得倒什么人呢?’他听我这么说，才堵着嘴不作声了。我次日起来，不见有他，想必已过江趁火车回长沙去了。”

刘君说完这段故事，在下觉得像一回《官场现形记》，所以把他写出来。

《红玫瑰》第1卷1、2期　民国十三年（1924）8月

神　针

凡是能造成一门绝艺的人，必有一种与寻常人不同的特性；或是性情极恬静，或是意志极坚强，都是造成绝艺的原素。这篇所记述的是一个最近的人物，上海人知道的最多。其人其事，实在有可记述的价值。这人姓黄，名石屏，原籍江西人，就是十年前在上海很享盛名的针科医生。这黄石屏的针科手段，直可以说是超神入化，一时无两。他一生使人惊诧叹服的事迹，很多很多。在下于今要记述那些事迹，就不能不从他学得这针科绝艺的来由着手。

却说黄石屏的父亲，在山东做了好几任的府县官，为人甚是清廉正直，很能得地方百姓的爱戴。做清官的当然不要非分的钱，因此做到五十多岁，家中仍没有多少积蓄，不能在家安享。晚年才得了宜昌的一个厘金局差事，然得了这差事不久，跟着就得了个风瘫半身不遂的病，终日躺着不能动弹。延尽了名医，服尽了汤药，只是没有效验。黄家的亲朋戚友，都以为这是年老送终的症候，没有诊治希望的了；就是黄石屏兄弟，以及他父亲本人，也都是这么一种心理。所应办的一切后事，多已办妥了，只等这口气咽下去就完事。

这日忽然门房进来报道，外面来了一个游方的和尚，年纪约有七八十岁了，口称要见黄局长，特来给黄局长治病的。黄局长心想：我这病原是不治之症，这和尚既说特来给我治病，或者有特别的能耐，能将我的病治好也不可知；便是治不好，也没有妨碍。遂教门房将和尚引进来。不一会儿，门房引进一个老和尚来，黄局长看那和尚，虽是须眉如雪，可以看得出是年事很老的人；然精神充满，绝无一点儿龙钟老态，身体魁梧，步履矫健，远看绝看不出是有了年纪的。那和尚进房，即合掌当胸，向黄局长笑道："老施主还认识老僧么?"黄局长听他说话是山东口音，只是脑筋中记忆不出曾在什么地方见过。只得答道："惭愧惭愧，别后的日子太久，竟记忆不起来了。”和尚笑道：“无怪老施主记忆不起，俗语说得好，百个和尚认得一个施主，一个施主认不得一百个和尚。老僧便是蓬莱千佛寺的住持圆觉。当日因寺产的纠葛，曾受过老施主的大恩，时时想报答老施主，无如老施主荣升去后，一路平安，没有用得着老僧的时候。十多年来，老僧逢人便打听老施主的兴居状况，近日才听说老施主在宜昌得了半身不遂的病症，多方诊治不好。老僧略知医术，因此特地从蓬莱县动身前来，尽老僧一番心力。”

黄局长听了，才回想起做蓬莱县知县的时候，有几个痞绅，想谋夺千佛寺的寺产，双方告到县里，经几任县官不能判决，都因受了痞绅的贿。直至本人到任，才秉公判决了，并替寺里刊碑勒石，永断纠葛的事来。不觉欣然点头说道：“老和尚提起那事我也想起来了。那是我应该做的事，算不了什么。老和尚快不要再提什么受恩报答的话。”当即请圆觉和尚就床缘坐下。圆觉问了问病情，复诊察了好一会儿，说道：“老施主这病非用针不能好，便是用针，也非一二日所能见效，大约多则半月，少则十日，才能恢复原来的康健。”黄局长喜道：“休说十天半月，就是一年半载，只要能治好，即十分感激老和尚了。”圆觉从腰间掏出一个布包来，里面全是金针，粗细长短不一。一点药石不曾用，就只用金针在病人周身打了若干下。打过不到一刻，病人就觉得比未打针的时候舒畅多了。次日又打了若干针，又更比昨日舒畅些。于是每日二三次不等，到第五日已能起床行动了。黄局长感激圆觉和尚，自不待说。终日陪着谈论，才知道圆觉不但能医，文学、武事都高到绝顶。彼此谈得投契，竟成了知己的朋友。

有一日，圆觉慨然说道：“我生平学问，只有针科为独得异人传授。当今之世，没有能仿佛我万一的。我多年想传授一个徒弟，免得我死后此道失传，但是多年物色，不曾遇着一个可传的人。这种学术若传之不得其人，则为害之烈，不堪设想；因此宁肯失传，不敢滥传。”黄局长问道：“要怎么样的人，方能传得呢。”圆觉道：“这颇难说，能传我此道的人，使见我的面，我即能一目了然。”黄局长有四个儿子，三个极精明干练，只有第四个黄石屏，身体既瘦弱，性情复孤僻。从三四岁的时候，就不大欢喜说笑；后来越长越像个蠢人。同玩要的伙伴，欺侮他，捉弄他，他不但不抵抗，竟像是不觉得的一般；因此左右邻居以及亲戚故旧，都认定黄石屏是个呆子。黄局长也没有希望他成才的念头，只对于那三个精明干练的认真培植。这时听了圆觉的话，便说道："不知我三个小儿当中，有能传得的没有。"圆觉诧异道："多久就听说有四位公子，怎说只有三位呢?"黄局长面子上难为情似的说道："说起来惭愧，寒门无德，第四个直是豚犬不如，极不堪造就。这三个虽也不成才，然学习什么，尚肯用心，所以我只能就这三个看是如何？若这三个不行，便无望了。"圆觉点头道："三位公子我都见过，只四公子不曾见过，大约是不在此地。"黄局长叹道："我就为四小儿是个白痴，绝不许他出来见客，并非不在此地。"圆觉笑道："这有何妨，可否请出来见见。世间多有痴于人事，而不痴于学术的。"黄局长听了，甚是不安，只管闭目摇头道："这是没有的事。"圆觉不依，连催促了几遍。黄局长无奈，只得叫当差的将黄石屏请出来。

这时黄石屏才得十四岁，本来相貌极不堂皇，来到圆觉跟前，当差的从背后推着他上前请安。圆觉连忙拉起，就黄石屏浑身上下打量了几眼，满脸堆笑地向黄局长说道："我说世间多有痴于人事，而不痴于学术的。这句话果然验了。我要传的徒弟，正是四公子这种人。"黄局长见圆觉不是开玩笑的话，才很惊讶地问道："这话怎说，难道这蠢材真能传得吗?"圆觉拉着黄石屏的手很高兴地说道："我万不料在此地，于无意中得了这个可以传我学术的人。这也是此道合该不至失传，才有这么巧合的事。正所谓踏破铁鞋无觅处，得来全不费功夫。"说罢，仰天大笑不止。那种得意的神情，完全表现于外，倒把个黄局长弄得莫名其妙，不知圆觉如何看上了这个比豚犬不如的蠢孩儿。只是见圆觉这么得意，自己也不由得跟着得意，当日就要黄石屏拜圆觉为师。圆觉从此就住在黄家，但是并不见教黄石屏打针，连关于医学上的话，都没听得教黄石屏一句。只早晚教黄石屏练拳习武，日中读书写字。黄家人至此才知道黄石屏不痴。

黄局长任满交卸了归家乡，圆觉也跟着到江西。黄石屏从圆觉读书习武三年之后，圆觉才用银朱在白粉壁上画了无数的红圈，教黄石屏拿一根竹签，对面向红圈中间戳去，每日戳若干。戳到每戳必中之后，便将红圈渐渐缩小，又如前一般地戳去。戳到后来，将红圈改为芝麻小点，竹签改为钢针，仍能每戳必中。最后才拿出一张铜人图来，每一个穴道上，有一点绣花针鼻孔大小的红点，黄石屏也能用钢针随手戳去，想戳什么穴便中什么穴。极软的金针，能刺入粉墙寸多深，金针不曲不断，圆觉始欣然说道："你的功夫已到九成了。"自此才将人身穴道以及种种病症，种种用针方法传授，黄石屏很容易地就能领悟了。黄石屏学成之后，圆觉方告辞回山东去，又过了十多年，才坐化蓬莱寺中。

黄石屏的父亲从宜昌回原籍后，也很活了好几年才死。黄石屏生性异常冷静，不仅不愿意到官场中营谋钻刺，并不愿经营家人生产。兄弟分家，分到他名下，原没有什么产业。他又欢喜吃鸦片烟，除一灯独对，一榻横陈之外，什么事也不在他意下。没有多大家产的人，如何能像这么过日子呢？不待说一日亏累似一日。看看支持不住了，饥寒逼迫他没有法子对付，只得到上海来挂牌替人治病，得些诊金度日。

那时南通州的张啬翁，还没有生现在当智利公使的张孝若公子，就得了个阳痿的症候。虽讨了个姨太太，只因不能行人道，姨太太子宫中的卵泡无法射破，就有一肚皮的儿子，也不得出来。黄石屏因世谊的关系，和张啬翁很相得，彼此来往得甚是亲密。见张啬翁日夕愁烦没有儿子，便问张啬翁有什么暗病没有，张啬翁将阳痿不能行人道的话告知了他。黄石屏道："这病容易，我包管你一索得男。"张啬翁听了，知道他医道极高明，连忙问如何治法。黄石屏道："如何治法，暂可不说。等嫂夫人的月事来了的时候，你再来向我说，我自有方法。"张啬翁果然到了那时候来找黄石屏，黄石屏在张啬翁下身打了一针。作怪得很，这针一打，多久不能奋兴的东西，这夜居然能奋兴了。于是每月打一次，三五个月之后，智利公使便投了胎了。张啬翁喜极之余，又感激黄石屏，又钦佩黄石屏，不知要如何酬谢黄石屏才好。黄石屏却毫不在意，一点儿没有借此依赖张啬翁的心，仍是在上海行医，门诊收诊金二元二角，每日至少有病人二三十号。

有一个德国妇人，腰上生了一个碗口大的赘疣，到德国医院里去求治，医生说非开刀不可。那妇人怕痛，不敢开刀。就有人绍介黄石屏。那妇人邀绍介的同到黄石屏家，只打了三次针，共花六元六角钱，赘疣即已完全消灭了。德妇感激到了极处，凡遇同国人病了，就替黄石屏宣传，引自己做证据。只是德国人是世界上第一等迷信科学的人，听了绝不相信。就是疑信交半的，也不肯拿身体去尝试。

这日那妇人有个女朋友，也是在腰间生了一个赘疣，大小位置都差不多。那妇人便竭尽唇舌之力，劝那女友到黄石屏那里去。女友已经相信了，答应愿去，女友的丈夫却抵死不依，定要送到本国人办的医院里去。那妇人不能勉强，然仍不肯决然舍去，跟着女友夫妇同到医院里。经医生看了，也说非用刀割开不能好。那女友听得要动刀，登时吓得面色改变。那妇人乘机说道："是吗，我那次到这里求治，不是也说非开刀不能好的吗？我于今不开刀，毕竟也完全好了呢。"医生听了那妇人的话，觉得诧异，忙问她那赘疣怎么好的。她即将黄石屏如何打针的情形，详述了一遍。医生摇了摇头问道："那打进肉里去的针，是空心的呢，还是实心的呢？"妇人道："三次我都要针看了，都是实心的，比头发粗壮不了许多，连柄有六寸多长，打进肉里去的，足有二三寸。"医生又摇摇头问道："抽出针来之后，出了多少血呢？"妇人道："一滴儿血也没出，也不觉得很痛。等我知道痛时，针已抽出来一会儿了。"医生道："这腰间的动脉管，刺破了极危险。那中国人用的既是实心针，可知不能注射药水，怎么刺两三下，居然能将这般大的赘疣消灭呢？这是没有根据的事。"妇人气愤起来争辩道："怎么是没有根据的事，我这腰间的赘疣，就是因给那中国人刺三针消灭了，不就是根据吗？"医生见妇人生气，便赔笑道："我说没有根据，并不是说你的话没有根据，是说这种治法于学理没有根据。你不要误会了生气。"那女友既不敢教医生开刀，只得劝丈夫牺牲成见，同去黄石屏家试试。她丈夫遂和医生商量道："不问那中国人的治法，于学理有不有根据，我们不妨以研究的意味同去瞧瞧。果能治好，固是我等所希望的；便是治不好，有先生同去了，也还可以有方法应急挽救。"这医生是德国的医学博士，就是这医院的院长，在上海所有的外国医生当中，算是数一数二的人。当下也就发动了好奇念头答应同去。于是四人一同乘了汽车，由那妇人向导，到了黄石屏家。

这时正是黄石屏门诊的时候，一个两上两下的客堂房做诊室，十多个病人，坐的坐，卧的卧，都挤在这一间房里。黄石屏手执金针，在这人身上戳一下或两三下，这人即时立起来，说已好了。在那人身上戳一下或两三下，那人也即时立起来，高高兴兴地向黄石屏作揖道谢。好像和施用催眠术一般。那医生眼睁睁在旁看了，简直莫名其妙。有些地方那医生认为万不能用针戳下去的，而黄石屏行若无事地只管往下戳，并似乎绝不经意。戳过了的针，也不消毒，随手用一块绢帕略揩一揩。那医生用科学的眼光看了，直是危险万分，然眼见诊室中十多个病人，只一会儿工夫，都被戳得欢天喜地地去了，却又不能不相信有点儿道理。

那妇人等治病的都走了，才上前给黄石屏绍介。那医生说得来中国话，寒暄了几句之后，即和病人的丈夫商量了一会儿，向黄石屏道："我这个女友，腰间生了一个这么大的赘疣，听说先生能用针射得消灭，不知是不是确实。"黄石屏教这女子将赘疣露出来看了看，点头说道："这很容易治好。"随用手指着那妇人说："这位夫人也是生了这么一个赘疣，也是经我三针打消灭了。"医生道："这是我知道的。不过我这女友的胆力很小，她愿多出些钱，想请先生包她治好，无论先生要多少钱都使得。只是得写一个字据，担保没有危险，不知先生可不可照办。"黄石屏听了不高兴道："我这里门诊的章程，每人一次只取二元二角，多一文也不要。先生贵友便有千万的钱，在我这里也没用处。我在这里应诊了二十年，治不好的病，我绝不担任诊治，连二元二角钱也不要。治得好的病，就是我的良心担保。二十年来经我手治的，还不曾发生过危险。贵友相信我，就在这里治，不相信我，请另找高明。上海做医生的很多，不是我一个。"这段话说得那医生甚是惭愧。病人因亲眼看见黄石屏治好了十多个人，更相信不疑了，定要在这里治。黄石屏照例绝不经意的样子，拿针在赘疣旁边戳了一下，只戳得这女子哎呀了一声。随即站起来，向前后左右扭动了几下，笑道："已好了十分之四了。"那医生惊奇得了不得。黄石屏约了这女子明日再来。

第二日原可以不须医生同来的，但那医生因觉得这种治法太稀奇了，要求同来观诊。也只三次，就将赘疣射得完全消灭了。医生每次同来，已和黄石屏混熟了。自后每日必到黄家观诊，渐渐谈到要跟着黄石屏学。黄石屏道："这不是你们外国人能学的东西。"医生道："中国人既能学，哪有外国人不能学的道理呢？"黄石屏道："从表面上看了，不过用针向肉里戳一下，实在戳这一下不打紧，其中却有无穷学问在内。外国人不认识中国字，不精通中国的文学，无论如何也学不会。"医生问道："应读些什么中国书呢？其中最难学的是什么呢？"黄石屏道："最难读的是《黄帝内经》，最难学的是人身周身穴道部位。"医生问道："我听说中国有一种拳术，是专点人身穴道的，什么穴道点一下便得死，什么穴道点一下便得病，究竟有没有这么一回事呢？"黄石屏笑道："岂但确有这么一回事，想学我这种医术，就非先练好这点穴的本领不可。"医生做出不大相信的样子说道："然则先生此刻已有这点穴的本领么？"黄石屏道："没有这本领如何敢拿针在人身上乱戳呢？"医生问道："好好一个人，果能点一下就教他死，点一下就教他病么？"黄石屏道："这当然是办得到的事。"医生道："可以试验给我看么？"黄石屏道："可是没有不可以的，不过这东西不是好随意试验的，因为关系着人命，谁敢拿人命为儿戏呢？"医生道："只要先生肯试验，我这身体就可以给先生做试验品。为研究学问，便牺牲我这生命，也是心甘情愿的。"黄石屏摇头笑道："那如何使得，并且先生不是真要研究学术，不过不相信真有这么一回事罢了。若是真要研究学术，拿自己的身体做试验品，先生可知道人生只能死一次的么？死了就不得复活，却怎么研究呢？"医生道："不是也有点过之后，只病不死的吗？就请把我点病如何咧？我实是不相信有这么一回事，所以要亲身试验。"黄石屏笑道："你我好好的朋友，你不相信，我不妨缓缓解释给你听，到使你相信为止，用不着拿自己的贵重身体做试验品。"

黄石屏越是这么说，那医生越不相信，定要黄石屏试验。黄石屏被逼得没有法子推托，只得说道："先生若定要亲自试验，就得依遵我的条件。"医生问道："什么条件？可依的我无不依遵。"黄石屏道："先生得找一个律师来做证人，写个字给我。先生的目的，是希望我点病，真个病了不能怪我。"医生大笑道："这何待说。但是手续上是应该如此。"那医生即日找了个律师，写好一张字，交给黄石屏。黄石屏就在接那字的时候，不知在医生什么穴上点了一下。医生当时一些儿不觉着，坐了一会儿，见黄石屏只管闲谈，绝不提到点穴的事上面去，忍耐不住了催道："就请当着律师试验吧。"黄石屏笑道："早已试验过了，特地留着你回医院的时间，请即回去静养吧，用不着服药的。"医生半信半疑地回医院。才回到自己房中，就觉得身体上不舒适，初起像受了寒的一般，浑身胀痛，寒热大作，坐也不安，卧也不稳，行走更是吃力，然还以为是偶然的事。弄了些药服了，服下去毫无效力，如热锅上蚂蚁一般的。连闹了两昼夜，实在忍苦不下了，只得打发汽车将黄石屏接来。黄石屏见面问道："先生已相信有这么一回事了么?"医生勉强挣扎起来说道："已相信确有其事了，这两日实已苦不堪言，所以特请先生来，看有方法能治么?"黄石屏道："这很容易，立刻便可使先生恢复未病以前的原状。"说时伸手在医生身上抚摩了几下。医生只觉手到处，如触了电机，连打了几个寒噤，周身立时痛快了。医生从此佩服黄石屏的心思达于极点，一再要求传授。黄石屏道："我不是秘不肯传，只因这种学术，上了三十岁的人要学就不容易了。中国人尚不容易，何况外国人呢?"医生说："我可拍电到德国去，要医科大学选派二十个年龄最轻的学生来学如何?"黄石屏仍是摇头不肯。医生只索罢了，馈送黄石屏种种贵重物品，黄石屏概不收受。那医生和黄石屏来往了七八年，始终没得着一点儿窍妙。

到民国三年，袁世凯正在日夜想登大宝的时候，和曹孟德一般地得了个头风病，一发就痛苦万状。那时没有陈琳愈头风的檄，就只得遍觅名医诊治。不过那时候所有的名医，多是有名无实的名医，谁也不能把那头风治好。嵩山四友之一的张啬翁，因感念黄石屏的好处，就将黄石屏保荐给袁世凯治头风。袁世凯以为黄石屏也不过是一个普通懂得些儿医道的人，知道黄石屏在上海，就下令给江苏省督军，要江苏督军转饬黄石屏进京。黄石屏冷冷地笑道："我做医生，吃我自己的，穿我自己的，听凭你们叫来叫去吗?你们的清秋梦还没醒啊!"睬也不睬，只当没有这回事。袁世凯见黄石屏叫不来，若是不相干的保荐的，叫不来就拉倒，谁再过问呢?只为是"嵩山四友"保荐的，不能马虎，亲笔写信告知张啬翁。张啬翁叹道："进贤不以其道，是欲其入而闭之门也。"遂也亲笔写了封信，派遣一个和黄石屏也有些儿交情的人，送给黄石屏，要黄石屏瞧着张啬翁的情面，无论如何，须进京去一趟。黄石屏却不过张啬翁与来人的情面，便说道："要我进京使得，不过得依我的条件：第一，我见了袁世凯不能称他大总统，只能称慰庭先生；第二，我原是靠行医吃饭的，此去以三天为限，每天诊金一万元，共三万元，先交付，后动身；第三，我此次进京，是专为治袁世凯的头风，袁世凯以外，无论什么人有病，我都不诊。依得我这三件，就照办，依不得时，谁的情面我也顾不了。"来人往返磋商了几次，毕竟都依了。三万元的汇票，已到了黄石屏姨太太的手中。黄石屏才青衣小帽，轻装就道。到京只两针，便将头风治好了。袁家眷属见来了这么一个神医，争着赠送黄石屏银钱礼物，要求黄石屏诊病，黄石屏一概谢绝。第二次来要求时，黄石屏已上火车走了。黄石屏也是晚年才传了两个徒弟：一个姓魏名亭南，一个姓胡名敬之。胡敬之现在也在上海悬壶应诊，手术之神，也不减于黄石屏。

《红玫瑰》第 1 卷 11 期　民国十三年（1924）10 月 11 日

快婿断指

十五年前，上海一班长三堂子里面，只要这家的排场略为阔绰，姑娘略为时髦些儿的，房中多半悬挂一种字体略似瘗鹤铭的对联，或屏条，或横幅。对联每每用嵌字格，将这家时髦姑娘的名字嵌在上面。下款都是写着韦黻。

这韦黻在当时，无人不知道他是一个风流才子。人物既生得漂亮，琴棋书画、诗词歌赋，又无所不能；更写得一手好指头书，能使人一点儿瞧不出是用指头写的。他本是一个贵家公子出身，兼有以上几种资格，当然在社会上能得着一大部分人的称道。堂子里能得着这般好资格的嫖客光顾，其欢迎热烈高到一百二十度，自不须说得。不过社会上一大部分人和堂子里时髦姑娘，都只知道韦黻是个富贵公子当中有才华的，却少有人知道他的武艺更在他文才之上呢！

他当少年时候，不但喜嫖，并且喜赌。他赌钱的本领不高，气魄倒是很大。因毕竟是个公子哥儿出身，不知道物力艰难，每赌得手滑的时候，一注输去几百几千。在旁人看了，替他摇头吐舌，而在他自己，毫不措意。有时赢上几百几千，他也只当是倘来之物，随手挥霍，可以于顷刻之间散一个干净。他平生最羡慕李白的人品才情，说千古有气魄的文人，就只李白一个，余子都碌碌不足齿数。

他原籍是广西，广西的民俗强悍，从来在西南各省之上。广西多山，而所有的山，又都生得嶒崚峻削，剔透玲珑。即不曾到过广西的人，只要读过柳柳州的文集，广西山水的好处，也就可以想象而得其大概了。不过广西山水的好处，在柳柳州生当太平的时候，就可以供文人的游览、词客的吟咏。自元明清以来，中原丧乱。有些儿抱负和能耐的人，不甘心屈服在异族专横之下，就利用这些山水幽深的地方，秘密团结志趣相同的人，为无形的割据。不奉政令，不纳赋税。历朝数百年来，在广西一省之内，像这一类的团结，可以说无地不有，无时不有。当时的官府，固然拿这一类团结的人当强盗看待。便是本地一班驯懦的百姓，也习焉不察，跟着官府指这类人为强盗。于是广西的强盗，数百年来都是势力逼于全省。久而久之，绿林两个字，就成了这类人的专门头衔。便是这类人的自身，习久也忘了本来，也以绿林豪杰自命。既没了政治的思想、种族的观念，徒然恃强结合，违抗政令。本来要说不是强盗，也说不过去。并且有时杀人放火，打家劫舍起来，和从来落草的强盗一般行径。官府不待说有保护地方治安的责任，但是广西的官府，对于这种责任是历来不肯完全担负的。就因为山水深幽，派兵剿捕这些绿林，想剿一个根株尽绝，绝对不是一件容易办到的事。在一般心目中只知道想发财的官府，固然不肯劳神费力，干这样讨好百姓不讨好上司的笨事。即间有一两个肯在百姓身上着想的官儿，一鼓作气地提兵调将，捕剿绿林；然绿林在广西的势力，既是根深蒂固，好容易说到去捕剿他们，官军一个不留神反被绿林打得弃甲曳兵而走的事，倒是寻常得很。有了几次官军捕剿绿林的榜样，还有谁肯当这种呆子呢？做官的只求绿林不打劫到衙门里来，哪怕就在靠衙门的左邻右舍杀人放火，可以装聋作哑的时候，也就不闻不问的了。百姓既照例得不着官府的保护，迫于自卫，也只得将三村五寨的人团结起来，有钱的出钱购办些武器，体力强壮的操练些武艺，是这么团结自卫。力量薄弱些儿的绿林，也就不敢来尝试了。因为有这种团结自卫的关系，民俗自然强悍起来。

韦龇生长在这种团体之中，又生成豪迈的性质，因少时就羡慕李白，所以于读书之外，并研究剑术。不过韦龇研究剑术目的不在和人较量，以故研究了好几年，不曾有一次向人表示过，外人也少有知道的。

做杭州运司的程群，是两榜出身，很有点学问。不知如何看见了韦龇的诗文，大加欣赏。知道韦龇还不曾订婚，程群有个女儿，也是生得秀外慧中，程群异常爱惜。从小就带在自己身边教读，十三四岁的时候，已是文学斐然了。女儿越好的，择婿越不容易。程群为这个女儿，到处留神物色快婿。

真是天成佳偶，恰巧遇了韦龇这种全才的人物。韦龇也知道程家小姐不是寻常闺秀可比，经程家一托人说合，韦家便答应了。只是程群的夫人觉得杭州离广西太远，自己女儿出嫁要行这远的道路，沿途不免有许多不方便的地方。遂和程群商量，托媒人要求韦鹹来杭州入赘。

这种要求，韦家当然没有不应允的道理，于是韦鹹便因入赘到了杭州。程群恐韦鹹住在外面，招待难得周到，要韦鹹径到运司衙门里住着，等候婚期。韦鹹既是个生性豪迈的人，并不推辞。一到杭州，就直入运司衙门下榻。程群看了这样的女婿，心中自是十二分的快慰。因韦鹹到杭州的时候，距离结婚的喜期还有十来日。程群恐怕这十来日当中，韦鹹受新亲的拘束，不甚舒服，自己便不大和韦鹹见面。特地指派了几个很漂亮的属员，专一陪伴韦鹹消遣。

这几个受了程群指派的人，其招待韦鹹之殷勤，是不消说的了。凡是韦鹹所欢喜的玩意儿，无不曲意体贴，以求能得韦鹹的欢心。就只一个嫖字，不敢引韦鹹入胜。嫖以外的行乐方法，应有尽有。就中尤以赌为最厉害。韦鹹初到时，还自己觉得是来入赘做新郎的，一切举动都很客气些儿。就是他生平最爱的赌博，从场下注，也不拿出平日在家乡豪赌的样子来。赌来赌去，赌到几日之后，渐渐地赌得忘形了，哪里再按捺得住性子。三百两一注，五百两一注，只图赌得痛快，什么也不知道顾虑。他身边带来的银钱，本也不少，然不论带了若干，如何能经得起他这般豪赌呢？他赌钱的手段，前面已说了，原不大高明，将带来做结婚时正项开支的银钱，泥沙也似的输了出去。一般奉命陪伴他的人，虽未必有想赢他钱的心思，然他正式输了出来，绝没有无端退还给他的道理。韦鹹是何等要强的人，也断然做不出要赢家退包的事。

这回韦鹹赌到半夜，输到半夜。同赌的都以为韦鹹手中还有钱，其实已是输得一干二净了。韦鹹正做着宝官，同赌的压下的注不小，一边极轻，一边极重。韦鹹存着侥幸的心思，暗揣开出轻门来便好了，不肯示弱将宝一手揭去。谁知赌神竟好像要韦鹹坍台的一般，偏偏开出来的是重门。韦鹹一时赔不出钱来，这才急了。但是生性要强的人始终不肯当着人示弱，即对同赌的说道：“请大家等一会儿，我去拿了钱就来。”说着，约计了一个数目，须四五百两银子。这些人不敢使韦鹹为难，齐说不要紧，留到明日玩的时候再算吧。这时韦鹹口里虽说去拿钱的话，然带来的钱既输光了，为人在客，一时又到哪里去拿钱呢？见这些人如此说，也只好就此下台，收拾安歇了。

一个人睡在床上，想起赌钱的情形，又是懊悔又是着急。懊悔是把带来做正用的钱输光了，喜期在即，不能着人去家乡赶钱；着急是该了赌博账，不还给人面子上过不去，越想越睡不着。思量我初到此地，除了这里以外，别无可以通融的亲友。岳父母虽是有钱，但我如何能丢这面子去向他开口。岳父母以外的人，更是不用说的了。韦鹹想到这里不由得急得坐了起来。

猛然间心中一动，便得了一个计较。暗想我听说程家小姐甚是贤淑，我何不趁这时全衙门的人都睡着了，就去小姐房中要求她为我设法呢？她和我虽不曾成亲，然我毕竟是她的丈夫，她不能不替我设法顾面子，并决不至将我去要求她的事，向人泄露。韦鹹自觉计算不差，即时更换了一套黑色的短衣服，施展出平生本领来，从窗眼里一跃上了屋檐，穿梁越脊，直到上房。寻着了小姐的闺闼，撬窗蹿了进去。将灯光剔亮，一手执灯，一手将绣帏撩起，轻轻唤了声小姐。程小姐正面朝里睡着，被唤得惊醒起来。回头一看，见是一个面生男子，立在床前。正待喊救，韦鹹已急忙说道：“我是韦鹹，请小姐不用惊怕。我夤夜到小姐这里来，自知无礼，只是有万不得已的事，不由我避嫌不来，望小姐原谅。”程小姐翻身坐起来，听说就是自己的未婚丈夫，看容貌听谈吐也能知道不是个来行强暴的人，惊怕的心虽立时减去了大半，然害羞的心也立时充分地发生了。照例低着头，红着脸，一句话也回答不出。韦鹹紧接着说道：“详细情形，等到某日以后，再和小姐说明，此时来不及多说了。我今晚在这里和某某几人赌钱，把带来的用费都输光了。还该了某某四百两银子的账。要顾我自己和小姐的面子，势不能不从速还给人；又不能向别人去借，因此唯有到小姐这里来，小姐快替我设法，顾全这次的颜面。”程小姐听韦鹹这么说，没奈何只得回答道：“我这房里所有的，仅有三百多两银子，要得急，只好拿首饰去凑。银子在那第三口皮箱里。”韦鹹一看那皮箱有锁锁着，也来不及问程小姐讨钥匙，放下灯来走过去只一捻，锁便随手落了下来，开箱取出银两往怀中一揣。程小姐已从手腕上取下两副金镯，搁在床缘上。韦鹹也拿起来揣了，将要踊身上屋，忽然又动了个念头，回身对程小姐说道：“求小姐不要以我这种行径过于无赖，搁在心里着急。我从此以后绝不敢再赌钱了。小姐或者不相信我这话，以为靠不住，我留一件信物在小姐这里，好教小姐放心。”说完一口将左手的小指头咬了下来，血淋淋地放在桌上。那指头还在桌上跳了几跳。韦鹹已一跃上了房屋，由原路回到自己房里，裹了伤指安歇。次日，换了金镯，归还赌账，从此果一生不再赌钱。

《红玫瑰》第 1 卷 12 期　民国十三年（1924）10 月 18 日

瘌福生

常熟人没有不知道瘌福生的。瘌福生究竟姓什么，知道的却很少。因他是个瘌痢头，名字叫作福生，所以一般人都顺口叫他瘌福生。他也不见怪，叫来叫去叫开了。于是常熟人只知道瘌福生，不知道瘌福生究竟姓什么。有不认识他的人，当面请教他的姓名，他总是指着自己的脑袋说道："瘌福生便是我。"瘌福生虽则是有名的瘌痢头，然头顶上并不是完全光溜溜的没有头发，不过稀稀朗朗的，仅能结成一条大指拇粗细的辫子罢了。

瘌福生家里没多的产业，世代务农。瘌福生天生的一副铜筋铁骨，从小见同乡的人练武艺，他也就跟着练武艺。他生性学一切的手艺都显得笨拙异常，任什么艺业学不会，唯有武艺，一学便会，并比较一般同学的都容易精巧。普通拳教师，寻常教徒弟三年五载还不能卒业；教瘌福生不过半年，就教不下去了。瘌福生的性情很和易，寻常拳教师带徒弟，徒弟只愁自己的本领打不过师傅，若打得过时，少有不打倒师傅，好自己得声名的。瘌福生却不然，尽管他自己的本领练得比师傅高强，断不肯与师傅认真交手。做他师傅的到了那时候，料知敌不过瘌福生了，多是自行告退。

瘌福生既是生性与武艺相近，差不多拿武艺当第二生命了，行止坐卧，无不是他练武艺的时候。和他同在一块儿练武的有六七个人，时常同在一块儿玩耍。

常熟彭家桥是一道有名的大石桥，桥下的河流很急，桥身离河面有一丈多高下。小船走桥下经过，可以不将船桅眠倒，那桥宽足有两丈。瘌福生当二十多岁的时候，最喜干顽皮的事，一面自己操练武功，一面使人惊骇。每每爬上一株枝叶最繁盛的树，拣极高的一根枝丫，仰面朝天睡在枝上。等到有人打树底下经过的时候，猛然一个翻身跌落下来，刚刚跌在这人面前二三尺远近，把这人吓一大跳，他却行所无事地立起身来走了。似这么干了多少次，把远近的人都弄得司空见惯，不以为奇了。他就改变方法，和几个同练武的伙伴商量道："陆地上的人于今都不怕我吓了，我打算改了吓水里的人。"同伙问道："水里的人将怎生去吓他们呢？"瘌福生道："我有办法，不过我一个人不行，得你们帮着我干。你们站在彭家桥上，将我的辫子握牢，我的身体悬空吊着。你们只紧紧地握住不动，我自会打秋千也似的晃荡起来。等到河里的船走桥底下经过，船头已到了桥那边，你们一面吆喝着，一面听我用暗号打招呼。我的暗号一发出来，你们赶紧把手一松，我趁势翻一个跟斗，跌落在下面船头上，怕不把船上的人吓他一个半死啊！"同伙的踌躇道："这把戏好是好，只怕太险了些。你说等船头已到了桥那边，我们才松手，你要跌落在船头上，不是一个跟头也跟在半空翻到桥那边吗？"瘌福生点头道："自然要那么才有趣，才能吓倒人。若就这么跌落下去，算得了什么呢？不过一个跟斗翻到桥那边很容易，所难的就在你们松手须松得得劲，我才好趁势翻过去。所以你们一面打着吆喝得一面细听我的暗号。这把戏一点儿不险，比从树上翻下来还要稳当些。即算弄得不好，一下不曾正正地落到人船头，掉在河里有什么要紧。"

他这几个同伙的顽皮的程度，也和他差不多。听这种吓人的新奇方法，当然没有不赞成的道理，于是就依着瘌福生的计划，终日在彭家桥上惊吓往来的船户。瘌福生的辫子既只有大指拇粗细，就凭这一点儿粗细的辫子，将瘌福生的伟大躯体吊起来，更要打秋千似的来回荡动，打桥底下经过的船只看了这情形，自免不了要代瘌福生担心。恐怕那条小辫子一断，或在桥上握住小辫子的人一个站立不牢，这一跤掼下来，怕不掼个半死。谁也想不到瘌福生正是有意要掼跌下去。瘌福生每次掼到人船头上，无不把船上的人吓得惊慌失措的，都以为这下子不得了，船上要遭人命了。及至大家赶到船头来扶瘌福生时，瘌福生已就地一滚，翻身钻进河里去了。江河中不比陆地，陆地不当要道的所在，所来往的多是近处人。曾受过瘌福生从树枝上跌下来的惊吓的，宣传得不远。后来经三江五湖的船户一宣传，瘌福生三个字知道的人便日渐增多了。然瘌福生并非有意沽名，只是生成的顽皮性质罢了。

是这么闹了半年几个月，瘌福生又觉得闹厌了，就是几个同伙的人也各人因各人的生活问题，渐渐地不能聚在一块儿顽皮了。瘌福生孤冷冷的一个人，就请石匠造了几把大大小小的石锁，每日独自在大门前草地上用手抓住石锁，尽力向空投去。落下来又用手抓住，不使落地。石锁最小的五十斤，最大的三百斤。凡事熟能生巧，投石锁原是个极笨的方法，而瘌福生只因练习的时间长远，竟练出一身的解数来。能将百多斤的石锁，手抛脚接，头撞肩承，抛球也似的抛得浑身乱转，使立在旁边看的人没一个不替他胆战心惊。

这日瘌福生正在抛石锁的时候，好几个看的当中，忽有一个背驮包裹的大汉，冷笑了一声说道："瘌福生的本领就只会这个吗？嘎，这有限啊!"瘌福生听居然有人敢当面讥嘲他，连忙停了手，看那大汉生得浓眉大眼，脸肉横生，身上短衣贴肉，脚穿麻绊草鞋，头戴翻边草帽，背上驮一个黄色包袱。就是完全不懂得武艺的人看了，也可以断定这汉子是个很强霸的人。瘌福生一见，便知道是在江湖上求师访友，闻自己的名前来探看的。随将手中百二十斤的石锁举起来掼将过去，口里说了句："看你的!"只见那大汉不慌不忙地一伸手便将石锁接住了。瘌福生心想这东西能接得住我的石锁，本领也就可观的了，倒得显点儿真才实学给他瞧瞧。心里正如此思量着，大汉已举石锁迎头劈过来，比流星还快。瘌福生自料这一锁难受，急忙使出他自己平生最得意的旋风扫腿来，将头一低，一个旋风扫腿扫了两丈多远。大汉立不住脚，被扫得掼了一个跟斗。跳起来向瘌福生拱手，连说了几声佩服，扬长而去。自后再没有敢来动手的了。

那时有个姓张的统领驻扎常熟，军纪极坏。张统领本人，更是无恶不作。张统领年纪四十多岁，最会骑马，不问什么劣马，张统领无不一骑便服。派人四处打听，只看哪家养了好马，总得千方百计弄到他营里来。有时连鞍辔都不要，就骑着光背马，东冲西突，附近的禾苗菽麦，时常被张统领的马践踏得颗粒无收。老人小孩儿在路上躲闪不及，被马冲倒在地，或轻伤或因伤致命的，也不知有过多少。张统领骑马冲倒了人，不但不停马，连正眼也不看一看，两腿一紧，追风逐电一般地去了。一个统领的威势，在一班小百姓看了，当然都觉得大得了不得，谁敢不忍气吞声地自认晦气呢？

这日张统领独自骑了一匹新得来的青马，一个趟子放了六十多里。

归途缓缓地行走，正走到一所茅屋的门口，忽然从门里跳出一只大花狗来，那狗极猛恶，蹿到马跟前，在马的前腿上咬了一口。马负痛将前腿一起，只后腿着地，身体竖起来。张统领一则因放了六十多里路的趟子，有些疲乏；二则不提防有这般大胆的狗，竟敢咬统领的马。来不及使劲已被掀下了马，并肘膝都跌破了皮。张统领这一气真非同小可，跳起来拔出腰间所佩带的马刀，满拟一刀将那狗砍死。只是那狗自咬过了那一口之后，好像自知犯了罪似的，早已弹着尾巴跑得不知去向了。张统领看那马的前腿，被狗咬破了一大块皮毛，流出血来，更是怒不可遏。提刀冲进茅屋，恨不得杀死那狗的主人。无奈冲进门，一个人也没有，只一个才周岁的小孩子，睡在摇篮里面。张统领恨极了，也不暇思索，竟提起刀来对准那全无知识的小孩儿，就是一刀劈下。可怜那小孩儿还在襁褓之中，便做了刀头之鬼，连一声都不曾哭出。张统领劈死了摇篮中小孩儿，看了那种手足乱动的惨状，不由得天良发现，顿时后悔起来。然小孩儿既经劈死，后悔有什么用处。当下不敢停留，恐怕小孩儿的父母出来，难以脱身。连忙退出门外，才一跃上马背，打算如飞逃走。一听不好了，门里已发出了哭声。接着就见一个三十多岁的妇人，一面哭喊，一面追了出来。张统领到这时哪敢迟疑，就用刀背在马臀上拍了两下，头也不回地飞跑。耳里听得那妇人紧跟着马后，边追边哭。张统领一口气逃了四五里，才渐渐地不闻着哭声了。张统领回营后，打发心腹人去那茅屋探听消息，才知道那小孩儿的父亲，已有了五十多岁。前妻死了，没有儿女，续弦娶了个三十多岁的寡妇，才生了这个儿子。看得比什么珍宝还爱惜，从来抱着不离手，便是睡了，也有他母亲在旁边守着的。这日也是合当要死在张统领手里，小孩儿的母亲原是守在摇篮旁边的，恰好不前不后，在张统领走门口经过的时候，忽然肚子痛起身到里面房间大解。真是做梦也没想到会有这种乱子闹出来。及在马桶上听得外面有奇怪的响声，急曳起裤子出来看时，小孩儿已被劈得鲜血淋漓，死在摇篮里。一个妇人如何赶得上一匹马，小孩儿的父亲又不在家，那妇人拼命追了一会儿，见越追越隔离得远了，心里痛恨到了极处，见路旁有一口塘，塘里满塘清水，便往水里一扑，自己的性命也不要了。但是这妇人却命不该绝，被一个在山里砍柴的汉子看见了，下塘将妇人救了起来，送回那茅屋。小孩儿的父亲回家，看了这惨痛情形，也急得寻死觅活。地方上人都知道是张统领下的毒手，多主张告状。张统领倒有点儿过不去，拿了些银子出来，托人连劝带吓。小孩儿的父母都是安分怕事的驯良百姓，只得忍痛罢休。张统领自以为安然无事了，每日仍是骑着马，到处横行。

不料这消息传到癞福生的耳里，两眼都气得裂开了，咬牙切齿地恨道："朝廷用这种比强盗还狠毒的统兵官，驻扎我常熟，我常熟的人都死绝了吗？"癞福生知道张统领每日必骑马走彭家桥经过，就独自立在彭家桥等候。等不多时，果见张统领骑着一匹十分雄骏的枣骝马，腾云驾雾一般地卷将过来。相隔还有里多路，就隐隐听得鸾铃声响。那彭家桥的桥身，比两头的道路高七八尺，桥两端有石级上下。癞福生平日常见张统领骑马过那桥的时候，总是远远地加上一鞭，从桥底下一步便要蹿上桥身。从桥身也是一步蹿下这面桥底去。素来不肯一步一步从石级上下的。癞福生故意立在张统领来这方面的石级中间，装作极安闲的样子，望着河里。听得张统领一路大叫着闪开，越近越叫得急。癞福生只当没听得。张统领哪肯将马勒住，只略偏点儿，仍想照例一步蹿上桥身。癞福生的身手真快，乘那马在四脚腾空的时候，一伸手就抢住了嚼环，只把手向下一沉，那马便随手落下。因石级不比平坦的地方，那马又吃不住癞福生的神力，落地就倒在石级上。张统领毕竟是个武将，有些胆量，虽是突然遇了这意外，并不惊慌。马落地的时分，早已拔出腰刀，顺手朝癞福生劈头砍下。癞福生叫声来得好，左腿一起，已将腰刀踢得飞下河里去了。一手便把张统领抓下马来，赶到桥上，一脚点住胸脯，指着张统领的脸骂道："你做一个统领，带兵震慑一方，应该如何除暴安良，才不负皇家重用你的恩典。自从你来我常熟，直闹得我常熟鸡犬不宁，比什么强盗还厉害。田里的禾苗菽麦，在你马蹄之下，践踏得颗粒无收。路上的老弱妇孺，被你马蹄踢死撞伤的，到处皆是。我常熟都是安分驯良的百姓，怕了你的威势，忍气吞声，不与你较量。你的胆量便越闹越大，你的手段也越闹越毒，竟敢伤天害理地提刀将人家才周岁的小孩儿杀死。世间哪有你这般狠毒的东西。才周岁的小孩儿与你有何仇怨？我本待就拿你腰间杀小孩儿的刀，将你照样杀死。只是一时鲁莽，竟将那刀踢下河里去了。这也是你命里注定，就该葬身鱼腹之内。我就留你一个完全的尸首吧。"说毕，乃将张统领提起来，喝了一声下去，撒手向河中一掷，扑通一声响，溅了一个大水花。张统领的能耐，只能在陆地上对着一班小百姓作威作福，一落到水里，就一点儿能耐也施展不出了。在水里翻了一个筋斗，往上冲了两下，冲不出水面，看看要沉下去了。可是凑巧到了极处，正在这间不容发的当儿，忽然有一个老人，支着拐杖上桥来。瘌福生一看，心里欢喜得什么似的，赶紧迎上去双膝跪下说道："求相国替小人做主！张统领在此地无恶不作，拿刀将人家周岁的小孩儿杀死。小人气愤不过，方才已将他掼下河里去了。小人情愿抵罪。"看官们知道这老人是谁呢？正是翁同龢相国。瘌福生家是翁相国家的佃户，所以认识。当下翁相国听了，吃了一惊，忙问掼下去多久了。瘌福生指着水花道："还在那里动，刚掼下去。"翁相国道："小孩子胡闹，快下去救起来。"瘌福生将张统领掼下河去之后，心里也知这乱子闹大了，不免有点儿悔意。此时听翁相国说要救起来，自然不敢违拗。立起身应了声是，就从桥头上往河里一蹿，和蛤蟆入水相似，并没有多大的响声。只一霎眼的工夫，便把张统领举出水面。幸亏落水不久，不曾被水呛昏。这事既有翁相国出面，张统领当然不敢存报复瘌福生的念头。翁相国也早闻张统领不是好东西，已有信给张统领的直接长官。自出过这事之后，不久便革职了。

瘌福生至今还健在，大约已有七八十岁了。

《红玫瑰》第1卷17期 民国十三年（1924）11月22日

没脚和尚

凡是在泰兴居住过，或做过生意买卖的人，大约没有不曾见过那个没脚和尚的；即算不曾亲眼见过，也得听人说过。在下何以敢这么武断呢？因为那个没脚和尚在泰兴，形象既很惹人注意，行为又来得分外的奇特，而经过的时间，更是长久，所以在下敢说得如此武断。那没脚和尚并没有法号，因为他一对脚，从屁股以下断了，只剩了上半截身体；却是个和尚装束，光溜溜的脑袋，没有头发。大家称他为没脚和尚，他也自称没脚和尚。

这没脚和尚到泰兴来的时候，年纪大约有了三十多岁。一来就住在东南外一个小小的关帝庙内。有一个年约二十多岁的汉子跟着，伺候没脚和尚异常殷勤。那时泰兴人谁也没注意到他身上去，关帝庙的香火从来冷淡，也没有庙产，没脚和尚到庙里住不多久，便穷苦得没饭吃了。他亲自出来化缘。他既没有脚，如何能出来化缘呢？在不知道的人据情理推测，没脚和尚出来化缘，若不是车或轿，就是用身体在地下打滚了。若没脚和尚用车用轿或打滚出来，也不至惹人十分注意他了。他虽没有脚，行动起来，仍是竖着身子，也不用人帮扶，连他自己两手都不着地，就只屁股在地下移动；虽不能和常人一般地行动自如，然在旁边看去，一点也瞧不出他吃力的样子。

他化缘并不挨家进去，专拣生意做得大些儿的店家去化。他化缘的方法，完全与一班化缘的和尚不同。他进门也不念阿弥陀佛，也不合掌行礼，直截了当地说道："我是一个残废的和尚，住在东门外关帝庙里，没有饭吃，只得来宝号募化些钱财度日。我知道宝号是可扰之东，请化二十两银子给我，我一年只来一次。这二十两银子并不必做一次拿去，随宝号的便，或分作三节给我，或分作十二个月给我。出不起钱的人家，我绝不会去；既到宝号来，是看定了才来的。我这不是买卖，请不要还价。”他说完了这几句话，就竖在门口不动，等待这店家回答。

从来和尚化缘，没有这般化法。初次遇着他的店家，当然不肯承认。他就说道：“我是个残废人，又做了和尚，不吃十方哪有得吃？我也不借着修庙装金，一骗多少。我只要化足一年的粮食，这年便不再化一文。我说的数目非化给我不可，宝号不答应，行三不如坐一，我便不走了。”于是就竖在这家的店门口，挡住人家出入的要道。若这家不答应他，想把他撵出去，却不是一件容易的事。他竖在门口，就和生了根的一般。三五十人休想推拉得动。有时推拉得急了，他反将身体往下一顿，一耸身就到了柜台上竖着。他的皮肤顽固到了极处，不问拿什么东西去打他，他也不躲闪，也不回手，也不吃痛。一面挨着打，一面仍不住地说道：“打不死我，我是你们答应了才去的。打死了我很好，不愁你们不遭人命官司。”有一次，这店家用麻绳将他的身体缚住，用十多个壮健汉子在柜台下拼死地拉那麻绳，都不曾把他拉下来。做生意的人谁不怕祸事？他拣定了去化缘的店家，他说出来的数目绝不是这店家出不起的；他又说明了不必一次收足，所以被他化缘的店家，初时虽不情愿，经过一番麻烦之后，也就只得答应他了。好在他也不无理地多要，每家三两、五两，至多十两、二十两。若这店家本是他的施主，而这年的生意忽然亏了本，第二年他便不再去化缘；即算去也得自己把数目减少，因此有些店家说没脚和尚是个公道和尚。

没脚和尚似这般在泰兴城里募化过几年，泰兴人便没有不知道没脚和尚的了。但是知道的只知道没脚和尚的模样和在泰兴的行为，至于没脚和尚的身家历史，知道的绝少。因为没脚和尚到泰兴东门外关帝庙住着，是突如其来的，事前没人知道。有好事的人当面问没脚和尚的姓名来历，没脚和尚照例地答道：“我已做了和尚，有什么姓氏？我已没有脚了，活一日算一日，说什么来历？”问的人碰了几次软钉子，明知道是不肯说，也就无人再去问他了。知道没脚和尚来历最详细的，除没脚和尚自己的亲族而外，就只泰兴何五太一个人。

何五太是泰兴四十年前的第一个大拳术家，为人更精明干练。因为何五太祖上遗传下来有些产业，足敷何五太一生的衣食，所以何五太得以专心练武。武艺练成后用不着到江湖上糊口，只在泰兴当一个强有力的绅士。高兴起来，亲自选择三五个资质极好的青年，将自己的本领，拣各人性之所近的传授。何五太生成异人的禀赋，诸般武艺无所不精。从他学的，竭几年的精力，专练他传授的一样，都赶他不上。唯有他最心爱的一个女儿，十二岁就练精了九节鞭。和他女儿同时练九节鞭的，还有一个刘谨信。

刘谨信的年龄，比他女儿大两岁。从何五太练没多久，因刘谨信的父母要刘谨信认真读书，不能为这没多大用处的武艺荒废了学业，便不许刘谨信毕业。刘谨信的资质，在何五太一般徒弟当中，可算是首屈一指的。何五太见他不能在自己跟前毕业，很觉得可惜。便是刘谨信本人，也很有志要将九节鞭学练成功。因为九节鞭这种兵器，是十八般正式武器之外的，很有些特别解数，而又便于携带，围在腰间，外面一点儿看不出。不像戈矛棍棒，长的丈多，短也有五六尺，笨重无味。不过自家父母不许可，不敢违抗。仅能趁早晨父母不曾起来，夜间父母已曾睡了的时候，偷练些时。然不能时常到何五太跟前就正，独自研练总觉有些不如法。

有知道刘谨信这种志愿的，想成全刘谨信的武艺，便出头替刘谨信做媒，将何五太的女儿许给刘谨信。何刘两家都是泰兴的大族。何五太的女儿，不但武艺得了她父亲的真传，人品才情，也都十分出色。凡是何家的至亲密友，无不啧啧称叹。刘谨信有同在一块儿学艺的感情，又知道自己的武艺远在这位小姐之下，听说有人出来作合，自是非常愿意。刘谨信的父母便许可了。完婚之后，刘谨信就做了这位小姐的徒弟，把一条九节鞭练得神出鬼没，居然比何五太不差什么了。刘谨信得如愿以偿，才一心一意地认真读书，科名发达，数年之间，便点了进士，做了山东武城县的县知事。

刘谨信将要带着夫人去武城县上任的时候，何五太对刘谨信说道：“武城县属的盗匪很多，其中有几个本领也还过得去的，你夫妇虽有能耐，然是一县的主宰，不便亲自出马捕拿强盗。我这里有两个徒弟，本领虽不甚高，然比较通常的捕快自可靠些。你带去可做个帮手。”这两个徒弟，一个姓张名武和，一个姓薛名镇功。都是三十多岁年纪，都生得魁伟异常。刘谨信带到武城，不知破获了多少犯案如山的积盗。

刘谨信带着何五太的女儿和徒弟，正在武城县极力地捕拿强盗，而何五太自己也在泰兴干了一次捕拿强盗的勾当。何五太既不做官，又不当役，并且年纪有了五六十岁，为什么会在泰兴捕拿强盗呢？这期间很有一段奇特的故事。

离泰兴城七八十里路的乡下，有一个小市镇，名叫唐家镇。那唐家镇也有五六十户人家，姓唐的居十之七八。虽是各门各户的居住，从表面上看去各挣各的家业，各谋各的生计，而骨子里却有一种极坚强的团结力。清朝入主中原的时候，唐家单单有一个人到这唐家镇住下来。那时并没有市镇，不过一荒村，地名当时不叫作唐家镇。后来这一个姓唐的在本地娶了妻，生了子女，一代一代传下来，人口渐渐发达。因贪那地方不当往来要道，乱世也没有兵灾匪患，子孙都不舍得离开这发祥之地。房屋住不下，就在左右加造一所。久而久之，便成了个小市镇。异姓人也参加进去，唐家镇的地名，即因此叫了出来。传到光绪初年，唐家男女还住在唐家镇的，已有四五百人，分作四五十个门户。公奉一个年尊序长的为家主。这时的家主叫作唐辉宇，是一个举人。平日治家的法度甚是严整，然这一族既有四五百名男女，俗语说，世家大族，保不住男盗女娼。就因为人口太多，自然免不了贤愚杂出。任凭唐辉宇治家如何严肃，族大丁多，总有些不守家规的男子，不遵妇道的女子。

唐辉宇的侄孙辈中，有一个名叫棣华的。同胞兄弟三人，棣华最小，一般人都叫他唐三。遇了个欢喜开玩笑的，在三字下面替他加一个藏字，叫他唐三藏。于是唐棣华就得个唐三藏的绰号。唐棣华当十一二岁的时候，在许多同宗兄弟当中，算他极顽皮无赖。天生他一身蛮力，最喜寻人厮打，同宗兄弟没有不曾被他打跌过的。有时跌重了，受了伤，闹得唐辉宇知道了，抓过来跪在祖宗堂跟前打几百小板，罚跪半日。唐棣华哼也不哼一声，责罚完了出来，不到一刻工夫，故态复作。

唐辉宇那时就对自己的子侄说：“唐棣华将来长大成人，好便好，不好是要惹灭族之祸的。”这话说过没多久，一日唐棣华忽然失踪了。他父亲派人四处寻找，毫无下落。唐辉宇知道了叹道：“但愿他永远失掉了不回来。只怕在我死了之后，他却跑了回来。那时没人能管得住他了。我很失悔不早下手，使他成个残废的人。”当时曾听得唐辉宇说这话的人，口里不敢辩驳，心里都不以为然。大家背后说：“唐棣华不过是小孩子当中很顽皮的，等到年纪大了，有了些经验阅历，就自然会把顽皮性质改了。古来多少英雄豪杰，不曾出头的时候，家族都认为败子；及至出了头，才知道英雄不可貌相，海水不可斗量。唐棣华此时顽皮，跑得不知去向，安知十年八载之后，不造成一个大人物回家来，为宗族交游的光宠呢?”唐家的人，除唐辉宇外，对于唐棣华之失踪，都抱着这么一种很大的希望。

光阴易逝，转瞬过了一十六年。唐辉宇已死，继续唐辉宇为家主的，是唐辉宇的大儿子唐启林，就是希望唐棣华衣锦荣归的一人。只是唐棣华一去十六年没有消息，唐启林的脑筋里也就渐渐地把唐棣华这个人忘了。

这日忽有一大队扛挑行李的脚夫，约莫有二三十个。抬的抬，挑的挑，都是很沉重的皮箱篾篓，一直扑奔唐家镇来。有三个骑马的少年跟着，一个年约二十七八，气宇轩昂，衣服华丽，像个武官的模样，骑的是一匹高头骏马。其余两个的年纪，都不过二十多岁，却是达官保镖的装束，背上都插着武器，雄赳赳气扬扬的。到唐家镇上，脚夫都把行李歇下。三人也同时跳下马来，把唐家镇的人，都惊得呆了，不知是哪里来的达官贵人，有这么大的声势。大家都疑心这唐家镇并不当往来要道，绝非由此地经过，在唐家镇休息片时的。再看那华服少年，果然引着两个保镖走进唐棣华家里去了。镇上的人一打听，才知道那华服少年不是别人，正是阖族人希望发达的唐三藏。

这时唐棣华的父母都已死了几年，两个哥子都已娶妻生了儿女，专靠种田生活。唐棣华突然回来，两个哥子见面都不认识。本来未成年的人，相貌是旋长旋有变态的。唐棣华从十一二岁的时候离别，在外面经过了十六年，居移气，养移体，两个哥子当然不认识他。他倒能认识两个哥子。兄弟相见之下，自是悲喜交集。叫脚夫把行李扛挑进来，皮箱篾篓里面，不是金银财物，便是绫锦衣服。顷刻之间，唐家镇添了一家富户。唐棣华到家主唐启林跟前禀安。唐启林见了，好不欢喜。忙问这十六年中，在外面如何发达的。唐棣华回答，那年被人拐到甘肃，卖给一个富家为奴。在富家听了四年小差。因闯了一点儿祸，怕主人责罚，偷逃出来。投到军队里面当兵，征苗子得了许多功劳。一步一步地升迁，做了一任游击。因纪念着家中父母亲族，情愿辞官回来。所有带回来的银钱财物，都是征苗子的时候受的赏赐，合计做官所得的俸禄，足有十来万，计算已够生活了，所以宁肯回来，图个骨肉团聚。唐启林听了这番话，更是欣然说道："当你走失了的时候，我就料定你有衣锦荣归的这一日，今日果然被我料着了。"唐家一族的人，自此没一个不推崇唐棣华的。

唐棣华说唐家镇的地方太荒僻，自己带回的金银宝物太多，没有保镖的人在家守护，恐怕有强徒前来劫夺，就将那两个保镖留在家中住着。唐棣华有时去什么名胜所在游览，也把两个保镖的带在身边护卫。在唐家镇住了两年，娶了泰兴一个绅士家的小姐为妻室。唐棣华渐渐觉得唐家镇过于荒僻，没有赏心悦目可以流连的所在，就带了两个保镖的到泰兴城里，狂嫖阔赌的好些时。

这日清晨，唐棣华才起床，即有一个人前来拜会。保镖的问那人姓名，那人不肯说，只说见面自然知道。唐棣华只得教请进来。一看那人有五十来岁年纪，生得慈眉善目，温蔼非常，但是面上现了一种极正大的气象，使人见了不敢存个轻侮之心。那人见面，不待唐棣华开口问话，即指着自己的鼻子说道："我便是何五太。闻老弟已来城里住了不少的日子，特地来瞧瞧。"唐棣华连忙拜下去说道："小弟该死，因不知师兄的尊居在哪里，没来请安，反劳师兄枉顾，真是罪过。"何五太拉了唐棣华起来说道："以我的愚见，老弟还是回唐家镇去住着的好，此地久留无益。"唐棣华起来诺诺连声地应是，让何五太坐。何五太拱了拱手道："只瞧瞧你就得哪，用不着坐。我说的话，望老弟不要忘了。"说毕，即转身出去，唐棣华在后面恭送。何五太阻住道："不可不可。"竟扬长而去。

唐棣华就在这日离了泰兴。也不回唐家镇，带着两保镖的到南通州去了。他三人去南通州不久，刘谨信便得了武城县的缺。何五太派遣薛镇功、张武和跟随刘谨信上任去后，这日忽有两个行装打扮的健汉，年纪都在四十上下，每人肩上拴着一个小包裹，由一个公差打扮的人引进何家来，对何五太的徒弟说："有重要的公事要见何五太老爹。"何五太得了徒弟的传报，出来招待。只见那公差打扮的人上前请安说道："我们平时不烧香，急时抱佛脚。今日来见何老爹，是要拜求老爹救我们一救。"随指着两个背包裹的说道："他两人是南通州送缉捕公文来的。"这两人连忙上前，向何五太请安。何五太让三人到客房里请坐，三人谦逊不敢。何五太道："有话坐下来好说，不用客气。"三人才斜着半边屁股坐下。

公差打扮的人首先开口说道："近两年以来，邻县江阴、靖江、荆溪、宜兴一带，都出过好几次大劫案，一案也不曾办穿。只有泰兴一县，托老爹的威名鸿福，幸不曾闹过这种乱子。江阴、靖江各县办公的兄弟们，见泰兴四邻都出过同样的大劫案，只泰兴一县两年来鸡犬不惊；在两年以前，各县并没有出过这么大的劫案，因此疑心那作案的人，若不在泰兴，便是泰兴因有何老爹的威名镇压，作案的不敢在老爹所住地方放肆。各县办公的兄弟们，正合力在泰兴仔细侦察，才略得了些儿门径。这两位老兄是从南通州来的，原来南通州本极安静的，我们正推测作案的不在泰兴，必在南通。这两位兄弟一来，才知道我们推测的错了。南通的案子，烦两位面禀给老爹听。"

何五太遂将眼光移到这两人身上，只见一个精悍些儿的起了起身说道："这几年来，南通州附近各县接连不断地闹明火执仗的大劫，害得一班做公的弟兄们叫苦连天。只我南通州平安无事，终年没一些儿风吹草动。各县做公的弟兄们看了这种情形，以为老鹰不打窠下食，犯案的必在南通，一个个到南通来踩缉。因此我南通虽不曾出什么案件，而我们既同吃了这碗公家饭，各县的弟兄们为办案而来，我们也不能不帮同踩缉。只是费尽心力，得不着一点儿线索。不过我们也只要作案的不在南通州给我们为难，邻县的事，能帮忙的帮忙，不能帮忙的时候，我们是不担责任的。谁知近十多日以来，连南通也保不住安静了。十多日之中，呈报明火抢劫的竟有五处，其中还有两处杀伤了事主。这么一来，我们吃了这碗公家饭的就身不由己了。在南通明察暗访了几日，仍得不了线索，估量作案的必是泰兴人。因此我两人奉了公文到泰兴来，侥幸在泰兴倒查出一点儿门路来了。原来距泰兴七八十里乡下，有地名叫唐家镇，镇上多是姓唐的居住。其中有个绰号唐三藏实叫唐棣华的，从十二岁的时候走失在外，直到两年前才回唐家镇。据那地方人说，唐棣华回家的时候声势甚是不小，皮箱篾篓不计其数。带有两个保镖的，这两年来就住在唐家。唐棣华时常带着两个保镖的出门。回来总是挑的抬的，行李异常富足。唐棣华并不做何项生意，查他三人所到之处，都是狂嫖阔赌，并没干过一桩正经事，也没人见他们结交过一个正经朋友，形迹很属可疑。而南通五处事主的呈报都异口同声地说，破门入室动手抢劫的，只有三个人。那两处受了伤的，就因为进来的只有三个人，事主仗着自己也练过些武艺，不把三个贼人放在心上，恃强打起来。谁知三个贼人的本领都十分高强，事主哪里是对手呢？所以受了伤，金银仍是被抢劫去了。我们再查访唐棣华练武艺的来历，全没人知道，大概是在外省学得来的。我们原打算径到唐家镇捉拿唐棣华并那两个保镖的，只因打听得三人还不曾回唐家镇，据地方人说，在一月以前就到泰兴城里来了。我们回到泰兴一访问，才知道他们住在泰兴的时候，某日清晨，何老爹曾到过他那里会谈一次。我们因此特来拜求老爹，无论如何要求发慈悲，救我们一救。我们明知道老爹在泰兴是正大光明的大绅耆，必是为要保全地方，才亲自到他们那里去。不过老爹明见万里，我们这般伴福沾恩的捕快，如何是唐棣华等三人的对手？便是访着了他们落脚的地点，前去捕拿，也徒然打草惊蛇，不啻放他们一条生路。我们就不知道老爹有去会过他们的事，也是免不了要求老爹的，除了老爹实没有能收服他们的人。”

何五太见这人滔滔不断地说完了，神色自若地点头笑道：“不错，唐棣华是个强盗，我早已知道。为他们不曾在泰兴作案，我也上了几岁年纪，就懒得多管闲事。我那日去看他，确是见他们在此地狂嫖阔赌，恐怕嫖赌到了手边无钱的时候，不暇顾虑，公然在泰兴开我的玩笑，不能不亲自招呼他们往别处去。我也不知道他们此去便到了南通，于今三位老哥将这事来责成我，不是我有意推诿，实在我也禁他们不过。徒然栽一个跟头，没有益处。”这三人见何五太已承认了早知唐棣华是强盗的话，怎么肯由何五太推辞不去呢？当下三人说尽了诚恳哀求的话，最后竟跪在何五太跟前，非何五太答应不肯起来。何五太也料知非应允不能脱身事外，只得一口担任同去。只要捕快把唐棣华落脚的地点访查实在了，何五太便前去捕拿。这时就有五六县的捕快，穿梭也似的访查唐棣华下落。

唐棣华的消息也很灵通。这里何五太担任捉拿他，他已知道了。即时离开了两个号称保镖的同党，独自在南通一个寡妇家中躲着。那寡妇的年纪虽已有了三十多岁，风韵还是很好，生成一种悍泼的性质。丈夫在日，就和南通几个有名的痞棍姘识。丈夫死后，更是肆无忌惮了。窝娼窝赌，无所不来，并开了一个鸦片烟馆子。南通上中下三等的人物，都有一部分与这寡妇有交情。寡妇择肥而噬，不是有些资格的，还休想闻着她的气味。唐棣华论岁数正在壮年，论相貌更堂皇魁伟，加以手头宽绰，随时随地可任意挥霍，没一点儿吝啬的样子。寡妇不知道唐棣华的底细，见了这么资格齐全的人，自然中意，就和唐棣华姘识起来了。唐棣华既知道外面逮捕自己的风声紧急，逆料有何五太在内，不能大意，就打发两个同伙的到外省暂避。他以为那寡妇和他要好，绝不至害他，竟将实情告知那寡妇。并把在南通抢劫得来的金银珍宝，交给寡妇收管。寡妇满口应允他，教他安心躲着，外面断无人知道。

五六县的捕快，不知费了多少气力，才把这秘密所在访查着了，连忙通知何五太。何五太到南通先安排了几十名壮健捕快，将寡妇的房屋层层围住，准备唐棣华逃跑出来的时候，即挡住去路，上前擒捉。何五太只带领了两名会武艺的捕头，直撞进去。凑巧那寡妇正从里面出来了，见了他们三人，虽不认识，那寡妇的心性很灵巧，一见便已猜透是来逮捕唐棣华的；知道回头给信已来不及，反而迎上来低声向何五太问道："三位是来办案的么？"何五太一看这说话的神情，好像是预先约做了他们内应的一般，心里也以为果是众捕快事前买通了的，随把头点了一下，也低声问道："他此刻在哪间房里？你引我们去吧。"寡妇向里面指了一指，做了做手势道："他一个人在里面吸鸦片烟，只是那房间有个窗户朝着后院，他见三位进去，必从窗户逃跑。须先分一位打这边绕到后院，悄悄地把窗门关来，就在窗外把守着，万无一失了。"何五太心以为然，当下分了一个捕头，由寡妇引着去了。何五太才带了这个捕头，照着寡妇所指的房间进去，只见唐棣华横躺在烟榻上睡着了。何五太这时若存心要唐棣华的性命，当然是容易办到的事。无奈何五太生性仁慈，又和唐棣华有同门之谊，不忍乘其不备，便下毒手。哪知这一念仁慈，险些儿倒送了何五太的老命。

原来何五太的师傅是天宁寺的一个和尚，传授何五太武艺的时候，那和尚正在天宁寺，后来因不守法规，被住持驱逐出了庙。出庙之后，就在太湖里当一个盗魁。因到泰兴一带踩水（即打听何处有可以下手抢劫的富户，谓之踩水），遇见唐棣华在一座山里，爬上树探了窠。和尚见唐棣华才十一二岁，上树下树身体非常矫捷，一时心里高兴，就把唐棣华拐回太湖，朝夕教以武艺。唐棣华习练十几年，功夫已在何五太之上。和尚每年必来何五太家一次，所以何五太知道唐棣华的履历。唐棣华也因知道何五太是他的师兄，才不敢在泰兴作案。

这回何五太被逼无奈，同来捉拿唐棣华，既没有伤害唐棣华的心，见唐棣华睡着了，即上前将唐棣华按住说道：“你今日自作自受，休得怨我。”唐棣华惊醒时，见已被按住了。英雄无用武之地，全身本领不能施展，遂哀求道：“我已深悔以前的行为了，自愿寻死，只求师兄不拿我送官。送到官跟前，必要受尽千般刑辱，叫我供出同伙来。我是个值价的汉子，宁肯死在师兄面前，办案的得了我的尸身，也可以销差了。”何五太是个长厚人，听了这话很近情理，心想将他送到官厅，供出师父和自己来，也是不好。即对唐棣华说道：“你犯的罪横竖免不了一死，能自己寻死，确是值价多了。我既依你的，成全你的威名吧。”何五太刚才松手，唐棣华已乘何五太不备，一个鲤鱼打挺，将脚跟对准何五太前胸扫去，何五太哪来得及避让，被扫倒在烟榻旁边。唐棣华趁势跃了起来，这捕头还不曾出手，就被一拳打倒了。何五太跳起来追时，唐棣华已冲出了寡妇的家。何五太尚且捉拿他不住，围守在外面的捕快，当什么用处呢？看且没看得分明，唐棣华早从头顶上蹿将过去了。

唐棣华逃了没要紧，只苦了何五太，是个有身家的正经绅士，只因和唐棣华同门练武的嫌疑，经此一番证实，更不能脱身事外了。亲自到各处侦查了一会儿，查不出唐棣华的踪迹。何五太只得对官厅负完全责任，只求宽限时日，必能将唐棣华拿到。在未曾拿到以前，并担保唐棣华绝不敢再在这儿县犯案。官厅碍着何五太是个正经绅士，他的女婿又是个进士，现任武城县的知事，不能逼迫何五太克期将唐棣华拿获，但求能担保此后不再犯案，也就不十分严厉地追究了。

何五太亲自侦查不出唐棣华的踪迹，知道唐家的家法从来严肃。遂到唐家镇会着那个家主，将唐棣华犯案及捉拿的情形告知了一遍，说道：“官厅本来要派兵来围剿这唐家镇的，在我知道尊府的情形，是不曾察觉唐棣华所说征苗子做游击的话，是一派临时捏造的胡言。大家相信实有其事，以致不加管束。官厅得了这种解释，才将派兵围剿的举动从缓。我与唐棣华有同门学艺的情分，也不忍见他到案受刑，最好由尊府的家法，把他治成一个废人，并令他剃度出家。再由我出名，将尊府处置的实在情形，呈报官府，当可留着他一条性命。便是尊府，也不至受他一人的拖累。”那家主一听何五太的话，唐家四五百口男女，多是安分的良民，当然惊慌害怕。即时召集阖族的男丁，开了个会议，一致议定，多派人出外查访，务必把唐棣华弄回来，听凭家主处置。

自己家里人查访，比较捕快自是容易些儿。不到一两个月工夫，竟把唐棣华找回来了。家主开了祠堂门，请出历代祖先的牌位来，教唐棣华跪在跟前，家主面数他的罪恶。家庭制裁的力量真大。任凭唐棣华为通天彻地的本领，千军万马阻拦他不住，一到了这种时候，浑身的武艺不能施展一点儿出来，自愿受家法。当着祖宗牌位，断去两条大腿，从此削发披缁，出家忏悔罪孽。家主说好，即命唐棣华的两个胞兄动手，把唐棣华两条大腿断了。雇了一个粗人，陪伴唐棣华到关帝庙做和尚。

泰兴人人都知道的没脚和尚，便是这么一个来历。在下有个无锡朋友，与何五太家有些亲戚关系，知道这事很详细。述给在下听，在下还遗忘了许多。

《红玫瑰》第1卷19期　民国十三年（1924）12月6日

黑猫与奇案

凡是看过《包公案》《施公案》这类小说的人，大约没有不记得那两种书上面，有麻雀告状、黄狗报冤的故事的。而看了那类荒唐故事的人，除了一部分毫无知识的妇孺，不知用脑力去判别真伪，与一部分迷信因果报应的旧人物，不敢不信，姑存着怀疑的态度而外，绝没有不斥为绝端荒谬的。甚且有讥当日著那两种书的人，没有侦探知识，不能为书中主人翁生色，只好借这些神鬼无稽的情节来欺骗愚人。便是在下当看那类小说的时候，也不免存着这种心理。想不到今日遇见一个安徽合肥县的人，刚从他家乡到上海来。偶然谈起他家乡去年腊月所出的一桩奇案，竟能证明这些神鬼无稽的情节，绝对的不荒谬，绝对不是著那类小说的人凭空捏造。不是在下敢存心提倡迷信，在人情鬼蜮，风俗浇漓的今日，有这类动人心魄的故事，发现几桩出来，也未始不可济法律之穷，补侦探能力所不逮。古圣先贤以神道设教，也就是这个意思。

在合肥县城内做杂货生意的刘大存，去年腊月十二日，独自到西乡五十多里路的地方收账。共收了五块大洋，四个双银角，一十五枚铜板，做一个手帕包了，打算回县城里来。走到半路，忽然内急得很。因大路旁边不便大解，便走到近处一个小山脚下，蹲下身来大解，将手帕包衔在嘴唇边，用牙齿咬了。大解刚了，还不曾立起身来，只见一只大黑猫，很快地走过来，劈面朝刘大存一纵，从刘大存口中一口抢了手帕包，回头就跑。刘大存不由得吃了一惊，连忙系上裤子，边追口里边做出普通唤猫的声音。叵耐那猫理也不理，径衔着往小山下跑，跑得却不甚快。刘大存是个小本经营的人，如何肯舍了不追呢？并且猫儿从人口中抢着人钱包逃跑的事，也就太稀奇了，尤使刘大存不能不追出一个下落。

才追了半里多路，见前面树林中停着一具浮葬的棺木，四周用土砖砌了，上面盖了瓦，那砖瓦的颜色都还是新的。那猫衔着手帕包，跑到那棺木跟前，停步回头望了望刘大存，即向土砖缝里钻进去了。刘大存赶上前看时，只见那钻进去的砖缝，还不到两寸宽。暗想我真倒运，这一点儿砖缝，那么大的猫儿，居然能钻进去。这孽畜若钻进旁的所在，或者倒还有法可设，于今偏钻进这里面去了。这棺木不知什么人家浮葬在这里的，我不能把这家的人找来，怎好擅自动手揭开砖瓦，干这个犯法的事。快要过年了，认了这晦气吧！不要再弄出乱子来，后悔不及。做生意的人胆小，心里这般一想，便情愿舍了这几块钱不要了，自下山取道归来。

约莫走了四五里路，已是午餐时候了。刘大存心想离城还有十多里路，此刻肚中已觉饥饿了，不如在这火铺里打了中火再走。遂走进火铺，要了些菜下饭。刚扶起筷子扒饭进口，猛见那只大黑猫又来了。初见时还只道是火铺里养的猫，毛色大小和那猫仿佛。谁知那猫只一纵，跳上了桌，桌上摆了碟咸板鸭，那猫竟连着碟子一口衔了，跳下地往门外便跑。刘大存这一气，如何按捺得住，端着手中饭碗就追。追到门外，见那猫就在眼前不远，愤极了，随手举起饭碗砸去，恨不得一下把那猫砸死。可是作怪，这一碗砸去，哪里是砸在猫身上呢，不偏不倚地一碗正砸在一个办冬防的队官头上，只砸得这队官头破血流，昏倒在地不省人事。跟随这队官的兵士，认作刘大存是行刺队官的刺客，不由分说蜂拥上前，将刘大存捆绑起来。一面将队官送到就近的红十字分会医治，一面把刘大存押解到合肥县。

县知事听说捉拿了行刺队官的刺客，当然即时坐堂审讯。这个县知事，倒是一个很精明强干的人，到任以来，极肯为一县的人谋福利。此时坐堂看了刘大存的面貌神气，心里就有些奇怪，觉得这人分明是个很老实的商人，如何能下手行刺官长。及至审讯起来，刘大存依照两次遇猫的情形说了，并拿出收账的簿据为证。县知事听了，更觉奇怪起来，仔细审讯了几遍，刘大存前后所供，没一句不符合，不像是捏造图抵赖的。只得且将刘大存收押，密派心腹干员，下乡暗访那浮葬的棺木内，是什么人，死了多久，什么病死的，家中还有些什么人。

这密探下乡，很容易地就调查明白了。死的姓陈，年纪三十多岁，也是个做生意的人。夫妻两个，虽没有多的产业，然也还勉强能过活。

姓陈的老婆年纪比姓陈的小五六岁，平日夫妻感情还好，姓陈的是十一月间才死的。至于什么病死的，外间却没人知道。不过外间并没人传说那老婆不规矩的话。有不知时务的人，想讨谢媒钱，去向那老婆说合的，都被老婆骂得狗血淋头出来。

县知事得了这种调查报告，心想这姓陈的实在死得可疑。黑猫衔着人的手帕包逃跑，已是可怪了，并且是从人口里抢下来，而逃跑的结果，又是逃进砖缝里面去，而那砖缝又不到两寸宽，岂不是更可怪了吗？浮葬棺木，土砖多靠着棺木砌的，里面所有的空隙照例须用沙填满，哪有容一只大猫在里面回旋的余地？刘大存走了四五里路打中火，那猫居然又跟上来。从来也没听人说过，有这么大胆的猫，敢跳上正在有人吃饭的桌上抢东西吃的，何况连碟子衔着跑呢！这就愈出愈奇了。且刘大存并不是近视眼，何至队官带领一小队兵士走过，会看不明白，举碗向队官头上砸去呢？世间至蠢的人，也没有拿饭碗行刺的道理。若是那浮葬的棺木内不是有老婆的男子，或是已有五六十岁的男子，没有可疑之处，也还能说是偶然，或怪刘大存有精神病，却偏有这么凑巧。这案子我若不彻底根究，心里如何能放得下。但是要彻底根究，就得开棺相验，然而并没有人告发，只凭这一点荒诞不经的情由，要开人家的棺，也未免近于儿戏。

县知事独自思量了许久。又将刘大存提到签押房，把自己想开棺相验，替死者申冤的话说了，问刘大存所遇的，确是没丝毫虚假么？刘大存亲身经历了这两次怪异，心里已十分相信死者必有冤屈。正想要求县知事开棺相验，只因自己是个做小本买卖的人，一则不懂得律例，不知道这种要求可不可以开口；二则胆小怕事，若要求开棺，相验不出何种冤屈来，自己或不免要受诬告的处分。有这两个原因，所以不敢要求出来。今见县知事和自己同心，先说出这话来，便斩钉截铁地说道：“商民这两次亲身所经历的，实在太奇特了。商民甘愿具结，断定死者必有冤屈。如果开棺验不出什么来，看照法律应该如何惩办商民，决不后悔。死者若不是有意要商民替他申冤，就是和商民曾有什么冤孽。要商民申冤，商民固是应该的，便是和商民有冤孽，商民也躲避不了。求大老爷不要迟疑，赶紧去开棺吧！”县知事得了刘大存这番言语，即时决心开棺相验了。当下照例教刘大存具了甘结，并奖励带安慰了几句。即日带了仵作衙役人等并刘大存下乡。到了浮葬的棺木跟前，一面搭盖验尸棚，一面饬差提姓陈的老婆到来。这是县知事有意要用这种迅雷不及掩耳的手段，使姓陈的老婆不好做遮饰的手脚。

须臾将姓陈的老婆提来，县知事看她已吓得面如土色，浑身只管抖个不了。衙役喝叫跪下，县知事连忙将衙役叱退，装出和颜悦色地从容问道："你姓陈么?"老婆从喉咙里应了句是。县知事指着那浮葬的棺木问道："这里面是你的丈夫么?"老婆听了，抖得三十六颗银牙上下捉对儿厮打，好像勉强镇定的样子，迟了一会儿，忽然很决绝地答道："这里面是我的丈夫。"县知事看了这老婆答两句话，前后的神情音调截然不同，料知她是因自己做了亏心事，突然知道发觉了，这是关系她自己性命的勾当，不能禁住心里不害怕。及已到了这里，看了这情形，就想到越害怕，越会露出破绽这一层上面去了，因此把心一横，便不觉害怕了，所以能很决绝地回答出来。遂接着问道："你丈夫死了多久了?"老婆道："十一月初七日死的，才一个月零七天。"知事问道："什么病死的？曾服过药么?"老婆道："我丈夫害痨病害了三四年了，近来不曾服药。"知事问道："在什么时候服过药？是哪个医生开的药方？药方还留着没有。"老婆略想了一想答道："三四年来服药的次数很多，都是我丈夫自己开的药方。我丈夫略懂得一些儿医道。药方没有留着，多是我丈夫自己撕了。"知事问道："既是三四年服药的次数很多，为什么近来倒不服药了呢?"老婆道："我丈夫说痨病只初起的时候能治，病久了是没治法的，徒然费钱吃苦，没有用处，因此不肯开方服药。"知事问道："你丈夫不肯开方服药，你难道就望着他死，也不延医生给他治治吗?"老婆道："我丈夫从来不相信外面的医生，我也不知道哪个医生好。我丈夫既不相信，就是我延了医生来家，开了药方，我丈夫也绝不会肯服药。没想到便这么死了，丢下我一个人，真好苦啊。"说着掩面哭起来。

知事看了这情形，暗想这东西一个泼辣的淫妇！只是任凭你说得干净，我定要开棺相验便了。随又问道："你丈夫确实是痨病死的么?"老婆一面揩着眼泪，一面带气说道："不是痨病死的，我难道要说痨病死的，有什么好处吗?"衙役在两旁吆喝一声，禁止老婆供词顶撞。知事听了，并不生气，仍是从容说道："只怕是说痨病有些好处吧？你可知道有人在本县这里告发你谋杀亲夫么?”老婆听了这句话，不由得略怔了一怔，忙紧着说道：“告我谋杀亲夫，有什么证据?”知事笑道：“当然有确切不移的证据，本县才准他的状纸。你只照实说，看是怎生谋杀的?”老婆急问道：“什么确切不移的证据，请大老爷拿出来我看。”知事反问道：“你定要看了证据才供呢?还是早供出来，免得你已死的丈夫又翻尸倒骨呢?你自己做的事，你自己心里明白。从来这种谋杀亲夫的案子，没有能幸逃法网的。你只想你当下手谋杀你丈夫的时候，何等机密，却为何谋杀才一个月零七天，本县便已知道。本县没有确切证据，就来这里问你吗?你再看这里工人仵作都来了，你这时就咬紧牙关不肯供出来，毕竟能抵赖过去么?”老婆到这时候神色又变了，身上又发起抖来。知事这才沉下铁青的脸，拍着公案一迭连声地喝快供，两旁衙役也接着催喝。老婆凝了凝神，仍回复刚才决绝的态度说道：“我丈夫分明是痨病死的，大老爷偏说是我谋杀的，教我把什么供出来?我丈夫死了，犯了什么法，大老爷居然要戮他的尸?这事怕没有这般容易。”知事哈哈笑道：“你把亲夫谋杀了，就想这么抵赖过去，恐怕也没有这般容易!本县既准告发的人开棺相验，如果验不出你谋杀的凭证来，诬告的自然按律反坐，本县也当然要自请处分。你想拿这话来难本县，以为本县可被你难住，便不开棺么?”说罢喝一声：“动手，把棺木起出来!”带去的工人，都暴应了一声，如奉了将军令，一齐动手掀砖揭瓦。

人多手快，哪须半刻工夫，早将那棺木显露出来了。知事复对老婆道：“你若尚有一线天良，到了这时候，谁也能料知再没有隐瞒掩饰的希望了，就应把实在谋杀的情形供出来，免得已经被你谋杀的丈夫，再受翻尸倒骨的惨劫。”老婆放声大哭道：“天呀，我丈夫确是痨病死的，大老爷偏要咬定是我谋杀的。我丈夫生前造了什么孽?死后还要受这般苦楚!我做老婆的受了这种不白之冤，也没有法子教大老爷不开棺相验啊!”知事见老婆到了这时候，还咬紧牙关不说，只得喝教开棺。仵作应声，斧凿齐下，只得得“喳啦”一声响，棺盖掀倒一边。仵作见尸体的右手肋下，一个手帕包，不像是装殓的东西，拿出来呈验。知事打开手帕包看时，正是刘大存所报被黑猫衔去的大洋五元，双银毫四个，铜板十五枚。刘大存在旁看了，忙出头认领。知事见手帕包竟在棺里，更觉得有把握了。不一会儿，仵作果然报道："在头顶心内，起出七寸长钢签一根，是吸鸦片烟用的烟签。就只这一伤致命，此外没有伤痕了。"书吏填明了尸格。这老婆见相验出来了，登时想一头撞死。无奈衙役们早已防范了这着，哪里能由她在这时自尽呢？知事随即带着回衙，这就只一问便吐实了。

原来和这老婆通奸的，不是旁人，就是那个被刘大存饭碗误伤脑袋的队官。这队官从十月里办冬防，才率队到这乡下来。到防不久，便与这老婆通奸了。不过做得很秘密，外面没人知道。两人都嫌姓陈的碍眼，乘姓陈的在害病的时候，奸夫淫妇遂商通谋杀的方法。队官原是吸鸦片烟的人，平日曾在《包公案》中，看了某氏用铁钉从脑门心钉死丈夫，仵作相验不出的故事，以为用鸦片烟钢签钉死的，即开棺相验，也能瞒得过仵作。其实《包公案》是完全不曾看过《洗冤录》，没有丝毫相验知识的人著的。相验的时候，浑身骨节都得拆散蒸验，岂有数寸长的铁钉在脑门心里，会瞒得过仵作的么？这队官若不是相信《包公案》这部小说，或者不至弄出这奇案来。然他只相信谋杀亲夫的铁钉，却不相信会有报冤的鸟兽，所以始终免不了抵死。报施之道，也不可谓不巧了。

《红玫瑰》第1卷21期　民国十三年（1924）12月20日

恨海沉冤录

因果报应的话，近来以新人物自命的以其太无根据，不相信有这么一回事，并多责骂相信的是没有常识或头脑腐旧于是一知半解及见地不透彻的人。因要避免这种没常识或头脑腐旧的责骂，就心里相信也不敢拿在口里说，更不敢见之文字。以故新闻纸上间有记载这类关于因果报应、寻常眼光所视为神怪奇特的事实，秉笔记述的无不以怀疑的口吻出之，末尾且必加上一句“以供研究某某学者之参考”的话，仿佛极力在那里表白他原是不相信有这种事的样子。唉，世俗的知识有限，世间的事理无穷。世人所不能了解的事便硬说没有，那才真是没有常识，真是头脑腐旧呢。在下此刻无端说这一派话，知道以新人物自命的人除责骂在下没有常识与头脑腐旧外，必更加在下一个提倡迷信的罪名。只是责骂的尽管责骂，加罪的尽管加罪，在下不但相信因果报应的话信而有征，并且相信当此道德沦亡、纪纲隳败的今日，非有十二分显明的因果报应，一班强盗官僚、虎狼军阀、狐狸政客、猪仔议员，他们心目中既不知道什么叫作法律，也不知道什么叫作道德，如何能使他们有恐惧修省的时候呢？所以曹锟去年用武力逼迫黎元洪下台，今年他自己也受同样的报应。吴佩孚年来最喜勾引对手方的党徒叛变、自相残杀，以做内应，结果他自己的党徒也被对手方勾引叛变，替对手方做内应了。并且曹吴两人今日所受的，比较往日施于人的还要厉害些，这不是极显明的事实吗？不过，像这类报应昭彰的事虽无时无地没有发现，能使人闻而警惕的力量尚小。在下最近听得一个新从福建来的朋友述他亲目所击的一桩事，简直能使听的人毛骨悚然。这事种因在二十年前，直到今年八月果报才现。在下听了，以为有记述的价值，所以不嫌词费写了出来，至于责骂与加罪，不暇顾及了。

闲话少说，且说距今二十多年前，有个姓张的福建人，做浙江杭州府知府，随身带来一个姓魏的门房，一个姓王的厨房。这两个都是张知府的同乡人，跟随张知府都有十几年了，两人的妻室儿女也跟着在知府衙门附近住家。门房的儿子叫魏连生，生得性情粗暴，相貌丑恶，最喜喝酒赌博。仗着他父亲在知府衙门当门房的势力，终日在外吃喝嫖赌，无所不来。厨房的儿子叫王雪棠，年龄比魏连生小两岁，生得相貌姣好，和闺房女子差不多性情，也极阴柔。小本经营些绸缎买卖，一事不肯胡行。那时，跟官的、当厨房的出息有限，当门房的好处最多。魏连生的父亲又极会捞钱，他每年不正当的收入，竟比张知府的养廉还多，当了十几年门房，已有好几万的家产了。因此魏连生虽则是出身微贱，品行卑污，然有钱有势，竟有一个身家清白的寒士与他联婚。

这寒士姓萧名同礼，原籍嘉兴。自中年进了一个学之后，坎坷相随，极不得志，家业萧条，又没有儿子，只一个女儿名叫璇规，生得非常慧美。萧同礼因自己一生穷困，受尽了苦楚，蓄志要把璇规嫁一个富有财产的人，家声门第、人品才情概可不问，哪怕嫁给大富贵人做妾都愿意。这也是因太穷苦了，激成他这么一种金钱万能的心理。只是萧家既穷困得不堪，富贵人家哪里瞧得他起，如何肯与他家结亲呢？只有魏连生的父亲，自知出身微贱，为士类所不齿，能得一个秀才人家联婚就心满意足了。两方的心意既如此投合，经媒人一拉拢，萧璇规便嫁给魏连生做老婆了。璇规想不到魏连生是这么一个又粗暴又丑恶的男子，过门之后总不免有些彩凤随鸦的感想，时常郁郁不乐。魏连生既是生性粗暴，自然不知道什么叫作温存体贴，仍是终日在外面喝酒赌博，半夜三更才回来，十有九喝得酒气熏人，昏头奋脑。偶与璇规一言不合，就拍桌打椅，恶声厉色，大骂起来，甚至倚酒作疯，毫无情理地抓住璇规一顿痛打，直弄得璇规一望着魏连生就害怕。

璇规过门不到两年，魏连生的父亲就死了，魏连生少了一个约束的人，行为更加没有忌惮了。王雪棠虽是和他在一块儿长大的，只以两人的性情举动相差太远，平日原没有深厚的交情。及至魏连生的父亲一死，魏家财政权完全移到了魏连生手上，王雪棠便借着帮办丧事专心一志地交欢魏连生。魏连生只要有人肯曲意地奉承他、巴结他，就异常得意，何况是从小在一块儿混大的同事？自然是一拍就合了。不久，二人便结拜为异姓兄弟，来往得极密切。魏连生自有了王雪棠这个把兄弟，外人平日欺魏连生糊涂，设种种圈套来骗钱的，至此都被王雪棠说破了，劝阻得魏连生有了觉悟，不肯去上人的圈套。王雪棠会写会算，又工心计，帮助魏连生经管家务，整理得井井有条，轻易没有吃亏受损失的事。魏连生自知不及王雪棠能干，待王雪棠如亲兄弟，凡事都得与王雪棠商量好了，王雪棠主张做就做，若不主张做，无论如何是不肯做的。王雪棠待魏连生更比待嫡亲哥子还好，平日欺骗魏连生的人虽一个个恨王雪棠入骨，心里却不能不佩服王雪棠是好人，真心帮助魏连生，寻不出他半点自私自利的事迹来。恨王雪棠的人拿不着王雪棠的错处，也就只好搁在各人心里恨恨罢了，没有报复的方法。

王魏二人亲兄弟一般地过了些时，张知府因年老辞官归福建休养。王雪棠的父亲要带王雪棠同回家乡去，王雪棠便劝魏连生道："你我都是福建人，此地的同乡人很少，跟官在此则可，独自在此地住家就有许多不便。你家虽在杭州置了产业，究竟来杭州的日子不多，不如同回家乡去住的好。"魏连生心里倒活动了，想带家室搬回福建去，无奈璇规因萧同礼的年纪已有八十多岁了，膝下没有儿子，不忍抛弃老父远去福建，要求魏连生等老父死了再回家乡，魏连生也不勉强。王雪棠只得随着他父亲去了。王雪棠走后不到几个月，平日勾引魏连生饮酒赌博的又渐次挨近魏连生的身子，几次豪赌输去了不少的银钱。璇规偶然劝阻几句，就惹起魏连生的火来，往日对待她的粗暴横蛮手段又逐渐施放出来了，只把个璇规气得要死。

魏连生正在吃喝嫖赌兴会淋漓、萧璇规正在忧愁抑郁痛不欲生的时候，王雪棠忽然又从福建回杭州来了。魏连生问他为什么才回去不久又到这里来，王雪棠紧紧地握住魏连生的手，两泪如脱线珍珠一般地掉下来，显出极亲热的态度说道："我自从那日跟着我父亲动身以后，一路上心里说不尽的难过。逆料哥哥身边没了我，往日欺骗哥哥的、谋害哥哥的，只一霎眼必然又把哥哥昏迷住了。我想老世伯当日创业艰难，哥哥今日得席丰履厚，不是容易有的境地。哥哥是糊涂忠厚人，稍不留神要倾荡这些产业却极容易。我不承哥哥将我做亲兄弟看待，哥哥就立刻把家业弄个精打光，我也用不着难过，用不着忧虑。你我二人既是比人家亲兄弟还好，我又逆料到了这一层，教我心里怎么割舍得下？所以也顾不得路上辛苦，仍赶回这里来。"魏连生的性情虽粗暴，然越是粗暴的越有真性情，见王雪棠态度这般亲热，言语这般勤恳，哪得不为之感动呢？当下也不由得流泪相向，并异常感激王雪棠爱护之意。

王雪棠有父亲在杭州的时候与魏连生来往虽密，夜间仍是回家歇宿；此番重来杭州已没有家了，就在魏家居住。魏连生因近日在外面吃喝嫖赌惯了，一时收不住意马心猿，又恐怕王雪棠劝阻，每日总借故去外面游荡。王雪棠素来很精细，从前魏连生也曾借故去外面游荡，每次都被王雪棠看出他的用意，设法劝阻。这回魏连生借故出外，王雪棠一点儿不疑惑，不说一句劝阻的话。魏连生被嫖赌沉迷了，自巴不得王雪棠不劝阻他，扫败他的兴致。王雪棠趁魏连生不在家，竭全力在萧璇规面前献小殷勤。萧璇规与魏连生原没有浓厚的爱情，王雪棠年龄既比魏连生小两岁，容貌又比魏连生好得多，其他一切性情举动魏连生都没有一件赶得上。萧璇规虽生长诗礼之家，不是淫贱之妇，然青年怨女怎禁得王雪棠多方引诱？稍欠点把持功夫，便已失足成了千古之恨了。萧璇规既与王雪棠有了暧昧，两情就非常融洽。魏连生只顾和一班破落户吃喝嫖赌，时常三五日不回家来。他父亲毕生捞来的好几万昧心钱，传到他手中不过两三年，已化去一大半了。萧璇规初时甚着急，丈夫将家业花光了，不能生活。及与王雪棠生了关系，便不以丈夫的行为可虑了，并巴不得丈夫在外面嫖赌得快活，轻易不舍得回来，好乘间与王雪棠亲热。倒是王雪棠一见魏连生就愁眉不展，说长远是这么胡闹下去不了，仍继续劝阻魏连生不可沉迷不悟。魏连生不听，王雪棠便说放心不下，要跟着魏连生，好随时照顾。果然有王雪棠同走，魏连生吃亏上当的事就少了。杭州人知道王魏两人情形的无不称赞王雪棠是个好人，魏连生若没有这个拜把子的兄弟，家业早已被魏连生花光了。

王雪棠跟随魏连生照顾了一个多月，得便就劝魏连生改行。魏连生已稍稍有些觉悟了，身体却害起病来，一起病即昏迷不省人事，遍身火也似的发热。延了几个有名的医生诊视，都猜疑是花柳毒症，服药也没有效验，只几日就死了。死后遍身青紫，手足指都黑得和墨一样，大家更相信是中了花柳毒。王雪棠独哭得死去活来，比萧璇规哀痛多了。丧葬办理得极丰盛，魏连生在日该欠了人家的钱，王雪棠都本利算还，一文不少。人家该欠魏连生的，愿意偿还就偿还，不愿意或无力的绝不勉强，因此一般人更不绝口地称赞王雪棠。

难得王雪棠把魏连生的丧葬办妥之后，和萧璇规商议道："有大哥在的时候，尽管他终年不归家，我住在这里不要紧，只要我们自己谨慎不怕外人道短长；于今大哥去世了，我异姓兄弟久住在这里无论如何谨慎，是难免人家议论的。只是我承你这般相爱，怎忍抛却你自往别处去呢？待从此就带你同到福建去吧。你父亲虽已去世了，此间原没有挂碍，但是我家中有父母，不先向父母说明，不便带你回家。我本来不曾订婚就是为你，现在大哥死了，正是你我明做夫妻的机会。我打算独自先回福建，向父母将你我正式做夫妻的话说明，父母绝没有不成全的。我在家将办喜事的一切手续准备好了，再来杭州迎接你回家。那时名正言顺，永做恩爱夫妻，天长地久，岂不甚好？"萧璇规到了这一步，也只好依从打算，索性嫁给王雪棠以过这下半世。但是心里还有些着虑，问道："万一你回家向父母说明，父母知道你我在杭州的情形，恐怕坏了家声，不许我回家，你又打算怎么样呢？"王雪棠道："不许你回家的事是决不会有的，我父母一生欢喜的就是银钱，两眼见了银钱，什么话都好说了。我在杭州做绸缎生意，很有些门径，一千银子的绸缎搬到福建，除掉种种的消费足能赚一千银子。从前我因为本钱不足，不能放手做去，所以赚不了多少钱。这回我计算了一下，大哥留下来的产业总共还有两万多两银子。有两三万银子全数办绸缎，去福建走一趟，来回不要三四个月，多的不说，连本带利五万两银子是毫厘不会少的。我并打算终身做这项买卖，本钱越足越好做。你若到福建住些时，或住不惯就仍回杭州来住也是很容易的，我做绸缎生意是离不掉杭州的。我父母见我有这么多本钱做生意，并知道这本钱是你的，心里必高兴得了不得。他两老又没有第二个儿子，哪有不许你回家的道理？只看你愿意我是这么办么？"萧璇规心想："我既嫁给他姓王的做老婆，身体尚且给了他，身外之物的产业自应给他经理。他是个精细能干的人，不像魏连生只会花出去不会赚进来。他拿这本钱做生意，赚了钱也是我的好处。"遂对王雪棠说道："做生意将本求利是极好的事，我哪有不愿意的？你这回到福建，把情形向父母说明了，父母要我回家固是再好没有了，万一父母固执不肯也不妨事。你做生意离不了杭州，我在福建住着说不定见面的时候还少些。"王雪棠听了欣喜之至，即日拿着魏连生残留的两万多银子尽数采办了绸缎，还差了两千多两银子，要萧璇规设法。萧璇规只得将值钱的首饰变卖，又得了一千多两。尚短少八百多两，只好由萧璇规出面向厂家约五个月归还的期，萧璇规以为五个月后王雪棠必已卸货回杭州来了。王雪棠成行的时候，两人说不尽的难分难舍，萧璇规也不知说了多少叮咛嘱咐的话，王雪棠只教她耐心等候，不出四个月必来。

王雪棠去了，萧璇规关着房门度日，连大门口也不出来，一片痴心，只想望王雪棠早日归来。光阴易过，谁知王雪棠一去竟杳如黄鹤，转瞬五个月的限期到了，不但王雪棠本人不来，连信也没有一封寄到。厂家到期来收账，萧璇规值钱的首饰早已变卖了，哪里凑得出这么多的银子呢？没奈何向厂家说情展期两个月，求神拜佛地祈祷王雪棠不负心，只是一点效验没有。看看两个月的期又到了，萧璇规知道受了王雪棠的骗，没有重来的好希望了。这种冤抑也无处申诉，就在账项到期的前一日，萧璇规独自走进离家不远的一所关帝庙里，在鼓架上悬梁自尽了，尸都没人收殓，由街邻捐了些钱，将尸首掩埋了。她生时没将被王雪棠骗了的情形说给人听过，死后自无人知道。纵有疑心魏家穷得这么快，银钱是被王雪棠拿了办绸缎回福建去的，然外人不明白底蕴，谁能出头调查详情，替萧璇规打这不平呢？萧璇规这样的死法，简直可算是冤沉海底了。

直到今年八月，距萧璇规在关帝庙自尽整整二十年了。杭州有一个挑洋货担子的人，叫章阿戆，已有五十来岁了，原籍福建侯官人，在杭州流落了不得归家，挑一个小小的洋货担，每日做几角钱生意糊口。屡次想回福建去，只因没有路费不能成行。如是者在杭州五六年了。这日章阿戆挑着洋货担走关帝庙门口经过，忽见庙里一个年轻女子向他招手，他只道是要买洋货的，便挑了担子进庙。走到神殿上一看，那女子已不见了，章阿戆以为是住在庙里的人就要出来的，就把担子放下，靠神殿上的柱头坐着等候。等了好一会儿，仍不见那女子出来。天气很炎热，而神殿上极阴凉，不觉身体疲乏了，靠柱头合上两眼沉沉要睡，心里却惦记着洋货担，恐怕被人偷去了什么。刚才睁开两眼，即见那招手的年轻女子愁眉苦脸地立在面前。章阿戆问道：“奶奶要买什么？等得我瞌睡来了，险些儿睡着。”女子摇头道：“我并不要买东西，我要问你几句话，你是福建人么？”章阿戆道：“是。”女子道：“我知道你是一个好人，特地请你进来，求你带我到福建去好么？”章阿戆道：“我独自一个人要回福建去，尚且五六年还不能走动，能带你去么？”女子道：“你五六年走不动，我知道你是因为没有路费，我于今有路费在这里，只要你答应我，我就送给你。”章阿戆道：“你不是福建人，为什么要我带你到福建去呢？并且你我一男一女，在路上如何好同行呢？”女子哭道：“只求你答应我，这些事你都不用着虑。”章阿戆道：“既是有路费给我，是我求之不得的，如何不答应？但是你无端哭什么呢？”

女子道：“我老实说给你听吧，我是个沉冤莫白的怨鬼。”随即将生前被王雪棠骗了的情形述了一遍道：“我在生前不知道我丈夫是他毒死的，死后见丈夫的面，被丈夫打了我两个嘴巴，痛骂我一顿，我才明白。王雪棠于今在福建开设一个很大的酒席馆，久已娶妻，生了两个儿子、两个女儿。我早就要前去报仇雪恨，无奈路途遥远，独自不能前去。我临死的时候已想到了这一着，留了一根赤金簪，压在这殿上的铁香炉底下，朝夕守候着，怕被这里的庙祝看见了拿去。你拿去兑换了，足够去福建的盘缠。不过你动身的时候，须叫我三声，我姓名叫作萧璇规。只要你带我到了福建省城王东发酒楼，便不干你的事了。”章阿戆听了这些话，不由得有些害怕起来。猛听得一声雷响，惊醒过来，原来还是一场梦。看殿上正有人敬神，雷声便是打得鼓响。定了定神一想，这梦做得太奇怪。等敬神的人走了，悄悄移开铁香炉一看，果有一根赤金簪压在底下，不由章阿戆不相信。当下收了金簪，心里默祝道：“我本是要回家乡的，顺便带你去报仇。论理不能用你的路费，不过我没有这东西做路费，仍是走不动，只得拿去兑换了，即日就动身前去，萧璇规的阴灵随我来吧。”默祝完毕，挑担回去，匆忙料理一切，即由上海买轮去福建。动身及在马尾换船的时候，都依言叫了三声萧璇规。

到省城问明了王东发酒席馆的地址，章阿戆又暗地默祝了一番，便行前去。才走近王东发门口，就见一个四十多岁的男子，身上穿得极漂亮，刚从酒馆里面出来，忽然现出惊惶失色的样子，喊道：“不得了，来了，来了。”只喊了这两句，折身就往里面奔跑。章阿戆料知这人就是王雪棠了，忙跟进酒馆门，就听得里面神号鬼哭地大闹起来。馆里的人都说老板突然疯了，两手拿了两把杀猪的尖刀，只一下就劈断了老板娘一条臂膀，两个少老板也都被杀死了，只有两个姑娘幸亏不在眼前，不曾被杀。还亏了几个得力的伙计，拼命将老板捉住了，于今得赶紧去把老板奶奶娘家的人请来。章阿戆见闹出了这么大的乱子，即溜回自己家里去了。过了几日来打听，才知道那日王家将老板奶奶的父母请来，王雪棠忽改变女子的声音，将王雪棠在杭州种种的情形说了，自认是萧璇规，前来索命的。两手紧握着杀猪尖刀不肯放手，夺也夺不下，话说完了，举刀向自己迎头劈下，只劈得脑浆迸裂而死。述这事给在下听的朋友与章阿戆是邻居，章阿戆亲口对他说的，所以知道得这般详细。

《红玫瑰》第1卷25期　民国十四年（1925）1月17日

傅良佐之魔

近年来因有一部分名人大老崇信佛教的缘故，一班富于投机性质的人，为要迎合名人大老的意旨，也都争着模仿，手握念珠，口念“阿弥陀佛”。东也设立一个佛教什么林、什么所；西也设立一个佛教什么处、什么会，蒸蒸日上，月异而岁不同。数年之间，波靡全国，差不多就要把那个死后最走运的孔老二推翻打倒，夺其位置，而代有其底盘了。

平心论起来，孔老二自称述而不作，本无所谓孔教。于今姑且认定他所述的，就是孔教，若拿着和佛教比较起来，也实在不成个比较。在下这话，休说略懂佛法的人断不反对，就是孔老二当时，若得亲闻佛法，在下并敢断定他决不再宪章文武，祖述尧舜了。

不宪章文武，祖述尧舜，又从哪里有什么孔教呢？佛教夺其位置，代有其底盘，本是当然的事，难道能说此刻佛教波靡全国，不是一种好现象吗？好现象确是好现象，不过为要迎合名人大老的意旨而崇信佛教，或为求眼前福利，而崇信佛教，那么这种佛教，又反不如非孔教之孔教的切实有用了。只是在下无端发这一段似崇佛非崇佛，似崇孔非崇孔的议论干什么呢？只因在下有一个朋友从天津来，对在下叙述了一段因崇信佛教演出来的怪事，那怪事颇有记载的价值。那朋友述完之后，在下提起笔来，打算依着所述的记录。然在未着笔之先，就发生了以上这些感想，因此不知不觉地，先照着新发生的感想写了出来。

于今话已说明了，且借用着旧小说中，闲话少说，书归正传的套语开端。傅良佐这个名字，外国人不敢说，凡是近年来肯稍稍留心国事的人，大约没有不在新闻纸上见过，或听得人谈论过的。在新闻纸上见过，或听得人谈论过傅良佐的人，十个之中，至少也应有七八个。知道傅良佐是段合肥的股肱，安福部的健将。这篇所记因崇信佛而演出来的怪事，就发生于这傅良佐身上。敝友对在下所述的情节当中，或者不免有传闻失实，及与事实微有出入之处，在下无从考证，姑且照敝友所述的记出来。好在情节类似一篇神怪小说，看官们不妨拿出读《西游记》、读《封神传》的眼光来读。究竟有不有这种事实，及与事实完全符合与否，尽可不必措意。

且说段合肥是个信奉佛教的人，是大家都知道的。他在做内阁总理的时代，因信奉佛教，以致害得全国的文武百官，凡是想走他这条门道寻个出身的，无不临时抱起佛脚来。至于他左右亲信的人，其奉佛之热心踊跃，更不须说了。傅良佐朝夕在段合肥左右，也可算是佛教中一个连带关系的信徒。热心奉佛的人，其交游的朋辈，按着声应气求的道理，自然也多是佛教中人。傅良佐这是对于佛法，虽是一种含有作用的信奉，然他的朋辈当中，却有两个是真能了解佛法，真能实心信奉的。

这两人一个姓包，一个姓罗，两人的名字、籍贯，敝友说得不仔细，在下已经忘了，就简单说是包某、罗某吧。

包某的年纪只三十多岁，于中国文学，没了不得的根底，然三教九流的学问，颇能触类旁通。如医卜星相，以及走江湖的人，赖以糊口的种种奇特能为，他研究有得的很多，不过最实心信奉的，只有佛法。与傅良佐来往得极密切，傅良佐也极和他说得来，不论大小的事，稍有疑难的，都得与包某商量。

罗某年纪有四十多岁了，中国文学比包某渊博，佛法也比包某精深，但不及包某的多才多艺。与傅良佐的交谊，也不及包某亲密，因为罗某曾直接在傅良佐手下干过差事，有上司属员的关系，所以倒显得生分了。

当直皖战争的时候，傅良佐被曹老三拿住了。那时报纸上的议论，和一般人的推测，无不说是这一拿去，正如羊入虎口，有去无来。傅良佐的公馆在天津，他太太一得到丈夫被擒的消息，只哭得死去活来。娘儿们想不出营救的方法，只得请求平日与丈夫交往密切的朋友，出头设法。这时傅良佐的朋友在天津的，就只包某一人。傅太太正待到包某家去，报告丈夫被擒的消息，托包某去找人求情说项，忽见家里下人来报，包先生来了，傅太太自是一迭连声地说请。

当傅良佐在家的时候，包某常来，也常和傅太太见面谈话。此时包某见了傅太太，即拱手笑道："恭喜嫂嫂，我特地送好消息来的。"傅太太看了包某那种高兴的神情，又听了这般说话，只道自己丈夫已被开释出来了，不由得也带着些笑容问道："是不是清节（傅字清节）已开释了么?"包某摇头道："那倒没有这么快的事，不过我得的好消息，也就去开释不远了。自昨日清节被擒的消息传来之后，我打听得确实了，心里着实有些替清节担忧。思来想去，想不出一个可以请托去曹老三跟前说项的人来。想到夜深，越想越替清节着急，后来偶然想起，何不趁夜深人静的时候，虔诚占一课，看看吉凶如何，再作计较呢？占过了那一课，我就大放宽心了。嫂嫂平日大约也知道我占课是最灵的。这回替清节占一课，不但一点儿危险没有，并且其中有吉神保佑，就在十日之内，可望开释出来。清节是最相信我的课的，须托人将我占课，保他十日之内能开释出来的话，说给他听，使他好安心，不要着急。不过还有一句最要紧的话，得同时说给他听，他这回能逢凶化吉，遇难呈祥，就是近年信佛的果报，将来开释出来了，更要一心信念才好。"

傅太太听了喜道："但愿包先生这回的课，也和平常一样灵验就好了。至于清节信佛，真可以算得是至诚至敬的了。依他本来多久就想在家里设一个佛堂，我说家里不干不净的，反为亵渎菩萨。于今只要包先生的课真有灵验，他得平安归家，我一定将楼上的客厅打扫清洁，专做佛堂，供奉十方诸佛的像，我从此也一心皈依佛法。"

包某点头道："那是再好没有的了，只是嫂嫂要知道信佛的目的，在了脱生死，不是求人世的利禄。这娑婆世界，无在不是烦恼，无在不是痛苦。要想了脱生死，唯有一念生西、生天还是不妥，终有重堕轮回的时候。只有一生西方，变得永远安乐。清节这几年来，虽是信佛，却完全走错路了，我曾劝他力修净土，他不肯信，这回得开释回家之后，望嫂嫂也帮着劝他。"

傅太太因时常跟着傅良佐拜佛念经，包某所说的这些话，都能理会得来，并相信包某所说的不错，当即花钱贿通看守傅良佐的人，将包某的话，一五一十转达给傅良佐听了。傅良佐在俘虏之中，一想到这番是生死的关头，就不由得五内如焚，饮食都不能下咽。自听了转达包某的话，心里便登时快乐了。因为他从来相信包某的课，是没有不灵验的，遂一心一意地念阿弥陀佛。说也奇怪，果然不到十日，曹老三竟把他放了。傅良佐自这番得死里逃生，夫妻两个都认定是年来信佛的好处，真个将楼上的客厅扫除，改设一个庄严灿烂的佛堂。

安福部从战后失势，傅良佐就此收起野心，也不打算在政治舞台上活动了，夫妻两个，只朝夕在佛堂里焚香礼拜，谢绝应酬。傅太太虔诚信奉的，是观音菩萨，专心致志求观音菩萨，度她夫妻早升西方极乐世界，如此用功，已非一日了。

包某因自己有事离开了天津，罗某本来过从得不甚亲密，常是经过三五个月，才来傅家一次。这回罗某已有半年不到傅家了，一日忽听得曾到傅家的朋友说，傅太太近来生病，甚是厉害。傅良佐异常着急，每日连照例在佛堂上的功课，都没心情做了。

罗某不知道傅太太患的什么病，这般厉害，不得不到傅家来慰问一番。罗某走到傅家，傅良佐出来接见了。罗某细看傅良佐的脸色，暗淡无光，仿佛接连熬了几昼夜不曾睡觉的样子，精神也非常颓丧，好像勉强装出高兴的神气。罗某闲谈了两句，即问道："我因听得某人说，太太近日身体欠安，所以特地前来问候，不知已好了些没有？"傅良佐连连点头谢道："承情关切，已好了些了。"

罗某见傅良佐说话比平日特别来得客气，好像是随口答应的，心里已觉得这种态度奇怪，遂接着问道："太太究竟患的什么病，现在服哪个医生的药？"傅良佐道："并没有了不得的大病，从起病到于今，都是服菩萨的药，这天津哪有靠得住的好医生，没得花钱请来，误我内人的性命。"

罗某听得服菩萨的药，更觉得诧异，问道："是在神庙里求来的药签么？"傅良佐连忙摇着头道："不是不是，神庙里的药签，如何能服？那简直是以人命为儿戏了，我内人服的药，是观音菩萨赐的。"罗某又问道："服的是水药呢，还是丸药呢？"傅良佐又连摇着头道："也不是水药，也不是丸药，是服的末药，用红纸包裹的，带灰白色的药粉。"罗某见越说越离奇，不由得不追根问道："观音菩萨赐的药粉，是如何赐下来的呢？"

傅良佐见是这么问，登时现出一种得意的神情说道："你要问如何赐下来的么？好在你不是外人，不妨说给你听。观音菩萨不但赐了药，并亲身降临，替我内人诊脉。"罗某道："何以见得观音菩萨亲身降临，替太太诊脉呢？"傅良佐正色说道："你不相信么？这话岂是好随意乱说的，不但观音菩萨亲身降临，连关圣帝君也带着周仓将军来了。”

罗某见傅良佐说出来的话，简直是害神经病的，正想用言语唤醒他。还没说出口，他似乎已看出了罗某的用意，即紧接着说道：“你不可疑惑，我知道你初听我这些话，必以为太荒诞不经。你和我交往也不是一年半年了，应该知道我的性格，不是个迷信神怪的人。我不是乡村里没知识的老婆婆，也不是害了神经病，何至无端拿出绝无根据的话来说呢？这回内人病了，蒙观音菩萨、关圣帝君亲临诊视，不是一次、两次，从害病到于今，一个多月了。初起还只有观音菩萨，隔一二日降临一次，来时只内人看见，我和丫头、老妈子在房里，都不能看见。内人房里供奉了一帧湘绣的观音菩萨圣像，内人所见，便是从那绣像上下来的。内人初对我说，我还以为是幻象，内人乃力言不是，确是观音菩萨降临。

“过了几日，观音菩萨仿佛知道我不相信真是她老人家亲临，大约是想借丫头、老妈子的眼光，证实不是内子个人的幻象。这回她老人家从绣像上下来的时候，房中五六个丫头、老妈子都看见了，与内人所见的衣服形像一般无二，只不曾开口说什么。你是知道我生性素来倔强的，尽管丫头、老妈子都说看见，我仍是不相信。因为我同在一间房里，观音菩萨岂真是女子之身，不能见男子吗，何以只我不得看见呢？我这日动这念头，第二日就居然看见了，这才相信确实不是幻象。并且还有一桩可以证明不是幻象的，我亲眼见观音菩萨从绣像上下来，径到内人床前，好像观察病情的，在床前徘徊了一会儿，竟对内人说起话来。我和房中的人，都听不到声息，仅看见嘴唇一张一合，内人答出来的话，我们也不听得。观音菩萨去后，内人说话，我们才听得分明。内人说：‘观音菩萨说，因我夫妻奉佛诚虔，所以亲临诊病，将来还要带我夫妻去极乐世界一游，以坚我夫妻信佛之念。’那红纸包里的药粉，也就在这一次，我亲眼看见观音菩萨从袖中取出来，放在内人枕头上，并说了用开水冲服。观音去后，药包俨然在枕头上，若是幻象，能幻出实在的东西来吗？近来几日来，内人的病势加重了些，观音菩萨每日必下来一次，对内人说我的魔劫太重，须请伏魔大帝关云长来，病才可望有起色。次日关圣帝君就带着周仓将军来了。这几日观音菩萨、关圣帝君一刻也不曾离房，还有许多金甲神将，守在门窗外面。内人的病，若还不能治好，便是数之修短有定，纵有回天之力，也不能挽救了。你这时相信我所说的，不是荒诞了么?”

罗某听了这一段怪话，心里明知不会有这种活现的事，然傅良佐既说得这般认真，要解他的迷惑，决非三数空言所能办到的。并且罗某与傅良佐有上司属员的关系，说话不能不委婉些。只得露出沉吟不甚相信的神气说道：“既是菩萨的药粉，服后不大见效，病势反加沉重了。依我的愚见，还是请高明的医生，服两帖君臣药试试看。我等奉佛，原与乡村老婆婆求神拜佛的目的不同……”罗某的话尚不曾说毕，傅良佐已现了不耐烦的脸色，高声呼当差的来问话，显然做出意不属客的样子。

罗某料知再说下去，必更有使人难堪的样子做出来，便忍住不说了，随即作辞起身，傅良佐也不挽留。

罗某回到家中，越想越觉得傅良佐一家人所看见的，不是观音菩萨与关帝圣君。如果观音菩萨、关帝圣君都亲来替傅太太治病，断没有越治越厉害的道理。观音菩萨在中国显应感化的事迹，各种书籍上所载，虽说很多很多，然也不曾见过像这般活灵活现的。至于关帝圣君，何至镇日整夜厮守在病人房里呢?

又过了两日，罗某只是放心不下，不觉又走到傅良佐家里来。罗某的意思，并不想亲见傅良佐，只想会着傅家当差的，打听些实在的情形。及到了傅家，凑巧被傅良佐从窗眼里看见了，连忙出来招呼，同在楼下客房里坐着。

傅家楼下客房，离傅太太卧室仅隔了一条三尺多宽的小甬道。傅良佐不待罗某开口即说道：“前日自你走后，观音菩萨就带领我夫妻两个同游了一回极乐世界。阿弥陀佛住在一座极庄严、极富丽的楼上，我和内人都见了阿弥陀佛。阿弥陀佛当面奖励我夫妻奉佛坚诚，将来必生西方，这回能游极乐世界，便是将来往生之证。我夫妻魔劫虽重，有关圣帝君守着是不妨事的。”罗某见他更说得离奇荒谬了，随口问道：“极乐世界在哪里，此去有多远的路?”傅良佐笑道：“极乐世界么，说远很远，说近很近。观音菩萨带我夫妻同去的时候，我骑马，我内人坐轿。我夫妻两人的魔劫，确是很重，昨日若不是亏了关圣帝君在此，我的性命只怕已保不住了。”罗某问道：“何以见得呢?”傅良佐吐舌摇头说道：“可惜你不在这里，没看见那些魔的凶横模样，你若看见，也不愁你不害怕。昨日下午二三点钟的时候，内人正昏沉沉地睡着，我坐在内人床缘上，观音菩萨坐在床的对面，关圣帝君坐在床头一张靠椅上，周将军持刀侍立关帝身后，无数金甲神环立室外。大家很寂静的时候，忽一阵大风陡起，风声中夹杂着好像战线上喊杀的声音，缓缓由远而近，我听了诧异，同时观音菩萨、关圣帝君也都似乎侧耳静听，那喊杀的声音，越喊越近。霎时就到了这外面半空之中。”说时，用手指了指客堂门外的天空，接着说道：“我既听得杀声到眼前，不由不张眼向半空中看看，不看倒不甚可怕，看了真觉骇人。原来一个身高丈余的大魔，率领着数百个小魔，竟大呼着傅良佐三字道：‘到此时还不将我等的命偿来吗？我等于今断头缺足，肢体不全，究竟是谁害的，不是你傅良佐害的吗？’清清楚楚地听得是这么喝骂，你说我能不害怕么？骂毕又是一阵喊杀，俨然对准那房里冲锋杀来的一般，只把我吓得跪在观音菩萨面前求慈悲搭救。观音菩萨当即起身，迎上去指手画脚的，大约是在那里解劝。一会儿回房，似乎解劝无效，半空中仍是喊杀不止。我只得又打算向关帝圣君跪下要求。关帝圣君不待我跪下，已奋然立起身来，待从周将军手里接刀，周将军的胡须都气得竖起来了，不知对关帝说了几句什么话，关帝仍回身坐下来。周将军提刀出去了，只听得半空中一阵狂风大吼，又夹杂着无数哀号求恕的声音，没一刻就风声平息了，哀号的声音也没有了。只见周将军一手提刀，一手提了一个斗大的人头，不用说就是那个一丈多高大魔的头了，鲜血淋淋地提到关帝面前，此刻我内人床头地下，还滴了一大块的鲜血。你看若不亏了有关帝在此，我的性命不被那群魔鬼劫去了吗？”

罗某惊讶道：“竟闹到了这一步吗？”傅良佐道：“就在隔壁房，你不信，不妨同到内人房里去看。不过此时半空中的魔，早已被周将军驱散了。”罗某毅然说道：“据我看来，不但半空中的是魔，就在太太房间里的什么观音菩萨，什么关圣帝君，以及金甲神将等等，一切都是魔。”傅良佐愤然作色说道：“不可乱说，这岂是当耍的事？金甲神将可假，观音菩萨、关帝圣君难道也可以假得来的么？”罗某道：“不闹到这一步，我也不敢说。于今关系太大了，我若再不说明，不但太太的性命可危，只怕后患还不堪设想呢？”

傅良佐只急得手指隔壁房对罗某跺脚道：“你还在这里乱说，你知道就在隔壁么?”罗某坦然自若地说道:“话是我口里说出来,如有罪过,受责罚的应该是我。观音菩萨在百千万亿劫以前,早已成佛,具何等广大神通,岂有日夕守在太太房里,替太太治病,而病反越治越厉害的道理?若太太的病本不可治,真是修短有数,那么观音菩萨岂不知道,何至有这种情形发现呢?你是一个明白干练的人,竟会如此着魔吗?”傅良佐见罗某高声大嗓子说了这一会儿,并不见受菩萨的责罚,心里已有些活动了。罗某继续着说道:“这道理很容易明白,极乐世界,我等奉佛的人,谁也相信确有其地,要往生也确是人人办得到的。不过凡人去游极乐世界的话,未免来得太无根据了,并且太太是女子之身,又何能到极乐世界去?即算有观音菩萨接引,太太这几日来,不是只昏沉沉地睡着吗,如何能坐轿子去呢?轿夫又是谁呢?”

傅良佐经罗某这一说,心里明白了,却又害怕起来,苦着脸问道:“这便怎么了呢?你不向我说明,我不但不害怕,并十分信赖他们,以为可以保护我,此刻还是坐在我房里。我既知道都是魔了,如何敢回房去呢?你得替我想想方子才好。”

罗某踌躇道:“我虽奉佛多年,只是并没有一些儿神通,应如何才能驱除这些已近身多日的魔障?委实没有这种经验。”

傅良佐将日来种种情形,仔细一想,越觉得是魔无疑了,急得起坐不宁,丝毫没作摆布处。还是罗某有些儿见识,低头思索了一会儿,忽然说道:“象由心生,象由心灭,我有对付的方法了。我陪你赶紧到楼上佛堂里去,同跪佛前,你自己着实忏悔你平生的罪孽,我也帮助你忏悔。忏悔过后,同念大悲咒,念到魔退为止。”傅良佐此时心里一点儿主张没有,也只好依着罗某说的去办。

傅、罗二人上楼,正在佛前忏悔,昏沉沉睡了几日的傅太太,忽然清醒转来,睁眼向房中四处望了一遍,坐在榻板上的丫头忙凑过去呼太太。傅太太开口问道:“老爷呢,现到哪里去了?”丫头道:“老爷现在客堂里陪客谈话。”傅太太道:“我要起来,快扶我。”丫头道:“太太睡了好几日,也没动弹,也没吃喝。此刻略好了些,不要就起来劳动吧。”傅太太道:“你们不要哄我,我知道老爷不在客堂里陪客。”说时,进来了两个老妈子,听得太太居然说话了,好生诧异。听太太这么说,便答道:“太太不要起来,老爷实在是在客堂里陪客,那客就是常来的罗先生，不过刚才同老爷到楼上佛堂里去了。”傅太太道：“好吗，我知道绝不是在客堂里陪客。我于今身体已舒服了，非起来不可，搀扶我起来吧。”老妈子还怕傅太太劳动了不好，迟疑不肯上前，谁知傅太太已自己挣扎坐了起来，老妈子只得拿衣服给傅太太穿了。

傅太太一迭连声地要水洗漱，老妈子只得拿水来给洗漱了，傅太太径下了床扶着丫头上楼。走到佛堂，见傅、罗二人正跪着念大悲咒，也在二人背后跪下来，口里帮着同念，倒把傅、罗二人惊得怔住了。问傅太太怎么来的，她自己都说不出所以然，只说病苦已完全好了。房中的观音、关帝及许多金甲神，就在二人上楼忏悔的时候，一霎眼便消灭得无影无踪了。自此以后，傅良佐夫妻奉佛的信念，益发坚诚了。

《红玫瑰》第1卷28期　民国十四年（1925）2月7日

侠盗大肚皮

提起强盗，是人人害怕的，是人人厌恶的。虽有些小说书上，写得某某强盗，如何慷慨仗义，如何劫富济贫；然究竟实在有没有这一回事，大是疑问。因为从来做小说的人，十九是不得志的文人，怀着满腹牢骚，无可发泄，又愤恨一班贪官污吏，赃私枉法，虐民肆恶，有意把强盗写得如何慷慨仗义，如何劫富济贫，以愧那些为官作宰的。专一描写强盗的《水浒传》，就是这种立意，所以处处显得官吏的行为不如强盗。只是写便这般写，至于实在事情，是不是这般的呢？恐怕无论是谁，也不能十成相信。尽管施耐庵存着这种心思写强盗，然也不过写得一班强盗比较奸淫掳掠的官军，贪赃枉法的官吏好些。不能把强盗写得与大多数人民同休戚，得大多数人民的爱戴。此外小说书上所写的好强盗，更不过列举几桩救人急难的事罢了，从来不见有强盗的行为能像福建侠盗大肚皮的。

大肚皮在闽县被杀的这一天，远近穷苦的人，手提香烛纸马，赶到法场来祭奠痛哭的，男女老幼共有万多人，即此已可见他平日的行为了。只可惜说大肚皮的事迹给在下听的，是一个中年的女子。这女子虽生长闽县，目击大肚皮被擒、被杀以及万人哭奠的情形，然当时这女子的年齿尚幼，事隔二十余年，已把大肚皮的姓名忘了；只知道大肚皮是长乐县人，因为他少时跟着长乐有名的拳师余长吉练武艺，喜练一种气功，名叫蛤蟆功。这种蛤蟆功，仿佛像金钟罩、铁布衫一类，练到好处也可以不避刀剑。

大肚皮在练的时候，因不甚得法，功虽练成了，然肚皮练的比寻常人特别高大，望去就和害臌脏病的一般。但是他的肚皮虽特别高大，然与普通大胖子的大肚皮不同。普通大胖子的大肚皮，是块然一物，丝毫没有作用的。他这大肚皮却能伸缩自如，和一个大布袋相似。平时尚不甚大，唯有到了须运用肚皮的时候，就大得骇人了。他吃饭每顿至多能吃一斗二升糙米，每吃四升米，必将裤带放松一次，连放三次，便不能再吃了。他仰面躺在地上运气将肚皮鼓起来，教人推着载重七八百斤的大车，铁轮盘接连在他肚皮上辗过去，能不断地辗数十遍。轮盘辗过的所在，不现一点儿痕迹。福建的气候热，他时常袒开肚皮，仰面睡在竹床上乘凉。苍蝇不能在他肚皮上立足，一落到他肚皮上，就身不由己似的向上跳了起来。和他接近的人故意拈些黄豆，轻轻放在他肚皮上，也是和苍蝇一样，一着肉就跳起一尺多高。因此大肚皮的声名，在他不曾做强盗的时候，已远近人都知道。平常肚皮大的人，行止举动，无不十分笨滞。唯他的肚皮虽大，行动倒矫捷绝伦，高来高去，一些儿不因肚皮大了有妨碍。

他为人天性最厚，他父母早死了，对兄嫂极恭顺友爱。以至性待朋友，遇朋友有为难的事，他必尽力量帮助，比自己的事还认真。他家里虽贫寒，然他身壮力强，又没有妻室儿女，不见得便没有生活的能力。何至这般天性笃厚的人，会做强盗呢？说起来奇怪，大肚皮其所以做强盗的缘故，就是因为他天性太厚了。不曾读得书，不知道立身行己的大节，专一以感情用事。

他有一个最要好的朋友，是一个教蒙童馆的，家里的景况和大肚皮差不多。大肚皮所居附近，读书的人很少，一般人对于这个教蒙童馆的读书人，都很推重。这个教蒙童馆的，并不是因科名失意、暮年潦倒，特设帐以作育英才的。这人的年纪，那时才有二十多岁。因为他父亲是读书的，小时候就在他父亲手里读了几年书。他父亲一死，家中贫寒，无法可谋生活，只得仗着小时候读过些诗云子曰，足有哄骗三五岁小孩子的本领，大胆设馆授徒。每年的收入，也只得一个长工的工价。

大肚皮与他家相隔不远，彼此朝夕见面，甚说得来，就结义为兄弟。大肚皮因自己没了父母，对这把兄的娘，如对自己亲娘一般孝敬。他得了什么好吃的东西，必先送给他这义母吃。这日他义母病死了，把兄家中一文的积蓄也没有，衣衾棺椁，一件也没准备。天气又热，不能多停在家里不装殓。他把兄只急得走投无路。他心想我把兄除我之外没有要好的朋友，他既无力葬母，若我也不能帮助他，眼见得我义母的尸臭了腐了还不能安葬，只是我于今也一点儿力量没有，却怎生是好呢？

大肚皮独自踌躇了一日夜，想来想去，除了去大户人家偷盗，没有旁的方法。于是大肚皮就在这夜，实行做起贼来，偷了几百两银子，全数送给他把兄。他把兄正在急得无可奈何的时候，黑眼珠看见了白银子，自然心中得着了安慰。但是他把兄知道大肚皮的家境，以及在外面的交游，绝不是仓促之间能取办得出这多银子的。一面收受这银子，一面免不了要盘问这银子的来历。大肚皮也不相瞒，老实说给他把兄听了，并说道："做贼倒是一件极容易的事，不过屋瓦太薄了，脚踏上去难免没有声响。幸亏我逃走得快，等到那家的人被响声惊醒了，追赶出来时，我已跑了多远了。"他把兄在他身上打量了几眼问道："你脚上穿什么东西去的呢？"大肚皮道："自然穿草鞋去，难道穿学士鞋去吗？"他把兄摇头道："不是这般说。学士鞋固然穿不得，草鞋也是不能穿的。"大肚皮笑道："那么不是要打赤脚吗？赤脚如何能跑路，并且跑起来的响声，比穿了草鞋的更大。"他把兄道："我问你脚上穿什么东西去的，谁说要打赤脚。且等我办好了我母亲丧葬的事，做一双好穿的鞋子送给你。你有了那么一双鞋子，此后到人家屋瓦上行走，便不愁有多大的响声了。"大肚皮听了这话，觉得他把兄是读书识道理的人，都赞成他做贼，可见得贼不是不可做的。再一转念，远近邻居生计艰难的很多，富贵人家的银钱盈千累万藏着，没有用处。我并不费事地把它偷来，按家分送给人，生计艰难的得了，岂不欢天喜地地过活？

大肚皮这念头一定，也不与他把兄商量。帮着他把兄将葬事办妥之后，没几日，他把兄果然做了一双鞋送他。细看那双鞋实在做得巧妙，形式和平常的草鞋相似，只是全体用麻和鸡毛编织的，鞋底的鸡毛更厚。大肚皮穿在脚上，背着人在屋瓦上试跑了一阵，果是毫无响声。大肚皮原练了一身好本领，又有了这种鸡毛鞋，去偷盗那些没有抵抗能力的富豪，又谁能挡得他住呢？他又没有党羽，始终是独去独来。夜间偷盗了金银到手，也不带回家中贮藏，随手就在外面什么人也不注意的地方安放了，并做一个标记在安放金银的所在。白天便四处闲行，留心探访一班穷人的生活状况。遇有鳏寡孤独，生计实在艰难的，他也不送人金银，恐怕金银上有特别的记认，这人拿去使用，受了连累。必将金银去换了柴米衣服，暗中送给人家。有时也亲自出面帮助人。他把兄就因屡次得了他的帮助，蒙童馆也不教了，到福建省城里谋干差事。

凡事只怕不做，既做了不论如何秘密，久而久之，绝保不住没人知道。大肚皮接连不断地做了十年强盗，虽一次也不曾破过案，然公门中人因远近的穷苦小民，莫不称颂大肚皮的功德，也就知道大肚皮的银钱来历不甚妥当。不过公门中人，也多有曾受过大肚皮接济的，只要公事能马虎过去，谁也不忍认真与大肚皮为难。大肚皮的把兄，因有大肚皮源源接济，在省城得了海防承发吏的差事，全家搬到省城居住。大肚皮每到省必住在把兄家。

那时有一个姓伍的候补道，初从北京到福建来，并没得着差事，外面也没有阔名，只大肚皮调查得这姓伍的候补道家中极是豪富。在伍道到省没几日，就在伍道那里偷得了一柄珍珠如意，十只玛瑙酒杯。偷伍道旁的东西不打紧，这两样宝物是伍道传家之宝，价值巨万，如何能不认真追究呢？挟着阔候补道的势力，问闽县要人赃两获。

闽县知事自不敢怠慢，勒限捕役缉拿。但是平常捕役哪里拿得着？不但拿不着，究竟是不是大肚皮作的案，还没人能断定。并且大肚皮虽是长乐籍，长乐却没有大肚皮的家。大肚皮平日到省必住在他把兄家的事，外面并无人知道。因此闽县的知事虽勒限缉拿，然屡次逾限，仍是毫无影响。那知事恐怕耽延久了，赃物出了海，更难缉获。只得悬一千两银子的赏，但求人赃两获。捕役中虽也大家拟议，这种大案子，不是大肚皮没第二人敢做。只是一则不敢断定，二则畏惧大肚皮的本领高强。尽管县知事悬赏一千两，也无人挺身出来与大肚皮为难。

伍道急切想收回这两样传家之宝，见悬赏一千两还没有动静，遂由他失主加悬二千两。有了这三千两的赏银，不知不觉将大肚皮把兄的心打动了。大肚皮哪里想得到世间竟有这般狠毒的人。因听得有人传说失主加悬了二千两银子的赏格，海防厅的人想得这笔重赏，已分派许多人四处侦缉。他思量区区三千两银子，算得了什么，海防厅不过要发这一点儿财，我亲自送三千两银子给他们便了。好在我把兄正在海防厅当承发吏，我暗中将三千两银子托他转交，想必可以无事。大肚皮仗着有把兄照顾，自己本领高强，全不把这事放在心上。

这日带了值三千两银子的金叶，并四百两纹银，直到他把兄家来。先将四百两银子交给他把兄道："这一点银子，送给大哥弥补家用。我已有多少日子不到大哥这里来了，想必手中也很窘迫。这回我还有点儿小事，要求大哥帮忙。"他把兄是个生性极刁狡的人，听了大肚皮这话，即问道："就是为那珍珠如意和玛瑙酒杯的事么？"大肚皮失惊似的问道："我并不曾来向大哥说，大哥怎么知道？"他把兄笑道："瞒得过别人，也瞒得过我么？"大肚皮点了点头道："大哥同事的也都知道了么？"他把兄拍着胸膛说道："凡事有我，老弟管他们知道也好，不知道也好，用不着过问，更用不着害怕。我兄弟已有一个多月没有聚会在一块儿了，今日且痛饮几杯，快活快活吧。"大肚皮听了，绝不疑虑，真个与他把兄开怀畅饮。

酒至半酣，他把兄闲闲地说道："伍家被窃的消息一传到我耳里，我就能断定这案非老弟不能做。不过我心里有些替老弟着急，因为那两件东西，不是寻常的珠宝，不但在福建暂时不能露面，便是出海也非在三五年以后不可。又怕你存放那东西的地方不妥当，落到别人手里去了。你白费精神尚在其次，那样可宝贵的东西，落到别人手里实太可惜。你安放的地方还妥当么？"大肚皮笑道："大哥请放心，那地方再妥当也没有了。"他把兄道："毕竟安放在什么地方？在你自以为妥当，未必真妥当。你且说出来，我说是妥当，便是真妥当；若我觉得不大妥当，仍以移到别处为好。"大肚皮道："不是我不肯说给大哥听，只因我从来不问得了什么好东西，都是那么安放，一次也没有失过事，可见得确是再妥当没有了。不到可以取出来的时候，无端移到别处去，倒不妥当了。"他把兄见他这么说，恐怕他生疑，连忙改口说道："老弟既觉得再妥当没有了，便不移动也好。不要弄巧反拙，倒因移动生出意外来。只要那两样东西安放得妥当，以外什么事都用不着顾虑。我有一桩事要问老弟，前月那姓伍的候补道到省的时候，同时还有一个姓钟的候补道，也是初从北京到福建来。姓钟的排场比姓伍的阔得多，并是个世家子弟，老弟为什么单偷姓伍的，钟家却去也不去呢？"大肚皮笑道："大哥何以知道我没有去呢？"他把兄道："不见钟家报案，自然是你不曾去。我想钟家的贵重物品，必然比伍家还多。”大肚皮笑道：“专就外面的排场，哪里看得出实在。我若真个不曾到钟家去，倒可多留三百块钱，送给大哥使用。就为他家那排场太阔了，害我白跑一趟。谁知他家不仅没有一点值钱的物品，反在一口衣箱里翻出几张当票来。有当一百块的，也有当五十块的。他家到省不久就当了这几票东西，阔排场完全是假充的，是不待说的了。越是这样没有钱的候补官，越不能不做出有钱的场面。这种人的苦楚，我知道他比穷苦不堪的小民还要难受。那时我身边带有三百块钱，原打算送给大哥用的。一时因看了那当票心软，就拿出来和当票纳入那口衣箱里。我想钟家无意中得了那三百块钱的横财，绝想不到是从哪里来的。”他把兄笑道：“像你这样去偷人家的钱，反送钱给人家的事，从来也没听人说过。钟家自然想不到那三百块钱是从哪里来的。”

二人一面谈论，一面喝酒，大肚皮不知不觉地已喝得有几重醉意了。忽然向他把兄问道：“我听说海防厅的人，为想得那三千两银子的赏，四处侦缉做这案的人。大哥在海防厅里干差事，到底是怎样的情形，必知道底细。若果只为三千两银子的事，我看算不了什么，犯不着小题大做，替那些瘟官出力。”他把兄不知他已准备了三千两银子，想收买海防厅的人心，以为他这话是出于小心谨慎之意。连忙摇手答道：“海防厅管的是这些事，出了这种案子，上头又追比得紧，四处侦缉作案的人，自是题中应有之义。老弟不必多虑。”大肚皮听了，便不提出收买的话了。他把兄存心算计他，不怕他不喝得烂醉。乘大肚皮醉倒之后，用绳索牢牢地捆起来，他把兄才亲去闽县报告。

县知事得报喜出望外，即时派了许多干役，把大肚皮提到县衙。大肚皮直到堂上才醒转来，张眼向四周望了一望，只恨了一声，就咬紧牙关一言不发。听凭拷问，不肯实供半句。只说须我把兄上堂来对质，我才肯实说。县官弄得没法对付了，只得传他把兄上堂对质。他把兄到此时倒觉有些惭愧，不好意思见大肚皮的面了。然既做了出首的人，却又不能不上堂对质。

大肚皮一见他把兄上堂，即大声喊道：“大哥你好，恭喜你三千两银子到手了！你须知道我不是不肯招供，因为我若老实供出第一次行窃的事来，显得我不是个汉子。自己情愿干的事，倒连累别人，所以我抵死不肯说实话。幸亏我在大哥家里，不曾把收藏那两样东西的地方说给大哥听，逼得大哥不能不在堂上与我相见。若大哥知道了那东西收藏的所在，此时早已派人取到这里来了，还怕我不吐实吗？我既直认了供，大哥就可安然得三千两银子，坐在家里享福，怎用得着上堂来看我这强盗呢？于今你既肯出面与我对质，你也不要惭愧，也不要害怕。我不幸与你拜把了十多年，尽管你为三千两银子害我的性命，我绝不屑学你的样，也翻转心来害你。你安心下去吧。我从头至尾的案子，一切都招了。”他把兄见他如此说法，一大堂的人又都眼睁睁地朝这把兄的脸上望着，一时良心发现，真是说不出的难过。竟成了一个如痴如呆的人，不知要怎生才好。大肚皮连声催促道：“你快下去吧，我若有一个字连累了你，也不算是汉子。”

大肚皮望着他把兄退下去了，才一五一十，将平生所做的盗案尽情供了出来。所劫得的财物，一点一滴地都散给了穷苦的人。他本人不嫖不赌，没一文钱的产业。其中也有几桩杀伤了事主的案子，有的因事主行为太恶毒，一念不平杀以泄愤；有的因事主反抗，不得不杀伤图逃。珍珠如意和玛瑙酒杯，都藏在闽县境内乌石山上山石级的第六十三级石板下。县官问他偷了这两样宝物，打算怎生处置？他说打算等到追捕的风声平息了，将东西运到上海，卖得大宗款项，回福建办那年大风灾的赈济。综计大肚皮平生所做的盗案，共有二百三十多件。始终不曾有一句话，连累到他把兄身上。只因杀伤事主的案子太多了，想为大肚皮开脱的人虽多，然法律上说不过去。大肚皮也自知既破案，便不能免死，要求早杀了事。

自从大肚皮被捕消息，传播远近，凡是曾受过大肚皮好处的人，无不下泪，痛骂这把兄是禽兽不如的东西。大肚皮就刑的这日，手提香烛纸马到法场来祭奠的，都是些无知无识浑浑噩噩的穷苦乡民。也不知道大肚皮犯了什么罪要杀，万口同声地都说大肚皮是他们的恩人，屡次救他们的急难。今日听得大肚皮要杀了，忍不住不来祭奠一番，聊表感激之意。万多祭奠哭泣的人，一个衣衫整齐的也没有。

他把兄这次虽得三千两银子的悬赏，然遍福建的人无一个不因此事鄙弃他，不与他交接。大肚皮做了十多年强盗，原没有一个党徒。但是福建全省的贼盗，都替大肚皮抱不平，争着偷盗大肚皮把兄的财物。把兄搬到什么地方，盗贼跟到什么地方。防也防不了，躲也躲不了。他把兄能有多大的产业？莫说被偷穷了，一月三迁，连搬也搬穷了。大肚皮死后不到三年，他把兄已穷得精打光了，到处无人睬理，竟至乞食都无门路，活活地饿死了。临死的时候还有许多受过大肚皮好处的人，指着他唾骂了一顿才断气。这事福建的老年人多知道。在下所听的，不过是大肚皮的大概情形罢了。

《红玫瑰》第 1 卷 31 期　民国十四年（1925）2 月 28 日

无名之英雄

在前清光绪二十五六年之间，湖南因有谭嗣同、唐才常等一班豪杰之士讲求新学，设立时务学堂，湖南的风气为之一变。就是乡村里的蒙馆先生教学生，也不似从前专教《四书味根录》，做破承题、起讲了，也和学校里一般地有地理，有历史，有算学，有国文，分科教授。不过蒙馆先生的知识有限。外国语言文学，以及几何、化学等专门学问固然是没有，便是算学、地理，也只能拿着《数理精蕴》和《方舆纪要》等书，拣自己看得懂的说给学生听罢了。虽说是一种徒具形式的教授，然使一班青年学子的脑筋中都知道有科学，知道八股文章无用，这效力就算很大了。

接着又有黄克强、刘揆一等一班豪杰之士出来，提倡革清朝之命，创设黄汉会，罗致三湘七泽血性男子密谋起义。湖南的风气又为之一变。那时黄克强不名黄兴，也不字克强，原名黄轸，字瑾武。论到黄克强三个字，在民国元二年的时候，自然是驰名中外，只是在长沙一部分地方，还不及黄瑾武三个字的妇孺皆知。因黄瑾武从小喜练拳脚，体格更生得强壮，两膀很有些气力，性情又异常勇猛，最喜欢寻着有名的拳教师比赛。他比赢了，固是兴高采烈；就是打输了，他不但不觉得羞愧没有面子，反很诚挚恳切地与那比赢了的教师结交。有和他亲交的朋友，见他好勇斗狠，替他担心，怕他被武艺好的教师打伤，劝他不可再寻那些有名的教师比赛。他便笑道："我也曾略事诗书，稍知养气之道，岂是好勇斗狠的人？只为要多物色真有能耐的人，为我将来的臂助。拳教师有大声名的不见得真有大本领，一班有纯盗虚声的，我既要为将来物色帮手，此时便不能不亲自试验试验。所以遇着武艺比我高的，我无不竭诚交欢他，就是武艺不及我的，也只要这人天性笃厚，胆大心雄，我也一般地做好朋友交结。"黄瑾武因从来抱着这种物色人才的心愿，日积月累，由比赛而结识的拳教师已不在少数了。

黄汉会一成立，所有曾经结识的拳教师都成了黄汉会的会员。每一个拳教师至少也有四五十个徒弟，如最著名的王福全、梁鉴铨、彭少和、林齐青等几个大教师，每人有几百个徒弟。这许多练武的壮年徒弟，由各人的师傅召集拢来，加入黄汉会，齐听黄瑾武一个人的指挥号令，这种潜势力也就不可轻侮了。从来湖南的拳教师都是各分各的地段，各收各的徒弟，彼此不相侵犯，也不相联络。拳教师中虽也有往来交结的，然大抵因私人的关系，或亲或邻，或是同门师兄弟，并不是为切磋技艺而相结合。自黄瑾武提倡革命，创设黄汉会，罗致无数拳教师当会员，不但革清朝的命，也可算是拳术界的大革命。因黄瑾武存心借黄汉会这种结合，革除拳术家历来的门户积习，每开会一次，平江、浏阳、长沙、湘阴数县的拳术家都得共聚一堂。集合的目的是要一班拳术家各自回家乡扩充会务，招纳会员。然扩充会务招纳会员等事，是须待各自归家乡后实行的。在集会时候，只不过三言两语便已了事，余下的时间就大家研究拳脚，各人显出各人的看家本领给黄瑾武评判。黄瑾武生性阔达，没一点儿偏私之见，凡是入了黄汉会的人，无一个不是心悦诚服地推崇黄瑾武。

有许多世家子弟，因心中钦慕黄瑾武的缘故，本来无心练武的，也要延聘一个拳教师来家，借练拳为名，谋与黄汉会中人接近联络。黄汉会才成立了几个月，文人学士素不齿数的拳术，陡然变成极热烈的流行品了。乡宦人家想结识黄瑾武的，办上等酒席敦请黄瑾武吃饭，必须几个拳教师作陪。酒至半酣，豪兴顿发，谈拳论掌，色舞眉飞。谈论到兴会淋漓的时候，便撤去杯盘搬开桌椅，腾出一块地方来，各教师扎衣的扎衣，捋袖的捋袖，或走一趟拳，或使一路棒。有时黄瑾武自己高兴起来，也解衣袒出两条粗壮无伦的胳膊，和这些教师较量几手，输赢都不当作一回事。

湘阴的世家子彭某，与黄瑾武家有些世谊。只因两家相隔有五六十里，过从甚稀，不曾和黄瑾武见过面。闻黄瑾武的名，也办了酒席，特地请黄瑾武赴宴。黄瑾武既蓄志要革清政府的命，不仅极力去罗致会武艺的人，对于世家巨族的子弟，也无不尽力交欢。彭、黄两家又有世谊，自然一请便去。彭某知道瑾武的性格，也照例请了几个拳教师作陪。不过所请的几个教师，都没有惊人的本领，也没有赫赫的声名，瑾武一个也不曾会过。彭某是个很文弱的读书人，对于武艺全不懂得。就是请来作陪的几个教师，和彭某平日并无来往，不过因居处相近，彼此认识而已。在酒席上面，瑾武略与几个教师谈论了些练武功的话，即觉话不投机，懒得往下再谈拳脚了。

那时正是七月间天气，异常炎热。彭家的房屋宽大，七开间五进。酒席设在第五进的厅堂上，推瑾武巍然上坐。乡下的房屋，照例在白天都是将门敞开的，瑾武坐在首席，可一眼望到第一进的大门外面。彭家的厨房设在第二进的偏屋，上菜的须用木盘托着，从第三进中间直送上来。瑾武因懒得和那几个拳教师谈话，两眼不期然而然地向大门口望着，也并没注意看什么东西。忽见上菜的人双手托着木盘，从第二进的左边转出来。那人的身体很瘦小，年龄约有四十多岁，托着菜在前面走，后面跟着三四个七八岁、十来岁的小孩儿，一个个笑嘻嘻地争着跳起来抢夺那人头上的包巾。那人并不回头反顾，只将头或偏左些儿或偏右些儿地躲闪。小孩儿直跟到过了第三进的中门，恐怕被厅堂上的宾客看见，才停步不追了。然不肯退出去，闪开中门两边躲着，好像等候上菜人出来的一般。上菜的人将盘中菜在席上安放好了，即撤下半碗残菜，仍放在木盘里托将出去。瑾武这时便很注意看那几个小孩儿的举动了。上菜人走到第三进门外，几个小孩子果然又笑嘻嘻地一拥出来，左一把右一把，各举双手向那人头上乱抓。只见那人仿佛后脑上长着眼睛的样子，必待小孩儿的手将要沾着头巾了，才微微地避开一两分远近。左边有手来便向右边闪，右边有手来，便向前面闪，七八只手围住左、右、后三方乱抓，一次也不曾与头巾相碰，并且很安闲自在地走着。再看安放在席上的这碗菜，是一碗很满的汤，一点儿不曾泼出来。

瑾武看在眼里，不由得暗自吃惊道：“这东西倒像是个好手。若没有一点儿真实本领，绝不能这么从容自在。只是这么大热的天气，我们科着头还嫌热，他为什么把头包着？这几个小孩儿去抢夺他的头巾，大约也是看了觉得奇怪。”瑾武这般想着，即向彭某问道：“刚才上菜来的这个人姓什么，是在府上当差的吗？”彭某笑道：“这个人姓马，据他说没有名字，排行第二，我们因他是个癞头，随口叫他马二癞子。去年腊月才由舍亲荐他到舍间听差。有些呆头呆脑的样子，不大会伺候人。我因舍亲的情面却不过，只得留在舍间。小儿小侄在学堂里读书，早晚就差他接送。”瑾武摇头笑道：“据我看这人并不呆头呆脑，武艺倒像是个很高明的，不可轻视了他。”彭某哈哈笑道：“瑾武先生的眼力虽高，这回看马二癞子只怕看走了眼色。”

几个教师听瑾武说马二癞子的武艺高明，也都忍不住好笑。其中有一个素喜说刻薄话的教师笑道：“瑾武先生既看出马二的武艺高明，何不就请他到长沙去教武艺呢?”那时拳教师教拳的界限分得极严，越界传徒弟，非有过人的武艺不敢。而一班拳教师的习惯，对于外府外县的武艺，不问高低强弱，只有轻侮的，没有推崇的，人人有这种十分顽固的成见。曾入黄汉会的，经瑾武再四晓譬开导，才渐渐地将这种成见化除了些，然也不过在瑾武面前不露出此界彼疆的恶习罢了。这几个同席的教师都不曾和瑾武会过面，所以敢对瑾武这么说。瑾武听了，绝不踌躇地答道：“但怕他不肯到长沙去，若真肯去，是再好没有的了。”彭某道：“马二癞子如果会武艺，怎的不起厂子收徒弟，却求舍亲荐到我这里来当底下人呢?”刚说到这里，马二癞子又托了一碗菜走上来。瑾武看他背后，已不见那几个小孩儿跟着了。彭某等马二上好了菜，即叫住问道：“黄大老爷的眼力素好，他说已看出你有很好的武艺，究竟怎样，你实在会武艺吗？不要隐瞒，黄大老爷是最喜提拔会武艺的。”马二现出不好意思的神气，嗫嚅了半晌才答道：“不敢。马二实在不会武艺。”鼓某望着瑾武笑道：“是不是呆头呆脑呢？这也有什么不敢的?只看他这痨病鬼的模样，就可以知道绝不是会武艺的人。”瑾武也不回答，伸手向马二招着说道：“请过这边来，我有话问你。”马二很瑟缩地一步一步挨到瑾武跟前。几个教师见了马二这种瑟缩不堪的神情，都掉过脸去匿笑。瑾武也不作理会，和颜悦色地对马二说道：“你不用在我跟前隐瞒，再说不会武艺的话。我虽没有力量能提拔人，然望人家提拔的断不是人物，我便有提拔他的力量，也绝不提拔。男子汉应该自己立志做一番事业，不过事业越大，越不是一二人的力量所能做到，因此想做大事业，便不能不随地物色人才。人才的种类很多，就得看这人想做哪一类的事业，便着手物色哪一类的人才。我于今所欲物色的就是会武艺有气魄的男子。你的武艺我已看出来了，很想带你出门做我的帮手。无缘无故的何必似这么隐瞒呢?”马二听瑾武说得这般恳切，精神似乎振作了一点儿，带着笑容说道："久闻黄大老爷的名，都说武艺了得。马二在少年的时候，虽曾瞎练了一会儿，只是近年来早已荒废得连模样都忘记了，如何敢在黄大老爷跟前说会武艺的话。"瑾武笑道："这些客气话都用不着说。你我都不靠武艺卖钱糊口，高兴练多练，不高兴练少练，好坏都不关事。你也不容易遇着我，我在旁处也遇不着你，走一趟拳给我瞧瞧吧。"说着立起身来。马二连连说道："不敢，不敢。"瑾武哪里肯依，定要马二走一趟。

彭某和几个教师见马二已承认少年时候练过拳，便也跟着瑾武催促。马二被众人逼迫得没奈何，只得对瑾武道："马二的拳脚，确已多年不曾用功，荒疏得不成话了，随便做点儿小玩意儿，求黄大老爷指教吧。"彭某不待瑾武开口，即向马二问道："你有什么小玩意儿，且先做出来再说。若黄大老爷看了不称意，还是要你打拳的。"马二应了一声是。回头对几个教师拱手笑道："诸位都是成名的好手，既是诸位要我献丑，我的丑献过之后，就得请诸位也脱衣玩玩。"几个教师因想看马二究竟有什么武艺，各人都是自负不凡的，欣然同声答应马二道："你玩过了，我们自然都陪你玩几下给黄大老爷看。"马二望着桌上的酒菜踌躇道："菜还没有上完，请黄大老爷用过了饭再玩好么？"瑾武连忙摇手道："我已吃饱了，最好玩一会儿再吃。天气太热，饭菜都是冷了的好吃。你只说你的小玩意儿要怎生玩法，就在这地方能玩么？"马二点头道："随便什么地方都使得。"说着解开了上身的衣纽道："恕马二放肆。"一面说一面脱去了衣服，露出枯瘦如柴的身体。瑾武的眼睛快，刚脱下衣服，已看出他身上及两膀的皮肤不住地上下颤动，和牛马被蚊虻咬着的时候一样，不由得逞口而出地叫了一声好道："内家功夫做到这一步，我平生才第一次见着。"几个教师听得瑾武这般称赞，都莫名其妙，呆呆地望着马二。见马二骈着两条枯枝也似的胳膊，不言不动，就和没事人一样。那个喜说刻薄话的教师忍不住问道："什么内家功夫在哪里，怎不玩出来给大家看看呢？"马二笑嘻嘻地说道："内家功夫就是皮肉以内的功夫，在外面看不见的。你们要看须用手来摸才得明白。"那教师真个伸手来摸，手掌一着皮肤，好像摸着了什么毒蛇恶物似的，吓得连忙退缩，两眼只管望着摸的所在发怔。旁边的教师觉得奇怪，忙问什么缘故。那教师道："不知是什么缘故，仿佛有一只老鼠躲在皮肤里面向我掌心里跳起来，你们大家摸摸看。”这几个教师将信将疑的，都伸手来摸马二，不约而同地说道：“好硬的皮肉。”马二笑道：“硬有什么用处，我正愁不得软呢。”那个教师问道：“这就是你的小玩意儿吗？”马二道：“不错，就是这点儿玩意儿。”教师望着他同伙做出轻视的样子说道：“这不过玩给小孩子看的把戏，用处果是没有什么用处。”马二笑道：“没用的话却有几等说法。是做内家功夫的人可以说我越硬越没用，像你们做外家功夫的只怕求我这样硬还不可得呢。我这种把戏，连小孩子都不愿意看，只可以欺骗外行。因为你们几位是当外行教师的，才不妨拿出来卖弄卖弄，对黄大老爷我就不敢了。”几个教师登时气变了颜色问道：“你何以见得我们是外行？不要太欺人过甚了。我们倒不相信你这个内行，你敢和我们动手么？”说时盘辫尾的盘辫尾，捋衣袖的捋衣袖，一个个气得面红耳赤，简直要和马二拼个你死我活的样子。

彭某是个文弱书生，全不懂武艺，并不知道马二如何开罪了教师，不好怎生劝解。瑾武有心想看马二的手段，故意张开两条胳膊，用身体挡住几个教师道：“天气太热，不可动手动脚。并且内外家不同道，真个动起手来，我说句你们不要多心的话，做外家功夫的十九吃亏。你们都在此地当教师，好不容易收一厂徒弟，跌倒一跤在他手里，面子上太过不去，不如忍气装作没听得，免得吃他的眼前亏。”教师听了瑾武这类劝架的话，虽明知是有意挑怒，然毕竟没有这大的容量，一个个气得摩拳擦掌，咬牙切齿地说道：“我们本来都是外行，他既自称内行，我们应该向他请教。”马二初时神气很安静，一听瑾武劝架的话，忽然现出惧怯的样子来，连忙穿好了衣服，向教师辩白道：“练武艺原有内家、外家的分别，几千年来如此，并不是我分别出来的。你们是练外家的，不能由我说成内家；我是练内家的，也不能由你们说成外家。我的功夫只可欺骗外行的这句话，是实在话，并非欺人之谈。你们何必生气呢？做内家功夫的人，照例称作外家功夫的为外行。”教师见马二说话的态度变软了，益发愤怒不堪，定要和马二见个高下。彭某恐怕打出乱子来，一面斥责马二，一面向教师劝慰。教师摇手说道：“这不干你彭府的事，我们不管什么内家外家，他既夸口可以欺骗我们外行教师，我们不能不向他领教，看他如何欺骗。”教师的气焰越说越高，马二便越说越软弱。说来说去，教师定要马二叩头认罪才肯罢休。马二说话虽显得软弱，然休说教他叩头办不到，就是教他说一句认罪的话也不肯说，弄得酒席都没有人上座吃喝了。

两方相持了大半日，瑾武也气愤起来了，正色向马二说道："你既始终不肯和人交手，便不应出语伤人。你瞧不起外家的话，已经说出了口，哪怕就死在外家手里也得坚持到底。为什么顷刻之间，前后俨然两人呢？可是作怪！"马二被瑾武这几句话激得陡然奋兴起来，挺身走到几个教师中间立着说道："你们以为我不肯动手是怕了你们么？我尽管立着不动不回手，听凭你们怎生打法，打痛了我，打伤了我，就算是你们的本领。到那时不要说教我叩头，就要砍下我这颗头来，也算不了一回事，我绝没有半点儿含糊。"马二这么一来倒把几个教师惊得怔住了。瑾武便在旁催促道："要打就动手吧。"教师握着铁锤也似的拳头问道："他这样瘦弱的身体，不动不回手让我们打，拳脚无情，若是三拳两脚将他打死，这账将怎生算法？"瑾武不由得冷笑了一声道："你们真在这里做梦啊！你们果能伤损他一根汗毛，不要他向你们认罪，我就愿意向你们认罪。"几个教师面面相觑了一会儿，忽问马二道："你说听凭我们怎生打法，能让我们拿东西打么？"马二笑道："刀枪棍棒，听你们的便。被你们杀死了，算是我的命短。"

有两个教师的腿上带了小插（六七寸长的小尖刀，刀把上有铁环，用时将大指套在环里握着，湖南人称这种刀为小插），一弯腰就拔了出来，顺手对准马二的腰肋刺去，马二只当没看见。刀尖刺在肋条骨上，这种硬地方，应该一戳一个窟窿，谁知刺上去就和刺在棉花包上一样，软不胜力。提起刀来看时，不但没戳成窟窿，连一点痕迹也没有。这教师同时举刀戳在马二大腿上，也一般地如戳在极柔软的东西上面。没有带刀的就是拳脚交下，并不见马二闪躲，不知怎的，一下一下都仿佛打在空处。直打得几个教师都惊疑的自愿停手，拳也打不下了，刀也戳不下了，马二才笑嘻嘻地问道："你们打够了么？我说你们是外行不冤枉么？"问得几个教师满面羞惭，不好怎生回答，只得都吐舌摇头说道："真是好硬功夫，教我们不能不佩服。"马二道："你们到这时候说出来的还是外行话。你们要知道内家功夫是越软越好，若是硬功夫，早已被你们戳死了。"几个教师惭愧得不待终席就走了。

瑾武问马二道："你有这种武艺，为什么自甘屈伏，在这里当底下人呢?"马二道："除了当底下人没有旁的生路。"瑾武道："像你这种武艺，就去考武，也不愁落人之后。"马二摇头道："考武要重仪表，要练弓马，我都不行。学他们这些教师的样收徒弟教拳吧，一则有干例禁，二则我不耐烦教人，因此只有到有钱的人家当差，倒有闲时给我做做功夫。"瑾武问道："你愿意跟随我出门么?"马二点头道："黄大老爷是我的知己，我愿意伺候大老爷。"瑾武异常高兴，当下向彭某说明。彭某并不知道重视马二，从此马二就日夕跟随黄瑾武左右。

不到半年，就因黄汉会的关系，黄瑾武单身逃往日本。会中拳术家王福全和马二都被拿，下在长沙狱里。不久就服毒死在狱中，始终不曾供出同会一个人的名字。同会中人知道马二的，没人不叹息下泪。民国元年湖南建烈士祠，供奉各烈士的神主，唯马二无人知道他的名字，因此都称他为无名之英雄。

《红玫瑰》第1卷35期　民国十四年（1925）3月28日

绿林之雄

广西绿林暴客之多，远甚于东三省的马贼。近数十年来，官厅因其羽党太多，势派太大，剿捕不易，只得改用怀柔手段。设法将其中有势力的头目招抚，给他一官半职，就责成受抚的捕治他昔日的同党。小人得志，狗脸生毛。受抚的头目，在绿林中原具有雄厚的势力。再加以官厅的力量，去对付一部分力弱的同党，自然容易见功。陆续是这么办下来，广西一省的治安，才渐渐地比较好些了。

在下这篇所记录的，不是此刻广西的绿林，是四十年前广西的绿林。在下是湖南人，不曾到过广西，对于绿林的情形，原不详悉。此篇所记录的，不过绿林中的一人一事，由故老传述得来的。

据说那时广西的风俗，一般人都崇尚科名。有资产的人家子弟，小时候为延师教读，或不能独立延师的，就附在别人家塾里去读。只要八股文能勉强成篇，便由教师领着去出考。进学谓之跨铁门槛，跨过了铁门槛，才能算是读书人。进了学之后，继续孜孜不倦地做科场功夫，命运好，科名有分的，一路青云直上，便造成了金马玉堂的人物，荣宗耀祖，夸示乡闾。即科甲无缘的，也只要家有铜山，不难拿出些钱来，自司道以下的官员，清室中兴以后，都可以花钱买来的。为官作宰，衣锦乘肥，也可算得是大丈夫得志于时。若是一没有好命运，二没有多资财，年年跟着许多童生出考，年年榜上无名。从十几岁考起直考到三十岁，还不曾得着一个秀才，捐官又没有力量，这人就决心不再朝仕宦这条路上走了。不朝仕宦这条路上走，却朝哪一条路上走呢？

广西人生性好赌博，便朝赌博这条路上走。竭自己力量所能及的，筹措赌本。田产房屋，以及衣服器具，固然可以卖尽押绝，得资充作赌本，有时没有这类可以押卖的东西，就是妻室儿女也能或卖或押。钱一到手，便向梧州去大赌一场。这人一生成败，就看这一场赌博的结果怎样。赌得得法，侥幸赢了若干，这人自己计算，所赢的足敷下半生衣食了，即捆载而归。将押去的田产或妻儿赎了回来，安闲自在地过下半世生活。虽赶不上为官作宰的那两种人荣显，然尚不失为袭丰履厚的富绅。也可出入官衙，呼奴喝婢，神气并不颓唐索漠。唯有倾家荡产在梧州赌博的时候，手风不顺，结果输个精光，自信没有捞本希望的人，就决心朝绿林这条路上走了。

那时广西的绿林，所用的武器一色都是十三响无烟枪。普通称呼那种枪为十三太保。有了那么一杆枪，便够做绿林的资格了。十三太保的枪价，那时连子弹只须十九两五钱银子。在赌博手风不顺的时候，就得留出二十两银子，紧系腰间。身上的衣服裤子，到手滑时都可剥下来做押注，而这二十两买枪的银子，是无论如何不肯动用的。入绿林之后，最要紧练习的本领，就是枪法。十三响无烟枪虽是由西洋贩运过来的，然射击的方法并不仿效西洋，大约是由富有经验的绿林豪杰创造的。几十年传下来的方法，就拿现在欧西各国最新式的方法来比较，也赶他不上。西式立射，用枪兜抵住右边肩窝，前胸是对着敌人的。绿林式则不然，左手托枪，枪兜即抵在左肩膊上，不过右手拨机时略为帮扶而已。身体是侧着的，目标既小，敌人便不易瞄准。只是战时立射的机会很少，跪射、卧射的时候多，即就跪射、卧射而论，绿林的方法也比欧西的强多了。西式跪射用右膝跪地，屁股坐在右脚踵上，左手托枪，肘抵左膝盖，上身姿势与立射无异。是这般的目标，仍是很大，而右脚五指几负全身的重量，跪射略久，即痛不可当，立起时每多麻木。绿林的跪射方法，则目标较小，又舒服多了。跪下的也是右脚，唯将脚底放倒，仿佛盘膝而坐。左足向前伸直，左肘抵左腿上，身体向前略俯，瞄准的姿势与立射相似。至于卧射的方法，就更好了。广西多山，绿林中人，尤须凭借山陵险峻，树木稌密，以为掩护。西式卧射，都是扑地而卧。身体侧重左边，没有仰卧而射的。若在半山之中，须向山下攻击，用西式卧射方法，不啻自将身体倒悬。要立起更不容易。绿林中人在此等当口，就有一种仰卧射击的方法，头朝上，脚冲下，仰卧山腰。右脚交加在左脚上，竖起来叉开拇指，将枪管夹住，仿佛炮架一般。对准山下，高下随心，左右任意。无论鏖战多少时间，没有疲倦麻木的弊病。立起放倒，都毫不吃力。练习枪法，须兼练爬山下岭。绿林中人多是赤脚，只是那种赤脚，不是初入绿林的人所能做得到的，最快也得一两年后，才有那般成绩。什么成绩呢？就是练成极厚极硬的脚板皮。广西的山，岩石的居多。石尖、石角，仿佛刀叉。不论草鞋穿在脚上，行走不甚方便，即算勉强能走，也容易破烂，难于更换。遇官军来剿的时候，常伏匿山中若干昼夜不能出，从何处得多少草鞋来供给呢？不但须练习得脚板皮极厚极硬，两手及肩膀膝盖的皮肤，都须练得和牛皮、象皮差不多。庶几上山的时候，缘岩走石，攀藤附葛，才不至滑溜。每逢紧急的时分，下山来不及跑，或直立起身体奔跑，易招敌人枪击，多是将枪支靠身抱紧，就地一滚而下。不问如何高，如何陡峻的山，从山顶直滚到山脚，身体不会受一毫一发的损伤。这便是普通一班绿林的看家本领。

至于这一班绿林所拥戴的头目，也有除这种种普通本领而外，别无本领的。全仗着在绿林中的资格老，认识的绿林人多，或为人慷慨仗义，喜尽力帮助同类，为同类所心服的。广西一省的绿林头目，以具这两种资格的居多。独具特别能耐，雄踞一方的绝少。数百年来，凭仗一身特殊的本领，在广西一省绿林中，享绝大的威名，受全省绿林的推戴，只要是绿林中人，无论识与不识，及资格如何老，势力如何大，闻名没有不畏惧的，就只有罗金菊一人。

罗金菊仅在广西干了三年绿林生活，一没有徒弟，二没有同党。他本人离开广西之后五六年，还有用罗金菊的名义行劫以图避免被劫之家报官，及官厅受理缉捕的，即此可以见罗金菊声威之大了。罗金菊不肯向人说籍贯，人因他说的是桂林省城的话，都认他做桂林人。其实他能说好几省的话，福建、广东的话，都说的和福建、广东人一般无二。究竟是不是广西人，至今无人能证明。

他在广西做第一次劫案，就在思恩府属一个姓连的连家堡富豪家。那姓连的虽不能算是思恩府属下的首富，然珍贵之物，实以他家收藏得最多；并以他家为最横行暴道。仗着家里有人做京官，州县官不敢问罪他家，所行所为全仿效着各种小说中所写的土豪恶霸。天理、国法、人情三件事，绝不放在心上，简直无恶不作就是了。

思恩府属的绿林，那时也不在少数，然没有转连家念头的。一则因连家堡的人平日多暗地与绿林中头目交往，常有相当的馈赠；二则连家堡的房屋和一座小规模的县城相似。族中有一百多壮健的男丁，雇用的庄丁及聘请来家教练兼保护的武士，也有一百多名。老弱妇孺除外，他家随时可出一营人的兵力。四周护庄的河及砖石筑成的堡垒，小县城尚远不及他家的设备。堡垒上排列大小的炮，绿林中人所用的枪械，他家无不完备，并子弹充足。广西绿林虽多，然大都势力分散，各自一部分，不肯合作。要将连家堡攻破，至少也非有三五千的兵力不可。绿林用的都是小枪，未占据了山寨正式落草的，没有大炮。攻这种堡不用大炮，固是攻打不下；就有大炮，也得旷日持久，方有攻破的希望。官兵一到，内外夹攻，绿林不是自寻死路么？因此绿林中人，就不受连家堡的馈赠，也奈何他家不了。何况头目曾受了他家的馈赠呢？

这一夜连家堡忽然被盗劫去了许多极珍贵的宝物。室内外毫没有贼人出入的痕迹，只将贮藏宝物的箱箧，用极锋利的刀划破了。安放宝物的所在，遗下一个罗布手巾包，打开看时，里面包着一朵金纸扎成的菊花，以外什么形迹也没有。这种被强盗抢劫的事，在广西原不算什么稀奇。不过这案子出在连家堡，就不由人不称奇道怪了。罗布手巾包金菊花，连家堡的人虽料知是这么做案的特别标帜，然这类标帜苦没见过，也没听人说过。连在绿林中资格最老的头目，都不知道这标帜是什么人的。连家为保全威信，警戒将来计，不能不将被劫的情形报官。连家的主人，即时叫人做了报呈，打发一个很精干的同宗管家，带了报呈及强盗遗留之物，去县衙里禀报。这管家时常出入官衙，各衙门的三班六房，牢头禁卒，无不是把兄拜弟，各有交情。

这日管家奉他主人的命，从连家堡出来，跨上一匹走马，走了十多里路。经过一家火铺，只见一个年约三十多岁读书人模样装束的人，立在过路亭当中，迎马头拱了拱手笑道："连管家，久违了。三番五次想来贵堡奉看，只因一身的俗事太多了，抽不出工夫来。难得今天无意中在此地遇着，赏脸下马喝我一杯寡酒如何？"这管家看这人并不认识，只是听他的言语，看他的举动，确是素来熟识的样子。心想这人既知道我是连管家，不待说是在哪里见过的。我当了好几年的管家，在我手里办的事太多，人见我面熟，我见人面生的事，是免不了的。看这人衣服齐整，气概大方，不像是一个缠皮没出息的汉子。他请我喝酒，必是有事情想请托我，我只要从中能得些油水，不费气力的事，又何妨与他方便方便。这管家一面心里这般计算，一面在马上也拱了拱手笑道："多谢老哥的厚意，本当遵命，无奈此刻实在因有极要紧的事，须趁早赶到县里去，不敢在此地耽搁。老哥有话，就请在这亭子里吩咐吧。”这人笑着不依道：“喝酒不过见点儿人情，我要说的话很多。连管家就有天大的事，也得请下来谈谈。若错过了这时候，连管家便后悔也来不及了。”连管家见这人说得如此珍重，只得跳下马来。这人紧接着问道：“管家说有极要紧的事，须趁早赶到县里去，究竟是什么事呢?”连管家道：“我自有我的事，老兄可以不问。只看老兄邀我下马是为什么事?”这人从容笑道：“我并没有旁的事，所为的就是你的事。你不是要赶到县里去报案吗?”管家诧异道：“我去报案你怎么知道，你可知道报什么案么?”这人笑道：“我如何不知道。你那堡里昨日被不知姓名的强盗劫去了好几样宝贝，临去时留下了一条罗布手巾，一朵金纸扎的菊花。你去县里就是为报这案，是不是呢?”管家翻起两眼望着这人发怔，半晌才点头说道：“昨夜才出的事，我们堡里的人尚有许多不知道的，你怎么知道得这般详细?”这人道：“我怎么知道的道理，你也可以不问。我且问你，你家主人打算报了案又怎么办?”管家道：“报案请县太爷派人缉捕，不愁县太爷不出力拿办。我家主人只不住地打发人到县里催促，问县太爷要人赃两获就是了。以外不打算怎么办。”这人又问道：“你说这案子县里办得了么?”管家道：“朝廷要县官干什么事的？他办得了也好，办不了也好，在他治辖之下出了这种案子，总是非责成他办不可的。”这人摇头笑道：“依我的意思，你还是回连家堡去的好。对你主人说，昨夜被劫去了的东西，已去之财，自认晦气吧。休说去县里报案是白费气力，便去京控也不中用。你主人也不思量思量，寻常本领的绿林，能到连家堡人不知鬼不觉地劫去好几样宝贝么?你若定要去惊官动府，好便好，只怕反惹发了那强盗的脾气，倒要接连到你连家堡来，将你家所有的珍藏宝物一律劫去。我想你家也奈何他不了。”

连管家听了偷眼向这人打量了几下问道：“老兄府上在哪里？我竟把老兄的尊姓台甫忘了。”这人哈哈大笑道：“真是贵人多忘事，昨夜还会了面，此刻就记不起我的姓名住处了吗？你不相信，只须回去问问你同堡的人，看谁不知道我罗金菊。”

这话才说出口，一手就把连管家手中握住的缰绳夺了过去。连管家还不曾看得分明，罗金菊已耸身上了马背。那马也奇怪，平时并不抢蹬的，此时这罗金菊才跳上马背，便放开四蹄飞也似的跑了。

连管家当了半生精明强干的奴才，这回因事出意外，竟呆若木鸡地站着，眼睁睁见罗金菊夺马奔去，一点儿挽救的方法也没有。直望着罗金菊跑得没有踪影了，才恍然大悟，这罗金菊就是昨夜劫连家堡的强盗。留下的罗布金菊花，不啻自己将姓名留下。这管家既听了罗金菊这番警告，又被夺去了代步，不能再去县里了。只得折身仍回连家堡来，将半途遇罗金菊的情形，丝毫不敢遗漏，报知了家主。

这家主平日作威作福惯了，哪里能忍受得下这种恶气？当下听了说道："这狗强盗乘我家没有防备，黑夜来偷去几件东西，算得了什么本领？他若是真有本领的，应该不怕我家去报官。为什么半途把你拦住？他越是对你说这种恐吓的话，越显得他是心虚害怕。把你的马夺去，就是怕你不听他的话。他以为我胆小，听你一说惹发了他脾气，他倒要接连来将我家所有宝物都劫去的话，必然畏惧。真个不敢去惊官动府了？哈哈！这话只能哄骗三岁小孩儿。他当强盗的人，我家珍藏的宝物，他果能劫得到手，还讲什么客气吗？我报官惹发了他的脾气，他就来劫，然则我昨夜以前，并不曾将他报官，没什么事惹发了他的脾气，却为什么无端前来行劫呢？我不是胆小可欺的人，任凭他这狗强盗怎生来恐吓我，我不但要责令官府缉拿他，并要悬赏格，委几个有名的绿林头目拿他。他敢再来连家堡，我就佩服他罗金菊的胆量。"管家见主人这般说，只得诺诺连声应是。

这家主随即改派了几个人，另加了一队武士护送，带了报呈等物，匆匆到县里报案去了。一面发帖将思恩府属几个有名的绿林头目，秘密请到连家堡来。在被劫的第三日，去县里报案的，领了一名委员，并八名精干捕役，同来连家堡勘验，详询被劫那夜的情形。家主殷勤款待，留委员在连家堡住了。八名捕役分头去各地明察暗访。这家主口里虽对自己管家说大话，不怕罗金菊再来，然毕竟不能不严加戒备。传令堡内三百多名壮丁，日夜分班轮流巡察。护庄河里也加派了巡船。通宵灯烛辉煌，照耀得内外通明。就是一只苍蝇飞过，也能看得分明。这日县里委员到不一会儿，发帖去请的几个有名绿林头目，也都悄悄地来了。因这几个头目都积案如山，官府久已悬赏侦缉。他们这种头目，本身既没有特殊本领，如何能不怕官府捉去呢？所以都不敢明目张胆地到连家堡来，恐怕在路上被做公的撞见。已到了连家，知道就有做公的撞见了，也不敢在连家堡拿人，倒放胆多了。

这家主款待绿林头目，比款待县委还殷勤十倍。亲自陪着几个头目，在一个很幽深的花厅里饮酒作乐，并计议罗金菊的事。绿林头目听了罗金菊在火铺里拦阻管家报案及夺马而逃的情形，同声说道："这东西怕人报案，不用说是怕官厅悬赏缉拿他了。就这种举动，即可见他是无能之辈。这东西到思恩府属的所在来做案，连我们那几处地方，都不去拜访拜访。更不打听这连家堡里面，住的是些什么人，就胆敢冒昧下手，不仅轻视了连家堡，也太瞧不起我们了。不必尊府悬赏委托我们，我们论规矩也不能饶他。好在我们已知道了他的姓名。又知道了他的面貌身段。大家对付他一个人，哪怕他的本领登天，也要拿住他碎尸万段。"

众头目正摇头晃脑说这些话，忽抬头见东家暖帽边上，颤巍巍地插着一朵金纸扎成的菊花。忙指着问道："你头上这朵菊花，是何时戴上的？我们坐席的时候，不是还没有吗？"这家主取下暖帽看时，这一惊只惊得面如土色，禁不住抖抖索索地说道："这……这是哪……哪里来的？不得了，罗金菊到这花厅里来了。"几个绿林头目都吓得不知不觉地立起身来，举眼向四处寻觅。花厅中除宾主数人之外，哪里有什么罗金菊呢？并且已有好一会儿工夫，连在席旁伺候的人，家主因怕他们嘴滑，去外面走漏了计议的言语，早已斥退了。未经家主呼唤，没人敢到花厅里来。这时虽在夜间，然厅上厅下灯烛之光与白昼无异。大家又都不曾喝醉酒，岂有一个人走上厅来，拿这么一朵亮晶晶的菊花插在同席的人头上，竟没一个人看见的道理。若不是有绝大的神通，怎能有这种举动？

几个绿林头目想起刚才正夸口说大话，必然句句被他听进耳了，更怕得恨不得立刻跪在地下，叩头向空中谢罪。只是碍着各自的颜面，不曾眼见着罗金菊，有些不好意思无缘无故地下跪。其中有一个资格最老、性情最狡猾的，立时改变口腔对家主说道："我们几乎上了你的当，以为你家真是被强盗劫去了宝物，特地邀齐各位兄弟到你这里来，打算帮你讨回失去的宝物。谁知取你家宝物的，乃是罗金菊他老人家，你把他老人家认作强盗，这罪过就很不小。幸亏他老人家为人宽厚仁慈，此时亲来点醒我们。若不然我们几个兄弟都免不了要上你的大当。我们都是肉眼凡胎，敢和他老人家为仇作对，不是自讨没趣自寻苦吃吗?”这头目自以为这番话说出来，罗金菊听了必痛快，必不至当面给他们过不去。口头的恭维比跪下去哀求谢过的，自觉可以顾全颜面、顾全身份。

谁知这话说下，接着就听得屋瓦上有人长叹了一声说道：“你们这班没志气没出息的东西，身为绿林头目，就不为自己留体面，也应替绿林留些体面。亏你老皮厚脸地放得这些屁出来。你说我不是强盗是什么？我才真不认你们这班没志气没出息的东西做强盗呢!”这几句话只说得众头目面红耳赤，你望着我，我望着你，不敢作声。大家静悄悄地立着，半晌还没人敢先开口。

这花厅上正在鸦雀无声的时候，猛听得碉楼上一声锣响，紧接着四围堡垒上的锣声响起来。这家主知道是由碉楼上守望的人看见了强盗的踪影，鸣锣知照堡垒上巡察的人，好让大家准备兜拿。这家主原已被那朵菊花吓得灵魂出了窍，只是经这一阵锣声助威，倒把他的胆热闹得雄壮些儿了。低声向几个头目说道：“这屋上许久没了声息，碉楼上却响起锣来，我料想必是打这屋上走过去，碉楼的地位高，所以看见他的影子了。我们去外面瞧瞧吧。有我们亲自督率庄丁，教师们也肯出力些。只要有谁能拿住罗金菊，立刻赏五千两银子。”家主说毕众头目唯恐罗金菊还不曾离开，不敢答应。只在神气之间，表示赞成而已。

宾主数人才举步待奔出花厅，只见两个在家主跟前当差的后生，神色惊慌地跑来报道：“前夜偷东西的那强盗又来了。当着几个看守珍宝的教师，又把箱箧划破了几口，将其中宝物尽行取去了。临去的时候，有意提起一口划破了的空皮箱，掼在教师面前，大家才得知道。教师一面打发人去碉楼上鸣锣报警，一面打发我们来这里禀报。”这家主得了这不好的消息，急得不住地跺脚道：“这怎么了，这怎么了！我还只道是碉楼上看见了罗金菊的影子，才鸣锣报知众人，谁知是这么一回事。既是大家连罗金菊的影子都没有看见，从哪里去拿他呢？赶快传我的话出去，内外一切人等，概不许说话，不许走动，锣也不许响了。就分明看见罗金菊走过，也不许开枪，不许呼喝，有敢不遵的，事后查明重办。”当差的不敢怠慢，连忙传达这口头命令去了。

广西这种人家家主的命令，也和纪律之师的军令一样，没有敢违拗的。这命令传出没半刻，顿时内外肃静，什么声响也没有了。这家主向绿林头目说道：“这罗金菊的本领，实在的了不得。今夜的事原是不会有的，只怪我不听他的言语，小觑了他。以为他不是心虚胆怯，不至拦阻报官，其实这是我的念头错了。我这连家堡守卫何等森严，会武艺能高来高去的教师，集几省的人才在一处，他尚且不害怕。出入如走无人之境。府县衙门里的捕快，有什么了不得的人物？他对我管家说，休说去县里报案，是白费气力，便去京控也不中用的话，我初听了以为是浪夸海口，照今夜的情形看来，果然是去京控也不中用。这思恩府有了他，几家富户从此休想安枕了。他在我头上插一朵菊花，我一没醉酒，二没打盹，竟使我毫不觉得。而诸位久在绿林的人才，或坐我对面，或坐我两旁，也都直到菊花插好了才偶然发觉。这样的能为，连家堡一堡的人有谁是他的对手？大惊小怪地鸣锣聚众，徒然使他见了好笑。显得我是一个尽料的浑蛋。既自知一堡的人，无人是他的对手，倒不如索性藏拙，不用虚张声势，自相惊扰。所以我传令内外一切的人，就分明看见罗金菊在眼前走过，也不许开枪。他这人的性格，我就这回的事，已猜透了几成了。他其所以拦住报官，绝不是害怕。还是生成好强的性质，自信能为无敌，不许人有与他作对的举动及和他为难的心思。有敢作对与他为难的，必是还不相信他能为无敌的缘故。因此反要接连前来，显显能耐，务必做到人相信他了才罢手。一日不相信，一日吃他的苦；一年不相信，一年吃他的苦。我若早猜透了他这种性格，今夜这苦，你我大家都不会吃。我更不至又丢掉许多贵重的东西。”几个绿林头目待开口应是，是字还没说出，屋上突然有人哈哈大笑道：“好小子，你爷爷的性格倒被你说着了。也罢，这些东西赏还你。”即有一个包裹向家主怀中掼来。这么一来又把几个人惊得呆了。这家主拾起包裹看时，里面尽是家藏值重价的珠宝。

从这回连家堡闹过这奇案而后，凡是听人说过，知道罗金菊的厉害的人，无论在什么时候，不敢说罗金菊半句坏话。唯恐有罗金菊在屋上或暗中窃听。至于连家堡的人及那几个绿林头目，曾身经目击的，更并毁谤罗金菊的心思都不敢存了。府县官也知道罗金菊这个大盗，非捕快的力量所办到案的。好在连家堡不来催促，也就马马虎虎地不敢认真过问。因有了连家堡报案后又被劫的榜样，一班为富不仁之家，被罗金菊劫了的，不但不敢报案，背地里都不敢说出怨恨的话。官厅不由事主举发，就家家被强盗劫了，一则不容易知道，二则明知罗金菊是办不到案的，就闻得一些儿风声，也只得装聋作哑。罗金菊才在思恩府停留了一年，共做不到十多桩劫案，已弄得思恩府一府的富家，人人栗栗危惧。他既有了这么大的声威，假冒他的名去行劫的，便跟着发生了。劫得财物后，一般地遗留罗金菊姓名的标帜，使被劫之家不敢追究。

广西的绿林不破案便罢，破案到官厅，没有不肯招认的。若在问供的时候这强盗说不知情，或说这案他没从场，便是实在不知情，实在不曾从场。就用严刑拷打也拷不出他半句话来。是这强盗做的案子，只要问供的人一提起来，无不一五一十地供认，并绝对不牵涉旁人。问供的若想在这强盗身上问出他同党的来，也是用严刑拷打都拷不出的。因为绿林中的习惯，各强盗自视身份都很高，丝毫不觉得做强盗劫夺人家财物是一件可耻的事。各强盗的心理，都认定不是好汉不能当强盗。既是好汉，便应该一人做事一人当。牵涉旁人的，不是有担当的好汉子。一个强盗破了案，能直爽爽地供出来，无论如何受刑，始终不牵涉到旁人身上。这强盗就刑之后，一班同党的，对于这人必十二分地称道，十二分地推崇；并且对于这人的遗族，必竭力安慰，竭力周济，决不使其子孙缺衣少食。若这强盗的儿子继续出来做强盗，一班同党的都得另眼相看。凡是这强盗在生时所享的种种权利及地位，都可移到这儿子身上。绿林中人既大家对于破案后肯认供不牵涉旁人的同党，如此推崇信仰，翻过来对于不肯认供及任意牵涉旁人的，自然非常厌恶。不但对这破案的本人大家责骂他不是东西，连他的子孙遗族都永远没人瞧得起，休想有同党的周济一丝一粟；便是这人的儿子要继承父业，除了另换一个地方，别树一帜方可；要想继续他父亲的地位，一班同党是断然不肯承认的。因是这么一种习惯，所以做强盗的一破了案，就决心自己博一个好汉的头衔，子孙得立脚的地点。有时遇着办盗最严厉的官府，每每一次拘捕数十个，或一百多个。像这么一大批一大批地拿来，若一个个依法审讯，三推五问，不厌求详，那时司法并无独立机关，又没有警察，完全由行政机关的府县衙门办理，谁耐烦去细心考察。都是一大批地拿了来，分作几排跪在厅下，由府县官或委员审讯一遍。只要是认作强盗拿来的，便不管其中有不有冤屈，一律是斩立决的发付。那些绿林也奇怪，官府办盗尽管办得严厉异常，他们只知道推崇信仰，被办了的同党，从来少有纠合未破案的同党，与官府为难，以图泄愤的。倒是死后入了《循吏传》的彭适如，做思恩府知府的时候，纯欲以德化民，在任两年多，不曾诛戮一个强盗。而下任归家时，反险些儿把一条老命送在绿林手里。若不是有罗金菊出来保护他，彭适如本人就必被强盗杀死，三十年官囊所积的金银财帛，以及古董玩器，必出不了广西界。

彭适如是湖南长沙人，生成异人的禀赋。六岁从乡村里蒙馆先生读书，一年换四个先生，都因他质疑问难，先生不能有使他满意的答复。在未发蒙以前，他一个字不认识，然听旁人读五经，他能了解意义。每侧耳细听，不住地摇头晃脑，半日不舍得走开。有错了句读，或误读别字的，他必大声喊道："只怕是错了吧！"然读书的认真问他，要他拿出错处，他却指说不出来。他质问的经义，蒙师能依据各家经解，分析指证给他听，他才欢天喜地地高声朗读；若蒙师自己不甚了解，含糊其辞地答复他，他必偏着头苦着脸，好像有心事的样子，坐在位上半日不肯开口诵读。乡村里的蒙馆先生照例只有一部《四书味根录》的本领，他不到一年就将"四书"读完了，蒙馆里当然容纳不下他这般天分的学生。

他父亲是种田的，不懂得教子读书的门路，哪里知道选择先生呢？原没打算将他读书的，不过听得地方上人都说，彭适如这孩子是个神童，只可惜不生在书香世族之家，说不定将这种好资质埋没了，才改变计划，决心送彭适如向读书的这条道路走。专诚拜求同乡的读书老前辈，请示送子读书的门道，那老前辈就替他托人将彭适如带到城南书院求学。

那时书院为文人荟萃之所，自然是有志求学的好地方。但是彭适如只在书院里认真读了三年书。八股成篇之后，考课连得了几次特奖，便不肯继续在八股上用功了。最喜结交三教九流的人物，饮酒赌博，狂放不羁。一班同书院的文人，因他年龄幼稚，不甚重视他。他也就极鄙视当时的学士大夫。那时读书人唯一上进之路就是科场，寻常人家读书子弟，只要八股文能勉强敷衍成篇，不问精通与否，都争着送去小试。侥幸进了学，便可以夸耀一乡了。彭适如的父亲既是种田的送儿子读书，那希望儿子进学中举的心思，当然比较寻常送子弟读书的还急切。无奈彭适如成篇以后，抵死不肯小试。他父亲三番五次地逼迫他，竟把他逼得忽然不知去向了。

从十三岁失踪，不知在什么地方经过了五年，直到十八岁才回来。他回长沙的时候，正是将要小考了。他的性情举动完全改变了，前后截然两人。五年前是目空一切，最瞧不起衣冠中人的，此时却对人㧑谦极了。也不饮酒，也不赌博，更不与从前所交三教九流的人来往。就在这年取案首进了学，直待发榜后才步行回家。到家的时候，他父亲正和报喜的报子吵嘴。报子到彭家报彭适如进了学，将报条悬挂起来，向他父亲讨喜钱。他父亲以为是来诈索的，勃然大怒，说我只一个读书的儿子，在五年前已不知去向了，至今存亡莫卜。我家没人出考，怎会进学？那报子也莫名其妙，只道是报错了人家，仍旧卷起报条，到附近各处姓彭的人家打听了一遍，又回到彭适如家里来。彭适如的父亲还是不承认有这么一回事，不肯出钱。两下正争论得无法解决。彭适如回来了。跪在他父亲跟前请罪，并说明了回湖南时，去考期太近，来不及先归家的缘由，他父亲才喜出望外。

后来连捷成进士，在广西做了几任知县，从来不肯将五年失踪时的经过，向人道出一句，也不见他有何等特殊的能耐。他的文学，在童年即已成名的，做官以后，反寂寂无声了。升思恩府知府的这年，他年纪已有六十岁了。在未到任以前，他已知道思恩府属有个著名的剧盗罗金菊，被罗金菊抢劫过的人家极多，都因畏惧罗金菊报复，不敢报官请缉。思恩所属几县的知县官，未尝不知道罗金菊积案如山。只因各县都没有有能为的捕快，普通捕快不但办不到罗金菊，惹发了罗金菊的火性，恐怕反为招祸。并且被劫之家，既不敢指名控告罗金菊，不是真爱民如子的父母官，谁肯生事惹祸呢？

彭适如独能亲民勤政，做几任县官的官声都极好。他并不拘捕绿林。绿林在他任内，自然敛迹。升任思恩府到任之后，便责问所属几县的县官，何以听凭剧盗罗金菊在境内猖獗，以致人民忍苦不敢声张？县官不能说罗金菊这强盗实在太厉害，没有这胆量敢拿办的话。只得一面谢过，一面说因人民不曾告发，实不知情。彭适如当即亲笔写了一块牌，悬挂府衙照壁上，教被罗金菊抢劫的人家，尽管前来禀报。这牌悬出去不上一月，各县来禀报的状纸共有一百多张。没伤害事主的仅有十余处。彭适如这夜汇齐这一百多张状纸，在灯下细看这十余处的状纸中情节，都是被劫去珠宝金饰若干件，共值价若干万。门窗不动，声响全无。次早家人起床，见箱箧破损，才知道被劫。箱中有罗巾一方，金纸菊花一朵。此外百余处状纸中所述的，情形各有不同。有报人数众多，明火执仗，劈门入室，将家人捆绑，劫去银钱若干，衣服若干，临去留下罗巾菊花的；有报形彪大汉七八人，用锅烟涂脸，各操凶器与家人格斗杀伤后，尽情搜括而去，临去抛下罗巾菊花的。

看到二更过后，忽然一口风吹来，烛光闪动了几下，闪得彭适如的老眼发花。等到风息了再看状纸时，状纸上端端正正地安放一条罗巾，巾上插一朵金色菊花。彭适如见了并不惊诧，从容向空中说道："你罗金菊真不是好汉，代人受过，要代的是英雄豪杰，才不辜负了你这种担当。从来稍为值价些儿的绿林，都不屑拖累旁人。可见这一百多处假冒你的旗号去行劫的，不是好汉，你不出头惩处他们，反甘心代他们受过。好好的声名，给他们弄糟，算得是好汉么?"这话刚说了，只见一个衣冠楚楚、风度翩翩的书生，从门外走了进来，向彭适如跪下说道："罪民罗金菊，愿自今改邪归正，听候驱使。"彭适如好像预知罗金菊会来似的，在看状纸的时候，就教跟随的人不用在左右伺候。此时见罗金菊进来，不慌不忙地伸手将罗金菊拉起笑道："果然如此，是再好没有的了。只是这一百多处所劫去的赃物，你都得追回来，不得短少。"罗金菊当即答应了，只求彭适如给他一个月的限。彭适如点了点头。再看罗金菊已没有了。

从这夜起，那一百多被劫之家，都陆续向府衙里呈报，以前被劫去的赃物，已于昨夜一件不少地退回来了。一个月限满，一百多家被劫的，也都物归原主了。满限的这日，罗金菊公然来彭适如衙门里住着，仿佛是当差的一样，终日在彭适如左右伺候。满衙门里的人，全知道他就是著名剧盗罗金菊；然没人知道何以这般服从彭适如。当时没人敢当面问彭适如，虽有问罗金菊的，然始终不肯吐露一句。

彭适如自收降罗金菊后，不大理会公事，终日只静坐在签押房里。起居饮食，尽是罗金菊伺候。入夜就是罗金菊也不许近前了。衙门中人见罗金菊恂恂儒雅，像是手无缚鸡之力的人，绝无强暴之气。归降彭适如后，又不曾向人谈过从前的事，更没显过什么能为手段。同事的都疑心他不是剧盗罗金菊。因为同事的问他以前作案时的情形，他总是茫然不知所答的样子。

这夜同事的四个人打牌玩耍，不觉玩到了半夜，罗金菊也在旁边看。彭适如做官，管理在衙中办事的人最严，一到起更时候就前后门落锁，钥匙带在自己身上。天光一亮，便起来开门，半夜是不容有人出入的。打牌的打到半夜，肚中都觉有些饥饿了。在衙中弄不出可吃的东西，想到外面去买，又因门锁了不能出入，大家心里着急。其中有一个偶然想起这看牌的既真是著名的强盗罗金菊，应该会飞檐走壁。这衙门里的墙壁，决阻挡他不住。这人一想到这一层，即向罗金菊笑道："我们真是打牌打糊涂了，现放着有你这般一个了不得的人物在这里，我们还愁什么吃喝的东西买不着?"这人如此一说，余三人也同时笑道："好呀，我们求罗先生去买，不论什么时候也买得着，我们四人快凑一串钱，就求罗先生去买些吃喝的东西来吧。"罗金菊摇头道："这是使不得的，老头儿的规矩紧得很，我不敢胡来。明日被他老人家知道了，责骂起我来我承受不起。"四人见他不说不能去，只说不敢去，都更高兴了。争着拍胸说道："老头儿决不会知道，就知道了也只能责骂我们，我们去承受便了，你放心去吧。"当时这个一言，那个一语，不由罗金菊不答应。一串钱也凑齐了，塞进罗金菊手中。罗金菊低头想了一想，只得问道："你们打算要我去买些甚东西?"四人道："不拘什么都可以，只要是能充饥的。"罗金菊收了钱，取一顶卷边毡帽戴上。那时正是九月间天气，并不甚冷，没有就戴毡帽的。四人觉得奇怪，正想问罗金菊，罗金菊已走出房门去了。四人跟在背后，想看他怎生出衙门，但是门外漆黑，等到回身取了灯光出房看时，已不见罗金菊的影子了。寻觅了一会儿寻不着，知道在出房门的时候已经走了。

四人仍回房打牌等候，以为片刻工夫就得回来的。谁知等到敲过了三更，还没有回。四人大家拟议道："这条街上，夜间熟食担子很多，出衙门就有得买，为什么去了这么久还不回来呢?难道被巡夜的拿住了吗?"旋又说道："不是，不是!巡夜的能拿得住，还是罗金菊么?"四人停了牌拟议，只拟议不出一个所以然来，却又不能不等。只得挨住饿，你望着我，我望着你。直等到敲过了四更，天光快要亮了，尚不见回。四人不由得着急起来，恐怕罗金菊借此出去，在外面闹了什么乱子，将来四人脱不了干系。

四人正在又悔又怕，急得无可奈何的时分，门帘一动，钻进一个人来，看时正是罗金菊。一手提了一个荷叶包，一手提了一瓶酒，气吁气喘地满脸流汗。四人刚待开口，罗金菊已说道："对不起你们，害你们等久了。"说时将荷叶包、酒瓶放在牌桌上。四人看罗金菊的神情，像是很吃力很疲乏的样子。即问如何累得这种模样？罗金菊揩了脸上的汗摇头说道："不干你们的事。我平生要算今夜累得最厉害。"四人心里原已疑惑罗金菊一去许久不归，是在外面闹了什么乱子。此时看罗金菊又是这般神情，面容显出忧愁之色，大家心里更放不下了。不由得不追问道："买一点吃喝的东西，何至使你累到如此地步呢，究竟为什么缘故？何妨说给我们听听，也使我们好安心呢！"罗金菊听了，已知道了四人的用意。笑着说道："我从前做事尚且不拖累旁人，现在岂肯做连累你们的事。不过我不把缘由说出来，任凭我怎生剖白，你们终是放心不下的。我刚才买这点儿东西，本可以顷刻就买来的。其所以去了这么久，系趁这机会去瞧了一个朋友，并送了些银两给那朋友零用。来回的路略远了些，所以把我累到这个样子。"四人问道："你那朋友在哪里，是干什么事的呢？"罗金菊见问叹气道："我那朋友干的事，也和我从前一样。此刻已下在济南府的监牢里了，处境苦得很啊！老头儿陆续赏我的银两，我留在身边也没用处，终日侍奉他老人家，又难得出外，因此今夜趁便送给那朋友。"说罢不住地摇头叹息。四人问道："济南府不是山东吗，怎么半夜工夫就可以来回一次呢？"罗金菊点头道："我素来不会说骗人的话。济南府今夜正下雪，我衣上原沾了满身的，回来时都融化了。这毡帽卷边里面，只怕还有些。"旋说旋取下毡帽来看了一看，向桌上倾出些雪来道："这东西岂是此刻在南方取办得出的？"四人拈在手中看时，不是雪是什么呢？这才相信罗金菊是曾到了济南。

中有一人问道："那人是你的朋友，本领大概也不小，怎么会下在监牢里的呢？"罗金菊道："他的硬功夫不及我，我的软功夫不及他。若是有本领的人，便可以无法无天，没人能制服，皇帝也不难要杀就杀，那还得了吗？"这人问道："他的软功夫既比你还好，济南的监牢应该锁他不住，他何以不越狱逃走呢？"罗金菊道："这道理很难说，一言以蔽之，邪不胜正罢了。我若不是因我那朋友下狱，见机得早，此刻也已在这思恩府的监牢里受罪，便再有比我高强十倍的本领，也逃不出去了。像我们老头儿的本领，才是真本领。”四人吃惊问道：“老头儿有什么本领，何以在广西这么多年，一点儿不曾显出来呢?”罗金菊笑道：“可以显出来给人看的，只算是把戏；真本领有什么能显给人看，连说也说不出。”四人听了莫名其妙，罗金菊也不再说了。

彭适如做了两年多思恩府，因年纪老了，不愿意再做下去，就辞了官回家。彭适如虽是个清廉的官，然做了几十年，一文不肯浪费，积聚下来，官囊也不羞涩，并书籍古玩有数十包杠。罗金菊归降彭适如的时候，原打算只伺候到下任的。此时彭适如忽要罗金菊送到湖南，罗金菊无法推托，只得同行。然以为在广西境内，绝没有强盗敢转这一趟行李的念头的。谁知才行了两日，还没走出思恩府境，第三日就发现八个彪形大汉，骑着八匹马，或前或后地跟着行李走。彭适如向罗金菊叹了一口气说道：“竟有这种顽梗不化的人，以为我下任了，你已别我而去，就公然来转我的念头了。广西的绿林，以思恩府的最没有志气。你只可使他们知道有你同走，不可伤害他们。”罗金菊答应理会得。这夜歇宿在一个荒僻乡村的火铺里。八个大汉另居一处，入夜都聚在一间楼上，围住一张桌子坐，桌子中间安放一盏油灯。八人正计议如何下手，猛然见一根旱烟管悬空而下，就油灯上吸烟。八人惊得抬头看时，只见一个人横在空中，就和有东西托着一样，从容自在地吸旱烟。八人吓得同声喊道：“罗金菊，罗金菊!”随即抱头鼠窜，各自逃跑了。罗金菊一直送彭适如进了湖南界，方拜别而去。

彭适如后来活到八十九岁才死，始终无人看见他有什么特别的能耐。失踪五年的经过情形，也始终没人知道。当时跟着彭适如在思恩府任上的，亲眼看见这种情形，有头无尾地传说出来，落到在下耳里，也只得是这般有头无尾地记述。

《红玫瑰》第 1 卷 37、38 期　民国十四年（1925）4 月 11 日

三掌皈依记

万福奎是汉口的一个大痞棍，气力极大，又会得几路拳脚。武汉三镇的无赖，十有九是他的徒弟。他镇日地横行霸道，无恶不作。官府都奈何他不得，地方上的人，没一个不是见了他的影子也害怕。

武汉地方，每年到了夏天，总是热得使人透不过气来。旁的地方夏天里虽也多热得使人难受，然一到傍晚无不渐渐地凉爽起来的。唯有那武汉不然，虽是黄昏时候，太阳已偏西下去了，只是一江的水都晒得差不多和滚开水一样了。那一阵阵的炎风吹将来，比白天还要使人难耐。万福奎是一个大胖子，比较寻常的人更怕热得厉害，所以他一到夏天，只是跑到黄鹤楼上去乘凉。

这日他正在吕祖殿里，脱得一身赤条条地睡中觉。忽然来了一个又瘦小又干枯的老和尚，身穿百衲棉衣，颈上挂着一个斗大的木鱼垂到胸前。一路敲将进来，咯咯地直响。口里南无阿弥陀佛、南无阿弥陀佛地念个不断。却把个万福奎从梦中惊醒了，不由得怒从心上起，恶向胆边生，蓦地跳起身骂道："你这老不死的贼秃，偏来搅吵你老子的渴睡，想是你活得不耐烦了。"一伸手便要去抓那老和尚。老和尚不慌不忙地只轻轻将衣袖一拂，万福奎的手不由得不垂了下来。老和尚更不迟疑，顺手就是一个巴掌，正打在万福奎的脸上。旁边的人看了，都替老和尚捏一把汗，以为老和尚触犯了这位凶神，一定死无葬身之地了。眼见得在旁边的人都要陪着去打一场人命官司，便都悄悄地溜之大吉。谁知老和尚好像打得手滑了也似的，更不住手，接连又在万福奎脸上亲亲切切、实实落落地打了两个巴掌。

万福奎挨了这三巴掌之后，觉得一股冷气直透胸膛，顿时出了一身冷汗。忽然心地光明，看见眼前站着一尊丈六金身的古佛，吓得连忙跪下叩头，口中也只是南无阿弥陀佛、南无阿弥陀佛地念个不断。猛听得老和尚轰雷也似的大喝一声道："佛在哪里？"万福奎再抬头看时，眼前站着的仍是那个又瘦小又干枯的老和尚。心想这么大热的天气，我脱得一身精光，尚且热不可耐。这老和尚偏驮着这么厚的一件百衲棉袍，头脸上一颗儿汗珠也没有，这已是很奇特的了。我这条右膀的气力，多的不说，两百多斤的仙人担可随意拿在手中玩耍，至少也有四百斤以上的力量。平日许多人用铁尺尚且砍我不痛，何以只在这老和尚衣袖上碰了一下，就麻软得再也抬不起来呢？可知这老和尚大有来历。

万福奎心里一这么作念，不知不觉地就向老和尚叩头如捣蒜一般地说道："弟子于今一切都忏悔了，求老师傅救度救度弟子吧。"老和尚微微笑道："要我度你么？好好，只是你得赶快斩断孽缘，先要落得此心没了牵挂，我才可以指引着你。"万福奎道："弟子晓得了，迟早逃不了一个'舍'，世间便没有舍不了的事。"老和尚点头道："你果能摆脱一切，我限你一个月之内，到云南大竹子山竹林寺里来找我。"说着，敲动木鱼，一路念着阿弥陀佛，大踏步去了。

万福奎爬起身来，穿好衣裤，立刻渡过江来。跑回家里，只见房门紧闭，里面有男女嬉笑的声音，一脚踢开门看时，却是他的妻子正搂着一个年轻后生，两人都一丝不挂地同在一个浴盆里洗浴。因为万福奎往日过江去黄鹤楼乘凉，照例须等到上灯以后，暑气已退了八九成才归家的。所以他妻子在黄昏以前，大胆和奸夫无所不至。想不到万福奎今日忽然回来得这么早。冷不防听房门哗喳一声响，一看是万福奎冲了进来，只吓得奸夫淫妇手慌脚乱，一时既抓不着衣服遮掩身体，又被万福奎堵住了房门，无处可以逃窜。待和万福奎拼个死活吧，两人都明知万福奎凶恶异常，绝不是他的对手。逼得没有方法了，唯有双双跪在地下，口称饶命。

万福奎初听房中有男女嬉笑的声音，房门又紧紧地闭着，不由得愤火中烧。绝不踌躇地一起脚就把门踢开了，及至看了奸夫、淫妇的丑相，心里忽然动念道："师傅不是教我赶快斩断孽缘吗？我若动了嗔恨之心，孽缘就更加重了，什么时候能摆脱得了呢？嘎嘎，这正是我舍却一切的最好机缘，应该欢喜引受才是。"万福奎这么想着，再看奸夫、淫妇伏在地下战栗得和筛糠相似，不因不由得倒动了慈悲之念，发出极温和的声音说道："你们穿上衣服，我有话和你们说，不用害怕。"万福奎虽是这般和颜悦色地说着，只是他平日是凶恶出了名的，奸夫淫妇伏着哪里敢动。口里除却饶命两个字，什么话也说不出。万福奎不觉笑道："我若是有伤害你们的心，不早已动手了吗？这是我自己应该遭的孽报，不与你二人相干。你二人既然要好，就一同过活去吧。"一边说着，一边走到柜跟前，打开柜门，取出一包银子便道："这家里许多东西，都给你二人了。"说罢，揣了银包，头也不回地走出门来。寻着他自己前妻生的一个儿子，一手牵着带到一处年老的族兄家里，将银包和儿子都交给他族兄，托他族兄抚养。并把自己悔悟出家修道的话，向他族兄说了。族兄自有一番劝阻，只是万福奎已彻底明白了，如何肯信人劝阻呢？

连夜动身向云南走去，找到大竹子山时，遍问没人知道竹林寺在哪里。因为一个月的期限快要满了，便镇日镇夜地去深林穷谷中寻觅。在这寻觅的时期中，遇见的豺狼虎豹，蟒蛇山魈，不计其数。万福奎一则已将死生置之度外，毫无恐怖退缩之心；二则遇见种种异类的时候，心里绝不起杀念，差不多成了物我相忘，所以种种异类也不来侵害。饥餐木实，渴饮涧泉，只顾一心一念地围着那大竹子山寻找。

这日黄昏时候，走到一处竹林里，觉得有点儿疲倦了，便在一块大磐石上坐着歇息。只听得一阵钟磬梵呗之音，远远飘来。万福奎喜得跳起来道："是了，是了！这声音必是从竹林寺发出来的。"依着那发声的方向找去，只是寻到东边，一听那声音却在西边；又寻到西边，再听那微妙的声音，又好在南边、北边。围着那竹林走了一夜，在天色微茫中，猛然发现一个小小的茅庵，正在面前。看茅庵的门上悬挂了一块匾额，写的正是"竹林寺"三个大字。心中一喜，便上前敲门。敲了一会儿，里面没人理会。试一推时，那门便应手开了。看那门里迎面只是三间佛殿，殿上只有一尊大佛。佛前一盏琉璃灯，灯火青黯黯的。灯火之下，巍然盘膝坐在蒲团上的就是那个老和尚。仿佛是入定的样子，不敢高声惊动。蹑脚蹑手地走进门去，觉得一脚踏在又毛又软的东西上，低头看时却是一只牯牛般大的老虎，懒猫也似的伸长腰肢，拦门睡着。大约是被万福奎的脚踏醒了，微睁两眼来看，两道金光射人。万福奎禁不住吓了一跳，连忙敛神息虑，从老虎身旁绕了过去，径到老和尚座前，低头跪着，不敢声响。跪了半晌，老和尚才缓缓地半开着两眼说道："你来了么？很好。你只在我这里打柴挑水做饭，做完了事便到这里来静坐。"万福奎应是。

从此在竹林寺里一住三年。忽一日老和尚将他叫到跟前吩咐道："你过去生中的孽太重了，须你自己去偿清再来。这三年来所传你的日常功课，不可懈怠。大悲咒更须一心奉持，能使你在尘劫中一切刀兵水火，猛兽毒物，都不能伤害你。快去，快去！"万福奎不敢违拗，只得流泪叩头问道："何时来见师傅呢？"老和尚道："你拿这话问我，连我也不知道，还是要问你自己何时能来，便何时能来。快走，快走！"

万福奎出得寺门，信步走去。走到一处市集上，见许多人在一个饭店里吃饭，觉得肚中饿了，伸手向身上摸时，却是一文钱也没有。低头一看自己，身上穿的还是上山时的夏布衣裤，已破烂好几个窟窿了。心想我并不曾做了和尚，简直成了个乞丐。我就随缘去行乞吧。便逢都过都，逢省过省，乞得着食便得食，乞得着衣便得衣。乞不着时就忍饥挨冻，信步地走来走去，竟自走了二十年。其间受了无穷的凌辱打骂，又受过了许多时候的病苦，狗咬虫螫、草木伤刺的事，更是不一而足。但是无论如何痛苦，在竹林寺时所日常做的修行功课，是不曾一日间断的。大悲咒也无日不持百十遍。

一日走到湖南辰州清浪滩边，在夜静更深的时候，一轮明月照澈大地光明。万福奎便盘膝在地上，听得滩声如雷轰电掣一般地过去。一阵不了一阵，忽地恍然大悟，连忙立起身来，竟自向大竹子山走去。此时眼、耳、鼻、舌、身、意俱寂。走了几天，走到贵州一处地方，瞥见山边乱草里面，躺着一个女子的尸身。一念觉得可怜，便向一株松树上，折下一大枝树丫，将泥土挖开，正要掩埋那尸体时，忽有许多人跑来，不由分说地将他捉住，说他是个妖人，这女尸便是他害死的。当下就大家拳脚交下，乱打了他一顿，随即送到县衙里去。他自己全不知道到底为的什么事，及讯问了几堂，才知道那地方有一种人，敬奉一个邪鬼，叫作什么棱睁神。每年照例要找一个人杀了，取出心肝来祭祀。每到祭祀之期，孤身的客商不知下落的很多，甚至单身在偏僻地方行走的人，突然被人杀害，剖开胸胁，将心肝割去。这个死了的女人，恰巧胸胁被剖不久。万福奎哪里会知道呢？因此遭了这一场人命官司。一时有口难分，竟判定了死罪。关在牢里，约莫过了一年，已是快要处决了。万福奎知道是逃不了的孽报，心里一点儿不乱，也不辩白冤枉。关在牢里的时候，仍照常做他二十年来不间断的功课。

谁知在要秋决的前两日，忽有许多乡下人，又捉了两个女人，拥解到县衙里来。据为首的乡下人禀报，说这两个女子正在山里抓住一个小孩儿剖开胸膛，还不曾将心肝割下，却被在山里砍柴的人发现了。纠集许多人一追赶，就把两个女子都拿住了。两个女子身上，都带有极锋利的尖刀和钩刀，并将剖胸而死的小孩儿也抬了来。县官即坐堂审讯，两个女子抵赖不了，只得供认不讳。且将历年来在这一县内所谋杀女人、小孩儿的地点时日，都供了个详细。万福奎掩埋的那个女尸，也是这两个女子杀死的。唯有祀神的所在，不论用什么酷刑拷打，两女子都咬紧牙关不肯招出来。两个女子讯明了正法，因此万福奎的冤枉，就不辩自明了，不久即开释出来。

万福奎一出牢狱，便立愿要找出那棱睁神的所在来，替这地方的人除害。不停留地在云贵边境上采访，几个月下来，毫无影响，不觉又是前两年遭屈官司的时候到了。这日正走到一处山坳里，四面草木阴森，渺无人迹，觉得有点儿渴了，只是寻不出水来。却见那边山嘴上，有一株极大的松树，树下有一座小小的神庙。庙前有一片地菜花，便走了过去，采了许多地菜。搓去那茎叶上的污泥，放入口中嚼咽那汁水。忽听得山上有踏得那枯枝落叶的声响，回头看时，只见一个四十来岁的人，一脸横肉，眼露凶光，走将来，只顾拿两只凶眼，直上直下地向万福奎打量。看了一会儿，走过去了。一会儿又走回转来，问万福奎道："你这位大哥，不像是本地人，怎么会落薄在我们这地面呢?"万福奎道："我是湖北人，是乞食到这里来的。"那人道："看你身强力健，年纪也不算很老，怎么不到人家里去帮工?"万福奎道："没人肯收留我，有气力也是枉然。"那人道："我家里正缺少一个做粗重生活的人，你肯到我家帮我么?"万福奎道："你肯收留我是再好没有的事，我一定尽我的力量帮你就是了。"那人道："那么你就跟我来吧。我姓麻，就在山那边住。"万福奎便跟着姓麻的，走过几个山头，从一条极幽僻的小径，穿过树林，便是一个大庄院。姓麻的将他引到厨下坐着，自回身到里面去了。一会儿取了几件衣服来，给万福奎更换了。指一间房子给万福奎安歇，并吩咐每日应做的事，便自去了。

万福奎一路留心看这庄院，足有七进房子。就是那厨房也特别的宽大。大锅、大灶似乎有数百人吃饭的气派。只是从进大门起，直跟到厨房，并不曾遇见一个人，心中不由得大大地疑惑。当日依照姓麻的吩咐的话，先挑满了几缸水，又去山上砍了几担柴回来，才看见一个年纪很老的人，在厨房角上一个小锅灶边烧饭煮菜。万福奎问他的话，他只是不搭理。万福奎连问了几遍，他才点头笑笑而已。不一会儿姓麻的来了，对那年老的人只做手势，这才知道是个又聋又哑的人。那聋哑老人端起做好了的饭菜，跟姓麻的去了。姓麻的临走只叫万福奎自吃，万福奎胡乱吃了一顿。聋哑老人来了，做手势叫万福奎帮着收拾碗盏；又做手势叫万福奎去安歇，笑着点点头自去。万福奎蹑手蹑脚地跟着去看时，那聋哑老人走过长廊，一路吹熄了灯火，走进一张角门，便回身扑地将门关了。万福奎走到门跟前，贴着耳朝那边细听，一点儿声息也没有。只得退回来，提了一盏油灯，走到姓麻的指定安歇的房里，上下四周都用灯照看了一遍，没有什么可疑之处，便熄了灯上床打坐，虔持大悲咒。

约莫到三更以后，忽见窗外射入灯光，并听得有许多人的脚步声音，一路响到了房门外面。万福奎做了二十多年的静坐功夫，耳目都比常人聪明。听得门外的人好像是在那里窃听。万福奎也不睬理，只是不断地念大悲咒。接着就听得有人耳语也似的声音说道："倒看这东西不出，还是个修行的呢？这真是天缘凑巧，是时候了。我们就进去取他的魂祭祖师爷吧。"随即就有推门的声音，推了几下，似乎推不动，便有几个人用力地推打，并高声叫开门。万福奎知道这门是去开不得的，不但不睬理，只当是眼前的幻境。只管澄心寂虑地念咒，忽见满室大放光明，门窗外嘈杂的声音，好像隔了几十重墙垣似的，渐远渐寂然了。过了好大一会儿，耳畔轰雷的一声，恍惚有人说道："磨难已过，冤孽全消，可以来竹林寺见我了。"睁眼看时，天已大明，下床开门出来。只见院子里横七竖八地躺倒了十来个人，都已奄奄一息。随向各屋子里搜看过去，直到厅上。见祭坛上灯烛仍辉煌未灭，坛下绑了二三十人，跪伏在那里。上面神龛里，坐着一个人头猴身的怪物，已七孔流血死了。厅旁屋子里有十多个妇人，也是奄奄一息地跌倒在一堆。万福奎仔细看那些被绑的人时，一个个都像痴子一般，一时倒不好怎生处置。心想这人头猴身的怪物，想必就是棱睁神了。这怪物犯了无数的命案，今日虽是蒙我恩师显神通将他诛了，然不能不将这事报官，以了前此无数的命案。想罢，即离了庄院，翻山过岭地寻到大路上，遇见了往来行人，问明去县城里的路径。走到县衙照实禀报了。那县知事倒是留心民事的好官，当日就领了许多差役下乡来，到了那庄院里。这时地方上绅民，才知道破获了妖人的巢穴，纷纷来看。也有被害的人家，前来叩求申雪的。

那县官踏勘了一会儿，便提那二十多个男女来问，那些男女恰在这时候才苏醒过来。其口供大略如下：

奉祀棱睁神的香首麻士荣，二十年前穷苦非常。有一天在这茅龙山里砍柴，遇见一个尖嘴缩腮形同老婆婆的瘦小老人对麻士荣说道："你这汉子可想发财?"麻士荣回说："我穷苦到这样，怎么能够发财呢?"那瘦小老人道："只要你肯诚心敬奉我，我能保佑你发财。"麻士荣当时应允诚心敬奉，那瘦小老人道："我叫作棱睁神，你只须替我立一个神龛，每天一炷清香，一杯白水，不断地供奉我。你图谋自能如意，但是你每年得用活人的血魂祭我一次。怎么叫作血魂呢？就是从活人身上剖割出他带血的心肝来，肝是藏魂的。因为棱睁神修的是幽冥大道，非得享受一万个人的血魂，便不能脱化形骸，超凡入圣。只是这种血魂，也有三等分别。第一等是做官和读书人，叫作聪明人，一个可抵三个；第二等是和尚道士之类，叫作修行人，一个可抵两个；其余一切的人和女人小孩子为寻常人，是第三等，一个只算得一个。"麻士荣领受了那棱睁神的言语，便在这山里搭起茅棚，敬奉起那棱睁神来。每日去县里赌场上赌钱，小注子就赢，大注子仍免不了输。但是每天总可以赢得一千或八百文钱。麻士荣发财心急，偶然在僻静处遇了一个老年人，冷不防手起一砍柴刀，劈翻在地，剜出心肝来，血淋淋地去神龛前祭献了。从此就赌运亨通，大赢起来。棱睁神却又现身对他说道："不可以再赌了，你只在家里立起一间神仓，献血魂之后，可以使你要钱钱满仓，要谷谷满仓。"麻士荣就把他一年来所赢的钱，到这里来修盖了一所房屋，从此年年杀人祭奠，年年钱谷满仓。因此便有许多无业游民及不守家规的妇女，羡慕麻士荣白手成家，以为麻士荣会发财秘诀，争着来拜麻士荣为师傅。推他为香首，一同奉祀棱睁神。近来几年，越传越地方宽广，足有六七十处香户了，都散布在云南、贵州两省交界之处。每年需魂多了，因此四处都闹出剖胸割心肝的命案来。这回是合该破案。因为祭祀的日期到了，邻近那些香户都已备办得有了人，只有麻士荣的总坛还不曾找到，甚是着急。忽然心中一动，便亲自走到山后来，却遇见了万福奎，嫌他是寻常人，打算不要。随后又想姑且拿来充数，将他骗到家中，正要在三更以后，捉住他和那些香户所备办的人，一齐剖胸祭奠的。谁知领人前去捉拿时，那扇平日极轻巧容易推开的门，这时却关得铁板也似的，无论如何推打，也推打不开。正在大家用力推打的时候，突然雷震一声，大家都被震得昏倒在地。倒下的时候，还仿佛看见一个枯瘦如柴的老和尚，一晃就不见了。直到这时才清醒转来，也不知是如何被捉住的。棱睁神平日并不是人头猴身，因为分明是一个人，大家才被他迷了。自知罪大恶极，情甘领罪。

那县官录取了供词，又追究那些别府别县的香户，自去照律办理。万福奎无事释放，这才去竹林寺找老和尚。老和尚替他剃度了，摩顶受戒，赐名万空。并吩咐道："你从此须得另找一处清净所在，努力修持。这竹林寺还不是你能住的境界。"万空和尚顶礼刚罢，起身时已不见了茅庵。自己恰站在竹林之下，还隐隐听得钟磬梵呗的声音。从此发愿朝山，冬夏一衲。作者的朋友净澈居士在南海普陀山遇见他，听他亲口是这么述的。

《红玫瑰》第1卷43期　民国十四年（1925）5月23日

何包子

合肥何包子，是六十年前驰名南北的捕头，于今已死去四五十年了。而合肥人不谈到侦探与武侠的事情上面去便罢，谈必拉扯出何包子的逸事来做谈论的资料。不过各人所知道的有详有略，与传闻异词罢了。即此可见何包子的事迹，印入一般人脑筋至为深切。

在下屡次听得合肥朋友谈起，情节都大同小异。因其有可记述的价值与必要，所以尽屡次所听得的，破功夫为之记述出来，或有情节为朋友谈论所不及的，就只得付之阙如了。

何包子姓何，不知叫什么名字，因其颈上长了一个茶杯大小的肉包，当时人都叫他何包子。久而久之，便没人研究何包子的名字叫作什么了。何包子得名，在洪、杨正在金田起事的时候。那时洪、杨之兵，虽还不曾出湖南顺流而下，然洪、杨的党羽已多有散处大江南北的，并有花钱捐得一官半职，以为将来响应之准备的。这种花钱捐官的人，十九是绿林大盗出身；而人品才情必为同辈所推崇，寻常人就表面不能识破他根底的。

那时合肥县所隶属之庐州府知府，即为其中的一个。自这知府到任以后，庐州辖境之内大盗案即层见叠出，被劫的纷纷来合肥县报案，都是说门窗不动，声响全无，直到次早起来见箱橱大开，才知被盗劫了。所以强盗有多少人，以及年龄容貌，被劫的都不知道。不过就各家被劫的失物单上推察起来，可以知道强盗必没有多人。因为各家被劫去的全是金银珍宝，衣服极少，间有一二件可珍贵的细毛皮货；不甚值价的，皆委弃不要。而每夜只有一家被劫，十多夜就劫了十多家。

合肥县得了这种接二连三的呈报，当然向捕快腿上追盗追赃。何包子此时在合肥县衙里当捕头，遇了这样的案件，两条腿上自也免不了要受些痛苦。凡是当捕头的人，对于这县境之内的贼盗，但略有名头的，绝无不知道的道理。这样盗案才出了两三家的时候，何包子就断定不是境内原有的贼盗所做，疑心是由外路来的大盗。及侦查了几日，毫无踪迹可寻。心想这事很奇怪，我在这合肥县当了十多年的差，从来不曾闹过大劫案。若像这样每夜必出一次的劫案，连我耳里也不曾听得有人说过。就是外路来的飞贼，也没有我侦查不出一点儿踪迹的道理。且慢，这个新上任的知府是山东人。他带来的跟随都是彪形大汉，或者其中有一两个来路不正，以为有知府衙门做护身符，办案的想不到他们身上去，因此放胆每夜出来干一次，也未可知。若不然，何以这知府未到任以前，几十年太平无事，他来不上一月，便闹出这多大案子呢？

何包子心里如此一犯疑，当夜就换了夜行装束，带了一把弹弓，等到二更过后，径从屋上穿檐越脊，到府衙大堂上的瓦栊中伏着。何包子为人固是极精明强干，就是武艺也很不寻常，弹子更是他的绝技，能连珠发出五颗，向空打落五只麻雀，一弹不至落空。这时伏在瓦栊中，真是眼观四面，耳听八方。等了一个多更次，忽见远远的一条黑影，向府衙中飞也似的奔来，身体轻巧无比，屋瓦绝无声息。何包子定睛看时，不由得大吃一吓。原来看出那人的面貌，哪里是知府跟随的人呢，竟就是新到任的知府本人。也是全身夜行衣，靠背上驮了一个分量好似沉重的大包袱。到了大堂对面屋上，将要往下跳去，何包子一时愤怒起来，也顾不了什么知府，劈面三弹子发去。那人真快，避开了两颗，第三颗才实在无法躲闪了，中打着了左眼。那人始终不开口，抱头窜进衙中去了。何包子也不追赶，随即奔回县衙，报告知县道："十多日来所出的劫案都办活了。"知县听了大喜，问强盗已拘来了么？何包子道："案是办活了，只是下役没那么大的胆量，敢将强盗拘来。"知县诧异道："为什么不敢呢，强盗在什么地方呢？"何包子道："就在离这里不多几步路的府衙里。"知县还正色叱道："休得胡说，府衙里岂是窝藏强盗之所？"何包子得意道："岂但府衙里窝藏强盗，做强盗的就是府太宗呢！"接着将自己如何犯疑，如何去府衙守候的情形，述了一遍道："他左眼受了下役一弹，必已被打瞎。大老爷若不相信，明早去求见，他必推病不出来，即出来也必用膏药或旁的东西将左眼遮盖。"知县听了，自是惊骇异常。

次早去府衙求见，知府果推病不出。知县固请要见，知府只得戴了一副极浓黑的墨晶眼镜出来，并装作害眼病的样子。知县退出来不敢声张，只急急地密报安徽巡抚。巡抚也因这事关系皇家的威信、官府的尊严，不便揭穿，只借故将那强盗知府革了。但是事情虽未经官府揭穿，然合肥人知道的已经很多了。何包子的声名也就因这案倾动一时。这案办活后，接连又办活了不少离奇盗案。有名的积盗经他的手拿获正法的，不计其数。安徽省内的各府州县，每遇了棘手的案件，经年累月办不了的，总是行文到合肥来借何包子。何包子一到，便没有办不了的。

有一次，两湖总督衙门里，翻晒总督的衣服，及到收箱的时候，不见了一件紫金貂褂。衙门内不是外人所能进出的地方，总督左右的人，总督能相信不敢有偷盗的举动，逆料必是有手段的窃贼偷去了。责令首府首县限期将人赃破获，只吓得府县官如青天闻了个霹雳。只得用无情的刑法，向手下的捕快追比。可怜那些寻常只会讹诈乡愚的捕快，遇了这种案件，哪有头绪可寻呢？被追比得无可奈何，就想到合肥何包子的身上来了。

府县官因这案事主的来头太大，不是当要的事，也巴不得能借一个好捕头来，保全自己的地位。经手下的捕快一保荐，便正式行公文到合肥县来。文中详述案情，指名要借用何包子去办。合肥县接了公文，当然传何包子告知这事。何包子听了说道："此案绝非平常窃盗所做，做这案的用意也绝不是为贪图一件貂褂。制台衙门里面，禁卫何等森严，平常窃盗岂能于光天化日之下，行窃于禁卫森严之地，而能使人不察觉的？既有敢在白日行劫于制台衙门的本领，就不会专劫一件貂褂。因貂褂虽可贵重，然价值究属有限，不值有大本领的人一顾。依下役的愚见，做这案的若不是衙门以内的人，便是有人要借此显手段。这案要办活确不是一件容易的事。"合肥知县道："不管怎样，你终得去湖北把这案办的人赃并获。"何包子道："这案用不着去湖北，作案的不是湖北人，此刻也绝不在湖北了。且等下役办好了，再去湖北销差。于今到湖北去于事无益，徒然耽搁时间。只是这案恐怕得多费些时日，不能克期办好。"知县自然许可。

何包子领了这件差事下来，心想近年来我经手办的几桩大盗案，大盗都在洪泽湖旁边，还有几个曾和我打出些交情来的，于今也都住在洪泽湖，我唯有且去那里访查一番，看是怎样。何包子随即动身到洪泽湖，会着几年前认识的大盗。谈起这件案子，几个都说不知道。何包子察言观色，也看得出确不是他们做的。只得向他们打听，心目中有觉得可疑的人没有。有一个年事很老的大盗说道："论情理，这案不像是我们同道中人做的。然不问是同道不是同道，你要访查那貂褂的下落，除了去太平府紫洞山拜求张果老，只怕不容易访着。"何包子笑道："张果老不是神仙吗，教我怎生去拜求他老人家呢？"那大盗道："这张果老虽不是神仙，却也和神仙差不多了。你在合肥当了这么多年的捕头，怎么连张果老都还不知道？"何包子听了，面上很现出惭愧的样子说道："我从来不曾遇过与张果老有关的案件，他又不是有大名头的人物，教我如何得知道？"那大盗笑道："你没遇过与他有关的案件，那是不错。他已五十年不做案了。不过你说他不是有大名头的人物，却不然。张果老在绿林中享盛名的时候，你才从娘胎出世呢！他本是山东曹州府人，于今因改邪归正了，才搬到太平府紫洞山中住着。但是他此刻虽已洗手了几十年，他的本领还大得了不得。哪怕几千里以外同道的行为，及官府的举动，他没有不知道的。你好好地去拜求他，或者肯指引你一条明路也说不定。他是我们同道中最爱结交的。"

何包子问了问张果老家中的情形，即告别了几个大盗，回身到太平府来。好容易才访着紫洞山坐落的地点。原来紫洞山是极小的山名，知道的人很少。紫洞山下倒住了十多户人家，一打听都是土著种田的人，并没人知道张果老这个人。何包子围着紫洞山物色，天色已渐就黄昏了。心中打算今夜且找个饭店安歇了，明早再作计较。又回头走了十多里，才找着了一个小小的饭店。这时的天色，已经昏暗了。

何包子刚走进这饭店，即有一个白发苍苍的龙钟老叟，也是行装打扮，背上驮了个小包袱，跟着走进饭店来。饭店的油灯如豆，仅能照见房中摆设的桌椅，不至使旅客暗中摸索。何包子坐在靠墙一个座位上，看了这老叟龙钟的模样，心想这老头必是儿孙不得力。若有一个好儿孙，也不致这么大的年纪，还在道路上奔波劳碌，走到这时分才落店，大概是要趱赶程途。心里正在这么想，只见老叟已将包袱解下来，就对面一个座位坐了。

饭店里伙计走出来招待。这伙计是个年轻很壮健的人，先过来招待何包子，举动言语，甚是殷勤周到，十分巴结生意的样子。何包子吩咐好了，伙计转身打量了老头两眼，爱理不理的神气问道：“你是在这里歇夜的吗，还是吃点儿饭就走呢?”老头倒赔着笑脸说道：“这时分了，我还走到哪里去？自然是投奔这里歇夜的。”伙计很不耐烦似的问道：“那么饭要不要呢?”老头好像已看出伙计不欢迎的神气，也就带气说道：“我不是吃了不给钱的，你是做生意的人，对客人怎好用这般嘴脸。一般的主顾，你不应使出两般的招待。”伙计登时做出极鄙视的样子，鼻孔里哼了一声道：“我们做生意的人，照例对一种主顾一种招待，你若嫌我这里招待不好，尽管去照顾别人，我不稀罕你这笔生意。”那老头年纪虽老，气性却是很大。见伙计如此回答，举起那枯瘦如柴的手掌，在桌上拍了一下骂道：“不是我找到你这店里来的，是你挂起招牌将我招得来的。你敢瞧不起我么?”伙计也大怒，怪那老头不该拍桌子，说打桌子就和打人一样，冲过去与老头扭起来。老头究竟气力衰弱，只一下就被伙计按倒在地。何包子看了，觉得伙计欺负这老头，实在过意不去，立起来大喝伙计放手。伙计理也不理，反用力将老头按在地下，举起碗大的拳头没头没脑地擂打，打得老头大叫救命。何包子原是不想多管闲事的，到此时再也不能容忍了，跳过去一手握住伙计的脖子，一手握着膝弯，喝声起就提了起来，往旁边地下一掼，急用脚点住骂道：“我看你这东西的年纪，不过二十多岁，正是身壮力强的时候。这老者的年纪，至少也有六七十岁了。你就将他老人家打死了，算得了英雄豪杰么？我今日因有事，没心情和你这东西纠缠，若在我平日遇了你这种东西，怕不活活地将你打死。还不快起来，对这老者叩头赔礼。”这伙计倒也不敢违拗，爬起来向老头连连叩头，口里并说了几句谢罪的话。

老头甚是感激何包子，招何包子同桌攀谈起来，问何包子心里有什么事。何包子将去紫洞山拜访张果老，不曾访着的话说了出来。老头忽现出很诧异的样子说道：“你要访张果老，没有访不着的道理。我就是在张家多年的老管家，张家的情形，我知道得十二分详细。我的老主人就是你要访的张果老。各省各府州县都有他手下的人，专一传递消息。你动身到紫洞山来的时候，他一定先得着了消息。不过我在两个月以前，就奉了老主人的命，到曹州府原籍去取一件东西，今日才回头到这里来。不知道紫洞山家中这两个月来的情形怎样。你既在紫洞山下访他不着，必是他不愿意见你。若不然，他应该早已派人在路上迎接你了。”

何包子见老头就是张果老的管家，不觉高兴起来问道：“你主人派你去曹州府原籍取一件什么东西，你主人还有家在曹州府吗？”老头点头道：“我主人有一个媳妇带着两个小孙子还住在原籍。那两个孙子一个九岁，一个八岁，都淘气得非常。我主人打发我动身的时候，说有个在湖北的伙计前来报信，那两个孙子不知因什么事走湖北经过，正遇制台衙门里翻晒衣服。那两个小孩儿看见有一件金光灿烂的毛衣，不认识是什么，觉得很好看。九岁的这个先下去，抢了就逃；八岁的这个不服，跟着便追。顷刻就跑出了湖北境。这乱子闹得太大了，因此派我去把那件衣服取回来，准备托人送回制台衙门去，免得连累无辜的人受苦。谁知等我回到原籍时，两位孙少爷因争着要那件衣，已撕做两半了，还不肯拿出来给我。亏我将他两人一恐吓，才拿了出来。我动身回来的时候，两个孙少爷也说就来紫洞山看他的祖父。他们是有大本领的人，必已先到多少日子了。你要找我老主人，是为什么事呢？”

何包子到了此时，只得老实说道：“我拜访他老人家，为的就是这件衣服。我在合肥县当差。这湖北的案子，原不关我的事。只是湖北官府行文到合肥，由我的上官差我，我身不由己，不能不来。我来的用意也只要求他老人家慈悲，指引我一条明路，并不知道就是他老人家两位孙少爷做的事。于今据你说，他老人家虽不愿意见我，然我既奉命而来，终得见他老人家一面，并得要求他两位孙少爷到一到案，我才好回去销差。只因这案的来头太大，非办到人赃并获不能了事。还得求老管家替我方便一句。”老头略踌躇了一下说道：“这事好办，我刚才承你帮忙，可见你是一个好汉子。我也愿意帮你一回忙。我老主人尚肯信我的话，他家的事我也能作得五成主。你也用不着去当面求他。衣服现在我包袱里，我就可以做主送给你；便带还给老主人，也是得托人送到湖北去的。你拿衣服回去销差便了。至于要孙少爷到案，也很容易。老主人存心素来慈悲，不肯拖累无干之人。我替你说几句好话，他断不至不答应的。”

老头边说边将包袱打开，抖出两半件貂褂来。何包子接在手中看了看，正是公文上所说的模样。心里这一喜，真是喜出意外；但是仍不免有些犹疑，恐怕两小孩儿到案的话靠不住。心想办不到人到案，湖北制台如何便肯罢休，不仍是要我来跑一趟吗？遂向老头作揖道：“这衣服承你的情做主给了我，我感激极了。不过我想还是求你引我去紫洞山，当面拜求他老人家两位孙少爷，和我一同去到案妥当些。我奉官所差，不能到案，我的差仍不能销。你帮忙帮到底。”老头不等何包子再往下说，已扬手说道：“你不给我那两位孙少爷见着，倒好说话。他两人若知道你是个当捕头的人，莫说要他们同你去到案是做梦的话，只怕连这件貂褂也不肯给你带回去了。你还是依我的话办理最好。你只管将这貂褂回去销差，我包管你到总督衙门的时候，我家两位孙少爷也到了。”

何包子是何等机警的人，见这老头居然敢如此做主，实不像是张果老的管家；心里已疑惑就是张果老本人，特地化装前来，了结这件大案的，只是口里也并不明说出来。连忙拱手道谢道：“承老丈这般慷慨提携，实在感激不尽，我依着老丈吩咐的行事便了。”何包子将两个半件貂褂仍打成包袱，这夜就和那老头在饭店里歇了。

次早起来，向店伙问老头时，久已动身走了。何包子遂也起程回合肥县，见县官呈上赃物，并述明探访的种种经过。县官自是高兴，当下就办了公文，令何包子亲自护送貂褂到湖北去。

何包子行了几日，这日已走到湖北省境。正行之间，只见前面路旁有一棵枣树，枝叶茂密，荫被数亩，枝上结了许多枣子，还不曾到成熟的时候。树下有两个小孩儿，都是光头赤脚，年龄约有八九岁的光景，两个都仰面望着树上。何包子也不在意，直向前走近了几步。忽见那个略小些儿的弯腰从地下拾了个小石子，随手向树上抛去，即有一个枣子掉下地来。小孩儿拾着便吃。何包子看了心里已吃了一惊。那小孩儿几口吃完了枣子，将枣核往地下一吐。这个略大些儿的也弯腰将枣核拾了起来，用一个食指轻轻弹去。何包子眼快，跟着弹上的枣核看去，正着在一粒枣子的蒂上，那枣子便如遇了剪刀登时离蒂掉将下来。这个大些儿的孩子，不待枣子落地，一手就从半空中捞过去，看也不看直向口中送进，欢天喜地地咀嚼。那小些儿的孩子看了笑道：“你以为我不能照样打下来么？打给你瞧吧！”边说边向地上拾起刚才弹枣子的那粒枣核，也是一般地用食指轻弹上去，跟着也掉下一粒枣子来。

何包子看了这种情形，不觉有些技痒，暗想这枣树虽然高大，只是枣子离地并不甚远，这弹落几粒枣子，并不是一件难事。我身上现带着弹弓弹子。何妨连弹几粒下来，也给他们瞧瞧我的。思量停当，即止步不走了。取下弹弓来，探囊摸出五颗铁弹，看准了近处五粒枣子，嘣嘣的五声弦响，打得枣树的枝叶摇动，自以为五粒枣子必然应弦而下，谁知弹丸到处，只将五粒枣子打烂了，或弹去半边，或弹去半截，一粒也不曾整整地打下。这才把一个老走江湖的何包子羞得面红耳赤，大悔不该卖弄，哪有颜面再说什么呢？背上弹弓就走。

两个小孩儿当打枣子吃的时候，原没注意到何包子身上，及见何包子使出弹子来，才嬉皮笑脸地对何包子望着。何包子更觉难为情，止走了两三步，那大些儿的孩子迎面笑说道：“你原来就是合肥县的何捕头吗？好高明的弹子，佩服佩服。”何包子听了才陡然想起张果老的两个孙子来，心里已料定这两个孩子便是。遂也笑着说道：“两位小英雄的本领才真使某钦仰得了不得，这回劳动两位远行千里，某心里很是感激。”那孩子仿佛不省得的神气说道：“这枣子可惜不曾熟，枣蒂牢结在枝上，所以神弹到处蒂还不曾落，枣子已受不住了；下次若再遇了这般情形的时候，最好弹子朝着枣蒂发去，包管你一弹一粒枣子，整整地掉下来。”那小些儿的孩子笑道：“拿铁弹打枣子，便是一弹一粒，整整地打下来也太不合意。哥哥为什么教他这样又笨又吃亏的法子呢？”这孩子随口问道：“我这法子确是又笨又吃亏，但是你有什么不笨不吃亏的法子教他呢？”那孩子仰天笑道：“怎么没有，不过他不曾向我学，我就有绝妙的法子也犯不着教给他。”何包子听了大孩子说的话，已是面上很难过；又听得小孩子这般说，当然是更加惭愧。不过心里不明白小孩子所谓绝妙的法子，究竟是怎生个绝妙，若不问个仔细，总觉放不下似的。心想我的本领原赶不上这两个孩子，即如此番的窃案，若他们不情愿将貂褂交出来，不情愿亲去湖北投案，我又有什么本领能奈何他们呢？我便向他低头请教一声，得了这绝妙的法子，就增加我自己的能为了，有什么使不得？何包子自觉见解不差，很虚心地向小孩子问道：“我愿意请教小英雄，毕竟是什么绝妙的法子？”小孩子点头笑问道：“那么你认我是你的师父么？”何包子心里暗自骂道：“你这样乳臭未除的小孩儿，居然想做我的师傅，真太会讨便宜了。我就答应认他做师父，骗了他的法子再说。”即对小孩子说道：“我愿意请教，自然得认小英雄做师傅。”小孩子才装模作样地指着枣树说道：“我们兄弟因身体太小，树干太大，两手抱不拢来，所以不能上去，只好站在地下用石子、枣核打下来吃。若像你这么高大的身体，爬上树枝一粒一粒地摘着吃，岂不是绝妙的法子吗?”何包子听到这里才知道上了小孩子的当，因为把两个孩子的能为看得太大了，以为他说出来绝妙的法子，必非等闲，所以情愿口头认他做师傅。谁知说出来乃是这么一个绝妙的法子。大孩子倒正色说道：“弟弟不可是这么开玩笑，他是当捕头的人，我们正有案子在他手里呢!”说罢回头向何包子抱了抱小拳头道：“舍弟年轻不懂事，他说话和放屁差不多，不要听他的。你快去制台衙门里销差，我们随后便到。望照顾照顾。”何包子还没有回答，大孩子已挽着小孩子的手，三步两跳地走了。

何包子继续着向武昌前进，不一日到了武昌。像这般重大的案子，既经办活了，府县自不敢耽延。没一会儿工夫，那两半件貂皮马褂，已一递一递地呈到两湖总督面前了。总督立刻传何包子进见，详问了办案的经过。听说那两个小强盗，跟着就会来自行投到，连忙准备了几十名武士，预伏在大堂左右。只等小强盗一到，听总督拍案为号，即出来捕捉。

这里准备才毕，忽见两个小孩儿缘大堂檐边飘身而下。一着地就望着巍然高坐的总督大声说道：“我兄弟就是盗你貂皮马褂的人，马褂是我们撕破的，今日特来投到。你有话尽管问，不要拖累好人，罪是不能由你办的。”当总督的人有谁敢在跟前这么放肆，自是禁不住勃然大怒，举手向案上一巴掌，厉声喝道：“好大胆的强盗!”这话才喝出口，两旁预伏的武士齐起，潮也似的拥上堂来。一看两个孩子都没有了。还亏了何包子也在堂上，他的眼快已看见两个孩子在总督举手拍案的时候，身体一缩早上了屋檐，并回身向何包子点头招手。何包子知道眼前没人能将两孩拿住。即指着檐边向众武士喊道：“强盗已上了房檐。”众武士赶着看时，两孩子还笑嘻嘻地叫了声再会，才翩然而去。武士中没有能高来高去的人，眼睁睁地望着他们去了，连追也不能追一步。总督气得目瞪口呆，说话不出。事后虽行文各省，画影图形的捉拿，也不过奉行故事，怎么能捉拿得着呢？这且不去说他。

却说何包子因办活了这样为难的案子，很得了不少的花红奖款，一路兴高采烈地回到合肥。到家后，他妻子捧着一个纸包给他道：“前几日有一个衣衫褴褛伛腰驼背的老头，来家问何捕头回来了没有。我说不曾回，他就拿出这纸包给我道：‘这里面是何捕头托我买来的紧要东西，请你交与何捕头。除何捕头本人而外，不问什么人，不能许他开看，打开来便与何捕头的性命有关，记着！记着！’说完自去了。我好好地收藏在这里，不敢开看，究竟你托那老头买的什么要紧的东西，只开看一下便与你的性命有关呢？”何包子接在手中掂了掂轻重，觉得分量不多，捏了几捏觉得很软。沉吟着说道：“我的朋友和相识的人当中，没有伛腰驼背的老头，更不曾托人买什么要紧的东西，这才奇了。”他妻子道：“或是隔久了日子，把事情忘了，打开来看是什么东西。那老头明明说的是交与何捕头，错是不会有错的。”

何包子看纸包封口的所在，粘贴得十分坚牢，遂轻轻剥去面上的一层纸，只见里面写着“何捕头笑纳”五个字，心里更觉疑惑起来。随手又剥了一层，又见里面写着“张果老拜赠”五个字。何包子不由得暗暗地吃惊，撕去第三层纸就露出三个纸包来。先拣一个形式略大，分量略重些儿的拆开来看，原来是一包粉墙壁的石灰，看了兀自猜不透是什么用意。只得拆开第二个，乃是一包鸦片烟土。拆到第三包更奇了，是包着一根白色丝带，约有七八尺长，筷头子粗细。他妻子在旁边看了这三件东西发怔，正待问何包子托人买这些东西干什么，何包子忽然长叹了一声，两眼泪如泉涌。他妻子吓得慌忙问是什么事伤感。何包子拭干了眼泪说道：“这东西是送来取我性命的。唉！蝼蚁尚且贪生，我与其寻短见，不如弄瞎这一双眼睛，活着总比死了好。”他妻子问道：“你这话怎么说，谁敢来取你的性命。好好的一双眼睛，为什么要自己弄瞎？”何包子道：“你终日守在家中的女子哪里知道江湖上的勾当。这根丝带和这点鸦片烟土，是教我或悬梁或服毒自尽的；如我不能自尽，或不愿意自尽，就须用石灰将两只眼睛弄瞎。这三条路听凭我选择一条去走。”他妻子道：“这是什么发了癫狂的人，无缘无故送这些东西来干什么，不要睬他就得哪！”何包子没精打采地说道：“我果能不睬他，他也不送这东西来了。我若不自将两眼弄瞎，他们跟着就会来下我的手。我纵有天大的本领，也逃不掉他们这一关。这十几年来，在我手里办结了的盗案，本也太多了。只弄瞎我一双眼珠还不能不算是便宜的。”

当下何包子即向合肥县辞捕头，也不问县官许与不许，归家就把手下的徒弟召集拢来，说明了办貂褂案的情形。仰天睡下，一手抓了一握石灰，同时往两眼一塞，只一会儿工夫，两颗乌珠都暴了出来，变成灰白色了。

从此何包子双目失明，合肥县捕头一缺，由他的徒弟充当了。何包子自从弄瞎了两眼之后，每日早起就叫小徒弟搬一张躺椅，安放在大门外面。何包子躺在上头，终日不言不动，并不许小徒弟离开。是这么躺到第三日，忽有一个叫化的，在街上滚来滚去地行乞，手脚都像不能作用的，滚到何包子门口就和睡着了一般，也不动弹，也不叫化。小徒弟看见了觉得讨厌，开口骂道："滚到别处去，睡在这里教我们怎好走路?"是这么喝骂了两遍，那叫化才回口骂道："你这家里还有走路的人吗?"小徒弟听了这话冒火，正待动脚踢叫化几下，何包子忙从躺椅上翻身坐起来，喝住小徒弟，随对着街上说道："好朋友，托带个信去，我何包子已走了第三条路，以后再不走江湖路了。"那叫化听了一声不做，就地几翻几滚转眼便滚过一条街去了。

有人在旁边看了这种情形的，问何包子是怎么一回事。何包子道："这就是那个送纸包给我的张果老。特地打发他来讨回信的，我若到此时还不曾自将两眼弄瞎，今夜上床安歇，明早便休打算有性命吃早点。不过是这么来讨回信，是已经知道我走的必是第三条路。一面向我讨回信，一面也带着些安慰我的意思，所以在我们门口睡着不动。"旁边人不懂得江湖上种种圈套，也没人追问睡着不动便带着安慰意思的理由。

何包子因瞎了眼睛，嫌坐在室中闷得慌，白天仍是躺在门外的时候居多。何家在合肥县城西门大街，从县署去西门外，必打从他家门口经过。这日他正睡在躺椅上，忽向小徒弟问道："方才你看见街上是有一个穿孝衣戴孝布的人走过么?"小徒弟笑道："师傅的两眼一点儿光也没有，怎么看见的呢?"何包子生气道："你问这些干什么，你只快说是不是有这么一个人向西门走去了。"小徒弟忙说："有的有的，才过去没一会儿。那人走过师傅跟前的时候，还放慢了脚步，连望了师傅几眼，我所以记得确实。"何包子听罢坐起来说道："快去家里把你几个师兄叫来。"小徒弟不敢怠慢，跑进门去叫师兄。原来何包子虽然瞎了双眼，从他学武艺的徒弟，家中仍有好几个。小徒弟叫了出来。何包子道："你们快向西门追去，将刚才那个穿孝衣的拿来，千万不可放他逃了。”几个徒弟如奉了军令，尽力追赶去了。

追赶的还不曾回来，替何包子缺当捕头的那个徒弟，已气急败坏地跑来，向何包子说道：“师父看这事怎么了，费了无穷的力量，才捕获到案的一个大盗，在牢里关了三个多月，今日忽被他偷逃了。我急得没有办法，只得一面派人四处兜拿，一面亲来向你老人家求指教。”这徒弟说到这里，正要接着叙说那在逃大盗的姓名履历，何包子已摇手止住道：“不用说了，我懒得听这些话，你进里面端一张凳子来，在这里安坐一会儿吧。”这徒弟不由得怔住了，又不敢多说。何包子只挥手叫他去端凳子。这徒弟只得端了一张凳子，到何包子身边坐着。何包子仰面睡着，一声儿不言语。这徒弟如坐针毡。正打算再碰一回钉子，定要向师傅问出一个计较。突然见和自己同学的几个师弟，围拥着一个穿孝衣的汉子走来，仔细看那汉子时，认得出就是在逃的大盗。这一喜自是非同小可，连忙迎上去，抖出袖中铁链，将大盗锁了，并问师弟怎生捉来的。几个师弟说道：“我们也不知道这东西是什么人，师傅叫我们追拿他，直追到西门口才追着，动手去拿他的时候，他还想将我们打翻逃走呢。幸亏我们人多，师傅又曾吩咐万不可放他逃了，我们有了防备，所以才能将他拿住了。”

这徒弟虽是喜出望外，然心里仍不明白师傅何以知道大盗在逃，并知道是穿孝衣向西门逃走的。回头问何包子，何包子笑道：“这不是一件难事，只怪旁人太不细心。我的眼睛虽瞎了，然因两眼失明，心思耳鼻反比有眼睛的时候精细些。此时街上走路的人不多，走过去的脚步声音，我耳里能听得出来。这东西走过此地的时候，未到我跟前，走得很急，脚跟着地很重；一到我跟前，就走得很轻了，听得分明是脚尖先着地。他回头望我，我虽不能看见，然而听他的脚声，忽由急而缓，由重而轻。过了我这大门口，又走得很急很重了，可见得他是急于走路，而心里存着畏惧我知道的念头。他才走过，我鼻端就嗅着一种气味，那种气味，我平生闻得最多。近来因辞差在家，有几月不曾闻着，一到鼻端分外容易觉着。什么气味呢？就是监牢里的牢郁气，凡是到过监牢里的人，无不曾闻过那气味的。鼻孔里闻惯了，触鼻便分辨得出。这东西身上既有牢郁气，又走得这么急，又存心畏惧我，不是冲监越狱的大盗是什么呢？所以我能断定是强盗。只是我何以知道是穿孝衣戴孝布的呢？

这也很容易猜出，因闻得这东西的牢郁气甚大，可知他不是才进监不久的犯人，牢里不能剃头，头发胡须满头满脸，使人一望就知道是逃犯；便得冲出监狱，如何能混得出城呢？路上如何能避开做公的眼睛呢？从来大盗冲监，无不是里应外合，方能冲得出来。要想在逃的时候避开做公的眼睛，除了出监后罩上一件孝衣，用孝布包头，装作百日不剃头的孝子，没有再好的方法。只是我心里尚不敢断定，及问明果见有穿孝衣的打这里走过，所以敢急忙派人去拿。这也是这东西的恶贯满盈，才遇着我躺在此地，使他逃不掉。”这当捕头的徒弟，不待说又是感激，又是钦佩。合肥县知县因这回的事，特地赏了何包子几十两银子。

又有一次，何包子也是躺在门外，忽听得有人在旁边笑了一声，那人随即走过去了。何包子忙叫一个武艺很好的徒弟到跟前吩咐道：“快追上去，前面有一个穿袜子套草鞋的人，走路很轻快。你跟在他后面，走到有阳沟的所在，猛上前一下把他挤到阳沟里，看他是怎生神气。他若骂你打你，你可以不答他，回来便了；他若不说什么，连脚上的泥水都不跺掉，就动手把他拿来，不可给他跑了。”徒弟领命追去，追不多远，果见有一个穿袜子套草鞋的人，走路轻捷异常。这徒弟依着吩咐的话，跟到阳沟所在，上前用力一挤，将那人挤得一脚踏进了阳沟，弄了满脚的淤泥；可是作怪，果然一点怒容没有，脚上的淤泥也不跺掉。这徒弟哪敢大意，直上前捕捉。那人待抵抗已来不及，被这徒弟捉到何包子面前。何包子教送到县衙里去，说是一个大盗。近来合肥的盗案，多半是这大盗作的。

知县将这人一拷问，竟一些儿不错，所犯的案子都承认了。于是一班人问何包子怎生知道的，何包子道：“不是有些武功的强盗，平时走路，绝没有那么轻捷。他脚上穿的是麻和头发织的草鞋，那种草鞋又牢实又轻软，走起来没有声息。然不穿袜子的赤脚，若套上这种草鞋，一则走快的时候鞋底与脚底时常相碰得发出一种甚轻微的噼啪噼啪的声音，二则多走几十里路脚板与麻摩擦得发热，必打成一个一个的水泡，所以穿那种草鞋的，都得穿一双袜子。那人走到离我不远的地方，我心里已疑惑不是个正经路数的人，及听得他一笑的声音，更料定他是高兴我瞎了眼，笑我没有能为了。若不然并没听得有第二个人的脚声，他和谁笑呢？见我瞎了眼高兴，又穿着绿林中人常穿的草鞋，走的又是那般轻捷步法，断定他是强盗，纵有差错也远不了。只是还不敢冒昧，叫徒弟去试他一试。他们身上担着大案子的人，在人烟稠密的所在，决不肯因小故和人口角相打，恐怕看热闹的人多，其中有做公的或认识他的，趁这种时候与他为难。他正和人吵闹着，或揪扭着，眼耳照顾不到，为小失大，只要勉强容忍得过去的事，无不极力容忍的。寻常没有顾虑的人，万分做不到这一步；至于脚上沾了淤泥，不跺脚将淤泥去掉，是绿林中人的习惯，无论沾了什么东西在脚上，脱下鞋袜揩抹可以，一跺脚就犯最不吉祥的禁忌了。试了不出我所料，他还能赖到哪里去呢?”问的人听了，当然佩服之至。

何包子坏了双目之后，像这种案子，还于无意中办活了的，不计其数。只可惜年数太久了，传说的人都记忆不全，不能一一记录出来。像何包子这般细密的心思，便是理想中的侦探福尔摩斯，也未必能比他更神奇呢!

《红玫瑰》第1卷45期　民国十四年（1925）6月6日

梁懒禅

梁懒禅是现在一个将成而未成的剑仙，也可以算得是个异人了。今年还到上海来住了几个月，才到罗浮去潜心修炼。在下只自恨缘薄，这几个月当中，竟没有机会前去拜访他。此刻他既往罗浮潜心修炼去了，此后不待说更没有会晤他的希望了。只是梁懒禅的态度丰采，我虽不曾瞻仰过，他学剑的履历，却间接听说得很详细。在下是个欢喜叙述奇闻异事的人，得了这种资料，忍不住不写出来给大家看看。

在下有一个姓陈的朋友，曾练过几年太极拳。今年夏天到了上海。与陈君认识的人当中，有几个也想学学太极拳。就邀集了十来个人，择一处适中地点，请陈君每天去教几点钟。在教的时候，并不禁止外人参观，因此每天总不免有些不认识的人，围在旁边看。有一个名叫圆虚的道人，更是来看的回数最多。陈君和练拳的都渐渐与他熟识了。这日他忽然带了一个年约五十来岁，容仪很俊伟的人来，在旁边看学习的人练了许久。圆虚道人便走近陈君跟前，态度很殷勤地说道："贫道久闻太极拳理法玄妙，所以常来参观。只是在这里看见的，每日仅有三手五手，不曾见过整趟的，想要求先生使一趟整地给贫道见识见识，不知先生肯不肯赏脸？"陈君见他这般恳切，只得走了一趟架子。圆虚道人带来的那人目不转睛地看得十分仔细。陈君走完，圆虚道人连连称谢，随即带着那人去了。

二人去后，陈君与练拳的都有些疑惑起来，以为那人必是会武艺的，但不知安着什么心来讨这一趟架子看。次日练拳的时候，圆虚道人仍旧独自来看。陈君忍不住问道："昨日同道人来的是谁？"圆虚道人笑道："昨日那人么，那是一个异人。就是因他要看先生整趟的太极架子，初次见面又不便要求，所以托贫道出来说。"陈君诧异道："是什么异人，他要看了整趟的太极架子有什么用处？”圆虚道人道：“他看了有什么用处，我倒不曾问他。他是个异人倒是确实的。他的剑炼了一十四年，于今已快要炼成剑仙了。”陈君是一个富于好奇心的人，听了这几句话，喜得连忙让圆虚道人就座，自己也陪坐了问道：“道人怎么知道他是一个快要炼成的剑仙？他姓什么，名什么，是哪里人？此刻住在哪里？道人能说给我听么？”圆虚道人点头道：

这些话若对寻常不相干的人，贫道是断不敢说的，说给先生听估量他也不至于怪我多嘴。贫道与他结交的时间很久了，因此知道他的行径。他姓梁，号懒禅。这懒禅的名字，是从民国元年以后才用的。民国元年以前，他的名字叫什么，我却不知道。因为我与他订交在民元以后，他不肯说出他旧有的名字来。他对于清朝的掌故极熟，官场中的情形，如某年某人因什么事升迁某缺，某年某人因什么事受某人弹劾，闲谈的时候，他多能历历如数家珍。他虽不肯说出他在清朝曾做过什么官，干过什么差事，然听他日常所闲谈的，可以断定他在清朝绝不是知府以下的官员。他对于文学很有根底，据他自己说，他在十几岁的时分就有心想学道，只因所处环境的关系不能遂愿。直到民国元年，他年纪已是四十岁了。这四十年间所历的境地，更使他一切功名富贵的念头都消灭了。因那时各省多响应革命军的关系，他不能在内地安身，独自到上海来，住在四马路的吉升旅馆里，整天地一无所事，有时高兴起来，独自到马路上闲逛一阵。心中毫无主见，待回家乡去吧，一则因那时民国的局势还不曾确定，恐怕受意外的危险，二则因家中一没有关系亲切的人，二没有重大的产业，尤无冒险回去的必要。功名富贵的念头既经完全消灭了，自然不愿意去各省再向一班后生新进的人手里讨差事干。家乡不能去，别省又不愿去，久居留在这米珠薪桂的上海地方，将怎生是了呢？因此他住在吉升客栈里，甚无聊赖。

这日他在马路上闲逛，走一家大旅馆门口经过，见那门口挂了一块相士陆地神仙的招牌。他心里想道：“我在北京的时候，曾闻得陆地神仙的名，一般人都说他的相术很灵验。我此刻正在进退失据的时候，何不进去叫他相相，看他怎生说法。”想罢就走进那旅馆，会了陆地神仙，谈了一会儿相术中的话。虽有些地方谈得很准，不是完全江湖两面光的话，但是也不觉得有甚惊人之处。谈到最后，陆地神仙忽起身来说道："请先生将帽子取下，待我揣骨再相个仔细。"他听了随即取下帽子来，陆地神仙用双手在满头满脑地揣摩了一阵，揣着脑后一根起半寸来高的骨头笑道："在这里了。"他听了这话，又见陆地神仙有惊喜的神气，不由得开口问道："什么东西在这里了？"陆地神仙用中指点着那骨说道："这是一根仙骨，若能修道，比一切人都容易成功。我因看先生的气宇很像是一个山林隐逸之士，身上应该有些仙骨。"他见陆地神仙这么说，不禁悠然叹道："我从小就有慕道之心，无奈没有这缘分，遇不着明师指点，只是徒梦劳想罢了。"陆地神仙移座就近他说道："先生若诚心慕道，我倒可以介绍一位明师。先生现在寓居哪里？请留个地名在此。机缘到了，我就送信来约先生同去见面。"他这时心里虽不甚相信陆地神仙真有修道的人可绍介，但是觉得留一个住处在这里并无妨碍，当下遂写了自己的姓名和住处给陆地神仙。问陆地神仙要多少相金。陆地神仙笑道："相金么，论先生的相貌，我要讨五十两银子，并不算是存心敲竹杠。就论先生此刻的境遇，也不妨讨三十两。不过先生既有心想学道，将来一定是与我同道之人。我今日向先生讨取了相金，将来不好意思见面。先生不用客气吧，一文钱也不要。"他说："哪有这个道理？你挂招牌看相，每日的房钱吃用，不靠相金靠什么？我与你萍水相逢，岂能教你白看。如果有缘，将来能做同道之人，那时你再替我看相，我自然可以不送钱给你。今日是断不能不送的。"旋说旋从身边取出三十块钱来，递给陆地神仙。陆地神仙再四推辞，决意不肯收受。他见陆地神仙的意思很诚，不像是假客套，只得将钱收回。

别后也没将这事放在心上，因陆地神仙并不曾说出要绍介的是何等人，现在何处，何时才能介绍见面。仅说机缘到了，便来相约。似这么空洞的话，料想是靠不住的。

谁知才过了两日，第三日早起不久，就见陆地神仙走来说道："梁先生的缘法真好，想不到我要绍介给你的那位明师，今早就来了。请同我一阵去见吧，这机缘确是不容易遇着的。"他听得真个有明师绍介，面子上虽极力表示出欣喜的样子，但他曾在上海居留过多久的人，深知道上海社会的恶劣，种种设圈套害人的事，旁处地方的所不曾听得说过的害人勾当，上海的流氓、拆白党都敢作敢为。因此心里也不免有些疑虑，只是退步一想，我又不是一个行囊富足的人，人家巴巴地设这圈套转我什么念头呢？他连我三十块钱的相金都不受，可见他实是一片热诚待我，我岂可以小人之心，度君子之腹？如此一转念，便向陆地神仙说道："承你这番厚意，实在感激之至。不知那位明师现在哪里？你怎么认识的？"陆地神仙道："就住在离这里不远的一家旅馆。老实说给你听，他就是我的师兄。你去见了他，自然相信他够得上明师的资格。不过你虽有与他见面的缘法，究竟有不有传授大道的缘法，那就得会过面之后，看他如何说，方能知道。我这师兄的真姓名久已隐而不用了，对俗人随意说一个姓氏。同道的都称他为镜阳先生，我还不曾见有敢直称其名的人，可见他足够明师的资格了。"

梁懒禅即时穿好了衣服，跟着陆地神仙出来。果然只走过一条马路，便到了一家旅馆里。陆地神仙将他引到一间房门口。叫他站着等候，自己推门进去了。不一会儿，回身出来带他进房，只见一个道貌巍然的老者，端坐在椅。身上道家装束，颔下一部花白胡须，飘垂胸际。就专论仪表，已可使人见了油然生敬畏之心。只略略地立起身来，让梁懒禅就座。陆地神仙向彼此照例地绍介了几句，梁懒禅上前作一个揖说道："浊骨凡夫，今日能拜见先生，实是幸福不浅。还要求先生不以下愚见弃，愿闻至道。"镜阳先生笑着谦逊了几句说道："阁下本不是富贵中人，不过学道修行，是最困苦最麻烦的事，若讲到图快乐图享受，还赶不上此地的黄包车夫。哪有什么可羡慕的？"梁懒禅道："学道修行须经过若干年困苦，早已知道，我并早已相信，越是有快乐有享受的事，越是要向最困苦最麻烦中去求。慕道之心，我从十几岁的时候就发生了。我还记得在二十岁的时候，有一夜曾做过一场怪梦。梦中分明到了武当山底下，看见山顶上白云弥漫，景象极是好看。心里就想何不到山顶上去玩玩呢？随即便举步上山，还没走到山腰，耳里仿佛听得上面有脚步声响。忙停步抬头上看，只见一个披散着头发在背后的道人，从白云里面向山下走来，双手横捧着一根三尺多长的东西，远看认不清是什么。只觉得那道人一步一步地向下走着，那种丰采态度真是仙风道骨，绝无尘俗之气。因为在几年前已动了慕道之心，这时虽在梦中，心里也知道暗自思量，我不是想学道的吗？今日遇了这样仙风道骨的道人，我不拜求他传授我的大道，更待何时呢？心里才这么一想，两脚便自然而然地就一块石头上跪着等候。那道人几步就走到了我跟前，我不敢抬头仰视，只叩头说特来求道。那道人忽然打了一个大哈哈，声震山谷，我更低着头不敢望他。只听得接着说道：‘你要学道还早，不过你今日来了也好，总算是和我有缘。我这把剑就送给你去，你留心记着，你的师父在东南方。’说时即将那双手捧着的递给我。原来是一把三尺多长的宝剑，我连忙举双手接过来。又听那道人接着说道：‘你不要看轻了这把剑，这把剑叫作五行精剑，非同小可。’”

梁懒禅刚说到这里，镜阳先生已发出极端惊讶的声音问道：“咦！五行精剑吗？”梁懒禅倒被这大声一咦吓了一跳。只得答道：“在梦中是听得说‘五行精剑’四个字。这二十年来，我专在东南方留神，看是否应验，直到今日才遇着先生。”镜阳先生欣然笑道：“你既在二十年前就得了这么一个梦，可知是确有前缘，你在梦中所见的那道人，你知道是谁么？”梁懒禅说：“不知道！”镜阳先生道：“那道人便是真武大帝，我所炼的剑，正是真武大帝传下来的‘五行精剑’，你今日又偏巧因看相遇着了我，不是有前缘么？”镜阳先生说到这里，即起身从床头取出一把剑来。梁懒禅一看，这剑连柄也是三尺多长，正和梦中所见的一般无二。镜阳先生就从这时候传他修炼之法，到今日整整地修炼了十四年。他这次来上海对我说，三尺六寸长的五行精剑，此刻已炼成仅长一寸六分了。他说须炼到剑气合一，没有形质了，剑术方始成功。

陈君听圆虚道人说得这般有根有蒂，也不免有些将信将疑的神气问道：“他是如何炼法的，你曾见他炼过么？”圆虚道人道：“虽没有见他炼过，但曾问过他炼时是如何情形的话，他说炼的时候将剑放在前面，运气朝剑上吹去，吹后便将剑吸收入腹，又吹出来，又吸进去。似这般一吹一吸地炼过了规定的时间，就算一日的功课完了。”陈君问道：“这一日功课完了之后，那剑装在肚子里呢，还是带在身边呢？”圆虚道人道：“平时能装在肚子里倒好了，于今已炼得仅长一寸六分了，尚且不能装在肚子里。”陈君问道：“不装在肚子里，装在什么地方？”圆虚道人道：“此刻是用赤金制的一寸多不到二寸长的小匣子装了，片刻不离身地佩戴在纽扣上。”陈君问道：“你曾见过那剑么?”圆虚道人摇头道：“只见过那赤金小匣。”陈君道：“你为什么不要他打开匣子给你看看呢?”圆虚道人道：“何尝没有要求过，奈他说这东西不是当要的，他现在的本领还差得远，只知照方法修炼。当日镜阳先生传授的时候，曾吩咐不许给人看见。十四年来他没给人看见过。师父既经吩咐不许给人看，想必有不能给人看的道理。万一因给人看出了意外的乱子，不是后悔莫及吗？并且形质上不过是一把极小极小的宝剑，没有一点儿奇异的形式好看。我见他这般说，怎好勉强要看他的，使他为难呢?”陈君道：“他到上海住在什么地方，我想去拜访他一遭，你可以给我绍介么?”圆虚道人笑道：“这有何不可？他此番住在潮阳会馆里，你想去看他，随便哪天直接去看他便了，用不着绍介。他昨日在这里见过你的，你也见过他的。他知道你是在这里教太极拳的人，你于今也知道他是炼剑的人，还用得着什么绍介呢!”陈君觉得这话也是。

次日便独自到潮阳会馆去访梁懒禅，凑巧梁懒禅没有出外，见面陈君就说道：“我真是肉眼不识英雄，前日承先生驾临，怠慢之至。昨日再三问圆虚道人，才知道先生是大智慧大本领的人，因此今日专诚奉谒。”梁懒禅道：“不敢当不敢当。圆虚道人素性喜过分地揄扬人，先生不可信他的话。”陈君笑道：“我虽不及陆地神仙那么看相能知仙骨，然前日见了先生的仪表，也能断定不是等闲之人，其所以去看太极拳，必有用意。先生与圆虚道人走后，我和那些练拳的朋友就议论先生多半是个有本领的人。只不知道究竟是怎么用意?”

梁懒禅让陈君坐了说道：“圆虚道人实在太欢喜替人吹牛皮，幸喜陈先生不是外人，若大家都和圆虚一样，将那些话传扬出去，在听的人只不过当一件新鲜的笑话，在我却是有损无益。因为无论什么事，越传越开便越失了真相。修道毫无所得，倒落在人口里当故事传说，岂不无味？好在先生练的太极拳，不但是内家功夫，并且是由三丰祖师传下来的。可算是和我同道，不妨大家谈谈。我其所以特地邀圆虚道人到尊处看练太极，是因为久已知道太极拳是三丰祖师创造的引导功夫。修道的做功夫，本分坐功、行功两种。坐功是吐纳，行功就是引导。吐纳引导的方法，原是各家各派的不同，唯以三丰祖师创造的为最好。不过于今修道的人，只传吐纳，不传引导。太极这种引导的方法，虽不曾完全失传，但是传到一班俗人手里，都当作一种武艺练习。既拿着当拳脚功夫练习，方法自然要改变许多。久而久之就失却祖师的真传了。我曾在河南见人练过，大致尚相差不远。这回到上海听得圆虚说先生在这里教太极，与一班俗人所教的大不相同，我所以忍不住邀圆虚来看看。我自从民国元年学道，到民国十一年，一年有一年的进步。最初几年最快，六年以后，进步就稍稍地缓了。然也只不觉得日有进境，合一年观察起来，方有显明的进益。从十一年到现在，这三年的功夫，简直像是白用了，丝毫进步也没有。所练的五行精剑在十一年的时候，已是仅有一寸六分多长了。三年多功夫做下来，到现在还是一寸六分。功夫不仅没有间断，并且自觉比初进道时勤奋了许多。似这般得不着进益，我心里不由得有些着急起来了。打算行太极引导的方法，以辅助我的内功。逆料比专做吐纳的进步，或者来得快些。”陈君问道：“太极引导之法，先生已曾得了传授么?”梁懒禅道：“不曾，我从民元拜别我恩师镜阳先生之后，到今日十四年当中，只曾见过一次。恩师当日虽对我说过了，如果遇着有危险或万分紧急的时候，须求他老人家前来救援，只要对空默祷一番，于无人处高呼三声他老人家的名讳，他老人家自然即刻降临。然做功夫没有进境，不能算是危险紧急的时候，不敢冒昧是那么办，因此不曾得着他老人家的传授。”

陈君听了这话，觉得太神奇了。随口问道：“先生也曾遇过危险紧急的时候么?”梁懒禅摇头道：“危险紧急的时候虽没遇过，但民国八年在天津曾有一次照他老人家吩咐的办了。幸蒙他老人家立时降临，替我解决一件很为难的事。他老人家对于徒弟定的规矩，不问在哪里遇见了他，由他先向徒弟打招呼，是不许徒弟上前招呼的，误犯了就得受重大的责罚。见面不许行礼，临行不许相送。徒弟到了用得着见师父的时候，他老人家自然会来相见，不许徒弟去寻访。他老人家既是定了这么一种规矩，我自不敢因功夫没有进境，便按照危险紧急的方法将他老人家请来。民国八年在天津，是因那时我为谋生干了一件差事，非有四千两银子一桩重要的事便不得解决。公款虽有二三万存在中国银行里，然因是私人去存放的，支取时没有那私人图章，不能取款。而那时盖私章的人有事到杭州去了，私章也带了去。曾一度拿着仅盖了那机关长官图章的支票去领款，被银行里拒绝了。一机关的人都着急得无可奈何。我因那款子与我的生计问题极有关系，想来想去就想到求我恩师来设法，只是又恐怕事情太平常了，不可妄渎他老人家。迟疑了一会儿，终以事情不解决不得过去，决心冒昧行一次看。那时也还夹着一种恐怕靠不住的心思，因我从他老人家学道的时日太浅，不能窥测他老人家的高深。时常暗地思量，如果到了危险紧急的时候，对空默祷三呼他老人家之后，没有动静如何是了呢？借这事冒昧行一次，也可以试验我的诚意，是不是真能感动他老人家。初次还不敢这么对天默祷，诚心设了香案，行了三跪九拜大礼，才依法默祷三呼。等我立起身来时，他老人家已端坐在后面椅上，笑容满面地向我点头。我这时心里真是又惊又喜，刚待陈述请求他老人家降临的用意。他老人家已开口说道：'不用说，我已知道了，这是小事，很容易解决。你且将那被拒绝领不着款的支票拿来，自有办法。'我当即从身边取出那支票递给他老人家，只见他略看了一看问道：'平时照例盖私章，是盖在这票角上么？'我忙应是。他即向我要一张白纸，就用手裁了半寸来宽的一张纸条，撕了一段见方半寸的下来，用唾沫黏在平日盖私章的所在。翻转支票背面，也照样黏了一块白纸，仍退还给我道：'你拿这支票去领款便了。'我接过来，他老人家起身就走。我知道他老人家的规矩，不敢挽留，也不敢跪送。眼望着他衣带飘飘地一步一步走出去了，我心里还疑惑道，这张支票已被银行里拒绝过了，未必黏这么两方白纸在上面，便能领出四千两银子来。不过心里虽这般疑惑，也得去试领一遭。不敢打发别人去，我亲自带了一辆大车到中国银行，大着胆子将支票送进去。只见接支票的行员反复看了一看，就走到里面去了。没一会儿便有一个行员出来问我是要现银呢，还是要汇票？我说已带大车来了，要现银。居然从里面搬出四千两现银，用大车载回了。后来那支票并不曾发生问题。"

陈君听了这些话，心里很相信梁懒禅是个诚笃人，绝不至无端说这些假话。不由得也动了学道之念，要求梁懒禅介绍见镜阳先生。梁懒禅道："我不是不愿介绍，只因还没有介绍的资格。先生只要道念坚诚，自有遇着他老人家的机会，此刻要我绍介是办不到的。我不久就得去广东罗浮山，潜心苦练几年。若与先生有缘，我将来剑术成功了，再与先生相见。那时或能为先生绍介也不可知。”陈君知道不能勉强，就兴辞出来。后来彼此又会见了几次，梁懒禅只在上海住了两个多月，就动身到罗浮去了。

陈君亲口对在下这么说，那时候梁懒禅尚在潮阳会馆住着，偏巧在下正害着很重的疝气病，一步也不能行走。等到在下的病好，打算邀陈君去拜访时，梁懒禅已在罗浮山上了。连见一面的缘分都没有，其无缘学道就更可知了。

《红玫瑰》第2卷21期　民国十五年（1926）4月26日

至人与神蟒

多久不做短篇小说了，很想做一两篇，换一换思路，无奈一时得不着相当的材料，在下又不擅长偏重理想的作品。凑巧昨日赴朋友的宴会，在席间得了两桩好材料，又奇特、又新颖，并且确有其人、确有其事，毋须在下用做小说的笔墨去渲染烘托，只要照实写出来，已能引起看官们的兴趣。

第一桩是白喇嘛的历史。就白喇嘛的历史而论，原不应该拿来做小说的材料，以亵佛法的尊严。不过在下的心理，以为小说劝善的力量很大，若是看官们能因看了这位白喇嘛的历史，而生信佛之心，岂非功德？即算拿着当寻常的小说看了，于佛法的尊严也没有妨碍；第二桩是厦门的大蟒，与第一桩本无关系，因说的人是同时说了出来，而性质的神奇又相类似，所以也同时记录在一篇范围之内。

且说白喇嘛。白喇嘛这个名字，在班禅活佛未来上海以前，上海人知道的不多。班禅来过以后，则凡是寓居上海信佛的，或与信佛人接近的人，大约绝少不知道白喇嘛这位大德的。随班禅活佛南下的喇嘛几十个，只白喇嘛可称得是妇孺皆知、儿童尽识，这期间必有异人之处，是不待说的了。

白喇嘛这回在上海、在杭州，每接见善男信女，平均在四百以上，所以阐扬佛法的神异之事，使人惊叹信服的地方极多。即如在大热天里，衣冠端正，不断地一班一班接见士女。各人问答的话，都切中各人的阴私身世，三言两语之后，莫有敢支吾的。在旁边伺应的人，轮流替换，还没有一个不极口称热说疲乏不堪，白喇嘛自始至终，未尝须臾改变他从容若无事的态度。即此一端，已不是凡夫所能做到。然他在上海、杭州的事，知道得多，不用在下细述，且说他的历史。

他十多岁的时候在北京雍和宫出家，当一个小和尚，都一般地没有饷银可领，只有他师父某喇嘛，每月能领得四两多银子。所有二三十个徒弟，通同仰给于师傅，师傅就全赖这四两多银子做师徒们一月的开销。除却这四两多银子以外，分文的收入也没有。在二三百年前一切的物价都贱，倒还罢了，近几十年来的物价，四两多银子，如何能养活二三十口人？因此每人每天只有一只酒杯大小的烧饼可吃，既不许出外替人家做佛事，又不许托钵化缘，简直是大家关着门忍饥挨饿。然而仅仅挨饿，还不算苦到尽头，偏是他师傅某喇嘛，性情最是暴躁，对待徒弟的词色手段，都十分严厉，稍不如意，就用绳索吊起来痛打，只打得一班徒弟实在不堪其苦了，一个个逃出雍和宫，不知下落。

他进雍和宫不到两年，二三十个同师的小和尚，渐渐地逃跑得只剩下他一个人了。吃得虽比以前略饱，然因他生性极蠢笨，事事不能如他师傅的意，便时时地遭他师傅的责打。以前分过的人多，尚且打得难受，于今专打他一个人，自然更不堪了。弄到最后，也只好决心逃出雍和宫。这也是他生性蠢笨的缘故，逃出雍和宫后，寻思不出逃跑的方向来，独自站在西门的城门洞里，心想："我就此返俗吧，有谁肯收留我呢，我又能替人家做什么事，可以换得人家的饭吃呢？得不着吃的，找不着住的，不仍是免不了苦吗？待换一个地方去修行吧，我不说出来历，那些寺院决不肯收我；说出来历，人家更不敢收了。况且出家修行，原是要吃得苦，我在雍和宫吃不得苦，天下哪有我修行的地方。"一个人想来想去，觉得没有地方可逃，要修行还是回到雍和宫去的妥当。是这般想了一会儿，只得仍旧回到雍和宫来，跪在他师傅面前，说明自己图逃不果的事实，并痛苦忏悔，此后甘愿受诸般痛苦，不生异心。

他师傅看了他这情形，听了他的言语，倒不生气，一句也没有责骂他。从这回以后，挨打的时候也少了，只是他师傅除了传授他做和尚普通应有的功课而外，没有旁的学问传授给他。在雍和宫糊里糊涂地过了几年，一班喇嘛都很轻视他，因他生性既蠢笨又毫无学问，一个字也不认识。他师傅见是这般情形，就教他去五台山修行。

他到了五台山，住在一个大丛林里面，每日仍只能随班做功课，也没人教他的经典，更没人传他修行的方法。一处大丛林里面，住了一两百个和尚，其中自不少学问好，认真清修的。白喇嘛亲眼看了，相形见绌，益发觉得自己太蠢笨，每日只跟着大众做照例的功课，是终身不会有功行圆满的希望，因此心里甚是着急。

一这日他在寺外闲步，看了寺旁一座石塔，忽然心里发了一个誓愿，从此每日来朝拜这座石塔，一日拜五千拜，求文殊菩萨赐给他智慧，拜到得着了智慧的时候为止。这誓愿一发，立即实行。但是他发愿的时候，并不觉得五千拜的数目太多，实行拜起来，才知道一日拜到二千多拜，已是精疲力竭，苦不可言了。不过他虽拜不上五千拜，却不以为自己的誓愿大了，只道是这般拜下去，日久拜成了习惯，自然越拜越多，不觉着疲乏，能拜满五千之数。立志坚诚，日复一日，绝无退缩。可怜他足足地拜了六年，每日至多也不过拜到三千多拜，哪里能拜满五千的愿呢？至于拜求的智慧，不仅六年来没有得着，在一班同寺的和尚看他，反觉得比前益发蠢笨了。以前有人和他说话，他能有条有理地回答；拜了这几年塔，有人和他说话，他十有八九是光起两眼望着人家，甚至人家的话不曾说完，他已掉头不顾地走了，有时回答出来也无伦次。

这日正是他拜塔拜到整整六年的一日，他一等到天明就跪在塔下，望着宝塔哭道："我当初每日拜不上五千拜，以为将来拜的日子久了，自能拜满我的愿。谁知拜到今日，已整整六年了，每日至多仍不过三千多拜。我自己许的心愿都不能偿，如何能希望文殊菩萨赐给我的智慧呢？我今日务必抱定这个念头，若拜不满五千拜，情愿拜死在这塔下，决不回寺里去。"说罢，揩了眼泪又拜。这日的拜，就不可思议了，一路不疲不乏地拜下去，竟满了五千。拜满五千之后，还觉有余勇可贾似地，接着又拜了一拜。这最后一拜，只拜得两眼一花，好像有千百道黄光从宝塔中射出。

白喇嘛当时疑心自己的眼睛发生了毛病，连忙用手揉了几揉，再看那宝塔，不但有黄光千百道，并且七级的塔门，级级都开放了，更有五彩的光从塔门里射出，宝塔也比平时高大了好几倍，仔细看底下一级的塔门里，只见满地都是五彩舍利。白喇嘛此时喜得心花也开了，绝不踌躇地立起身，几步走进了宝塔，弯腰抓了一大把的舍利退出来，回头再看宝塔时，塔门也关了，黄光和五彩光也没有了，回复了原来的形象。不由得心中疑惑，以为是幻象，只是看手中的五彩舍利，依然存在，不知不觉地心境顿然开朗了，随即将舍利揣入怀中，重新向塔礼拜，谢文殊菩萨的恩赐，然后回到寺中，比平时回寺还早一个时辰。

从这日起，听寺中的和尚读经，都像是曾经读过的，文字也自然能认识、能领会。但是他心里并不觉着稀奇，也不曾向同寺的和尚说起得舍利开智慧的事。过了几日，白喇嘛又到山上去闲行，自觉越走越高兴。他虽是来五台山有七八年了，然初来的时候，心里混混沌沌的，不知道山水的好处，不曾到各山游览。发过拜塔誓愿以后，每日忙着拜塔还拜不满五千之数，哪里有工夫去各山游览呢？并且五台山上有好几处是终年人迹不到的，其中多有毒蛇猛兽，就是欢喜游览的人，游五台也时存戒惧之心。所以白喇嘛到五台七八年，足迹不曾走到离寺一里以外。

这日不知怎的，越走越高兴，畏惧毒蛇猛兽的心思，丝毫没有。只是一面欣赏眼前山景，一面向深幽处走去。走了一会儿，耳里仿佛听得背后有声音呼他的名字，回头看了一看不见有人。因一时走得高兴，也不顾有人呼唤了。约莫一口气走了五六里路远近，忽觉腹中有些饥饿，两腿也有些疲乏了，心想：“这山里的景物如此清幽，不见得无人居住。我腹中既是饿了，腿也乏了，何不留神寻到一个人家去，化一点充饥的东西，并坐下来休息休息再回去。”心里这般想着，又走了约一箭之地，即看见前面树林中，果有一所小小的茅屋，心下喜道：“住在这山里的人，真是好清福。”刚走近前，就听得屋内有人谈话的声音，看时原来是两个年事很老的和尚，见了白喇嘛，两人面上都现出欢喜的神色。

坐在东边的带笑问白喇嘛道：“你走到这里来了吗，腹中不饥饿么?”白喇嘛即合掌行礼道：“腹中正是饿了。”坐在西边的顺手从一张石桌上取了一个茶杯大小，已经被人咬了一口的烧饼，递给他道：“这是我吃了剩下来的，给你去吃了充饥吧。”他双手接过来，送到嘴边便吃。东边的老和尚问道：“你于今做和尚，每日做些什么事?”白喇嘛吃下这半边烧饼，心里好像已明白这两个和尚不是寻常的和尚，及听了问他每日做什么事，暗想：“我正苦不知道修行的下手功夫，难得他问我这话。”当下不因不由得双膝向地下一跪，拜求两老和尚开示。两老和尚并不推辞客气，很诚恳地对他说了不少的话，他居然能一一心领神会。老和尚说法已毕笑道：“你此刻用的那法名不好，从我两人的法名上，每人取一个字下来赐给你，我赐你一个‘光’字，他赐你一个‘华’字，你此后的法名就叫‘光华’吧。”白喇嘛欣然拜受了，两老和尚催他走道：“这里不可久留，趁早回去好好地修持，自有再来这里见我两人的时候。”白喇嘛只得拜辞出来，一路欢天喜地地回寺。

不一会儿就走到了寺中，寺中的和尚见了他都露出很惊诧的样子问道：“你还有人回来吗？我们都只道你死掉了呢。”白喇嘛听了也很惊诧地问道：“你们这话怎么讲，何以只道我已死掉了呢？”那和尚笑道：“你还问我们，我且问你这几天跑到哪里去了？”白喇嘛道：“我这几天并没有跑到那里去，我今日上午不是和你们吃饭的吗？我到山里去玩的时候，你们不是也有几个在山门外玩耍吗？”那和尚指着白喇嘛的脸笑道：“我看你天天求智慧，倒越求越糊涂了，简直糊涂到连过了多少时日都会弄不清楚，你看你糊涂到了什么地步？”白喇嘛摇头道：“这就奇了，我刚从山里游览了一会儿便回来，你们会无端向我说这些话，我原是不糊涂的，倒把你们弄糊涂了。”

那和尚偏是一个性喜和人争论的，说道：“这些话我都懒得和你说，我只问你这几夜在什么地方睡觉，总不见得糊涂到分不出日夜，夜间能不睡觉？”白喇嘛道：“我方才游山就是顷刻间的事，有什么日夜可分咧！我出山门朝西走，走到那个山峰上的时候，还仿佛听得有人叫我，我回头却没看见人，又向前走……”那和尚截住话头说道：“不是吗？我们大前天在山门外玩耍，见你独自一个人急匆匆地朝西走，我们因知道那个山峰以西是不能去的，毒蛇猛兽极多，恐怕你独自糊里糊涂地走去，枉送了性命。大家放开喉咙叫你，你哪里肯作理会呢，只胡乱回头一下，又向前走了，从此连影子也没有看见。我们逆料不追上去叫你，你是还要向那险地方去的，邀合了十多个人朝你走的那条路追赶，直追到你回头的那个山峰上，仍不见你的影子，只得大家回来。等了一夜，你还没有回。第二日我们都说你必是把性命送掉了，且尽人事去那地方寻找寻找，已经打算只替你收尸了。寻找了一整日，哪里有你的尸呢？昨、今两日便懒得再去找了。你还说是顷刻间的事，你是太糊涂过分了吗？你若不相信我说的，可问他们看我说的是不是假话。”白喇嘛道：“你说得不假，我说得更真，你们不相信，我也有地方带你们去问，可是不是顷刻之间的事。”那和尚笑问道：“你有什么地方带我们去问，问的是什么人?”

白喇嘛将茅屋里见老和尚，给烧饼及赐名的事说了，只老和尚所说的法，因曾吩咐了不许胡乱向人传说，便没说出来。许多和尚听了，都非常怪诧地说道：“那山峰过去，越深越没人敢去，从来也没听人说过那山里有人、有屋，你只怕是遇着魔了。”白喇嘛道：“此去并不远，毋庸争辩，我带你们去看看就明白了。”

这些和尚有好奇的，次日，真个同白喇嘛去那山里寻找茅屋。只是何尝有什么茅屋呢？不但没有茅屋，连所走的路，自那个山峰以下，都不似前次所走的了。荆棘满山，狼嗥虎啸之声四起，一个个吓得胆落心慌地回头就跑，大骂白喇嘛荒唐，白喇嘛也就不再提起遇老和尚的话了。

大凡有神通、有本领的人，除了他自己深自隐藏，或装疯作痴地不给人知道便罢，不然是决不会没人知道的。白喇嘛自遇见那两个老和尚以后，不论什么经咒，他都能通晓，寺中许多有学问的和尚，故意拿经咒去难他，哪里能难着他呢？有些和尚背着人做了坏事，或从了坏心，他有时于无意中点破一言两语，那些和尚莫不惊服，因此知道他的人多，崇拜他的人也多了。

在五台山又住了些时，仍回到北京雍和宫来。他到北京不久，北京的人也多知道白喇嘛是一个很神异的和尚了。喇嘛本是密教，密教是专注意持咒的，咒的种类极多，长短不一，从来都得由传咒的人亲口教授，看各人的根基性质，所传授的多不相同。其所以谓之密教，就是秘密的意思，因是秘密，传咒给甲的时候，乙不能在旁边同听；传咒给乙的时候，也是一样不许甲听，自龙猛菩萨以迄于今，这种规例没有更改过。

北京人既知道白喇嘛是个神异的和尚，崇拜他愿皈依他的，自是不少。白喇嘛虽不有意显出他的神通来，然本着一念慈悲，使人趋善，每每对皈依他的人，说出几句到事后方知应验的话来。于是一传十，十传百，北京信佛的人又多，善男信女之皈依他的，益发踊跃了。班禅活佛曾有一次染了痢症，自知将要转生了，然因尚有几件未了的事，委决不下，遣使来问白喇嘛。白喇嘛即日为班禅唪经祈祷，愿移他自己十五年之寿，以兴班禅，班禅因得再迟十五年转世，心中很感念白喇嘛。

班禅有赐第在北京，原系王邸，极宏壮富丽。就拿这所房子送给白喇嘛，说雍和宫太嘈杂了，不便清修，要白喇嘛移居到这房子里去，好修持些。白喇嘛推辞几遍，辞不掉，只得受了。但是那房子太大了，不是人少又没有钱的人可以居住的，他又不肯贪利转租给人，就封锁起来，空废在那里。

像那么一所宏壮富丽的王邸，落在这位视金银如粪土、富贵如浮云的白喇嘛手里，终年封锁着，连看也不去看看，自然有些人见了觉着可惜，便有劝白喇嘛标卖的。白喇嘛道："我又不需要钱使用，那房子也没妨碍我什么，如何要卖掉它呢？"劝卖的人以为标卖是有便宜可讨的，谁知碰了这个软钉子，于是就有些人看了这所房子两眼发红的，想设计要把这所房子弄到手。

在没有势力的平民，是不敢动这种妄念的；有一部分有势力的人，虽动了这种妄念，却想不出谋夺的方法；有的也还有些顾忌，明知白喇嘛不是个寻常的和尚，怕谋不成，反得了一个不好听的名誉。只有一个胆大心雄、势力厚的段芝贵，不知他怎么听得人说，那所房子里面有不少的藏镪，都是清初的时候，皇帝将这所邸第赐给某王，某王亲自窖藏的，二百多年没人开掘出来。段芝贵想发这笔大财，便得先设法将房子弄到手，然后能由他住在里面，好从容开掘。不过打听得白喇嘛既不肯卖，又不出租，有什么方法能弄到手里来呢？亏他真是足智多谋的人物，只胡乱打发几个手下的走狗，凭空捏造出许多罪名，写了许多禀帖，到警察厅把白喇嘛告了。

因北京皈依白喇嘛学持咒的，男女都有。前面说过的，密教传咒，照例禁止不是同持一咒的人在旁，因此白喇嘛传咒给女居士，也不许房里有第三个人。段芝贵就吩咐手下走狗，拿诱奸良家妇女做最重要的罪名，并说这所房子是白喇嘛在班禅手里骗得来的。那时警察厅厅长怎敢违背小段的意旨，公然收了禀帖，派人拘传白喇嘛到案。

皈依白喇嘛的人，忽见警察来拘他们的师傅，没一个不十分惊诧，问警察为什么事来拘。警察使出穷凶极恶的神气，仿佛是犯了弥天大罪的一般。白喇嘛从容若无事地对皈依弟子说道："没有要紧的事，我此去不久就要回来的，你们各自安心回去。"

警察将白喇嘛拘到了警厅，厅长即时坐庭审讯，用那些禀帖的罪状做根据，照例问过名字、年龄、住处之后说道："你出家做了和尚，怎的还这么不安分，你知道已有若干的人，在本厅控告了你么?”白喇嘛道：“知道。”厅长似乎吃惊的样子问道：“你如何得知道的?”白喇嘛道：“不是有若干人控告了贫僧，厅长怎得将贫僧拘来的呢?因被拘知道的。”厅长点了点头又问道：“有人告你某某大街的那所房子，是你从班禅喇嘛手里骗取来的，是也不是，究竟是怎生骗来的?”白喇嘛道：“是贫僧从班禅活佛手里骗得来的。”厅长道：“你承认是骗的了?”白喇嘛道：“承认是骗的了。”厅长又问道：“还有若干人告你诱奸良家妇女，你实供出来，是如何引诱的?”白喇嘛道：“是的，是贫僧引诱的。”

厅长接连又问了几桩罪名，白喇嘛都一一承认了，并不辩白。厅长道：“你犯了这么多罪，你知道本厅得依法惩办你么?”白喇嘛道：“请依法惩办便了。”厅长遂将白喇嘛监禁起来。他皈依弟子当中，也有许多有面子、有势力的，大家都写信去警厅证明白喇嘛决不至有犯罪行为。而当时北京一般的舆论，对于这件事也都不满意警厅长为虎作伥。那厅长未尝不知道，只以小段这边的来头太大，不敢不遵吩咐，于是也不判决白喇嘛的罪，也不开释，就是这么马马虎虎地监禁着，只是也不敢当作寻常犯罪的人看待。

白喇嘛在监里每日对着一班监犯运广长妙舌，宣说佛法，一班监犯都被感化了。有的监禁的日期满了，应该开释的，情愿再监禁些时不出去，好随时听白喇嘛说法。凡是在监中听他说过法的人，没一个不从此坚诚信佛的。

白喇嘛无名无目地地在警厅监禁了一年多，听他说法而得感化信佛的人，至少在一千以上。那警厅长虽是个照例没有心肝的做官人，平日不到监牢里去，也听不着说法，但是一班监犯都被感化的事，耳里是听得了的因听了这种事实，也自觉像这样的好和尚，我警厅无端将他拘禁了这么久，问心也太过不去了，并且只管把他是这般拘禁着，他也不托人出来关说，拘禁到何时是了呢?

那警厅长既起了这种念头，便去小段跟前请示应如何办理。小段当日以为将白喇嘛拘禁起来，自然会有人出来关说的。那时略略示出想得那房子的意思，白喇嘛为急图脱离牢狱之苦，必情愿将那所空废无用的房子来赎罪，岂不是轻轻地就弄到手了吗?想不到白喇嘛住在监牢里，就和住在天堂里一样，每日安然说法，并不托人前来关说。小段的智谋也就穷于对付了。见警厅长忽来请示，便说道："听凭你去办吧，那房子就给他几千两银子的房价倒也使得，他依了才开释他。"

警厅长回厅，提出白喇嘛说道："本厅调查你那房子，虽是班禅喇嘛的，然已在你手里管业有几年了，班禅本人没出头控告你。于今本厅给你三千两银子的房价，你立刻将房契执照交出来。你能遵办，即日便可以开释你回去。"白喇嘛道："遵办，贫僧愿立刻将房契执照呈交，只是三千两房价不要。"厅长道："接收你的房产，当然应给你的房价，本厅就派人跟你去取房契执照来。"

白喇嘛也不说什么，即随着警厅派的人到雍和宫取了房契执照等管业的证据，回厅交给那厅长。那厅长定要他收下三千两银子支条，他只得收下，当即全数捐给慈善团体，自己分文不要。

小段花三千两银子强买了那所房子，藏镪掘着了没有，外人不得而知。但知他本人确不曾搬进那房子里住过一时半刻，只能算是花三千两银子，买了一京城的骂名罢了，于他本人的好处，实在是丝毫没有。

以上所记白喇嘛的历史已经终了。

那第二桩厦门的大蟒，也就是三年前的事实。那时占驻厦门的，是甲子年江浙战争中最努力的臧致平，他部下有一个姓刘的团长，带了一团兵士驻扎在一座很高大的山下。

刘团长是山东人，和张毅是亲戚，年纪四十来岁，生得仪表魁梧，性情倜傥。平日最喜欢饮酒唱戏，唱得一口好皮黄，并拉得一手好二胡。二胡以外的种种乐器，也都能使用得来，随身带着行走的乐器，比一个吹鼓手还齐全。

圣人说过的"上有好者，下必有甚焉者"，刘团长既这么喜音乐，部下的官佐，自然也多会吹弹歌唱。只要不是军情紧急的时候，每日总有几点钟是他拉弦唱戏的时间。一班官佐都聚作一处拉弦唱戏，那些兵士难道肯各自去下操场吗？不待说大家趁这时候去营盘外边玩耍。

这日正是初秋天气，下午三点钟的时分，许多兵士在高山底下玩耍，忽发现半山中有一段黑白相间的东西，在那里慢慢地移动。大家觉得奇怪，各自带了快枪，装好了子弹，走近那东西看时，不由得一齐惊得倒退。原来那东西不是禽鸟，也不是走兽，乃是一条粗壮无比的大蟒蛇，遍体黑白相间的花鳞甲，长有十多丈，粗也有十多围，缓缓地向前移动，好像是病了没有气力的样子。

那些兵士惊退了会儿，毕竟仗着人多手中又有利器，不甘心让这么粗壮的蛇跑掉。并且大家见这蛇移动很吃力，逆料没有了不得的凶恶，遂商议如何将这蛇捉住，请团长去发落。人多计多，当下就有一个很聪明的兵士，相度这山的形势，向众兄弟献计道："我有个方法，能将这蛇稳稳地捉住，使它不能伤人。"众兵士喜问计将安出，这兵士道："我们营里有的是装米的麻布口袋，赶快去取百十个来，拆来袋底一个连接一个地缝着，接到几十个就够长了。这头用竹片撑开袋口，装在那边山缺口里，把人在这边将蛇赶过去，两旁也把人堵了，务必赶它窜进袋口。只要它进了袋，就不能出来了。"

兵士听了同声赞美这计策极好，于是大家忙着拆袋缝袋。人多容易成功，顷刻就连接了几十个，只最后一个的袋底不拆开，缝成一个长数十丈的麻布口袋。如法装置停当了，三方面围着这蛇一威吓，果然一点儿不费事就赶进布袋里面去了。

蛇既进了袋，谁也不怕它咬伤了，大家拥上前抢住袋口，两头结起来。这蛇在袋中就和死了的一样，毫不动弹，听凭众兵士搬弄。众兵士七手八脚地一面扛抬下山，一面打发人去给刘团长送信。刘团长正唱戏唱得兴会淋漓，得了这个奇异的报告，即率领众官佐走出来看。旋走心里旋计算道："难得有一条这么大的蟒蛇，剥了这张蛇皮下来，足够我一辈子蒙三弦、二胡的用了，还可以送给几个同事的和朋友。"这般思量着已出了团部，远远地就看见二三百名兵士，簇拥着来了，人人都欣喜若狂的样子，直扛到刘团长面前放下。

刘团长对着立在身旁的马弁说道："你去将麻袋拉开来，看这蛇究有多长？"这马弁还没回答，猛然打了一个寒噤，即翻开两眼厉声喝道："刘某，你真是个罪该万死的东西！我好好地从这山里经过，与你们有甚相干，你为何纵容部下对我横施侮辱？"刘团长吃了一惊，听说话的声调，完全不是这马弁，一时怔住了，不好怎生回说。

马弁接着又说道："你不知道我是谁么？我就是这布袋里的大蟒，他们兵士侮辱我倒也罢了，你身为团长，不应存心要剥我的皮蒙三弦、二胡，你果有胆量敢杀我么？"刘团长听到这里，禁不住毛骨悚然，连忙赔笑说道："这是我错了，我因只道是平常的大蛇，胡乱起了这个念头，于今我已不敢了。”马弁道：“我谅你也不敢，你们只要一动念头杀我，哈哈，只怕你们的手还不曾动，这周围数十里远近，转眼已变成汪洋大海了呢！”

刘团长强自镇定着问道：“你既有这么大的神通，却为什么被我的部下装进了这布袋咧？”马弁道：“你以为是你的部下能装我进布袋么？你太糊涂，便是一条几尺长的蛇，要装进布袋，也没有这般容易，是我自己要来会你，有意使他们兵士看见，借他们的手送我来的。”刘团长道：“你有什么事要来会我呢？”马弁道：“我有一件事得求你帮忙，在你并不费事，我却受你的益处不小。”刘团长道：“只要是我力量所能办到的，无不帮忙，便是费事也说不得。”

马弁很欢喜地说道：“我今日奉了我师傅的差遣，出来寻药。归途中因贪杯，喝醉了酒，迟误了销差的时刻，不敢回去了。求你吩咐书记官，即刻做一道疏文，用黄纸写了烧化。疏文上只说有一条大蟒走这山里经过，被部下的兵士看见了，纠集数百名兵士，擎枪实弹将大蟒围困。大蟒始终驯顺，未尝伤害一兵。数百兵士将大蟒擒住，从午至酉，玩弄了四个时辰，被团长知道了才放走。是这般写了，盖上你刘团长的图章，就算帮了我的大忙了。”刘团长道：“这是极容易的事。”说时望着同在旁边看的书记官道：“你听得么，快去照着这意思做一道疏文吧。”书记官应是去了。马弁道：“做好了拿来念给我听听。”刘团长道：“那是自然得念给你听的，你师傅是谁，怎的这么严厉？”马弁道：“我师傅的戒律极严了，我师兄弟原有七个，我排行第四，大哥、二哥、五弟，都因犯戒被师傅杀死了，我今日因醉酒误了销差的时刻，虽未必就杀死我，然重责是免不了的。有了你这道疏文，我便好推托了。”

刘团长道：“你住在哪里，此去还有多远呢？”马弁道：“我和师傅都住在福州鼓山里，已有二千多年了。”刘团长道：“你既有了二千多年的道行，过去未来的事都能知道么？”马弁道：“有知道、有不知道。”刘团长道：“我想拿时事问你，你能说给我听么？”马弁道：“看你要问些什么，可说的就说。”刘团长道：“我们臧司令，在厦门还有多少时候可以驻扎下去呢？”马弁摇摇头道：“快了，快了。”刘团长道：“你知道张毅师长的前程怎么样？”马弁道：“他倒还好，你不用多问吧，总而言之，好杀的人，绝没有好下场；仁爱的人，断不至受恶报应。拿这个去看旁人、看自己，都是不会有差错的。”

说话时分，书记官已将疏文写好了出来，高声念给马弁听了。马弁连连点头道：“写得好，盖了图章么?”刘团长道：“团部的章已盖好了，我再加盖一颗私章吧。”马弁道：“谢谢你，就此烧了吧!”刘团长道：“我亲手收你出袋来好么?”马弁道：“使不得，你在这里放我出来，我回去仍是不妥，因为我今日实在太喝多了酒，不能腾云驾雾，飞回鼓山。若还是和刚才一样地缓缓移动，这一路去又不知要惹出多少是非。胆小的人，甚至被我连魂都吓掉，万一遇着胆大的将我追打，我苦修苦练了二千多年，休说师傅的戒律严，不许我伤生；我自己又岂肯自行毁坏二千多年的道行，与凡夫对打。刚才我对你们说，使这地方周围数十里变成汪洋大海的话，是因心里害怕你们真个动手将我杀死，随口说出来恐吓你们的。其实你们若真要杀我，我也只好认命，绝不敢有一点儿反抗的举动。我因反抗你们逞一时的性气，固不难使你们都死在我一怒之下，不过我有这番举动，性命终逃不出我师傅的掌握。既是终免不了死，又何苦自己加增多少杀业，害自己永远沉沦呢?我此刻就非常失悔，方才那句话，虽是一时权宜之计，然口业已经不轻了。此去不过十多里，有一座山里有个洞可通鼓山，我只好从那洞里回去，仍请你部下的兄弟们，将我扛抬着去。我再借用你这位马弁一个时辰，走前指点。我的力量小，受了你的恩，不见得能报答。鼓山的茶很好，水很好，你得闲来游鼓山，我可以在暗中欢迎你，保护你。我存了这片心，就算是报答你了。”说着现出依恋不舍的样子来。刘团长要亲自送它进洞去，它再三力辞说不敢当，刘团长只得罢了，随命兵士将蛇扛起来。

马弁与刘团长作别了，在前引路，一会儿到了那座山下。马弁指挥兵士解开袋结，蛇从袋中出来，比箭还快。只听得一阵风起，蛇已到了半山中，昂起头来，足有两三丈高下，对着山下扛抬的兵士，连点了几点，好像道谢的意思，再看便已低头钻进一个洞里去了。

马弁在蛇出袋的时候，就一跤跌在地，半晌才清醒，仿佛睡了一觉，将所有的情形问他，都不知道。

《红玫瑰》第2卷37、38期　民国十五年（1926）8月14日

甲鱼顾问

段祺瑞上次上台了不久，京津各报上，曾登载过一次“甲鱼顾问”的新闻，说有个周仲评，是湖南平江人，会些法术，因其同乡某名士的绍介，见了段祺瑞。段教周仲评显点儿法术看看，周仲评便问：“要看死的呢，这是要看活的呢?”段问：“怎么谓之看死的，怎么谓之看活的?”周仲评道：“若要看死的，我立时可以弄许多不能动的东西，如器具、山石、草木之类的到这房里来；若要看活的，便立时可以弄许多天上飞的、地下走的、水中游的到这里来，要看什么有什么。”段祺瑞心想：“天上飞的和水中游的，似乎比较地难弄些。”当下就说要看飞的、游的。

周仲评点头应是，约静坐了一分钟，即起身伸手向窗口一招，就有一大群鸽子随手从半空中飞进窗来，在满房飞绕不停。周仲评说道：“这许多鸽子，都可以听仲评的指挥，看执政要教哪一只鸽子先出去，仲评就指挥哪一只先出去。”段祺瑞遂指着一只紫色的说道：“这只的毛色最好看，多留一会儿，其余的都打发出去。”周仲评向紫色的指了一指，又向其余的做赶出去的手势，这些鸽子真个一窝蜂似的飞出窗外去了，只有紫色的一只，独回翔不去。

段祺瑞笑嘻嘻地看了一会儿说道：“不要留久了，使它失了伴侣，也放它去吧。”周仲评只一举手，这鸽子便如奉了赦旨，一扑翅就钻出窗外去了。段祺瑞道：“天上飞的看过了，要看水中游的了。”周仲评道：“要看水中游的，须用瓷盆一个，贮半盆清水，放在执政面前方好看。”在段祺瑞左右伺候的人，听了便去照办，须臾端着半盆清水来了。

周仲评脱下自己身上穿的长衣，盖在瓷盆上面，不到一分钟久，瓷盆里忽然水响起来，在座的人都很注意地望着瓷盆发怔。周仲评将长衣一揭，盆里四只大甲鱼，赫然现了出来，鱼大盆小，爬走起来，大有不能容纳之势。段祺瑞问道："这样大的甲鱼，是由什么地方弄来的？"周仲评道："这是由天津弄得来的。"段祺瑞看了十分高兴，因此就聘周仲评为顾问，每月薪俸六百元，所以京津各报上称为"甲鱼顾问"。

有自京津来的朋友，对在下说出这情形。在下一想不错，周仲评这个人，我不但对于他的姓名听得很耳熟，并曾听得同乡朋友述过他在上海时一回大出风头的事。

据说周仲评在距今三年前，曾来上海，独自住棋盘街湖南人所开设的号栈"湘益公"里面。他来时大约在年底，住不多时就是新年。新年中一班商人，照例欢喜赌博，周仲评的生性，尤其是最好赌博的，但是并不因有法术便能赢钱，有时一般地输得两手精光，而且是输钱的场数居多。不过这回湘益公新年的赌，周仲评不知为什么，并未从场。同住在湘益公的人，都还不知道有周仲评这个人同在一个号栈里。大家每日只等到吃过了晚饭，便拉开台子大赌起来。

上海的习惯，在新年里赌博，只要不因赌博闹出乱子来，捕房是不干涉的。湘益公的住客，接连赌了十来夜。这夜忽然来了三个外省人，身材都很魁伟，衣服也很漂亮，带些上海所谓白相朋友、湖南所谓里手朋友的神气，进来就加入赌局。各人怀中都好像带了不少的本钱，下注比在场的湖南人大些，也赌得精明些。只半小时的工夫，有赢到二百多元的，有赢一百多元的，至少的一个，也赢了六七十元。三人觉得赢够了，携手笑谈而去。在场的湖南人，多有议论这三个人赌得精明的，也有不服说是手兴好，不关乎赌得精明与不精明的。

第二夜晚饭以后，仍旧大家围着台子赌起来。赌不多时，只见昨夜的三个人又来了，在场的昨夜输家，巴不得三人再来，好希望他们将昨夜赢的钱输出来。谁知三人委实赌得太好，仿佛和赌假的一样，又只有半小时工夫，三人又共赢去四百多元。这种赌局，原不甚大，全场也不过千来块钱的输赢，既是两场就被赢去了九百来块，场上所余的钱自然不多了。在场的人便商议道："这三个人，我们多不认识，不知道他们是什么人。我们都是规规矩矩做生意的，不过新年借着赌钱消遣，都是自家人，输赢不算一回事。若照昨、今两夜的样再赌下去，输钱尚在其次，我们不是都变成了洋盘吗？看这三个人都是里手朋友的神气，我们有什么本领，配合他们同赌？他们明夜不来便罢，来了我们就即时散场不赌了，我们也不妄想赢他们的。”

当夜是这般计议已定，第三夜赌不多时，三人果然又是一团地高兴来了。这里既经议定在先，临时谁肯客气，不等到三人入局，就一个个起身走了。一场很热闹的局面，登时变成冷清清的，只剩下一张做赌台的大餐桌，不能走动。这么一来，把三个人弄得怔住了，其中有一个一手拖住个湖南人问道：“你们赌得好好的，忽然都跑开做什么？”湖南人没好气地答道：“我们不高兴赌了，高兴跑开，要你来问些什么？”这人听了，不由得恼羞成怒，说道：“为什么迟不跑、早不跑，刚刚我们一来就跑，不是有意对付我们，给我们下不去的吗？”同在旁边的湖南人道：“我们同乡人赌钱玩耍，高兴就赌，不高兴就散，没有受人干涉的理由，无所谓对付哪个，更无所谓给哪个下不去。”这人愤然说道：“这不成话，这是对乡下人说的，不能对我们说。前、昨两夜，我们虽在这里赢了几文钱，但是我们是当押脚，并不曾做盘，可知不是赌假的把你们的钱骗去了。今夜若是你们不曾开场赌，我们就来了也不能勉强你们同赌。正在赌得很热闹的时候，一见我们走来便散，不是有意给我们下不去是什么，你们湖南人就这么没气魄吗？两夜的赌全场还输不到一千块钱，难道就望了我们害怕到这一步吗？你们不要仗着这里都是湖南人，好欺负我们。你们能说出一个应该散场的道理来便罢，若说不出道理，须知我三人不是好欺负的。”说时声色俱厉，同来的两个更横眉怒目地望着这些湖南人，摩拳擦掌，俨然要动手打人的神气。

可怜这些湖南人，多是些做生意的老实谨慎人，平日最怕是非口角，在新年当中，更怕惹得是非上身，坏了一年的财运。胆量略大些儿的，尚能勉强镇静着不跑，胆量小的，早已从人背后悄悄溜回自己房中藏躲去了，没一个敢挺身出来说一番道理。

这三人看了这种情形，益发凶狠起来了，巴掌在赌台上拍得一片声响，简直不拿这些人当人的大骂起来。这时却惊动周仲评了，走出来问什么事。同住的将情由说了，周仲评道：“岂有此理。”即向三人说道：“你既要我们说出道理来，你自己就应该讲一点儿道理，不能这么横蛮。前、昨两夜，若是我们赢了你们的钱，今夜见你们来了忽然散场，你们可以说没有道理。于今是输家情愿不赌了，你何能压迫着人赌呢？”

这人打量了周仲评几眼，见周仲评的身材很矮小，品貌也不堂皇，身上衣服更不漂亮，说话又是平江土音，哪里将他看在眼里。只因听他说出来的话，似乎有点儿分量，面上没有畏惧的神色，才勉强按下些怒气说道：“我们何尝压迫着人赌，上海这么多人，你见我们曾压迫着谁赌了？你们迟不散场，早不散场，一见我们进来，便立时不赌了，不是仗人多欺负我们吗，我们有什么地方不讲道理?”周仲评道：“你说我们迟不散场，早不散场，你们进来便立时散场，我却要说你们迟不进来，早不进来，恰好在我们散场的时候跑了进来，不是有意来寻我们的开心吗？你们三个人不受多人的欺负，我不相信我们这多人，就被你们三个人欺负去了？我们不高兴赌，有我们的自由，你说是对付你们的，就是对付你们的，不和你们赌钱，犯了什么罪?”说罢，也横眉怒目望着三个人。

三人因周仲评身体矮小，以为可以威吓，当下三人同时揎拳捋袖地逼近周仲评道：“你们这里抽头开赌不犯罪？犯了罪，我们倒要会会你这个好汉。”周仲评见三人气势汹汹，将要动手打人的样子，反行所无事地从容扬手说道：“你们要动手么？且慢且慢，我老实说给你听。你们要和旁人动手，我可以不过问；若是要和我动手，不是我眼眶儿大，瞧不起你们，像你们这类行货子，三四个就差远了，不够我一顿打。我姓周名仲评，湖南平江人，住在这里十四号房间。你们今夜且回去，明日多邀几十个像人的帮手来找我，我坐在十四号房间里等你们，倒愿意和你们见个高下。”

这三人听了这番夸大的言语，又见周仲评说话，确是有恃无恐的神气，不由得都暗自忖度道：“这人身体虽小，然若没有惊人的本领，料不敢对我们这般强壮的人如此夸口。并且这里有几十个湖南人，真个动起手来，我三人也讨不着便宜。常言‘好汉不吃眼前亏’，他既要我明日邀几十个帮手来，就等到明日来会他也使得。”当即又向周仲评仔细认了几眼，说道：“好！是汉子，说的话要作数。”周仲评抬起头，指着自己的鼻尖说道：“趁这时认清我的面貌，以后遇着我也好报复，你们是汉子，明天便不可失约。”三个人一边应好，一边气冲冲地走出去了。

同住的湖南人，因周仲评仗义执言，替湖南人挣了面子，一个个很欢喜地对周仲评打招呼，恭维周仲评有胆量。其中年老些的、和在上海住得久的便说道："这三个人，今夜虽被周先生一阵大话吓跑了，只是我们看这三个人的神气，简直是上海的白相朋友，他们今夜受了这般凌辱，明天难免不真个邀集几十个流氓，到这里来寻事，那时却怎么办呢？"周仲评笑道："上海流氓的势力和本领，我久已闻名，正要趁此见识见识。他们明天，真个能邀几十个流氓来，那是好极了。"说毕，自回十四号房中去了。

此日午饭后，那三个人竟不失约，硬率领了八十多个很壮健的流氓，浩浩荡荡杀奔湘益公而来。这时湘益公附近正在建筑房屋，两旁都很多空地。大队流氓就停集在空地上等候，由昨夜的三个人出头进湘益公来，指名要十四号房间的周仲评出去说话。

账房知道是祸事临头了，哪敢怠慢，连忙叫茶房拿烟泡茶，自己使出极谦和的嘴脸，让三人上坐。三人理也不理地大声说道："谁有工夫到你这里来坐？只赶快将十四号姓周的叫出来，便不干你账房里的事。"账房如何敢去叫客人出来吃亏受辱呢？连忙赔笑说道："十四号客好像上午就出去了，等我去看看他在不在房里。"这人喝道："放屁！他约了我们来的，又躲开吗？没有姓周的出来，我只问你要人。"

三人这么一闹，住在账房附近房间的湖南人都听得了，也都吓得跑出来向三人求情说好话。账房就趁这当儿溜上楼，到十四号房间，见周仲评横躺在床上睡着了，连忙随手将房门闩好，几下推醒周仲评说道："昨夜那三个流氓，果真带一大帮打手围在门外。于今他们指名要你出去，我说你上午已经出去了，他们必是不肯就这么下台的。你快些悄悄地从后门逃到外面去，我带他们上来看这房子，见没有你，他们就闹不起来了，快走吧。"周仲评问道："你教我走到哪里去？"账房急得跺脚道："只要从后门走到马路上去就得了。"周仲评道："我昨夜当面约他们来的，他们今日如约来了，我为什么倒要从后门跑到马路上去呢？一人做事一人当，我不出去和他们说话，不使你们受累吗？我去会他们便了，他们又不是吃人的猛虎，怕到这样做什么。"旋说旋下床开门。账房气不过说道："你不听我的话，定要出去，吃了他们的亏，便不能怪我们呢。"周仲评也不回答，已靸着一双鞋子，蒙眬着两只睡不足的眼睛，走出了房门。

迎面就遇着几个同住的人，大家一把拦住说道："出去不得，他们的人不少，并且来势凶得厉害。你便是个有武艺的人，常言‘好汉难敌三双手’，我们又都是不能动手的，本来是为我们赌钱的事，害得你一个人去吃亏，如何使得?”周仲评道：“他们多来几个流氓痞棍，倘若我们就怕了他，吓得不敢出去，此后这上海地方，还有我湖南人立脚的所在吗？你们这般胆小，何必不在家乡地方躲一辈子，何苦不远千里地跑到上海来，替湖南人丢面子呢？昨夜虽是为你们赌钱的事闹起来的，然约他们今日来，是我亲口约的。你们可以不要这面子，我的面子不能不要。”

同住的受了周仲评这一顿抢白，都觉得没趣，自然不肯再拦阻了。周仲评直走下楼来，有好几个湖南人，正围着三个人说赔不是的话。周仲评走过去，对三人笑道：“你们邀帮手来么?”三人正在得意扬扬地听湖南人说求情的话，以为周仲评实在是上午就躲出去了，想不到忽然会跑出来，笑嘻嘻地问他们这话，不知不觉地，倒把勇气挫退了些。略停了停才说道：“你是好汉，就跟我来。”周仲评道：“我算不得好汉，但是跟你们走，也不必要好汉。”

三人一个在前引路，两个分左右跟着周仲评走，住在湘益公的几十个湖南人，虽没有一个能动手和人相打的，然不能不也跟在后面，替周仲评壮一壮声威。周仲评一到空地，先看了看两旁站着的壮健流氓，即停步高声说道：“你们这两边七八十个人，都是特地来找我的么？你们仔细听我说一句不欺人的话。论我周仲评的本领，在江湖上算不了一个人物，然而我看你们这七八十个人，不是我夸口，还是不够我一顿打，实在寻不出一个能受得我一下起的人，我何能忍心下手和你们打呢？不过我凭一张空口说白话，你们大约是不相信的，我且先打一个榜样给你们看。你们看过之后，若自信能勉强和我动手的，不妨上来玩玩，不然便请各自收起来，不要献丑。”周仲评说时，两旁的人已一拥包围上来了。周仲评只当没看见的，从容从地下端起一块重约百多斤的粗石，双手往空中一抛，随即伸左掌接住，右掌跟着侧劈下去，只劈得石块哗喳一声，成为粉碎，石屑四溅。立在二三丈远近的人，都被石屑溅在脸上，皮开肉破了。

周仲评扬着右掌给众流氓看道：“你们自信有这石块一般硬的，就请上来。”这一来只吓得七八十个人面面相觑，不但没有动手的勇气了，连开口说话的勇气也没有了。那三个人看了这情形，料知今日的架是打不成的，趁着有几个包打听走过来请教周仲评姓名的时候，急急地溜跑了。租界上凡是有多人聚集之处，无不有巡捕和便衣、包打听在场照料，这次几个包打听见周仲评有这种能耐，都有心想结识结识，所以走过来请教。

周仲评就因这番当众显了这点劈石的能为，上海闻名到湘益公拜访他及请他吃喝的人，不知有多少。在下于去年就听了同乡的这种报告，今年又听了“甲鱼顾问”的事，觉得同乡中既有这么一个人物，应该去结识他才好。于是遇着同乡人，便打听周仲评究竟是一个何如人。同乡中虽知道他的极多，然谈论起来，毁誉各半。有说他确是曾遇异人，传授了他许多道术的；也有说他不过是江湖上玩把戏的一流，借邪术骗钱的，说的人并举出他种种骗人的事迹来，证明他是个招摇撞骗之徒。在下因不认识他，无从判断到底哪一说为是。

今年夏天，听得朋友说，他在庐山避暑，将顺便到上海来。我就存心想等他到了上海的时候，专诚去拜访他一番，看毕竟是怎样一个人物。想不到他一到上海，竟肯屈顾问之尊，两次光降敝寓，不由得私心庆幸，以为可以趁势要求他，显些神奇的本领，给我见识见识。因有人对我说，周仲评的道术，是不肯为一两个人使出来的，看的人越多，他越高兴。我听了这话一想，这可糟了，我家里连大小仆妇，不过五六口人，如何好要求他显本领呢？仔细打算要看他神奇的本领，只有多请些客来，我素不惯请酒应酬的，这番为要饱眼福，只得破天荒请客。

这日客也来了，周仲评也光降了。吃喝完毕之后，我就当着众宾客，对周仲评提出想见识神奇本领的要求来。谁知一场准备，却碰了一个钉子，他说敝寓的房间小了，不能施展他的大道术，并且房中有电灯，施展起道术来很危险。

我分明是一个文字劳工，收入有限，在上海如何能住高大洋房？他这个因房子小了，不能施展道术的难题，使我终身没有方法解决，唯有自叹眼福太薄，不能像段执政那么要死就死、要活就活罢了。

过不了半个月，又听得好几个朋友说，周仲评果有本领，这回在盛公馆里大显神通。我问是如何显法的，朋友说他用一条铁链，将盛公馆里三个人的脚锁了，坐在许多看的人当中他自己也立在人丛中间，教看的人大家口念“阿弥陀佛”，他自己也口念“阿弥陀佛”。只听得他念的声音越念越小，念声未歇，猛听得远远地大叫一声，大家停声看时，周仲评已从隔壁房里开门出来，手持铁链条三段，这三人脚上的链条，不知在何时，被他解去了。隔壁房门原是锁了的，门钥匙和铁链钥匙都不在周仲评身上，锁又不曾破坏，数十人眼睁睁地看着，不见他有半点举动，不是奇怪吗？据说所演的是遁法，能于顷刻之间，遁走若干里路，这不过小试而已。

演过遁法之后，又演请人吃喝的把戏。演法是问盛家要了一口大皮箱，箱中空无所有，放在众人包围的地下，周仲评对盛家的主人说道：“我只能请你们吃喝，不能赔钱，请你拿出买吃喝的钱来。”盛家当即拿出十元钞票和一元现洋，交给周仲评。周仲评也不放在自己身上，用一个信封装了，顺手交给看客中一个当律师的道：“暂且寄在你身上，请你好生保存着，不可遗失了。”这律师接过来，仔细看了一看，才纳入贴肉的衣口袋里，将外面的衣扣好，并用双手按住口袋。周仲评将箱盖掩好，约莫经过了一分钟光景，即把箱盖揭开来，众人看箱里时，已有许多的东西在内了，周仲评一件一件地取出来，内有很精致的西点几盘，白兰地酒两瓶，自鸣钟一座，还有一只活跳跳的白兔子。众人都高高兴兴地围着吃喝起来，须臾吃喝完毕，周仲评问那律师道：“请你把那钱还给我。”律师即解衣取出那信封来，觉得信封中没有那一块现洋了，连忙开封看时，岂但没了现洋，连那十元洋钞也不见了。封内换了两张店家买货的发票，一张是买洋酒点心的；一张是买自鸣钟的。发票上并盖了那两个店家的图章，店在法大马路，演的时间已在夜间十二点钟以后，各店都已打烊了，不知他是如何买来的。盛家打算拿了这两张发票去这两家店里询问，看是什么时候，由何等样人来买的。不过去询问的结果如何，来说的朋友都不知道。

又过了些时，在下这日赴同乡友人之宴，与虎禅师同席，在座的因我是平江人，就和我谈起周仲评的事，我便问他们曾见过周仲评什么能为没有。在座的都指着虎禅师道：“他是最深知周仲评的，请问他吧。”我遂问虎禅师，何以最深知周仲评。虎禅师道：“周仲评确是有些不可思议的能耐，我是曾亲眼看见的，我既皈依我佛，决不妄语。去年周仲评到北京的时候，我正在北京，也因听得有许多同乡的称道他种种能为，心里不甚相信有这么一回事，因为按照科学的原理，有些说不过去。只是述他神奇事迹的，异人同词，不由得也动了我的好奇心，就打发人去请他到我家里来。幸好一请便到了，我与他寒暄了几句之后就说道：‘我久闻你的名，知道你会些法术，我是一个迷信科学的脑筋，实在不相信有法术这回事。今日特地欢迎你到舍间来，并不是存着想看把戏、寻开心的念头，是想亲眼看你证明法术是确实有的，不须你搬演如何大的法术，哪怕是极细微的事，只要你演出来，我看了觉得是人力所做不到的，就算已证明法术是确实不虚妄了，不知你肯证明不肯。我若专为想看把戏，何妨花几块钱请一个演魔术的来呢？’周仲评见我这么说，即点头说道：‘可以证明给你看，迟几日来这里搬演便了，不妨多约几位朋友来同看。’当下我便和他约定了日子。

“这日吃晚饭的时候，周仲评来了，手中提了一只小提包。来时即对我说道：‘要一间僻静些儿的房子，得略事准备。’我问他还要些什么东西，他说要几副香烛，几张黄表纸，一口空皮箱，一碗清水。我照他说的办了，给他送到一间僻静房里。他说：‘我在房里准备的时候，不许有人窥探。’我答应了，他即将房门关上，一会儿开门出来说道：‘刚才有人在外边向房里窥探了。’我说：‘并没人窥探。’他说：‘确有人窥探了，此时窥探了没要紧，只怕等歇演法术的时候，这人身上发生危险，须说出来方可免祸。’他这么一说，我那个包车夫害怕起来，自承曾向房中窥探了，周仲评又对我说：‘要一只雄鸡、一只大瓷盘、八口火砖、五十文制钱、四口花针、一根丝线。’我又依言办了给他，只见他取了一张洋纸，将三口花针连同三根火柴棒包了，余一口花针穿上丝线，在纸包周围缝了，花针也插在纸包上，给我拿着说道：‘或握在手中，或纳入袋内。’我就接了用左手握着。他又将五十文制钱，纳进一把瓷茶壶里面，连壶交给舍弟道：‘请好好地捧着，自有作用。’又将八口火砖，做两叠放在一条长凳上。雄鸡用绳缚住脚和翅膀，放在长凳底下，把那碗清水端在手中。口里好像念了些咒语，猛然间用右手在砖上一拍，只听得一声大响，砖屑四溅，看那八口火砖时，上面四口已拍得粉碎，下面四口虽不曾粉碎，也已破裂了。

“他招手教舍弟过去，看茶壶里面的制钱，也有五文碎了。再教我取出包针的纸包来，我就掌心中看时，周围缝的线和针都不见了，针孔依然尚在。遂打开纸包看里面，仅剩三根火柴棒，三口针也不知去向了。我不禁诧异问道：‘我握在掌心中没有动，一时针到哪里去了呢?’周仲评仿佛寻思什么似的，偏着头沉吟了一会儿道：‘有两口针到了这雄鸡身上。’我即叫当差的在雄鸡身上寻觅花针，无奈花针太小，寻觅了阵说没有，周仲评道：‘不会没有，大概在两只脚上。’当差的即向鸡脚上寻觅，忽然说道：‘有了，在这里了。’

“我近前看两口花针，已插进鸡脚的皮肤里面去了，露在外面的，不过二三分，当差的抽了一会儿，都说用尽力也抽不出来。周仲评笑着走过来道：‘哪有抽不出来的道理?’旋说旋伸手将两口针抽了出来。我问：‘还有两口呢?’周仲评举眼向众看的人身上打量，打量到一个姓郑的朋友，便指着说道：‘第三口针到了他身上。’姓郑的立时吃了一惊，说道：‘怎么跑到我身上来了？花针这东西不是当要的，刺进肉里去了，真危险呢，你们快替我找吧。’我们看了姓郑的这种害怕的情形，都觉得好笑。大家包围过去在他周身寻觅，周仲评道：‘是这般寻不着的，须解开衣看。’姓郑的更吓得面上变了色，连忙解开皮马褂，寻了一阵没有，又解开皮袍，才脱下来，就看见一口带线的花针，插在背脊小棉袄上。好笑那丝线，还在小棉袄上穿了几下，和裁缝缝衣服的一样。

“姓郑的见针寻找了，才把一颗心放下，跟着大众笑起来。我说：‘还有一口没带线的，须不要在人身上才好呢，不然又要吓得人心里不安。’周仲评指着我一个当律师的朋友说道：‘第四口针到了他身上。’这朋友听了也是一吓，周仲评道：‘不用害怕，这口针不在衣里面，在你手中所拿的书里面。’原来这朋友在我书房里拿了一布函书，正待打开布函翻看，因听得搬演法术，随手就捧了那函书出来，立在旁边看。当下将布函解开，一叠八本书，只得一本一本地翻看，翻到第四本中间，约有十来页书连作一起，揭开看时，那口花针穿在上面，并且一上一下的，和寻常妇人将针插在头发包上的一样。

“四口针既寻出来了，我以为法术就此完结了，忽听得那个大瓷盆里水响，原来是周仲评将那碗清水倾入盆中，只一霎眼工夫，周仲评便招手教我们到瓷盆跟前去看。只见瓷盆里四只比菜碗还大的甲鱼，在盆中团团爬走。周仲评道：‘这甲鱼不可吃，明日须打发人送到河里去，

切不可因游戏的事，伤害生命。’

“这一场法术，至此方终结了。周仲评告辞去后，我就想起那个曾在室外窥探的包车夫来，即叫过来问道：‘你躲在外边偷看，看了些什么情形，看出他做假的地方来了没有?’包车夫道：‘并没有看出他做假的地方来，只见他进房关了门之后，从身边取出洋火来，将香烛点燃，在房里四角插了，每一个房角上烧了一张黄表纸，恭恭敬敬地叩了几个头，口里不住地喃喃念着。四角都拜过了，在房中也点了香烛，将空皮箱放在香烛前面，也叩了几个头。又将身上的长衣脱下，罩在头上，甲鱼也似的在地下爬走了一会儿，把衣覆在皮箱上，仿佛与打拳相似的手舞足蹈了一顿，然后取衣穿好，开门出来，不见有旁的举动。’”

我听到这里就问虎禅师道：“那皮箱有什么作用吗?”虎禅师道：“只皮箱不见有何作用，搬演法术的时候，还是放在那僻静房里，并不曾拿出来。这次是特地演给我看的，还有一次，是临时演出来的，也很奇怪。

“这日我正和一个当律师的朋友谈话，恰好周仲评来了，那朋友仍继续谈一件案子，谈到人证物证上面，周仲评就笑着说道：‘当律师的论案情，总离不开人证物证，殊不知人证物证尽多冤枉，哪里靠得住啊?’那朋友问道：‘有人证物证，怎么冤枉呢?’周仲评道：‘人证固然是不难花钱买得来，就是物证，也绝对靠不住。你不信，我立刻可以做一个冤枉物证给你。’看当时还有几个朋友在座，听了都高兴说道：‘请你做一个看看。’周仲评即起身，在房中四处寻找什么东西的样子，一眼看见书案上，一张洗皮肤病的单子，拿在手中看了看，递给那律师道：‘这药单，是已经在药店里配了药的，请你看仔细，是几味什么药?’那律师接在手里，我也起身凑过去看。

“这药单共有十味药，三味一列共三列，余一味另作一行，又另一行写了‘忌服’两个字，上面一角，由药店里批了价目的码子，并盖了图章。还有在座的几个朋友，也都走上前来看仔细了，那律师说道：‘我已看仔细了。’周仲评即伸手说道：‘看仔细了，就请给我。’只见他接了药单，折叠起来握在左掌心中，我们大家眼睁睁地望着他，不知道他是什么用意。

“约经过了一分钟之久，他仍将药单递给那律师道：‘请再看仔细，有和刚才所看不对的地方没有？'我再凑过去看时，只见十味药，只有九味了，另作一行写的那一味药，却变成了'另包'两个字，而'忌服'两个字搬移了地方，原是另一行写的，此时已移到与第一列三味药并排了。细看药单的纸，是医生印了姓名住址在上面的，并不曾更换，也丝毫看不出移改的痕迹。

"大家看了自然都免不了诧异，周仲评笑道：'若拿这药单并配来的药，去向那药店里论理，问他药单上分明九味药，为什么配出十味来了；药单上分明写了另包的，为什么不另包？那药店不是有一百张嘴也说不过么。依法律说起来，这药单角上有药店盖的图章，难道不能算是物证吗？'周仲评这么一来，那律师竟怔住了，半晌没有话说。至今这移改了的药单，还在我舍间保存着。"

在下当时在席上，听虎禅师说得这般凿凿有据，不由不相信周仲评果有些道理。不过仍不免怀疑他，何以只对有钱有势的人卖弄。据他自己说，曾遇异人传了他的大道，何以修道的人不在山林岩穴中修炼，却终年风尘仆仆，奔走势力之门。并且他绝对不解诗文，偏喜向人背诵香奁艳体的诗句，说是自己做的。诗中用了"爱河"两字，他背诵的时候，恐怕听的人不懂，一面解说，竟把"爱"字当作动词，既是修道有得的人，又何以有这般俗不可耐的举动呢？

《红玫瑰》第2卷39期　民国十五年（1926）8月28日

郴州老妇

吾湘南路皆山乡，层峦叠嶂，绵亘不绝，由衡至郴，陆行所经，风景弥胜。中途有峡，可七八里，长松古柏，沿道青苍，蔽翳天日。夏不知炎暑，冬不见霜雪，使人旷然有遗世独立之思。

昔岁谭浩明退出长沙，湘桂军扼衡而守，衡以下皆北军，颇斥巨资购土人为间谍。徐元善者，方参谋湘军，奉命勾当某事，间道赴郴，与伙伴二人俱裹糗粮，挟枪械，怒马而驰。近峡而日已暮，憩于茶亭，有老媪就灶火织草履，出灶中煨茶饷客，蹒跚迟钝，伙伴叱之。媪曰："若辈少壮，乃不能逐敌而凌老妇，何也?"伙伴怒詈，徐禁止之，遂行。

时方盛冬，宵寒逼人，冻月一丸，时漏树隙，度峡未半，忽闻风雨之声，漫空而下。电光策策，起于马首，马惊退寻丈外，竦耳木立，而树荫筛月，依然满地，疑为遇魅。拔枪击之，电光倏至，旋转人马之间，震耳眩目，遂尔僵仆。移时始苏，寒乃彻骨，幸携有火酒，且食且踊，久之血脉少和，就月光觅马，久乃得之。

及出峡，则荒鸡三唱，天垂晓矣。急行觅得旅店，叩门而入，向火有顷，始能有言。顾视则三人者须眉皆渺，不复人状，不识何祥，闵默而已。归途仍憩老媪茶亭，老媪顾笑曰："畴昔之夜，莫大惊惶否?"徐始疑老媪之为也。再拜以后，谓伙伴之无礼也。老媪曰："吾乡人不解无礼，若是意者，恃北军势耳。故以若曹为间谍，将歼之矣，后乃觉其非，老妇过矣!"

徐以为异人，乞受其术，老媪辞以他日。徐返命后，再诣之，老媪则已行矣。

《上海画报》第118期　民国十五年（1926）6月6日

图书在版编目(CIP)数据

江湖异闻录 / 平江不肖生著. — 北京 : 中国文史出版社, 2020.3

(民国武侠小说典藏文库 · 平江不肖生卷)

ISBN 978-7-5205-1661-7

Ⅰ. ①江… Ⅱ. ①平… Ⅲ. ①侠义小说-短篇小说-小说集-中国-现代 Ⅳ. ①I246.7

中国版本图书馆 CIP 数据核字(2019)第 262160 号

整　　理：杨　锐
责任编辑：薛媛媛

出版发行：**中国文史出版社**
社　　址：北京市海淀区西八里庄 69 号院　邮编：100142
电　　话：010-81136606　81136602　81136603（发行部）
传　　真：010-81136655
印　　装：廊坊市海涛印刷有限公司
经　　销：全国新华书店
开　　本：720×1020　1/16
印　　张：22.25　　字数：361 千字
版　　次：2020 年 3 月第 1 版
印　　次：2020 年 3 月第 1 次印刷
定　　价：68.00 元

文史版图书，版权所有，侵权必究。

文史版图书，印装错误可与发行部联系退换。